위대한 앰버슨가

휴머니스트 세계문학 020

위대한 앰버슨가

THE MAGNIFICENT AMBERSONS

부스 타킹턴 | 최민우 옮김

차례

일러두기

1. 번역 대본으로는 Booth Tarkington, *The Magnificent Ambersons*(Modern Library, 1998)를 사용했다.
2. 주석은 모두 옮긴이 주다.
3. 본문 중 굵은 글씨는 원서에서 이탤릭체로 강조한 부분이다.

제1장

앰버슨 소령은 다른 사람들이 재산을 몽땅 날린 1873년●에 '떼돈을 벌었고', 앰버슨 가문의 웅장한 부귀영화도 그때부터 시작되었다. 웅장함은 재산의 규모가 그렇듯 언제나 상대적이기 마련이다. 심지어 그 위대한 로렌초 데메디치조차도 지금 1916년의 뉴욕에 유령이 되어 나타날 일이 생긴다면 그 사실을 깨달으리라. 앰버슨 가문은 자신들이 속한 시대와 장소에서 웅장한 집안이었다. 가문의 광채는 그들이 살던 중부 지역의 한 소도시가 점점 확장되어 어두운 대도시로 성장하는 내내 지속되었지만, 특히나 자녀가 있는 부유한 가족이 하나같이 뉴펀들랜드종 개를 기르던 시기에 절정에 이르렀다.

그 시절 그 소도시에서는 실크나 벨벳 옷을 입고 다니는 여자들은 모두 실크나 벨벳 옷을 입고 다니는 다른 여자들과

● 1873년부터 1896년까지 이어진 장기 불황을 가리킨다.

서로 알고 지냈고, 누군가 새로 산 바다표범 가죽 외투를 입고 지나가면 와병 중인 사람들은 창가로 가 그 물건을 구경했다. 겨울날 오후에는 발 빠른 말들이 내셔널 거리와 테네시 거리에서 눈썰매 경주를 벌였는데, 사람들은 말과 기수를 모두 알아보았으며, 여름날 저녁이 되어 눈 내리던 날의 경쟁자들이 날렵한 경마차로 갈아타고 쌩하니 지나갈 때도 같은 얼굴들을 다시 볼 수 있었다. 그러다보니 다들 남의 집 말과 마차가 어떻게 생겼는지 모두 알고 있어서 1킬로미터 밖에서 윤곽만 보아도 누구네 마차인지 확실히 알아볼 수 있었고, 그래서 누가 시장에 가고 누가 연회에 가는지, 또는 누가 사무실에서 집으로 가고 있는지, 누가 가게에서 점심이나 저녁을 먹으러 집으로 가는 중인지 빤히 알았다.

이 시절의 초기에는 외양의 우아함이란 의복의 형태보다는 옷감에 달렸다는 믿음이 있었다. 실크 드레스는 1년 혹은 그보다 더 옛날 옷이라 해도 새로 고쳐 만들 필요가 없었다. 그저 실크라는 사실만으로도 뚜렷한 존재감을 가졌다. 노인과 지역 유지에게는 브로드 천으로 지은 옷이 중요했다. '정장 차림'이란 암사슴 가죽 바지에 브로드 천으로 지은 옷을 입는 것이었다. 나이와 관계없이 남자들에게 모자라 함은 무례한 자들이 '난로 굴뚝'이라 일컫는 단단하고 높은 실크 재질의 모자만을 의미했다. 도시건 시골이건 이 남자들은 다른 모자는 쓰지 않았고, 그래서 미처 깨닫지도 못하고 똑같은 모자를 쓴 채로 뱃놀이하러 갔다.

고급 옷감의 지배는 유행이 바뀌면서 의복의 형태로 대체

되었다. 점점 더 약삭빨라지고 힘을 키워가던 양재사, 제화공, 모자 제조업자, 재단사들은 새 옷을 낡아 보이도록 만드는 방법을 발견했다. '더비' 모자가 전염병처럼 오랫동안 유행했다. 이 모자의 윗부분은 어느 시기에는 양동이를 뒤집어 놓은 듯 높았다가 다음 시기에는 숟가락을 엎어둔 듯 낮아지곤 했다. 아직은 어느 집에나 부트잭•이 있었지만 구두와 '콩그레스 게이터'••가 긴 부츠를 대신했다. 이 신발들은 상자 모서리 모양의 앞굽과 뱃머리처럼 뾰족한 모양의 앞굽으로 유행을 탔다.

접힌 자국이 있는 바지는 서민이나 입는 것으로 여겨졌다. 접힌 자국이 있다는 건 선반 위에 보관되었다는 뜻이니 결국 '기성품'이라는 증거였기 때문이다. 무심코 출신을 드러내는 이 바지는 선반을 은근히 암시하는 '물려받은 옷'이라고 불렸다. 1880년대 초반에 짧은 앞머리와 버슬•••이 여성들을 유혹하는 동안 '멋쟁이'라고 알려진 멋 부리는 남자들이 다양한 모습으로 등장했다. '멋쟁이'는 바지를 스타킹처럼 꽉 끼게 입었고, 단검처럼 끝이 뾰족한 구두를 신었으며, 숟가락 모양의 더비 모자를 썼고, '체스터필드'라는 외줄 단추 코트를 걸쳤다. 체스터필드의 끝자락은 짧고 화려했으며, 광택제로 윤을 낸 약 7센티미터 높이의 불편하기 짝이 없는 원통형 칼라

• 브이 자 모양의 장화를 벗는 기구.

•• 발목까지 오는 짧은 부츠.

••• 엉덩이나 허리 쪽에서 스커트를 부풀게 하기 위해 입는 여성용 속옷.

가 달려 있었다. 한편 그 멋쟁이가 목에 두른 것은 묵직하고 불룩한 목도리 아니면 인형의 땋은 머리에 딱 맞을 만큼 작은 나비넥타이일 것이었다. 야회복 위에 걸친 황갈색 오버코트는 정말 짧아서 검정 연미복의 꼬리가 코트 아래 약 12센티미터 길이까지 삐져나온 게 보일 정도였다. 하지만 철이 두어 번 바뀌자 멋쟁이들은 발뒤꿈치에 닿을 정도로 긴 코트를 입었고, 꽉 조이는 바지를 벗어젖히고 커다란 자루 같은 바지에 다리를 집어넣었다. 이들은 얼마 안 가 자취를 감추었지만, 그들 때문에 생겨났던 '멋쟁이'라는 단어는 주제넘게 무례한 자들을 일컫는 단어장에 그대로 남았다.

당시는 지금보다 흥미진진한 시절이었다. 옷 좀 입는다 하는 사람들은 수염을 선호했고, 멧돼지 어금니 모양의 카이저 스타일 콧수염처럼 이상한 수염도 흔했다. 어린애 같은 옆얼굴에도 '구레나룻'이 풍성하게 자랐다. 큼지막한 던드리리 스타일 구레나룻이 젊은이들의 어깨 위에서 스카프처럼 나풀거렸다. 콧수염은 마치 장막처럼 드리워져 입이 있다는 걸 깜박할 정도였다. 미국의 상원의원은 안개처럼 하얀 수염을 목까지만 기를 수 있어서 풍자가 보증될 만큼 두드러진 장신구를 찾는 이 나라의 신문에는 적절한 소재가 될 수 없었다. 우리가 얼마 전까지만 해도 정말 다른 시대를 살고 있었다는 사실을 더 증명할 필요는 없으리라!

……앰버슨 가문의 위대한 시대가 시작되던 시기에 중부 지역 소도시 집들은 대부분 호감 가는 건축 양식으로 지어졌다. 그 집들에 품격 같은 건 없었지만 쓸데없는 허세 또한 없

었다. 척하지만 않는다면 다들 저 나름의 멋은 충분하기 마련이다. 집들은 널찍한 뜰 안에 서 있었고, 숲의 잔재인 느릅나무와 호두나무와 너도밤나무 등이 그늘을 드리웠으며, 샛강의 지류를 메워 만든 땅에는 키 큰 플라타너스가 이곳저곳에 줄지어 서 있었다. '저명한 주민'의 집은 밀리터리 광장이나 내셔널 거리, 혹은 테네시 거리를 마주 보고 있었으며, 석재 기초 위에 지은 벽돌집 아니면 벽돌 기초 위에 지어진 목재 주택이었다. 그런 집에는 일반적으로 '정문 현관'과 '후문 현관'이 설치되어 있었고, '측면 현관'도 꽤 자주 달려 있었다. '정면 복도'와 '측면 복도'도 나 있었으며, 때로는 '후면 복도'도 나 있었다. '정면 복도'는 세 개의 방, 그러니까 '응접실'과 '거실'과 '서재'로 이어졌다. 서재는 확실히 이름에 값하는 공간이었다. 이 저명인사들은 여러 가지 이유로 책을 샀으니까. 보통 가족들은 '거실'보다는 서재에 더 많이 앉아 있곤 했으며, 반면에 정식으로 방문한 손님들은 거북할 정도로 번쩍이고 불편한 장소인 '응접실'로 향했다. 서재에 갖추어진 가구는 약간 허름했지만 '응접실'에 놓인 불편한 의자와 소파는 늘 새것처럼 보였다. 그 가구들이 죄다 닳아빠지려면 1000년은 족히 걸릴 것이 분명했다.

위층에는 침실이 있었다. '부모님 방'이 가장 컸고, 작은 방은 아들 한 명이나 두 명, 혹은 딸 한 명이나 두 명이 같이 썼다. 침실에는 더블베드, '세면대', '서랍장', 옷장, 작은 탁자, 흔들의자가 갖춰져 있었고, 아래층에서 쓰다가 약간 파손되었지만 비싼 수리비를 감당하기도, 그렇다고 다락에 확실히 치워버리기도 애매한 의자 한두 개가 놓이는 경우도 종종 있었다. 집에는 예상치 못한 방문객을 위한 '여분의 방'이 항상 있었으며(보통 거기에 재봉틀을 놓아두었다), 1870년대에는 화장실의 필요성에 대한 공감대가 점점 커졌다. 그래서 건축가들은 신축 주택에 화장실을 설치했고, 구축 주택은 벽장 두어 개를 뜯어낸 뒤 주방 화덕 옆에 보일러를 설치했으며, 각각의 집에 설치된 화장실을 통해 새로운 경건함을 추구했다.● 오래도록 거듭거듭 만들어져나갈 그 멋진 미국 배관공 관련 농담들이 바로 이 시기에 씨를 뿌렸다.

집 뒤쪽 위층에 있는 작고 어둑한 방은 '여자애용 방'이라 불렸고, 마구간에는 건초간과 인접한 침실이 하나 더 있었는데, 그곳은 '고용인용 방'이었다. 집과 마구간을 짓는 데는 7000달러 내지 8000달러가 들었으며, 그 정도로 많은 돈을 부담 없이 지출하는 사람들은 부자로 분류되었다. 그들은 '여자애용 방'의 거주자에게 일주일에 2달러를 지급했는데, 이 호시절의 후반에 들어설 즈음에는 2달러 50센트를, 더 나중에는 일주일에 3달러를 지급했다. '여자애용 방'의 거주자는 일반적으로 아일랜드인 여성이었으며, 독일이나 스칸디나비아 여성일 경우도 있었지만 유색인종이 아닌 이상 이 나라 출신인 경우는 결코 없었다. 마구간에 사는 남자 혹은 남자애도 비슷한 임금을 받았는데, 나중에는 싸구려 삼등 선실을 타

● "청결은 경건함과 나란히 있다"라는 속담을 활용한 표현.

고 다니는 떠돌이도 가끔 있었지만 대부분 유색인종이었다.

해가 뜨고 상쾌한 아침이 찾아오면 마구간 뒤편 골목에도 활기가 돌았다. 웃음소리와 고함이 먼지투성이 길을 오르내리고, 거기에 말빗이 뒤쪽 울타리와 마구간 벽을 두드리는 생동감 넘치는 소리가 곁들여졌다. 그래서 흑인들은 골목에서 말을 빗기는 걸 좋아했다. 흑인들은 남의 뒷말을 할 때 소곤소곤하는 것보다는 크게 소리 내어 말하는 편을 선호했다. 그 자들은 비속한 말이란 건 와자지껄하게 떠벌릴 게 아니면 거의 쓸데가 없다고 생각하니까 말이다. 아침 일찍 일어나는 어린이들이 끔찍하기 그지없는 표현들을 듣고는 매우 부적절한 순간에 어른들에게 그게 무슨 뜻이냐고 묻기도 했다. 캐묻는 성향이 아닌 아이들은 흥분했을 때 종종 별 뜻 없이 그 표현들을 따라 했는데, 그 결과 중년이 되고 나서도 그런 표현들이 쉽게 떠오를 정도로 강하게 각인되기도 했다.

……그들, 중부 지역 소도시의 흑인 고용인들은 이제 다 떠났다. 그들이 빗질하고 쓸어주고 찰싹 때리고 애정 어린 욕설을 내뱉던 그 얌전한 말들, 그 순한 말들은 이제 파리들에게 꼬리를 휘두르지 않는다. 겉으로야 영원한 듯 보였을지 몰라도 그것들은 버펄로가 되는 편이 더 나았을지 모른다. 혹은 덧댄 부분의 털이 점점 빠지는 바람에 무릎에서 자꾸 흘러내려 반쯤 땅에 질질 끌리는데도 부주의한 마부는 그런 줄도 모르는 버펄로 가죽 무릎 덮개 신세가 차라리 더 나았을지도 모를 일이다. 마구간들은 비슷한 용도의 다른 시설로 변하거나 완전히 철거되었다. 화목 난로가 설치되어 있던, '여자애'

와 '고용인'이 누가 불쏘시개를 가져와야 하는지 노상 말다툼을 벌이던 목재 헛간도 마찬가지다. 말과 마구간과 헛간, '고용인'이라는 종족 모두 지금은 사라지고 없다. 그들은 순식간에, 하지만 정말로 조용히 없어졌기에 그들의 시중을 받던 우리는 그들이 사라져버렸다는 사실조차도 제대로 느끼지 못할 지경이다.

사라진 것은 그뿐만이 아니다. 자갈 사이에 낸 불편한 길을 지나는 긴 단선 선로에서 운행되는 작달막한 철도마차도 있었다. 객차 옆문에는 승강구가 설치되어 있지 않았지만 날씨가 나쁘고 객차가 사람들로 붐빌 때 비에 젖은 승객들이 한데 모여 매달리는 계단은 있었다. 손님들은 너무 정신이 없지만 않다면 요금 통에 찻삯을 집어넣었다. 붐비는 객차를 돌아다니는 차장은 없었지만 혹여 동전과 승객 숫자가 맞지 않아 보이면 운전기사가 탑승할 때 쓰는 작은 개방형 승강구 쪽에 있는 문의 유리를 팔꿈치로 두드려 승객들에게 그 점을 일깨우곤 했다. 철도마차를 끄는 건 노새 한 마리였는데, 가끔 선로 바깥으로 끌 때면 승객들이 내려서 마차를 밀어 원위치로 돌려놓았다. 승객들이 기꺼이 이런 일에 나섰던 것은 이 마차가 참으로 쾌적하고 편리한 교통수단이어서였다. 숙녀가 위층 창문에서 철도마차를 향해 휘파람을 불면, 마차는 멈춰 선 다음 그녀가 창문을 닫고 모자와 코트를 챙긴 뒤 아래층으로 내려와 우산을 찾고 나서 '여자애'에게 저녁 식사로 뭘 해놓을지 지시하고 집 밖으로 나올 때까지 기다려주곤 했다.

앞서 탄 승객들은 철도마차의 이런 정중한 대우에 거의 이의를 제기하지 않았다. 자기들도 같은 상황이었다면 그렇게 해주길 기대했을 테니 말이다. 날씨가 좋은 날 정류장 사이가 그리 멀지 않을 때 노새는 철도마차를 이십 분에 1.6킬로미터씩 끌었다. 하지만 오 분 만에 1.6킬로미터 이상을 주파하는 노면전차가 등장한 다음에는 전차가 사람을 기다리는 일도 사라졌다. 승객들도 더는 기다리는 걸 참지 못했다. 더 빨리 이동할수록 낭비되는 시간도 줄어들 테니까 말이다! 치명적인 발명품이 사람들의 삶을 몰아붙이기 전에는, 다시 말해 전화가 없었을 때, 여가 생활에 크게 공헌했던 예스러운 여유가 있던 때는 온갖 일에 다 시간이 있었다. 생각할 시간, 말할 시간, 책을 읽을 시간, 숙녀를 기다릴 시간이!

사람들은 심지어 '스퀘어 댄스', 카드리유, '랜서스'를 출 시간도 있었다. 사람들은 '라켓'도 췄고, 쇼티셰와 폴카도 췄으며, '포틀랜드 팬시'처럼 변화무쌍한 춤도 췄다. '객실'과 '거실' 사이에 설치된 미닫이문을 싹 밀어젖힌 다음 넘어지지 않도록 카펫도 고정하고, 녹색 화분에 야자나무도 몇 그루 심어놓고, '현관 정면 홀' 계단에는 이탈리아인 음악가 서너 명을 데려다놓았다. 그런 다음 즐거운 밤을 보냈다!

하지만 이 사람들은 정월 초하루에 가장 즐겁게 놀았다. 그들은 그날을 진짜 축제로 만들었다. 비록 더는 전해지지 않지만 말이다. 여성들은 '자택 개방' 파티를 주관하는 집의 여주인을 '품앗이'하고자 모여들었다. 태평한 남자들은 멋을 잔뜩 부리고 향수를 뿌린 채 썰매를 타고, 혹은 마차와 느릿느릿한 '말'을 타고 여기저기서 열리는 자택 개방 파티를 찾아다녔다. 그들은 집 안으로 들어갈 때 멋진 바구니에 화려한 명함을 놓아두었고, 조금씩 늦게 나타났으며, 펀치 음료가 기호에 맞으면 그 어느 때보다도 태평해졌다. 축제는 늘 그렇게 진행되었고, 오후가 그렇게 느긋이 흘러가는 동안 행인들은 피부에 딱 달라붙는 레몬색 장갑들이 요란하게 손짓하고 흔들리는 모습을 보았으며, 거리를 오르내리는 마차의 뒤로는 뚝뚝 끊겨 조각난 노랫가락들이 떨어졌다.

'자택 개방'은 즐거운 풍습이었다. 하지만 이 역시 이제는 사라졌다. 풀숲에서 온종일 즐기던 소풍처럼, 그리고 사라진 풍습 중 가장 어여쁜 풍습이었던 세레나데 부르기처럼. 생기 넘치는 소녀가 이 소도시를 방문하면 그녀는 얼마 안 있어 세레나데를 듣게 되었다. 그녀가 세레나데를 듣는 데 딱히 구실 같은 건 필요 없었다. 여름밤에 젊은이들이 어여쁜 소녀의 방 창문(혹은 그녀의 아버지 창문이거나 병약한 고모 아주머니의 창문일 수도 있었다) 아래로 악단을 대동해 오곤 했으며, 플루트, 하프, 피들, 첼로, 코넷, 베이스 비올 같은 악기들이 〈날 기억할 거예요〉, 〈나는 대리석 궁전에서 사는 꿈을 꾸었네〉, 〈금발 사이로 보이는 백발〉, 〈캐슬린 매버닌〉, 〈병사의 작별 인사〉 같은 노래의 멜로디를 상쾌한 밤하늘에 떠 있는 별을 향해 바로바로 풀어놓곤 했다.

악단은 다른 노래도 제공할 수 있었다. 〈올리베트〉,• 〈마스코

• 프랑스의 작곡가 에드몽 오드랑(1840~1901)의 1879년작 코믹 오페라.

트),● 〈노르망디의 종〉,●● 〈지로플레-지로플라〉,●●● 〈프라 디
아볼로〉●●●●가 있던 행복한 시절이었으니까. 〈피너포어〉와
〈펜잰스의 해적〉, 〈페이션스〉●●●●●도 있었던 시절이니 행복
이상이었다. 특히 이 중 마지막 작품 〈페이션스〉는 다른 곳과
마찬가지로 중부 지역의 이 소도시에도 필요한 작품이었는
데, 저 멀리 런던의 '유미주의 운동'이 여기까지 도달하면서
소박한 옛 가구에 끔찍한 일들이 벌어지고 있었기 때문이다.
아가씨들이 뭐든 두 동강을 내고 그 잔해에다가 금박을 입혔
으니 말이다. 그들은 흔들의자에서 밑부분 막대를 떼어낸 다
음 의자 다리에 안 어울리는 금칠을 했다. 돌아가신 친척 아
저씨들을 그린 크레용 초상화를 받치고 있던 이젤에도 금박
을 입혔다. 아가씨들은 새로운 예술 정신에 충만하여 오래된
시계를 팔고 새 시계를 샀으며, 밀랍 꽃과 밀랍 과일, 그 위에
덮었던 반구형의 보호용 유리를 쓰레기 더미 위로 집어 던졌
다. 꽃병을 공작 깃털이나 부들이나 옻나무나 해바라기로 채
워놓고는 벽난로 위 선반과 대리석 상판을 댄 탁자 위에 올

- 에드몽 오드랑의 1880년작 코믹 오페라.
- ● 프랑스의 작곡가 로베르 플랑케트(1848~1903)의 1877년작 코믹 오페라.
- ●● 프랑스의 작곡가 샤를 르코크(1832~1918)의 1874년작 코믹 오페라.
- ●●● 프랑스의 작곡가 다니엘 오베르(1782~1871)의 1830년작 코믹 오페라.
- ●●●● 이상의 세 작품은 모두 영국의 작곡가 아서 설리번(1842~1900)이 작
  곡하고 대본 작가 W. S. 길버트(1836~1911)가 각본을 쓴 코믹 오페
  라다. 〈피너포어〉는 1878년, 〈펜잰스의 해적〉은 1879년, 〈페이션스〉는
  1881년에 초연되었다. 이 중 〈페이션스〉는 유미주의를 비꼬는 내용이다.

려놓았다. 플러시 천으로 만든 가리개와 묵직한 쿠션에다가는(본인들은 '마거리트'라고 부르는) 데이지와 해바라기와 옻나무와 부들과 올빼미와 공작 깃털을 수놓았는데, 이 쿠션들을 바닥에 아무렇게나 놓아두는 바람에 어둠 속에서 아버지들이 여기에 발이 걸려 넘어지기도 했다. 딸들은 죄책감을 불어넣는 설교에 굴하지 않고 계속 수를 놓았다. 소파 덮개에 데이지와 해바라기와 옻나무와 부들과 올빼미와 공작 깃털을 수놓고는 용감하게도 말총으로 만든 소파에 씌웠다. 탬버린 위에도 데이지와 해바라기와 옻나무와 부들과 올빼미와 공작 깃털을 그렸다. 이 아가씨들은 종이로 만든 중국식 우산을 샹들리에에 걸어놓기도 했으며, 종이부채를 벽에다 못으로 박아놓기도 했다. 도자기에 그림을 그리는 법을 '연구'했으며, 토스티●의 새 노래를 불렀다. 고상한 옛 습관인 '기절하는 숙녀'도 여전히 때때로 연습했으며, 봄날 아침 서넛씩 무리를 지어 바스켓 페이튼●● 마차로 드라이브하는 일에 다들 심히 매혹되었다.

아직 젊고 힘을 넉넉히 쓸 수 있을 만큼 활동적인 사람들에게는 크로케와 가벼운 양궁이 인기 종목이었다. 중년은 유커●●●를 즐겼다. 앰버슨 호텔 옆에는 극장이 있었고, 배우 에드윈

● 이탈리아 출신의 작곡가이자 음악 교사인 프란체스코 파올로 토스티(1846~1916).

●● 덮개 없는 개방형 소형 마차.

●●● 카드놀이의 일종.

부스가 오는 날 밤이면 표 살 돈이 있는 사람들은 모두 극장으로 모여들었으며, 도시의 모든 '대여용 말'이 동원되었다. 〈음흉한 사기꾼〉● 공연 때도 극장이 꽉 찼지만 당시 관객은 대부분 남자였고, 그들은 스타킹을 신은 요정 차림의 여성 출연자들 위로 무대의 막이 내리면 거북한 표정으로 귀가했다. 하지만 공연 관람이 그렇게 자주 있는 일은 아니었다. 이 소도시 사람들은 아직 무척이나 검소했다.

사람들이 검소했던 건 그들이 '초기 정착민'의 아들 내지는 손자였기 때문이다. 초기 정착민들은 황무지를 개척한 이들이었다. 그들은 동부와 남부에서 도끼와 총을 챙겨 짐마차를 타고 도착했지만 돈은 한 푼도 없었다. 개척자들은 근검하게 살지 않았다면 횡사했을 것이다. 그들은 겨울을 대비해 음식을 비축하거나 식량과 교환할 물자를 쌓아두어야 했으며, 그것들이 충분하지 않을까봐 자주 걱정했다. 이 두려움의 흔적은 아들과 손자 들에게까지 이어져 내려왔다. 이들 대부분의 마음속에서 검약이란 종교 다음으로 중요했다. 비축이란, 심지어 그게 비축을 위한 비축이라 해도 그들이 가장 먼저 익히는 교훈이자 원칙이었다. 그들은 지금 제아무리 번창하고 있다고 해도 '예술'에 쓰건 단순한 사치품이나 오락에 쓰건 죄의식 없이는 돈을 쓸 수 없었다.

이런 소박하고 서민적인 배경과 대비되는 앰버슨 가문의

● 1866년 초연된 미국 최초의 뮤지컬.

으리으리함은 장례식에 나타난 취주악단만큼이나 두드러졌다. 앰버슨 소령은 내셔널 거리 끝자락에 80만 제곱미터의 땅을 사들였고, 이 땅에 널찍한 거리와 교차로를 조성했다. 삼나무 블록으로 길을 포장하고 연석을 깔았다. 그는 교차로 이곳저곳에 분수를 세우고, 거기에 하얀 페인트를 칠한 주철 조각상을 간격을 두고 대칭으로 올려놓고는 받침대에다가 선명히 분수 이름을 새겼다. 미네르바, 메르쿠리우스, 헤라클레스, 베누스, 검투사, 아우구스투스 황제, 고기잡이 소년, 스태그하운드 사냥개, 마스티프, 그레이하운드, 새끼 사슴, 영양, 상처 입은 암사슴, 상처 입은 사자. 아직은 숲에 나무들이 대부분 풍성하게 남아 있었고, 약간 떨어져서 보거나 달빛에 비친 숲은 정말로 아름다웠다. 하지만 이 열정적인 시민 앰버슨 소령은 자신의 도시가 성장하는 모습을 보는 게 좋았고, 멀리서 보는 풍경에도 달빛에도 관심이 없었다. 그는 베르사유 궁전을 직접 본 적이 한 번도 없었지만 환한 대낮에 '앰버슨 택지'에 조성한 넵투누스 분수 앞에 서서 지역 신문에 실린 자기 마음에 드는 비교 기사를 인용하며 여기가 베르사유를 능가한다고 선언했다. 이 모든 '예술 작품'은 시작부터 확실히 이익이 났는데, 새 택지가 잘 팔리면서 폭발적으로 집이 지어졌기 때문이다. 내셔널 거리와 비스듬히 이어진 이 택지의 주도로는 '앰버슨 대로'라 불렸고, 앰버슨 소령은 여기, 즉 새로 생긴 대로와 내셔널 거리가 합류하는 곳에 자신이 사용할 1만 6000제곱미터 면적의 땅을 따로 마련하여 새 저택을 지었다. 저택 이름은 당연히 '앰버슨 저택'이었다.

이 저택은 도시의 자랑이었다. 저 뒤쪽 식당의 창문에까지 석재를 붙인 이 저택은 아치와 망루가 있고 석재 현관이 집을 둘러싸고 있었다. 마차가 드나드는 출입구를 따로 만들어 놓은 것도 이 도시에서는 처음 보는 광경이었다. 검은색 호두나무로 만든 큼지막한 계단이 설치된 저택 중앙의 '현관홀'은 지상 3층 높이의 '돔'이라 불리는 녹색 유리 채광창으로 통했다. 무도회장은 3층을 거의 다 차지했고, 가장자리에는 호두나무를 깎아 만든 음악가용 좌석이 설치되어 있었다. 도시 사람들은 외부인들에게 이 검은색 호두나무를 가져와 깎는 데 6만 달러가 들었다고 말했다. "목재 작업**만** 6만 달러라니까요! 맞아요, 선생님. 집 전체에 단단한 목재 바닥을 깔았다고요! 터키 양탄자나 카펫 따위는 없고요. 정면 객실에 브뤼셀 카펫 하나 딱 깔았어요. 거기를 '접견실'이라고 하나봅니다. 층마다 냉온수가 나오고 침실마다 고정식 세면대를 갖다놓았고요! 사이드보드를 집에다 붙박이로 설치했는데 식당 끝까지 뻗어 있어요. 호두나무 말고 마호가니 원목으로 말이죠! 합판 말고 마호가니 원목이라니까요! 그러니까요, 선생님. 제 생각에는 미합중국 대통령께서도 새로 지은 앰버슨 저택과 백악관을 바꿀 수 있다면 아주 기뻐하실 거예요. 물론 소령님이 대통령께 기회를 주신다면 말이죠. 하지만 전 능하신 달러의 이름에 걸고 말하는데, 소령님께서는 절대 안 그러실 거예요!"

이 도시를 방문한 사람은 분명 앰버슨 가문에 대해 더 많은 깨달음을 얻게 될 것이었다. 절대 생략되지 않는 오락의 형태가 하나 있었기 때문이다. 방문자는 '우리 도시를 잠깐 돌아 보는' 거의 애국적이다시피 한 행사에 늘 동원되었는데, 그를 초대한 사람은 심지어 말을 대여하는 한이 있어도 그렇게 했 으며, 그 전시의 절정은 항상 앰버슨 저택이었다. "저기 옆 뜰 에 설치한 온실 좀 보세요." 방문자를 데리고 다니는 이는 이 런 식으로 이야기를 이어가곤 했다. "저기 벽돌로 지은 마구 간도 좀 보시고요! 사람들은 대부분 저 정도로 커다란 마구 간이면 안에 들어가 살아도 되겠다고 생각할걸요. 수도도 설 치되어 있고 위층에는 고용인 둘이 쓰는 방이 네 개나 있는 데 그중 하나에는 고용인 가족이 살고 있다니까요. 혼자 사는 고용인은 집 안에서 계속 빈둥거리는데, 결혼한 고용인은 마 구간에 나와 일하고, 그 사람 부인은 세탁 일을 하죠. 마구간 에서는 말 네 필을 칸막이로 나눠 기르고 쿠페형 마차도 하 나 보관하고 있어요. 새로 나온 멋진 장비들도 있는데 그것보 다 더 좋은 건 절대 못 보셨을걸요! '이륜마차'라는 것도 두 대 있는데, 진짜 하늘까지 닿아요. 제가 타기에는 너무 높죠! 제 생각엔 그 안에도 새로 발명된 온갖 멋진 설비들이 갖춰 졌을 거예요. 말갖춤도 그래요. 앰버슨 집안 마차가 해 진 다 음에 나오면 그 짤랑거리는 소리로 다들 알아차린다니까요. 이 도시 사람들은 요즘 앰버슨 집안사람들이 입은 것처럼 그 렇게 호화로운 옷을 본 적이 없어요. 아마 엄청나게 비싸겠 죠. 그러니까 많은 사람이 따라 하려고 기를 쓰지 않겠어요? 소령님 사모님과 따님이 유럽에 갔다 왔는데, 제 마누라가 말 하길 그분들이 거기서 돌아오시고 나서는 매일 오후 5시에

차를 만들어 마신대요. 제 생각엔 그게 위장에는 안 좋을 것 같은데 말이죠. 저녁 먹기 직전인데. 아무튼 차는 별로 안 어울려요. 아프거나 뭐 그런 게 아닌 이상 말이에요. 제 마누라 말이 앰버슨 집안사람들은 양상추샐러드도 다른 사람들과 다르게 만든대요. 잘게 채를 썰지도 않고 설탕과 식초도 섞지 않는다네요. 올리브기름을 뿌리고 식초를 섞는대요. 다른 음식과 같이 먹지도 않고 따로 먹고 말이죠. 게다가 올리브도 **그냥 먹는대요.** 그 왜 있잖습니까, 단단한 자두 닮은 녹색 열매요. 제 친구 말로는 거기 사람들이 그 상한 히커리 열매 같은 걸 많이 먹는대요. 마누라도 그 올리브인가를 사 오겠답니다. 나한테 하는 말이 그걸 아홉 알 먹으라고, 그래야 그 사람들처럼 사는 거라고 그래요. 나 원, 저는 **그 사람들** 닮겠다고 상한 히커리 열매 아홉 알을 먹지는 않을 겁니다. 그 올리브엔 손도 안 델 거예요. 어쨌든 제가 보기에는 무슨 여자들 음식 같은데, 사람들 대부분은 비틀비틀하면서 그 열매 아홉 알을 꾸물꾸물 먹어치우겠죠. 이제 앰버슨 집안이 그걸 이 도시에 들였으니까 말이에요. 그래요, 선생님. 나 빼고 다른 사람들은 올리브를 먹을 겁니다. 몸이 아프건 아니건 말이죠! 제가 보기에 이 도시에 사는 어떤 사람들은 올리브 같은 걸 먹으면 앰버슨네 사람들처럼 고상해지겠지 하는 생각에 기꺼이 정신 나간 짓을 할 거예요. 우리랑 아주 친한 노인네 중에 앨릭 미내퍼 영감이라고 있는데, 이분이 어느 날 제 사무실에 찾아와서는 당신 딸 패니 이야기를 하면서 거의 뒤로 넘어가더라고요. 이저벨 앰버슨 양이 개를 한 마리 기르는데(세인트

버나드라고 부르더군요) 패니가 자기도 그 개를 길러야겠다는 거예요. 앨릭 영감님은 자긴 랫테리어 말고는 개를 좋아하지 않는다고 했죠. 랫테리어는 쥐를 싹 잡아주니까요. 하지만 패니는 계속 고집을 부렸고, 결국 영감님은 알겠다고, 한 마리 기르라고 했죠. 그런데 세상에나! 그 애가 말하길 앰버슨 집 안에서는 그 개를 돈 주고 샀고, 돈을 내지 않으면 개를 가질 수 없다는 거예요. 개값은 50달러에서 100달러까지 하고! 앨릭 영감님은 도대체 개를 돈 주고 산다는 소릴 들은 적이 있냐고 제게 말 좀 듣고 싶었던 거죠. 하기야 당연한 게, 심지어 뉴펀들랜드나 세터 사냥개도 그냥 누구한테 얻어서 기를 수 있으니까요. 영감님은 개를 물에 빠뜨려 죽일 때 검둥이한테 10센트나 25센트 주고 시키는 게 무슨 말인지는 알겠는데, 대체 개값으로 50달러, 아니 그보다 더 낸다는 게 무슨 소리냐면서 제 사무실에서 기가 막혀 죽으려 했다니까요! 당연히 다들 앰버슨 소령님이 훌륭한 사업가라는 건 잘 알죠. 하지만 개한테 그렇게 돈을 뿌려대질 않나, 그 외 다른 것들도 그렇고, 어떤 사람들은 가족이 그런 식으로 사는 걸 그만두지 않으면 소령님께서 분명 파산할 거라고 생각한답니다!"

방문객에게 지금껏 이런 말을 쭉 늘어놓았던 이 시민은 잠시 생각에 잠기더니 이렇게 덧붙였다. "뭐, 그게 참 낭비처럼 보일 수는 있죠. 하지만 선생님께서 이저벨 양이 그 개를 데리고 산책하는 모습을 보시면 그 개가 돈값을 한다고 생각하실 겁니다."

"이저벨 양은 어떻게 생겼죠?"

"음, 뭐." 시민이 말했다. "열여덟 살 혹은 열아홉 살 이상은 아니에요. 정확히 어떻게 표현해야 할지 잘 모르겠네요. 하지만 아주 **활기차** 보이는 젊은 아가씨랍니다!"

제2장

또 다른 시민이 이저벨 앰버슨 양의 외모를 생생하게 설명
해주었다. 그 시민은 헨리 프랭클린 포스터 부인으로, 그녀가
'여성 테니슨 클럽'을 설립했을 때 도시의 양대 일간지에서
설명한 바에 따르면 헨리 프랭클린 포스터 부인은 지역 공동
체의 가장 저명한 문학적 권위자이자 지적 지도자였다. 부인
이 미술, 문학, 연극에 대해 내놓는 말은 의견이라기보다는
법률로 받아들여졌다. 그러다보니 〈헤이즐 커크〉•가 많은 지
역에서 오래도록 성황리에 공연되다가 드디어 이 도시까지
이르렀을 때, 사람들은 이 연극에 대한 의견을 자신 있게 드
러내기에 앞서 자연스럽게 헨리 프랭클린 포스터 부인의 생
각을 듣고자 기다렸다. 실제로 사람들이 나올 때 극장 로비에
서 기다리던 몇몇은 그녀의 주위로 무리 지어 몰려들어 질문

● 미국의 극작가 스틸 매카이(1842~1894)의 4막 희곡으로, 1880년에 초연되었다.

을 퍼부었다.

"난 연극을 보지 못했는데요." 그녀가 사람들에게 통보했다.

"뭐라고요! 어째서요? 부인께서 4열 중간에 앉아 계신 걸 저희가 봤는데요!"

"앉아 있긴 했죠." 그녀가 미소를 지었다. "하지만 저는 이 저벨 앰버슨 양의 바로 뒤에 앉아 있었거든요. 앰버슨 양의 물결치는 갈색 머리칼과 멋진 목덜미 말고는 아무것도 보이지 않았답니다."

구혼자로 부적합한 그 도시의 젊은 남자들(그들 모두 자격 미달이었다)은 헨리 프랭클린 포스터 부인을 그토록 사로잡은 그 뒷모습에 만족할 수 없었다. 그들은 앰버슨 양의 얼굴을 자기들 쪽으로 돌리느라 고군분투하고 있었으니 말이다. 관전자들이 말하길 그녀는 두 명에게 가장 자주 얼굴을 돌렸다. 한 명은 반짝이는 재기로 전체적인 투쟁 구도에서 우위를 차지했고, 다른 한 명은 매력적이지는 않아도 사람의 마음을 끄는 오래된 특징인 우직함을 발휘함으로써 우세를 차지했다. 재기 넘치는 신사는 앰버슨 양과 함께 '저먼스'●를 이끌었고, 소네트를 써서 꽃묶음과 함께 그녀에게 보냈다. 다만 그의 소네트에는 음악적인 느낌도, 위트도 모자랐다. 그는 호탕했고, 가난했으며, 잘 차려입고 다녔다. 놀라울 정도로 사람을 잘 설득했는데, 그게 그가 늘 빚을 지고 사는 이유 중 하나였다.

● 상대를 계속해서 바꾸는 스텝이 복잡한 춤.

그가 이저벨을 설득할 수 있으리라는 점은 누구도 의심하지 않았다. 하지만 안타깝게도, 그가 지나치게 들뜬 상태로 파티에 참석했던 어느 날 밤, 앰버슨 저택 앞의 잔디 위에서 달밤의 세레나데가 연주되던 와중에, 그가 베이스 비올을 밟아 부수고 대기 중인 마차까지 부축받아서 가는 모습을 창가에서 아주 쉽게 알아볼 수 있었다. 앰버슨 양의 형제 한 명도 그 세레나데 연주자 사이에 끼어 있었고, 그는 파티가 끝나고 나서 무기력하게 늘어진 채 정문에 기대어 있었다. 실내복에 슬리퍼 차림을 한 소령이 아들을 안으로 들인 다음 터지려는 웃음을 겨우겨우 참으면서 부드럽게 꾸짖었다. 앰버슨 양도 다음 날 오빠를 보며 웃음을 터뜨렸지만, 구혼자에게 그 사건은 전혀 다른 문제였다. 그가 사과하려고 찾아왔을 때 그녀는 만나지 않겠다고 거부했다. "베이스 비올을 정말로 크게 배려하시는군요!" 구혼자는 편지를 썼다. "다시는 부수지 않겠다고 약속하겠습니다." 앰버슨 양은 아무 답장도 하지 않았다. 이주 뒤에 약혼을 발표한 것이 답장이 아니라면 말이다. 그녀는 우직한 쪽인 윌버 미내퍼를 택했다. 베이스 비올도, 마음도 박살 내지 않았고, 세레나데라고는 부른 적도 없는 사람 말이다.

　무슨 일에건 늘 선견지명을 발휘하는 몇몇 사람만이 자기들은 놀라지 않았다고 주장했는데, 비록 윌버 미내퍼가 "굳이 말하자면 아폴론 같은 남자는 아니"지만, "견실한 젊은 사업가인 데다가 교회에도 성실하게 잘 나가는 청년"이고, 이저벨 앰버슨은 "화려하게 꾸미고 다니는 그런 아가씨치고는 꽤 사리 분별을 할 줄 아는" 여성이었기 때문이다. 하지만 그 약혼은 젊은이들을 경악에 빠뜨렸고, 젊은이들의 부모들 역시 대부분 놀랐으며, 그래서 약혼 발표 이후 열린 '여성 테니슨 클럽' 모임에서 그 화제가 문학 토론을 대체했다.

"윌버 **미내퍼**라니!" 한 회원이 그렇게 소리쳤는데, 그 어조는 마치 윌버가 저지른 범죄가 그의 성씨를 통해 설명된다고 암시하는 듯했다. "윌버 **미내퍼**! 내가 들은 얘기 중 가장 희한한 일이에요! 어떤 여자든 천배는 더 좋아할 남자가 밤에 세레나데 자리에서 약간 거칠게 굴었다는 이유로 윌버 미내퍼를 선택했다고 생각하면 정말!"

"아니에요." 헨리 프랭클린 포스터 부인이 말했다. "그것 때문이 아니에요. 그 애는 그 사람이 방탕한 남편이 될까봐 걱정돼서 안정적인 삶을 원한 게 아니에요. 종교적이거나 거친 행동이 싫어서도 아니고요. **그 남자** 내면에 있는 거친 면을 싫어한 것조차도 아니고요."

"어, 하지만 그 일로 그녀가 그 남자를 차버린 거잖아요."

"아니에요, 그 이유가 아니라니까요." 현명한 헨리 프랭클린 포스터 부인이 말했다. "남자들이 그걸 알아야 할 텐데. 뭐, 모르는 게 약이겠지요. 여자는 남자가 거친 사람인지 아닌지는 그 점이 본인에게 영향이 없다면 별 관심 없답니다. 그리고 이저벨 앰버슨은 그런 건 관심도 없어요!"

"**포스터** 부인!"

"아니에요, 정말로 그렇다니까요. 그 애가 거슬리는 건 그 남자가 자기 집 앞마당에서 광대 짓을 한다는 거예요. 그래서 그 남자가 **자기를** 별로 아끼지 않는다고 생각한 거고요. 아마 이저벨은 실수를 저지른 것이겠지만, 그게 그 애 생각이고, 이제 와서 다른 마음을 먹기에는 너무 늦었죠. 곧 결혼할 거잖아요. 다음 주에 청첩장이 나올 거고요. 앰버슨 가문다운 성대한 결혼이 되겠죠. 속을 파낸 얼음에 집어넣은 생굴, 도시 밖에서 데려온 악단과 샴페인에 화려한 선물까지. 소령님이 굉장한 선물을 마련할 거고요. 그럼 윌버는 이저벨을 데리고 자기가 감당할 수 있는 한 가장 정성을 들인 간소한 신혼여행을 할 거고, 이저벨은 좋은 부인이 되겠지만, 이 도시가 지금껏 본 중 가장 버릇없는 아이들을 잔뜩 낳을 거예요."

"대체 어떻게 **그런 걸** 자신 있게 말씀하세요, 포스터 부인?"

"걔는 윌버를 사랑할 수 없으니까. 안 그래요?" 포스터 부인이 그렇게 단정하자 아무도 이의를 제기하지 못했다. "그리고 그 마음이 이저벨의 아이들에게 모두 전해질 거고, 이저벨은 애들을 망칠 거예요!"

이 여성 예언자는 딱 한 가지 세부 사항에서만 착오를 일으켰음이 나중에 밝혀졌다. 그 점을 제외하면, 그녀의 선견은 정확했다. 결혼식은 앰버슨 가문다운 화려함으로 넘쳐났다. 심지어 얼음에 띄운 생굴까지도 그랬다. 소령의 굉장한 결혼 선물은 앰버슨 저택만큼이나 호화롭고 인상적인 저택의 설계도로, 그 집은 소령이 앰버슨 택지에 지을 예정이었다. 악단은 확실히 베이스 비올을 잃어 힘들어하던 지역 악단이 아니었다. 포스터 부인의 예언과 결혼식 다음 날 발행된 조간 신문에 따르면 그 악단의 음악가들은 아주 멀리서 온 사람들이었다. 신부는 자정까지 샴페인으로 건배를 했지만, 다음 날 아침 10시에 신혼여행을 떠났다. 부부는 불과 나흘 뒤 도시로 돌아왔고, 이런 신속함은 윌버가 이저벨을 본인이 감당할 수 있는 한 가장 정성을 들인 간소한 여행에 데려갔다 왔다는 사실을 가감 없이 보여주는 듯했다. 모든 소문을 종합해볼 때 이저벨은 신혼 초부터 '그에게 좋은 아내'였으나, 여기 포스터 부인의 예언이 완전히 들어맞지는 않았음을 증명한 마지막 세부 사항이 있었다. 윌버와 이저벨은 아이를 많이 낳지 않았다. 부부는 딱 한 명의 자녀만 낳았다.

"겨우 하나라니." 헨리 프랭클린 포스터 부인은 현실을 받아들였다. "하지만 그 애가 과연 마차 한 대를 채울 만큼 넉넉히 버릇없는 애인지 아닌지는 알고 싶군요!"

다시 한번 아무도 그녀에게 이의를 제기하지 않았다.

조지 앰버슨 미내퍼, 소령의 하나뿐인 이 손자는 아홉 살에 최악의 악동이 되었다. 하얀색 조랑말을 타고 질주하는 그 애는 앰버슨 택지뿐 아니라 다른 동네에서도 두려움의 대상이었다. "세상에! 넌 이 도시가 제 것인 줄 아는가보구나!" 어느 날 조지가 조랑말을 탄 채 모래 더미를 뚫고 지나가자 모래를 체로 쳐서 거르던 노동자는 화가 치솟아 불평했다. "내가 어른이 되면 당연히 그렇게 될 거예요." 아이가 태연하게 대답했다. "물론 지금은 우리 할아버지가 갖고 있지만요!" 과장을 좀 한 듯 했지만 그게 또 사실이기는 했으므로, 당황한 일꾼은 그 말에 달리 반박할 방도가 없어서 그냥 이렇게 중얼거릴 수밖에 없었다. "조끼나 똑바로 내리고 다녀."

"안 그래도 되는디! 의사 말이 그거 건강에 안 좋다던데!"

소년이 즉시 받아쳤다. "하지만 내가 뭘 할지 말해줄게요. 아저씨가 턱을 닦고 다니면 나도 조끼를 내리고 다닐게요!"

이는 틀에 박힌 듯 오가는 대화로, 턱을 닦느니 조끼를 내리느니 하는 건 당시 길거리에서 상대를 조롱하며 주고받던 상투적인 은어였다. 그리고 그런 은어 문제에서 조지는 전문가였다. 실상 그 아이는 똑바로 내릴 조끼 같은 건 입지도 않았다. 술이 달린 허리띠가 소년이 입은 벨벳 블라우스와 반바지가 만나는 지점에서 몸을 꼴사납게 두르고 있었는데, 그런 차림을 하게 된 건 소공자풍 옷차림의 시대가 시작되기도 했거니와 조지의 어머니가 아들도 걱정할 만큼 패션을 제대로 보는 안목이 처량하리만치 없어서 당시 유행하던 원칙에 따라 자기 아들을 치장해 입혔기 때문이다. 그래서 조지는 실크 허리띠에 실크 스타킹을 신었을 뿐 아니라 널찍한 레이스 옷깃이 달린 꽉 끼는 검은색 벨벳 정장까지 입었다. 소년의 머리칼은 갈색 고수머리로, 집에 올 때 종종 까끌까끌한 씨앗 껍질이 달라붙어 있곤 했다.

외양은 차치하고라도(그거야 본인이 아니라 어머니의 작품이니) 조지는 그 멋진 꼬마 세드릭●과 닮은 데라고는 눈곱만큼도 없었다. 소설 속 세드릭의 유명한 대사 "**제가** 힘이 되어드릴게요, 할아버지"가 조지의 입술에서 나오는 장면은 상상이 잘 가지 않을 것이다. 조지의 아홉 살 생일 한 달 뒤, 그러니

● 프랜시스 호지슨 버넷(1849~1924)의 소설 《소공자》(1886)의 주인공.

까 소령이 손자에게 조랑말을 선물했을 때, 소년은 이미 도시 곳곳의 불량한 아이들과 안면을 텄고, 그 애들에게 긴 고수머리를 가진 부잣집 꼬마의 불량함이 여러 면에서 자기들의 불량함보다 우월하리라는 점을 확실히 수긍하게 만들었다. 조지는 그 애들과 싸우면서 어떤 순간에 광분할지를 배웠고, 분노로 울먹였으며, 돌덩이에 손을 뻗고, 죽여버리겠다고 울부짖듯 협박을 내뱉고는 그 협박을 실현하고자 애썼다. 싸우다 보면 종종 정이 들었고, 그러는 와중에 소년은 "안 그래도 되는디!"와 "의사 말이 그거 건강에 안 좋다던데!" 같은 말보다 더 화끈한 표현들을 쓰는 기술을 익혔다. 그러던 어느 여름날 오후, 맬럭 스미스 목사 집 문설주에 이 동네에서 처음 보는 남자아이가 지루한 듯 앉아 있다가 하얀 조랑말을 탄 채 빠르게 다가오는 조지 앰버슨 미내퍼의 모습을 보고는 시비를 걸고 싶은 충동에 소리쳤다. "저 머저리 좀 보래요! 곱슬머리 계집애네! 야, 너 그 엄마 머리띠는 어디서 훔친 거냐?"

"네 누나가 훔쳐다 줬다!" 조지는 곧장 받아치며 조랑말을 세웠다. "우리 집 빨랫줄에서 털어가지고 나한테 줬다고."

"그 머리나 깎아!" 상대방 소년이 열을 내며 대꾸했다. "흥이다! 난 누나 없는데!"

"네 누나가 집에 없다는 건 나도 알지." 조지가 대답했다. "감방에 있잖아."

"당장 그 조랑말에서 내리지 못해!"

조지가 땅으로 뛰어내렸고, 상대 소년도 스미스 목사 집 문설주에서 내려왔지만, 문 안쪽으로 들어갔다. "문밖으로 좀 나오지." 조지가 말했다.

"어디 한번 이리로 와보시든가. 어디 한번……."

하지만 이건 불운한 도발이었으니 조지가 즉시 울타리를 뛰어넘어 왔던 것이다. 그로부터 사 분 뒤, 이상한 소리를 들은 맬릭 스미스 목사는 창밖을 내다보고 나서 비명을 지르며 서재에서 후다닥 뛰어나왔다. 험상궂은 수염을 기른 감리교 목사인 맬릭 스미스 씨가 앞마당에 나와보니 자기 집에 놀러 왔던 조카가 미내퍼 집안 도련님이 벌이는 학살극의 주요 등장인물이 될 준비를 빠르게 수행 중이었다. 스미스 목사가 조카를 겨우겨우 집으로 피신시키는 데는 상당한 육체적 어려움이 따랐는데, 조지가 억세고 빨랐을뿐더러 이런 문제에 있어서는 놀랄 만큼 열정적이었기 때문이다. 하지만 목사는 악전고투 끝에 조지를 상대방에게서 떼어놓고는 붙잡아 흔들었다.

"하지 마! 하지 말라고!" 조지가 사납게 울부짖고는 몸을 비틀며 목사의 손에서 떨어졌다. "내가 누군지 알잖아요!"

"그럼, 알고말고!" 화가 난 스미스 목사가 받아쳤다. "네가 누군지 알다마다. 네가 네 어머니의 수치인 것도 알고! 네 어머니는 네가 이런 짓을 하고 돌아다니게 놔두는 걸 부끄러워해야……."

"엄마가 부끄러워해야 한다느니 같은 소리 하려면 닥쳐요!"

스미스 목사는 화가 머리끝까지 치솟은 나머지 대화를 품위 있게 마무리할 수 없었다. "그 여자는 부끄러워해야 해." 목사가 되풀이했다. "너 같은 나쁜 아이를 내버려두는 여자는······."

하지만 조지는 벌써 조랑말에 올라탄 뒤였다. 소년은 늘 하던 대로 한바탕 질주를 시작하기 전에 잠시 멈춰 서서 맬럭스미스 목사의 말을 끊었다. "조끼나 똑바로 내려 입어요. 늙어빠진 숫염소 같으니!" 조지가 또박또박 소리쳤다. "조끼나 똑바로 내려 입고, 턱이나 제대로 닦고, 지옥에나 떨어져요!"

이런 조숙한 행동거지는, 심지어 부잣집 아이 중에서라 해도 어른들 대부분이 생각하는 것만큼 특이한 일이 아니다. 하지만 맬럭 스미스 목사에게는 참으로 새로운 경험이었으며, 그를 일종의 흥분 상태에 빠뜨렸다. 목사는 일단 조지의 어머니에게 짤막한 편지를 썼고, 조카의 증언에 따라 아들의 죄상을 상세히 서술했다. 편지는 조지가 집에 들어오기 전에 미내퍼 부인에게 도착했다. 소년이 귀가했을 때 그녀는 슬픔에 가득 차서 아들에게 편지를 읽어주었다.

사모님께

귀댁의 자녀가 제 집안에 극심한 고통을 야기했습니다. 제 집을 방문 중이던 어린 조카를 정당한 이유 없이 공격했고, 사악한 욕설을 해대고 거짓말을 하여 아이를 모욕했습니다. 아이 집안의 여자들이 감방에 있다고 했다는군요. 그러더니 조랑말에게 아이를 걷어차라고 시키려 했죠. 귀댁의 자녀보다 어리고 약한, 겨우 열한 살밖에 안 되는 조카아이가 모욕적인 자리를 피하려 애쓰고 있는데 귀댁의 자녀가 제 사유지까지 쳐들어와서는 조카를 야만적으로 공격했습니다. 제가 그 현장에 나타나자 제게 고의적으로 치욕적인 말을 퍼부었고요. 그 말 중에는 '지옥에 떨어져라'라는 신성모독적인 발언도 있었습니다. 저만 들은 게 아니라 제 아내와 옆집의 숙녀도 들었습니다. 저는 그러한 통제되지 않는 작태가, 다른 건 제쳐놓고라도 이 버릇없는 아이가 속한 가문의 교양 수준에 대한 평판을 위해서라도 교정되어야 하지 않을까 믿어마지않습니다.

조지는 어머니가 편지를 읽어주는 동안 온갖 방법으로 낭독을 방해했고, 그녀가 편지를 다 읽자 말했다.

"그 사람 뻥쟁이야!"

"조지, '뻥쟁이'라는 말을 쓰면 안 되지. 이 편지 내용이 진짜니?"

"근데." 조지가 말했다. "나 몇 살이야?"

"열 살."

"봐봐, 열한 살짜리 애보다 내가 더 나이가 많다고 하잖아."

"그건 그러네." 이저벨이 말했다. "그렇게 써놓긴 했어. 하지만 그럼 편지 내용 중 일부는 사실인 거니, 조지?"

조지는 자기가 곤란한 상황에 놓였다는 걸 깨닫고 입을 다물었다.

"조지, 목사님이 네가 했다고 한 말, 진짜로 했니?"

"무슨 말?"

"목사님, 목사님한테…… '지옥에 떨어져라'라고 그랬니?"

조지는 잠깐 난처한 표정으로 있다가 얼굴이 환하게 밝아졌다. "들어봐, 엄마. 그렇다고 할아버지가 그 늙다리 거짓말 쟁이의 구두를 닦아줄 일은 없을 거야. 그렇지?"

"조지, 너 그런 말 하면……."

"그러니까 무슨 말이냐면, 앰버슨 가문 사람 중 누구도 그 사람하고 관계 맺을 일은 없을 거라고. 안 그래? 그 사람이 **엄마랑** 알고 지내는 것도 아니잖아. 맞지, 엄마?"

"그 문제는 지금 이 일과 관계가 없어."

"아냐, 있어! 앰버슨 가문 누구도 그 사람을 만나러 가지 않아. 절대 그 사람을 집에 초대하지도 않고. 뭘 물어보지도 않을 거고, 뭘 하게 해주지도 않을 거라고."

"지금 그런 얘길 하는 게 아니잖니."

"내가 확실히 얘기하는데." 조지가 힘주어 말했다. "그놈이 앰버슨 사람들을 보고 싶으면 옆문으로 들어와야 할 거야!"

"얘, 그렇지 않아. 우리 집안사람들은……."

"그럴 거라니까, 엄마! 내가 그놈 맘에 안 드는 얘기 좀 했다고 해도 그게 뭐가 문제야? 그런 인간들한테 내가 하고 싶은 말도 못 하는 이유를 모르겠는걸!"

"그렇지 않아, 조지. 그리고 너 아직 목사님께 그런 끔찍한 말을 했는지 안 했는지 대답 안 했어."

"뭐." 조지가 말했다. "어쨌든 그놈이 날 돌아버리게 하는 말을 했어." 이 대목에서 소년은 더 자세하게는 말하지 않았다. 자기가 '돌아버린' 까닭이 스미스 목사가 어머니더러 '부끄러워해야 한다'라느니 '너 같은 나쁜 아이를 내버려두는 여자'라느니 하면서 경솔한 비난을 했기 때문이라고 해명할 마음이 없었던 것이다. 조지는 목사의 그 무례한 말들을 그대로 따와 말하면서 변명할 생각조차 하지 않았다.

이저벨은 조지의 머리를 쓰다듬었다. "그런 건 네가 쓰기에는 끔찍한 말들이란다, 얘야. 편지를 읽어보니 목사님이 그렇게 융통성이 있는 분은 아닌 것 같구나. 하지만……."

"그 아저씨는 그냥 천한 놈이야."

"그렇게까지 말하면 안 되지." 조지의 어머니는 나무라는 척하며 은근슬쩍 아들의 말에 동조했다. "목사님이 얘기한 못된 말은 어디서 배웠니? 누가 어디서 그런 말을 쓰고 다녀?"

"뭐, 여기저기서 들었어. **처음** 들은 건 조지 앰버슨 삼촌한테서야. 예전에 조지 앰버슨 삼촌이 아빠한테 그 말을 했거든. 아빠는 그 말을 별로 안 좋아했지만 조지 삼촌은 아빠를 보면서 크게 웃고는, 웃으면서 그 말을 또 했어."

"삼촌이 잘못했네." 그녀는 그렇게 말했지만, 소년은 거의 본능적으로 어머니의 어조에 확신이 부족하다는 사실을 감지했다. 이저벨의 큰 단점은 앰버슨 가문의 사람들이 하는 일이라면 그게 무엇이든 옳은 일로 본다는 사실이었다. 그 사람이 오빠 조지, 아니면 아들 조지일 경우에는 특히 더 그랬다. 이 중 지금은 후자에게 더 엄격해야 한다는 사실은 본인도 잘 알고 있었지만, 아들에게 엄하게 구는 건 그녀의 능력 밖이었다. 결국 맬럭 스미스 목사의 행동은 자신에 대한 이저벨의 적의만 키운 꼴이 되고 말았다. 아들 조지의 균형 잡힌, 전형적인 앰버슨 가문 관상이라 할 수 있는 그 얼굴이 어머니에겐 그보다 더 곱게 보일 수 없었다. 아들에게 엄하게 굴려고 할 때마다 그 얼굴은 특별하게 아름다워 보였다. "약속하렴." 이저벨이 무기력하게 말했다. "다시는 그런 나쁜 말을 쓰지 않겠다고."

"안 그러겠다고 약속할게요." 소년이 재빨리 대답했다. 그러고는 곧바로 추가 조항을 숨죽여 몰래 속삭였다. "누구한테 돌아버리지만 않으면!" 이런 방식으로 소년은 자기는 절대 거짓말하지 않는다는 규칙을 자신만의 신념 속에서 지켰다.

"그래, 착하지." 그녀가 그렇게 말했고, 소년은 안뜰로 뛰어나갔다. 처벌이 끝난 것이다. 그곳에는 조지를 우러러보는 친구들이 모여 있었다. 그 아이들은 조지의 모험 이야기를 들었고, 편지의 존재도 알고 있었으며, 소년에게 무슨 일이 '벌어질지' 알고 싶어 기다리던 중이었다. 아이들은 자세한 사정을 듣고 싶었고, 조지의 허락을 받아 '차례로' 조랑말을 타고 골목 끝까지 갔다가 돌아와보고 싶었다.

그 소년들은 조지의 졸개들이었고, 조지는 아이들 사이에서 왕 노릇을 했다. 사실 조지는 특정 부류의 어른들 사이에서도 유명 인사였다. 골목의 흑인들은 종종 조지에게 알랑방귀를 뀌었다. 그들은 소년을 무척 좋아했고, 빙그레 웃어주었으며, 비굴하게 아첨을 떨었다. 소년은 잘 차려입은 사람들도 자기에 대해 선망하듯 말하는 걸 종종 듣곤 했다. 한번은 소년이 인도에서 팽이를 돌리며 놀고 있는데 숙녀들이 그 주위로 무리 지어 몰려들었다. "나 얘 **알아**, 조지잖아!" 누군가 그렇게 외치고는 공연 흥행사 같은 표정으로 다른 사람들을 돌아보았다. "앰버슨 소령네 하나뿐인 손자 말이야!" 그러면 다

른 사람들이 "애가 **개야?**"라고 말하면서 입으로 쯧쯧 하는
소리를 냈다. 그중 두 명이 들으란 듯 크게 속삭였다. "**진짜**
잘생겼네!"

조지는 팽이를 돌리려고 분필로 그려놓은 원 주위에 사람
들이 계속 서 있자 짜증이 났다. 소년은 사람들을 싸늘하게
바라보더니 다음과 같이 제안했다.

"아, 진짜, 아예 강당을 하나 빌리지 그래요!"

앰버슨 가문 사람이 다 그렇듯 조지는 이미 공인이었으며,
맬럭 스미스 목사의 앞마당에서 벌어진 모험담은 도시의 화
젯거리가 되었다. 많은 사람이 우연찮게라도 조지와 마주치
게 되면 불쾌감을 잔뜩 드러내며 소년을 흘끗거렸는데, 그런
시선이 조지에게는 아무 의미가 없었던 것이, 소년은 천진난
만하게도 어른들은 대부분 필연적으로 곁눈질한다고, 그건
성인이 되면서 자연스럽게 생겨나는 현상이라고 믿었기 때
문이다. 소년은 그 불쾌한 시선들이 자기와 개인적인 관련이
있다는 사실을 전혀 이해하지 못했다. 설사 그런 관련성을 알
아차렸다 해도 기껏해야 "천한 놈들!"이라고 중얼거릴 정도
의 영향만 미쳤을 것이다. 그 말을 큰 소리로 외칠 가능성도
있긴 했을 것이다. 사람들은 대부분 조지가 열한 살 때 치러
진 앰버슨 부인의 장례식 직후 도시에 돌았던 이야기를 의심
의 여지 없이 믿었다. 전하는 바에 따르면 조지는 가족석의
위치에 대해 장의사와 의견이 달랐다고 한다. 울분에 찬 소년
의 목소리가 또렷이 들릴 정도였다고 했다. "내 할머니 장례
식에서 가장 중요한 사람이 누구게요?" 나중에 소년은 장의

사가 지나갈 때 맨 앞에 있던 조문객의 마차 창문에서 고개를 내밀고 소리를 질렀다.

"천한 놈!"

어떤 이들(다 자란 어른들)은 자신들의 소망을 무척 간절하게 표현하기도 했다. 그 꼬마가 천벌을 받는 날을 볼 때까지 살아 있길 **바라마지않는다고** 말이다(그들은 '응분의 대가'보다 훨씬 나은 '천벌'이라는 솔직한 단어를 사용했는데, 이는 세월이 흐르면서 '어찌 되나 보자'라는 어정쩡한 표현으로 바뀌었다)! 언젠가 **무언가가** 분명 그 녀석을 쓰러트릴 것이고, 그때 제발 그 꼴을 **살아서 직접** 보았으면 좋겠다는 것이다! 하지만 조지는 이런 이야기를 제 귀로 들은 적이 없었고, 소년이 망하길 간절히 바라던 이들은 불만스러워졌으며, 소망이 충족될 그 기쁜 날이 점점 더 미뤄지고 멀어질수록 간절함도 점점 더 커졌다. 맬럭 스미스 목사 이야기는 소년의 위대함을 훼손하기는커녕 외려 더 키워버렸다. 다른 아이들(특히 어린 소녀들) 사이에서는 부잣집 아이라는 조지의 위신에 더하여 목사에게 지옥에나 떨어지라고 일갈한 소년에게 응당 따르게 마련인 악마적인 매력까지 생겨나고 말았던 것이다.

　열두 살이 될 때까지 조지의 교육은 집안에서, 가정교사가 저택을 방문하는 식으로 이루어졌다. 그래서 조지가 망하기를 바라는 시민들은 이렇게 말했다. "공립학교에는 가야 하니까 참고 기다려보자고. **그때가 되면** 응분의 대가를 치르겠지!" 하지만 열두 살이 되자 조지는 도시에 있는 사립학교로 진학했다. 그 독립적인 소규모 교육기관에서는 조지가 받아 마땅하다고 생각되는 평판에 대한 어떤 이야기도, 심지어 변변찮은 소문 하나도 새어 나오지 않았다. 그리하여 소망은 여전히 끈질기게 지속되긴 했으나, 제 살을 깎아먹으며 점점 야위어갔다. 일이 그렇게 된 건 그 작은 학교에서 보이는 조지의 거만함과 몰염치함이 종종 견딜 수 없을 정도이긴 했어도 교사들이 그 아이에게 매혹되어서였다. 교사들은 조지를 좋아하지 않았으나(그 아이는 그러기에는 지나치게 건방졌다) 소년은 교사들의 감정을 나머지 열 명의 학생보다 자기에게 계속 더 많이 쏠리도록 만들어놓았다. 소년이 만들어놓은 감정 상태에 갇힌 결과, 교사들은 보통 자존심에 상처를 입었지만 가끔은 눈부신 감탄을 느끼기도 했다. 교사들이 성심성의껏 지켜본 바에 따르면, 조지는 교과목을 미진하게 '학습'했다. 하지만 가끔 수업 중에 탄복할 만한 대답을 불현듯 내놓기도 했는데, 그럴 때는 교사들이 가르쳤던 학생들에게서 그렇게 자주 드러나지 않는 종류의 이해력을 발휘했다. 시험도 쉽게 통과했다. 전체적으로 보자면, 조지는 이 학교에서 눈에 띄는 노력 없이 일반교양 교육의 기본적 내용을 약간 얻어갔고, 스스로에 대해서는 그게 뭐든 간에 아무것도 배우지 못했다.

조지가 열여섯 살에 명문 '사립 고등학교'로 진학했을 때도 조지가 망하길 바라는 사람들은 여전히 그 소망을 품고 살아가는 중이었다. "이제 드디어." 그들은 기뻐하며 말했다. "응분의 대가를 치르게 될 거야! 이제 그 녀석은 자기만큼이나 고향에서 귀하게 자란 소년들 사이에 끼는 거고, 걔들 앞에서 건방을 떨다가 콧대가 아주 납작해지겠지! 이야, 그거 정말 볼만**하겠는걸!**" 그들은 이번에도 착각한 것 같았다. 몇 달 뒤 조지가 돌아왔을 때 소년의 콧대는 여전히 똑같아 보였으니까. 사실 조지는 '오만하고 불경한' 것이라고 서술된 범죄를 저지르는 바람에 학교 당국에 의해 추방당하고 말았다. 예전에 맬럭 스미스 목사가 거세게 항의했던 바로 그것과 거의 같은 지시를 학교 교장에게도 내렸던 것이다.

하지만 조지에겐 천벌이 내리지 않았고, 응분의 대가를 바라마지않던 이들은 도시의 거리에서 범죄나 다름없는 속도로 이륜마차를 몰고 다니며 건널목의 행인들을 뒤로 물러나게 하는, 마치 "세상을 다 가진" 듯 행동하는 조지의 꼬락서니에 분개했다. 조지의 몰락을 갈구하는 사람 중에는 중년의 철물상도 있었는데, 그는 조지가 모는 마차에 치이지 않으려고 황급히 인도 위로 물러났다가 정말로 넌더리가 난 나머지 무의식적으로 그해 거리에서 애용되던 욕설을 큰 소리로 내뱉었다. "**정신** 나갔냐! 야, 너 여기 안 봐! 네 어머니가 너 이러고 다니는 거 아냐?"

조지는 그를 쳐다보는 척도 하지 않고 길쭉한 채찍 끝에 달린 가죽끈을 솜씨 좋게 휘둘러댔다. 철물상이 입은 바지의 허리 바로 아래쪽 부분에서 먼지가 슬쩍 피어올랐다. 그는 철물로 만들어진 사람이 아니었기에 격노의 외침을 내뱉으며 뭔가 던질 수 있는 물건을 찾았다. 그러다 던질 만한 걸 하나도 찾지 못하자 빠르게 멀어져가는 이륜마차 뒤에 대고 있는 힘껏 소리를 질렀다. "바짓단이나 접어 입고 다녀, 멋에 환장한 놈아! 그딴 바지는 비 내리는 런던에서나 입지 그래!● 이 세상에서 꺼져버리라고!"

조지는 철물상에게 자기 욕이 먹혔다는 의기양양함을 느낄 여지 따위는 주지 않았다. 이륜마차는 빠르게 다음 골목을 돌았고, 그곳에서도 아까와 비슷한 분노를 불러왔으며, 그 뒤로도 조금 더 달리다가 '앰버슨관(館)' 앞에서 멈췄다. 앰버슨관은 변호사 사무실, 보험사와 부동산 사무실이 복닥복닥

● 바짓단을 길게 늘어뜨려 입는 바지를 '비 내리는 런던 스타일'이라고 부른 데서 유래한 표현.

하게 들어찬 4층짜리 낡은 구식 벽돌 건물로, 1층에는 '양복점'이 입점해 있었다. 조지는 거품을 물면서 내달리던 자기 말을 전신주에 묶은 뒤 비판적인 시선으로 건물을 바라보며 잠시 서 있었다. 너절해 보이는 건물이었다. 조지는 할아버지가 이 건물을 14층짜리 고층 건물로, 아니면 그보다 더 높은 건물로 재건축해야 한다고 생각했다. 얼마 전 학교와 작별하고 집으로 가던 길에 들러 며칠 즐겁게 쉬고 놀았던 뉴욕에서 본 것 같은 그런 건물 말이다. 계단으로 통하는 입구에는 건물 위층에 입주한 세입자들의 직업과 위치를 알려주는 각종 양철 간판이 붙어 있었고, 조지는 자기가 대학에 가야 할 일이 생기면 이 중 몇 개를 가져가야겠다고 마음먹었다. 하지만 지금은 간판을 떼려고 발걸음을 멈추지 않았다. 조지는 낡은 계단(건물에는 승강기가 없었다)으로 4층까지 걸어 올라간 다음 어두침침한 복도를 따라 걷다가 어떤 문을 세 번 똑똑 두드렸다. 위쪽 절반이 불투명 유리로 되어 있는 그 수수께끼 같은 문에는 입주자의 사업 혹은 직업을 알려주는 어떤 표식도 달리지 않았다. 다만 머리 위쪽 상인방에 일부는 보라색 잉크로, 일부는 부드러운 심을 가진 연필로 쓴 'F. O. T. A.'라는 글자 네 개가 얼룩처럼 흐릿하게 적혀 있었다. 상인방 위 회반죽벽에는 사춘기 남자애들이 좋아 죽는 그림인, 해골과 엇갈린 넙다리뼈 그림이 그려져 있었다.

문 안쪽에서 조지가 두드린 것과 비슷한 문 두드리는 소리가 세 번 들렸다. 조지가 문을 네 번 두드리자 문 안쪽 사람은 다시 문을 두 번 두드렸고, 조지는 문을 일곱 번 더 두드렸다.

이렇게 모든 예방 조치가 끝나자 잘 차려입은 열여섯 살 소년이 문을 열었다. 조지가 안으로 재빨리 들어가자 등 뒤에서 문이 닫혔다. 서로 죽이 잘 맞는 나이대의 소년 일곱 명이 단상을 정면으로 마주 본 채 반원형으로 늘어놓은 망가진 사무실 의자에 앉아 있었다. 단상에 놓인 탁자 뒤로는 젊고 머리카락이 붉은 인물이 엄숙하게 서 있었다. 방 한쪽 끝에는 허름한 식기대가 있었는데, 그 위에는 빈 맥주병들, 표면에 거미줄처럼 곰팡이가 핀 씹는담배가 3분의 2 정도 차 있는 깡통, 먼지가 낀 릴리언 러셀●의 (사인은 없는) 캐비닛판 사진, 오래되어 삭은 피클들, 식탁용 나이프, 검댕이 낀 접시 위에서 반쯤 돌이 되다시피 한 설탕 가루를 뿌린 케이크 조각이 놓여 있었다. 다른 쪽 끝에는 삐걱거리는 카드놀이용 탁자 두 개와 책장이 서 있었는데, 책장에 꽂힌 기 드 모파상의 단편집 네댓 권, 《로빈슨 크루소》, 《사포 시집》, 《뉴욕의 반스 씨》,●● 보카치오의 작품, 성경, 청소년용 《아라비안나이트》, 《'인간의 형상을 한 신'에 대한 연구》, 《꼬마 장관》,●●● 병원 대기실 탁자에서 볼 수 있는 얄팍한 기사가 담긴, 아무렇게나 널린 월간지와 삽화가 그려진 주간지에는 먼지가 내려앉아 있었다. 식기대 위의 벽에는 〈왕 씨〉에 출연한 델라 폭스●●●●의 모습이

●　미국의 배우이자 가수인 릴리언 러셀(1860?~1922).

●●　아치볼드 클래버링 건터(1847~1907)의 1887년 소설.

●●●　J. M. 배리(1860~1937)의 1891년 소설.

●●●●　미국의 뮤지컬 배우이자 코미디언인 델라 폭스(1870~1913).

담긴 낡은 석판화 액자가 걸려 있었고, 책장 위쪽에는 복싱 선수 복장을 한 존 L. 설리번●의 모습을 재현하고자 했던 석판화가, 석판화 옆에는 《호너 교수의 성경 읽기》의 망판 인쇄 복사본이 놓여 있었다. 마지막으로 눈에 보이는 실내장식은 종이 반죽으로 만든, 전투용 도끼 두 개와 자루가 엇갈린 두 개의 검이 붙어 있는 원형 방패로, 빨간 머리 사회자가 서 있는 작은 연단 위쪽 벽에 손상된 채 걸려 있었다. 사회자가 조지에게 진지한 목소리로 인사했다.

"반가워, 일류의 친구(Friend of the Ace)."

"반가워, 일류의 친구." 조지가 대답하자 나머지 소년들이 그 말을 따라 했다. "반가워, 일류의 친구."

"우리 비밀 모임의 반원형 좌석에 앉도록 해." 사회자가 말했다. "이제 우리가 할 일은……."

하지만 조지는 격식을 차리지 않는 사람이었다. 조지는 사회자의 말을 끊고는 자기를 들여보낸 소년을 향해 몸을 돌리고 말했다. "야, 찰리 존슨, 프레드 키니가 회장석에서 지금 뭘 하는 거야? 거긴 내 자리잖아. 아냐? 너희들은 여기서 지금까지 뭐 하고 있었던 거냐? 내가 학교 가서 자리에 없어도 계속 똑같이 회장을 하는 걸로 너희 다 동의한 거 아니었어?"

"그게……." 찰리 존슨이 거북한 듯 말했다. "내 말 좀 들어 봐! 난 이 일과 별로 관련이 없어. 다른 회원 몇 명이 네가 이

● 미국 최초의 헤비급 복싱 챔피언인 존 L. 설리번(1858~1918).

동네나 자리에 없는 동안에는 그래도 되지 않나 하고 생각한 거야. 또 프레드가 저 식기대를 기부했고. 왜냐하면…….”

사회를 보고 있는 키니는 손에 의사봉 대신 다른 걸 들고 있었는데, 의사봉보다 훨씬 더 인상적인 그 물건은 바로 '마상 단총'이라는 이름으로 알려진 남북전쟁 시절의 유물이었다. 키니가 큰 소리로 힘주어 명령을 내렸다. “모든 '일류의 친구' 회원들은 착석하기 바란다!” 그가 날카롭게 말을 이었다. “현재는 내가 F. O. T. A.의 회장이야, 조지 미내퍼. 그 사실을 잊지 말라고! 너와 찰리 존슨, 자리에 앉도록 해. 나는 완벽하게 공정한 절차로 선출되었고, 우리는 이제 여기서 회의를 열 거니까.”

“아, 그래? 그러셔?” 조지가 삐딱하게 말했다.

찰리 존슨은 조지를 달래야겠다고 생각했다. “저기, 우리가 이 회의를 여는 건 네가 우리보고 회의를 열라고 특별히 말해서잖아. 그렇지? 축하 행사를 열어야 한다고 네 입으로 말했잖아. 네가 이 도시에 돌아왔으니까. 그게 지금 우리가 여기 모인 이유야. 순전히 그거 때문이라고. 회장 문제 같은 거 신경 쓸 필요 없잖아. 회장이라고 해도 하는 일은 그냥 출석이나 부르는 게 다라고. 또…….”

실질적 회장이 탁자를 두드렸다. “이제부터 회의는 다음과 같이 진행…….”

“……되지 않을 거야.” 조지는 그렇게 말하고는 경멸하듯 웃음을 터뜨리며 탁자로 다가갔다. “단상에서 꺼져.”

“회의를 개최한다!” 키니가 험악하게 명령했다.

"그 의사봉이나 내려놓으시지." 조지가 말했다. "그게 누구 물건이려나? 거참 궁금하네? 그거 우리 할아버지 거거든. 그 딴 식으로 두들기다가 어디 부숴먹기만 해. 그럼 나도 네 머리통을 박살 내야겠지."

"회의를 개최한다! 나는 정당하게 선출되었어. 그렇게 밀어붙여봤자 나한테는 안 통해!"

"뭐, 알았어." 조지가 말했다. "네가 회장이다. 이제 다시 선거를 하면 되겠네."

"선거는 없어!" 프레드 키니가 소리쳤다. "우리는 정기 회의를 한 다음 점당 5센트짜리 유커를 할 거야. 그러려고 여기 모인 거라고. 이제 회의를 개최……."

조지가 회원들에게 연설하기 시작했다. "우선 나는 대체 누가 이런 짓을 꾸몄는지 알고 싶어." 조지가 말을 이었다. "F. O. T. A.의 창립자가 누굴까요, 응? 누가 이 방을 공짜로 빌렸을까? 여기 있는 가구 대부분을 들여놓으라고 관리인에게 시킨 건 누굴까? 내가 할아버지한테 문학 클럽에 사용할 방이 더는 필요 없다고 말씀드려도 너희들이 이 방을 일 분이라도 유지할 수 있을 줄 아나봐? 너희들 회원 나부랭이들이 지금까지 해놓은 짓거리에 대해서도 한마디 해야겠다! 자리 비울 때 내가 말했잖아. 내가 없는 동안 부회장이건 뭐건 그런 거 뽑는 건 상관없다고. 근데 내가 여기서 등을 채 다 돌리기도 전에 얼씨구나 하고 프레드 키니를 회장으로 뽑아? 뭐, 그게 너희들이 원하는 거라면 그렇게 해. 나는, 조만간 말이지, 며칠 뒤 밤에 간단한 축하 파티를 열려고 했어. 포트와인도 가져오려고 했지. 우리가 학교에서 모여 마시던 것처럼 하려고 말이야. 할아버지한테도 클럽에 쓸 방을 복도 건너편에 하나 더 달라고 부탁하려 했어. 조지 삼촌한테 말해서 삼촌이 쓰던 당구대를 하나 얻을 수도 있었을 거야. 삼촌이 새 당구대를 샀거든. 그러면 새로 생기는 우리 클럽 방에 그걸 놓을 수 있었겠지. 뭐, 근데 너희들이 새 회장을 뽑았다니까!" 조지는 여기까지 말하고는 문 쪽으로 걸음을 옮겼다. 비록 소년의 슬픔 밑에는 부인할 수 없는 환멸이 깔려 있었지만 목소리는 덤덤했다. "내가 사퇴하고 마는 게 훨씬 더 낫겠지!"

그런 다음 문을 여는 모습이 진짜로 빠지려는 의도가 분명해 보였다.

"우리 모두 새로 선거를 치르는 데 찬성해." 찰리 존슨이 다급하게 소리쳤다. "다들 말해, '찬성!'"

"찬성!" 키니를 빼고는 그 자리의 모두가 그 말을 따라 했다. 키니는 격렬한 저항을 시작했지만 곧바로 진압당했다.

"프레드 키니 대신 내가 회장이 되는 것에 찬성하는 사람들은." 조지가 소리쳤다. "모두 '찬성!'이라고 말해. '찬성'이 다수네! 그럼 결정된 거다!"

"사퇴하겠어." 빨간 머리 소년이 분을 참으며 단상에서 내려왔다. "클럽도 탈퇴하겠어!"

키니는 눈이 시뻘게지도록 흥분해서 모자를 챙겨 떠났다. 소년이 복도를 빠르게 지날 때 등 뒤에서 야유가 울려 퍼졌다. 조지는 단상에 올라 직위의 상징을 집어 들었다.

"빨간 머리 프레드 녀석은 다음 주에 또 올 거야." 새 회장이 말했다. "우리보고 자길 다시 받아달라고 하면서 아첨을 살살 떨겠지. 하지만 내 생각에 우린 개가 필요 없을 것 같아. 그런 놈은 늘 말썽을 일으키거든. 이제 회의를 계속하도록 하자. 자, 친구들. 아마 너희들도 회장이 하는 말을 듣고 싶겠지? 사실 할 말이 뭐 그리 많을까 나는 모르겠다. 여기 돌아온 다음에 너희들 대부분을 이미 몇 번 봤으니까 말이야. 나는 저기 동부에 있는 학교에서 즐겁게 잘 지냈어. 그러다 거기 선생들하고 문제가 좀 생겨서 집에 돌아온 거야. 우리 가문은 내가 부탁한 대로 내 편을 들어줬어. 아무 대학이건 입학을 결정할 때까지는 바로 여기, 이 도시에 머무를까 해. 자, 이제 회의 전에 더 할 일은 없을 것 같네. 카드를 치는 게 더 낫겠다. 점당 25센트 놓거나 다른 액수라도 놓고 포커 칠 사람 있어? 회장용 카드 게임 탁자에 앉히고 싶거든."

그날 오후 '일류의 친구들'의 오락 시간이 마무리되고 난 후, 조지는 자신의 주요 지지자인 찰리 존슨을 저녁 식사에 초대해 집까지 데려갔다. 이륜마차가 내셔널 거리를 찌르릉 거리며 올라가는 동안 찰리가 조지에게 물었다.

"그 학교에서는 어떤 애들을 상대했어, 조지?"

"최고들이 모여 있었어. 내가 만난 중 가장 멋진 패거리 말이야."

"그 애들하고 어떻게 같이 어울렸어?"

조지가 크게 웃었다. "걔들이 **나랑** 같이 어울리게 했지, 찰리." 소년이 부드러운 어조로 설명했다. "다른 방식은 천박하잖아. 걔들이 나한테 지어준 별명 너한테 말 안 했나? '왕'이

라고 했어. 걔들이 학교에서 날 그렇게 불렀다고. '미내퍼 왕'
이라고 말이야."

"어쩌다 걔들이 그런 말을 하게 된 거야?" 조지의 친구가
순진무구하게 물었다.

"뭐, 여러 가지 일이 있었지." 조지가 쾌활하게 말했다. "이
지역 바깥 출신 애들도 모두 우리 가문이랑 가문에 관련된
것들에 대해 전부 다 알고 있더라고. 내 생각엔 그래서 얘기
가 잘됐던 것 같아. 그러니까 우리 가문하고 내가 행동하는
방식하고, 그런 것들 덕에 말이지. 분명 그랬을 거야."

제4장

대학 2학년이 된 조지 앰버슨 미내퍼가 크리스마스 휴일 기간을 맞아 집으로 돌아왔을 때, 아마도 그의 내면은 그다지 크게 변한 게 없었겠지만, 외면은 눈에 띄게 달려져 있었다. 그가 천벌을 받았으리라는 바람에 힘을 불어넣어줄 만한 점은 하나도 보이지 않았다. 오히려 정의의 철퇴를 바라마지 않는 사람들 쪽이 더 간절하게 빌어야 할 판이었다. 이 부잣집 청년의 태도는 공손해졌지만, 그 공손함은 민주주의 국가의 사람들이 견디기 어려워하는 종류의 것이었다. 간단히 말해 공작 나리가 수도의 즐거운 생활에서 잠시 돌아와 옛 성의 충성스러운 소작인들 사이에 일주일 정도 모습을 드러내며 자기 소작인들의 예스러운 습관과 의상에서 소소한 재미를 얻는, 그런 공손함이었다.

그 공작 나리를 위한 무도회를 알리는 초대장이 발송되었고, 그가 도착한 다음 날 밤 앰버슨 저택의 무도회장에서 이 소작인들의 가장행렬이 펼쳐졌다. 그 무도회는 예전에 헨리 프랭클린 포스터 부인이 이저벨의 결혼식을 앞두고 말한 바 있듯 '앰버슨 가문식의 성대한 잔치'였다. 비록 그 현명한 헨리 프랭클린 포스터 부인은 오래전에 모든 지혜의 길을 다 밟고 나서 이 중부 지역의 소도시를 벗어나 의심할 바 없이 천국에 들었지만 말이다. 그 뒤로도 그녀를 따르는 발걸음이 길게 이어졌지만 그녀가 지닌 영향력을 넘어선 적은 없었다. 그녀에게는 후계자가 많았으나 딱 이 사람이라 할 인물은 없었다. 도시는 이제 상당히 커졌고, 따라서 도시로서는 한 사람이 도시의 지적 흐름을 이끌고 문학에서도 권위자 노릇을 한다는 점을 인정할 수 없어서였다. 프랭클린 부인의 후계자 중 일부는 무도회에 초대받지 못했는데, 이제는 도시의 규모가 대도시 수준이 되다보니 앰버슨 가문에게는 아직 낯선 외진 지역에서까지 지적 지도자와 문학적 권위자가 출현했기 때문이다. 하지만 신사라는 걸 알아볼 수 있는 '옛 시민들'은 초대장을 받았고, 춤추기 좋아하는 그들의 자녀도 당연히 초대받았다.

악단과 출장 음식 담당자들은 앰버슨 가문의 방식대로 멀리서 데려왔는데, 사실 이는 요즘 도시에 이런 수입 사조들이 눈에 띄다보니 그런 것들을 능숙하게 즐기게 된 종복들에게 맞춰주는, 아마도 허식이라기보다는 일종의 의례적인 조치였다. 꽃과 식물과 덩굴 포도마저도 멀리서 사들인 것이긴 했지만, 이는 지역 꽃집의 재고량이 그 저택의 내부 구조를 앰버슨 가문 방식대로 죄다 가려버리기에는 충분하지 않다는 점이 입증되고 난 뒤의 일이었다. 그날의 무도회는 오래도록 기억에 남아 '모두의 입길에 오르내린' 최후의 장대한 무도회였다. 도시에 사람들이 점점 더 불어나면서 이듬해쯤 되자 앰버슨 가문의 무도회 정도로는 '모든 사람'이 다 알지 못할 만큼 무도회가 많이 열렸기 때문이다.

조지는 하얀 장갑을 끼고 단춧구멍에 치자나무를 꽂은 차림으로 어머니와 소령과 같이 서서 붉은색과 금색으로 장식된 아래층의 커다란 거실에 놓인 식물에 둘러싸인 채 '손님맞이'를 했다. 그렇게 같이 서 있는 세 사람은 삼대에 걸쳐 지속되는 멋진 외모라는 게 무엇인지에 대한 그림 같은 예시를 보여주었다. 소령, 소령의 딸, 소령의 손자는 어느 모로 보나 전형적인 앰버슨 가문 사람의 외모였다. 모두 큰 키에 곧고 반듯한 자세, 검은 눈동자, 짧은 코, 멋진 턱을 가졌다. 할아버지의 얼굴에도 손자 못지않게 정중한 듯 기분 좋게 우쭐대는 기색이 희미하게 드러났다. 하지만 다른 점도 있었다. 손자의 주름 하나 없이 젊은 얼굴에는 거들먹거림 말고는 나타나는 게 없었다. 할아버지의 얼굴을 보면 다른 할 말이 있었다. 잘생기고 세속적인 그 나이 든 얼굴은 자신의 중요함을 충분히 인식하지만 오만하다기보다는 설득력이 강했고, 고난을 견뎌낸 흔적이 아예 없지도 않았다. 소령의 짧은 백발은 손자처럼 가운데로 가르마를 탔는데, 전체적으로 보면 세련되고 젊은 조지 못지않게 유행 패션에 맞춰 활기차게 잘 차려입고 서 있었다.

아버지와 아들 사이에 서 있는 이저벨은 아들의 마음속에서 딱 꼬집어 말하기 어려운 놀라움의 감정을 불러일으켰다.

조지에게는 아직 마흔 살도 되지 않은 그녀의 나이가 목성의 위성처럼 멀찍이 있는 듯했다. 아마도 그는 자기가 언젠가는 그런 나이에 이르게 되리라고 상상할 수 없었을 것이다. 조지가 생각할 수 있는 시간의 한계는 5년이었다. 5년 전에 그는 열네 살도 되지 않는 어린아이였다. 그 5년은 컴컴한 심연 같은 시절이었다. 이제 5년 뒤면 그는 거의 스물네 살일 것이다. 자기가 아는 여자들이 '늙은이'라고 불렀던 그 나이 말이다. 그는 스물네 살의 자기 모습까지는 상상할 수 있었지만, 그 이상으로 넘어가자 그의 상상력이 비틀거리더니 임무 수행을 거부했다. 조지는 서른여덟 살과 여든여덟 살의 본질적인 차이를 거의 알지 못했고, 그에게 어머니는 한 명의 여성이 아니라 오롯이 어머니이기만 했다. 그는 이저벨을 오로지 자기 어머니로만, 자기에게 딸린 부속물로만 인식했으며, 그녀가 자기 어머니로서가 아니라 한 여성으로서 생각을 하거나 다른 일을 하는(사랑에 빠지고, 친구와 산책하고, 독서하는) 모습을 상상할 수 없었다. 여성으로서의 이저벨은 자기 아들에게는 낯선 사람, 마치 살면서 한 번도 만나거나 목소리를 들은 적이 없는 것 같은 완전히 낯선 사람이었다. 그리고 조지가 처음으로 잠시 마주치게 된 이 낯선 사람을 불안한 시선으로 흘끗 쳐다본 것이 바로 오늘 밤, 이저벨과 같이 서서 '손님맞이'를 하는 동안이었다.

젊은이는 젊음과 연애를 따로 떼어 생각하지 못한다. 그게 바로 연극 감독들이 지원자 중 가장 젊은 배우에게 남자 주인공과 여자 주인공 역할을 맡기는 이유다. 중년이건 젊은이

건 모두 젊은 연인이 나오는 연극을 즐기지만, 중년 연인이 나오는 연극을 관대하게 받아들일 이들은 오로지 중년뿐이다. 젊은이들은 그런 연극을 보러 오지 않는데, 그들에게 중년의 연인이란 그저 농담, 별로 재미있지도 않은 농담일 뿐이기 때문이다. 따라서 감독은 중년과 젊은이 모두를 극장으로 끌어들이기 위해 연애 이야기를 되도록 젊게 만든다. 젊음은 실로 극진한 대접을 받으며, 젊음의 심오한 본능은 중년의 연애에 경멸 섞인 즐거움을 느낄 뿐 아니라 막연한 분노 또한 품게 마련이다. 그래서 조지는 어머니 옆에 서 있던 중 자신에게 난데없이 들이닥친 갑작스러운 느낌으로 인해 당혹스러웠다. 그가 파악할 수 있는 한에서, 어머니의 두 눈이 반짝거리고 그녀가 우아하면서도 젊어 보인다는 느낌, 간단히 말해 그녀가 연애라도 하는 것처럼 아름다워 보인다는 느낌이 들었던 것이다.

그건 조지에게 따로 원인이 있는 것 같지도 않고, 그렇다고 지금의 상황과 무슨 연관이 있는 것 같지도 않은 의문스러운 순간 중 하나였다. 그 느낌이 지속되는 동안, 조지는 딱히 무슨 생각이 들어서 불안했던 게 아니라(그에게는 또렷이 떠오르는 생각이 없었으니까) 눈에 보이지도 않고 소리도 안 내지만 환상적으로 멋진 존재가 등장하는 꿈에서 야기된 듯한 찰나의 감정 때문에 심란했다. 이저벨이 입은 검은색과 은색의 새 드레스를 제외하고는 어머니에게서 달라졌거나 새로눈에 띄는 점은 하나도 없었다. 그녀는 조지 옆에 서서 인사말을 건네며 고개를 가볍게 숙이고, 사람들이 '손님맞이' 그

룸을 거처가는 삼십 분 내내 똑같은 미소를 짓고 있었다. 이 저벨의 얼굴이 발갛게 물들어 있기는 했지만 실내가 따뜻하기도 했고, 수많은 사람과 악수하기도 했기 때문에 그녀의 얼굴에 떠오른 어여쁜 홍조는 쉽게 설명되는 일이었다. 그녀는 언제든 스물다섯 살 혹은 스물여섯 살로 '통할' 수 있었을 것이고(솔직히 말해 50대 남자라면 그녀를 서른 살 정도라고 짐작했을 테고, 그보다 두세 살 정도 더 어리다고 생각하는 것도 가능하긴 했을 것이다), 지금도 그 방면에서 비범하기는 했지만, 그녀는 오랜 세월 그 분야에서 특출한 재능을 발휘했다. 이저벨의 겉모습이나 태도에서 조지의 불편한 감정을 설명할 수 있는 건 아무것도 없었는데도 그 불편한 감정은 점점 커지더니 별안간 막연한 원망으로 바뀌어버렸다. 마치 그녀가 아들에게 어머니답지 않은 행동이라도 한 듯 말이다.

비현실적이던 순간은 이내 지나갔고, 불편한 감정이 지속되는 동안에도 조지는 자기 임무를 다하고 있었다. 자라는 동안 자기와 같이 어울렸던 두 명의 예쁜 소녀에게 인사를 건네고, 사람들이 보통 말하듯 그들을 아주 잘 기억하고 있다며 다정히 확언해주었다. "다른 사람도 아닌 조지 미내퍼가 기억해주다니!"라는 놀라움을 그들에게 불러일으켰을 확언이었다. 사실 그렇게 해줄 필요까지는 딱히 없어 보였다. 그 여자애들과 많은 시간을 보냈던 게 지난 8월까지라서 그리 오래된 일도 아니었으니 말이다. 두 소녀는 부모와 도시 밖에서 온 삼촌이라는 사람과 같이 왔는데, 조지는 소녀의 부모에게는 딸들에게 건넸던 것과 똑같은 확언을 건성건성 해서 넘겼지만, 초면인 도시 밖에서 온 삼촌에게는 다른 식의 인사말을 웅얼거렸다. 그러면서 조지는 무심결에 이 삼촌이라는 사람을 '묘하게 생긴 아저씨'로 기억해두었다. 대학 학부생들이 아직 '별종'이라는 표현을 쓰기 전이었으니까. 대학 2학년생이 샤론 집안 소녀들의 삼촌을 '묘하게 생긴 별종' 혹은 '웃기는 얼굴을 한 별종'으로 생각하는 시대가 오기 전이었다. 조지가 살던 시절, 모든 남성은 제멋대로 '아저씨'라고 규정되어야 했다. 하지만 '아저씨'라는 표현에는 그전에 쓰이던, 여성들이 남성을 정의하던 표현인 '친애하는 이'처럼 존경 어린 애정이 담겨 있지 않았다. 그 반대로 '아저씨'에는 그 말을 하는 사람이 품고 있는, 자신은 거기 속하지 않는다는 초연함과 유머 섞인 우월감이 함축되어 있었다. 그 이상하게 생긴 삼촌의 조카딸들이 조지에게 그를 소개하고 조지가 그들과 예의 바른 말을 주고받던 중, 어머니가 은근히 힘을 주며 그 대화에 끼어들었을 때 조지가 느끼고 있던 것이 바로 그 냉담한 즐거움이었다. 이저벨의 이런 적극성이 비록 무척 미약했음에도 조지는 어머니가 이 묘하게 생긴 아저씨를 중요한 사람으로 여긴다는 점을 알아차릴 수 있었지만, 그 이유는 전혀 감이 오지 않았다. 그 아저씨는 굵고 기름한 검은색 머리칼을 옆 가르마를 타 넘기고 있었다. 넥타이는 흔히 볼 수 있는 제품이었고, 입고 있는 코트는 중년의 몸에 충분히 잘 맞기는 했어도 올해 나온 제품이 확실히 아니었으며, 그렇다고 작년에 나온 것도 아니었다. 한쪽 눈썹이 다른 쪽보다 눈에 띄게 높았고, 눈썹 사이는 기묘하게 이어져 있었는데, 그 때문에 얼굴에는 근심이 어려 있었다. 하지만 그 근심은 확실히 진짜라기보다는 유들유들한 구석이 더 많았는데, 전체적인 외양을 보면 그 무엇도 딱히 걱정하지 않는 쾌활하고 싹싹한 인간이라는 느낌이 났기 때문이다. 그런데도 올림포스의 신 같은 조지는 유행에 뒤떨어진 머리 모양, 눈썹, 허름한 넥타이와 코트만 보고 그 묘하게 생긴 아저씨를 낮잡아 보았으며, 그렇게 그에 대한 인상을 정리한 뒤 더는 그에게 관심을 두지 않았다.

샤론 집안의 소녀들이 묘하게 생긴 아저씨를 데리고 자리를 떴고, 조지는 하얀 수염을 기른 손님이 악수를 기다리고 있다며 어머니가 주의를 주자 분한 마음에 얼굴이 벌겋게 달아올랐다. 하얀 수염을 기른 그 손님은 조지의 종조부인 존 미내퍼였다. 앰버슨 가문과의 혼맥에도 불구하고 자기는 한번도 연미복을 입은 적이 없으며 앞으로도 그럴 일이 없다는 것이 존 노인네의 자랑거리였다. 미내퍼 가족은 자신들의 영향력을 쓸데없는 데에다 행사하는 사람들이었다. 여든아홉 살 먹은 보수적인 사람이 전적으로 새로운 습관을 들이는 일은 좀체 없다보니 존 노인네는 검정 브로드 천으로 된 '나들이옷'을 입고 앰버슨 가문의 무도회에 나타났다. 코트는 어깨가 떡 벌어져 각이 잡혔고, 끝단은 무릎까지 내려왔다. 존 노인네는 이걸 '프록코트'라고 부르면서 무척이나 만족스러워했지만 종손자가 보기에 그건 거의 자신에 대한 모욕이나 다름없었다. 조지는 줄곧 이 노인네를 무시할 심산이었지만 잠시나마 손을 잡기는 해야 했다. 존 노인네는 조지에게 좋아

보인다고 말을 걸면서, 조지가 생후 4개월이었을 때는 하도 발육 상태가 안 좋아서 다들 살아남을 수 없으리라 생각했다고 말했다. 종손자는 분노로 얼굴이 붉으락푸르락해지면서 존 노인네의 손을 조금 세게 뿌리치듯 놓은 뒤 기다리고 있던 다음 사람과 악수했다. "아주 잘 기억하고말고요!" 조지가 성질을 부리며 말했다.

널찍한 실내가 사람으로 가득 찼고, 현관의 넓은 홀도 사람들로 찼다. 휘스트● 탁자가 놓인 홀 끝의 방들도 만원이었다. 도시 밖에서 섭외해 데리고 온 악단은 3층 무도회장에서 대기 중이었지만, 지역의 하프, 첼로, 바이올린, 플루트 연주자들이 홀에서 〈펜싱의 대가〉●● 속 선율들을 연주 중이었고, 사람들은 음악이 흐르는 가운데 큰 소리로 이야기를 나눴다. 존 미내퍼 노인네의 목소리는 그들 중 누구보다도 우렁찼다. 그는 25년 동안 귀가 먹어 고생하느라 본인 목소리도 어렴풋하게 들렸고, 그래서 자기 목소리를 잘 듣고 싶어했다. "이런 꽃 향기를 맡으면 장례식이 생각난단 말이야." 노인네는 같이 온 조카 패니 미내퍼에게 계속 그렇게 말했고, 그런 생각이 떠올랐다는 데 상당히 만족하는 듯 보였다. 그의 떨리는, 그렇지만 귀에 거슬리는 목소리가 실내를 가득 채우고 있던 온갖 소리를 파묻고 방 전체에 울렸다. "이렇게 많이 꽃향기를 맡으면 장례식이 생각날 수밖에 없다고!" 사람들 때문에 패니와 함께

● 카드놀이의 일종.
●● 레지널드 더 코븐(1859~1920)의 1892년작 코믹 오페라.

하얀 대리석 벽난로 쪽으로 밀려나는 동안 노인네에게는 재미있는 생각이 꼬리에 꼬리를 물고 떠올랐고, 그는 이렇게 외쳤다. "바로 여기가 소령의 사모님이 **본인** 장례식에 누워 있던 곳이야. 저기 커다란 내닫이창에서 볕이 잘 들어오는 데에다 눕혀놓았지." 그는 잠시 말을 멈추고 음침하게 낄낄거렸다. "소령도 **자기** 때가 오면 사람들이 여기다가 눕히겠지."

북적대는 사람들 사이에서 제재소처럼 날카롭게 윙윙거리는 것 같은 목소리를 듣고 있자니 조지는 이내 분통이 더 치밀어 올랐다. "아직도 춤판이 안 벌어졌냐, 패니야? 아이고, 신난다! 얼른 저쪽으로 들어가서 젊은 여자들이 뒤꿈치를 딱딱 두드리는 모습을 보자! 서커스를 시작하자! 얼씨구나!" 이 활기찬 노병을 도맡고 있는 패니 미내퍼 양은 거의 자기 조카 조지만큼이나 괴로워 죽을 맛이었지만, 본인의 의무를 다하여 혼잡한 사람들을 뚫고 존 노인네를 널찍한 계단까지 데려갔다. 수많은 젊은이가 계단을 통해 무도회장으로 올라가는 중이었다. 여기서도 예의 그 제재소 목소리가 모두의 머리 위에서 쩌렁쩌렁 울렸다. "하나하나 다 단단한 검은색 호두나무를 썼어. 난간이고 뭐고 다. 집에 6만 달러어치 목공예를 해놓은 거 아냐! 물처럼! 돈을 물처럼 썼구먼! 늘 그랬지! 여전히 그러고 있어! 물처럼 쓰고 있다고! 이 돈이 다 어디서 났는지 모를 일이야!"

존 노인네는 계속 계단을 올라갔고, 젊은이들의 깨끗하고 환한 머리, 새하얀 피부의 어깨, 몸에 걸친 보석, 모슬린 천 사이에서 반짝이는 강의 여울을 천천히 헤엄쳐 오르는 늙은 개처럼 짖듯이 고함치고 기침해댔다. 한편 그 아래 응접실에서 조지는 초기 정착민 시절의 유물 같은 인간 때문에 끌려들어갔던 수모에서 회복하기 시작했다. 그의 완전한 회복에 이바지한 것은 검은 눈동자를 가진 열아홉 살의 어린 미인으로, 광택이 흐르는 파란색 옷과 흑요석으로 멋지게 차려입고 있었다. 그의 앞에 늘어선 손님들의 줄에서 이 근사한 여성을 보자마자 조지는 다시 온전한 앰버슨 가문 사람으로 되돌아갔다.

"**당연히** 아주 잘 기억하죠!" 조지는 그렇게 말했고, 그 친절한 모습은 그가 지금껏 보인 그 어떤 태도보다도 진솔했다. 이저벨이 조지의 말을 듣고 웃음을 터뜨렸다.

"기억할 리가 없잖니, 조지!" 이저벨이 말했다. "아직 이 아가씨가 누군지도 모르면서. 물론 당연히 앞으로는 기억하게 **되겠지만!** 모건 양은 도시 밖에서 오신 분이란다. 그러니 여기서 이분을 처음 만나는 걸 거야. 모건 양을 무도회장으로 모시고 가지 않겠니? 지금까지 여기서 네 의무를 충실히 다한 것 같은데."

"기꺼이 그러죠." 조지는 격식을 차려 대답한 다음 팔을 내밀었다. 확실히 과장된 동작은 아니었으나, 거기에는 자기가 팔을 내민 상대의 외모에, 자신이 이 축제의 주인공이라는 사실에, 스스로의 젊음에 고무됐다는 인상이 배어 있었다. 예의 범절이란 최신의 것일수록 섬세해지는 경향이 있으니 말이다. 그 어린 미인은 장갑을 낀 손가락을 조지의 코트 소맷자락에 내맡겼고, 두 사람은 함께 자리를 떴다.

그들의 거동은 당연하게도 느긋했으며, 조지의 생각에 이는 장중함이 모자라지는 않는 모습이었다. 어찌 그러지 않겠나? 특별히 고용된 음악가들이 홀에 꾸며놓은 조그만 종려나무 숲에 앉아 그를 기쁘게 하고자 〈오, 내게 약속해줘요〉를 부드럽게 연주하고 있었고, 활짝 피어난 수없이 많은 꽃은 죽어가는 동안 그를 위해 공기에 달콤한 향을 불어넣으며 이 순간을 돌보았다. 음악과 꽃향기로 젊음을 붙들어 유지하는 그 한순간의 힘이 조지의 가슴속에 자리한 기묘하고도 빼어난 자질을 새삼 자극했다. 스스로가 보기에도 자기 모습이 신비스러운 천사 같았고, 자기 팔에 손을 얹고 있는 이 아름답고도 젊은 낯선 이를 압도적으로 휘어잡을 일을 해낼 듯했다.

노인과 중년 들이 조지와 그 옆의 영예로운 짝이 지나갈 수 있도록 길을 비켜주었다. 중산층에나 걸맞을 수준의 존재들이 우둔한 삶을 이어가고 있기는 해도 우월한 걸 알아볼 눈은 있는 듯 보였으니 조지의 가슴에는 잠시나마 동정 어린 자상한 마음이 깃들었다. 계급 내지는 물려받은 특권이 어떤 한 사람으로 하여금 스스로를 다른 동류보다 우위에 있는 인간으로 평가하도록 만든 태곳적 그날 이후, 과연 조지 앰버슨 미내퍼가 이 파티에서 느끼고 있는 것보다 더 빛나는, 혹은 안이하리만치 거창한 기분을 느낀 사람이 과연 있었을지 궁금할 따름이다.

조지가 모건 양을 이끌고 홀을 지나 계단으로 가는 동안, 두 사람은 활짝 열린 이중문을 지나 카드놀이 방 중 하나를 통과했다. 그곳에서는 대대급은 됨직한 인원의 어른들이 게

임을 준비하고 있었는데, 키 크고 잘생겼으며 행동거지가 생기에 차고 고상하면서도 딱 떨어지는 남자 한 명이 방 벽난로에 우아하게 몸을 기댄 채 샤론 집안 소녀들의 삼촌인 이상하게 생긴 아저씨와 웃음을 터뜨리며 담소를 나누고 있었다. 그 키 큰 신사가 조지에게 품위 있게 손을 흔드는 모습이 모건 양의 호기심을 자극했다. "저분은 누구세요?"

"어머니에게 소개받을 때 저 사람 이름은 못 들었어요." 조지가 말했다. "별나게 생긴 저 아저씨 말하는 거죠?"

"저는 저 귀족 같은 아저씨분 얘기한 거였어요."

"저분은 조지 삼촌이에요. 조지 앰버슨 의원이죠. 다들 삼촌을 아는 줄 알았는데."

"다들 알아야 할 것처럼 보이는 분이긴 하네요." 모건 양이 말했다. "그게 당신 가족의 내력인가봐요."

설사 그녀에게 짓궂은 의도가 있었다고 해도 그 의도는 조지에게 아무런 타격을 입히지 못한 채 스쳐 가버렸다. "뭐, 저는 당연히 대부분 그러리라고 생각해요." 조지는 그녀의 말에 동의했다. "특히나 이 지역에서는요. 게다가 조지 삼촌은 의회에 있거든요. 원래 가족들은 자기 식구를 의회에 넣고 싶어해요."

"왜요?"

"뭐, 어떤 면에서는 좋은 일이니까요. 예를 들어 제 삼촌 시드니 앰버슨하고 어밀리아 숙모는 이 동네에서 자기들이 할 일이 별로 없거든요. 당연히 지루해 죽으려고 하죠. 하지만 조지 삼촌이 어쩌면 시드니 삼촌을 러시아나 이탈리아나 뭐 다른 나라의 공사나 대사로 지명할지 모르는데, 그러면 나머지 가족이 거기로 여행을 가거나 뭐 그런 걸 할 때 즐거운 여행이 되겠죠. 저도 대학을 졸업하면 혼자 여행을 많이 다니고 싶거든요."

계단에서 조지는 장래의 대사 부부인 시드니와 어밀리아를 가리켰다. 올라가는 사람들의 물결을 거슬러 아래로 내려오는 그 모습이 연극에 나오는 왕과 왕비만큼이나 눈에 확 띄었다. 더군다나 눈 밝은 모건 양이 알아차렸듯 두 사람은 대사의 풍모와는 정말로 거리가 멀어 보였다. 시드니는 앰버슨 가문의 특징을 지나치게 부풀린 듯한 외모로, 품위 있기보다는 거만한 느낌이었다. 과하게 살이 쪘고, 얼굴은 불그스레했으며, 옷은 광이 날 정도로 풀을 먹였다. 축 늘어진 턱살에는 에드워드 7세식 수염이 당당하게 갖춰져 있었다. 어밀리아도 마찬가지로 몸집이 풍만했으며, 요란하게 손질한 반짝이는 금발을 과시했다. 새하얗게 빛나는 보석 달린 머리 장식 아래 홍조가 감도는 냉담하고 뚱뚱한 얼굴이, 새하얗게 빛나는 목걸이 아래 튼실하고 매력 없는 가슴이 자리하고 있었다. 매력 없는 커다란 팔에는 장갑을 꼈고, 몸의 나머지 부분은 화려한 천으로 휘감겨 있었다. 어밀리아 본인도 앰버슨 가문에서 태어났으며, 시드니와는 육촌 사이였다. 두 사람은 자녀가 없었고, 시드니는 사업도 하지 않았으며 특별한 직업도 없었다. 따라서 둘 모두 대사 각하가 된다는 것이 적절한지에 대해 오랜 시간을 들여 생각했다. 조지가 널찍한 계단을 오르는 동안, 도시 밖에서 온 아가씨에게 그들은 조카가 기꺼운 마음으로 가리켜 보이며 친척이라는 부속물처럼 취급한 삼촌과 숙모에 불과했다. 그 부부가 보기에 앰버슨 가문의 위대함은 영원히 지속될 것임이 명약관화했다. 앰버슨 가문이 고귀함과 부유함 속에, 찬란한 것만큼이나 견고하고 오래도록 지속될 번들거리고 반짝이는 장벽 뒤에 굳건히 서 있다는 사실을 의심하기란 불가능했다.

제5장

　한쪽 팔에 검은 눈동자의 자그마한 미인을 낀 축제의 주인
공이 2층 계단의 꼭대기에 이르렀다. 이곳 널찍한 층계참 저
편에는 우쭐대는 인상의 흑인 두 명이 수정처럼 투명한 편
치 볼로 사람들의 시중을 들었고, 〈라 팔로마〉의 캐스터네츠
에 맞춰 벌써 유연하게 왈츠를 추는 사람들의 실루엣이 장미
덩굴 모양 격자가 새겨진 네 개의 아치형 통로의 틀 안에서
미끄러지듯 움직이고 있었다. 과식을 한 게 분명한 존 미내
퍼 노인네는 이 신나는 춤판에서 자리를 뜨는 중이었다. "더
는 못 봐주겠다!" 노인네가 외쳤다. "그냥 이리저리 미끄러지
기만 하잖아! 이걸 춤이라고 추는 거야? 세상에나, 지금 당장
지그 춤을 구경하는 게 차라리 낫겠네! 사람들이 정숙하지도
않고 말이야. 특히 저기 저 몇 명. 나야 **그런 거** 신경 안 쓰지
만. 나는 상관없다고!"

　존 노인네를 챙기는 사람은 이제 패니 미내퍼 양이 아니었
다. 평범한 외모의 중년 남자 한 명이 그를 데리고 무도회장

에서 나왔다. 존 노인네를 이끄는 남자의 얼굴은 주름살이 많고 무미건조한 인상이었으며, 사업가들이 외양을 꾸미려는 목적에서가 아니라 기르는 게 당연하다는 듯 기르는 짧은 콧수염이 달려 있었다. 가느다란 목에는 후골이 두드러져 보였지만, 그렇다고 그게 아주 눈에 띄지도 않았는데, 애초에 사람 자체가 눈에 띌 구석이 하나도 없는 인물이었기 때문이다. 머리는 조금 벗어졌고, 인상은 희미하며, 행동거지는 조용하다보니 그 남자는 이 축제에서 사람들의 이목을 끌지 못했다. 그 자리에 중년 남성이 한두 명 있는 게 아니었고, 대충 보자면 그 자리의 중년 남성들이 전체적인 면에서 그 남자와 또렷이 구분되지도 않았지만, 그 커다란 저택에서 그 남자와 처음 만나는 사람이 그에게 두 번 눈길을 줄 일은 아마도 거의 없을 터였다. 조지는 바로 저 사람이 자기 아버지라고, 혹은 그게 아니더라도 아버지에 대해 모건 양에게 말하고 싶은 마음이 들지 않았다.

미내퍼 씨가 지나가면서 아들의 손을 조심스럽게 잡고 흔들었다.

"존 삼촌을 댁에 모시고 가마." 그가 낮은 목소리로 말했다. "그런 다음 나는 집에 바로 돌아가야 할 것 같구나. 알다시피 내가 파티에는 서툴러서. 좋은 밤 보내렴, 조지."

조지는 걸음을 멈추지 않은 채 안녕히 주무시라는 인사를 다정하게 웅얼거렸다. 평소에 그는 미내퍼 가족을 그리 부끄러워하지 않았다. 사실 그들에 대해선 거의 생각을 하지 않았다. 대부분의 미국 어린아이가 그렇듯 조지 역시 어머니 쪽 집안에 속해 있었으니까. 하지만 지금 조지는 자기에게 수치심을 안겨준 존 노인네의 부근에 모건 양과 함께 머물고 싶지 않아 신경이 곤두서 있었다.

조지는 잠깐 어울리다 손을 뗄 소녀들하고만 춤출 기회를 기다리면서 아치형 통로에 모여 있는 계산적인 청년 무리의 가장자리 쪽을 퉁명스럽게 뚫고 지나간 다음, 아직은 자기에게 생소한 숙녀인 모건 양을 무도장 위로 이끌었다. 두 사람은 들어갈 때를 금세 맞추고는 왈츠를 추기 시작했다.

조지는 춤을 잘 췄고, 모건 양은 마치 음악의 일부처럼, 자신이 〈라 팔로마〉의 바로 그 비둘기라도 되는 양• 매끄럽게 떠다녔다. 둘은 춤을 추는 동안 한마디도 하지 않았다. 그녀는 내내 시선을 아래로 두고 있었고(춤추는 사람이 취할 수 있는 가장 예쁜 몸짓이었다) 두 사람이 왈츠를 추는 동안 이 우주에는 오로지 서로만이, 같이 있어서 좋은 감정만이 남아 있었다. 춤을 추고 있는 다른 이들의 얼굴은, 마치 헤엄을 치며 지나가기라도 하듯 사람의 얼굴이 아니라 그저 흐릿한 색깔 덩어리일 뿐이었다. 조지는 자신의 내면에 이상한 감정이 생겨나고 있다는 사실을 깨달았다. 영혼이 고양되는 그 감정은 부드럽지만 막연했으며, 몸속 가로막 위 어딘가에 자리한 듯했다.

음악이 끝나자 조지는 자명종 소리에 잠에서 깬 것처럼 정신이 번쩍 들었다. 통로 입구에서 꿍꿍이를 품으며 서 있던

• '팔로마'는 스페인어로 '비둘기'라는 뜻이다.

남자 예닐곱 명이 모건 양에게 춤을 청하러 곧바로 몰려들었던 것이다. 조지는 벌써 이 무도회 최고의 미인으로 자리 잡은 이 여성과 관계를 맺어야 할 것 같았다.

"다음 춤하고 그다음 춤도 저와 춰주시죠." 조지는 가장 가까이 있던 춤 신청자가 그들 앞에 도착한 바로 그때 서둘러 이렇게 말하며 마음의 평정을 회복했다. "남은 저녁 시간 동안 세 번에 한 번은 저와 춤춰주시고요."

모건 양이 웃음을 터뜨렸다. "지금 부탁하시는 건가요?"

"'부탁'이라니요?"

"지금 저와 계속 춤을 추게 해달라고 말하는 것처럼 들리는데요."

"제가 원하는 게 그겁니다." 조지가 고집스레 말했다.

"다른 여성분들은 어쩌고요? 같이 춤춰야 할 의무가 있잖아요."

"그 사람들이야 나 없이 춰야죠." 조지가 박정하게 대꾸했다. 그러고 나서는 놀랄 만큼 맹렬하게 말했다. "이 자리에서 말해주세요! 알고 싶습니다. 저와 계속 같이 춤을……."

"어머나!" 그녀가 웃었다. "좋아요!"

지원자들이 모건 양의 주변으로 몰려들어 남은 춤에 대한 계약을 맺어달라고 적극적으로 요구했지만, 그들은 조지를 그녀의 옆에서 몰아내지는 못했다. 조지가 그자들이 자기를 짜증 나게 하는 데 성공했다는 티를 뚜렷이 내기는 했지만 말이다. 이윽고 그는 점점 불어나는 포위 공격으로부터 모건 양을 구출한 다음(그녀는 이 구출 작전을 묵인했음이 분명했

다) 그녀를 음악가용 좌석으로 이어지는 계단 위로 데려가 자기 옆에 앉혔다. 그곳에서는 충분히 물러나 앉은 상태로 실내의 모습을 훤히 볼 수 있었다.

"여기 남자들이 어찌 그렇게 빨리 당신을 알아봤을까요?" 조지가 약간 의욕적으로 캐물었다.

"아, 저 이 도시에 온 지 일주일째거든요."

"무척 바쁘게 지냈나보군요!" 그가 말했다. "이 자리에 나온 대부분의 남자 말인데요. 저는 어머니가 왜 그자들을 초대하고 싶어 했는지 이유를 모르겠어요."

"저분들 안 좋아해요?"

"몇 명 정도는 얼굴 보고 지내긴 했죠. 제가 이 도시의 어떤 클럽에서 회장이었거든요. 그 몇 명은 클럽 회원이었고요. 하지만 이제 그런 클럽 같은 것에는 별 신경 안 쓰고 살아요. 어머니가 왜 그 인간들을 초대했는지 정말 모르겠다니까요."

"그분들 부모님 때문이 아닌가 싶은데요." 모건 양이 넌지시 지적했다. "어머님께서 그분들 아버지와 어머니의 마음을 상하게 하고 싶지는 않으셨겠죠."

"픽이나! 어머니가 이 구린 동네에서 사람들 기분을 상하게 할까봐 걱정할 필요가 있다는 생각은 안 해요."

"굉장한 거예요." 모건 양이 말했다. "굉장한 거죠, 앰버슨 씨. 그러니까 미내퍼 씨."

"뭐가 굉장하다는 거죠?"

"어머니께서 그만큼이나 중요한 분이라는 사실이 말이죠!"

"**그게** '중요'한 사람인 건 아니죠." 조지가 그녀에게 자신만만하게 말했다. "진짜 중요한 사람이라면 자기 동네에서는 자기 하고 싶은 대로 할 수 있는 거라고요. 그래야죠!"

모건 양은 그림자를 드리울 만큼 긴 속눈썹 아래서 그를 비판적으로 쳐다보았지만, 그 눈길은 비판과 거의 동시에 부드러워졌다. 진실을 말하자면, 그녀의 눈길은 비판적이라기보다는 음미하는 쪽에 더 가까워졌다. 조지의 거만한 미모는 전체적으로는 남성적이었으나, 실제로 잘 뜯어보면 소년의 미모에 감히 근접한 아름다움을 품고 있었다. 게다가 춤곡과 꽃들이 열여덟 살 소년뿐 아니라 열아홉 살 소녀에게도 모종의 영향을 끼쳤다. 모건 양은 조지에게서 천천히 눈을 돌려 자기가 들고 있던 예쁜 꽃묶음에 담긴 은방울꽃과 제비꽃 사이에 얼굴을 파묻었다. 한편 위쪽의 음악가용 좌석에서는 사람들이 새로 나온 투스텝 춤을 추는 와중에 다음 춤곡이 흥겹게 연주되었다. 음악가들이 크리스마스에 어울리게 썰매 종소리를 울리며 즐거운 선율을 자아냈고, 계단 입구의 그늘진 곳에서는 얼굴에 홍조를 띤 채 활기차게 춤을 추며 지나가는 사람들이 보였건만, 조지도 모건 양도 저 춤추는 사람들과 합류하자는 말을 꺼내지 않았다.

계단으로 찬바람이 새어 들어왔다. 층계는 폭이 좁고 불편했다. 나이 든 사람이라면 그런 장소에 머무르려 하지 않았을 것이다. 더군다나 이 두 젊은이는 아직 서로를 잘 모르는 사이였다. 둘 중 어느 쪽도 서로에게서 발견한, 정말 사소하지만 본질적인 관심사에 대해서는 입을 열지 않았다. 둘 사이에서 서로 마음이 통할 계기가 생긴 것도, 심지어 친밀함이 생겨난 것도 아니었다. 하지만 무도회장 옆의 계단은 달빛이 비치는 호수와 해 질 녘의 산보다 더 많은 대답을 품고 있었다. 언젠가는 매력의 법칙이 발견되어야 한다. 그 법칙은 정말 중요하니까. 만약 아이작 뉴턴 경이 사과가 아니라 젊은 숙녀에게 머리를 맞았다면 세상은 지금쯤 더 현명해졌으리라.

나이 먹은 이는 자신이 오랫동안 쌓아온 어리석은 짓들로 인해 혼란스러운 나머지 마치 젊은이의 사랑이 숙고의 결과로 나온 것이거나 이유 있는 행동의 결과이기라도 한 듯 다음과 같은 질문을 끝도 없이 던진다. '**그 여자**는 **그 남자**에게서 어떤 점을 본 걸까?' 나이 먹은 이는 궁금하다. '저 둘은 도대체 무슨 주제로 **대화**를 나눌 수 있는 거지?' 마치 대화라는 것이 그저 4월에 내리는 비 같은 날씨 이야기뿐이라는 양 말이다! 일흔 살이 되면 아침에 일어났을 때 환한 태양 아래 공기만 맑아도 살아 있는 기분을 느끼며 이런 생각을 한다. '오늘은 기운이 넘치는구면.' 그러고는 드라이브 계획을 짠다. 열여덟 살은 무도회에 가서 처음 만난 사람과 계단에 앉아 특별한 기분을 느끼고, 별생각도 없으며, 무슨 계획이건 간에 그걸 짤 능력이 없다. 모건 양과 조지는 그냥 자기들이 앉은 자리에 그대로 머물렀다.

그들은 조용히 앉아 있기로 부지불식중에 합의를 본 상태였다. 눈짓으로 그런 생각을 주고받지 않았다는 사실 역시 분명했으니 아예 서로 흘끗거리지도 않았기 때문이다. 두 사람 모두 무도회장을 멍하니 쳐다보며 앉아 있었고, 그동안 입을 열지 않았다. 머리 위로 흐르는 음악이 발랄하게 절정에 도달

했다. 드럼, 심벌즈, 트라이앵글, 썰매 종소리가 때려대고, 쨍
그랑대고, 딸랑딸랑 울려댔다. 무척이나 흥분한 커플들은 점
잖게 움직이는 걸, 심지어는 미끄러지듯 이동하는 것도 때려
치웠다. 사람들은 정말 고의적이다 싶을 정도로 인파 속을 이
리저리 뚫고 휘저으며 벽에서 벽으로 돌아다니고 아무렇게나
좋을 대로 뛰어다니고 있었다. 그 와중에 조지는 패니 미내퍼
고모가 그 거칠게 노는 커플들의 숙녀 쪽 진영에 속해 있다는
사실을 알아차리고 충격을 받아 놀라움에 얼이 빠졌다.

볼에 연지를 살짝 바른 패니 미내퍼는 마치 꽃이 피면 말라
붙는 특정 기후 지역의 과일 같았다. 그녀의 이목구비에는 아
직도 예쁘장한 어린아이 같은 면이 남아 있었고, 체구도 그
렇다보니 길을 지나는 패니 미내퍼의 모습을 본 사람들은 그
녀를 스무 살 정도로 생각하곤 했다. 반면 똑같은 거리를 두
고 봤는데도 실제 나이인 마흔 살 대신에 예순 살인 줄 아는
때도 있었다. 그녀는 늙어 보이는 날이 있고 젊어 보이는 날
이 있었다. 늙어 보이는 시간과 젊어 보이는 시간이 있었고,
늙어 보이는 찰나와 젊어 보이는 찰나가 있었다. 이는 그녀
의 변화가 참으로 빠르기 때문이 아닌가 싶었다. 표정을 바
꾸거나 머리를 드는 높이만 달라져도 놀랄 정도로 움푹 파인
부분이 얼굴에 나타났으니 말이다. 게다가 보라, 패니는 나이
든 여자 아닌가! 하지만 오늘 밤, 예의 그 이상하게 생긴 아
저씨의 솜씨 좋은 팔에 안겨 무도회장 위를 날아다니고 있는
패니는 그 어느 때보다 어린아이처럼 보였다. 그 사람이 바로
패니의 춤 상대여서 그랬다.

그 이상하게 생긴 아저씨는 한창때는 진짜 춤꾼이었을 것 같았고, 그 한창때는 아직 끝나지 않은 게 분명했다. 패니 양을 데리고 그 큰 무도회장을 신나는 속도로 마구 누비는데도 춤에 권위가 실려 있었다. 다른 커플들을 털끝 하나 스치지 않은 채 수월하게 피해 다녔고, 가장 거칠게 춤을 출 때도 우아함을 충분히 유지했으며, 그 와중에도 파트너와 함께 웃고 이야기했다. 조지에게 가장 눈에 띄었던 점은, 그러면서도 조금 짜증을 불러일으켰던 점은 앰버슨 저택을 방문한 이 낯선 사람이 이런 장소에 왔을 때 응당 적절히 드러내야 할 존중의 기색을 전혀 내비치지 않는다는 사실이었다. 그는 정말 집에 있는 듯 편해 보였다. 음악가용 좌석으로 이어지는 계단 어귀를 지날 때는 정말로 제집인 양 대놓고 편안해 보일 정도였다. 그는 패니 양의 손을 잠깐 놓고는 춤을 멈추지 않은 채 활짝 웃으면서 단순한 예의를 차리는 것 이상의 느낌으로 손을 흔들더니 발걸음도 가볍게 깡충거리며 시야에서 사라졌다.

조지는 이 뻔뻔한 모습을 냉담하게 바라보다가 말도 한숨도 아닌 방식으로 반응을 보였다. "거참 희한하네." 그가 중얼거렸다.

"뭐가요?" 모건 양이 물었다.

"저 이상하게 생긴 아저씨가 나한테 저런 식으로 손을 흔드는 거요. 난 저 아저씨가 샤론네 여자애들 삼촌이라는 거 말고는 생판 모르는데."

"알 필요 없어요." 그녀가 말했다. "미내퍼 씨에게 손을 흔든 게 아니거든요. 저한테 흔든 거예요."

"아, 그랬단 말이죠?" 조지는 그 설명을 듣고도 마음이 누그러지지 않았다. "다들 당신에게 마음이 있는 것 같군요! 여기 도착하고 나서 일주일 동안 진짜로 많이 바빴나봐요!"

그녀는 다시 작은 꽃묶음에 얼굴을 대고 웃었다. 불쾌하지는 않았다. 그녀는 그 인사에 대해 더는 언급하지 않았고, 또다시 한동안 침묵을 지켰다. 그러는 동안 음악이 끝났다. 커다란 박수가 다시 연주해달라고 요구했고, 앙코르 곡이 춤추듯 흘러나왔다. 음악이 나오기 전 막간을 틈타 목소리가 오가더니 사람들이 춤 상대를 바꾸기 시작했다.

"저기." 마침내 조지가 입을 열었다. "당신이 그다지 수다쟁이는 아닌 것 같다는 얘기는 해야겠네요. 좋은 평판을 얻는 최고의 방법은 말을 절대 많이 하지 않는 것이라고들 하죠. 그게 현명한 행동이라면서요. 뭔가 **할 말**이 전혀 없나요?"

"사람들이 말 없이도 이해할 때는 그렇죠." 그녀가 대답했다.

그때까지 침울하게 무도회장을 바라보던 조지가 얼른 그녀에게 얼굴을 돌렸고, 그러자 꽃묶음 위에서 기쁘고 환하게 빛나는 그녀의 두 눈이 보였다. 조지도 기꺼운 마음으로 미소를 지었다.

"여자들은 보통 무척 생기발랄하죠." 그가 말했다. "여자들이 남자 대학교에 1년 정도 가야 해요. 생기발랄에 대해 한 수 가르쳐줘야 한다니까요. 내일 2시 이후에 할 일이 있나요?"

"아주 많은 일을 해요. 일분일초가 빠듯이 차 있죠."

"좋아요." 조지가 말했다. "눈 상태가 썰매 타기에 좋거든요.

2시 10분쯤 제 커터●를 타고 모시러 갈게요."

"저는 못 나갈 것 같은데요."

"만약 안 나오면." 조지가 말했다. "당신이 방문하는 장소가 어디건 그곳의 문 앞에 커터를 타고 앉아 있을 거예요. 오후 내내 말이죠. 그리고 만약 당신이 다른 사람과 같이 외출하려고 한다면, 그 친구는 당신을 손에 넣기 전에 내게 채찍질을 당해야 할 거예요." 그녀가 웃음을 터뜨리는 동안 조지는 진지하게 말을 이었다. "만약 진심이 아니라고 생각한다면 어디 마음대로 실험 한번 크게 해봐도 좋고요!"

그녀가 다시 웃었다. "그렇게 큰 칭찬은 자주 받아본 적이 없는 것 같네요." 그러면서 다음과 같이 말했다. "특히나 이렇게 갑작스럽게 말이죠. 하지만 제가 당신과 같이 나갈 일은 없을 것 같아요."

"2시 10분에 준비하세요."

"안 그럴 건데요."

"아뇨, 하게 될 거예요."

"그래요." 그녀가 말했다. "준비할게요!" 그때 모건 양의 다음 춤 상대가 그녀를 찾느라 숨을 헐떡이면서 도착했다.

"지금부터 세 번째에 같이 춤추는 거 잊지 마요." 조지가 그녀의 등 뒤에서 말했다.

"기억할게요."

● 말이 끄는 1~2인용 소형 눈썰매.

"세 번에 한 번씩 추는 것도요."

"알아요!" 그녀가 춤 상대의 어깨 너머에서 외쳤다. 그녀의 목소리는 명랑했지만, 또한 순종적이었다.

'지금부터 세 번째' 차례가 돌아오자 조지는 인사도 없이 그녀 앞에 나타났는데, 그 모습이 마치 형제 아니면 오래 사귀어 무람없는 친구 같았다. 그녀도 조지에게 인사를 하지 않았지만 그와 함께 움직였고, 그렇게 움직이는 동안 이전 춤 상대와 친근한 농담을 주고받으며 춤을 마무리했다. 그녀는 이전 춤 상대와는 말을 많이 나눴던 듯 보였다. 사실 조지와 모건 양 모두 그날 저녁에 다른 사람들과 훨씬 말을 많이 했다. 서로에게보다 말이다. 그리고 이번에도 둘은 한마디도 하지 않았다. 춤을 추기 시작했을 때도 두 사람은 딴 데 정신이 팔린 듯 보였고, 곡이 끝날 때까지 딱딱한 표정을 유지했다. 그런 다음 '그다음 세 번째' 차례가 돌아왔을 때, 그들은 춤을 추지 않고 마치 어떤 언어적 합의도 없이 모종의 이해에 도달한 양 음악가용 좌석 쪽 계단으로 돌아갔다. 그 구석 자리는 다시 한번 그들을 위한 장소가 되었다.

"저기." 자리에 앉자 조지가 덤덤하게 말했다. "이름이 뭐라고 했죠?"

"모건이요."

"재미있는 이름이군요!"

"남의 이름이란 게 늘 그렇죠."

"이름이 진짜로 재미있다는 뜻은 아니었어요." 조지가 설명했다. "대학에서 같이 어울려 다니는 녀석들이 쓰는 말버릇이에요. 우리는 항상 그게 뭐건 간에 '재미있는 이름이네' 이러거든요. 당신 성이 모건이라는 건 알아요. 아래층에서 어머니가 그렇게 말했으니까. 제 말은 나머지 이름이 뭐냐는 거죠."

"루시요."

그는 침묵했다.

"'루시'도 재미있는 이름인가요?" 그녀가 슬쩍 따지듯 물었다.

"아뇨, 루시라는 이름은 진짜 정말로 좋네요!" 그는 그렇게 말한 다음 한껏 미소를 지어 보였다. 패니 고모조차도 조지가 '특정한 방식으로' 미소를 지을 때는 매력적인 아이라고 인정했다.

"제 이름 루시는 그대로 놓아두니 고맙네요." 그녀가 말했다.

"나이가 어떻게 돼요?" 조지가 물었다.

"잘 몰라요. 저는요."

"무슨 뜻이에요. 본인이 잘 모른다니?"

"사람들이 제게 말해준 대로만 안다는 뜻이죠. 당연히 저는 그 말을 믿지만, 믿는다는 게 실제로 안다는 건 아니잖아요. 어떤 특정한 날이 생일이라고 믿기는 해도(최소한 당신도 그러지 않을까 싶은데요) 정말 그날이 생일인지는 모르는 거죠. 기억이 안 나니까."

"저기요!" 조지가 말했다. "늘 그런 식으로 말해요?"

루시 모건 양이 너그럽게 웃고는 자기 머리를 한쪽으로 새처럼 기울이더니 활기차게 대답했다. "저는 학문을 익히고 싶어요. 당신은 학교에서 뭘 공부하나요?"

"대학이에요!"

"대학이군요! 거기서는 뭘 공부하나요?"

조지가 웃음을 터뜨렸다. "쓸모없는 헛소리들을 잔뜩 공부하죠!"

"그렇다면 쓸모 있는 헛소리를 배우는 건 어때요?"

"무슨 뜻이에요. '쓸모 있는'이라니?"

"나중에 사업이나 직업에 활용할 수 있는 것들 아닐까요?"

조지는 손을 서둘러 휘휘 내저었다. "저는 '사업이나 직업'에 뛰어들 일이 없을걸요."

"없다고요?"

"당연히 없죠!" 조지는 그녀가 자신이 어떤 사람인지 전혀 이해를 못 했다는 사실을 드러내는 그런 제안에 심각하게 짜증이 나서 단호하게 말했다.

"왜 그럴 일이 없어요?" 그녀가 부드럽게 물었다.

"저 사람들을 보라고요!" 조지는 거의 씁쓸하다시피 한 어조로 그렇게 말하고는 자기 눈이 닿는 범위 안에서 지금 춤추고 있는, 사업을 하고 직업을 가진 남자들을 가리키려는 의도로 짐작되는 손짓을 했다. "정말 멋지게 출세한 남자들이죠. 그렇잖아요! 법률가에, 은행가에, 정치가에! 저 사람들은 인생에서 뭘 얻을까요? 정말 궁금해 죽겠네요! 저 사람들이 **진정한** 것에 대해 아는 게 있긴 할까요? 저 사람들이 어디서건 그런 걸 **얻기는 할까요?**"

그 모습이 정말로 진지해서 그녀는 놀라는 한편 깊은 인상을 받았다. 그는 분명 마음 깊은 곳에 큰 뜻을 품고 있는 듯했다. 그가 자신의 미래 계획보다 한참 밑에 놓고 멸시하는 것들에 대해 진짜 감정을 실어 말하는 듯 보였던 것이다. 스물한 살에 영국의 총리가 된 피트•의 모습이 한순간 어렴풋이 그녀에게 떠올랐다. 그녀는 저도 모르게 나직한 목소리로 존경을 드러내며 말했다.

"어떤 사람이 되고 싶은데요?" 그녀가 물었다.

조지는 즉시 대답했다.

"요트 타는 사람이요." 그가 말했다.

● 영국의 정치가인 윌리엄 피트(1759~1806). 역시 정치가이자 영국 총리였던 아버지 윌리엄 피트(1708~1778)와 구분하기 위해 '젊은 피트'라고도 불린다. 소설에서는 '스물한 살'이라고 했지만 실제로는 스물네 살에 총리가 되었다.

제6장

　이렇게 하여 법원, 시장, 기표소보다 더 위에 있는 출세에 대한 자신의 야망을 간단명료하게 드러낸 조지는, 평소보다 더 깊이 심호흡하고는 이제 막 흉금을 털어놓는 사이로 만든 사랑스러운 벗에게서 얼굴을 돌려 자기 앞에서 춤추는 사람들을 응시했는데, 그 표정에는 요트 하나 없이 사는 중부 지역 사람들의 누추한 인생에 대한 엄격한 마음과 경멸이 배어 있었다. 하지만 조지의 눈길이 그 사람들 사이에 있는 자기 어머니에게 머무르자 그의 음울한 거만이 금세 누그러졌고, 두 눈에 더 다정한 빛이 깃들었다.

　이저벨은 그 이상하게 생긴 아저씨와 춤추고 있었다. 주목할 만한 사실은 그 활기찬 신사의 발놀림이 패니 미내퍼 양과 춤출 때보다 훨씬 침착했지만, 그렇다고 솜씨가 덜하거나 권위가 줄어들지는 않는다는 점이었다. 그는 패니 양과 춤출 때와 마찬가지로 이저벨과 즐겁게 대화를 나누었지만 웃음은 줄어 있었고, 이저벨은 가만히 귀를 기울이다가 진지하게 대답했다. 그녀의 안색은 달아올라 있었고 눈은 즐거워 보였다. 이저벨이 계단에 앉아 있는 조지와 아름다운 루시를 보고는 그들에게 고개를 끄덕였다. 조지는 멍하니 손을 흔들었다. 순간 그는 아래층에서 그를 괴롭혔던 설명할 수 없는 불편함과 원망이 다시 돌아오는 걸 느꼈다.

"어머니가 참 사랑스러우세요!" 루시가 말했다.

"제가 봐도 그렇네요." 조지가 부드럽게 동의했다.

"무도회장에서 가장 우아하신 분이에요. 열여섯 살처럼 춤을 추시네요."

"열여섯 살 여자애들은 대부분 신통찮게 춤을 추죠." 조지가 말했다. "어쨌거나 나는 굳이 춰야 할 일이 없으면 춤을 안 출 거예요."

"어머니와 같이 춤을 춰보는 것도 좋겠는데요! 저분보다 더 사랑스러운 사람은 본 적이 없어요. 같이 춤추는 모습이 정말 근사하잖아요!"

"누구 말이에요?"

"당신 어머니하고, 저 이상하게 생긴 아저씨요." 루시가 말했다. "저도 저 아저씨랑 빨리 춤을 춰봐야겠어요."

"상관없어요. 나랑 추기로 한 순서에 저 아저씨랑 추지 않는 한은 말이죠."

"기억해둘게요." 그녀는 그렇게 말하고는 생각에 잠긴 표정으로 제비꽃과 백합 꽃묶음을 얼굴까지 들어 올렸는데, 조지는 자기 양해 없이 취한 그 동작을 두고 한마디 했다.

"저기 말이죠. 계속 그 꽃묶음으로 호들갑인데 그거 누구한테 받은 거예요?"

"저분이요."

"'저분'이라니?"

"저 이상하게 생긴 아저씨요."

조지는 저런 경쟁자가 조금도 두렵지 않았기 때문에 큰 소리로 웃었다. "저 인간 홀아비일걸요!" 그가 말했다. 열여덟 살에게 홀아비란 굳이 다른 특성을 덧붙이지 않아도 충분히 남우세스럽기 그지없다고 여겨지는 대상이었다. "늙어빠진 홀아비!"

루시가 곧바로 정색했다. "그래요. 저분은 홀아비예요." 그녀가 말했다. "먼저 말해야 했는데. 저분이 제 아버지예요."

조지가 웃음을 뚝 그쳤다. "제가 농담을 잘못했네요. 당신 아버지인 줄 알았으면 당연히 놀리지 않았을 겁니다. 미안해요."

"아무도 아버지를 놀리지 못해요." 그녀가 차분히 말했다.

"왜 못 한다는 거죠?"

"놀리는 게 통하지 않거든요. 그래서 정작 놀리는 쪽이 바보 같아지죠."

이 말을 듣자 조지에게 한 가닥 지성의 빛이 번득였다. "뭐, 그렇다면 저도 더는 스스로를 바보로 만들지 말아야겠군요. 당신과 함께 그런 모험을 하고 싶지는 않으니까. 하지만 저는 저분이 샤론 집안 여자애들의 삼촌이라고 생각했어요. 걔들하고 같이 와서……."

"그랬죠." 그녀가 말했다. "제가 뭐든지 늘 늦거든요. 사람들이 저를 기다리게 할 수는 없었어요. 아버지랑 제가 샤론 집

안을 방문 중이었고요."

"진작 알아야 했는데! 제가 당신 아버지보고 참 희한하다 그랬던 건 잊어줄래요? 물론 당신 아버지가 어떻게 보면 눈에 띄는 외모를 가진 분이긴 하지만요."

루시는 여전히 정색하고 있었다. "'어떻게 보면'이라고요?" 그녀가 그 말을 따라 했다. "그 말은 당신 방식으로 본 건 아니라는 얘기네요. 그렇죠?"

조지는 혼란스러웠다. "무슨 말이에요? 내 방식으로 본 게 아니라니?"

"사람들이 종종 이렇게 말하죠. '어떻게 보면', '다소 눈에 띄는 외모잖아요', 아니면 아무개는 '다소' 이렇다는 등 내지는 무언가가 '다소' 저렇다는 등. 그건 **자기들**이 우월하다는 걸 보이려는 거죠. 안 그래요? 지난달에 뉴욕에 있었을 때, 출세하려고 안달이 난 여자 하나가 저보고 '조그만 모건 양'이라고 말하는 걸 우연히 들은 적이 있어요. 하지만 그 여자는 내 키를 이야기한 게 아니죠. 그 말은 자기가 중요한 사람이란 뜻이었어요. 그 여자 남편은 제 친구더러 '조그만 펨브로크 씨'라고 했는데, 그 '조그만 펨브로크 씨'는 키가 190센티미터가 넘거든요. 그 남편과 아내는 정말 엄청나게 중요하지 않은 사람들이라서 본인들이 중요한 사람인 척하는 방법이 다른 사람들을 '조그만' 누구누구 씨라고 부르는 것밖에 없어요. 제 생각에 그건 속물들이 쓰는 속어 같아요. 물론 사람들이 항상 '다소'니 '어떻게 보면'이니 하면서 우월한 척 굴지는 않지만요."

"그건 아니죠! 저는 평소에도 그 두 단어를 아주 많이 써요." 조지가 말했다. "제가 이해되지 않는 게 하나 있는데요. 키가 190센티미터인 남자는 대체 어디에 쓸모가 있죠? 그 정도 크기의 남자는 180센티미터짜리 남자가 할 수 있는 것처럼 본인 몸을 감당하지는 못한다고요. 그런 길쭉한 말라깽이 남자들은 거의 항상 무슨 벌레처럼 운동도 제대로 못 하고, 행동도 어설퍼서 허구한 날 의자에 걸려 넘어지고……."

"펨브로크 씨는 육군에 계세요." 루시가 새치름하게 말했다. "정말로 품위 있는 분이랍니다."

"육군에요? 아, 난 그분이 당신 아버지의 오랜 친구인 줄 알았어요."

"두 분끼리도 무척 친하죠." 그녀가 말했다. "제가 두 분을 서로 소개해드렸거든요."

조지는 최소한 성격만큼은 직선적이었다. "저기." 그가 말했다. "혹시 약혼했어요?"

"아뇨."

그 대답으로는 마음이 완전히 누그러지지 않아서 그는 어깨를 으쓱했다. "좋은 사람들을 많이 알고 지내시는 것 같군요. 뉴욕에 살아요?"

"아뇨, 우린 어디서도 안 살아요."

"무슨 뜻이에요? '어디서도 안 산다'니?"

"온갖 곳에서 살았다는 뜻이죠." 그녀가 대답했다. "아빠가 한때 이 도시에서 지내셨던 적이 있지만 그건 제가 태어나기 전이에요."

"왜 그렇게 계속 이사를 해요? 아버님이 흥행사예요?"

"아뇨, 아버지는 발명가예요."

"뭘 발명하셨는데요?"

"최근에는 최신형 말 없는 마차●를 제작하고 계세요." 루시가 말했다.

"아, 그거 안됐네요." 조지가 어떤 악의도 없이 말했다. "그런 물건들은 잘되긴 틀려먹었거든요. 사람들이 길바닥에 등을 대고 누운 채 얼굴에 떨어지는 윤활유를 맞으면서 인생을 보내지는 않을 거니까요. 말 없는 마차는 거의 실패작이나 다름없어요. 당신 아버지께서도 시간을 낭비하지 않으시면 좋겠는데요."

"당신 충고를 들으면 아빠가 고마워하시겠네요." 루시가 대꾸했다.

조지의 얼굴이 금세 붉어졌다. "제가 그렇게 욕먹을 짓을 한 건지 잘 모르겠네요." 그가 말했다. "딱히 별난 얘기를 했다고 생각하지는 않는데 말이에요."

"그래요. 그런 건 아니죠!"

"그럼 당신이 지금 한……."

그녀가 쾌활하게 웃었다. "안 그렇다니까요! 저는 당신이 그렇게 콧대 높은 사람이라는 점에 대해 조금도 신경 안 써요. 그 점이 참 흥미롭다고 생각하거든요. 하지만 아빠는 홀

● 초기의 자동차를 일컫던 명칭.

룽한 분이세요!"

"그분이요?" 조지는 성격 좋게 굴기로 마음먹었다. "뭐, 그렇게 되길 바랍시다. 나도 그렇게 되길 바랍니다. 정말로요."

그녀는 이 위풍당당한 젊은이를 꿰뚫을 듯 예리하게 바라보면서 그가 이런 고상을 떠는 행동거지에 믿을 수 없을 만큼 진심이라는 점을 알았다. 그는 마치 도량이 넘치는 나이든 정치가가 장래가 촉망되는 젊은 정치가에 대해 논하는 양 말하고 있었다. 루시는 계속 그에게 시선을 둔 채 은근한 경탄을 보이며 고개를 저었다. "이제야 겨우 이해되기 시작하네요." 그녀가 말했다.

"뭐가 이해된다는 거죠?"

"이 도시에서 진정한 앰버슨 가문 사람으로 산다는 게 어떤 의미인지요. 오기 전에 아빠가 말씀해주시긴 했는데, 인제 보니 절반도 채 얘기를 안 하신 거였어요!"

조지는 이 말을 기가 막힌 찬사로 알아들었다. "당신 아버지가 여길 떠나기 전에 우리 가문을 알고 지냈다고 하셨다고요?"

"네, 분명 당신 삼촌 조지와 특별한 친구였을 거예요. 아빠가 따로 말씀하지는 않았지만 당신 어머니와도 무척 잘 알았을 게 분명하고요. 그때 아빠는 발명가가 아니었어요. 젊은 변호사였죠. 그때는 이 도시가 지금보다 작았고, 아빠는 유명 인사였을 거예요."

"감히 말씀드리는데, 저는 우리 가문이 당신 아버지가 돌아온 것을 환영하리라는 점을 확신합니다. 특히나 아버지가 당신에게 말한 대로 우리 가문 사람들이 당신 아버지를 이 집에 들이곤 했다면 말이죠."

"아빠가 그 일을 자랑하시려는 것 같진 않았어요." 그녀가 말했다. "무척 덤덤하게 말씀하셨거든요."

조지는 잠시 그녀를 얼떨떨한 표정으로 바라보다가 그녀가 비꼬려는 의도로 그렇게 말했다는 사실을 눈치챘다. "정말로 여자들이 남자 대학에 가야 한다니까요." 그가 말했다. "한두 달이라도 말이에요. 그럼 남자들에게도 생기발랄함이 좀 생겨날 거예요!"

"과연 그럴까 싶은데요." 그녀의 다음 춤 상대가 도착했을 때 루시가 말했다. "남자들을 겉으로만 약간 더 예의 바르게 만들고 말 뿐이겠죠. 몇 분 정도 알고 지낸 다음에는 도로 예전처럼 끔찍해질걸요."

"그게 무슨 소리죠? '몇 분 정도 알고 지낸 다음'에 어떻다는……."

그녀는 춤을 추러 자리를 뜨고 있었다. "제니와 메리 샤론이 당신이 **어릴** 때 어떤 아이였는지 전부 다 말해줬어요." 그녀가 어깨 너머로 고개를 돌리며 말했다. "잘 생각해보셔야 할 거예요!"

루시는 왈츠의 산들바람을 타고 날아가버렸고, 조지는 잠시 그녀의 뒷모습을 울적하게 바라보다가 춤 약속의 이행을 미루고는 춤추는 사람들로 출렁이는 가장자리를 돌아 조지 앰버슨 삼촌이 있는 곳으로 어슬렁어슬렁 걸어갔다. 삼촌은 무도회장 입구의 장미 덩굴 아치 아래에 서서 만면에 웃음을 띠며 사람들을 지켜보고 있었다.

"안녕하신가, 동명이인." 삼촌이 말했다. "어째서 우리 춤꾼의 발뒤꿈치가 느릿느릿 꾸물거리고 있을까? 춤 상대를 구하지 못했니?"

"어딘가에서 절 기다리며 앉아 있겠죠." 조지가 말했다. "저기요, 삼촌. 패니 미내퍼 고모하고 잠깐 춤췄던 그 모건이라는 사람, 누구예요?"

앰버슨이 웃음을 터뜨렸다. "예쁜 딸이 있는 남자지, 조지. 내 생각건대 네가 오늘 저녁 내내 그 정도는 눈치채고 있었던 것 같은데. 아니면 내가 잘못 안 건가?"

"됐고요! 어떤 부류의 사람이냐니까요?"

"그가 어떤 사람인지는 우리가 정해줘야 할 것 같은데, 조지. 그 사람은 옛 친구란다. 여기서 법률 쪽 일을 했지. 수임한 사건보다는 빚이 더 많았을 텐데, 어쨌든 이 도시를 떠나기 전에 빚은 모두 갚았단다. 보아하니 네 질문은 순수하게 돈 문제인 것 같구나. 그 딸과 진도를 더 나아가기 전에 그 사람의 진짜 가치를 알고 싶겠지. 내가 네게 그걸 알려주지는 못한다만, 나는 그 아이가 입은 아주 잘 어울리는 드레스를 보고 재산이 상당하지 않을까 하는 낌새를 채긴 했단다. 하지만 사실 모를 일이지. 젊은이들을 위해 온갖 희생이 치러지는 시대니까 말이다. 네 가여운 어머니가 아버지에게서 받은 용돈으로 네게 진짜 진주로 된 장식용 단추를 겨우겨우 달아주잖니. 나는 그게 참……."

"아, 진짜, 입 좀 다물어주시죠!" 조카가 말했다. "제가 알기로 그 모건이란 사람은……."

"유진 모건 씨다." 삼촌이 슬쩍 바로잡아주었다. "젊은이라면 예의를 갖추고 뭘 해야……."

"그 '젊은이'는 삼촌 시절에도 예의범절에 대해서는 잘 몰랐을걸요." 조지가 말을 끊었다. "제가 알기로 그 유진 모건 씨는 우리 가문과 막역한 친구 사이였던데요."

"아, 미내퍼 집안 말이냐?" 삼촌이 시치미를 뚝 떼고 물었다. "아니다, 내 기억에 그 친구와 네 아버지는 딱히……."

"저는 앰버슨 가문을 얘기한 거예요." 조지가 짜증스럽게 말했다. "여기 살 때 우리 집 주위를 많이 얼쩡거렸다고 알고 있는데요."

"거기에 무슨 이의라도 있니, 조지?"

"무슨 말이에요? '이의'라니?"

"뭔가 심기가 불편한 듯 말해서 말이다."

"뭐." 조지가 말했다. "제 말은 그 사람이 여기가 제집인 양 편해 보인다는 뜻이에요. 패니 고모랑 춤추는 것만 봐도……."

앰버슨이 웃었다. "패니 고모의 가슴이 그 옛날 추억 때문에 두근거린다니 나도 걱정되는구나, 조지."

"고모가 그 사람한테 바보처럼 넋이 나갔었단 얘기예요?"

"고모만 그랬다고 할 수는 없었지." 삼촌이 말했다. "그 친구, 아주 인기가 많았어. 이제 내 질문 하나 받아줄 수 있을까?"

"무슨 소리예요? 내가 뭘 받아……."

"그냥 궁금해서 말이다. 너랑 같이 춤춘 여자애들의 부모 전부에게 네가 이런 식으로 똑같이 열정적인 관심을 기울이나 싶어서. 이게 우리 노총각들이 배워야 하는 새로운 유행인가보구나. 올해는 이렇게 해야……."

"아, 말도 안 돼!" 조지는 그렇게 말하며 자리를 박찼다. "나는 그냥 알고 싶어서……." 그는 말을 다 끝맺지 않은 채로 그곳을 벗어나 무도회장을 가로질러 한 소녀가 있는 곳으로 갔다. 소녀는 거기서 고귀한 성품의 조지가 시간을 내어 자기와 맺은 춤 계약을 지키길 기다리며 앉아 있었다.

"기다리게 해서 미안합니다." 조지는 우물우물 말했고, 소녀는 그를 맞이하고자 반갑게 자리에서 일어났다. 어쨌거나 그가 와줬다는 사실이 기쁜 듯했다. 하지만 조지는 소녀들이 자기랑 춤출 때 얼굴이 환해지는 데 익숙하다보니 그녀의 그런 모습에 거의 마음이 흔들리지 않았다. 그는 소녀와 건성으로 춤추면서 유진 모건 씨와 그의 딸에 대해 생각했다. 참으로 이상하게도 그의 생각은 딸보다는 아버지에게 더 오래 머물렀지만, 조지는 이 심란하게 편중된 상황에 별다른 이유를 (심지어 자기 자신에게도) 댈 수 없었다.

참으로 우연하게도, 그렇다고 그게 이상한 일은 아니었지만, 바로 그때 유진 모건 씨는 조지 앰버슨 미내퍼에 관련된 대화와 생각을 하던 참이었다. 사실 그냥 어쩌다 그리된 것이긴 하지만 말이다. 모건은 흡연을 위해 2층에 따로 마련된 방으로 들어갔다가 반백의 신사가 그 방을 홀로 점유하며 어슬렁거리는 모습을 발견했다.

"진 모건!" 그 신사가 진심으로 반가워하며 자리에서 일어나 외쳤다. "이 도시에 있다는 얘기는 들었네. 날 알아보겠는가?"

"그럼, 프레드 키니 아닌가!" 모건도 똑같이 기껍게 화답했다. "오늘 밤은 내가 알던 그 얼굴에 가면만 걸치고 있구먼. 변장하고 싶었으면 더 바꿨어야지."

"20년이잖나!" 키니 씨가 말했다. "그 세월이면 얼굴보다는 태도가 더 달라지지."

"그건 **그래**!" 키니 씨의 친구는 격정적으로 힘주어 동감했다. "내 태도는 아주 오래전부터 바뀌기 시작했어. 순식간에 갑자기."

"기억해." 키니 씨가 공감하며 말했다. "돌아보면 인생이란 게 참 기묘하기 그지없어."

"아마 계속 더 기묘해질걸. 우리가 앞날을 볼 수 있다면 말이야."

"아마 그렇겠지."

둘은 자리에 앉아 담배를 피웠다.

"그래도 말이야." 이윽고 모건이 말을 꺼냈다. "난 여전히 인디언처럼 춤을 춰. 자네도 그런가?"

"아니, 그런 건 내 아들 프레드에게 넘겨줬어. 걔가 우리 집안을 대표해서 춤을 추지."

"저 위에서 열심히 춤추고 있겠군?"

"아냐, 걘 여기 안 왔어." 키니 씨는 열려 있는 문을 흘끗 보고는 목소리를 낮췄다. "올 생각도 없었고. 2년 전인가 그 이전인가 일인데, 조지 미내퍼랑 대판 싸웠거든. 프레드가 애들이 하던 문학 클럽 회장이었는데, 걔 말로는 그 조지가 자신을 직접 회장으로 다시 선출했대. 아주 고압적인 방식으로 말이야. 프레드는 머리가 시뻘게져라 화를 냈어. 아이 엄마 기억하지? 너도 결혼식에 왔잖아."

"결혼식 기억하지." 모건 씨가 말했다. "네 총각 파티도 기억해. 뭐, 대부분은."

"아무튼 내 아들 프레드는 지금도 화가 나 있어." 키니 씨가 말을 이었다. "그때는 아이 엄마도 진짜 속상해했지. 아들놈은 조지 미내퍼와 싸운 게 억울해 죽을 지경이야. 앰버슨 저택이건 어디건 그 젊은 쪽 조지가 있는 곳에 들어가느니 제발을 불태워버리겠다고 말하고 있으니까. 사실 아들놈이 그일로 너무 감정이 안 좋은 듯해서 나도 여기 오지 말까 싶었는데 마누라가 그건 말도 안 되는 일이라고 하더군. 그깟 사소한 일로 원한이 생겼다고 프레드의 비위를 맞출 수는 없다면서. 자기도 다른 사람들처럼 조지 미내퍼를 경멸하긴 하지만 고작 애들 싸움 때문에 앰버슨 집안에서 벌이는 초대형 구경거리를 놓칠 수는 없다나 뭐라나. 그래서 온 거지."

"사람들이 전반적으로 그 젊은 미내퍼 친구를 싫어하나?"

"'전반적으로' 그러는지는 모르겠네. 걔한테 아첨하는 사람도 제법 될걸. 하지만 그 친구에 대한 의견을 기꺼이 표명할 사람이 아주 많은 건 분명해."

"그 친구에게 무슨 문제가 있길래?"

"너무 지나치게 앰버슨 가문 사람이야. 내 보기엔 그게 하나고, 다른 하나는 개 어머니지. 애가 태어난 날부터 무릎을 꿇고 떠받들었거든. 나는 그게 참 이해되지 않는다니까! 이저벨 앰버슨이 어떤 사람인지 내가 자네에게 굳이 말할 필요는 없겠지, 유진 모건. 그녀에게도 앰버슨 집안의 도도한 성격이 약간 있긴 해. 하지만 그녀를 아는 사람이라면 그녀가 세상에서 가장 멋진 여자라는 사실은 부인할 수 없거든."

"그래." 유진 모건이 말했다. "그 점을 부인할 사람은 없지."

"그런데 어째서 그녀가 자기 아들에 대해서는 진실을 보지 않는지 이해를 못 하겠어. 걔는 실속도 없는 주제에 자기가 정말 잘나가는 인간인 줄 알아. 솔직히 그 때문에 어떤 사람들은 그 녀석 생각만 해도 힘이 빠지고 욕지기가 난다고! 하지만 그 기개 넘치고 지적인 여성인 이저벨 앰버슨께서는 그냥 앉아서 아들을 숭배하기만 한다니까! 그녀가 자기 아들한테 얘기하거나 자기 아들에 대해 얘기할 때 목소리에서 그게 다 들려. 그 녀석을 볼 때 그녀 눈에 그게 다 드러난다고. 세상에! 그녀는 도대체 그 녀석에게서 뭐가 보이는 걸까?"

모건의 얼굴에 떠오르던 온화한 우려가 묘하게 진지해지면서 표정이 야릇해졌지만, 그래도 진짜로 뭔가를 걱정하는 기색은 전혀 아니었고, 그마저도 그가 미소를 짓자 그 표정은 얼굴에서 깨끗이 사라져버렸다. 미소를 지을 때 모건은 놀랄 정도로 매력적이고 설득력 있는 사람이 되었다. 잠시 후 그는 옛 친구의 질문에 미소를 지었다. "우리가 못 보는 걸 보는 거지." 그가 말했다.

"뭘 보길래?"

"천사."

키니가 크게 웃음을 터뜨렸다. "이야, 조지 미내퍼를 볼 때 천사가 보인다면 이저벨 앰버슨은 내 생각보다 훨씬 더 재미있는 여자군!"

"아마 그렇겠지." 모건이 말했다. "하지만 그게 그녀가 보는 거야."

"세상에나! 자네가 그 친구를 고작 한 시간 정도 보고 하는 소리라는 걸 쉽게 알겠군. 그 시간 동안 조지를 만나고 나니 자네에게도 천사가 보이던가?"

"아니, 내가 본 건 사탄의 자존심으로 똘똘 뭉친, 정말로 잘생긴 바보 같은 소년과 쭉 이어지는 근사한 신식 응접실 예법뿐이었어. 한 번씩 성질을 부리지 않고서는 그 예법을 삼십 분 이상 계속 지켜내기가 힘들겠던데."

"그럼 어째서……."

"어머니는 옳으니까." 모건이 말했다. "자기 어머니랑 있을 때와 자네 아들 프레드를 몰아붙일 때 그 젊은 친구 조지가 똑같은 사람이라고 생각하나? 어머니들이 우리에게서 천사를 보는 까닭은 실제 천사가 거기 있기 때문일세. 어머니 눈에 천사가 보인다면, 그건 아들에게 보여줄 천사가 있다는 소리겠지. 그렇지 않을까? 아들이 다른 사람에게 흉악한 짓을 해도 어머니는 그저 잘못 배운 천사가 악마처럼 행동하는 것도 가능한 일이라고 생각할 뿐이겠지. 그러니 어머니는 그 문제에 대해 언제나 옳기만 한 거야!"

키니는 웃음을 터뜨리고는 친구의 어깨에 손을 얹었다. "자네가 토론에 타고난 친구라는 걸 내가 잊고 있었구먼." 그가 말했다. "자네 말은 조지 미내퍼에게 여느 살인자 못지않게 천사 같은 면이 있고, 조지의 어머니는 늘 옳다 이거 아닌가."

"지금껏 늘 옳았던 사람이 아닌가 싶어." 모건이 가벼운 어조로 말했다.

키니의 우정 어린 손은 여전히 모건의 어깨에 놓여 있었다. "그녀가 한 번 틀린 적이 있지, 이 친구야. 최소한 내겐 그렇게 보여."

"아냐." 모건이 조금 불편한 듯 말했다. "그건 아냐."

키니는 두 사람에게 내려앉은 약간의 어색함을 완화하고자 다시 웃었다. "자네가 젊은 쪽 조지를 약간이나마 더 잘 알게 될 때까지 기다려봄세." 그가 말했다. "내 느낌인데, 조지의 참모습을 보게 되면 그 녀석에게도 보여줄 천사가 있다는 생각을 바꾸게 될걸!"

"제 눈에 안경이듯이 천사는 오로지 어머니의 눈에만 보이는 것이다, 이 말인가? 프레드, 만약 자네가 화가라면 무릎에 앉은 개구쟁이를 붙잡은 채 천사 같은 눈을 한 어머니의 모습을 그리지 않겠나. 나는 옛 거장과 아기 천사들의 편에 꿋꿋이 서겠네."

키니 씨가 모건을 생각에 잠긴 표정으로 바라보았다. "누군가의 눈은 분명 무척이나 천사 같겠지." 그가 말했다. "그 눈이 조지 미내퍼가 아기 천사라고 자네를 설득해왔다면 말이야!"

"지금도 설득 중이야." 모건이 진심 어린 투로 말했다. "그 눈은 그 어느 때보다도 천사 같지." 새로운 음악이 머리 위로 흥겹게 들려오자 모건은 담배를 꺼서 버리고 자리에서 기운차게 일어섰다. "가보겠네. 이번 춤은 그녀와 추거든."

"누구랑?"

"이저벨과!"

반백의 키니 씨가 두 눈을 비비는 시늉을 했다. "사람 놀라게 하는구먼. 그렇게 펄쩍 뛰어 일어나는 게 밖으로 나가서 이저벨 앰버슨과 춤추기 위해서라니! 20년은 훌쩍 지난 일 같은데. 안 그런가? 말해봐. 자네 혹시 오늘 저녁에 그 가엾고 늙은 패니와도 춤을 췄나?"

"두 번 췄지!"

"맙소사!" 키니가 반은 진심으로 신음했다. "옛 시절이 다시 시작되는구먼! 세상에!"

"옛 시절?" 모건이 문간에서 쾌활하게 웃었다. "전혀 아닐세! 옛 시절이란 건 없어. 가버린 시절은 옛 시절이 아니라 죽어 없어진 시절이지! 새 시절 말고 다른 시절은 없어!"

그러고는 이미 춤추기 시작한 듯한 모양새로 사라졌다.

　다음 날 조지의 커터에 앉아 있는 루시 모건 양의 외모는 참으로 매력적이라는 사실이 새삼 드러나서 그녀를 에스코트하고 있던 동반자는, 즉석에서 입에 발린 말을 내뱉고 싶은 마음에 시달린 나머지 시인처럼 굴고픈 충동을 다스리는 데 실패하고 말았다. 그녀가 쓴 작고 호화로운 모자의 테두리에는 검은색 모피가 달렸고, 머리칼은 그 모피만큼이나 까맸다. 역시 검은색 모피로 만든 커다란 숄이 그녀의 어깨를 둘렀고, 두 손은 검은색 방한용 토시 속에 감춰져 있었으며, 조지가 쓰는 무릎 덮개 또한 검은색이었다. "당신은 마치……." 조지가 말했다. "당신 얼굴은 마치…… 석탄 덩어리 위에 떨어진 눈송이 같군요. 그러니까 내 말은, 장미 꽃잎이기도 한 눈송이 말입니다!"

　"고삐를 잘 잡아야 할 것 같은데요." 그녀가 대답했다. "방금 거의 뒤집힐 뻔했어요."

　조지는 이 충고에 귀 기울이기를 정중히 사양했다. "왜냐하면 당신 뺨은 눈송이치고는 너무 발그레하거든요." 그가 말을 이었다. "하얀 눈송이와 빨간 장미•가 나오는 그 동화가 무슨 내용이었더라……."

"우리 지금 너무 빨라요, 미내퍼 씨!"

"뭐, 아시다시피 저도 여기 온 지 고작 이 주밖에 안 되니까요."

"썰매 말이에요!" 그녀가 설명했다. "길에 우리만 있는 게 아니잖아요."

"아, **저쪽**이 비켜줄 거예요."

"그거참 귀족이 마차를 모는 것 같은 방식이군요. 하지만 제가 보기에 이런 말에게는 지도가 필요할 것 같네요. 지금 거의 시속 30킬로미터로 달리고 있는 게 분명하잖아요."

"그게 무슨 대수라고." 조지는 말은 그렇게 했지만 다시 앞을 바라보는 데 동의했다. "애는 삼 분 안에 이 정도까지 속도를 낼 수 있어요. 괜찮다고요." 그가 웃었다. "나는 당신 아버지가 이만큼 빠른 말 없는 마차를 만들 수 있다고 생각하는 줄 알았는데!"

"이미 그 정도로는 빨리 달려요. 가끔요."

"그렇겠죠." 조지가 말했다. "그것들이 그렇게 달리긴 해요. 한 30미터 정도. 그런 다음 소리를 꽥 지르고 불에 홀랑 타버리죠."

• 그림 형제의 동화.

이렇다보니 그녀는 말 없는 마차에 대한 아버지의 믿음을 방어하지 않기로 했고, 소리 내어 웃고 난 뒤 아무 말도 하지 않았다. 차가운 공기에 눈송이가 물방울무늬처럼 점점이 찍혔고, 계속 짤랑짤랑 크게 울려대는 썰매 종소리가 진동했다. 남자애들과 여자애들은 다들 잔뜩 신이 나 숨을 헐떡이고 입에서 김을 내뿜으며 자기 옆을 스치는 썰매들의 활주부에 올라타려고 달려들거나 아무 차량에건 자기네 썰매를 밧줄로 비끄러매려고 들었지만, 개중 가장 빠른 애들조차 그 날듯이 달리는 커터를 겨우 건드리는 데 그칠 뿐이었다. 그런데도 백 개는 됨직한 축축하게 젖은 손가락장갑이 썰매를 붙잡았다가 비틀거리고 빙글빙글 돌았고, 그러다 때로 그 대담한 장갑 착용자들이 눈밭에 나동그라져 팔다리를 대자로 쭉 뻗은 채 상념에 빠지기도 했다. 지금은 연휴 기간이었고, 도시의 모든 남자애와 여자애가 밖에 나왔으며, 그중 대부분이 내셔널 거리에 있었으니 말이다.

하지만 증기를 뿜어대고 철컹거리며 평평한 도로를 지나가는 물건이 나타났고, 이 물건은 썰매를 타던 시절 사람들이 누리던 기쁨을 언젠가 죄다 앗아 갈 것이었으며, 그 기쁨은 가장 무모하고 완고한 이들에게만 남겨질 것이었다. 그 물건은 마치 지붕이 없는 서리형 마차와 엇비슷하게 생겼지만, 앞쪽과 뒤쪽에는 불건전한 혹 덩어리 같은 것이 처치 곤란한 모양새로 달려 있고, 아래쪽에는 빙빙 돌아가는 가죽 벨트와 더불어 윙윙거리고 울부짖는, 요동칠 것 같은 정체불명의 부품이 붙어 있었다. 무임승차자들도 자기 썰매를 그런 터무니없고 무시무시한 발명품에 매달 엄두는 내지 못했다. 대신 사람들은 자기들이 즐기던 오락거리를 때려치우고 모든 힘을 허파 안에 집중했다. 그 발명품이 거리를 지날 때마다 점점 더 크게 새된 소리로 울부짖기 위함이었다. "말을 타! 말을 타! 말을 타라고! 이 양반아, 왜 말을 타지 않는 거냐고?" 하지만 앞 좌석에 홀로 앉아 있는 담당 조련사는 그에 아랑곳하지 않았다. 그는 웃음을 터뜨렸고, 이따금 날아오는 눈덩이를 피할 때도 그의 선량함은 전혀 흔들리지 않았다. 사슴 사냥용 모자의 정면 차양과 보풀이 이는 회색 얼스터코트 깃 사이에서 참으로 활기찬 표정을 선보이는 그 인물은 바로 유진 모건 씨였다. "말을 타!" 아이들이 새되게 소리를 지르자 우락부락한 목소리들이 거기에 합세했다. "말을 타! 말을 타! **말**을 타라고!"

당시까지는 조지 미내퍼의 말이 옳았다. 그런 기계가 내는 시속 30킬로미터라는 속도가 조지의 발 빠른 말을 추월할 일은 없었다. 커터는 벌써 앰버슨 택지 입구의 돌기둥 사이를 쌩하니 지나가고 있었다.

"우리 할아버지 거예요." 조지가 앰버슨 저택을 향해 고갯짓하며 말했다.

"제가 알아야 하는 일이군요!" 루시가 감탄하듯 소리쳤다. "우리 어젯밤에 저기서 아주 늦게까지 있었는데, 아빠와 제가 거의 맨 마지막까지 있었을걸요. 당신 할아버님과 어머니와 패니 미내퍼 양께서 사람들이 다들 아래층으로 내려가고 악사들이 가방에 바이올린을 챙기고 있을 때 왈츠를 한 곡 더 연주하라고 하셨죠. 아빠는 미내퍼 양과도 춤을 췄고 그다음에는 당신 어머니와도 춤을 췄어요. 미내퍼 양이 당신 고모죠. 그렇죠?"

"네, 우리랑 같이 살아요. 제가 많이 놀려먹죠."

"어떻게 놀리는데요?"

"어, 그냥 손에 잡히는 대로요. 노처녀를 놀려먹기 쉬운 얘기면 뭐든 써먹죠."

"싫어하지 않으세요?"

"평소에도 불평이 좀 많은 분이세요." 조지가 웃었다. "별대단한 건 아니지만. 할아버지 집 바로 뒤가 우리 집이에요." 그는 앰버슨 소령이 이저벨의 결혼 선물로 지어준 집을 향해 바다표범 가죽으로 만든 긴 장갑을 낀 손을 흔들었다. "할아버지 집하고 거의 똑같아요. 그만큼 큰 건 아니고 무도회장이 따로 없긴 하지만요. 어젯밤에 할아버지 집에서 춤을 춘 건 무도회장 때문이에요. 뭐, 제가 당신의 하나뿐인 손자이기도 하니까. 당연히 언젠가 할아버지 집도 제 집이 되겠지만, 제 생각에 어머니는 지금 사는 데서 계속 지내실 게 거의 확실해요. 아버지랑 패니 고모도 그럴 것 같고. 저는 아마 별장도 따로 하나 짓지 않을까 싶어요. 동부 지역쯤에." 그때 유개 마차 한 대가 그들 옆을 지나갔고, 그러자 조지는 입을 다물고 눈썹을 찌푸렸다. 그 안락한 차량은 한쪽으로 슬쩍 내려앉아 있었다. 페인트는 칠한 지 오래되어 검은색 지도 위의 개울들처럼 자잘한 금이 수없이 나 있었다. 늙고 뚱뚱한 흑인 마부는 마부석 위에 앉아 꾸벅꾸벅 졸고 있는 듯 보였다. 하지만 커터의 소유자는 마차의 열린 창문을 통해 분명 바람을 쐬기 위해 밖으로 나왔을 지친 표정의 늙고 멋진 얼굴과 실크해트, 진주가 달린 넥타이, 아스트라한 모피 옷깃을 흘끗 볼 수 있었다.

"저기 계신 분 당신 할아버지네요." 루시가 말했다. "그렇죠?"

조지의 찌푸린 표정은 풀리지 않았다. "그래요. 저 헐어빠진 마차를 내다 버리고 늙은 말도 팔아치우셔야 하는데. 저 늙어빠진 말들은 수치스러운 물건이에요. 죄다 털이 수북해서는 깎지도 않잖아요. 할아버지는 눈치도 못 채고 있을걸요. 사람은 정말 늙으면 끔찍하게 우스워진다니까. 뭐랄까, 자존감이 남질 않는 것 같아요."

"제가 보기엔 멋있고 맵시 있는 분 같은데요." 그녀가 말했다.

"뭐, **걸치는** 옷이야 항상 잘 차려입으시니까. 하지만……아, 저거 좀 봐요!" 조지가 미네르바 동상을 가리켰다. 앰버슨 소령이 앰버슨 택지를 개방하기 전에 세운 주철 조각상 중 하나였다. 깨진 곳은 없으나, 거무스름한 줄 하나가 미네르바의 이마에서부터 곧게 떨어지는 콧날 끝까지 보기 싫게 그어져 있었고, 또 다른 줄 몇 가닥은 그녀가 걸친 천 옷의 주름 위로 혐오스럽게 푹 파인 채 북북 그려져 있었다.

"저거 검댕이 묻은 게 분명한데요." 루시가 말했다. "여기 주변에 집이 아주 많잖아요."

"그럼 누가 어떻게든 이 조각상들이 깨끗하게 유지되도록 신경을 써야죠. 아마 할아버지가 이 집들 중에 상당수를 임대용으로 소유하고 있을 거예요. 물론 택지는 대부분 팔았고요.

지금은 노는 땅이 하나도 없어요. 제가 어릴 때는 그런 땅이 많았지만요. 할아버지가 허락해줘서는 안 되는 게 하나 더 있다고 생각해요. 이 사람들 중에 상당수가 넓은 택지를 산 다음에 거기다 집을 짓거든요. 그렇게 해서 땅값이 계속 오르면 자기 땅의 일부를 판 다음에 그 땅을 산 사람들에게 거기다 집을 짓고 살도록 허용해버리는 거예요. 그러면 나중에 가서는 집을 크게 짓는 게 거의 불가능해지죠. 공터도 더는 없고, 집만 너무 많이 지어지는 거라고요. 예전 같은 방식의, 그러니까 신사들이 갖고 있던 장원 같은 거요. 그게 바로 할아버지가 지켜나가야 하는 거예요. 할아버지는 사람들이 너무 제멋대로 하게 내버려두고 있어요. 그 사람들은 자기 하고 싶은 대로 한다니까요."

"하지만 할아버지가 어떻게 그분들을 막죠?" 루시가 정말로 당연한 질문을 했다. "할아버지가 사람들에게 땅을 팔면 그 땅은 그 사람들 거잖아요. 아닌가요?"

조지는 이 어렵기 그지없는 질문에도 태연함을 유지하며 대답했다. "할아버지가 모든 상인에게 그런 식으로 땅 일부를 파는 집안과 거래하지 말라고 시키면 되죠. 할아버지가 그 상인들에게 만약 시키는 대로 하지 않으면 가문에서 더는 주문 받지 못할 거라고 말만 하면 되는 거예요."

"'가문'에서라니요? 무슨 가문요?"

"우리 가문요." 조지가 태연자약하게 말했다. "앰버슨 가문."

"그렇군요!" 그녀가 중얼거렸다. 루시는 조지가 보지 못한 것을 본 게 분명했는데, 그녀가 방한용 토시를 얼굴에 갖다 대자 그가 이렇게 물었기 때문이다.

"지금 왜 웃는 거예요?"

"뭐가요?"

"당신은 항상 자기 혼자만 행복해지는 작은 비밀이 있는 것 같아요."

"'항상'이라니요!" 그녀가 소리쳤다. "우린 어젯밤에 처음 만났는데 과장이 심하군요!"

"그건 경우가 다르지요." 그가 눈에 띄게 진지한 어조로 말했다. "제가 당신을 (무척!) 좋아하지 않는 이유 중 하나가 뭐냐면, 당신이 그런 식으로 다른 사람보다 은근히 우월한 척군다는 거예요."

"제가요?" 그녀가 놀라 소리쳤다. "제가 그랬다고요?"

"아, 당신은 그게 자기만 아는 비밀인 줄 알겠지만, 정말 빤히 보인다고요! 나는 누가 더 우월하니 하는 그런 거 안 믿어요."

"안 믿는다고요?"

"안 믿어요." 조지가 힘주어 말했다. "**내겐** 아니에요! 내 생각에 세상은 이런 식이에요. 출신이나 사회적 지위 등등으로 꼭대기에 오르는 사람은 몇 명 안 되고, 그 사람들끼리는 서로를 완벽히 동등하게 대해야 한다고요." 그러고 나서 다음과 같이 덧붙일 때 그의 목소리에는 약간의 감정이 깃들어 있었다. "제가 아무한테나 이런 말을 하지는 않아요."

"지금 본인의 가장 깊은 신조를, 아니면 규범이라고 해야 하나, 아무튼 그걸 제게 털어놓는 중인가요?"

"어디 계속해봐요. 놀려보라고요!" 조지가 씁쓸하게 말했다. "당신은 자기가 진짜 똑똑한 줄 알죠! 그게 정말 사람을 피곤하게 해요!"

"글쎄요, 당신이 내가 '은근히 우월한' 양 구는 게 싫다고 했으니 이제부터는 아주 요란스럽게 우월해질까 해요." 그녀가 쾌활하게 받아쳤다. "우리 목표는 즐겁게 사는 거잖아요!"

"오늘 당신을 찾아가기 전부터 이렇게 말다툼하게 될 줄 알았어요." 그가 말했다.

"말다툼이라니요, 무슨. 손바닥도 마주쳐야 소리가 나죠!" 그녀는 웃으며 대답하고는 어떤 신축 주택을 향해 토시를 흔들었다. 아직 완공되지 않은 집이 그들의 오른쪽 벌판에 서 있었다. 그들은 앰버슨 택지를 지나 도시의 북쪽 외곽을 거쳐 탁 트인 시골로 나아가던 중이었다. "저 집 예쁘지 않아요?" 그녀가 소리쳤다. "아빠와 저는 저 집을 우리의 '아름다운 집'이라고 불러요."

조지는 그 말에 기분이 딱히 좋지 않았다. "저 집이 당신 건가요?"

"당연히 아니죠! 아빠가 지난번에 차를 몰아 저를 여기 데려다주신 적이 있어요. 우리 둘 다 저 집이 마음에 들었고요. 널찍하고 품위 있으면서도 소박하잖아요."

"그래요. 거참 소박하네요." 조지가 신음하듯 말했다.

"하지만 사랑스러운 집이에요. 회색이 섞인 녹색 지붕하고 덧창만으로도 긴 하얀색 벽에 어울리면서 나무와 더불어 충분히 색이 살아나잖아요. 제가 보기엔 이 지역에서 가장 멋진 집 같아요."

조지는 그런 무지하기 그지없는 열광에 분노가 치밀어 올랐다. 불과 십 분 전에 앰버슨 저택을 지나갔는데 말이다. "저 집이 건축에 대한 당신의 취향을 나타내는 표본인 셈이군요?" 그가 물었다.

"네, 왜요?"

"어디 가서 건축 과목을 공부 좀 해야겠다 싶은 생각이 들거든요!"

루시는 당황스러운 표정을 지었다. "집 얘기에 왜 그렇게 감정적으로 나오는 거죠? 제가 당신에게 상처를 주기라도 했나요?"

"전혀 '상처받지' 않았어요!" 조지가 퉁명스레 대꾸했다. "여자들은 대개 춤추는 법, 옷 입는 법, 추파 던지는 법을 배우자마자 자기들이 알 건 다 안다고 생각하죠. 예를 들어 건축 같은 것에 대해서는 아는 게 전혀 없다고요. 저 집은 내가 지금까지 본 어떤 집보다도 추레해요!"

"어째서요?"

"어째서냐고요?" 조지가 따라 했다. "지금 내게 왜냐고 묻는 거예요?"

"네."

"음, 우선……." 조지가 말을 멈췄다. "우선 첫째로…… 그냥 보면 알잖아요! 당신이 건축에 조금이라도 관심이 있었다면 그냥 한번 보는 것 말고는 뭘 더 할 필요가 없었을 거라고 생각해요."

"저 집의 건축적인 문제가 뭔가요, 미내퍼 씨?"

"어, 그러니까 이런 거죠." 조지가 말했다. "이런 문제요. 그, 예를 들면, 저 집은…… 그러니까 연립주택처럼 지어졌던 거죠." 그는 과거 시제로 말했는데, 그들이 지금은 그 집을 뒤로 한 채 멀찍이 온 상황이었기 때문이다. 기묘하고도 의미심장한 인간의 습관이라 하겠다. "도시의 거리에나 어울릴 집 같았어요. 여기는 시골인데 대체 어떤 사람들 취향에 맞춰서 그런 집을 짓는데요?"

"하지만 아빠는 일부러 저렇게 지은 거라던데요. 이 방향에 다른 집들도 여럿 지어지는 중인데, 아빠 말씀으로는 도시가 이 방향으로 생겨나고 있는 거래요. 1~2년 안에 저 집은 시내에 위치하는 셈이 될 거라면서요."

"어쨌거나 추레한 집이에요." 조지가 부루퉁하게 말했다. "나는 저 집을 짓는 사람들을 알지도 못한다고요. 사람들 말로는 요즘 하층민들이 매년 도시로 많이 들어오는 중이고, 쭉 여기서 사는 하층민들도 있다고 하네요. 그 작자들은 돈은 쥐꼬리만큼 벌면서 자기들이 마치 그 장소를 소유한 것처럼 굴고 말이죠. 시드니 삼촌이 어제 그 얘기를 했어요. 자기랑 친구들이 컨트리클럽을 하나 조직하고 있는데, 그 안에도 벌써 하층민 몇몇이 벌레처럼 기어들고 있다고요. 삼촌은 들어본 적도 없는 사람들이 말이죠! 아무튼 제 생각에 당신이 건축에 대해서 많이 모른다는 사실은 아주 분명한 것 같네요."

그녀는 그 말에 웃어줌으로써 자신의 완벽하게 온화한 성품을 입증했다. "이 방향으로 계속해서 가다보면 저는 얼마 안 가 북극에 대해서도 알게 될 것 같네요!" 그녀가 말했다.

이 말에 그는 자책감이 들었다. "좋아요. 방향을 돌립시다. 당신 몸이 다시 따뜻해질 때까지 잠깐 남쪽으로 가죠. 이만하면 우리가 충분히 오랫동안 맞바람을 맞은 것 같네요. 미안합니다. 정말로요!"

루시는 그가 "미안합니다. 정말로요!"라는 말을 근사하게 했다고, 그 말을 할 때 정말 놀랄 만큼 잘생겨 보였다고 생각했다. 천국에서는 시종일관 성스럽게 지내는 그 모든 성자보다 한 명의 회개한 죄인에 대해 더 큰 기쁨을 느끼며, 거만한 인간이 돌연 드물게 내보이는 자상함이 상냥한 인간이 꾸준히 내보이는 자상함보다 분명 더 대단한 변화를 가져온다. 자상해진 거만함은 마음을 녹이게 마련이다. 루시는 자신의 동행에게 슬쩍 기대며 그 사실을 시인하는 의미로 밝게 웃으며 고개를 끄덕였다. 조지는 그녀의 눈에 돌연 떠오른 온기에 매혹되었고, 무슨 말을 해야 할지 모르게 되고 말았다.

썰매의 방향을 돌리면서 그는 말을 걷도록 했다. 썰매 방울들은 말의 걸음걸이에 맞춰 짤랑거렸지만 간헐적으로만 울렸다. 말의 몸에서 계속 피어오르는 희뿌연 김 속에서 파리하고 어슴푸레 반짝이는 방울들은 마치 연무를 경고하는 작은 종 같았고, 겨울의 깊은 침묵 속에서 유일하게 소리를 냈다. 고즈넉한 가로대 울타리 사이로 새하얀 길이 나 있었다. 울타리 너머 얼어붙어 있는 농가의 마당에서는 때로 철제 받침대가 딱딱해진 눈에 반쯤 덮인 채로 방치되어 녹이 슨 써레가 보였고, 또 때로는 낡아 못 쓰게 된 이륜마차도 보였는데, 마차의 바퀴는 깊이 파인 바큇자국 모양의 견고한 얼음속에 영원히 고정된 듯했다. 닭들은 저항이라도 하듯 쇠처럼 단단해진 흙을 긁어댔고, 기력이 쇠한 주인 없는 수망아지 한 마리가 자기를 지나쳐 가는 부드러운 종소리 때문에 돌연 공포에 질려 고개를 쳐들고는 썰매를 향해 격렬히 콧김을 뿜어댔다. 눈은 이제 내리지 않았고, 도시는 저 앞쪽 멀리, 대지에 내려앉은 잿빛 구름 속에 있었다.

루시는 저 멀리 떨어져 있는 도시의 희끄무레한 모습을 지켜보았다. "이렇게 멀리까지 나오니 도시가 매연으로 상당히 덮여 있다는 점이 분명히 보이네요." 그녀가 말했다. "그건 아마 도시가 성장하고 있기 때문이겠죠. 도시는 점점 커질수록 스스로가 부끄러워질 테고, 그래서 저런 연기를 만들어 그 안에 자기를 감추는 거예요. 아빠는 당신이 여기 살 때는 이 도시가 좀 더 괜찮은 곳이었다고 말씀하셨어요. 아빠는 이 도시에 대해 말씀하실 때면 평소와 달랐어요. 표정도 온화하고, 어조도 특별해진다는 걸 알겠더라고요. 분명히 이 도시를 무척 좋아하셨던 거예요. 사랑스러운 장소였음이 분명하죠. 모두 무척 유쾌하게 지냈을 게 확실하고요. 아빠가 말씀하시는 걸 들으면 당시 이 도시에서의 삶은 길게 이어지는 한여름의 세레나데였다고 생각하게 될 거예요. 아빠는 언제나 햇살이 환했고, 다른 어디와도 공기가 달랐다고, 당신의 기억에 따르면 공기에 늘 사금이 떠다닌 것 같았다고 장담하시죠. 글쎄, 과연 그럴까요! 아빠에게 지금 공기가 더 탁하게 느껴지는 건 공기에 검댕이 섞여서가 아니라 당시 아빠가 스무 살은 더 어렸기 때문일 거예요. 당시 여기 공기에 있었다고 생각하는 그 사금이 제게는 그저 아빠가 기억하는 젊은 시절에 불과해 보여요. 사금은 그저 젊음이었던 거죠. 젊다는 건 정말 기쁜 일이잖아요. 안 그래요?" 그녀는 헛웃음을 터뜨리더니 아쉬워하는 기색을 드러냈다. "우리가 지난날을 돌아보면서 충분히 즐겼다고 생각할 만큼 정말로 젊음을 즐기고 있는지 궁금해요. 저는 그러지 않은 것 같거든요. 어쨌거나 저로서는 제가 뭔가 중요한 걸 놓치고 있는 게 분명하다는 느낌이 들어요. 지금 무슨 일이 벌어지고 있는지를 생각해본 적이 없는 것 같거든요. 저는 늘 무언가를 기대하고 있어요. 제가 나이 들었을 때 일어날 일들을 생각하는 거죠."

"당신은 재미있는 여자예요." 조지가 자상하게 말했다. "하지만 그렇게 생각하고 이야기할 때 당신 목소리는 무척 멋지게 들리네요!"

말이 온몸을 떨대자 썰매 종이 성급히 울려대며 녀석의 소원을 사람들이 들을 수 있도록 해주었다. 조지는 고삐를 조였고, 커터는 삼 분 만에 전혀 거슬리지 않게 속도를 올려 달리기 시작했다. 그들은 얼마 안 있어 루시의 '아름다운 집'을 다시 지나가게 되었고, 여기서 조지는 자기가 했던 발언에 따로 부록을 붙여두는 게 적절하겠다고 생각했다. "당신은 재미있는 여자예요. 아는 것도 많고요. 하지만 건축에 대해 많이 안다는 생각은 들지 않네요!"

어떤 낯선 형체가 눈 덮인 길을 배경으로 검은 윤곽을 그리며 그들을 향해 오고 있었다. 그 형체는 적당한 속도로 접근하고 있었는데, 무엇으로 전진하고 있는지 전혀 보이질 않아서 멀리서 보기에는 무슨 문제가 있는 듯했다. 하지만 커터가 거리를 좁히고 보니 그 형체는 위에 사람 넷을 태우고 가는 모건 씨의 말 없는 마차라는 사실이 밝혀졌다. 모건 씨 옆에는 조지의 어머니가 앉아 있었고, 뒷좌석에는 패니 미내퍼 양과 조지 앰버슨 의원이 타고 있었다. 네 명 모두 정말로 생기가 넘쳐 보이는 것이 마치 새로운 모험에 착수한 기개 넘치는 사람들 같았다. 커터가 그들 곁을 쌩하니 지나칠 때 이저벨이 손수건을 신나게 흔들어댔다.

"하느님, 맙소사!" 조지는 숨이 막힐 듯 놀랐다.

"당신 어머니는 정말 사랑스러운 분이세요." 루시가 말했다. "정말로 넋을 쏙 빼는 **것들**을 걸치고 계시고요! 무슨 러시아 공주처럼 보였어요. 그 공주들이 그렇게 멋진지는 의심스럽지만요."

조지는 아무 말도 하지 않았다. 그는 앰버슨 택지를 지나 내셔널 거리 입구의 돌기둥까지 계속 썰매를 몰았다. 거기서 방향을 돌렸다.

"돌아가서 그 구식 재봉틀을 한 번 더 봅시다." 그가 말했다. "그건 분명 괴상하기 짝이 없고, 정신 나간……."

그는 말을 끝맺지 않은 채로 놓아두었고, 이내 그들의 시야에 그 구식 재봉틀의 모습이 다시 들어왔다. 조지가 조롱하듯 소리를 질렀다.

아아! 세 명의 형체가 길 위에 서 있었고, 발가락을 위로 하고 뻗어 있는 한 쌍의 다리가 이제는 말이 필요하게 생긴 말 없는 마차 아래서 눈밭에 등을 댄 채 누워 있는 네 번째 인물의 존재를 가리키고 있었다.

조지는 폭소를 터뜨렸다. 그는 말을 가장 멋진 걸음걸이로 몰면서 그 자리에 나타났다. 눈이 썰매 날과 말발굽에서 흩뿌려졌다. 조지는 방향을 틀어 길가로 이동한 뒤 총이라도 쏘듯 소리쳤다. "말을 타요! 말을 타! 말을 타라고요!"

그는 300미터쯤 더 가다가 다시 썰매를 돌리고는 정신없이 달려왔다. 그러고는 지나가는 동안 몸을 바깥으로 내밀어 고장 난 기계 주위에 있던 사람들에게 조롱하듯 손을 흔들었다. "말을 타요! 말을 타라고요! 말을……."

말이 질주하기 시작했고, 루시가 경고의 외침을 내질렀다. "조심해요!" 그녀가 말했다. "어디로 가고 있는지 보라고요! 저쪽에 도랑이 있어요. **좀 보라고**……."

조지는 썰매를 너무 늦게 틀었다. 커터의 오른쪽 날이 도랑에 처박히며 지끈 부러졌다. 작은 썰매가 뒤집히더니 탑승자들을 13미터 정도 질질 끌고 가다가 눈 더미에 둘을 같이 남겨두고는 떠나버렸다. 힘이 넘치는 그 젊은 말은 온갖 성가신 일에서 벗어나 신나게 내달리면서 길 저편으로 사라졌다.

제8장

조지가 어느 정도 마음의 평정을 되찾고 보니 눈처럼 하얗고 차가운 루시 모건 양의 뺨이 자신의 코를 한쪽으로 슬쩍 누르고 있었다. 조지의 오른팔은 그녀의 목을 단단히 붙들고 있었다. 그의 입 안에는 그녀의 목도리를 만드는 데 쓴 막대 한 양의 모피가 말도 안 되는 양의 눈과 함께 섞여 있는 듯했다. 그는 어리둥절했지만 이러한 병치 상황에 대해서는 어떤 이의도 품을 의향이 없었다. 루시는 겉으로 보아서는 다친 곳이 없었다. 그녀가 자리에서 일어나자 모자를 쓰지 않은 머리에서 머리카락이 흘러내렸다. 그녀가 부드럽게 말했다.

"세상에나!"

마차가 지나갈 때 루시의 아버지는 차 밑에 있었는데도 가장 먼저 두 사람에게 도착했다. 그는 딸 옆에 몸을 날리듯 무릎을 꿇었다가 그녀가 웃고 있는 걸 본곤 마음을 놓았다. "둘 다 괜찮아요." 모건이 이저벨에게 소리쳤다. 그녀는 오빠와 패니 미내퍼를 앞질러 그들에게 달려오던 중이었다. "이 눈

더미가 깃털 침대 역할을 했네요. 두 사람 다 아무 문제 없어요. 그렇게 파랗게 질리지 않아도 돼요!"

"조지!" 그녀가 숨을 헐떡이며 소리쳤다. "**조오지!**"

조지는 눈을 뒤집어쓴 채 제 발로 서 있었다.

"호들갑 떨지 말아요, 어머니! 멀쩡하니까. 저 망할 놈의 멍청한 말이……."

이저벨의 눈에 갑자기 눈물이 고였다. "네가 아래에서…… 끌려가는 걸 보고…… 아아……." 그녀는 떨리는 손으로 아들에게 묻은 눈을 털기 시작했다.

"그냥 놔둬요." 그가 저항했다. "장갑 망치겠어요. 눈이 어머니한테 몽땅 묻고 있잖아요. 그러다……."

"아냐, 괜찮아!" 그녀가 소리쳤다. "이러다 감기 걸리겠다. 감기 걸리면 안 되지!" 그러고는 계속 눈을 털었다.

앰버슨 씨가 루시의 모자를 들고 왔다. 패니는 시녀처럼 행동했다. 사고의 피해자 두 명 모두 이내 평소의 외모와 옷차림 상태로 회복되었다. 두 명의 신사가 기운을 북돋운 덕에 그 자리에 있던 사람 중 한 명만 제외하고는 모두 이 사건이 결국 재미있는 일이라 생각하기로 했고, 그래서 그 사건에 대해 웃으며 말하기 시작했다. 하지만 조지는 지금 순식간에 저물어가는 12월의 저녁놀보다도 더 기분이 울적했다.

"그 망할 놈의 말!" 조지가 말했다.

"나라면 펜더니스에게 짜증 내지는 않을 거다, 조지." 삼촌이 말했다. "내일 사람을 보내서 커터 잔해를 수습해야겠구나. 펜더니스는 아마 집까지 곧장 달려가서 마구간으로 들어갔을 거다. 우리가 돌아가기 전까지는 한동안 마구간에 있겠지. 우리가 집으로 돌아가기 위해 기댈 것이라고는 저쪽에 있는 진 모건의 고장 난 풍로 냄비밖에 없으니까 말이다."

그들은 조지 삼촌이 말하는 동안 기계를 향해 다가가던 중이었는데, 다시 그 밑에 들어가 있던 조지 삼촌의 친구가 삼촌이 하는 말을 들었다. 모건이 미소를 지으며 밑에서 빠져나왔다. "이젠 움직일 거야." 그가 말했다.

"굉장하군!"

"모두 타요!"

모건이 이저벨에게 손을 내밀었다. 그녀는 미소를 짓고 있었지만 안색은 여전히 창백했고, 두 눈은 충격을 받아 불안한 기색으로 계속해서 조지에게 머물러 있었다. 패니 양은 어느새 뒷좌석에 올라탔고, 조지는 루시 모건이 고모 옆자리에 앉는 걸 도운 뒤 따라 탔다. 에나멜가죽으로 만들어 가벼운 조지의 구두에 달라붙은 눈이 이저벨의 눈에 띄었다. 그녀는 얼른 아들에게 다가갔고, 조지가 그 기계에 오르느라 발 한쪽을 철제 계단 위로 올려놓았을 때 거의 공기나 다름없이 가벼운 레이스 달린 손수건으로 구두에서 눈을 닦아내기 시작했다. "감기 걸리면 안 돼!" 그녀가 소리쳤다.

"그만해요!" 조지가 소리치며 난폭하게 발을 뺐다.

"그럼 발을 굴러서 눈을 털어." 그녀가 애원했다. "젖은 발로 차를 타면 안 되잖니."

"발 안 젖었어요!" 조지가 진짜로 화를 내며 고함을 질렀다. "제발 좀 들어가요! 정작 눈밭에 서 있는 건 본인이잖아요!

들어가시라고요!"

이저벨은 알겠다고 하고는 모건에게로 몸을 돌렸다. 모건이 습관처럼 짓는 걱정스러운 표정이 다소 두드러졌다. 그는 그녀를 따라 차에 올랐다. 조지 앰버슨은 이미 반대편 자리에 가서 앉은 뒤였다. "내가 알던 이저벨 그대로군요!" 모건이 낮은 목소리로 말했다. "당신은 신성할 정도로 터무니없는 여성이에요."

"제가요, 유진?" 그녀가 딱히 못마땅하지는 않은 듯 말했다. "'신성하다'와 '터무니없다'는 서로 상쇄되는 말이잖아요. 그렇죠? 양수 1에 음수 1을 더하면 무(無)가 되는 것과 같잖아요. 그럼 당신 말은 제가 유별나게 아무것도 아닌 사람이라는 뜻인가요?"

"그건 아니에요." 그는 그렇게 대답하며 레버를 당겼다. "제가 하려던 말과 딱 맞아떨어지지는 않는 것 같네요. 됐다!" 그가 마지막에 내뱉은 탄성은 이 지하 세계의 기계를 가리킨 것으로, 경악스러운 소리가 바닥에서부터 올라오더니 차량이 덜컹거리고는 시끄러운 소리를 내며 앞으로 굴러갔다.

"이거 봐!" 조지 앰버슨이 외쳤다. "뭐가 이렇게 움직여! 사고가 또 난 게 분명해."

"사고라고?" 모건이 쿵쾅대는 소음 너머에서 소리쳤다. "아냐! 숨을 쉬는 거야. 한번 흔들어대는 거지. 용골을 따라 삶의 전율을 느끼고 있는 것 같지 않나!" 그러더니 그는 〈성조기여 영원하라〉를 부르기 시작했다.

앰버슨 의원은 씩씩하게 거기에 합류했고, 모건이 노래를 멈춘 뒤에도 계속 국가를 불렀다. 해가 저물어가는 하늘은 맑았고, 이미 솟아오른 둥근 달을 발견할 수 있었다. 음악적인 재능이 넘치는 이 국회의원은 〈아름답고 푸른 도나우강〉의 가사와 선율을 모두 따라 부름으로써 이 밝게 빛나는 존재를 칭송했다.

의원의 조카는 뒷좌석에서 울적한 기분이었다. 그 발명가와 어머니의 대화를 엿들었던 것이다. 어젯밤까지는 들어본 적도 없던 이 모건이라는 사람이 '이저벨'이라는 이름을 스스럼없이 부른다는 사실이 조지에게는 묘한 일로 여겨졌다. 또한 자기 어머니가 모건 씨를 '유진'이라 부르는 것이 별일 아닌 문제 같지 않았다. 전날 밤 느꼈던 그 원망스러운 마음이 다시 조지에게 생겨났다. 그러는 동안에도 조지의 어머니와 모건은 계속 대화를 이어갔지만, 그는 그들이 뭐라 하는지 더는 들을 수 없었다. 차에서 나는 소음에다, 노래하는 분위기에 흠뻑 젖은 삼촌이 훼방을 놓았던 것이다. 이저벨이 정말로 생기 넘쳐 보인다는 사실이 조지의 주의를 끌었다. 어머니가 즐거워하는 모습을 보는 건 이상한 일이 아니었지만, 가문 사람도 아닌 남자가 그 즐거움의 원인이라는 사실은 이상했다. 조지는 앉은 채 눈살을 찌푸렸다.

패니 미내퍼는 벌써 루시와 대화를 시작한 참이었다. "아버님께서 말 없는 마차가 눈 속에서도 달린다는 걸 증명하고 싶어 하셨어요." 그녀가 말했다. "그런데 정말 달리네요."

"물론이죠!"

"정말 흥미로워요! 아버님께서 이 차를 어떤 식으로 개선

할지 우리에게 내내 설명했답니다. 모두 고무로 만들어지고 공기로 부풀리는 바퀴를 쓸 거라고 하네요. 저는 유진이 하는 말이 전혀 이해가 안 돼요. 아무래도 그러면 바퀴가 터질 텐데 말이에요. 하지만 유진은 무척 자신만만한 듯해요. 하긴 늘 그렇게 자신만만했으니까. 저이가 하는 말을 듣고 있으니 정말 옛날 그 시절 같아요!"

패니는 곰곰 생각에 잠겼고, 루시는 조지에게 몸을 돌렸다. "썰매가 뒤집혔을 때 제 아래로 몸을 틀어서 제가 추락하는 걸 막으려고 애썼죠." 그녀가 말했다. "그랬다는 거 알아요. 정말 고마웠어요."

"추락이라고 할 만한 일은 없었죠." 조지가 퉁명스레 대꾸했다. "둘 다 다치게 놔둘 수는 없었을 뿐이에요."

"그래도 정말 친절한 행동이었어요. 굉장히 날렵했고요. 저는, 저는 잊지 못할 거예요!"

루시의 음성에는 진심이 담겨 있었고, 무척이나 호감 가는 목소리여서 조지는 그녀의 아버지 때문에 생겨난 불쾌감을 잊기 시작했다. 그의 불쾌감은 이 구식 재봉틀의 앞뒤 좌석 어느 쪽도 세 명이 앉을 수 있게 설계되지 않았다는 상황 때문이 아니라 그의 옆자리에 앉은 이가 이런 식으로 감사의 마음을 담아 말을 건네 더는 좌석의 밀집 상태에 신경을 쓰지 않게 됨으로써 진정되었다. 사실 이 일이 조지를 무척 기쁘게 한 나머지 그는 이 구식 재봉틀이 더 천천히 가줬으면 하고 바랄 정도였다. 게다가 그녀는 조지가 그 망할 놈의 말이 커터를 도랑에 처박도록 놔둔 일에 대해서는 전혀 비난하지 않았다. 조지는 그 자리에서, 거의 부들부들 떨다시피 하면서 그녀의 귀에 입을 가까이 대고 서둘러 말했다.

"깜박하고 말하지 않은 게 있어요. 당신은 정말 좋은 여자예요! 어젯밤에 처음 본 순간 그렇게 생각했죠. 오늘 밤에 당신을 찾아가서 앰버슨 호텔에서 열리는 '사교 모임'에 데려갈게요. 갈 거죠, 네?"

"좋아요. 하지만 아빠와 샤론 자매하고 같이 갈게요. 거기서 봐요."

"당신 정말 너무할 정도로 고루한 사람 같아 보여요." 조지가 투덜거렸다. 그가 드러낸 실망감은 그녀에게 보여주려던 것보다 훨씬 더 컸다. 그녀도 그가 실망했다는 걸 알아차렸겠지만 말이다. "뭐, 아무튼 코티용 춤은 같이 출 수 있겠죠."

"어려울 거예요. 키니 씨와 약속했거든요."

"뭐라고요!" 이 믿을 수 없는 소식에 조지는 충격받은 말투로 외쳤다. "저기, **그** 선약은 취소할 수 있을 텐데요. 당신이 원한다면! 여자들은 본인들이 원하기만 하면 언제든 그런 일에서 빠져나오던데. 그러지 않을래요?"

"안 되겠어요."

"왜 안 돼요?"

"약속했으니까요. 며칠 전에."

조지는 숨을 한 번 참고는 자존심을 꾹 눌렀다. "나는 그, 아니…… 아, 여기 좀 봐요! 내가 오늘 밤 거기 가려는 건 당신을 보려고예요. 그런데 당신이 나랑 코티용을 추지 않으면 난 어쩌라고요? 난 여기 고작 이 주일 있을 거고, 다른 사람들은 당신이 이곳에 머무르는 나머지 시간에 당신을 만나면 되잖아요. 부탁인데, 그 약속 **취소하지** 않을래요?"

"그렇게는 못 해요."

"여기 좀 보라고요!" 괴로워진 조지가 말했다. "만약 당신이 나와 코티용을 추지 않겠다는 까닭이 단지 그, 그, 그……구질구질한 빨간 머리 왕따 프레드 키니 같은 놈과 약속했기 때문이라면, 우리도 그만두는 게 차라리 낫겠군요!"

"뭘 그만둬요?"

"내가 무슨 말 하는지 아주 잘 알고 있을 텐데요." 그가 쉿소리로 말했다.

"모르겠는데요."

"알아야죠!"

"하지만 전혀 모르겠어요!"

조지는 진심으로 상처받고 적잖이 쓰라린 마음을 짧게 터뜨리는 웃음으로 표현했다. "내가 알았어야 했는데!"

"뭘 알았어야 했다는 거예요?"

"당신이 프레드 키니 같은 빨간 머리 놈 따위나 좋아하는 여자일 거라는 사실요. 내가 처음부터 알았어야 했는데!"

루시는 본인이 입은 치욕을 대수롭지 않게 넘겼다. "이런, 누군가와 코티용을 춘다는 것이 그 사람을 좋아한다는 뜻은 아니에요. 하지만 저는 키니 씨에게 무슨 특별한 문제가 있는지 모르겠어요. 뭐가 문제죠?"

"그놈 문제가 뭔지 당신이 직접 봐도 모른다면." 조지가 싸늘하게 대꾸했다. "내가 그걸 지적해주는 게 당신에게 도움이 될 것 같지는 않군요. 이해를 못 할 테니까."

"지적해주면 어떨까요." 그녀가 제안했다. "저는 당연히 이곳이 낯설잖아요. 사람들이 잘못을 저질렀거나 그들에게 불쾌한 점이 있다고 해도 제가 그걸 한 번 보고 알 방법은 없죠. 만약 키니 씨가 안타깝게도……."

"그 얘기는 하지 않는 편이 좋겠어요." 조지가 말을 끊었다. "그놈은 내 적이에요."

"왜요?"

"그 얘기는 하지 않는 편이 좋겠어요."

"그래도……."

"그 얘기는 하지 않는 편이 좋겠다니까요!"

"알겠어요." 그녀는 조지 앰버슨 의원이 노래하고 있던 〈오, 달이여, 이울 줄 모르는 나의 기쁨이여〉의 곡조를 흥얼거리기 시작했다. 더는 뒷좌석에서 대화가 이루어지지 않았다.

그들은 앰버슨 택지로 들어섰다. 앰버슨 의원의 기쁨의 대상인 달에는 가느다랗고 복잡하게 짜인 고딕풍 문양이 겹쳐 있었다. 길을 따라 줄지어 서 있는 어둑한 나무에서 가지들이 뻗어 나왔다. 발그레한 빛이 수많은 주택의 창문을 통해 새어 나와 깜박이고 있었다. 은빛 반짝이 장식과 상록수 화환과 은색과 와인색의 작은 유리 공이 빛나는 모습이 보였고, 사람들이 난롯가에 세워놓고 장식한 크리스마스트리도 언뜻언뜻 시야에 들어왔다. 지금이 크리스마스이브라는 사실을 상기시키는 모습이었다. 무임승차자들은 큰길에서 죄다 사라진 뒤였지만, 말 없는 마차가 씩씩거리고 윙윙거리면 인도를 지나가는 젊은 행인들에게서 이따금 새된 소리로 야유가 터져 나왔다.

"이봐요, 거 좀 제발 말을 타요. 말을 타라고! 말을 **타라니까요!**"

모건의 기계장치는 이저벨의 집 앞에서 심장이 철렁할 정도로 한 번 덜컥거리고는 멈췄다. 신사들이 뛰어내린 다음 이저벨과 패니가 내리도록 도왔다. 작별 인사들이 다정하게 이루어졌는데, 개중 한 인사만은 엄밀히 말하자면 다정하지 않았다.

"오늘 밤이 오기 전까진 '안녕, 또 봐요'겠지요?" 루시가 웃으면서 물었다.

"안녕히 계세요!" 조지는 그렇게 말했고, 이제는 모건 씨와 그의 딸만 타고 있어서 하중이 가벼워진 그 구식 재봉틀이 샤론 가족의 집을 향하여 길을 따라 씩씩하게 출발하는 모습을 그의 친척들처럼 배웅하려고 기다리지 않았다. 조지는 곧장 저택으로 들어가버렸다.

조지가 집으로 들어가보니 아버지는 서재에서 석간을 읽고 있었다. "네 어머니와 패니 고모는 어디 있니?" 미내퍼 씨가 고개도 들지 않고 물었다.

"올 거예요." 아들은 그렇게 대답하고는 의자에 몸을 힘겹게 내던지고 나서 벽난로를 빤히 바라보았다.

잠시 뒤 그의 말대로 두 사람이 왔다. 두 숙녀는 즐겁게 안으로 들어오면서 모피 망토를 끌렀다. "다 잘됐어, 조지." 이저벨이 말했다. "조지 삼촌이 펜더니스가 무사히 집에 들어갔다고 알려주셨어. 신발 벗고 난로에 가까이 가렴, 애야. 아니면 가서 갈아 신든가." 그녀는 남편에게로 가 어깨를 가볍게 토닥거렸는데, 조지는 그 행동을 음울한 기분으로 지켜보았다. "곧 옷을 챙겨 입어야겠군요." 그녀가 권했다. "저녁을 먹고 나서 우리 모두 '사교 모임'에 갈 거잖아요. 그렇죠? 조지 오빠도 우리랑 같이 간대요."

"저기요." 조지가 불쑥 입을 열었다. "그 모건이라는 남자하고 구식 재봉틀 기계는 뭐예요? 그 사람, 할아버지가 그 기계에 돈을 투자하게 하려는 거 아니에요? 그거 때문에 조지 삼촌을 꼬드기려는 거 아니에요? 그게 그 사람 수작 아니냐고요."

그 말에 반응한 사람은 패니 양이었다. "어리석기는!" 그녀가 놀랄 만큼 날카롭게 소리쳤다. "너 대체 무슨 말을 하는 거니? 유진 모건은 자기 발명품에 넘치도록 충분히 자금을 댈 수 있는 사람이야."

"그자가 조지 삼촌에게서 돈을 빌린 게 틀림없어요." 조카가 우겨댔다.

이저벨이 무척이나 당혹스러워하며 아들을 보았다. "왜 그런 말을 하는 거니, 조지?" 그녀가 물었다.

"그런 인간이라는 인상이 딱 들더라고요." 그가 고집스레 대답했다. "그렇죠, 아버지?"

미내퍼가 잠시 신문을 내려놓았다. "그 친구는 20년 전에는 꽤 방종한 젊은이였단다." 그는 그렇게 말하며 멍한 눈길로 부인을 흘끗 보았다. "한 가지 점에서는 너랑 닮았지, 조지. 그 친구는 돈을 너무 많이 써댔어. 다만 그 친구에게는 자기를 위해 할아버지에게서 돈을 받아낼 수 있는 어머니가 없었고, 그래서 늘 빚에 시달렸단다. 하지만 나는 그 친구가 최근 몇 년간 아주 잘해왔다는 이야기를 들었고, 그 말을 믿는다. 그래, 나는 그 친구를 사기꾼이라고 생각한다는 말은 할 수 없겠다. 그 말 없는 마차를 뒷받침하기 위해 다른 사람의 돈이 필요한지도 모르겠고 말이야."

"그럼 그 고물을 여기 끌고 온 이유는 뭔데요? 코끼리를 소유한 사람이 어디를 방문할 때 자기 코끼리를 데려가지는 않잖아요. 그걸 뭐 하러 여기 가져온 거냐고요?"

"내가 모른다는 점만큼은 분명하구나." 미내퍼 씨가 다시 신문을 펼쳤다. "당사자에게 직접 물어보렴."

이저벨이 웃고는 남편의 어깨를 다시 토닥였다. "옷 안 차려입을 거예요? 우리 다 같이 무도회에 가는 거 아닌가요?"

그가 힘없이 신음을 냈다. "당신 오빠와 조지라면 당신과 패니를 에스코트하기에 충분하지 않겠소?"

"춤을 즐길 생각이 전혀 없나요?"

"내가 그렇다는 거 알잖소."

이저벨은 남편의 어깨에 손을 얹은 채로 잠시 더 있었다. 그녀는 남편의 뒤에 서서 난롯불을 바라보고 있었고, 조지는 어머니의 모습을 음울하게 바라보면서 그녀의 얼굴에 불꽃의 반사 때문에 생겨난 것보다 더 많은 색깔이 떠오른 것 같다고 생각했다. "그래요, 그럼." 그녀가 너그럽게 말했다. "집에서 즐겁게 지내요. 당신이 정말로 원치 않는다면 우리도 조르지 않을게요."

"난 정말로 생각이 없소." 그가 마음 편히 느긋하게 말했다.

약 한 시간 뒤, 조지는 그날 저녁의 흥겨움을 맞으려고 준비하는 과정에서 실내복 차림으로 위층 복도를 지나가다가 패니 고모와 마주쳤다. 그가 그녀를 불러 세웠다. "저기요!" 그가 말했다.

"너 지금 얼굴이 왜 그러니?" 그녀가 상냥함이라고는 거의 느껴지지 않는 시선으로 그를 보며 다그치듯 물었다. "지금 꼭 연극에 나오는 악당 역을 연습하고 있는 사람처럼 보여. 그 표정 좀 풀어!"

그의 표정에 그 요청을 받아들일 기미는 조금도 드러나지 않았다. 반대로 얼굴에 뜬 음울함이 더 심해졌다. "고모는 아버지가 왜 오늘 밤에 외출하고 싶어 하지 않는지 전혀 모르는 것 같아요." 그가 심각한 투로 말했다. "고모는 아버지의 하나뿐인 여동생이잖아요. 그런데도 전혀 모르고 있다고요!"

"오빠는 내가 이름을 들어본 장소에는 가려고 하질 않는 분이잖아." 패니가 말했다. "그래서 너는 **대체** 왜 그러는 건데?"

"아버지가 무도회에 가고 싶어 하지 않는 건 그 모건이라는 남자를 좋아하지 않기 때문이라고요."

"나 원, 세상에!" 패니가 성마르게 소리쳤다. "네 아버지 머릿속에 유진 모건은 어떤 식으로건 들어 있지 않아. 오빠가 왜 그래야 하는데?"

조지가 머뭇거렸다. "그러니까 내가 딱 느끼기엔……. 근데 왜 고모도 그렇고 다른 사람들도 모두 그 사람 때문에 난리예요?"

"난리?" 그녀가 조롱하듯 말했다. "너 같은 어리석은 자식이 없는 옛 친구를 만나서 기쁜 나머지 법석 좀 떨면 안 돼? 나도 방금 네 어머니 방에 가서 그 사람들 저녁이라도 좀 챙겨주자고 말하고 왔는데……."

"'누구한테' 챙긴다고요?"

"'누구를' 챙기느냐고 해야지, 조지! 모건 씨와 따님 말이야."

"저기요!" 조지가 곧장 받아쳤다. "그건 안 돼요! 어머니가 그럴 필요는 없죠. 좋아 보이지 않을 거라고요."

"좋아 보이지 않을 거라고요!" 패니가 그를 흉내 내어 말했다. 격렬한 분노를 누르느라 말투가 놀랄 만큼 신랄했다. "자, 조지 미내퍼, 지금 곧장 네 방으로 들어가서 옷을 마저 갈아입는 게 어떨까 싶구나! 가끔 네가 말하는 걸 보면 네 마음이 정말 좁고 비열하다는 사실이 다 보여!"

조지는 이런 격심한 감정 표출에 정말로 놀란 나머지 분개보다는 호기심이 더 일었다. "아니, 뭐 때문에 **고모가** 이렇게 화를 내는 거예요?" 그가 진지하게 물었다.

"네가 무슨 소리를 하는지 알겠다." 그녀가 말했다. 목소리는 여전히 낮았지만 날은 바짝 서 있었다. "내가 나 좋으라고, 그 사람이 홀아비니까, 네 어머니에게 유진 모건을 이 집에 초대하라고 바람을 넣었다는 소리를 돌려서 하는 거구나!"

"**내가요?**" 조지는 어이가 없어 입을 삐끔거렸다. "고모가 그 작자의 환심을 사는 중이라서 어머니한테 자기를 돕도록 하는 거라고, 내가 지금 돌려 말한다는 소리예요? 그게 고모가 하려는 말이에요?"

의심할 바 없이 그게 패니 미내퍼가 하고픈 말이었다. 패니는 그를 이글이글 타오르는 눈길로 바라보았다. "네 일이나 똑바로 해!" 그녀는 모질게 속삭이고는 횡하니 가버렸다.

조지는 어안이 벙벙한 채 방으로 돌아가 이 문제를 깊이 생각했다.

그는 패니 고모와 오랜 세월을 한집에서 같이 살았는데, 지금은 자기가 생판 모르는 낯선 사람과 그 시절 동안 그토록 친밀하게 관계를 맺어왔던 건가 싶었다. 방금 복도에서 대화를 나눈 그 열정적인 숙녀는 조지가 지금껏 한 번도 본 적이 없는 사람이었다. 그녀는 결혼하고 싶어 했다! 그리고 조지의 어머니가 그 말 없는 마차를 모는 홀아비와 함께 자기를 도와주길 바랐다!

"그게 될 **리가** 있나!" 그가 큰 소리로 내뱉었다. "그게 되면 내가 목을 내놓고 말지!" 조지는 웃기 시작했다. "하느님, 맙소사!"

하지만 그 말 없는 마차를 모는 홀아비의 딸을 생각하자 이내 도로 울적해졌고, 그는 그날 저녁의 행동 방침을 정했다. 그는 그녀를 처음 볼 때 건성으로 고개를 끄덕일 것이었다. 그런 다음 더는 아무 신경도 쓰지 않을 것이었다. 같이 춤도 추지 않을 것이었다. 무도회에서 같이 춤출 수 있는 호의를 베풀지도 않을 것이었다. 아예 그녀의 근처에도 가지 않을 것이었다!

……그는 옷을 차려입고 두 시간 동안 이 행동 방침을 위한 연습을 하느라 흑인 집사가 세 번이나 재촉하듯 부르고 나서야 저녁을 먹으러 내려갔다.

제9장

조지 앰버슨 의원은 앰버슨 가문 출신의 의원답게 사교 무도회를 주도하는 사람이었다. 오늘 밤도 그는 느긋하게, 그러면서도 실수 없이 기민하게 그 일을 수행했으며, 가끔 관람자들, 그러니까 자기 또래의 사람들을 익살스럽게 흘끗거리기도 했다. 그들이 앉은 자리는 실내 한쪽 끝에 조성된 조그만 열대 나무 숲으로, 무도회가 시작되면 20대와 10대 후반의 젊은이들에게 완전히 판을 넘기고 난 뒤 물러나는 장소였다. 이곳에 사람들이 위엄 있게 짝을 지어 모여 있었다. 시드니와 어밀리아 앰버슨 부부가 있었고, 이저벨은 패니와 같이 앉아 있었으며, 유진 모건은 이 세 명의 앰버슨 가문 여성 중 어느 한쪽에 치우침 없도록 골고루 다정하게 헌신하고 있는 듯 보였다. 패니는 열정적으로 그의 얼굴을 바라보면서 그가 말을 꺼낼 때마다 웃음을 터뜨렸다. 어밀리아도 붙임성 있게 미소를 짓기는 했지만 그건 그 말에 흥미가 있어서라기보다는 품위를 차리고자 함이었다. 반면 이저벨은 춤추는 젊은이들을 바라보면서 푸른 공작 깃털로 만든 커다란 부채를 리듬에 맞춰 부쳐댔는데, 유진의 말에 사려 깊게 귀를 기울이기는 했지만 그러는 동안에도 내내 조지에게 반짝이는 눈길을 보냈다.

조지는 미리 연습한 대로 정확하게 계획을 수행했다. 그는 저녁 식사 전 화장실에서 오랫동안 연구해 완벽하게 가다듬은 방식으로 모건 양에게 고개를 끄덕였다. '아, 그래, 이 조그맣고 묘한 외부인이 기억나는 듯은 하군!'이라고 말하는 것처럼 보이는 고갯짓이었다. 그 이후 그녀를 의식하는 일은 완전히 사라져버렸다. 이 조그맣고 묘한 외부인이 더는 고뇌할 만한 가치가 없는 존재로 받아들여지게 되었던 것이다. 그런데도 그의 시야 한구석에서 그녀의 모습이 너무 자주 번득였다. 그는 그녀가 점잔 빼며 춤추는 모습을, 결코 춤 상대를 올려다보지 않으면서도 내리뜬 속눈썹 아래 시선을 감추는, 사악하리만치 새롱거리는 습성을 의식했다. 그는 춤과 춤이 이어지는 사이에도 그녀를 넘치도록 충분히 의식했지만, 이때는 설사 대놓고 그녀 쪽을 바라볼 심산이었다 해도 그녀를 보는 게 가능하지 않았다. 그녀의 모습이 덤불처럼 빽빽한 젊은이들의 예복에 파묻혀 보이지 않았으니 말이다. 그녀가 움직이는 대로 검은 예복의 덤불이 움직이다보니 그 덤불에서 울려 퍼지는 그녀의 웃음소리를 설사 못 들었다 해도 그녀의 위치는 얄미워 죽을 만큼 분명히 드러났다. 큰 목소리가 결코 아닌데도 그녀의 목소리가 자기를 따라다니는 게 조지에겐 정말 성가신 일이었다. 다른 목소리들이 사방에서 제아무리 어수선하게 시끄러워도 조지가 그녀의 목소리를 끊임없이 알아차리는 일을 막을 도리가 없어 보였다. 그 목소리에 깃든 떨림에는 애처로운 기운이 없었다. 애처롭기보다는 유머가 담긴 그 특징적인 목소리를 외면하기가 정말로 힘들어서 조지는 분노가 치솟았다. 그녀는 '멋진 시간'을 보내고 있는 듯 보였다!

조지의 가슴에 견딜 수 없는 비탄이 쌓여갔다. 그 여자와 그 여자의 행실에 대한 혐오가 점점 커지다가 급기야 이 역겨운 '사교 모임'을 떠나 집에 가서 잠이나 자야겠다는 생각이 들었다. **그렇게 되면** 그 여자가 깨닫겠지! 하지만 바로 그때 그는 그녀가 웃는 소리를 들었고, 그래봤자 그녀는 전혀 깨닫지 않으리라고 결론을 냈다. 그래서 그는 그냥 무도회에 남았다.

젊은 커플들이 코티용 춤을 준비하느라 무도회장의 세 벽을 따라 늘어놓은 의자에 앉았을 때, 조지는 문간에서 무리를 이룬 뻔뻔스러운 얼굴의 남자들과 합류했다. 이들은 춤 상대는 없지만 '불려 나와' 선물을 받을 만한 자격은 있는 젊은이들이었다. 조지는 삼촌이 그 불쾌하기 짝이 없는 키니와 모건 양을 리드 커플로 지정하여 리더의 오른쪽 줄 선두에 있는 첫 번째 의자에 앉히는 모습에 주목했다. 조카가 가문 내에서 프레드 키니에 대한 의견을 자주 표출해왔다는 점에서 조지 삼촌이 자행한 이 배신은 용서받을 수 없는 일이었다. 조지는 쓰라린 마음으로 의미심장한 단음절어를 내뱉었다.

화려한 음악이 흘러나왔고, 그에 맞춰 키니와 모건 양, 주변에 있던 여섯 명이 자리에서 일어나 다 아는 듯 익숙하게 왈

즈를 췄다. 앰버슨 의원이 호각을 불자 여덟 명의 젊은이가 선물이 놓인 탁자로 가서 새 춤 상대를 기쁘게 해주는 데 사용할 장난감과 장신구를 받았으며, 이제 춤 상대를 고르는 건 그들의 특권이 되었다. 벽을 따라 앉아 있던, 이 의식에 참여하지 못한 이들은 다소 주변의 시선을 의식하는 듯했다. 몇몇은 잡담을 나누면서 기대를 품지 않은 양 보이려 애썼다. 몇몇은 간절한 기색을 내비치지 않으려 노력했다. 또 다른 이들은 솔직담백하게 침통한 태도를 보였다. 참으로 괴로운 순간이었다. 선물을 가장 먼저 확보한 사람이라면 그게 누구든 이를 성공적인 저녁에 대한 행복한 전조로 여길 터였다.

손에 반짝이는 싸구려 장신구를 든 채 영예를 나눠주고자 좌석을 향해 다가오는 사람들의 표정은 열에 달떠 있었다. 그렇게 다가오는 여자 중 두 명은 미리 마음속으로 결정해둔 상대가 시야에 들어오지 않는지 이리저리 헤매고 있는 듯했다. 이 두 명은 바로 제니 샤론과 그녀의 사촌 루시였다. 이 모습을 본 조지 앰버슨 미내퍼는 둘 중 누구에게서도 기대할 바가 거의 없다는 생각에 자존심을 세우며 무도회장을 등지고 친구인 찰리 존슨과 대화를 나누는 척했다.

다음 순간 조그만 체구의 인물이 두 사람 사이에 얼른 끼어들었다. 루시였다. 그녀는 하얀 리본으로 장식된 은빛 썰매종을 기분 좋게 내밀었다.

"못 찾을 뻔했잖아요!" 그녀가 소리쳤다.

조지는 루시를 멍하니 바라보다가 그녀의 손을 잡고 조용히 앞으로 이끌어 같이 춤을 추었다. 그녀는 대화를 하지 않는다는 점에 만족한 듯했다. 하지만 이번 춤이 마무리되었음을 알리는 호각이 울려서 조지가 루시를 그녀의 자리로 데려갔을 때, 그녀는 그를 향해 작은 종을 들어 올렸다. "아직 선물을 가져가지 않았어요. 코트에 핀으로 꽂아야죠." 그녀가 말했다. "가질래요?"

"정 그러시다면야!" 조지가 뻣뻣하게 대답했다. 그는 루시를 의자에 앉힌 뒤 등을 돌려 걸어가며 썰매 종을 바지 주머니에 거만한 태도로 떨어뜨렸다.

그 인물과 마무리하고 난 다음 조지는 또 다른 썰매 종들을 받았고, 그는 종들을 자기 옷깃에 달아도 좋다고 쉽게 승낙했다. 하지만 그다음 사람이 다가오자 그는 지루한 기색을 풍기며 가문 어른들이 앉아 있는 열대 나무 숲으로 어슬렁어슬렁 걸어가 시드니 삼촌 옆에 자리를 잡았다. 그의 어머니가 패니 양을 넘어서 몸을 기울이며 음악에 맞춰 큰 소리로 그에게 말을 걸었다.

"조지, 여기 있으면 아무도 널 볼 수 없을 거란다. 춤 신청 선물을 못 받을 거야. 사람들이 춤추는 장소에 있어야지."

"신경 쓰지 말아요." 그가 대꾸했다. "지겹다고요!"

"하지만 가서……." 그녀가 말을 멈추더니 웃음을 터뜨리고는 아들의 뒤에서 부채를 흔들어 주의를 돌리게 했다. "봐! 네 어깨 너머!"

조지가 몸을 돌리니 루시 모건 양이 보라색 장난감 풍선을 내미는 중이었다.

"찾았네요!" 루시가 웃음을 터뜨렸다.

조지는 깜짝 놀랐다. "아니……." 그가 말했다.

"그냥 '앉아만 있으려는' 건가요?" 조지가 움직이지 않자 루시가 재빨리 물었다. "저야 춤 안 춰도 상관없어요. 만약 당신이……."

"아뇨." 그가 일어섰다. "춤추는 게 낫겠네요." 조지가 진지한 말투로 말했고, 그녀와 함께 진지하게 열대 나무 숲을 떠났다. 그는 춤도 진지하게 췄다.

루시는 조지에게 네 번이나, 그것도 연달아 선물을 들고 왔다. 부추기는 기색이라고는 조금도 없었다. 그녀가 네 번째로 찾아왔을 때 조지는 까칠한 목소리로 말했다. "이봐요, 밤새도록 이럴 겁니까? 이게 무슨 의미죠?"

그녀는 순간 어리둥절한 듯했다. "이러라고 코티용 춤이 있는 건데요. 아닌가?" 그녀가 중얼거렸다.

"무슨 말이죠? 이러라고 있는 거라니?"

"여자 쪽에서 자기가 원하는 사람과 춤을 추라고 말이에요."

조지의 쉰 목소리가 높아졌다. "그러니까 당신 말은, 나랑 내내 같이 춤추고 싶다는 건가요. 저녁 내내?"

"뭐, 상당히 많이요. 아마도 말이죠!" 그녀가 웃었다.

"당신이 이러는 게 오늘 오후에 썰매가 뒤집혔을 때 내가 당신이 상처 입지 않도록 노력했다고 생각해서인가요?"

그녀는 고개를 저었다.

"그럼 나를 화나게 한 걸 만회하고 싶어서인가요? 내 말은, 집에 오는 길에 내 마음을 상하게 한 거 말이에요."

루시는 눈을 다른 쪽으로 돌리면서(열아홉 살 소녀들도 소년들만큼이나 부끄럼을 탈 수 있다) 말했다. "뭐, 당신은 내가 당신과 코티용을 출 수 없다는 이유만으로 화난 거잖아요. 나, 나는 당신이 **그 문제**로 화가 났다고 해서 딱히 상처받지는 않았어요!"

"그럼 다른 이유가 있었던 거예요? 내가 당신한테 당신을 좋아한다고 말했던 거랑 관련이 있는 일이에요?"

그녀는 다정하게 고개를 들어 그를 보았고, 조지가 그녀의 눈을 마주했을 때 절묘하리만치 감동적이면서도 기묘하리만치 기꺼운 무언가가 그의 목구멍에 턱 하니 걸렸다. 그녀는 얼른 시선을 돌리고는 몸을 돌려 그들이 서 있던 열대 나무 숲에서 무도회장으로 뛰어갔다.

"와요!" 그녀가 소리쳤다. "춤추자고요!"

조지는 그녀를 따라갔다.

"저기요, 나, 나는⋯⋯." 그가 더듬더듬 말했다. "당신 말은⋯⋯ 그러니까 당신도⋯⋯."

"아뇨, 아니에요!" 그녀가 웃었다. "춤이나 추자고요!"

그는 거의 전율하다시피 하며 그녀에게 팔을 둘렀고, 둘은 왈츠를 추기 시작했다. 두 사람 모두에게 행복한 춤이었다.

크리스마스 당일은 아이들의 날이지만, 크리스마스 연휴는 젊은이들이 춤을 추는 시간이다. 이 연휴는 학교와 대학에서 돌아온 20대 초반과 10대들의 것이다. 20대 초반과 10대에 크리스마스 연휴는 잠시나마 그들의 차지가 되며, 그저 호랑가시나무와 반짝이는 조명, 춤추기 좋은 음악, 흥분으로 온통 발그레해진 매력적인 얼굴들에 대한 애틋한 기억으로 짓게 되는 미소로 남아 있다. 이 나이대는 인생에서 가장 활기 넘치는 시절이자 삶에서 누리는 무책임한 시기 중 가장 행복한 시절이다. 어머니들은 그 시절의 행복을 되풀이한다. 대학에서 돌아온 아들을 가진 어머니에 비할 만한 건 대학에서 돌아온 아들을 가진 다른 어머니 말고는 없다. 이 어머니들에게는 실제로 건강한 혈색이 돈다. 그게 눈에 뚜렷이 보인다. 이 어머니들은 소녀처럼 달리고, 운동선수처럼 걸으며, 아첨꾼처럼 웃는다. 하지만 이 어머니들은 다른 어머니의 딸에게 자기 아들을 넘기고, 그 모습을 물러나 앉아 지켜볼 수 있게 되었다는 데서 자부심 넘치는 환희를 충분히 느낀다.

그렇게 이저벨은 조지와 루시가 춤추는 모습을, 두 사람이 함께 춤추면서 그해의 연휴를 과거로 흘려보내는 동안 지켜보았다.

"쟤네 둘 있잖아요. 처음보다 훨씬 더 사이좋아 보이는군요." 이저벨의 옆에 앉아 있던 패니 미내퍼가 그 '사교 모임' 이후 일주일 뒤에 열린 샤론 집안의 무도회에서 그렇게 말했다. "처음에는 둘이서 계속 조금씩 말싸움 같은 걸 벌였잖아요. 최소한 조지는 그랬죠. 조지가 저 사랑스럽고, 앙증맞고, 귀여운 루시를 쉼 없이 쪼아대는 것 같았다니까요. 아무것도 아닌 일로 어깃장을 놓으려고 하고."

"'**쪼아댔다**'고요?" 이저벨이 웃음을 터뜨렸다. "어떻게 조지에게 그런 말을 써요! 저는 살면서 저보다 더 천사 같고 자상한 성격을 본 적이 없는데!"

패니 양도 올케의 웃음을 따라 했지만 그 웃음에는 다정함이 아니라 애처로움이 어려 있었다. "언니 눈에는 자상한 사람이겠죠." 그녀가 말했다. "언니가 지금껏 본 저 애의 모습은 그게 전부니까요. 하지만 왜 쟤는 정작 한평생 자기를 무릎 꿇어 모시고 숭배한 사람에게는 자상하게 굴려고 하지 않을까요? 우리 대부분은 그녀를 자상하게 대하는데 말이에요!"

"조지가 숭배할 가치가 없는 애인가요? 그냥 한번 봐요! 루시와 같이 있으니 매력이 넘치지 않나요! 루시가 저기 뒤에서 손수건을 흘리니까 열심히 달려가 줍는 저 모습을 보시라고요."

"아, 난 조지에 대해 입씨름을 하려는 건 아니에요." 패니 양이 말했다. "그 문제라면, 나도 저 애를 충분히 좋아해요. 매력적으로 굴 수 있는 아이죠. **외모만큼은** 확실히 훌륭하기 짝이 없고요. 다만……."

"'다만'은 그냥 넘겨두기로 해요." 이저벨이 온화하게 제안했다. "그날 저녁 식사 얘기를 하죠. 제가 대접해야 한다고 고모가 생각했던……."

"제가요?" 패니가 얼른 말을 끊었다. "언니가 직접 대접하고 싶던 거 아니었어요?"

"당연히 제가 그러고 싶었죠!" 이저벨이 진심을 담아 말했다. "제 말뜻은 그저 고모가 제안하지 않았다면 아마 저도 그러지 않았을……."

하지만 이때 유진이 이저벨에게 춤을 청하러 왔고, 그녀는 말을 다 맺지 못한 채 자리를 떴다. 크리스마스 연휴에 추는 춤은 이제 싹을 틔운 젊은이들만큼이나 회춘한 이들에게도 행복한 일일 수 있다. 하지만 자기 오빠의 부인이 홀아비와 춤추는 광경을 지켜보는 패니의 모습에서 경쟁자의 분위기는 느껴지지 않았다. 패니는 눈을 조금 가늘게 떴지만, 그 행동은 그저 마음속에서 희망에 찬 계산을 하는 양 보였다. 그녀는 기분이 좋은 듯했다.

제10장

　조지가 대학으로 돌아가고 나서 며칠 후, 연휴 기간에 오락을 즐긴 다종다양한 젊은 대학생들을 모두가 자애로운 시선으로 바라봐주지는 않는다는 사실이 분명해졌다. 주요 조간신문의 일요일판조차도 '세기말의 금칠한 젊은이들'이라는 표제하에 씁쓸한 감정을 드러냈으며(특히나 일요판 부록이다보니 이 표현은 당대에 대해 알 만한 사람은 다 알지 않느냐는 걸 암시하는 구절로 여겨졌다), 이 기사에서 언급하는 특정한 내용을 통해 몇몇 사람이 조지 앰버슨 미내퍼가 아직도 천벌을 받지 않았다는, 그 천벌이 짜증스럽게 지연되고 있다는 결론을 끌어냈다는 사실은 의심할 여지가 없다. 패니 미내퍼도 그러한 결론을 끌어낸 사람 중 한 명이었음을 부인할 수 없었으니, 그 기사를 잘라 조카에게 보내는 편지에 동봉하면서 잘라낸 기사 가장자리에 다음과 같이 적었기 때문이다. "이게 누구 얘기일지 궁금하구나!"
　조지는 기사를 읽어보았다.

우리가 크리스마스 연휴에 지켜본 바 있는 **세기말의** 금칠한 젊은이들이 향후 몇 년 안에 공공의 업무를 장악하게 되리라는 생각을 할 때면, 우리는 가끔 이 나라의 미래가 어찌 될 것인지 논쟁을 벌이곤 한다. 그러한 허식, 그러한 사치, 그러한 오만은, 심지어 로마의 가장 퇴폐적인 시대에 팔라티노 언덕에 살던 향기 나고 도도하기 그지없는 귀족들조차도 결코 행한 바 없음이 분명하다. 19세기가 막바지에 이르고 있는 작금에, 온갖 사치와 낭비가 미친 듯 이뤄지는 방탕함의 와중에도 이 금칠한 젊은이는 분명 최악의 징후로 자리매김해왔다. 젊은 나리의 분위기를 풍겨대고, 빠른 말을 타고 다니며, 금과 은으로 만들어진 담뱃갑을 들고 다니는 그 젊은이, 뉴욕의 재단사에게 맞춰 지은 옷을 입고, 응석을 받아주는 어머니 아니면 손자를 과하게 아끼는 할아버지가 퍼부어주는 돈으로 방종한 짓거리를 일삼는 그 젊은이는 아무것도, 누구도 존중하지 않는다. 세상에나, 그는 태평하기 짝이 없다. 사교 모임에서 그가 얼마나 거들먹거리면서 인기 있는 왈츠나 투스텝의 상대를 선별하시는지 보라. 그가 얼마나 막무가내로 어른들을 어깨로 밀어젖히며 나아가는지 보라. 그가 골라 사귀었을 옛 지인들의 인사에, 왕이나 된 양 변덕스럽게 그들을 잊어버려놓고서 멍한 눈길을 되돌려 보내는 모습을 보라! 이 모든 광경 중에서도 특히나 불쾌한 대목은 그가 거들먹거리며 춤 상대로 고른 젊은 여자들이 내심으로는 그자의 건방진 께느른함에 모욕을 느낄 것이 분명한데도 황홀경에라도 빠진 양 그에게 반가이 인사를 하고, 수많은 어른이 그자가 고개를 빳빳이 든 채 경솔하고 경멸적인 언사를 자기네에게 내뱉고 있는데도 거의 아첨이나 다름없이 비굴하게 환히 웃어준다는 점이다!

혹자는 이 새로운 세대의 젊은이들에게 무슨 일이 일어난 건지 궁금해한다. 공화국은 이러한 인간들에 의해 만들어진 게 아니다. 우리나라의 미래가 이 **세기말의** 금칠한 젊은이들의 손이 아니라 비록 유명하지는 않을지라도 대지에 세워진 농장에서 근면히 일하는 젊은이들의 굳은살 박인 손바닥에 달려 있기를 기도하자. 에이브러햄 링컨의 청년 시절과 현재 우리가 만들어내고 있는 괴상한 인간들을 비교해보면, 이것이 20세기를 맞이하는 나쁜 징조라는 사실이 명약관화하기 그지없으며…….

조지는 하품을 하고 난 뒤 신문 조각을 쓰레기통에 버리며 고모가 어째서 이런 말도 안 되는 따분한 소리를 자기에게 보낼 만한 기사라고 생각한 건지 궁금해했다. 기사 가장자리에 그녀가 연필로 쓴 그 암시적인 글귀에 대해서라면, 조지는 고모가 농담하는 건가 싶었다. 그렇게 추측하니 놀랄 일도 아니었고, 고모의 재치에 대해 그가 평생 품어온 의견도 바뀔 일이 없었다.

그는 고모가 직접 쓴 편지를 더 흥미롭게 읽었다.

……네 어머니가 모건 씨 부녀를 위해 마련한 저녁 식사 자리는 정말 훌륭했단다. 네가 떠나고 열흘 뒤인 지난 월요일

저녁이었지. 네 어머니가 이 저녁 식사를 대접하는 건 특히나 경우에 맞는 일이었단다. 왜냐하면 조지, 그러니까 네 삼촌이 모건 씨가 오래전 이곳을 떠나기 전에 그와 가장 친한 친구였으니까. 네가 대학으로 돌아가기 전에 루시 모건에게 들었던 소식을 공식적으로 발표하기에도 참으로 유쾌한 자리였고. 최소한 루시가 내게 이야기한 바에 따르면, 그 애 아버지가 여기로 돌아와 살기로 했다는 말을 네가 떠나기 전날 밤에 네게 했다더구나. 이러한 시기에 본인이 모건 씨의 오랜 친구이기도 한 네 어머니가 모건 씨 주변 옛 친구들을 선별하여 규합하는 대표 역할을 하게 된 것도 적절한 일이었지. 모건 씨는 정말로 기분이 좋은 듯했고 참으로 유쾌해했단다. 너는 고향을 방문하는 동안 그 사람 가족의 어린 구성원하고만 무척이나 호감 가는 시간을 보냈으니 그가 말하는 걸 들을 기회를 그냥 지나쳤을 테고, 그러니 그가 얼마나 흥미로운 사람인지 알지 못하겠지만.

모건 씨는 곧 이 도시에 **자동차** 생산을 위한 공장을 지을 예정이야. 본인은 '자동차'보다 '말 없는 마차'라는 용어를 더 선호하긴 해. 네 삼촌 조지가 내게 말하길 자기도 그 공장에 투자하고 싶다고 그랬단다. 조지 삼촌은 자동차에 미래가 있다고 생각하셔. 아마 널리 사용되지는 않겠지만 흥미롭고 신기한 발명품이니 주머니 사정이 넉넉한 사람들이라면 재미 삼아, 변화를 주기 위해서 소유하고 싶을 거라면서. 하지만 모건 씨가 웃으면서 조지 삼촌의 제안을 거절했다더구나. 비록 아주 큰 규모로 시작할 수는 없겠지만 본인이 이 모험적인 사업에 충분히 자금을 댈 수 있다면서. 네 삼촌의 말로는 이 나라의 여러 지역에서 다른 사람들이 성공적으로 자동차를 제작하고 있대. 네 아버지는 건강 상태가 그리 좋지 못하단다. 그렇다고 어디가 편찮으시다거나 한 건 아니야. 의사는 오빠에게 사무실에 그렇게 오래 있으면 안 된다고, 오랜 세월 실내에서 운동도 하지 않고 열심히 일만 했던 것이 좋지 않은 영향을 끼치기 시작하는 거라고 얘기한단다. 하지만 분명 네 아버지는 자기 일을 그만두면 돌아가실 거야. 일이야말로 가족을 제외하고는 오빠의 관심을 끈 전부였으니까. 나는 그걸 결코 이해할 수 없겠지만. 어제저녁에 모건 씨가 네 어머니와 나와 루시를 데리고 모제스카•가 공연하는 〈십이야〉를 보러 갔단다. 루시가 그 연극에 나오는 공작이 널 닮은 것 같다더구나. 다만 그쪽이 태도는 훨씬 서민적이었다면서 말이야. 너는 내가 이 편지에 모건 씨 가족에 대해 많이 썼다고 생각하겠지. 하지만 그렇게 생각한다면 그건 네가 그 가족의 **어린 구성원**에게 관심이 있어서일 거야. 대학이 여전히 네게 매력적인 곳이기를 바라마.

애정을 담아

패니 고모가

● 폴란드 출신의 셰익스피어 극 전문 배우인 헬레나 모제스카(1840~1909).

조지는 고모의 편지에서 한 문장을 몇 번씩 되풀이해서 읽었다. 그런 다음 그 장황한 편지 역시 쓰레기통에 떨어뜨려 기사 조각과 합류시킨 다음, 《십이야》를 빌리러 기숙사 복도를 어슬렁어슬렁 걸어갔다. 책을 확보한 다음에는 서재로 돌아와 희곡에 대한 본인의 기억을 새롭게 되새겨보았지만, 루시의 알쏭달쏭한 언급을 이해하도록 해줄 만한 깨달음이라고는 전혀 얻지 못했다. 그렇긴 해도 답장을 써야겠다는 방향으로는 마음이 움직여서 그는 즉시 편지를 썼다. 다만 패니 고모에게 보내는 답장은 아니었다.

루시에게

이렇게 빨리 내 말을 듣게 되었으니 분명 놀라겠지요. 특히나 이 편지는 내가 이곳으로 돌아온 뒤 당신에게서 받은 편지 한 통에 대해 두 가지 대답을 하고 있으니 말이에요. 듣기로 당신이 극장에서 나에 대해 뭐라고 말을 했다던데요. 어떤 배우의 태도가 나보다 훨씬 더 서민적이었다고 했다는데, 이해가 안 가는 소립니다. 내가 생각하는 인생의 이론에 대해서는 알고 있겠죠. 우리가 처음 함께 썰매를 타고 가던 중에 당신에게 설명했으니까요. 그때 내가 말했지요. 다른 사람들에게는 누구도 내 인생의 이론에 대해 당신에게 말하듯 말하지 않을 거라고. 나는 능력이 있는 사람이라면 당연히 인생에 대한 진정한 이론이 있어야 한다고 믿고, 아주 오래, 오래전부터 내 인생의 이론을 발전시켜왔어요.

뭐, 나는 여기 앉아 내 듬직한 브라이어 파이프로 담배를 피우면서, 내 **담배** 향기를 음미하면서 잘게 나뉜 내 방 창유리 너머로 대학 캠퍼스를 바라보고 있습니다. 1학년 시절과는 상황이 달라졌어요. 그때 내가 많은 면에서 참으로 유치했다는 걸 이제는 알겠더군요. 나는 날 변화시킨 것이 다른 무엇보다 고향에 갔을 때 당신을 만났던 일이었다고 믿습니다. 그래서 나는 여기 내 듬직한 브라이어 파이프와 같이 앉아, 말하자면 예전의 꿈을 꾸고 있습니다. 우리가 헤어지기 전날 밤 같이 췄던 그 왈츠를 꿈꾸고 있죠. 그때 당신은 내게 자기가 이곳에서 살게 될 거라는, 그래서 내가 다음 여름에 고향으로 돌아갔을 때 **나를 기다리고 있는 친구를 만나게 될** 거라는 좋은 소식을 전해주었어요.

내 친구가 나를 기다리고 **있을** 거라면 나도 기쁠 겁니다. 나는 정말 몇몇을 제외하고는 우정을 쌓는 데 소질이 없으니 말이죠. 인생을 돌이키며 기억하건대, 과연 내가 누군가에게, 특히나 여자에게 강한 우정을 느낄 수 있을지 의심했던 시절이 있었습니다. 나는 많은 사람에게 그렇게 큰 흥미를 품고 있지 않아요. 당신도 알다시피 나는 그 사람들 대부분이 얄팍한 인간들이라는 사실을 알거든요. 내가 여기 이 후진 장소에서 그저 우연히 같은 수업을 듣게 되었다는 이유만으로 톰이니 딕이니 해리니 하는 인간들과 고향에 있을 때보다 더 살살거리며 싹싹하게 잘 지내야 한다고는 믿지 않아요. 고향에서는 누군가와 같이 있는 모습을 보이는 데 항상 신중했어요. 그건 대체로는 가문의 위신 때문이었지만, 어렸을 때부터 타고난 나의 기질이 몇몇 사람에게서만 진정한 친밀감을 북돋는 것이었기 때문이기도 합니다.

지금 무슨 책을 읽고 있나요? 나는 《헨리 에즈먼드》와 《버지니아 사람들》• 두 권을 다 읽었습니다. 나는 새커리를 좋아해요. 쓰레기 같은 저질 작가도 아니고, 주로 멋진 사람들에 대한 소설을 쓰니까요. 문학에 대해 내가 생각하는 이론은, 작가란 저질스러운 소재를 탐닉하지 말아야 한다는 겁니다. 작가란 자기 집에 초대할 수 있는 사람들에 대해 써야 한다는 거예요. 나는 시드니 삼촌 말에 동의해요. 언젠가 삼촌이 이렇게 말한 적이 있거든요. 자기는 저녁 식사 자리에서 딱히 만나고 싶지 않은 사람들이 나오는 책이나 연극을 보고 싶지 않다고요. 나는 우리가 특정한 기준과 이상에 맞춰 살아야 한다고 믿어요. 내 인생의 이론에 대해 당신에게 말한 바 있으니 당신도 알고 있겠지만요.

뭐, 편지에서 깊은 토론을 할 수는 없는 노릇이니 이 주제에 대해 더는 이야기하지 않겠어요. 어머니에게 받은 여러 통의 편지와 패니 고모에게 받은 편지에 따르면, 당신이 내가 떠난 뒤로 우리 가문 사람들과 무척 자주 만나고 있다더군요. 가끔 당신이 그 자리에 지금 없는 사람에 대해 생각하길 바랍니다. 당신 사진을 끼우려고 뉴욕에서 은제 액자를 샀는데, 그 액자를 지금 내 책상 위에 올려놓고 있어요. 내가 그런 수고를 해가면서 액자에 넣은 유일한 여자 사진이지요. 당신에

● 미국의 소설가 윌리엄 새커리(1811~1863)의 작품들.

게 솔직히 말한 바 있듯 내가 다른 여자들 사진을 많이 갖고 있기는 하지만, 그 여자들은 모두 그저 한때의 지나가는 도락에 불과했죠. 나는 지난 몇 년간 여성이라는 성을 가진 사람과 커다란 우정을 쌓을 수 있는지 자주 의문을 품었는데, 우리만의 우정이 시작되기 전까지 내가 깨달은 바로는 여자란 대개 얄팍했기 때문이에요. 당신의 사진을 볼 때 나는 이렇게 스스로에게 말합니다. "마침내, 드디어, 얄팍하지 않다는 사실을 입증할 여자가 여기 있구나."

내 듬직한 브라이어 파이프에 담배가 다 탔군요. 일어나 담배를 채운 뒤 다시 한번 사랑스러운 니코틴 부인의 향기에 파묻힌 채 자리에 앉아 예전 꿈을 거듭 꾸겠습니다. 6월 여름 방학에 집으로 돌아갈 때 나를 기다리고 있을 진정한 친구도 생각하고요.

친구여, 당신의 친구가 이 편지를 보냅니다.

G. A. M.

조지의 기대는 어긋나지 않았다. 6월에 집으로 돌아왔을 때 그의 친구가 그를 기다리고 있었다. 최소한 그녀는 두 사람이 처음 만난 뒤 몇 분간은 그를 다시 보게 되어 무척이나 기뻐했다. 숨도 약간 가빠졌고, 얼굴도 무척이나 발갛게 달아올랐지만, 그러면서도 차분한 태도를 보였다. 그들의 감상적인 우정은 계속되었지만, 조지는 때로 그녀가 자기보다 이 우정을 덜 감상적으로 취급한다는 사실에, 또 때로는 그가 '우월한 척'이라 부르는 그녀의 태도 때문에 짜증이 나기도 했다. 사실 평상시 그녀가 풍기는 분위기는 다정하지만 명랑한 손위 누나 같았다. 조지는 그녀의 그러한 태도가 8개월 연상이라는 사실로 정당화될 수 있다고는 믿지 않았다.

루시와 그녀의 아버지는 앰버슨 호텔에 살고 있었고, 다른한편 모건은 도시의 서쪽 외곽에 작은 기계 공장 한 채를 지었다. 조지는 앰버슨 호텔의 초라함과 구식 외관에 대해 불평했다. 그래도 그곳이 '물론 여전히 이 지역에서는 최고'이긴 했지만 말이다. 그는 할아버지에게 이의를 제기하면서 앰버슨 가문의 부동산 전체가 '시급히 관리되지 않으면 쇠퇴하고 뒤처질' 것이라고 선언했다. 조지는 전반적으로 새로 짓고, 수리하고, 광택을 내고, 소송을 제기할 필요가 있다고 역설했다. 하지만 소령은 손자의 이야기를 듣기 거부하며 짜증스레 말을 끊고는 조지의 충고가 아니더라도 자기에게 성가신 일은 차고 넘친다고 했다. 그런 다음 서재로 물러가면서 서재문을 다 들리게 소리 내어 잠그기까지 했다.

"노망났어!" 조지가 머리를 흔들며 중얼거렸다. 그러고는 소령이 오래 살지 못하겠다고 생각하면서 슬퍼했다. 하지만 이런 추측 때문에 풀이 죽은 것도 잠시였다. 당연하게도 사람이 영원히 살 거라 기대할 수는 없으니, 앰버슨 가문의 부동산이 쇠퇴하도록 놔두지 않을 다른 누군가가 그곳을 책임져서 천한 것들이 감히 놀려댈 엄두를 못 내도록 하는 것도 좋은 일일 것이다. 조지가 이런 생각을 한 것은 어느 날 저녁 모건 씨 가족을 방문했다가 그들이 묵고 있는 호텔 객실에 마련된, 조금 탁한 색조의 빨간색 벨루어 천과 금박으로 장식된 응접실에서 짜증스러운 일을 겪었기 때문이다. 그날 저녁에는 프레더릭 키니도 초대받아 왔는데, 키니는 약삭빠르게 처신했던 적이 없는 사람이었다. 사실 자기 딴에야 익살스러운 어조를 취하면서 도시에 하도 호텔이 부족하다보니 앰버슨 호텔에 머무를 수밖에 없게 된 사람들에게 동정을 보인 것이었지만, 그 자리에 있던 다른 방문자에게 키니의 의도는 전혀 웃음거리로 받아들여지지 않았으며, 그 반대로 공격적이며 사감을 품은 듯 해석되었다.

조지는 자리에서 벌떡 일어났다. 얼굴에는 분노의 기색이 어려 있었다. "안녕히 계세요, 모건 양. 안녕히 계십시오, 모건 씨." 그가 말했다. "다른 시간에 기꺼이 찾아뵙도록 하겠습니다. 그때는 좀 더 예절 바른 인간이 이 자리에 참석하고 있겠지요."

"이봐!" 성질 급한 프레드가 화를 터뜨렸다. "날 천박한 사람으로 만들지 말라고, 조지 미내퍼! 난 너한테 어떤 것도 암시하지 않았어. 네 할아버지가 이 건물 소유주라는 걸 까맣게 잊고 있었을 뿐이라고. **나를** 천박한 사람으로 취급하려 들지 말란 말이야! 나는 절대……."

하지만 조지는 이 격렬한 항의가 이어지는 와중에 나가버렸고, 그래서 프레드의 항의는 당연하게도 끝을 맺지 못하고 말았다.

키니는 조지가 떠나고 나서 겨우 몇 분 정도 더 머물렀다. 객실 문이 키니의 등 뒤에서 닫히자 루시는 괴로운 마음으로 아버지를 향해 몸을 돌렸다. 아버지가 엄청나게 웃어대고 있는 모습을 발견한 그녀는 애처로울 만큼 깜짝 놀랐다.

"나는, 정말 나는 도저히 못 참겠더구나!" 그는 헐떡거리며 그렇게 말하고는 눈에 눈물이 차오를 때까지 컥컥대다가 조금 전 키니에게 어물거리는 작별 인사를 해주려고 일어섰던 자기 의자를 찾아 더듬거렸다. 그의 손이 의자 팔걸이를 찾아냈고, 그는 무너지듯 힘없이 의자에 주저앉더니 조리에 맞지 않는 소리를 내뱉었다.

"아빠!"

"옛날 일이 도로 떠올라서 말이다!" 그가 간신히 설명했다. "그 친구, 프레드 키니의 아버지와 조지 청년의 아버지 윌버 미내퍼도 딱 저 나이 때 바로 저런 짓을 했단다. 그리고 그런 점에서라면 조지 앰버슨과 나, 나머지 모두가 똑같은 짓을 하고 다녔지!" 기진맥진한 와중에도 그는 그들을 따라 하기 시작했다. "**나를** 천박한 사람으로 취급하려 들지 말란 말이야!" "다른 시간에 기꺼이 찾아뵙도록 하겠습니다. 그때는 좀 더 예절 바른 인간이……" 그는 말을 계속 이어갈 수 없었다.

모든 세대에는 저 나름의 즐거움이 있게 마련이라 루시는 아버지의 즐거움을 이해하지는 못했지만 조금 유감스러운 기분으로 그걸 받아들였다.

"아빠, 저는 그 사람들이 충격적이었다고 생각해요. **너무하지** 않았냐고요!"

"그냥, 그냥 남자애들이야!" 그는 신음하듯 말하며 눈을 닦았다.

하지만 루시는 전혀 웃지 않았다. 그녀는 화가 나기 시작한 듯했다. "그 가엾은 프레드 키니는 용서할 수 있어요." 그녀가 말했다. "그냥 실수를 크게 한 것뿐이니까요. 하지만 조지는…… 세상에, 조지는 난폭하게 행동했다고요!"

"힘든 시절이지." 어느 정도 침착함을 되찾은 그녀의 아버지가 소견을 밝혔다. "소녀들은 소년들처럼 그런 시절을 통과해야 할 필요가 없는 것 같더구나. 그게 아니라면 소녀들의 사교적인 재치라는 게 본능적이거나 뭐, 그런 게 아닌가 싶다!" 그러고는 다시 배를 잡고 웃어대는 상태로 되돌아갔다.

루시가 다가와 아버지 의자의 팔걸이에 걸터앉았다. "아빠, 조지는 **어째서** 저런 식으로 행동할 수밖에 없는 걸까요?"

"예민한 친구니까."

"좀 그렇긴 해요! 하지만 왜 예민한 거죠? 사람들이 어떻게 생각할지는 전혀 고려하지 않고 뭐든 자기 하고 싶은 대로 하잖아요. 그렇다면 어째서 정말 사소한 일로 본인 아니면 본인과 관련된 물건 내지 사람의 체면이 상할 때 그렇게 펄펄 뛰며 성질을 내는 거죠?"

유진이 딸의 손을 토닥였다. "그게 바로 인간 허영심의 가장 큰 수수께끼 중 하나란다, 얘야. 내가 그 문제에 대한 답을 아는 척하지는 않으마. 내가 평생 살아오면서 만나왔던 가장 거만한 사람들은 가장 예민한 사람들이기도 했단다. 다른 사람들의 의견을 가장 심하게 경멸하고, 스스로를 가장 뛰어나다고 여기는 사람들이 자기 뜻에 반하는 상황에서는 가장 심하게 화를 냈지. 오만하고 고압적인 사람들은 가장 사소하고,

가장 가볍고, 가장 희미한 비판의 숨결에도 견디질 못한단다. 그게 그 사람들을 죽이는 거거든."

"아빠, 조지가 **끔찍하게** 오만하고 고압적이라고 생각하세요?"

"그 친구는 여전히 소년일 뿐이란다." 유진이 부드럽게 달래듯 말했다. "내면에는 좋은 점이 많이 있어. 어쩔 수 없이 그렇단다. 그 애는 이저벨 앰버슨의 아들이니까 말이야."

루시는 여전히 자기 머리칼만큼이나 검은 아버지의 머리칼을 쓰다듬었다. "예전에 그분을 무척 좋아하셨죠, 아빠. 제 짐작이지만요."

"지금도 그렇단다." 그가 조용히 말했다.

"그분은 사랑스러우세요. 정말로!" 그녀는 잠시 말을 멈췄다가 다시 입을 열었다. "저는 가끔 궁금한 게……."

"뭐가 궁금하다는 거니?"

"그분이 어쩌다 미내퍼 씨하고 결혼하게 된 건지 궁금해요."

"미내퍼는 괜찮은 사람이란다." 유진이 말했다. "말수가 적기는 해도 선하고 친절한 남자지. 늘 그랬단다. 그런 점은 중요하지."

"하지만 어떻게 보면요……. 저기, 제가 사람들이 하는 말을 들었는데 그분에게는 사업과 돈을 아끼는 것 말고는 아무런 인생의 낙이 없다던데요. 패니 미내퍼 양이 제게 직접 말했어요. 조지와 조지 어머니가 소유하고 있는 건, 그러니까 그 두 사람이 원하는 대로 쓸 수 있는 재산 말이에요. 그건 전부 앰버슨 소령님에게서 나온다고요. 미내퍼 양이 그렇게 말씀하세요."

"절약일세, 호레이쇼!"● 유진이 쾌활하게 말했다. "절약은 사람들이 물려받은 유산이란다. 이곳에서는 무척 흔하지. 이 나라에 처음 정착한 사람들은 아껴야 했단다. 그래서 근검절약이 미덕이라고 배우게 되었지. 그러다보니 삼대까지 내려와서도 사람들은 근검절약이 그저 목적을 위한 수단일 뿐이라는 점을 깨닫지 못하는 거야. 미내쳐는 돈이 쓰라고 있는 것이라는 사실을 믿지 못해. 그 친구는 신께서 돈을 만든 이유가 투자하고 저축하기 위해서라고 믿는단다."

"하지만 조지는 아끼지 않아요. 분별이 없죠. 오만하고 잘난 체하는 데다 성격도 나쁜데 돈은 정말로 펑펑 써댄다고요."

"그 친구는 앰버슨 가문 사람이니까." 그녀의 아버지가 말했다. "앰버슨 가문 사람들은 아끼지 않아. 반대 방향으로 무척 과하지. 그쪽 사람들 대부분이 그래."

"조지에게 성격이 나쁘다고 하지 말았어야 했나 하는 생각이 드네요." 루시가 생각에 잠겨 말했다. "그래요. 성격이 나쁜 것 같지는 않아요."

"뭔가에 짜증을 낼 때만 나쁘단 얘기지?" 모건이 사뭇 공감하는 양 진지하게 거들었다.

"네." 루시는 아버지가 자기를 웃기려는 의도로 그렇게 말했다는 사실을 깨닫지 못하고 활기차게 대답했다. "그럴 때를

● 《햄릿》1막 2장의 대사.

제외한 나머지 시간에는 정말로 무척 상냥해요. 물론 언제나 본인이 깨닫고 있는 것보다 훨씬 더 순전하게 **어린아이**로 살지만요! 오늘 밤에는 정말 못되게 행동했어요." 그녀는 새삼 분개하며 펄쩍 뛰었다. "진짜 못됐다니까요. 그런 짓을 하는데 격려해줄 수는 없죠. 일주일 정도 그 사람한테 아주 쌀쌀맞게 굴까봐요!"

그 말을 들은 그녀의 아버지는 포복절도가 다시 도지는 바람에 꽤 고생했다.

제11장

쌀쌀맞음에 관한 문제라면, 루시는 자기 태도를 미리 정해 둔 채 조지와 만났다. 그런데 사실 태도를 먼저 정해둔 쪽은 조지였고, 그래서 다음번에 우연히 만났을 때 그는 그녀보다 더 오만하고 딱딱하게 굴었다. 두 사람의 소원한 상태는 삼 주 동안 이어지다가 어떠한 사전 협의도 없이 그냥 스러져버 렸다. 제풀에 흐지부지해졌고, 두 사람 다 자기들이 그랬다는 걸 잊어버렸다.

하지만 때때로 조지는 둘의 우정에 지장을 주는 또 다른 요 인들을 찾아냈다. 그는 루시가 '지나치게 마을 최고의 미인 행세를 한다'고 불평했고, 자신의 경쟁자들을 향해 비꼬는 태 도를 보이면서 그들을 일컬어 '촌구석 멋쟁이에다 시골뜨기' 라고 말하다가 어느 날 오후 그녀가 조지 또한 적어도 '이 지 역 출신'이기는 하지 않느냐는 점을 상기시키자 화가 나 토라 졌다. 루시는 어른들에게도 최고의 미인 대접을 받았다. 이저 벨과 패니는 툭하면 그녀를 마차에 태우고 다녔고, 집에 불러

점심이나 저녁을 대접했으며, 소소한 약속을 수없이 잡아 만났다. 소령도 그녀를 무척이나 마음에 들어 해서 일요일 저녁마다 앰버슨 저택에서 열리는 가족 만찬에 그녀와 그녀의 아버지를 매번 참석시켜야 한다고 고집했다. 그녀가 어른들의 기분을 맞춰주는 법을 잘 안다는 것이었다. 소령이 그렇게 말한 건 그 일요일의 만찬 중 어느 날, 루시가 식탁에서 소령 옆자리에 앉아 있을 때였다. 소령은 늘 그녀의 아버지 유진을 좋아했다고, 심지어 유진이 오래전에 '골칫덩어리'였던 시절에도 그랬다고 말했다. "그랬다니까. 정말 골칫덩어리였어!" 루시가 소령의 말에 이의를 제기하자 소령이 웃었다. "유진이 어느 날 밤에 내 아들 조지하고 다른 사람 몇 명과 같이 세레나데를 부르러 여기 왔다가 베이스 비올을 밟아 부쉈단다. 가없은 악단 사람들은 두 손 두 발 다 들었지! 내 아들 조지를 위층으로 올려 보내는 데 무려 삼십 분이 걸렸어. 똑똑히 기억해! 그게 유진이 마지막으로 술을 입에 댔던 때였지. 하지만 그전에는 꽤 마셔댔어, 아가씨. 부친도 감히 부정하지 못하잖나! 뭐, 그래, 변한 게 그것만은 아니지. 요즘은 사람들이 거의 술을 안 마시잖나. 그렇게 된 게 다행이긴 하겠지만, 예전이 더 활기차긴 했는데 말이야. 그 세레나데 사건은 이저벨이 결혼하기 직전에 있던 일이지. 초조해하지 말렴, 루시 양. 부친도 그 일을 아주 잘 기억하고 있으니까!" 노신사는 크게 웃음을 터뜨리더니 식탁 맞은편에 앉아 있던 유진에게 손가락을 흔들었다. "사실 말이지." 소령은 점점 더 들떴다. "나는 만약 유진이 베이스 비올을 부숴먹어서 본인이 기회를 놓치지만 않았어도 이저벨이 윌버를 선택할 일은 없었을 거라고 믿어. 그게 윌버가 이저벨을 얻은 유일한 이유라고 해도 놀랄 일이 전혀 아니라니까! 어떻게 생각하나, 윌버?"

"놀랄 일이 아니지요." 윌버가 덤덤하게 대답했다. "장인어른 생각이 옳다면 저도 진이 비올을 부순 게 기쁩니다. 이 친구가 저를 아주 힘들게 하고 있었죠."

소령은 일요일 만찬에서 늘 샴페인을 세 잔 마셨고, 지금 마지막 잔을 다 비우던 중이었다. "이 문제에 대해 무슨 할 말이 없니, 이저벨? 어이쿠, 이런!" 소령이 그렇게 외치며 식탁을 두드렸다. "얼굴이 새빨개졌구나!"

이저벨은 정말로 얼굴이 붉어져 있었지만 웃음을 터뜨렸다. "누가 새빨개졌다고 그러세요!" 이저벨이 그렇게 외치자 시누이가 그녀를 거들었다.

"중요한 건 말이죠." 패니가 유쾌하게 말했다. "윌버가 이저벨을 손에 넣었다는 사실이에요. 손에 넣은 것만이 아니라 잘 모시며 살죠!"

유진의 얼굴도 이저벨만큼이나 발그레해졌지만, 그는 상기된 안색 외에는 당황한 티를 전혀 내지 않은 채 웃었다. "중요한 점이 한 가지 더 있습니다. 제게 중요한 점이죠." 그가 말했다. "제 앞길을 가로막은 그 베이스 비올을 용서하게 만든 유일한 점입니다."

"그게 뭔가?" 소령이 물었다.

"루시입니다." 모건이 부드럽게 대답했다.

이저벨이 얼른 모건을 흘끗거렸다. 모두 이에 따스하게 동의했고, 식탁 주위에 우호적인 웅성거림이 퍼져나갔다.

조지 미내퍼는 이 칭송하는 분위기에 합류하지 않았다. 그는 할아버지의 말도 안 되는 소리가 설사 노망 때문이라 해도 상스럽다고 여겼으며, 이 주제의 대화가 빨리 끝날수록 더 좋으리라고 생각했다. 하지만 지난겨울 어머니가 모건에게 기울인 온갖 관심의 징후 앞에서 그를 괴롭혔던 원망스러운 마음은 아주 약간만 재발할 뿐이었다. 그렇긴 해도 조지는 여전히 가끔, 그러니까 그가 보기에 거의 공개적으로 그 홀아비에게 마음이 있다는 사실을 내비칠 때면 패니 고모가 창피했다. 패니와 조지는 한두 번 말다툼을 벌였는데, 그 논쟁의 와중에 그녀가 다시 한번 드러낸 사나운 모습이 그를 놀라게도, 즐겁게도 했다.

"네 친지에 대한 비판은 그만하렴." 하루는 그녀가 몹시 성을 내며 조지에게 그렇게 명령한 적이 있었다. "그리고 네 행동거지에 대해 조금이라도 생각해봐! 나, 나는 그저 옛 친구를 즐겁게 대하는 것뿐인데 너는 사람들이 그걸로 '뒷말'을 할 거라고 그러잖아! 그 사람들이 어떻게 말하든 내가 무슨 상관이야? 내 보기에 만약 사람들이 이 집안의 누군가에 대해 얘기한다면, 그건 어떤 것도 존중하지 않을뿐더러 제 앞가림도 못 할 정도로 아는 게 없는 주제넘고 작고 하찮은 인물에 대해서일걸!"

"'하찮은 인물'이라니요, 패니 고모!" 조지가 웃었다. "거참 우아한 표현이군요! 게다가 '작고 하찮은 인물'이라니, 내 키가 180센티미터를 넘었을 때 말씀이신가요?"

"난 얘기했다!" 그녀는 자리를 떠나며 그렇게 쏘아붙였다. "루시가 어떻게 너를 견디는지 모르겠어!"

"고모는 상냥한 계모 시어머니가 될 거예요!" 그가 패니의 뒤에서 소리쳤다. "루시에게 청혼하는 건 조심하도록 하지요!"

이런 말다툼들은 그저 여름철의 약간 거친 오점일 뿐이었고, 그 대부분은 별 소란 없이 매끄럽게 넘어가서 결국에는 허공으로 날아가버릴 것 같은 일에 불과했다. 조지가 2학년 과정을 위해 학교로 돌아가기 전날 밤, 어머니가 그에게 이번 여름이 혹 즐겁지 않은 건 아니었는지 나름대로 확신을 품은 듯한 태도로 물었다.

조지는 그 문제에 대해 딱히 생각해본 적이 없어서 이렇게 대답했다. "즐거웠던 것 같은데요. 왜요?"

"네가 그렇게 말하는 걸 직접 들으면 참 좋겠다는 생각이 들어서." 그녀가 미소를 지으며 말했다. "네 또래의 사람들이 스스로 행복하다는 사실을 안다는 건 내 나이대의 사람들에게는 기쁜 일이지."

"어머니 나이대의 사람들이라니요!" 그가 그 말을 따라 했다. "전혀 나이 든 여자처럼 보이지 않는다는 거 아시잖아요, 어머니. 전혀 안 그렇다니까요!"

"아냐." 그녀가 말했다. "나도 너만큼이나 젊다고 느끼기는 해. 내면은 그렇지. 하지만 나도 얼마 안 있으면 늙어 보이기 시작할 수밖에 없단다. 그때는 오게 되어 있어." 그녀는 한숨을 쉬었지만 여전히 미소를 짓고 있었다. "내게는 그렇게 보였단다. 이번 여름이 네게는 정말로 행복한 여름이었음이 분명하다고 말이야. 진짜 '장미와 와인의 여름' 말이지. 와인은 없었던 것 같긴 하지만. '모을 수 있을 때 그대 장미를 모을지니',● 아니 장미가 아니라 앵초였던가? 시간은 정말로 날아간단다. 어쩌면 시간은 하늘과 더 비슷한 건지도 몰라⋯⋯. 그리고 연기가 있고⋯⋯."

조지는 어리둥절해졌다. "무슨 말씀이세요? 시간이 하늘과 연기 같은 거라고요?"

"내 말은 우리가 가진 것들과 우리 생각에 참으로 견고해 보이는 것들은 사실 연기와 같다는 얘기야. 그리고 시간이란 그 연기가 올라가 사라지는 하늘과 같은 거지. 너도 연기가 굴뚝에서 어떻게 소용돌이치며 올라가는지 알잖니. 두텁고 검은 연기가 하늘을 향해 분주하게 올라가는 모습이 마치 무척이나 중요한 일을 하는 것 같고, 그러면서 그 일이 영원히 지속될 것처럼 보이지. 그러다가 점점 가늘어지더니 얼마 안 있어 자취도 없이 사라져. 하늘 외에는 아무것도 남지 않고, 하늘은 영원토록 변함없는 상태를 유지하지."

"절 헷갈리게 만들고 계시는 것 같네요." 조지가 유쾌하게 말했다. "저는 시간과 하늘이 딱히 비슷하다고 생각하지 않는데요. 세상일과 굴뚝에서 솟아오르는 연기가 닮은 것 같지도 않고요. 하지만 어머니가 루시 모건을 그렇게 좋아하는 이유 하나는 알겠네요. 루시도 가끔 그런 식으로 꿈이라도 꾸는

● 로버트 헤릭(1591~1674)의 시 〈아가씨들이여, 시간을 소중히 여기시길〉의 첫 구절. 정확한 문장은 "모을 수 있을 때 그대 장미 봉오리를 모을지니"다.

듯 아련하게 말하거든요. 두 사람 중 하나가 거슬린다는 뜻은 아니에요. 저는 듣는 편을 좋아하고, 어머니의 목소리는 정말 멋지거든요. 어머니가 말하는 걸 듣는 게 좋아요. 연기니 하늘이니 운운하는 얘기를 잔뜩 한다고 해도요. 루시도 마찬가지고요. 어머니가 왜 루시와 죽이 잘 맞는지 알겠어요. 루시도 자기 아버지한테 그런 식으로 말하거든요. 그 아버지도 똑같이 실없는 소리로 맞장구를 치고요. 뭐, **저는** 다 괜찮아요!" 그는 빈정거리듯 웃으면서도 어머니가 다정하게 붙들고 있던 자기 손을 계속 잡을 수 있게는 해주었다. "사람들이 허튼소리를 할 때는 생각이 많아지죠!"

이저벨이 아들의 손을 자기 뺨에 지그시 대고 누르자 눈물한 방울이 그의 손가락 마디를 따라 작고 따뜻한 줄 한 가닥을 그리며 흘렀다.

"세상에!" 그가 말했다. "왜 그래요? 무슨 일 있는 거 아니죠?"

"네가 떠나잖니!"

"그렇긴 해도 돌아올 건데, 모르시는 거 아니잖아요? 순전히 그게 걱정이에요?"

그녀는 기운을 차리고 다시 미소를 짓기는 했지만 고개를 저으며 이렇게 말했다. "나는 네가 떠나는 모습을 보는 게 정말 감당이 안 된단다. 내 걱정의 대부분은 그거란다. 네 아버지가 조금 걱정되기도 하고."

"아버지는 왜요?"

"건강이 무척 안 좋아 보여. 다들 그렇게 생각한단다."

"말도 안 되는 소리!" 조지가 웃었다. "아버지는 여름 내내 그렇게 보였잖아요. 당신께서 평생 보이던 모습과 달라진 게 별로 없어요. 제가 보는 한에서는 그래요. 아버지에게 무슨 일 있어요?"

"그이는 내게 사업 얘기는 절대 하지 않지만, 내 생각에는 작년에 했던 투자 때문에 계속 걱정을 하는 것 같아. 투자 걱정이 건강에도 영향을 끼치는 것 같고."

"무슨 투자요?" 조지가 다그치듯 말했다. "아버지가 모건 씨의 자동차 쪽 문제에 엮인 건 없잖아요. 아니에요?"

"그건 아니란다." 이저벨이 미소 지었다. "'자동차 쪽 문제' 는 순전히 유진의 관심사고, 그건 내가 알기로는 무척 사소한 거라서 거의 고려 대상이 아니란다. 그건 아냐. 네 아버지는 자신이 가장 완벽하게 안전한 투자만 한다는 데 늘 자부심을 품고 있는데, 2년인가 3년 전에 네 삼촌 조지와 함께 큰 거래를 했단다. 내 생각에는 두 사람이 모을 수 있는 자금을 거의 다 투자하지 않았나 싶어. 두 사람의 친구들이 소유한 압연 공장의 주식을 샀는데, 그 압연 공장 일이 잘 안 되는 것 같아."

"그렇다고 한들 그게 뭐 어때서요? 아버지는 걱정할 필요 없어요. 어머니와 제가 할아버지 재산으로 아버지 여생을 돌볼 수 있고……."

"물론 그렇지." 그녀가 동의했다. "하지만 네 아버지는 항상 사업을 위해 살아왔고, 자신의 건전한 투자에 자부심을 품고 있는 분이잖니. 그게 네 아버지의 열정이지. 나는……."

"흥! **아버지는** 걱정할 거 없다니까요! 우리가 아버지를 돌볼 거라고 말씀드리세요. 우리가 뒤뜰에 돌로 된 작은 저금통을 만들어드리자고요. 그럼 설사 사업이 망해도 매일 아침 거기 가서 동전이라도 넣을 수 있잖아요. 그러면 늘 그랬던 것처럼 계속 행복하실 테니까!" 조지가 어머니에게 입맞춤했다. "안녕히 주무세요. 저는 가서 루시에게 작별 인사를 할게요. 앉아서 기다리지 마시고요."

이저벨은 계속 조지의 손을 잡은 채 정문까지 같이 걸어갔고, 조지는 그녀에게 '앉아서 기다리지' 말라고 다시 한번 말했다.

"그래, 그럴게." 그녀가 웃었다. "너무 늦게 오면 안 된다."

"제 마지막 밤인데요."

"하지만 난 루시를 잘 안단다. 걔는 내가 마지막 밤에 널 보고 싶어 한다는 걸 알 거야. 두고 보렴. 루시는 11시만 되면 칼같이 너를 집으로 보낼걸!"

하지만 이저벨은 틀렸다. 루시는 10시가 되자 조지를 칼같이 집으로 돌려보냈다.

제12장

 남편의 건강에 대해 이저벨이 품은 불안은(이는 뒤이은 겨울 동안 조지에게 보낸 편지에서 가끔 드러났다) 3학년을 정식으로 마친 조지가 다음 해 여름방학에 돌아왔을 때도 전혀 사그라들지 않았다. 그녀는 아들이 도착하자마자 조지의 방으로 가 최근 의사가 얘기해준 '중요한 사실'이 자기를 그 어느 때보다 불안하게 했다고 털어놓았다.

 "아직도 압연 공장 투자가 걱정이래요?" 조지가 그녀의 말을 딱히 진지하게 받아들이지 않으며 물었다.

 "레이니 선생님 말씀을 들어보면 그 단계도 지난 것 같아서 걱정이야. 지금은 그이가 하는 걱정이 건강 상태를 악화시키기만 할 뿐이래. 레이니 선생님은 우리가 그이를 휴가 보내야 한대."

 "뭐, 그럼 그렇게 해요."

 "그이가 안 가려고 해."

 "아주 끔찍하게 고집불통이잖아요. 그건 사실이죠." 조지가 말했다. "하지만 저는 아버지에게 별달리 큰 문제가 있는 것 같지는 않아요. 그냥 똑같이 보이던데요. 어머니는 최근에 루시를 만나보신 적 있어요? 어떻게 지낸대요?"

"그 애가 네게 편지를 안 썼니?"

"어, 한 달에 한 번 정도요." 그가 별생각 없이 말했다. "자기 얘기는 그렇게 많이 하질 않더라고요. 요즘은 어때 보여요?"

"그 애는…… 예쁘지!" 이저벨이 말했다. "이사 갔다고 네게 편지를 썼을 것 같은데?"

"썼어요. 주소도 받았고요. 걔 말로는 자기네가 집을 짓고 있다던데요."

"다 지었어. 공사 끝나고 들어간 지 한 달 됐단다. 루시가 정말 능력 있는 애야. 집안일을 정말로 훌륭하게 해내고 있단다. 집이 작긴 해. 하지만 정말로 예쁘고 작은 집이란다!"

"뭐, 다행이네요." 조지가 말했다. "늘 그 집 사람들이 건축에 대해서는 아는 게 그렇게 많지 않다고 느꼈거든요."

"그 사람들이 그렇다고?" 이저벨이 놀라며 물었다. "어쨌든 그 집은 무척 매력적이야. 앰버슨 대로 끝 너머에 있단다. 그 집 바로 근처에 회색이 섞인 녹색 지붕을 얹은 크고 하얀 집이 있어. 1년인가 전에 다른 사람이 지은 집이야. 그쪽 방향으로 다른 집도 여럿 지어지는 중이고. 노면전차가 그 구역 내에서 지금 운행하고 있어. 그 집 바로 옆 거리란다. 전차 회사 사람들이 5킬로미터가 넘는 길로 선로도 깔고 있고. 네가 내일 루시를 보러 마차를 몰고 나가면 될 것 같은데."

"저는……." 조지가 머뭇거렸다. "오늘 저녁 식사 후에 갈까 생각했는데요.”

이 말에 그의 어머니는 놀라지 않고 웃었다. “‘내일’이라고 한 건 그냥 내가 슬쩍 농담해본 거란다, 조지! 네가 그렇게 오래 못 기다릴 줄 당연히 알고 있었지. 루시가 편지에 공장에 관해서도 썼니?”

“아뇨, 무슨 공장이요?”

“자동차 제조 공장 말이다. 걱정스럽게도 처음에는 좀 미심쩍은 시기가 있었단다. 유진의 실험 결과가 안 좋게 나왔거든. 그런데 이번 봄에 자동차 여덟 대를 만들어서 모두 팔았지 뭐니. 열두 대를 더 만들어서 거의 다 완성했는데 벌써 모두 팔렸고! 유진은 그 일 때문에 무척 기뻐하고 있단다!”

“그 구식 재봉틀 같은 기계는 어떻게 생겼어요? 여기 처음 왔을 때 갖고 온 그 물건이랑 꼬락서니가 비슷해요?”

“전혀 아냐! 유진의 자동차에는 공기를 넣어 부풀리는 고무 타이어가 달렸단다. 압축공기 말이야! 그렇게 높지도 않아서 쉽게 탈 수 있고 엔진은 앞에 달려 있어. 유진은 그게 커다란 개선점이라고 생각하더라. 자동차들을 보고 있으면 무척 흥미로워. 운전석 뒤에 상자 같은 공간이 있는데 거기 사람 네 명이 앉을 수 있어. 계단도 달려 있고, 작은 옆문도 있어. 또⋯⋯.”

“다 알아요.” 조지가 말했다. “비슷한 거 많이 봤어요. 동부에서요. 아무 날 오후에 5번가에 삼십 분만 서 있으면 그런 건 어머니가 원하는 만큼 실컷 볼 수 있다고요. 나도 대여섯 대가 몇 분 새 거의 동시에 지나가는 걸 본 적이 있고요. 전기로 움직이는 이륜마차 같은 건 당연히 아무 날에나 흔하게 보여요. 지난번 동부에 있을 때 나도 한 대 임대해서 탔다고요. 모건 씨 기계는 얼마나 빨라요?"

"정말 **너무** 빨라! 아주 신이 난다니까. 그런데 좀 무섭기도 해. 자동차가 무시무시한 소음을 내거든. 그래도 유진 말에 따르면 결국에는 소음을 처리할 방법을 알아낼 것 같대."

"소음 따위 신경 안 써요." 조지가 말했다. "저한테 아무 때나 제가 가진 말 한 마리만 줘봐요. 그 자동차 중 하나하고 경주를 해봐야겠어요. 펜더니스라면 3킬로미터를 달리는 동안 그 자동차를 1킬로미터는 따돌릴 거라고요. 할아버지는 어떠세요?"

"좋아 보이셔. 그런데 가끔 심장 문제로 불평하시는구나. 그 나이에는 당연한 일이겠지만. 게다가 심장 문제는 앰버슨 가문의 골칫거리란다." 그녀는 그렇게 말하고는 금세 걱정스러운 얼굴이 되었다. "어디 안 좋은 데는 없었지, 조지?"

"없어요!" 그가 웃었다.

"**확실한** 거니, 얘야?"

"당연하죠!" 조지는 다시 웃었다. "어머니는요?"

"나도 없는 것 같아. 최소한 의사 선생님은 내 심장이 아주 괜찮다고 말씀하셨어. 불안해할 필요 없다더구나."

"저도 그럴 필요 없다고 생각해요! 여자들은 늘 건강에 관해 이야기하는 것 같네요. 그거 말고는 생각할 게 그렇게 많지 않은가보죠."

"확실히 그런가봐." 그녀가 쾌활하게 말했다. "우리는 무척 한가하니까!"

조지는 코트를 벗었다. "숙녀에게 눈치를 주고 싶지는 않지만." 그가 말했다. "저녁을 먹기 전에 옷을 갈아입고 싶네요."

"오래 끌지는 말렴. 내가 널 오래 바라봐야겠으니 말이다, 애야!" 그녀는 아들에게 입맞춤한 뒤 노래를 부르며 뛰어갔다.

하지만 패니 고모는 그렇게 다정하지 않았다. 저녁 식사 자리에서 조지가 패니에게 '특별활동 분야'에 새로운 소식이라도 있느냐고 깔보듯 묻자 그녀의 두 눈에 생생하게 불꽃이 튀었다.

"그게 무슨 뜻이니, 조지?" 그녀가 차분하게 반문했다.

"아, 무슨 말이냐 하면, 난봉꾼들 세계에 뭐 널리 퍼진 소식 같은 게 없냐는 거죠. 최근에 고모가 혹시 누구를 이혼시켰다거나?"

"아니." 패니가 대답했다. 그녀 눈의 불꽃이 더 밝아졌다. "아무 짓도 저지르지 않았단다."

"그럼 뭐 뒷소문 같은 건요? 고모는 이 도시 구석구석에서 별의별 얘기를 다 듣고 다닌다던데. 제가 듣기로는 그렇더라고요. 뒷소문 세계의 최신 소식은 뭔가요, 고모님?"

패니가 눈을 아래로 떨어뜨렸기에 불꽃은 감춰졌지만, 그녀가 질문에 대답할 때 아랫입술의 움직임에서 웃음이 터지려는 전조가 드러났다. "최근에는 그렇게 뒷소문이 많이 돌지는 않는구나. 루시 모건이 프레드 키니와 약혼했다는 소문 정도를 제외하면 말이야. 그것도 지금 시점에서는 꽤 된 얘기지만."

이 악의적인 장난은 부정할 수 없이 전적으로 성공했다. 조지의 접시가 덜그럭거렸던 것이다. "지금 무슨, 무슨 얘기를 하는 거예요?" 그는 놀라서 숨이 막혔다.

패니 양은 천진난만하게 고개를 들었다. "루시 모건이 프레드 키니와 약혼했다는 소문을 얘기하는 거지."

말문이 막힌 조지가 어머니에게 고개를 돌리자 이저벨은 안심하라는 듯 고개를 저었다. "사람들은 늘 헛소문을 퍼뜨리고 다니잖니." 그녀가 말했다. "난 그 얘기에 전혀 관심을 두지 않았단다."

"하지만 어머니, 어머니도 그 얘기를 들은 거예요?" 조지가 더듬거렸다.

"사람이 살다보면 별의별 말도 안 되는 소리를 듣잖니, 얘야. 나는 그 얘기가 사실이라는 생각은 조금도 하지 않아."

"그러니까 **들었다는** 거잖아요!"

"내 식욕을 떨어뜨리지는 말았으면 좋겠다." 조지의 아버지가 건조하게 제안했다. "세상에 널린 게 여자야!"

조지는 창백해졌다.

"식사하렴, 조지." 고모가 다정다감하게 말했다. "음식을 먹어야 건강해지지. 나는 그 소문이 진짜라는 걸 안다는 소리는 안 했다. 그냥 들었다는 얘기만 한 거야."

"언제예요? 언제 들었냐고요!"

"아, 몇 달 됐지!" 패니는 웃음을 더는 뒤로 미루지 못했다.

"패니, 정말 무정한 사람이군요." 이저벨이 부드럽게 말했다. "**정말** 몰인정해요. 고모 말에 전혀 신경 쓰지 마, 조지. 프레드 키니는 자기 삼촌의 철물점에서 고작 점원으로 일해. 설사 누가 청혼을 받아준다고 해도 결혼하려면 오래 걸릴 거란다!"

조지는 격앙된 채 숨을 몰아쉬었다. "'오래' 걸리느니 하는 그딴 건 신경 안 써요! 그게 무슨 상관인데요?" 조지는 머릿속 생각이 조리 없이 조각조각 나뉜 양 말했다. "'오래' 걸리는 거, 아무 의미 없어! 나는 알고 싶은 것뿐이야……. 나는 알고 싶다고…… 나는 알고……." 그가 말을 멈췄다.

"원하는 게 뭐냐?" 조지의 아버지가 성을 내며 말했다. "제대로 좀 말하지 그러냐? 그렇게 법석을 떨지 말고."

"나는…… 됐어요. 없어요." 조지는 그렇게 선언하며 식탁에서 의자를 뒤로 뺐다.

"저녁은 마저 먹어야지, 애야." 어머니가 그를 설득했다. "그러지 말고……."

"다 먹었어요. 먹고 싶은 만큼 다 먹었다고요. 더는 먹고 싶지 않아요. 나는 원하지 않는다고요……. 나는……." 조지는 여전히 앞뒤가 안 맞는 소리를 하며 자리에서 일어섰다. "나는 차라리…… 내가 원하는 건…… 죄송합니다!"

조지가 자리를 떠나고 잠시 후, 열어둔 현관문 바깥에 설치된 격자문이 쾅 하고 닫히는 소리가 들렸다.

"패니! 그런 말을 하면 어떡……."

"날 비난 말아요, 이저벨. 쟤는 저녁도 많이 먹었잖아요. 난 그저 진실을 얘기했을 뿐이에요. 다들 그 얘기를 하잖아요……."

"하지만 그 소문은 전혀 사실이 아니에요."

"그게 사실이 아닌지 우리는 사실 모르죠." 패니 양이 킥킥거리며 주장했다. "루시에게 **직접 물어본** 적이 없으니까요."

"나는 그런 말도 안 되는 걸 물어보진 않을 거예요!"

"조지는 하겠지." 조지의 아버지가 한마디 했다. "그러려고 나간 거니까."

미내퍼 씨는 틀리지 않았다. 그의 아들은 바로 그러려고 나간 것이었다. 심하게 동요한 상태의 젊은이가 부녀의 새집 정문에 도착했을 때, 루시와 그녀의 아버지는 막 저녁 식탁에서 일어나던 중이었다. 그들의 새집은 집이라기보다는 작은 별장에 더 가까웠다. 루시는 집을 설계할 때 자유재량을 마음껏 발휘했고, 그 결과 집 바깥을 흰색과 녹색으로, 안쪽을 흰색과 파란색으로 칠하는 위업을 달성했는데, 젊음과 앙증맞음이 뭉친 이러한 색채 배합은 그녀의 아버지가 "너무 봄철 같구나!"라고 불평할 정도였다. 자기 침실을 포함한 집 안 전체가 젊은 처녀의 안방 같아서 어디서 담배를 피우건 불량배가 된 느낌을 피할 수 없다는 것이었다. 하지만 조지가 도착했을 때 모건은 담배를 피우던 중이었고, 그는 조지에게 기분 전환 겸 자기랑 같이 한 대 태우자고 권했지만, 잔뜩 긴장하여 다른 생각에 골몰하는 분위기를 풍기던 이 손님은 흥분한 기색으로 제안을 사양했다.

"저는 담배를 전혀 안 피웁니다. 그러니까, 좀처럼 안 피워요. 제 말은 그러니까, 괜찮습니다." 그가 말했다. "전혀 안 피운다는 소리예요. 안 피우는 게 낫겠네요."

"자네 괜찮은가, 조지?" 유진이 당혹스러운 듯 그를 바라보며 물었다. "대학에서 공부를 너무 많이 한 건가? 좀 창백해 보이는데……."

"공부 안 합니다." 조지가 말했다. "공부 안 한다고요. 생각은 하지만 공부는 안 합니다. 학기 말에만 공부해요. 할 게 별로 없거든요."

유진은 여전히 당혹스러웠고, 그래서 초인종이 딸랑거리는 소리에 눈에 띄게 안도했다. "우리 공장 현장 주임이야." 그가 시계를 보며 말했다. "밖에 데리고 나가서 얘기해야겠어. 여기는 주임이 있을 만한 장소가 아니거든." 그는 루시와 조지를 '거실'에 남겨둔 채 떠났다. 거실은 하얀 패널로 벽을 두르고 파란색 커튼을 단 예쁜 방이었다. 유진이 말한 대로 현장 주임에게 어울릴 장소는 전혀 아니었다. 거실에는 그랜드 피아노가 한 대 있었는데, 루시는 거기에 기대서 조지를 골똘히 바라보며 등 뒤로 돌린 손가락으로 허공에다 화음을 두어번 쳤다. 그녀가 입은 거실용 드레스도 하얀색과 파란색이었다. 상기된 뺨의 색깔은 주변 사물들과의 전체적인 조화를 전혀 거스르지 않았다. 조지는 낙심한 상태에서 그녀가 그 어느 때보다도 예쁘다고 생각했는데, 그러다보니 루시에게는 자기가 그 어느 때보다도 잘생겨 보일지도 모른다고 생각함으로써 얻을 수 있는 안도감을 놓치고 말았다. 왜냐하면 조지가 품은 자만심의 범위가 참으로 범상치 않기는 했어도 거기에 아름다움에 대한 허영심은 포함되지 않았기 때문이다. 그는 자기 외모에 대해서는 생각하지 않는 사람이었다.

"무슨 일 있나요, 조지?" 그녀가 다정하게 물었다.

"무슨 뜻으로 하는 말이죠? '무슨 일 있나요'라니?"

"뭔가 굉장히 속상한가보네요. 시험을 잘 못 봤어요?"

"시험은 확실히 잘 봤어요. 왜 내게 '무슨 일이 있다'고 생각하는 거예요?"

"아빠 말씀대로 안색이 창백해 보이니까요. 제가 봐도 당신이 말하는 모습이…… 음, 약간 혼란스러워하는 것처럼 보여요."

"'혼란스러워하다'라! 나는 담배를 피우고 싶지 않다고 말했어요. 그 말이 대체 뭐가 혼란스럽다는 거죠?"

"그런 건 없죠. 하지만……."

"저기요!" 조지가 그녀에게 가까이 다가갔다. "날 보니 기쁜가요?"

"그렇게 난폭하게 굴 필요 없잖아요!" 루시는 조지에게 항변하면서 그의 과장된 격정에 웃었다. "당연히 기쁘죠! 내가 얼마나 오랫동안 만나길 기대하고 있었게요?"

"몰라요." 그는 날카롭게 대꾸하면서 난폭한 기세를 조금도 누그러뜨리지 않았다. "얼마나 오래 그랬는데요?"

"그건 왜…… 당신이 떠나고 난 뒤부터 계속요!"

"그게 정말이에요? 루시, 그게 정말이에요?"

"당신 **정말** 우습네요!" 그녀가 말했다. "당연히 정말이죠. 대체 왜 그러는지 말 좀 해줘요, 조지!"

"말해주죠!" 그가 소리쳤다. "내가 지난번에 당신을 봤을 때 나는 어린애였어요. 그때는 몰랐지만 지금은 알아요. 나는 이제 더는 어린애가 아니에요. 남자라고요. 완전히 다른 대접을 받을 권리를 요구할 수 있는 남자란 말입니다."

"왜 그래야 하죠?"

"뭐라고요?"

"나는 당신이 하는 말을 전혀 이해할 수 없을 것 같네요, 조지. 왜 어린애는 남자만큼 대접받으면 안 되는데요?"

조지는 말문이 턱 막힌 듯했다. "왜 안 되냐면…… 어, 그럼 안 되죠. 남자는 확실한 해명을 들을 권리가 있으니까요."

"무슨 해명이요?"

"자기가 농락당했는지 아닌지를요!" 조지는 거의 소리를 지르다시피 했다. "**그게 바로** 내가 알고 싶은 겁니다!"

루시는 자포자기한 듯 고개를 절레절레 흔들었다. "당신 **진짜로** 이상한 사람이군요! 지금 자기는 남자라고 해놓고 얘기하는 건 그 어느 때보다 어린애 같아요. 무슨 일로 **그렇게** 흥분한 거예요?"

"'흥분했다'고!" 그가 호통을 쳤다. "감히 거기 서서 나보고 '흥분했다'고 해요? 내 당신한테 똑똑히 말해두는데, 살면서 지금보다 더 침착하고 또 침착했던 적이 없어요! 본인이 당연히 들어야 하는 해명을 요구했다고 해서 '흥분했다'는 소리를 들어야 하는 건지 나는 모르겠군요!"

"대체 나한테 듣고 싶은 해명이 뭔데요?"

"프레드 **키니** 놈하고 같이 한 짓이요!" 조지가 소리를 질렀다.

루시가 별안간 외마디 웃음을 터뜨렸다. 그녀는 무척 즐거워하며 말했다. "그거 진짜 끔찍했어요!" 그녀가 말을 이었다. "그보다 더 최악인 실수를 내가 들어본 적이 있나 모르겠어요! 아빠와 저는 그 집 사람들과 두 번 저녁을 먹었고, 프레드하고는 세 번 교회를 같이 갔어요. 한 번은 서커스를 보러 갔고요! 그 사람들이 언제 여기 와서 저를 체포할까 모르겠네요!"

"그만해요!" 조지가 난폭하게 명령했다. "내가 알고 싶은 건 단 하나예요. 정확히 그걸 알고 싶단 말입니다!"

"내가 서커스를 재미있게 봤는지 아닌지요?"

"당신이 그놈과 약혼했는지 알고 싶어요!"

"당연히 아니죠!" 그녀는 그렇게 소리치고는 고개를 들어 정말로 찰나의 순간 그의 얼굴에 자기 얼굴을 가까이 갖다 대었다. 그러면서 절반은 기꺼운, 또 절반은 도전적인, 하지만 전체적으로는 다정한 눈길을 보냈다. 정말로 사랑스러운 눈길이었다.

"**루시!**" 조지가 쉰소리를 내며 말했다.

하지만 그녀는 재빨리 그에게서 몸을 돌려 거실 끝으로 달음질쳤다. 그는 그 뒤를 서투르게 더듬더듬 따라갔다.

"루시, 나는…… 나는, 묻고 싶은 게 있어요. 그, 저기, **나와** 약혼해주겠어요?"

그녀는 그에게 등을 돌린 채 창가에 서 있었다. 창문 너머로 여름의 어둠을 바라보고 있는 듯했다.

"그래주겠어요, 루시?"

"안 돼요." 그녀는 겨우 들릴 만큼 작게 중얼거렸다.

"왜 안 돼요?"

"제가 연상이니까요."

"여덟 달이에요!"

"당신은 너무 어려요."

"그게……." 그가 침을 꿀꺽 삼키며 물었다. "그게 약혼을 거절하는 유일한 이유인가요?"

그녀는 대답하지 않았다.

조지에게 등을 돌린 채로 서서 고집스럽게 창밖을 바라보고 있었기 때문에 루시는 그의 태도가 얼마나 겸허해졌는지 보지 못했다. 하지만 그의 목소리가 나직하게 떨리고 있어서 그녀는 그의 감정을 조금도 의심할 수 없었다. "루시, 이런 소란을 피운 걸 부디 용서해줘요." 그는 점잖게 말했다. "나는…… 나는 정말로 기분이 좋지 않았어요……. 지독하게요! 내가 당신을 어떻게 생각하는지, 늘 어떻게 생각해왔는지 알잖아요. 당신을 처음 만난 뒤로 나는 내 모든 행동을 통해 그 마음을 보여줬어요. 당신도 그 점을 알고 있다는 걸 알아요. 안 그래요?"

그녀는 여전히 움직이지도, 말하지도 않았다.

"나와 약혼하지 않으려는 유일한 이유가 내가 너무 어리다고 생각해서인가요, 루시?"

"그…… 그거면 이유로는 충분해요." 그녀가 힘없이 말했다.

그때 조지가 그녀의 손을 잡았고, 그러자 루시는 그에게로 몸을 돌렸다. 그녀의 두 눈에 눈물이 맺혀 있었는데, 조지는 그 눈물의 의미를 전혀 이해할 수 없었다.

"루시, 당신은 작고 사랑스러워요!" 그가 외쳤다. "나는 **알고 있었어요.** 당신이……."

"아뇨, 아뇨!" 그녀는 그렇게 말하고는 잡힌 손을 빼내며 그를 밀었다. "조지, 우리 심각한 얘기는 하지 말아요."

"'심각한 얘기'라니요! 어떤 얘기 말인가요?"

"그러니까…… 약혼 같은 거요."

하지만 조지는 이미 완전히 기쁨에 넘쳐 있어서 의기양양하게 웃어댔다. "세상에나, 그건 심각한 얘기가 **아니에요!**"

"그것도 심각한 얘기예요!" 그녀가 눈물을 훔치며 말했다. "우리에겐 너무 심각해요."

"아뇨, 안 그래요! 나는……."

"우리 앉아서 사리 분별을 찾자고요, 자기." 그녀가 말했다. "당신은 저기 앉아서……."

"'자기'라고 다시 불러주면 그렇게 하죠."

"안 돼요." 그녀가 말했다. "이번 여름에는 딱 한 번만 더 그렇게 불러줄 거예요. 당신이 떠나기 전날 밤에요."

"그 정도면 충분해요." 그가 웃었다. "우리가 약혼했다는 걸 내가 알고 있는 한은 말이죠."

"하지만 안 했잖아요!" 그녀가 항변했다. "앞으로도 그럴 일 없어요. 당신한테…… 내가 당신한테 그러자고 말하기 전까지 그 얘기를 다시 꺼내지 않겠다고 약속하지 않으면요!"

"그 약속은 못 하겠는데요." 행복한 조지가 말했다. "다음에 당신이 내게 '자기'라고 불러줄 때까지 그 얘길 안 하겠다는 것만은 약속하죠. 그리고 당신은 내가 4학년 과정을 마치러 떠나기 전날 밤에 나를 그렇게 불러주겠다고 약속했어요."

"어, 하지만 저는 약속 안 했는데!" 그녀가 진지하게 말하고는 머뭇거렸다. "제가 그런 약속을 했다고요?"

"안 했어요?"

"제대로 약속하지는 않은 것 같은데요." 그녀가 중얼거렸다. 젖은 속눈썹이 난처한 기색의 두 눈 위에서 깜박거렸다.

"당신에 대해 **한 가지는** 확실히 알아요." 그가 신나서 말했다. 그의 승리감은 점점 더 커지고 있었다. "당신은 자기가 한 말을 절대 물리지 않죠. 그렇다고 이번이 그 첫 번째 사례가 될 것 같지는 않은데요!"

"그래도 우리가 그래서는 안……." 그녀가 말을 멈추고 머뭇거리더니 떨리는 목소리로 말을 이었다. "조지, 우리는 같이 무척 잘 지내왔어요. 이 일로 우리 사이가 달라지지는 않을 거예요. 그렇죠?" 그런 다음 그녀는 조지의 웃음에 동참했다.

"그건 내가 떠나기 전날 당신이 내게 무슨 말을 해줄지에 전적으로 달려 있어요. 그때 우리가 그 문제를 확실히 해결하기로 당신도 동의한 겁니다. 그렇죠, 루시?"

"약속 못 해요."

"아뇨, 약속해요! 약속하죠?"

"뭐……."

제13장

그날 밤 조지는 패니 고모를 상대로 환희에 찬 전쟁을 시작했다. 그는 11시에 집에 돌아오자마자 군사작전을 개시했다. 패니는 이미 물러간 뒤였고, 짐작건대 자고 있을 터였지만, 조지는 자기 방으로 가던 중 그녀의 방문 앞에 잠시 멈춰 굵직한 바리톤 음성으로 그녀에게 세레나데를 불러주었다.

내가 독립적인 기운을 풍기며
'보이 드 발롱'을 걸고 있자니
사람들이 모두 입을 모아 말하네
"그는 백만장자임이 확실해!"
오, 그 사람들이 한숨을 쉬고 부러워 죽는 소리가 들려
한쪽 눈으로 윙크해대는 광경을 보라지
몬테카를로에서 은행을 턴 남자에게 말이야!●

조지의 방에서 책을 읽으며 아들을 기다리던 이저벨이 방

밖으로 나왔다. "아버지에게 방해될 것 같아 걱정이구나, 얘야. 나야 네가 더 노래하면 좋겠지만…… 낮에 말이야! 네 목소리는 정말 멋져."

"안녕히 주무세요, 어머님!"

"나는 네가 어쩌면 나하고…… 나랑 같이 방에 들어가서 얘기 좀 나누고 싶었던 거 아니었니?"

"오늘 밤은 말고요. 가서 주무세요. 안녕히 주무세요, 어머님!"

조지는 들뜬 채로 어머니에게 입맞춤하고는 깡충거리며 방으로 들어가 시끄럽게 문을 닫았다. 그러고는 다 들리게 엎치락뒤치락하면서 〈몬테카를로에서 은행을 턴 남자〉를 콧노래로 크게 흥얼거렸다.

그의 어머니는 아들의 방문 밖에 무릎을 꿇고 앉아 입가에 미소를 띠며 기도했고, '아멘'이라는 말과 함께 자기 입술을 청동으로 만든 문손잡이에 지그시 가져다 댔다. 그러고는 조용히 자기 방으로 돌아갔다.

……조지는 침대에서 아침을 먹고 나서 할아버지 집에서 시간을 보냈기 때문에 점심이 되어서야 패니 고모와 마주칠 수 있었다. 그때 그녀는 그를 상대할 준비가 된 듯했다.

● 영국의 작곡가 프레드 길버트(1850~1903)가 1891년에 발표한 곡 〈몬테카를로에서 은행을 턴 남자〉. 코미디언 찰스 코본이 불러 유명해졌다. 조지는 여기서 원곡의 가사 중 '불로뉴 숲'을 '보이 드 발롱'이라며 엉터리 발음으로 바꿔 부르고 있다.

"세레나데 참 고마웠어, 조지!" 그녀가 말했다. "네 가여운 아버지가 나더러 이틀 밤 만에 처음으로 막 잠이 든 참이었는데 네 자상한 배려 덕에 나머지 밤을 뜬눈으로 새웠다고 하시더구나."

"전적으로 사실이지." 미내퍼 씨가 엄하게 말했다.

"당연히 저는 전혀 몰랐습니다, 아버님." 조지가 서둘러 아버지에게 확언했다. "정말 죄송해요. 하지만 어제저녁에 제가 나가기 전에 패니 고모가 하도 침울해하고 흥분해 있어서 기운을 북돋아드려야 할 것 같았어요."

"**내가**?" 패니가 조소했다. "**내가** 침울해했다고? **내가** 흥분했다고? 지금 너 그 약혼 얘기 하는 거 아니니?"

"네, 맞아요. 어제 안 그랬어요? 누가 약혼했다면서 그 일로 걱정하시는 걸 들은 것 같은데. 유진 모건 씨가 작고 예쁜 열일곱 살짜리 여자애랑 약혼했다는 소식을 들었다고 고모가 말하는 걸 내가 듣지 않았던가?"

패니는 속이 팍 상했지만 꿋꿋이 용기를 냈다. "루시에게는 물어봤니?" 그녀가 말했다. 그녀는 놀리는 듯한 웃음을 내뱉어보려 했지만 본인의 목소리가 그 노력을 거의 거부하고 있었다. "물어봤냐고. 프레드 키니하고 그 애가 언제……."

"물어봤죠. **그** 이야기는 사실이 아니었어요. 하지만 다른 소문은……." 이 대목에서 조지는 패니를 빤히 바라보더니 짐짓 우려하는 척했다. "뭐지? 표정이 왜 그래요, 패니 고모? 심란해 보이시네요!"

"'심란'하긴 무슨!" 패니가 경멸하듯 말했지만, 그 목소리에는 안정감이 명백하게 사라져 있었다. "'심란'하다니!"

"자, 자!" 미내퍼 씨가 대화에 끼어들었다. "진정들 좀 하자고!"

"저야 기꺼이 그러죠." 조지가 말했다. "제가 지금 막 만들어낸 소문에 가엾은 패니 고모가 속이 뒤집히는 모습은 **저도** 보고 싶지 않거든요. 특정 주제에 대해서는 정말 쉽게 흥분하셔서 감정을 조절하기 힘들어하신다니까요." 조지는 어머니에게로 고개를 돌렸다. "할아버지께 무슨 일이 있나요?"

"오늘 아침에 뵙지 않았니?" 이저벨이 물었다.

"뵀죠. 절 보고 기뻐하셨고, 뭐 그러긴 했는데, 무척 안절부절못하시는 것처럼 보여서요. 심장에 다시 문제가 생겼나요?"

"최근엔 아닌데. 아냐."

"음, 넋이 나가셨던데요. 제가 용지 얘기를 해보려고 했거든요. 거기 지금 모양새가 정말로 남 보기 부끄러울 정도라서 말이에요. 그런데 제 말을 들으려고도 하지 않으시더라고요. 속이 상하신 것 같던데. 뭣 때문에 속상하신 거죠?"

이저벨의 표정이 심각해졌다. 하지만 침울한 어조로 얘기를 꺼낸 사람은 그녀의 남편이었다. "소령님은 아마 시드니와 어밀리아 문제로 걱정하고 계실 거다."

"시드니 삼촌과 어밀리아 숙모 문제가 뭔데요?" 조지가 물었다.

"네 어머니가 말해줄 거다. 본인이 원한다면 말이지." 미내퍼가 말했다. "우리 집안 쪽 일이 아니라서 나는 관여하지 않고 있다."

"그게 우리 모두에게 다소 달갑지 않은 일이란다, 조지." 이 저벨이 얘기를 시작했다. "너도 알겠지만 시드니 삼촌이 외교 쪽 일을 하고 싶어 하잖니. 그래서 의회에 있는 조지 오빠가 그런 자리를 주선할 수 있을 거라는 생각을 했단다. 오빠는 시드니에게 남미 담당 부서를 제안했는데, 시드니는 유럽 대 사직을 원했던 거야. 시드니는 가엾은 조지 오빠에게 화가 단 단히 났어. 자기가 보잘것없는 자리를 얻게 되었다고 생각한 거지. 그래서 시드니는 오빠가 자기를 위해 충분히 애를 써 주지 않았다고 믿는단다. 조지 오빠는 당연히 최선을 다했지. 지금은 의회를 나왔고, 다시 출마할 생각도 없어. 그러니 큰 무대에서 외교관을 하겠다던 시드니의 생각은 영원히 이뤄 지지 못하게 된 셈이지. 뭐, 시드니와 네 숙모 어밀리아는 무 척이나 실망한 상태란다. 두 사람은 자기들이 오랫동안 이 도 시가 살기에 정말 적합하지 않은 곳이라고 생각했고(시드니의 표현으로는 '신사에게' 어울리지 않는 곳이라는 거야) 도시가 점점 더 커지면서 더러워지고 있다고 말하고 다녀. 그래서 둘은 집 을 팔았단다. 외국에 나가 영원히 거기서 살겠다고 결정했어. 피렌체 근방에 사고 싶다고 종종 얘기하던 빌라가 한 채 있 거든. 둘은 아버지가 유언장에 자기들 몫의 부동산을 남겨주 는 걸 기다리느니 지금 그냥 떼어주길 바라고 있단다."

"뭐, 제 생각엔 그 정도면 충분하겠네요." 조지가 말했다. "그러니까 할아버지가 유언장에다 두 분에게 적당한 몫을 남 길 생각이 있다면 말이죠."

"당연히 그거야 얘기가 되어 있지, 조지. 아버지는 오래전에 우리에게 당신 유언 내용을 다 말씀해주셨단다. 3분의 1은 시드니 부부에게, 3분의 1은 조지 오빠에게, 나머지 3분의 1은 우리에게 준다고 하셨어."

이저벨의 아들은 머릿속으로 간단히 계산해보았다. 조지 삼촌은 독신이고 아마 앞으로도 결혼할 일은 없을 것이다. 시드니와 어밀리아에게는 자녀가 없다. 소령의 유일한 손자는 설사 소령이 시드니에게 지금 당장 3분의 1의 부동산을 넘겨준다고 해도 결국에는 모든 재산을 상속할 사람으로 남게 될 듯싶었다. 상복을 입은 채 피렌체의 역사적인 빌라 건물을 차지하러 그곳에 도착한 자신의 모습이 토막토막 떠올랐다. 그는 저 멀리 고대에 조각된 돌난간이 보이는 가운데 자기가 사이프러스 사이로 난 길을 걸어가는 모습을, 상복을 입은 하인들이 새 주인을 반가이 맞이하는 광경을 그려보았다. "근데 그건 할아버지 마음에 달린 일 같아요. 지금 줄 수도 있고 안 줄 수도 있잖아요. 당신 원하시는 대로 하면 되죠. 왜 그렇게 신경을 쓰시는지 이해가 안 가요."

"그 일 때문에 혼란스럽고 힘드신가봐." 이저벨이 말했다. "나는 그 둘이 이 문제를 졸라대서는 안 된다고 생각해. 조지 오빠 말로는 시드니가 원하는 3분의 1의 몫을 떼어 가면 부동산이 유지될 수 없대. 오빠는 시드니와 어밀리아가 한 쌍의 돼지처럼 군다고 하시더라." 그녀가 웃고는 말을 이었다. "당연히 **나는** 그 둘이 돼지처럼 구는지 아닌지는 모른단다. 정작 나도 사업에 대해서는 작은 돼지보다도 더 이해를 못 하고 살았는걸! 하지만 나는 오빠가 옳건 그르건 조지 오빠 편이란다. 우리가 어린아이였을 때부터 나는 쭉 그랬어. 시드니와 어밀리아가 이 일 때문에 내게 상처받은 건 안타깝지만. 그 사람들 이제 조지 오빠하고는 아예 말을 안 해. 가엾은 아버지. 당신의 가장 좋은 시절에 가족끼리 말다툼을 하다니."

조지는 생각에 잠겼다. 만약 시드니와 어밀리아가 돼지처럼 행동하고 있다면, 상황이 처음에 생각했던 것만큼 녹록지 않을 수도 있었다. 그는 시드니 삼촌과 어밀리아 숙모가 어쩌면 **지독하게** 오래 살지도 모른다고 생각했다. 게다가 사람들이 늘 자기 재산을 친지에게 남겨주는 것도 아니었다. 시드니가 먼저 죽어서 과부에게 전 재산을 남길 수도 있는데, 곱슬머리 이탈리아인 사기꾼이 바다 건너 피렌체에서 어밀리아를 꼬드길지도 모를 일이다. 그녀가 재혼할 정도로 멍청할 수도 있다. 혹은 입양을 할 만큼이나 바보일지도 모른다!

조지는 점점 더 깊이 생각에 잠겼다. 패니 고모를 계속 놀려먹으려고 짰던 계획을 완전히 잊어버릴 정도였다. 점심 식사 후 한 시간 뒤, 그는 할아버지 집 쪽으로 어슬렁어슬렁 걸어갔다. 정당한 이해 당사자로서 더 많은 정보를 문의할 심산이었다.

하지만 그의 의도는 실현되지 못했다. 측면 입구 쪽으로 앰버슨 저택에 들어섰을 때, 그는 소령이 위층 자기 침실에 있고, 소령의 아들 시드니와 조지가 소령과 같이 있으며, 심각한 언쟁이 벌어지는 중이라는 말을 전해 들었다. "쩌어기 큰 계단 중간쯤에 가셔서 딱 서보셔유." 고령의 흑인 샘 영감이 정보 제공자였다. "그럼 다 들리실 거여유. 더 올라갈라고 하실 필요가 없다니께유. 시드니 나으리하고 조오지 나으리께서 으음청 시끄럽게 말씀을 혀서 저까지 다 들려유. 이 집에서 못 들을 사람이 없시유. 말싸움이유, 도련님. 아주 크게 붙었시유!"

"알았어." 조지가 무뚝뚝하게 말했다. "네가 맡은 구역으로 돌아가. 아무 얘기도 꺼내지 말고. 내 말 알아들었어?"

"예 예." 샘은 발을 질질 끌며 멀어지는 동안 킬킬거렸다. "샘 없이 말씀 많이 나누세유! 예!"

조지는 커다란 계단 발치로 갔다. 머리 위에서 성난 목소리들이 들렸고(두 삼촌의 목소리였다) 소령이 중재라도 하려는 양 애처롭게 웅얼거리는 소리도 들을 수 있었다.

방문자에게 용기를 주는 것과는 거리가 아주 먼 소리들이었던지라 조지는 대담이 끝나기 전까지는 계단을 오르지 않기로 했다. 그 결정은 소심함의 결과가 아니었고, 그렇다고 과민한 섬세함에 기인한 것도 아니었다. 그가 생각했던 건 만약 자기가 지금 할아버지의 방에 들어가 저 상황에 끼어들면 언쟁 중인 세 명 중 한 명이 (분위기가 끓어오르는 순간에) 자기에게 험한 태도로 말할지 모른다는 점이었고, 조지로서는 그러한 불의의 재난 앞에 자신의 자존감을 던져놓을 어떤 이유도 없었다. 그리하여 그는 계단에서 등을 돌려 조용히 서재로 간 뒤 잡지를 한 권 집어 들었다. 하지만 펼치지는 못했는데, 옆방에서 말하는 어밀리아 숙모의 목소리가 곧바로 그의 주의를 잡아끌었기 때문이다. 문이 열려 있어서 조지는 그녀의 말을 똑똑히 들을 수 있었다.

"이저벨이 그런다고요? **이저벨이!**" 그녀가 소리쳤다. 어조는 높고 심술궂었다. "이저벨 미내퍼에 대해서는 영감님께서 제게 어떤 말도 하실 필요가 없을 것 같은데요, 친애하는 프랭크 브론슨 영감님! 그 여자에 대해서는 제가 영감님보다 조금은 더 잘 알거든요. 그렇게 생각하지 않으세요?"

조지는 브론슨 씨가 대답하는 목소리를 들었다. 할아버지의 수석 변호사이자 막역한 벗이기도 한 사람의 친숙하기 그지없는 목소리였다. 그는 소령과 동년배로 일흔 살이 넘었으며, 두 사람은 같은 연대에서 3년 동안 같이 전쟁을 겪었다. 그런데 지금 어밀리아가 분노에 찬 조롱을 할 심산으로 그를 '친애하는 프랭크 브론슨 영감님'이라 부르고 있었다. 하지만 그게 바로 앰버슨 가문이 거의 언제나(조롱하려는 의도는 없이) 그를 일컫던 방식이었다. '친애하는 프랭크 브론슨 영감님'이라고 말이다. 그는 깡마르고 정정한 노인으로, 190센티미터쯤 되는 키에 자세는 전혀 구부정하지 않았다.

"네가 이저벨을 잘 아는지는 의심스럽구나." 그가 완고하게 말했다. "이저벨에 대해 그렇게 말하는 건 그 애가 너와 시드니가 아니라 제 오빠 조지를 편들기 때문이잖니."

"풋!" 어밀리아 숙모는 분명 잔뜩 화가 나 있었다. "저기서 무슨 일이 있었는지 아주 잘 아시잖아요, 프랭크 브론슨!"

"네가 무슨 말을 하고 있는지도 통 모르겠다."

"아, 모르시겠다고요? 조지가 유진 모건의 친한 친구라는 이유만으로 이저벨이 조지 편을 든다는 걸 모르시겠다고요?"

"내가 보기에 넌 정말 말도 안 되는 소리를 하는 것 같다." 브론슨이 날카롭게 받아쳤다. "불순한 뜻이 있는 허튼소리가 아니길 바란다!"

어밀리아의 목소리가 높고 날카로워졌다. "저는 영감님이 세상 물정에 밝은 사람이라고 생각했어요. 아무것도 못 봤다는 소리는 하지 마세요! 이저벨은 거의 2년 동안 유진과 같이 패니 미내퍼의 샤프롱* 노릇을 하는 척했어요! 실은 내내 그 불쌍하고 멍청한 패니를 이리저리 질질 끌고 다니면서 패니가 **자기**와 유진의 샤프롱 노릇을 하도록 한 거였는데! 이저벨은 사람들이 그런 상황에서 패니를 하잘것없는 샤프롱이라고 생각하게 되리라는 점을 알고 있다고요. 이저벨이 조지의 비위를 맞춰주려는 건 제 오빠를 계속 근처에 두고 편들어주는 듯 보여야 뒷말이 덜 나오리라고 생각해서잖아요. '뒷말' 말이에요! 걔 조심하는 게 좋을 거예요! 이제 도시 전체가 입을 놀릴 거라고요. 걔가 제일 먼저 알고 있는 그 사실을 말이에요. 그 여자는……."

어밀리아가 말을 멈추고는 몹시 당황하여 문간을 빤히 바라보았다. 조카가 거기 서 있었던 것이다.

그녀는 조지의 하얗게 질린 얼굴에 시선을 고정했다. 긴장감이 흐르던 순간이 지나자 그녀는 평정을 되찾고는 눈을 피하며 어깨를 으쓱했다.

● 젊은 여자가 사교장에 나갈 때 따라가서 보살펴주는 사람.

"내 말을 일부러 엿들을 생각이었던 건 아니겠지, 조지." 그녀가 차분히 말했다. "하지만 너는 꼭 그러려고 했던 것처럼 보이네……."

"그래요. 들으려고 들었어요."

"그렇구나!" 그녀는 다시 어깨를 으쓱했다. "어쨌거나 뭐, 잘은 몰라도 길게 보면 잘된 일이네."

조지는 어밀리아가 앉아 있는 곳으로 걸어갔다. "숙모, 숙모는……." 그가 잠긴 목소리로 말했다. "제가 보기에…… 제가 보기에 숙모, 숙모는…… 정말 저속한 사람이에요!"

어밀리아는 완전히 무심한 듯 웃음으로써 자기가 지금 태연하다는 인상을 주려고 애썼지만, 그녀가 낸 웃음소리는 불안하게 뚝뚝 끊겼다. 그녀는 손부채를 부치고는 열려 있던 근처 창문 너머를 바라보았다. "물론 네가 방금 엿들은 걸 가지고 우리 가문이 이미 겪고 있는 것보다 더 많은 문제를 일으키고 싶다면야. 조지, 그렇다면 가서 그대로 말해도……."

브론슨 영감이 크게 괴로워하며 의자에서 일어났다. "네 숙모는 전혀 말도 안 되는 소리를 하고 있었던 거다, 조지. 사업 문제 때문에 언짢았거든." 그가 말했다. "진심으로 한 소리가 아니야. 네 숙모도, 다른 사람들도 그런 멍청한 이야기는 조금도 신뢰하지 않아. 세상 누구도 말이다!"

조지는 숨을 깊이 들이마셨다. 그의 아래쪽 눈꺼풀을 따라 생겨난 촉촉한 선이 불현듯 반짝 빛났다. "그 사람들…… 그러는 게 좋을 거예요!" 그는 그렇게 말하고는 성큼성큼 방을 빠져나와 저택 밖으로 나갔다. 그는 정면 현관의 석판을 난

폭하게 쾅쾅 밟아 지나간 다음 계단을 내려가다가 돌연 멈춰 서서는 강한 햇빛에 눈을 깜박였다.

소령의 저택에 깔린 널따란 잔디 너머 조지의 집 문 앞에서 그의 어머니가 빅토리아 마차에 올라타고 있었다. 마차에는 이미 패니 고모와 루시 모건이 앉아 있었다. 그 광경은 여름의 패션을 찍은 사진이라 할 만했다. 매력적으로 차려입은 세 명의 여성이 우아한 양산을 높이 치켜들고 있었고, 마차의 곡선은 바이올린처럼 품위 있었다. 번쩍이는 말갖춤에 달린 은으로 만든 깔끔한 월계수 잎 한 쌍이 돋보였다. 심지어 이저벨은 앰버슨 가문 사람답게 과감하게도 흑인 마부에게조차 검은 제복 코트에 부츠, 하얀색 반바지를 착용하게 하고 꽃 모양 모표를 단 모자를 씌워놓았다. 그들은 딸랑거리는 소리를 내며 산뜻하게 길을 떠나다가 소령의 잔디에 서 있는 조지를 보았다. 루시가 손을 흔들었고 이저벨도 손 키스를 보냈다.

하지만 조지는 몸을 부르르 떨고는 그들을 못 본 척하며 잔디에서 잃어버린 것이라도 찾는 양 몸을 수그렸고, 마차 소리가 들리지 않을 때까지 그 자세를 유지했다. 그로부터 십 분 뒤, 화가 난 모습으로 저택에서 뛰쳐나온 조지 앰버슨에게 그를 기다리고 있던 창백한 얼굴의 조카가 다가와 말을 걸었다.

"너랑 얘기할 시간 없다, 조지."

"아뇨, 있어야 해요. 그러는 게 좋을걸요!"

"무슨 일인데 그러냐?"

삼촌과 이름이 같은 조카가 그를 저택 인근에서 떨어진 곳으로 데려갔다. "저기서 어밀리아 숙모한테 들은 얘기를 하고 싶어서요."

"듣고 싶지 않다." 앰버슨이 말했다. "'어밀리아 숙모'의 말씀을 최근에 정말 지나칠 정도로 많이 들었거든."

"숙모 말로는 어머니가 재산 분할 문제에서 삼촌 편을 드는 이유가 삼촌이 유진 모건의 친한 친구라서 그렇다는데요."

"그게 네 어머니가 내 편을 드는 것과 대체 무슨 상관이냐?"

"숙모가 말하는데……." 조지가 말을 멈추고 침을 삼켰다. "숙모 말로는……." 그가 머뭇거렸다.

"상태가 안 좋아 보이는구나." 삼촌이 그렇게 말하고는 짧게 웃었다. "만약 그게 어밀리아가 한 얘기 때문이라면 너를 나무라지는 않으마. 그 여자가 또 뭐라 말하더냐?"

조지는 욕지기가 난 듯 다시 침을 꿀꺽 삼켰지만 삼촌의 격려에 힘입어 솔직하게 털어놓을 수 있었다. "숙모 말로는 제 어머니가 유진 모건과 관련된 문제에 대해서 삼촌이 어머니에게 호의적이길 바란대요. 어머니가 패니 고모를 샤프롱으로 이용했다는 얘기도 했고요."

앰버슨이 혐오스럽다는 듯한 웃음을 내뱉었다. "앙심을 품은 여자가 생각해내는 허튼소리가 참으로 놀랍군! 너는 어밀리아 앰버슨이 직접 그 허튼소리의 표본을 만들어냈을지 모른다는 의심은 하지 않는 것 같구나."

"숙모가 그랬다는 걸 알아요."

"그럼 뭐가 문제라는 거냐?"

"숙모는……." 조지가 다시 머뭇거렸다. "숙모는…… 사람들이…… 그 일을 얘기하고 있다는 식으로 말했어요."

"말도 안 되는 빌어먹을 소리!" 삼촌이 소리쳤다.

조지가 초췌해진 표정으로 그를 보았다. "사람들이 안 그런 다고 확신하세요?"

"헛소리! 네 어머니가 이 재산 분할에서 내 편을 드는 건 시드니가 돼지 같은 놈이고 늘 그런 놈이었다는 걸 알기 때문이다. 원한에 찬 그 녀석의 마누라도 그렇고 말이다. 나는 그 사람들이 네 어머니뿐 아니라 나 또한 이겨먹지 못하게 하려고 애쓰는 중이야. 모르겠니? 지금 그 작자들은 화가 잔 뜩 나 있어. 시드니는 네 어머니가 간섭하지 않았다면 아버지를 언제든 제 마음대로 할 수 있었을 테니까 말이다. 그들도 내가 이저벨을 시켜 아버지에게 그들이 원하는 대로 하지 못하도록 부탁했다는 사실을 알고 있지. 그들은 계속 싸우는 중이고 단단히 삐쳐 있는 거다. 어밀리아는 머릿속에 뭐가 떠오르기만 하면 아무 말이건 빌어먹을 소리나 하는 여자고! 그게 전부란다."

"하지만 숙모가……." 조지는 비참한 기분으로 계속 우겨 댔다. "**뒷말**이 나왔다고 했단 말이에요. 숙모가 뭐라고 했냐면……."

"여기 보렴, 애야!" 앰버슨이 사람 좋게 웃었다. "패니 고모가 가엾은 유진을 따라다니다보니까 별것 아닌 뒷얘기가 좀 돌아다니고 **있을 수는** 있어. 내가 그걸 부추긴 것도 확실히 사실이고. 사람들이 그런 일에는 즐거워할 수밖에 없으니까. 패니는 늘 유진을 연모했단다. 20년 전 그 친구가 여길 떠나기 전부터 말이야. 뭐, 패니가 다시 희망을 품게 되었다 해도 우리가 그 가엾은 사람을 탓할 수야 없지. 나도 패니가 네 어머니를 그런 식으로 이용하는 걸 비난해야 할지 잘 모르겠고."

"무슨 말씀이세요?"

앰버슨이 조지의 어깨에 손을 올렸다. "너는 패니를 놀리는 걸 좋아하지." 그가 말했다. "하지만 내가 너라면 이 문제로는 놀리지 않을 거다. 패니는 살면서 많이 가져본 적이 없어. 너도 알겠지만, 조지, 고모로 산다는 게 그렇게 대단한 업적은 아니지. 너도 가끔은 그 사실이 눈에 들어올 거다. 사실 나는 유진에 대한 감정을 제외하면 패니가 많이 **가졌던** 게 뭐가 있는지 잘 모르겠어. 그 감정만큼은 늘 갖고 있었지. 그게 우리에게는 웃기는 일이지만 패니에게는 죽고 사는 문제가 아닌가 싶다. 그래, 유진 모건이 네 어머니에게 끌리고 있다는 사실을 부인하지는 않겠다. 실제로 그러니까. 그건 '늘 그랬다'는 것과는 다른 문제지. 하지만 나는 그 친구를 잘 알아. 그 친구는 기사야, 조지. 아마 좀 정신이 나간 기사일 거다. 네가 《돈키호테》를 읽어봤다면 그게 무슨 말인지 알겠지. 나는 네 어머니도 자기 가문 바깥에 있는 어떤 남자보다 그를 더 좋아할 거라고 생각한단다. 그 친구도 다른 누구보다 네 어머니에게 관심이 있을 테고. 이건 '늘 그러고 있는' 상황이지. 그게 전부야. 다만⋯⋯."

"다만 뭐요?" 삼촌이 말을 멈추자 조지가 재빨리 물었다.

"다만 내가 의심하는 건⋯⋯." 앰버슨이 낄낄거리고는 말을 이었다. "이 얘기는 너한테만 비밀스럽게 하는 거다. 나는 패니가 순진무구한 노처녀치고는 꽤 교활한 사람이라고 생각한다. 실제로 해가 될 만한 사람은 아니지만, 아주 훌륭한 외교관이야. 레이스 소매에 아주 많은 패를 숨겨놓고 있거든, 조지! 그나저나 패니가 자기 팔을 무척이나 자신 있어 한다는 사실을 눈치챈 적 있니? 가엾은 유진에게 늘 자기 팔을 슬쩍슬쩍 보여주지!" 앰버슨은 거기까지 말하고는 다시 웃었다.

"그게 뭐가 비밀이라는 건지 잘 모르겠네요." 조지가 불평했다. "제 생각엔……."

"잠깐 기다려봐라! 내 생각은(이게 몰래 터놓고 하는 말이라는 걸 잊지 말거라. 하지만 나는 이런 문제에 대해서는 귀신같이 정확하거든, 조지!) 이렇단다. 패니는 네 어머니를 미끼용 오리로 이용하고 있어. 네 어머니와 유진의 우정을 지속시키기 위해서라면 자기가 할 수 있는 세상 모든 방법을 동원하지. 왜냐하면 그게 바로 유진을 이곳에 묶어놓을 방법이라고 생각하거든. 말하자면 그렇다는 거다. 너도 보다시피 패니는 늘 네 어머니랑 딱 붙어 있잖니. 유진이 이저벨을 만날 때마다 패니도 보게 되는 셈이지. 패니는 그래야 유진이 늘 주변에 자기가 있다는 생각에 익숙해지게 될 테고, 그러다보면 언젠가는 자기한테도 기회가 올지 모른다고 생각하는 거란다! 패니는 이저벨이 유진과 그런 친구 사이가 아니었다면 자기가 유진을 그렇게 자주 볼 수 없었으리라는 사실이 두려웠던 거겠지. 어쩌면 본인도 그 점을 알고 있을지 모르고, 불쌍한 것! 자, 이제 알겠니?"

"뭐, 그런 것 같네요." 말은 그렇게 했지만 조지의 표정은 여전히 어두웠다. "삼촌은 설사 무슨 말이건 뒷말이 있다고 해도 그게 패니 고모에 관한 얘기라고 확신하는 거잖아요. 그런데 만약 그렇다면…….”

“이제 그만 고집부리렴.” 삼촌이 자리를 떠나며 쾌활하게 조지에게 충고했다. “나는 일주일쯤 낚시나 하러 떠날 거다. 저기 있는 저 여자와 그 여자의 돼지 같은 남편을 잊어버리고 싶으니 말이다.” (그는 저택을 향해 시드니 앰버슨 부부를 가리키는 손동작을 했다.) “너도 비슷한 일을 해보길 추천하마. 네가 그런 헛소리들에 관심을 기울일 만큼 충분히 어리석다면 말이다. 안녕!”

……조지는 어느 정도 마음이 놓이긴 했지만 여전히 괴로웠다. ‘뒷말!’이라는 단어가 마치 악몽을 되새기듯 머릿속에서 떠나지 않았다.

그는 저택 맞은편 거리에 있는 주택들을 바라보며 그 자리에 서 있었다. 그 위로 햇빛이 밝게 내리쬐고 있었건만, 주택들은 이상하게도 위협적으로 보였다. 조지는 늘 그 주택들을 경멸했는데, 다만 그중 가장 큰 주택, 그의 부하인 찰리 존슨의 집만은 예외였다. 존슨 일가는 원래 너비만도 90여 미터에 달하는 용지를 소유하고 있었으나, 집 앞에 붙은 변변찮은 공터를 제외한 나머지 땅을 전부 팔아버렸고, 한 채의 집이 지주처럼 널찍하게 차지하고 있던 그 공간에는 이제 주택 다섯 채가 북적였다. 거리 전체에 걸쳐 똑같은 변모가 이뤄진 상황이었다. 크고 편안한 구식 벽돌 주택들 양쪽으로 이제는 작게 만들어진 이웃집 두세 채가 다닥다닥 몰려 있었다. 이 싸구려처럼 보이는 이웃집 대부분은 페인트칠이 필요했고 깨끗하지도 않았으며, 싸구려처럼 보이는데도 예전에 널따란 마당을 점유했던 커다란 벽돌 주택을 짓는 것만큼이나 비용이 많이 먹혔다. 오로지 조지가 지금 서 있는 곳만이 예전처럼 잔디가 남아 있었다. 크고 평평한 녹색 잔디밭이 소령의 저택과 그의 딸이 사는 저택 양쪽에 봉사했다. 이 평온한 영역, 자갈이 깔린 두 개의 마찻길을 제외한다면 전혀 손상되지 않은 이 영역만이 앰버슨 택지의 초창기 영광의 시절 동안 줄곧 그러했듯 온전히 남아 있었다.

조지는 맞은편의 못생긴 집들을 바라보았고, 그 어느 때보다 그 집들이 싫었다. 하지만 그는 부르르 몸을 떨었다. 어쩌면 저 집들에 사는 하층민들이 자기네보다 더 나은 집을 보기 위해 창가에 앉아 있을지도 몰랐다. 어쩌면 감히 남의 소문을 지껄이려 들지도 모른다…….

그는 소리를 버럭 내지르고는 자기 집 정문으로 재빨리 걸어갔다. 빅토리아 마차는 패니만 혼자 태운 채 돌아왔다. 그녀가 기운차게 마차에서 뛰어내린 뒤에도 마차는 대기했다.

"어머니는 어디 있어요?" 그녀를 보자 조지가 날카롭게 물었다.

"루시네 집에. 수놓을 거리를 가지러 온 것뿐이야. 마차 타고 돌아다니기에는 해가 너무 뜨겁더라고. 나 지금 바빠."

하지만 조지는 그녀와 함께 집 안으로 들어가 서둘러 계단을 오르려던 그녀를 붙들었다.

"나 지금 얘기할 시간 없어, 조지. 바로 돌아가야 해. 네 어머니에게 약속했다고……."

"듣기나 해요!" 조지가 말했다.

"세상에, 이게 무슨……."

조지는 어밀리아가 했던 말을 되풀이했다. 하지만 이번에는 냉정하게 이야기했고, 삼촌에게 털어놓는 동안 내비쳤던 감정은 전혀 드러내지 않았다. 이 대담이 이뤄지는 동안 마음의 동요를 드러낸 쪽은 패니로, 얼굴이 격렬하게 붉어지면서 두 눈이 휘둥그레졌다. "대체 무슨 목적으로 그런 쓰레기 같은 이야기를 **나한테** 들려주는 건데?" 그녀가 숨을 가쁘게 쉬면서 다그쳤다.

"두 가지만 알아뒀으면 좋겠어요. 어밀리아 숙모가 한 얘기를 아버지에게 들려주는 게 고모 의무건 내 의무건 간에……."

패니가 발을 굴렀다. "이 하찮은 멍청이!" 그녀가 울부짖었다. "이 하찮고 **끔찍한** 멍청이!"

"난 사양할 거고……."

"사양이란다, 맙소사! 네 아버지는 아픈 사람이야. 그런데 너는……."

"아버지는 전혀 그렇게 안 보여요."

"그래, 내게는 그렇게 보이는데 말이지! 너는 앰버슨 집안 인간들이 벌이는 다툼을 가지고 네 아버지를 괴롭히고 싶은 거냐! 네가 그러는 게 바로 그 고양이 같은 심술쟁이 여자가 **진짜로 원하는** 건데도!"

"저기, 나는……."

"하고 싶으면 네 아버지에게 말해! 그딴 미친 소리에 귀를 기울이는 멍청하기 그지없는 아들이 있다고 생각해봤자 조금 더 아프고 말겠지!"

"그럼 고모는 아무 뒷말도 없다고 **확신하는** 거예요?"

패니는 그런 질문에 대꾸해야 한다는 사실에 경멸을 드러냈다. 그녀는 완전히 모욕당했다는 듯 씩씩거리는 소리를 내다가 손가락을 딱 튀겼다. 그러고는 깔보듯 물었다. "또 알고 싶은 게 있니?"

조지는 점점 더 창백해졌다. "이런 상황에서는." 그가 말했다. "우리 가문이 모건 가족과 그렇게 친밀하게 지내지 않는 편이 더 낫지 않을까 싶기도 하고요……. 최소한 잠시만이라도요. 그게 더 나을지도……."

패니가 의혹에 찬 눈길로 그를 바라보았다. "너 지금 루시를 만나는 걸 그만두겠다고 얘기하는 거니?"

"그런 쪽으로는 전혀 생각해본 적 없어요. 하지만 만약 어머니에 대해 나오는 말 때문에 그래야 한다면, 나는, 나는……." 조지가 슬프게 머뭇거렸다. "내가 제안하고 싶은 건 우리 가문 전부가…… 잠시만…… 아마도 아주 잠시겠지만요……. 그편이 더 낫다면……."

"여기 봐." 그녀가 말을 끊었다. "이 말도 안 되는 소리를 지금 당장 정리해야겠다. 만약, 예를 들어, 유진 모건이 **나를** 만나러 이 집에 온다고 해도 네 어머니가 그 사람이 도착하자마자 자리에서 일어나 떠날 수는 없어. 안 그래? 어머니가 어쩌길 원하는 거야? 그 사람을 모욕하길 바라? 아니면 혹시 네 어머니가 루시를 모욕하는 편이 더 낫겠니? 그것도 괜찮겠네. 아무려나, 네가 하고 싶은 게 뭐니? 어밀리아 숙모를 진심으로 사랑한 나머지 그 여자를 기쁘게 하고 싶은 거니? 아니면 **패니** 고모가 정말로 미운 나머지…… 정말 미워서 너는……."

그녀는 목이 메어 손수건을 찾았다. 그러다 별안간 울음을 터뜨렸다.

"아, 저기요." 조지가 말했다. "패니 고모, 저 고모 안 미워요. 그런 바보 같은 소리가 어디 있어요. 나는……."

"미워하잖아! **미워한다고!** 너는, 너는, 내가…… 내가 지금껏…… 유일한 걸 파괴하고 싶어 하잖아……." 그녀는 말을 잇지 못했고, 손수건에 얼굴을 묻은 채로 알아들을 수 없는 소리를 냈다.

조지는 자책감에 사로잡혔고, 그러자 괴로움이 덜어졌다. 자기가 쓸데없는 일로 걱정했다는 사실이 돌연 분명히 다가왔다. 조지는 어밀리아 숙모가 정말로 늙은 고양이 같은 여자라는 사실을, 그리고 그 여자의 추잡한 횡설수설을 재고한다면 그것이야말로 어리석음의 극치가 되리라는 점을 깨달았다. 그는 지금 자기 눈앞에서 벌어진, 연민을 불러일으키는 이러한 상황에 결코 둔감한 사람이 아니었고, 거의 고백이나 다름없는 한탄을 발설한 패니를 향한 동정심도 부족하지 않았다. 그러자 어머니도 패니를 한량없이 가엾게 여긴다는, 자기가 그녀를 동정하는 것보다 훨씬 더 동정한다는 점을 이해하게 됐다. 이 통찰로 모든 사정이 해명되는 듯했다.

그는 슬픔에 빠진 숙녀의 어깨를 어색하게 토닥였다. "자, 자!" 그가 말했다. "나쁜 뜻으로 한 얘기는 아니었어요. 당연히 어밀리아 숙모에 대해 해야 할 일은 관심을 주지 않는 것 밖에 없죠. 괜찮아요, 패니 고모. 울지 말아요. 나도 지금은 훨씬 기분이 나아졌어요. 진정하라니까요. 돌아가시는 길은 제가 태워드릴게요. 다 끝났어요. 문제 될 일은 하나도 없다고요. 이제 기운 좀 내지 않을래요?"

패니는 기운을 냈다. 그로부터 잠시 뒤, 습관적으로 서로를 미워하던 고모와 조카는 함께 다정히 마차를 탄 채 뜨거운 햇빛을 맞으며 앰버슨 대로를 달리고 있었다.

제14장

조지의 방학이 끝나기 전날 밤 루시가 마지막으로 한 말은 **'거의'**였다. 그 생기 넘치는 저녁에 그녀는 둘의 관계를 '확실히 정해두기로' 합의하자는 데 절반만 동의했다. '거의 약혼한 상태'라는 게 루시가 말하고자 하는 바였다. 그 '거의'가 불만스럽기는 했어도 루시가 조지 앰버슨 미내퍼의 조그마한 사진이 들어 있는 사파이어 로켓을 착용하고 기뻐하는 듯한 모습을 보이는 데는 만족했던 조지는, 두 사람이 헤어지던 마지막 순간에 새로운 세상으로 들어서며 놀라워했다. 루시는 조지가 자신에게 '작별의 키스'를 하려 들자 그런 의식을 수행하고픈 그의 욕망이 마치 세상에서 가장 가당찮은 어리석음이라도 되는 양 그를 점잖게 물리친 후, 돌연 조지에게 바짝 몸을 기대더니 그의 뺨에 요정의 날개에서 나온 가장 순정한 깃털을 남겼던 것이다.

그녀는 한 달 뒤 조지에게 편지를 썼다.

아뇨, 계속 '거의'라는 상태를 유지해야 해요.

이는 '거의' 굉장히 기쁜 일이 아닐까요? 제가 당신을 무척 좋아한다는 사실은 당신도 잘 알잖아요. 처음 당신을 봤을 때부터 그랬고, 나는 당신도 그 사실을 알고 있었으리라 확신해요. 아마 그랬겠죠. 당신도 늘 그 사실을 알고 있었겠죠. 나는 약혼이라는 문제에 대해 고루하게 생각하지도 않고 지나치게 신중하지도 않아요. 자기가 말한 대로 말이에요(저는 당신의 편지에서 '자기'라는 말이 나오면 그 단어를 언제나 한두 번 더 읽어요. 당신도 제 편지를 읽을 때 그렇게 한다면서요. 저도 마찬가지예요. 그런데 저는 당신의 편지 전부를 한두 번씩 되풀이해 읽는답니다!). 그렇지만 약혼은 심각한 일이고, 그게 저를 두렵게 하는 것도 사실이에요. 당신은 제가 저에 대한 당신의 감정을 '너무 가볍게' 취급한다고, 제가 '모든 일을 너무 가볍게 취급한다'고 편지에 쓰지요. 그건 이상하지 않은가요! 왜냐하면 저는 당신보다 제가 약혼을 훨씬 더 심각하게 받아들이고 있는 것 같으니까요. 먼 훗날 제가 나이 든 여자가 되어 여전히 당신을 생각한다 해도 저는 조금도 놀라지 않을 거예요. 당신은 날 떠났고, 어쩌면 다른 사람과 같이 떠나버려서 저 같은 건 한참 전에 잊어버렸겠지만요! "루시 모건이라." 당신은 제 부고 기사를 읽고 이렇게 말하겠죠. "루시 모건? 어디 보자, 이름이 기억날 것도 같은데. 예전에 루시 모건이라는 사람을 알았던가? 아니면 다른 사람인가?" 그러고 나서 당신은 풍성한 백발 머리를 내젓고는 길고 하얀 턱수염을 쓰다듬겠죠. 당신은 아마 눈에 잘 띄는 길고 하얀 턱수염을 기르고 있을 거예요! 당신은 이렇게 말하 겠죠. "아냐, 루시 모건이라는 사람은 전혀 생각이 안 나. 내 가 왜 그 이름을 기억한다고 생각했는지 궁금하군." 저도 참 가엾죠! 아마 저는 땅속 깊이 묻힌 채 당신이 제 부고를 들었 는지, 뭐라고 말했는지 궁금해하고 있을 거예요. 오늘은 이만 안녕. 너무 무리해서 공부하지는 마요, 자기!

조지는 즉시 펜과 종이를 붙들고는 루시에게 턱수염을 기 른 자기 모습을 상상하지 말아달라고, 그 턱수염이 눈에 잘 띄건 아니건 간에, 설령 자기가 엄청나게 나이가 들었을 때 라 해도, 아무튼 상상하지 말아달라고 애처롭게, 하지만 단호 하게 요청했다. 그렇게 상상 속 턱수염이라는 문제에 대한 항 의를 끼적이고 난 후, 조지는 부드럽게 완화된 어조로 자신의 서신을 마무리한 뒤 루시의 편지와 같이 배달된 어머니의 편 지를 계속 읽어나갔다. 이저벨은 애슈빌●에서 편지를 보냈는 데, 그녀는 그곳에 남편과 함께 막 도착한 참이었다.

이곳에 도착한 지 겨우 몇 시간이 지났을 뿐인데도 네 아버 지는 벌써 훨씬 좋아 보인단다. 그이의 건강을 회복시키는 데 딱 맞는 장소를 찾은 것 같아. 의사들은 자기들도 이곳이 적절한 장소이길 바란다고 말했고, 만약 그렇게 된다면 우

● 미국 노스캐롤라이나주 중서부의 도시. 산악 휴양지로 유명하다.

리가 그이에게 일을 포기시키고 여기 오도록 하느라 오랫동
안 애썼던 것이 그만한 가치가 있는 일이 되겠지. 가여운 사
람, 그이는 무척 우울해했단다. 건강 때문이 아니라 사무실
에 걱정거리들을 내려놓고 잠시 그것들을 잊어야 한다는 사
실 때문에 말이야. 그것도 잊을 수 있을 때 얘기겠지만! 그이
를 여기 데려오기 위해 가문 전체와 온 친구가 압력을 넣었
단다. 하지만 아버지와 조지 오빠와 패니와 유진 모건이 정
말로 계속해서 강권하고 나서야 그이는 마지못해 권유를 받
아들였지. 내가 조바심이 나서 그이를 의사의 뜻대로 따르게
하느라 조지 오빠 편을 제대로 들어주지 못했던 게 걱정이
란다. 시드니와 어밀리아 때문에 힘들 때 내가 응당 도왔어
야 했는데. 그 일 때문에 오빠에게 정말 미안해. 조지 오빠가
그렇게 화난 모습은 처음 봤단다. 시드니와 어밀리아는 원하
던 몫의 재산을 얻었고, 내가 듣기로는 피렌체에 가서 살기
위해 머지않아 배를 타고 떠날 것이라고 하는구나. 아버지께
서 두 사람의 끈질긴 설득을 견뎌내지 못하신 거지. 그 말씀
을 하시면서 아버지께서 '들볶았다'는 단어를 사용하셨던 듯
해. 나는 사람들이 왜 그런 행동을 하는지 이해를 못 하겠어.
조지 오빠는 그들이 앰버슨 가문이기는 해도 아주 저속한 사
람들이라고 말한단다! 나도 그 말에 거의 동의하는 것 같아.
최소한 사리 분별이 없는 사람들이라고는 생각해. 하지만 내
가 왜 이 얘기를 네게 죄다 털어놓는지는 모르겠구나. 불쌍
한 것! 네가 연휴에 집으로 돌아오기 전에 우리는 이미 이 일
에 대해서는 까맣게 잊어버릴 테고, 어쨌거나 이 일이 네게

는 거의 의미가 없거나 전혀 상관없는 일인데. 내가 이 편지에서 해놓은 바보짓은 잊어주렴!

네 아버지가 나와 같이 산책하려고 지금 기다리고 있단다. 아주 좋은 징조지. 최근 집에 있을 때는 걷는 걸 그리 내키지 않아 했거든. 그이를 기다리게 해서는 안 되겠구나. 비 올 때는 방수 외투와 고무장화를 꼭 챙겨 신으렴. 날이 추워지기 시작하면 곧바로 얼스터코트를 입고. 네가 지금 네 아버지를 봤으면 좋겠구나. 정말 훨씬 좋아 보인단다! 이곳과 그이가 잘 맞으면 육 주 정도 머무를 계획이야. 아마 그렇게 될 것 같아! 방금 문 앞에 와서 자기가 지금 기다리는 중이라며 날 불렀어. 담배 너무 많이 피우지 말고, 사랑하는 아가.

헌신적인 어머니
이저벨

하지만 이저벨은 기대와 달리 남편을 그곳에 육 주 동안 데리고 있지 못했다. 다른 어느 곳에서도 그렇게 오래 데리고 있지 못했다. 위 편지를 보내고 삼 주 후, 그녀는 돌연 조지에게 전보를 쳐 당장 집으로 돌아가게 되었다고 알렸다. 그로부터 나흘 뒤, 조지와 그의 친구가 클럽에서 점심을 먹고 난 다음 조지의 방으로 휘파람을 불며 돌아왔을 때, 그의 친구가 책상 위에 놓여 있던 또 다른 전보를 발견했다.

조지는 두 번을 읽고 나서야 전보의 의미를 깨달았다.

아빠가 오전 10시에 우리 곁을 떠나셨다, 얘야.

어머니

친구가 조지의 표정이 바뀌는 걸 보았다. "나쁜 소식은 아니지?"

조지는 완전히 멍하니 노란 종이에서 눈을 들었다.

"아버지가." 그가 힘없이 말했다. "어머니…… 어머니 말씀이, 아버지가 **돌아가셨대.** 집에 가봐야겠어."

……기차역에 내렸을 때 조지 삼촌과 소령이 그를 보러 나와 있었다. 소령이 손자를 마중 나온 것은 그때가 처음이었다. 노신사는 기차역 입구에서 (여전히 페인트칠이 필요한) 유개마차에 앉아 있었지만, 손자가 모습을 드러내자 마차에서 내려 다가와 몸을 떨면서 손자의 손을 잡았다. "가엾은 녀석!" 소령이 그렇게 말하며 그의 어깨를 거듭 토닥였다. "가엾은 녀석! 가엾은 조지!"

조지는 여전히 아버지를 잃었다는 사실을 온전히 실감하지 못했고, 그때까지도 그는 그저 멍한 상태일 뿐이었다. 그래서 소령이 계속해서 그를 토닥이며 "가엾은 녀석!"이라고 중얼거리자 할아버지에게 자기는 푸들이 아니라고 말하고픈 거의 저항할 수 없는 충동에 사로잡혔다. 하지만 그는 낮은 목소리로 "고맙습니다"라고 말한 뒤 마차에 올라탔다. 뒤이어 정중히 동정을 표하고 있는 두 명의 친지가 올라탔다. 그는 마차가 거리를 달리는 동안에도 소령의 떨림이 사라지지 않고 있다는 사실을, 할아버지가 지난여름보다 훨씬 더 나약해 보인다는 사실을 알아차렸다. 하지만 조지가 주로 관심을 쏟은 건 본인의 감정, 아니 오히려 지금 자신이 무감정하다는 사실이었다. 할아버지와 삼촌이 그에게 보이는 걱정 가득한 동정이 그에게는 위선적으로 느껴졌다. 그는 슬픔으로 괴로워하고 있지 않았다. 하지만 괴로워해야 할 것 같았고, 그래서 그는 남모르는 부끄러움을 느끼며 엄숙함을 가장한 채로 자신의 냉담한 기분을 감추었다.

하지만 윌버 미내퍼가 남기고 간 육신이 누워 있는 방으로 들어섰을 때, 조지는 더는 슬픈 척하지 않아도 되었다. 그의 슬픔은 충분히 차고 넘쳤다. 그러는 데는 당신 아들의 인생에서 늘 조용한 부분을 맡아왔던 조용한 남자의, 다시는 생기를 되찾지 못할 외관을 보기만 하면 되었다. 그가 맡았던 부분은 참으로 조용했기에, 조지는 자신의 아버지가 자기 인생의 진정한 한 부분이었다는 사실을 좀체 자각하지 못했었다. 거기 누워 있는 그 형상에서 바로 그 조용함만이 살아 있는 듯했고, 그 사실이 돌연 조지에게 통렬히 다가왔다. 자기 아들의 예상치 못한, 그리고 괴롭기 그지없는 슬픔 속에서 윌버 미내퍼는 살아생전 그 어느 때보다도 훨씬 더 생생하게 조지의 아버지가 되었다.

조지는 상복 차림의 어머니에게 팔을 두른 채 방을 나왔다. 어깨는 흐느낌 때문에 계속 떨렸다. 그는 어머니에게 몸을 기대었고, 그녀는 아들을 부드럽게 위로했다. 이내 조지는 마음의 평정을 되찾았고, 자기가 남자답지 않게 굴었던 건 아닌지

되새겨볼 정도로 자의식도 회복되었다. "저 이제 괜찮아요, 어머니." 그가 어색하게 말했다. "제 걱정은 마세요. 어머니는 가서 누워 계시든가 하는 게 좋겠어요. 안색이 창백해 보이네요."

이저벨의 안색이 실제로 무척 창백하기는 했지만, 패니만큼 송장 같지는 않았다. 패니의 비통함은 실로 어마어마했다. 그녀는 자기 방에 틀어박혀 있었는데, 조지는 다음 날 장례식 직전에야 그녀를 볼 수 있었고, 고모의 수척한 얼굴에 섬뜩함마저 느꼈다. 하지만 그때쯤 조지는 다시 본연의 모습으로 돌아온 상태였고, 심지어 공동묘지에서 간략한 장례식이 진행되는 동안 그의 생각은 이리저리 떠돌다가 급기야 자신의 아버지와는 직접적으로 관계가 없는 유감을 품는 데까지 나아갔다. 활짝 핀 꽃으로 둘러싸인 무덤 너머에는 새로 풀이 자란 봉분이 있었다. 그 봉분에 누워 있는 이는 조지의 종조부존 미내퍼 영감으로, 그는 지난가을에 세상을 떠났다. 미내퍼 영감의 무덤 저편에 있는 것은 조지의 할아버지와 할머니인 미내퍼 부부, 미내퍼 할아버지의 두 번째 아내, 그 아내가 낳은 세 명의 아들, 다시 말해 조지의 이복삼촌의 무덤들이었다. 이복삼촌 세 명은 조지가 어렸을 때 카누 사고로 한꺼번에 사망했다. 그래서 패니는 미내퍼 집안에 마지막으로 남은 사람이었다. 그다음 너머에 있는 것은 앰버슨 가문의 구획으로, 그곳에는 소령의 부인과 부부의 아들인 헨리와 밀턴이 누워 있었다. 조지에게는 희미한 기억으로만 남아 있는 삼촌들이었다. 그 옆에는 이저벨의 언니인 에스텔 고모가 누워 있었는데, 그녀는 조지가 태어나기 한참 전인 소녀 시절에 사망했다. 미내퍼 집안의 추모비는 네모진 화강암으로, 반질반질한 면에 끌로 이름이 새겨져 있었다. 앰버슨 가문의 추모비는 하얀 대리석으로 만든 기념탑으로, 주변의 그 어떤 기념비보다도 높았다. 하지만 거기서 더 멀리 떨어진 곳에 새로 생긴 묘지 구역이 있었는데, 몇 년 전에야 개방된 용지를 어떤 조경 전문가가 현대식으로 솜씨 좋게 조성해놓은 구역이었다. 새로 생긴 커다란 무덤이 몇 개 있었고, 기념탑들은 앰버슨 가문의 것보다 높았으며, 그뿐만 아니라 몇몇 기념비에는 허세로 가득 찬 조각이 새겨져 있었다. 이 새로운 구역은 전체적으로 앰버슨 가문과 미내퍼 집안의 용지가 속한 옛 구역에 비해 더 유행에 부합하면서 중요한 구역처럼 보였다. 조지의 마음이 잠시 아버지와 망자를 추모하는 성서 낭독에서 멀어지며 유감스러웠던 것은 이 때문이었다.

……열흘 뒤 대학으로 돌아가는 기차에서, 그때의 유감이 (비록 그 감정은 유감 못지않게 약 오른 기분이기도 했지만) 그의 머릿속에 다시 찾아왔고, 그러자 묘지의 새 구역이 형편없는 취향으로 채워진 곳이라는 느낌이 그의 안에서 자라났다. 이런 느낌은 건축이나 조각의 측면을 따진 것이 아닌 그저 추측일 뿐이었다. 새 구역은 벼락부자들의 무지를 과시하는 듯했고, 마치 진정으로 귀족적이고 참으로 중요한 가문의 사람들이 옛 구역에 묻혀 있다는 사실을 모른다는 게 무슨 자랑이라도 되는 양 구는 듯했다.

그 약 올랐던 기분은 기차역에서 그와 작별할 때 어머니의 얼굴에서 보이던 곱디고운 슬픔을, 슬픔에 빠진 어머니가 얼마나 사랑스러웠는지를 떠올리자 물러갔다. 조지는 루시를 생각했다. 그는 루시를 겨우 두 번 만났을 뿐인데, 그때 이루어진 나직한 대화에서 자기가 그녀에게 영웅처럼 용감하게 보였을 것이라는 생각을 하지 않을 수 없었다. 루시는 슬픔에 빠진 조지가 참으로 의연하다고 생각했다는 사실을 말보다는 행동으로 보여주었다. 하지만 이 회상 과정에서 조지의 마음에 가장 생생하게 떠오른 것은 패니 고모의 절망에 찬 얼굴이었다. 그는 그 얼굴을 몇 번이고 거듭 생각했고, 그 얼굴에서 놓여날 수 없었다. 대학으로 돌아오고 난 뒤에도 한 동안은 괴로워하던 패니의 모습이 눈앞에 예기치 않게 나타나곤 했는데, 조지는 그 직전에 하던 생각 어디에서도 왜 그런지에 대한 이유를 찾아낼 수 없었다. 패니의 슬픔은 참으로 조용했는데, 그 슬픔이 조지를 놀라게 한 것이다.

조지는 옛 적수에게 점점 더 동정심을 느꼈고, 어머니에게 패니에 대해 편지를 썼다.

가엾은 패니 고모가, 이제 아버지가 돌아가셨으니 우리가 자기와 더는 같이 살고 싶어 하지 않을 거라고 생각할까봐 걱정이에요. 제가 고모를 항상 하도 놀렸기 때문에 고모는 자기를 쫓아내리라고 생각할지도 몰라요. 우리가 정말 그랬다가는 고모가 대체 어디로 갈지, 어떻게 먹고살 수 있을지 모르겠어요. 물론 우리는 절대 그런 짓을 하지 않을 테지만, 고모의 마음속에는 분명 그런 생각이 있을 거예요. 고모는 아무 말도 하지 않았지만 고모의 표정을 보니 그런 생각이 들더라고요. 솔직히 말해, 고모는 잔뜩 겁에 질린 것 같았어요. 고모에게 제가 그런 식으로 고모를 대접할 위험은 절대로 없다고 말씀 좀 해주세요. 모든 게 지금껏 그랬던 것처럼 그대로 계속될 거라고요. 고모에게 힘내라고 전해주세요!

제15장

이저벨은 패니에게 힘내라는 말 이상의 일을 해주었다. 패니가 그녀의 부친 고(故) 앨릭 미내퍼에게서 물려받은 전 재산은 지금껏 윌버의 사업에 투자된 상태였다. 그런데 그 사업은 윌버의 육체가 병들어 있던 기간과 상응하여 병들어 쇠하다가 윌버가 죽기 직전에 끝장나버렸다. 조지 앰버슨과 패니 모두, 앰버슨의 말에 따르면 "기적이나 다름없을 정도로 정확하게 빈털터리가 되었다". 그 말이 무슨 뜻인지 계속 설명하면서 앰버슨은 자기들이 "가진 것 한 푼 없지만 빚진 것 역시 한 푼도 없다"라고 말했다. "딱 익사하기 직전 같은 상황이지. 물속에 있는 것도 아니고 물에서 나온 것도 아닌 거야. 알 수 있는 거라곤 아직 죽지는 않았다는 사실뿐이지."

앰버슨은 아버지에게 의지할 수 있다는 '전망'이 있었기에 이렇게 철학적으로 말했던 것이지만, 패니에게는 '전망'도 없고 철학도 없었다. 하지만 윌버의 재산을 법적으로 조사해본 결과, 그의 생명보험은 이 난파선에 멀쩡한 상태로 남아 있다는 사실이 밝혀졌다. 이저벨은 아들의 기꺼운 동의를 받아 이 인양 물품을 즉시 시누이에게 넘겼다. 투자를 한다면 이 보험은 1년에 900달러 이상의 수익을 올릴 터였으므로 패니는 결코 극빈자나 부양가족 신세가 되지는 않을 것이고, 앰버슨이 패니의 기운을 차리게 하려 애쓰다가 말했듯 "압연 공장과 온갖 골치 아픈 일에도 불구하고 결국에는 상속인이 된" 셈이었다. 패니는 그 말에 웃을 수 없었고, 앰버슨은 인정 넘치는 쾌활함을 보이며 말을 이어갔다. "900달러가 정말 놀라울 정도로 바람직한 수입이라는 걸 알아야 해요, 패니. 당신과 같은 급의 독신 남성은 1년에 정확히 4만 9100달러를 벌게 분명하거든요. 그러니 알겠지만, 1년에 5만 달러를 벌기 위해서 당신이 해야 할 일이라고는, 같은 급의 독신 남성이 자기 생각을 해줬으면 싶은 마음을 옷차림으로 당신에게 보여주기 시작할 때, 그걸 살짝 부추기는 거라고요!"

패니는 앰버슨을 힘없이 바라보다가 '바느질거리가 있다'며 울적하게 웅얼웅얼 대꾸하고는 방을 떠났고, 앰버슨은 후회스러운 듯 고개를 내저었다. "자주 생각하는 건데, 유머는 내 장기가 아닌 것 같다." 그가 한숨을 쉬었다. "세상에나! 별로 힘을 내지 않는구나!"

앰버슨 가문의 대학생은 크리스마스 연휴에 집으로 돌아오지 않았다. 대신 이저벨이 아들과 합류하여 이 주 동안 남부를 여행했다. 호텔에 머무르는 동안 그녀는 건장하고 잘생긴 아들을 자랑스러워했다. 로비와 커다란 베란다에서 아들을 바라보는 사람들의 눈길이 그녀에게는 고기이자 음료였다. 온통 아들에 대한 허영심에 사로잡혀 있다보니 이저벨은 사람들이 조지가 불러일으킨 것보다 더한 관심과 훨씬 우호적인 감탄의 마음을 품고 자기를 바라본다는 사실을 인식하지 못했다. 그 이 주 동안 아들을 온전히 차지하고 있다는 사실이 정말 행복했던 그녀는 아들의 팔에 기대어 함께 걷는 것도 좋았고, 같이 책을 읽는 것도 좋았고, 같이 바다를 보는 것도 좋았다. 아마 그녀가 무엇보다 좋아했던 건 커다란 식당에 아들과 함께 들어가는 것이었을 터다.

하지만 두 사람 모두 이번 크리스마스 연휴와 그들이 예전에 보냈던 크리스마스 연휴 사이의 차이점을 계속 느꼈다. 전체적으로는 슬픔에 찬 연휴였다. 하지만 이듬해 6월 이저벨이 조지의 졸업식에 참석하러 동부에 가면서 루시와 동행할 때쯤에는 상황이 달라지기 시작하는 듯했다. 특히나 조지 앰버슨이 루시의 아버지와 함께 졸업 축하연에 나타났을 때는 더욱 그래 보였다. 유진은 마침 사업차 뉴욕에 머무르던 중이었는데, 앰버슨은 그에게 이번 여행을 쉽게 설득했고, 그들은 파티의 응당한 중심이자 영웅인 새 졸업생과 더불어 기분 좋게 축하연을 벌였다.

조지의 삼촌은 조카와 같은 학교 졸업생이었다. "저기가 내가 이 학교에 다닐 때 지냈던 방이 있는 곳이야." 그는 그렇게 말하며 유진에게 대학 건물 중 한 곳을 가리켰다. "조지가 내 팬들에게 그 방을 표시하는 명판을 그냥 놓아두도록 해줄지 모르겠군. 알겠지만 지금은 그 녀석이 이 건물들을 다 차지하고 있으니 말이야."

"자네가 여기 다닐 때도 그러지 않았나? 그 삼촌에 그 조카 군."

"조지에게 걔가 날 닮았다고 생각한다는 말은 하지 말라고. 지금 이 시점에서는 우리가 그 젊은 신사의 기분을 살펴야 하니 말이야."

"알겠어." 유진이 말했다. "안 그랬다간 우리를 여기 있지도 못하게 할지 모르니 말이지."

"확실한 건 내가 걔 나이였을 때는 그렇게 막 나가지 않았 다는 거야." 그들이 졸업식에 참석한 군중 사이를 어슬렁거리 는 동안 앰버슨이 생각에 잠겨 말했다. "일단 내게는 형제가 있었고, 내 어머니는 걔 어머니가 그러는 것처럼 내 발치에 꿇어앉지도 않았거든. 유일한 손자도 아니었고 말이야. 아버 지께서는 줄곧 조지를 응석받이로 키우셨지. 당신 아들딸에 게 그랬던 것보다도 훨씬 더."

유진이 웃었다. "조지의 장단점을 설명하려면 딱 세 가지면 돼."

"세 가지?"

"걔는 이저벨의 외아들이야. 앰버슨 가문 사람이고. 소년이 지."

"이봐, 말라깽이 씨, 그 세 가지 중 좋은 건 뭐고 나쁜 건 뭐 야?"

"셋 다 좋으면서도 나빠." 유진이 말했다.

때마침 두 사람의 시야에 바로 그 토론의 대상이 들어왔다.

조지가 루시와 함께 느릅나무 아래를 걷고 있었던 것이다. 그는 지팡이를 흔들면서 그녀에게 지난 4년간 역사적 가치를 획득한 여러 물건과 장소를 가리키고 있었다. 두 명의 어른은 그의 무람없으면서도 우아한 손동작에 주목했고, 어느새 고상함이 몸에 밴 태도를 관찰했다. 그의 태도는 발밑과 주변의 땅에, 머리 위 나뭇가지에, 저 너머의 오래된 건물들에, 그리고 루시에 대해 손쉽게 소유권을 행사하고 있었다.

"모르겠군." 유진이 묘한 미소를 지으며 말했다. "모르겠어. 내가 저 친구의 인간적인 모습을 이야기했을 때…… 모르겠군. 저 모습은 신에 더 가까운 것 같아."

"나도 **저랬는지** 궁금하군!" 앰버슨이 신음하듯 말했다. "앰버슨 가문 사람이 모두 저런 시절을 거쳐야 했다고 생각하는 건 아니겠지, 응?"

"걱정 말게! 최소한 저 모습의 절반은 젊음, 잘생긴 외모, 대학의 조합에서 나온 거니까. 가장 고상한 앰버슨 가문 사람조차도 결국에는 본인의 고상함을 극복하고 사람이 되는 법이니 말이야. 시간 이상의 것이 필요하긴 하지만."

"나로서는 **정말로** 시간 이상의 것이 필요했다고 말할 수밖에 없겠어!" 유진의 친구는 그렇게 동의하고는 유감스러운 듯 고개를 저었다.

그런 다음 그들은 가장 사랑스러운 앰버슨 가문 사람, 시간의 손도 고난의 손도 타지 않은 듯 보이는 그 사람과 합류하고자 걸어갔다. 이저벨은 커다란 나무 아래 홀로 선 채 멀리서 사려 깊게 조지와 루시의 샤프롱 역할을 하던 중이었다.

하지만 두 친구가 다가가자 그녀는 그들을 만나러 나왔다.

"정말 매력적이에요. 안 그런가요!" 이저벨은 그렇게 말하며 검은 장갑을 낀 손을 움직여 여름옷을 입고 그들 주변을 어슬렁거리는 군중을 가리켰다. 아니면 제각각 자기들의 영웅을 중심으로 모인 무리를 가리킨 것일 수도 있었다. "다들 열정적이고 자신감에 찬 모습 같잖아요. 이 남학생들 말이에요. 감동적이에요. 하지만 당연히 이 젊은이들은 그게 감동적이라는 사실을 모르겠지요."

앰버슨이 헛기침했다. "아니지, 정확히 말하면 스스로를 한심하게 여기지 않는 모습 같은데! 유진과 나는 조금 전까지 그런 문제에 관해 얘기하고 있었단다. 저 멀끔하고 의기양양한 젊은 얼굴들을 볼 때마다 내가 무슨 생각을 하는지 아니? 나는 늘 이렇게 생각한단다. '아, 너희들은 나중에 어떻게 혼쭐이 나려나!'"

"조지 오빠!"

"아, 사실이 그런걸." 그가 말했다. "인생이란 정말로 독창적이란다. 모든 어머니의 아들들에게 각각 특별한 패배의 경험을 마련해주거든."

"어쩌면 말이죠." 이저벨이 심란한 얼굴로 말했다. "어떤 어머니들은 아들을 위해 그 패배를 떠안을 수도 있어요."

"전혀 아니지!" 오빠가 동생에게 강조하듯 말하며 확언했다. "어머니가 아들 얼굴에 생겨야 하는 주름을 자기 얼굴에 떠안을 수는 없듯이 그럴 수는 없어. 너도 저 젊은 얼굴들에 당연히 주름이 생기게 되리라는 점은 알 텐데?"

"그렇지 않을 수도 있죠." 그녀가 아련하게 미소 지으며 말했다. "어쩌면 시절이 바뀌어서 아무도 주름이 안 생길지도 몰라요."

"제가 아는 단 한 사람에게만 시절이 그렇게 바뀌었죠." 유진이 말했다. 이저벨이 무슨 뜻인지 묻는 듯한 표정으로 바라보자 그가 웃었고, 그러자 그녀는 자기가 바로 그 '단 한 사람'이라는 사실을 깨달았다. 더군다나 그의 암시에는 그럴 만한 이유가 있었고, 그녀도 그 점을 알았다. 그녀의 얼굴이 매력적으로 발그레해졌다.

"얼굴에 주름을 지게 하는 건 뭘까?" 앰버슨이 물었다. "나이일까, 아니면 고생일까? 당연히 지혜가 주름을 만든다고 단정할 수도 없지. 우리는 이저벨에게 예의를 갖춰야 해."

"뭐가 주름을 지게 하는지 말해주지." 유진이 말했다. "나이 때문도 조금 있고, 고생 때문도 조금 있고, 일 때문도 조금 있어. 하지만 가장 깊은 주름은 믿음의 결핍 때문에 파이는 거야. 가장 평온한 이마는 가장 많이 믿는 사람의 이마인 거지."

"무엇을 믿는데요?" 이저벨이 부드럽게 물었다.

"모든 것을요!"

그녀가 그게 무슨 말인지 묻는 양 유진을 보았고, 그는 조금 전 그녀가 자기를 그런 식으로 바라보았을 때 그랬던 것처럼 웃었다. "오, 그럼요. 당신도 그래요!" 그가 말했다.

그녀는 잠시 혹은 그보다 약간 더 오래 의문스러운 표정으로 유진을 계속 바라보았다. 그녀의 눈짓에는 본인은 의식하지 못하는 진지함이 있었고, 그 진지함에는 마치 유진의 진의가 무엇이건 그게 괜찮은 의미라는 사실을 알고 있는 양 신뢰 또한 담겨 있었다. 그러다 그녀의 두 눈이 생각에 잠긴 듯 아래로 수그러들었는데, 스스로에게 몇 가지 질문을 던지는 듯했다. 별안간 그녀가 고개를 들었다. "뭐, 어때요. 난 믿어요." 그녀가 뜻밖의 어조로 말했다. "내가 믿는다는 걸 믿는다고요!"

그 모습에 두 남자가 웃음을 터뜨렸다. "이저벨!" 그녀의 오빠가 외쳤다. "너 지금 어리석게 구는구나! 가끔 네가 딱 열네 살처럼 보일 때가 있어!"

하지만 이 대화는 이 세상의 이 지점에서 당면한 그녀의 진정한 관심사를 그녀에게 일깨워주었다. "맙소사!" 이저벨이 말했다. "애들 어디로 가야 하지? 우리, 루시를 빨리 데리러 가야 해요. 그래야 조지가 가서 졸업식에 참석하죠. 그 애들을 따라잡아야 해요."

그녀는 오빠의 팔을 잡아끌었고, 세 사람은 계속 움직이며 군중 속에서 그들을 찾아 이리저리 돌아다녔다.

"희한하군." 그들이 찾아다니는 젊은이를 즉시 발견하지 못하자 앰버슨이 한마디 했다. "아무리 이렇게 사람들이 붐빈다 해도 소유주를 찾지 못할 리 없는데."

"오늘은 소유주가 수백 명이잖나." 유진이 말했다.

"아냐, 이 친구들은 대학의 소유주에 불과해." 조지의 삼촌이 대꾸했다. "우리는 지금 이 우주의 소유주를 찾는 중이라고."

"저기 있어요!" 이저벨이 오빠의 빈정거림에는 전혀 아랑곳하지 않고 애정 어리게 외쳤다. "소유주처럼 보이지는 않네요!"

이저벨을 에스코트하던 남자들은 그들이 이 우주의 소유주와 그의 예쁜 친구에게 합류했을 때도 여전히 이저벨을 보며 웃고 있었다. 앰버슨과 유진 모두 루시가 재촉하듯 요청했음에도 자기들이 왜 그렇게 즐거이 웃는지 설명하길 정중히 사양하긴 했지만, 그날의 전조는 온후했으며, 다섯 사람은 즐거운 모임을 치렀다. 말인즉슨 네 명이 다섯 번째 사람을 위한 행복한 관객이 되어주었고, 이 다섯 번째 사람의 기분은 자애롭고 활기에 넘쳤다는 소리다.

조지는 자기 동기들의 학술 행사에도, 사교 행사에도 딱히 눈에 띄게 참여하지 않았다. 그는 이런 활동을 모두 적당히 참아줄 만한 오락으로 여기는 듯했는데, 그가 루시에게 설명한 바에 따르면 자기 '패거리'는 '그런 종류의 일에는 어느쪽이건 크게 재미를 못 붙였'다. 조지의 패거리가 재미를 붙인 게 무엇인지는 모호한 상태로 남았다. 몇몇 부주의한 증언이 가리키는 바에 따르면, 그들은 희가극과 관련된 문제에서 다 같이 획득한 게 아닌가 싶은 놀랄 만치 끈끈한 신뢰를 제외하고는 어떤 것에도 관심을 두지 않았다. 확실히 그 패거리 중 한 명이 루시의 탐문에 대답하는 과정에서 던진 질문도 그쪽을 가리키는 듯했다. "그러니까 말이죠." 그는 그렇게 말했다. "아니, 진짜로, 뭔가를 하는 것보다 무언가로 사는 게 차라리 낫다고 생각하지 않아요?"

그는 '차라리 낫다고'를 '차라하리 낫따코'라고 발음했는데, 자기가 무슨 짓을 하는지 완벽히 아는 상태에서 일부러 그런 식으로 말한 듯했다. 나중에 루시는 조지 앞에서 그 패거리 일원의 말투를 흉내 냈고, 조지는 웃어주길 거부했다. 본인도 어느 정도 그런 식으로 발음하는 경향이 있었기 때문이다. 그런 경향은 지난 4년 동안 그가 얻은 것 중 하나였다.

누가 조지에게 대학 생활에서 또 뭘 얻었는지 질문하고는 적당한 시간을 주며 바로 대답해달라고 요구했다면, 그는 대답하기 곤혹스러웠을지도 모른다. 조지는 '벼락치기'로 시험을 통과하는 법을 배웠는데, 말인즉슨 열 개 중 여섯 개의 문항에 그럴싸하게 대답하기 위해 사나흘 동안 밤을 새워가며 과학이나 철학이나 문학이나 언어학 과목에서 선별된 지식 쪼가리들을 머릿속에 집어넣을 수 있다는 소리였다. 그는 그러한 위업을 달성하는 데 필요한 정보를 성공적인 연기를 펼칠 만큼은 충분히 오래 붙들어 맬 수 있었다. 그러고 나면 그 정보는 뇌에서 말끔히 증발해버리므로 그 때문에 심란할 일은 없을 터였다. 조지는 자기 '패거리'와 마찬가지로 '뭔가를 하는' 것보다는 '무언가로 사는' 쪽을 선호했을뿐더러 지난 4년간 '무언가로 살았던' 것을 앞으로도 쭉 '무언가로 살아갈' 준비의 하나로 여기고 만족스러워했다. 그래서 루시가 조지의 친구들이 그 참으로 우월하고 아름다워 보이는 '무언가'에 대해 내릴 수 있는 정의가 무엇일지 조지를 조심조심 재촉하며 물었을 때, 조지는 그런 거야 딱히 설명 없이도 이해했어야 하지 않느냐는 의미로 눈썹을 슬쩍 치켜올렸다. 하지만 결국 설명하긴 했다. "아, 가문과 뭐 그런 거죠. 신사로 산다, 그런 얘길 거예요."

루시는 지평선에 오래도록 눈길을 주었지만, 그 설명에 대해 아무 논평도 하지 않았다.

제16장

"패니 고모, 별로 많이 나아진 것 같지 않은데요." 집에 돌
아온 날 밤, 도착하고 나서 잠시 뒤 조지가 어머니에게 말했
다. 그는 수건을 두른 채 어머니 방 문간에 서 있었다. 패니가
허겁지겁 식사를 준비하고 있는 아래층으로 내려가기 전에
간단히 목욕을 마친 참이었다. 이저벨이 전보를 치지 않아서,
패니는 밤 11시에 그들이 승객용 역마차를 타고 오자 화들
짝 놀랐고, 조지는 집에 들어오자마자 '먹을 만한 간단한 음
식'을 주문했다(네 시간 전 그가 공개적으로 제기한 비판이 기차 식
당 칸 종업원의 마음의 평정을 어지럽혔다). "저는 고모처럼 만
사가 힘겨워 보이는 사람을 본 적이 없어요." 조지가 논평했
다. 목소리가 수건에 덮여 작게 들렸다. "고모는 전혀 극복하
지 못하는 거죠? 저는 우리가 보험을 넘겨줬을 때 고모 기분
이 나아질 줄 알았다고요. 아무 조건도 안 달고 완전히 다 내
줬잖아요. 근데 천 살은 먹은 것처럼 보여요!"

"그래도 가끔은 소녀처럼 보인단다." 조지의 어머니가 말

했다.

"아버지 일 이후로는 그런 모습을 자주 보이는 게…….."

"아니지, 그렇게 자주는 아냐." 이저벨이 사려 깊게 말했다. "하지만 그렇게 될 거야. 시간이 흐르면 말이지."

"그렇다면 시간이 좀 서둘러줘야겠다 싶네요. 제가 보기에는 말이죠." 조지는 자기 방으로 돌아가면서 그렇게 논평했다.

두 사람은 식당으로 내려갔고, 조지는 연어샐러드, 콜드비프, 치즈, 케이크 정도라면 먹어줄 만하다는 선고를 내렸다. 모두 패니가 하인들을 번거롭게 하지 않고 차린 음식이었다. 이저벨은 여행으로 기진맥진해 있어서 아무것도 먹지 않았지만, 자리에 앉아 자기 아들의 식욕이 드러나는 광경을 피곤함에 찌든 기쁨을 안은 채 유심히 바라보았으며, 그러는 한편으로 시누이에게 졸업식에 대해 간략히 들려주었다. 하지만 얼마 지나지 않아 이저벨은 두 사람에게 잘 자라는 입맞춤을 하고는(조지에게는 이마 옆에 가볍게 조심조심 입맞춤했는데, 아들의 식사를 방해하지 않기 위해서였다) 조카와 고모만 남겨두고 자리를 떴다.

"네 어머니에게 창백한 안색은 절대 어울리지 않아." 이저벨이 떠나고 잠시 뒤 패니가 멍하니 말했다.

"그게 무슨 말씀이세요, 패니 고모?"

"아무것도 아니다. 네 어머니가 꽤 즐겁게 지냈던 것 같네? 외출도 많이 하셨니?"

"어떻게 그러겠어요?" 조지가 쾌활하게 반문했다. "슬퍼하고 있었는걸요. 어머니가 할 수 있던 일이라고는 당연히 그저 자리에 앉아 지켜보는 것뿐이었어요. 그 문제에 대해서라면, 루시가 할 수 있던 일도 그게 다였고요."

"나도 그랬으리라고 생각해." 고모가 동의했다. "루시는 어떻게 집에 갔니?"

조지가 놀라며 그녀를 빤히 바라보았다. "아니, 당연히 우리랑 같이 기차를 탔죠."

"그 말이 아니고." 패니가 설명했다. "내 말은 역에서 말이야. 네가 집에 오기 전에 루시를 그쪽 집까지 태워다줬니?"

"아뇨, 당연히 자기 아버지랑 같이 차를 타고 갔죠."

"아, 알겠다. 그러니까 유진이 역에 너희를 보러 간 거구나."

"우리를 보러 왔다고요?" 조지는 그 말을 따라 하며 연어샐러드를 다시 공격했다. "그럴 수가 없었는데요?"

"네가 무슨 말을 하는지 잘 모르겠다." 이제는 습관이 된 외로운 목소리로 패니가 울적하게 말했다. "네 어머니가 여기 없는 동안 유진을 한 번도 못 봤어."

"당연하죠." 조지가 말했다. "동부에 있었으니까요."

이 말에 그동안 내리깔고 있던 패니의 눈꺼풀이 번쩍 뜨였다. "그 사람을 **봤다고**?"

"어, 당연하죠. 우리랑 같이 돌아왔거든요!"

"너희랑 같이 돌아왔다고?" 그녀가 날카롭게 말했다. "내내 너희랑 같이 있었단 얘기니?"

"그건 아니고요. 기차를 같이 탔고, 우리가 출발하기 전 사흘 동안만 같이 있었어요. 조지 삼촌이 오라고 했거든요."

패니의 눈꺼풀이 다시 처졌다. 그녀는 조지가 의자를 뒤로 빼고 담배에 불을 붙이며 고모가 제공한 음식이 만족스러웠다고 선언할 때까지 말없이 앉아 있었다. "고모는 정말 훌륭한 살림꾼이에요." 조지가 자애롭게 말했다. "음식을 맛있게 보이도록 하는 법도 잘 알고 맛을 제대로 내는 법도 알잖아요. 이렇게 오랫동안 독신으로 사셨다는 걸 믿을 수가 없다니까요. 이 동네 독신남과 과부 들이 이걸 한 번이라도 보고 나면……."

패니는 그 말을 듣고 있지 않았다. "좀 이상하네." 그녀가 말했다.

"뭐가 이상하다는 거예요?"

"모건 씨가 너희랑 같이 있다는 얘길 네 어머니가 하지 않고 있어."

"깜박했던 거겠죠." 조지가 무심하게 말했다. 자애로운 기분이 부풀어 오르는 와중에, 조지는 별 뜻 없는 농담으로 고모를 좀 놀리면 그녀의 가라앉은 기분을 끌어올리는 데 도움이 되지 않을까 하는 생각을 품었다. "할 말이 있어요. 비밀인데." 그가 심각하게 말을 꺼냈다.

그녀가 놀라 고개를 들었다. "뭔데?"

"어, 모건 씨가요, 거의 내내 정신을 딴 데 팔고 있는 것 같더라고요. 확실히 평소보다 옷은 잘 차려입고 다니긴 해요. 조지 삼촌이 그러는데 자동차 공장이 아주 잘나갔던 모양인가봐요. 경주 대회에서도 이기고요! 그 젊은 친구가 지금껏 기다렸던 게 청혼 전에 자기가 확실한 수입을 마련했다는 사실을 확신하는 것뿐이었다고 해도 저는 별로 놀라지 않을걸요."

"'그 젊은 친구'라니?"

"'그 젊은 친구'는 바로 모건 씨입니다." 조지가 웃었다. "패니 고모, 솔직히 말이죠. 저는 모건 씨가 지금이라도 저보고 얘기 좀 하자고 하고는 자기 의도는 참으로 고결한 것이라고 강조하면서 고모한테 청혼해도 되겠냐고 제 허락을 구한대도 전혀 놀라지 않을 거라니까요. 제가 뭐라고 말해주는 게 좋을까요?"

패니가 와락 울음을 터뜨렸다.

"세상에!" 조지가 외쳤다. "그냥 장난친 거예요. 제 뜻은 그게 아니라……."

"혼자 있게 해줘." 패니는 그렇게 맥없이 말하고는 계속 훌쩍이며 자리에서 일어나 설거지를 시작했다.

"제발, 패니 고모……."

"그냥 혼자 있게 해줘."

조지가 괴로워하며 말했다. "이럴 뜻은 없었어요, 패니 고모! 고모가 이 정도로 예민한 상태인 줄은 몰랐다고요."

"가서 자는 게 좋겠다." 패니는 쓸쓸하게 말하며 설거지를 계속했고, 울기도 계속했다.

"아무튼 이건 그냥 내버려두세요." 조지가 만류했다. "아침에 하인들이 식탁을 정리하게 놔두시라고요."

"싫어."

"아니, 왜 싫은데요?"

"그냥 혼자 있게 해달라고."

"하느님, 맙소사!" 조지는 신음하며 문으로 향했다. 문 앞에서 그가 몸을 돌려 말했다. "저기요, 패니 고모. 오늘 밤에 그 접시들을 신경 쓰시는 건 아무 소용이 없어요. 집사하고 하녀 셋이 있는데 이럴 때 안 써먹으면……."

"그냥 혼자 있게 해주렴."

조지는 그 말에 순순히 따랐다. 계단을 오르는 동안에도 그의 귀에 식당에서 나오는 애처로운 훌쩍거림이 들렸다.

"아, 진짜!" 그는 투덜거리며 자기 방에 도착했다. 조지는 호의적인 농담에도 그토록 예민하게 구는 사람과 같이 산다는 건 우울하기 짝이 없는 일이라고 생각했다. 그는 낮은 음조로 길게 휘파람을 불고는 창문으로 가 어둠 저편에 거대한 실루엣으로 서 있는 할아버지의 저택을 바라보았다. 위층에 조명이 일렁이고 있었다. 방금 도착한 삼촌이 소령과 대화를 나누고 있는 모양이었다.

아래로 흘끗 향한 조지의 시선이 어두침침한 공터에 우연히 머물렀을 때, 생소한 형체들이 희미하게 그의 눈에 들어왔다. 형체는 또렷한 형태가 없는 둔덕처럼 보였다. 하지만 딱히 호기심이 일지 않았기에 하수도 연결부나 수도관이 고장 나서 땅을 파야 했던 것이려니 생각했다. 작업이 오래 걸리지나 않길 바랄 뿐이었다. 아무리 임시라고 해도 도랑과 그 옆에 늘어선 흙 때문에 잔디가 꼴사나워지는 모습을 보기는 싫었다. 하지만 크게 거슬리는 일은 아니어서 조지는 아침에 더자세히 조사해보기로 하고는 차양을 내리고 하품을 한 뒤 옷을 벗기 시작했다.

하지만 아침이 되자 그는 그 일에 대해서는 까맣게 잊어버

렸고, 차양을 올리고 햇빛을 들이면서도 마당 쪽에는 눈길도
주지 않았다. 옷을 다 입고 나서야 그는 창밖을 내다보았고,
시선을 던진 것도 무심코 한 일이었다. 바로 다음 순간 그는
감전이라도 당한 듯 충격에 휩싸인 자세로 경악의 외침을 내
질렀다. 그는 방에서 달려 나와 계단을 뛰어 내려가 정문 밖
으로 뛰쳐나왔고, 파괴된 잔디를 가까이서 보고는 불경한 말
을 조금도 에두르지 않고 바람 한 점 없는 여름 공기 중에 쏟
아내기 시작했다. 어머니의 집과 할아버지의 저택 사이에 주
택 다섯 채의 지하층을 만들기 위한 땅파기 공정이 진행 중
이었는데, 집들 사이의 간격은 몇 미터에 불과했다. 벽돌 토
대가 놓이는 중이었다. 사방에 벽돌과 통나무가 쌓여 있었으
며, 모래 더미가 널려 있었고 모르타르가 깔려 있었다.

그날은 일요일이었고, 따라서 이 훼손 사태에 연루된 일꾼
들은 그들이 분명 받게 되었으리라 짐작되는 대접을 모면할
수 있었다. 하지만 광분한 연설자가 계속해서 독백을 쏟아내
고 있을 때, 플란넬 옷을 입은 한 신사가 구덩이 중 하나에서
올라와 관조하듯 그를 응시했다.

"좀 진정이 됐나, 우리 조카?" 그가 관심 있게 물었다. "그
런 수많은 표현은 어릴 때 배운 게 확실하겠구나. 그런 표현
을 들어본 게 하도 오래전이라 이젠 한물간 말들인 줄 알았
는데."

"욕이 안 나오게 생겼어요?" 조지가 잔뜩 흥분하여 다그쳤
다. "하느님, 세상에. 할아버지는 무슨 생각으로 이런 짓을 하
시는 거예요?"

"내 개인적인 의견으로는." 앰버슨이 진지하게 말했다. "아버지께서는 이 주택들을 지어서 임대 수입을 늘리고 싶어 하시는 듯하구나."

"하느님, 세상에. 할아버지는 이딴 거 말고 다른 방법으로는 수입을 늘릴 수가 없대요?"

"하느님, 세상에. 그러신 것 같다."

"이런 짐승 같은 일이 있나! 이건 망할 타락이에요! 범죄라고요!"

"이게 범죄인지는 잘 모르겠지만." 조지의 삼촌이 판자를 넘어 그에게 오며 말했다. "실수일 수는 있겠구나. 우리가 집에 올 때까지 네 어머니가 이 얘길 네게 안 했지. 졸업식을 망치지 않으려고 말이야. 이저벨은 네가 화를 낼까봐 좀 걱정했단다."

"화를 낸다고! 오, 세상에, 당연히 화를 내죠! 할아버지는 지금 노망이 났어요. 왜 할아버지가 이런 짓을 하게 놔뒀냐고요. 하느님, 세상에……."

"이번에는 하늘에 맡기고 참아보자, 조지. 주일이잖냐. 뭐, 나도 실수라고는 생각한다."

"제 말이요!"

"그래." 앰버슨이 말했다. "나는 아버지가 이런 집을 짓는 대신에 아파트 건물을 올리시길 바랐는데 말이다."

"아파트 건물이요? **여기다가요?**"

"그래, 그게 내 생각이었어."

조지가 절망적으로 두 손을 맞잡았다. "아파트라니! 아, 세상에!"

"걱정할 거 없다! 네 할아버지가 지금은 네 말을 안 듣겠지만, 언젠가는 그때 그 말을 들었으면 좋았을 걸 하고 생각하실 거다. 당신 말씀으로는 사람들이 앞에 풀도 좀 자라고 널찍한 뒷마당도 있는 번듯한 집을 얻을 수 있으면 그런 작고 비참한 아파트에서는 살지 않을 거라고 하시네. 이런 유형의 도시에서는 아파트가 절대 먹히지 않을 거라고 고집부리시는데, 내가 이미 몇몇 아파트는 **잘되고** 있다고 지적하니까 그건 지금은 그냥 신기해서 그럴 뿐이라고, 사람들이 아파트에 익숙해지면 텅 비게 될 거라고 장담하시더라고. 그래서 할아버지가 이 주택들을 짓고 계신 거란다."

"할아버지가 늙어서 인색해지고 계신 건가요?"

"전혀 아니지! 시드니와 어밀리아에게 주신 재산을 보렴!"

"할아버지가 구두쇠라는 뜻은 당연히 아니었어요." 조지가 말했다. "어머니와 제게 정말로 관대하신 건 하늘이 다 아는 일이죠. 하지만 차라리 뭘 좀 **팔지 않고** 대체 왜 이런 일을 벌이시냐는 거냐고요."

"사실은 말이다." 앰버슨이 냉정하게 대꾸했다. "나는 아버지께서 때때로 뭘 좀 파셨다고 믿는단다."

"아니, 도대체." 조지가 외쳤다. "뭐 하러 그러는데요?"

"돈을 마련하려고." 조지의 삼촌이 자상하게 대답했다. "그게 내 결론이지."

"농담하시는 거죠? 아니면 하려고 하시거나!"

"그렇게 보는 게 최선이야." 앰버슨이 사근사근하게 말했다. "그냥 다 농담이려니 하렴. 그나저나 아직 아침을 안 먹었으면……."

"안 먹었죠!"

"내가 너라면 들어가서 뭘 좀 먹겠다. 그리고……." 그가 잠시 말을 멈추더니 표정이 심각해졌다. "내가 너라면 이 문제에 대해 할아버지께 한마디도 하지 않을 거다."

"제가 할아버지께 그런 얘기를 할 수 있다고 생각하지는 않아요." 조지가 말했다. "저도 할아버지께 공손히 굴고 싶어요. 제 할아버지니까요. 하지만 만약 할아버지와 이런 일로 대화한다면 과연 공손하게 굴 수 있을지 모르겠네요!"

밝은 대학 시절을 뒤로하고 떠나자마자 너무도 빨리 인생의 충만한 비극에 진입하고 말았다는 의미가 선명히 드러나는 절망적인 손짓을 하면서, 조지는 씁쓸히 발꿈치를 돌리고는 아침을 먹기 위해 집으로 갔다.

조지의 삼촌은 고개를 한쪽으로 묘하게 기울인 채 온전히 매정하다고는 할 수 없는 시선으로 조카의 뒷모습을 응시하다가 조금 전에 나왔던 구덩이로 다시 내려갔다. 그는 철학자였으므로, 그날 오후 소령과 함께 낡은 마차를 타고 가던 중 큰길에서 조카 조지를 마주쳤을 때도 놀라지 않았다. 조지는 무개 마차를 몰면서 옆 좌석에 루시를 태운 채 날듯이 달렸고, 펜더니스는 삼 분도 채 안 되어 속도를 올리고 있었다.

"기운을 차린 것 같네요." 앰버슨이 입을 열었다. "기운이 펄펄 넘쳐 보이네요."

"뭐라는지 못 들었다."

"아버지 손자 말입니다." 앰버슨이 설명했다. "오늘 아침만 해도 울적해했는데, 지금 우리 옆을 지나칠 때 보니 신이 난 것 같아서요."

"무슨 일로 울적했던 거냐? 대학에서 쓴 돈 때문에 양심의 가책이 들지는 않을 텐데, 안 그러냐?" 소령이 무기력하게, 하지만 꽤 모질게 낄낄거렸다. "걔는 내가 무엇으로 만들어져 있다고 생각하는지 궁금하구나." 그가 성마르게 말을 맺었다.

"금이죠." 소령의 아들이 그렇게 말하고는 부드럽게 덧붙였다. "어떤 신체 부위에 대해서는 그 애 생각이 옳습니다, 아버지."

"어떤 신체 부위인데?"

"심장이요."●

소령이 유감스럽다는 듯 웃었다. "가끔 말이다. 요즘은 그게 얼마나 무거운 건지 설명할 수 있을 것 같다. 이 도시는 네가 방금 얘기한 이 늙은 심장 위를 굴러가고 있는 것 같다, 조지. 심장 위를 데굴데굴 굴러가면서 심장을 땅 밑에 파묻고 있는 것 같다는 말이다! 그 악마 같은 일꾼들이 내 잔디를 파헤치고, 집 주변에서 소리를 질러대고 있다고 생각할 때면……."

"신경 쓰지 마세요, 아버지. 생각도 마시고요. 골치 아픈 일이 있으면 그걸 계속 곱씹지 않는 것도 좋은 생각이에요."

● '고결한 마음'을 갖고 있다는 뜻의 말장난.

"그건 **노력** 안 해도 되더라." 노신사가 웅얼거렸다. "내가 뭐든 오래 기억을 못 한다는 사실을 계속 기억하려고 애쓰고 있지." 소령은 어쩐지 이게 아주 재미있는 생각이라는 확신이 들었고, 그래서 크게 웃으며 손으로 무릎을 쳤다. "이젠 별로 오래 기억도 안 난다, 얘야!" 그는 킬킬거리며 자기 말의 웃기는 대목을 되풀이했다. "별로 오래 기억도 안 나. 별로 오래 나지도 않는다고!"

제17장

　다음 날 아침 손자 조지는 할아버지에게 공손하게 굴었는데, 그는 일요일에 소령이 잠자리에 든 후에도 여러 가지 용무와 약속으로 바쁜 시간을 보냈다. 건물이나 굴착과 관련된 화제는 대화 중에 전혀 나오지 않아서 조지가 자신의 새로운 계획 몇 가지를 가벼운 마음으로 언급하기 전까지는 대화 자리가 즐겁고 활기찼다. 소령도 알다시피 조지는 숙달된 마차 운전자였고, 그래서 그는 이 기술 분야에서 자기의 능숙함을 확장하고 싶은 욕심이 있다고 말했다. 사실을 말하자면, 말 네 필짜리 마차를 몰고픈 포부를 품고 있다는 것이었다. 하지만 소령이 아무 말도 하지 않고 놀란 얼굴로 가만히 앉아만 있자 조지는 자기가 "처음부터 대형 사륜마차에 관심이 있"다는 얘기를 꺼내려는 건 아니라고 말을 이어갔다. 탠덤 마차●

● 말 두 필을 나란히 연결한 마차.

로 시작하는 편이 더 나을 것 같다는 게 조지의 생각이었다. 그는 펜더니스를 선두마로 활약하게 훈련할 수 있다고 확신했다. 조지는 지금 바로 사야 하는 것들은 모두 "꽤 저렴해요. 새 마차하고, 말갖춤하고, 펜더니스에게 어울리는 괜찮은 구렁말 한 필 정도니까"라고 말했다. 말을 돌볼 전담 하인 문제는 신경 쓸 일이 아니었다. 그건 마구간지기 중 하나가 맡아 할 수 있을 터였다.

이 시점에서 소령은 입을 열기로 결심했다. "마구간지기 중 한 명이 그 일을 하면 된다 이거지?" 소령이 물었다. 커다랗게 뜬 두 눈이 손자에게 못 박혀 있었다. "그거참 다행이구나. 지금 있는 마구간지기라고는 한 명뿐이니 말이다, 조지야. 뚱뚱한 톰 영감이 마구간 일을 도맡아 하고 있지. 어제 펜더니스를 데리고 나갈 때 눈치 못 챘니?"

"아, 그건 괜찮아요, 할아버지. 어머니가 하인을 빌려줄 수 있거든요."

"이저벨이?" 노신사가 힘없이 미소를 지었다. "내가 좀 궁금한 게 있는데……." 그가 말을 하다가 멈췄다.

"뭔데요, 할아버지?"

"네가 혹시나 법대에 가고 싶은 마음은 없는지 말이다. 거기를 마칠 수 있는 목돈이라면 기꺼이 챙겨주겠는데."

노인이 노망이라도 든 것처럼 주제에서 벗어나 딴 얘기를 꺼내자 조지는 놀라고 괴로웠다. "법 같은 건 전혀 관심이 없어요." 그가 말했다. "법은 좋아하지도 않고, 그쪽 직업을 가진 사람이 된다는 생각에는 조금도 끌리지 않는다고요. 제가 알기로는 가문 사람 중에 누구도 그런 일에 흥미를 보인 적이 없는데, 제가 첫 번째가 될 생각은 전혀 없어요. 저는 지금 탠덤 마차 모는 이야기를 하던 중인데……."

"그러고 있던 건 안다." 소령이 차분히 말했다.

조지는 상처받은 얼굴이 되었다. "죄송해요. 할아버지께서 이런 생각에 관심이 없으시다면 당연히……." 그러더니 나가려고 자리에서 일어났다.

소령이 떨리는 손으로 머리를 쓸어 넘기며 한숨을 푹 쉬었다. "나는…… 나는 네게 안 된다고 하고 싶지는 않다, 조지." 그가 말했다. "네가 원하는 걸 내가 안 된다고 한 일이 자주 있었는지 모르겠구나. 이유만 합당하면……."

"할아버지께선 언제나 제게 더할 나위 없이 관대하셨죠." 조지가 얼른 끼어들었다. "그러니 만약 새 마차에 관한 생각이 마음에 와닿지 않으신다면, 뭐, 당연히……." 그러면서 그는 손을 휘저으며 마차 얘기를 늠름하게 기각했다.

소령의 괴로움은 누가 봐도 분명했다. "조지야, 나도 해주고는 싶다만…… 그런 마차는 몰기 위험할 거라는 생각이 들었단다. 게다가 네 어미도 불안해할 테고. 그 애는……."

"아뇨, 할아버지. 그렇게 생각하지 않아요. 어머니는 그러는 게 차라리 낫겠다고 생각해요. 저를 야외에 못 나가게 하는 데 도움이 될 거라면서요. 하지만 만약 할아버지 재정 상태가……."

"아, 그렇게 나쁘진 않단다." 노신사가 서둘러 말했다. "그런 생각은 전혀 안 해." 그러면서 그는 편치 않게 웃었다. "새로 말 한두 필쯤 살 돈은 댈 수 있을 거다. 필요하다면 말이다……."

"제가 알아듣기로는 할아버지께서 말씀하신 게……."

소령이 허공에 손을 휘휘 내저었다. "아, 불필요한 데서 경비를 약간 절감한 것뿐이다. 마구간에 게으른 검둥이들이 떼로 있어봤자 얻는 것도 없고, 남는 땅도 많은데 무익하게 놀리느니 임대라도 줘서 우리에게 도움이 되는 편이 나으니까. 그러니 네가 그 마차를 그렇게 원한다면……."

"걱정하실 만큼 중요한 일은 아니에요. 진짜로요. 당연하죠."

"그럼 가을까지만 기다리면 어떻겠냐." 소령이 안도한 어조로 말했다. "가을에 이 문제를 처리하기로 하자. 그때까지도 네 마음에 마차가 있다면 말이다. 그편이 훨씬 낫겠어. 9월쯤에, 아니 10월쯤에 나한테 다시 말해주렴. 그때 뭘 할 수 있을지 보자." 그가 기쁜 듯 손을 문질렀다. "그때 마차에 대해 할 수 있는 일이 뭐가 있는지 보자꾸나, 조지야. 그때는 알 수 있을 거다."

어머니에게 이 대화를 보고할 때, 조지는 유감스럽다 싶을 정도로 유머 감각을 발휘했다. "노인네가 정말 크게 기운을 차리더라고요." 그가 어머니에게 말했다. "어머니가 봤으면 할아버지가 정말로 마음의 짐을 덜었나보다 싶었을걸요. **저를** 완벽하게 바로잡았다고 생각하는 것 같았어요. 그 순간에는 제가 탠덤을 몰면서 서재를 돌고 있었던 거나 매한가지라고 생각하는 것 같았으니까요! 저야 당연히 할아버지가 구두쇠가 아닌 걸 잘 알죠. 그렇긴 해도 돈을 꽤 아끼려는 게 분명하다는 생각이 안 들 수 없더라고요. 물가가 예전보다 올랐다는 건 알지만, 할아버지도 예전보다 몇천은 덜 쓰고, **우리도** 항상 쓰던 것보다 더 쓸 수는 없는 상황이잖아요. 그 돈이 다 어디로 가는 거죠? 조지 삼촌 말로는 할아버지가 재산 일부를 팔았다는데, 그건 좀 이상해 보여요. 만약 할아버지가 진짜로 '부동산만 있는 가난뱅이'라면 당연히 우리는 지금보다 더 아껴 써야죠. 그래야 할아버지에게 도움이 될 테니까. 탠덤이 좀 비싸 보이면 **저는** 지금 그걸 포기해도 아무렇지 않아요. 할아버지가 원하는 곳에 은행 잔고를 쌓아둘 때까지 전적으로 조용하게 살 용의가 있다고요. 그런데 내가 어렴풋이 의심이 간단 말이에요. 할아버지가 인색해지고 있다는 게 아니라(그건 절대 아니죠) 나이가 들다보니 돈 문제에 소심해지기 시작한 게 아닌가 싶다고요. 이건 확실해요. 할아버지는 조금씩 이상해지고 있어요. 한 주제에 오래 집중하질 못해요. 뭔가에 대해 한창 얘기하는 중에 다른 데로 빠진다니까요. 할아버지가 다른 사람들이 짐작하는 것보다 훨씬 더 부유하다는 사실이 밝혀져도 저는 놀라지 않을 거예요. 할아버지가 팔았다는 게 정부 채권으로 바뀌었거나 심지어 개인 안전 금고 안에 들어가 있을 가능성이 충분하고도 남는다고요. 제가 대학 다닐 때 알던 친구한테 딱 그런 늙은 삼촌이 있었거든요. 먼지만큼이나 가난하다고 온 가족이 생각하도록 해놓고는 700만 달러를 남겼더라고요. 사람이 늙으면 진짜로 이상해지는 경우가 가끔 있어요. 할아버지가 예전처럼 행동하지 않는 것도 확실하고요. 요즘에 사람이 완전히 달라진 것 같다니까요. 예를 들어 저보고는 자기 생각엔 탠덤을 몰고 다니는 게 위험할 수도 있다고 하잖아요…….”

“아버지가 그러셨다고?” 이저벨이 얼른 물었다. “그렇다면 다행이네. 할아버지도 네가 탠덤을 몰지 말았으면 하시는 거잖아. 나는 정말 상상도…….”

“그렇지 않다니까요. 조금도 위험하지 않…….”

이저벨에게 멋진 생각이 떠올랐다. “조지! 탠덤 대신에 유진이 만든 자동차를 한 대 사는 게 재미있지 않을까?”

“아닐 것 같은데요. 물론 그것도 꽤 빨라요. 그런 물건을 몰고 다니는 게 오락이 될 가능성이 커지고 있긴 하고, 사람들도 그런 걸 타고 전국을 돌아다니긴 하죠. 하지만 지저분한 물건이에요. 툭하면 고장이 나니까 맨날 진창에 등을 대고 눕게 되잖아요. 또…….”

“오, 아냐.” 이저벨이 열성적으로 아들의 말을 끊었다. “눈치 못 챘니? 요즘은 그러는 사람들이 2~3년 전만큼 그렇게 많이 눈에 띄지 않아. 그러는 경우가 있긴 한데, 유진 말로는 열에 아홉은 자동차가 구형이어서래. 지금 자동차를 만드는 방식으로는 상부에서 대부분의 기계 부품을 확인할 수 있대. 너도 분명 관심이 있을 거야, 얘야.”

조지는 여전히 시큰둥했다. “뭐, 그럴 수도 있지만…… 그럴 생각은 별로 안 드네요. 진짜로 상당히 많은 사람이 그걸 타기 시작했다는 건 알아요. 하지만 여전히…….”

“‘하지만 여전히’ 뭐?” 그가 말을 멈추자 이저벨이 말했다.

“하지만 여전히…… 저기, 제가 좀 구식에 까다롭게 구는

것도 같지만, 엔진을 운전하는 사람이 된다는 게 제겐 전혀
끌리는 일이 아닐 것 같아요, 어머니. 신나는 일이고, 저도 거
기 끼면 좋긴 하겠지만, 엄밀히 말해 제게는 그게 신사가 해
야 할 일처럼 보이지 않는다는 거죠. 작업 바지에 멍키 렌치
에 기름투성이잖아요!"

"하지만 유진 말로는 사람들이 그런 일을 모두 대신해줄 정
비사를 고용하고 있다던데. 마부를 쓰던 것과 똑같이 그 사람
들을 쓰기 시작했다는 거야. 정비사가 점점 어엿한 직업이 되
어가고 있대."

"당연히 그건 알아요, 어머니. 하지만 제가 그 정비사들을
몇 명 봤는데 썩 만족스럽지 않더라고요. 일단 그 사람들 대
부분이 기계를 이해하는 척만 하고 있어서 인적 하나 없는
먼 곳에서 차가 고장 나게 하더라고요. 그러니 이 친구들의
쓸모라고는 농부를 물색해서 차를 끌고 올 말을 빌리는 것밖
에 없는 셈이죠. 대학에서 만난 경험 많은 친구들이 말해주는
데 엔진을 제대로 이해할 줄 아는 정비사들은 하인으로서의
훈련은 전혀 안 받는대요. 아주 끔찍한 사람들인 거죠! 자기
들 좋을 대로 아무 말이나 하고, 가문 사람들에게도 '여보쇼!'
같은 소리를 내뱉는 일이 비일비재하다는 거예요. 아녜요, 저
는 9월까지 탠덤이나 기다리는 편이 낫겠어요, 어머니."

말은 그렇게 했지만 조지는 9월까지 기다리는 동안 가끔
자동차 탑승을 승낙했고, 종종 유진의 자동차 중 하나를 타
고 루시와 그녀의 아버지와 함께 드라이브했다. 심지어 어머
니와 패니를 에스코트하여 공장을 돌아보는 일까지 스스로

에게 허락하기도 했다. 공장은 한창 성장하는 중으로, 도장 (塗裝) 부문 책임자가 방문객들에게 알려준 바에 따르면 현재 "하루에 자동차 1과 4분의 1대를 만들어내고" 있었다. 조지는 공장에서 이보다 더 따분해할 수 없었지만 그의 어머니는 모든 것에 열렬한 관심을 보이면서 모든 기계장치에 관해 설명을 듣고 싶어 했다. 대부분의 설명을 담당한 이는 루시였고, 그동안 그녀의 아버지는 그 모습을 가만히 바라보다가 루시가 실수를 저지르면 웃었으며, 패니는 조지와 함께 뒤에 남아 조지의 따분함을 압도하는 음울함을 뿜어냈다.

유진이 공장에서 사람들을 데리고 나와 새로 생긴 레스토랑에 점심을 먹으러 갔다. 이제 막 개업한 곳이었는데, 이저벨은 레스토랑이 풍기는 대도시의 분위기에 깜짝 놀랐다. 조지가 귓속말로 그녀를 놀렸지만 이저벨은 기쁨에 넘치는 외침으로 모든 것에 찬사를 바쳤고, 그녀의 쾌활함 덕에 유진이 마련한 그 소소한 식사 자리는 거의 축제가 되었다.

조지의 권태감도 저도 모르게 사라져서 그는 무척이나 들떠 있는 어머니를 보며 웃었다. "온천수가 사람 머리까지 갈 수 있을 줄은 몰랐는데요." 그가 말했다. "아니면 여기가 온천 같은 장소일지도 모르고요. 마음이 울적해질 때마다 시내 어딘가에 새 레스토랑을 열게 하는 것도 괜찮겠어요."

패니가 조지에게 고개를 돌리며 힘없이 미소를 지었다. "오, **네 어머니**는 '마음이 울적한' 사람이 아니란다, 조지." 그녀는 그렇게 말하고는 자기 발언이 불쾌할 정도로 의미심장하게 여겨질까 두렵다는 듯 덧붙였다. "나는 저렇게 한결같은 성격을 가진 사람을 본 적이 없어. 나도 저럴 수 있으면 얼마나 좋을까!" 나중에 덧붙인 말의 어조는 본인이 의도했던 것만큼 열성적이지는 않았지만, 그래도 꽤 상냥해 보이는 효과를 만드는 데는 성공했다.

"그건 아냐." 이저벨이 패니의 말을 못 들은 척하며 조지가 꺼낸 얘기로 되돌아갔다. "내가 아무것도 아닌 일에도 웃게 되는 건 유진의 공장 덕택이란다. 오랜 친구가 그런 구상을(사람들 대부분이 그 구상 때문에 그를 비웃었는데 말이야) 뚝딱 해내는 걸 보고 기분 좋지 않을 사람이 있겠니? 그 사람이 자기 구상을 그렇게 바삐 돌아가는 멋진 공장의 모습으로 일궈놓았는데 그 사람의 오랜 친구라면 기쁘지 않을 도리가 없잖니? 온통 금속으로 번쩍이고, 계속 철컥철컥 분주하게 돌아가잖아. 거기서 일하는 사람들은 또 어떻고. 하나같이 근육이 우락부락한데도 정말 지적으로 보이지 않아?"

"들어보세요! 들어보시라고요!" 조지가 박수갈채를 보냈다. "우리 중에 웅변가 숙녀가 계셨네요. 웨이터들이 불편해하지 않았으면 좋겠네."

이저벨은 기가 꺾이지 않고 웃었다. "그런 모습을 본다는 건 정말 멋진 일이야." 그녀가 말했다. "우리 모두를 기쁘게 한다고요, 친애하는 우리 유진!"

그녀는 작은 식탁 건너편에 앉은 유진에게 과감한 몸짓으로 손을 쭉 뻗었다. 유진은 얼른 그 몸짓을 받으며 그녀에게 계속 웃음을 머금는 표정을 지어 보이려 했지만, 그 표정은 감정에 북받칠 듯한 감사함 앞에 저도 모르게 사라지고 말았다. 하지만 이저벨은 손을 뻗자마자 패니에게 고개를 돌려 말했다. "저이에게 손을 내줘요, 패니." 그녀가 쾌활하게 말했고, 패니는 기계적으로 그 말에 복종했다. "이거 봐요!" 이저벨이 외쳤다. "조지 오빠가 여기 있었다면 유진은 가장 친하고 오래된 친구 세 명에게서 동시에 축하를 받았겠죠. 하지만 우리는 조지 오빠가 이 일을 어떻게 생각하는지 잘 알죠. 정말 멋져요, 유진!"

만약 그녀의 오빠인 조지가 그 작은 식탁에 같이 있었다면, 아마도 그는 여동생에 대한 자신의 생각을 사람들에게 알렸을 것이다. 왜냐하면 바로 지금 한창 동생이 '딱 열네 살'처럼 보이는 '순간'에 있다고 생각했을 게 틀림없으니 말이다. 그때 루시가 앰버슨의 대리인 역할이라도 하는 건지 조지에게 몸을 기울여 속삭였다. "**저렇게** 사랑스러운 모습을 본 적 있어요?"

"뭐가 사랑스럽다고요?" 조지가 되물었다. 못 알아들어서가 아니라 딱 붙어 속삭이는 이 기분 좋은 상황을 오래 끌고 싶어서였다.

"당신 어머니요! 어머니가 저러시는 걸 생각해봐요! 정말 사랑스러운 분이세요! 그리고 아빠는……" 이 대목에서 그녀는 웃음이 터지려는 걸 완전히 억누르지 못했다. "아빠는 폭발해버리든가 크게 흐느끼든가 할 것 같은 얼굴이에요!"

하지만 유진은 자기 이목구비를 잘 다스렸고, 그의 얼굴은 다시 예의 그 우려하는 듯한 표정으로 돌아갔다. "제가 시를 쓰곤 했죠." 그가 말했다. "기억할지 모르겠지만……"

"그럼요." 이저벨이 부드럽게 끼어들었다. "기억하죠."

"20년 정도는 글을 쓴 기억이 없어요." 그가 계속 말했다. "하지만 다시 써볼 수도 있겠다는 생각이 드네요. 단순한 공장 방문에 불과했던 일을 이렇게 멋진 축제로 바꿔준 데 대해 당신께 감사하는 뜻에서 말이죠."

"어머나!" 루시가 키득거리며 속삭였다. "두 분 정말 감상적이지 않아요?"

"저 나이대 사람들이 그렇죠." 조지가 대꾸했다. "모든 것에 감상적이죠. 공장이건 레스토랑이건 뭐든 아무 상관이 없다니까요!"

그러자 두 사람 모두 발작적인 웃음이 터져 나왔지만, 이저벨이 레스토랑을 나서려 자리에서 일어날 때 함께 일어서면서 겨우겨우 웃음을 감출 수 있었다.

사람들이 붐비는 바깥 거리에서 조지는 루시를 도와 자신의 소형 무개 마차에 태운 뒤, 이저벨과 패니를 자기 차 뒷좌석에 앉혀놓고는 엔진과 한창 씨름 중인 유진에게 의기양양하게 손을 흔들어 비웃음을 날리며 마차를 몰고 떠났다. "푼돈 벌려고 손풍금을 열심히 연주하는 사람 같아 보이네요." 마차가 골목을 돌아 내셔널 거리로 들어설 때 조지가 말했다. "나는 계속 말을 타고 다닐 거예요. 어느 때건 간에."

약 반 시간쯤 뒤 트인 길로 나왔을 때 그의 자신만만함은 아까만 못하게 되었다. 그의 뒤에서 경적이 울렸는데, 그 소리가 미처 사라지기도 전에 유진의 차가 마치 한 번에 크게 도약이라도 한 듯 따라붙더니 마차를 앞지르는 것과 거의 동시에 시야에서 멀어져갔던 것이다. 그 와중에 검은 장갑을 낀 손에 들린 레이스 달린 손수건이 미끄러지듯 섬세하게 앞으로 나아가면서 온화하게 조소라도 하듯 펄럭이다가 그냥 하얀 점이 되더니 눈앞에서 완전히 모습을 감췄다.

조지는 의심할 바 없이 깊은 감명을 받았다. "당신 아버지는 진짜로 운전하는 법을 아는군요." 정말로 근사한 질주에 그는 인정할 수밖에 없었다. "물론 펜더니스가 예전처럼 젊지는 않고, 나도 당신 아버지를 너무 세게 몰아붙이고 싶지는 않아요. 나만 해도 그런 기계를 도로에서 그렇게 다룰 수 있으면 참 좋겠거든요. 크랭크를 돌릴 일도 없고, 엔진과 씨름할 일도 없이 다 제대로 갖춰져 있기만 하다면 말이죠. 뭐, 아무튼 오늘 점심 식사는 참 재미있게 즐겼어요, 루시."

"샐러드를요?"

"아뇨, 당신이 나한테 귓속말한 거요."

"아첨도 참!"

조지는 그 말에는 대꾸하지 않았지만 펜더니스의 속도를 줄여 말을 걸도록 했다. 그러자 루시가 얼른 항의했다. "오, 그러지 마요!"

"왜요? 얘가 빨리빨리 달렸으면 좋겠어요?"

"아뇨, 하지만……."

"'아뇨, 하지만…….' 뭐요?"

그녀가 눈에 띄게 진지한 목소리로 말했다. "내가 안다고요. 나한테 다시 청…… 청혼하는 데 온 정신을 집중할 생각으로 말을 걸게 한다는 걸요!"

그녀가 그렇게 말하며 지나칠 정도로 상기된 얼굴을 조지에게 돌리자 조지는 "세상에나! 당신 작은 마녀 같아요!"라고 외쳤다.

"조지, **당장** 펜더니스를 다시 달리게 해요!"

"그렇게는 못 해요!"

그녀가 말을 향해 혀를 쯧쯧 차며 말했다. "정신 차려, 펜더니스! 달려! 가자고! 얼른 출발하라니까!"

펜더니스는 들은 척도 하지 않았다. 말에게 그녀는 아무 의미도 없는 존재였으니까. 조지가 애정을 듬뿍 담아 그녀를 놀렸다. "당신은 이 세상에서 가장 어여쁜 사람이에요, 루시!" 그가 외쳤다. "겨울에 모피 차림으로 뺨이 빨갛던 당신을 보았을 때도 당신이 제일 예쁘다고 생각했는데, 여름에 밀짚모자를 쓰고, 블라우스와 덕 스커트를 입고, 하얀 장갑을 끼고, 은 버클이 달린 작은 슬리퍼를 신고, 장밋빛 파라솔을 든 당신의 뺨이 빨갛지는 않지만 발그레하게 빛나는 걸 보니 겨울에 내가 틀렸었다는 걸 확실히 알겠어요! 언제쯤 '거의'라는 말을 빼버리고 우리가 진짜로 약혼했다고 말할 건가요?"

"어, **몇 년간은** 안 돼요! 그게 대답이에요. 그러니 다시 달려요."

하지만 조지는 굴하지 않았다. 더군다나 그는 몇 분 사이에 이미 진지해진 터였다. "알고 싶어요." 그가 말했다. "진심으로 말하는 거예요."

"우리 심각해지지 말아요, 조지." 그녀가 간곡히 애원했다. "재미있는 얘기를 하자고요."

조지는 기분이 약간 상했다. "그렇다면 내가 당신과 결혼하고 싶어 한다는 사실을 안다는 게 당신한테는 재미없는 얘기란 소린가요?"

이 말에 루시는 조지가 그래주길 바랐을 바로 그런 정도만큼 심각해졌다. 그녀의 시선이 아래를 향했다. 입술은 울음을 막 터뜨리려는 아이처럼 떨렸다. 그녀가 불쑥 자기 손을 그의 손 위에 아주 잠깐 얹었다가 얼른 뒤로 뺐다.

"루시!" 그가 까끌까끌한 목소리로 말했다. "자기, 대체 왜 그러는 거예요? 마치 울기라도 할 것 같은 표정이에요." 그가 애처롭게 말을 이었다. "내가 당신에게 나와의 결혼 문제를 이야기해보라고 할 때마다 늘 그러잖아요."

"저도 알아요." 그녀가 중얼거렸다.

"근데 왜 그래요?"

그녀의 눈꺼풀이 떨렸다. 그러더니 그녀가 심상찮은 슬픔을 품고 고개를 들어 그를 보았다. 두 눈에 눈물이 아슬아슬 떨어질 듯 말 듯 맺혀 있었다. "그러는 이유 중 하나는 결혼이 절대 이뤄지지 않을 것 같다는 느낌이 들기 때문이에요."

"왜요?"

"그냥 느낌이 그래요."

"아무 이유도 없다는 거잖아요. 그게 아니라면……."

"그냥 느낌이 그렇다고요."

"뭐, 그게 다라면." 조지는 안심하여 자신만만하게 웃으며 말했다. "그건 별로 큰 문제가 될 리 없는 것 같군요!" 하지만 곧 그는 다시 진지해지면서 말투도 논증할 때처럼 바꿨다.

"루시, 당신이 계속 '거의'에 매달리는 한 결혼이 이뤄질 기회가 생겨나기는 하겠어요? 당신이 나와 진짜로 약혼하지는 않겠다는 게 우리 사이에 놓인 기본적인 입장인데, 그냥 '느낌'이 그렇다는 게 비합리적이라고 생각하지 않아요? 그건 정말 터무니없게 보인다고요! 결혼하고 싶을 만큼 나를 **좋아하지** 않는 거 아니에요?"

그녀는 애처로울 만큼 난처해하며 다시 시선을 떨구었다. "아니에요."

"앞으로도 늘 내게 별로 신경을 쓰지 않을 작정인가요?"

"나는…… 쓸 거예요. 그럴 거예요, 조지. 저는 뭘 크게 바꾸고 사는 사람이 아니에요."

"그렇다면 도대체 왜 '거의'라는 말을 빼지 않으려는 거죠?"

그녀는 점점 더 심하게 괴로워했다. "모든 게…… 모든 게요……."

"'모든 게' 뭐가 어쨌길래요?"

"모든 게 정말…… 정말 불안정해서요."

이 말에 그는 인내심을 잃어 소리를 치고 말았다. "당신이 세상에서 제일 이상한 여자가 아니라면 말 좀 해봐요! 대체 **뭐가** '불안정'하다는 겁니까?"

"음, 우선." 그녀는 그의 분노 앞에서도 미소를 지으며 말할 수 있었다. "당신은 아직도 무슨 일을 할지 정하질 않았어요. 혹시 정했는지는 모르겠지만, 적어도 그런 얘기를 꺼낸 적은 한 번도 없죠."

루시는 그렇게 말하며 희망 섞인 탐색이라도 하는 양 곁눈질로 그를 재빨리 보다가 만족스럽지 못한 듯 눈길을 돌렸다. 그녀의 동행은 얼굴에 놀람과 불만을 보란 듯이 드러냈고, 대답하기 전 의미심장한 침묵의 시간이 흘러가도록 한참 뜸을 들였다. "루시." 마침내 그가 싸늘한 위엄을 풍기며 말했다. "당신에게 몇 가지 질문을 해야겠어요."

"그래요?"

"첫 번째 질문은 이거예요. 내가 사업을 하거나 직업을 가질 의향이 없다는 사실을 당신은 완벽하게 제대로 이해하지 못한 건가요?"

"확신은 못 했어요." 그녀가 부드럽게 말했다. "정말 몰랐어요……. 잘은요."

"그렇다면 분명하게 말해줘야 할 때가 됐군요. 나는 남자가 자신의 지위와 가문이 일할 필요가 없는 위치에 속해 있는데도 무역을 하거나 변호사가 되거나, 아무튼 그런 일을 하는 경우를 본 일이 지금껏 한 번도 없었어요. 당신도 잘 알겠지만, 동부에는(사실 이 문제와 관련해서는 남부도 마찬가지긴 하죠) 이런 지역에 별다른 가문이나 지위나 문화가 없다고 생각하는 사람이 많아요. 나도 그런 촌구석 속물을 많이 만나봤는데, 참으로 짜증스러운 사람들이죠. 대학 때 내 패거리에 있던 사람 중 한두 명은 집안이 삼대째 본인들 수입으로 먹고살았는데, 이 동네에 자기네 급이 되는 대단한 사람이 있을 거라고는 꿈도 꾸지 못했어요. 나는 그 녀석들한테 시작부터 한두 가지를 보여줘야 했죠. 녀석들은 그걸 절대 잊지 못할 거예요! 뭐, 내 생각엔 그런 치들이 삼대째 내려오는 집안이 다른 데만큼이나 여기서도 의미가 **있을 수** 있다는 사실을 깨달은 때였던 거죠. 이게 내가 이 문제에 대해 느끼는 바이고, 정말 깊이 절감하고 있다는 사실을 당신에게 얘기해줘야겠네요!"

"하지만 그럼 당신은 뭘 **하겠다는** 건가요, 조지?" 그녀가 외쳤다.

조지의 진지함이 루시의 진지함을 뛰어넘었다. 그의 얼굴은 붉게 달아올랐고 숨결에는 감정이 차올랐다. 꾸밈없이 진솔하게 고백하는 동안 조지는 자기가 하는 말을 스스로 '깊이 절감'했고, 실제로 그의 상태는 거의 전율에 근접했다. "나는 고결한 삶을 살게 될 거예요." 그가 말했다. "내 몫을 자선단체에 기부하고 운…… 운동에 참여할 거예요."

"무슨 운동이요?"

"내 마음을 끄는 거라면 뭐든지요." 그가 말했다.

루시는 비통한 놀라움을 품고 그를 쳐다보았다. "하지만 진심으로 본업도, 직업도 **전혀** 갖지 않겠다는 건가요?"

"절대 안 갖죠!" 조지는 즉시 힘주어 대꾸했다.

"그럴까봐 걱정했던 거예요." 그녀가 낮은 목소리로 말했다.

조지는 재차 침묵하면서 뜸을 들이는 동안 계속 심호흡했다. 그런 다음 그가 말했다. "괜찮다면 내가 당신에게 묻던 그 질문들로 되돌아가야겠는데요."

"아뇨, 조지. 제 생각엔 우리는 그것보다는……."

"당신 아버지가 사업가이긴 하지만……."

"아빠는 기계의 천재예요." 루시가 얼른 말을 끊었다. "당연

252 |

히 둘 다죠. 한때는 변호사이기도 했고요. 온갖 일을 다 해보셨다고요."

"좋아요. 내가 뭔가 일을 '해야' 한다고 당신이 생각하는 게 당신 아버지의 영향인지 그냥 한번 묻고 싶군요."

루시가 미간을 살짝 찌푸렸다. "뭐, 내가 생각하거나 말하는 대부분이 어떤 식으로건 아빠에게 빚진 건 분명하다고 생각해요. 오랫동안 우리는 서로 말고는 아무도 없었고, 그래서 늘 생각을 비슷하게 하니까요. 그래서 물론……."

"이제 알겠다!" 조지의 낯빛이 분노로 흐려졌다. "그렇게 된 거군요. 그렇죠? 내가 사업을 해야 하고, 그래야 당신이 나랑 약혼하겠다는 건 당신 아버지의 생각이군요."

루시는 놀라서 움찔했지만, 재빨리 부정했다. "아니에요! 이 문제로 아버지와 얘기한 적은 한 번도 없어요! 절대로!"

조지는 그녀를 예리하게 바라보았고, 진실과 그리 멀지 않은 결론에 도달했다. "하지만 아버지에게 얘기하지는 않는다고 해도 그게 당신 아버지가 생각하는 바라는 사실은 알고 있잖아요? 그런 얘긴데."

그녀가 심각하게 고개를 끄덕였다. "그래요."

조지의 낯빛이 점점 더 흐려졌다. "그러니까 당신은." 그가 천천히 말했다. "내가 다른 남자에게 내 삶의 방식을 지시받으면 대단한 남자가 되리라고 생각하는 건가요?"

"조지! 누가 당신에게 '지시'를……."

"내게는 결론이 그렇게 나는데요!" 그가 대꾸했다.

"오, 아니에요! 내가 아는 건 아빠가 여러 가지를 고려한다는 것뿐이에요. 아빠는 당신에 대해 절대, 절대 몰인정하거나 '지시하듯' 말한 적이 없어요." 그녀는 항변하며 손을 치켜들었다. 괴로움에 찬 그녀의 얼굴은 정말 심금을 울려서 조지는 한순간 분노를 잊어버릴 정도였다. 그가 걱정에 찬 그녀의 작은 손을 잡았다.

"루시." 그가 거친 쇳소리를 내며 말했다. "내가 당신을 사랑한다는 걸 알지 않아요?"

"네, 알아요."

"날 사랑하지 않아요?"

"아뇨, 사랑해요."

"그렇다면 당신 아버지가 내가 무언가를 하는 데 대해, 아니면 아무것도 하지 않는 데 대해 어떻게 생각하든 무슨 문제죠? 그분은 그분의 길이 있고, 나는 내 길이 있어요. 나는 온 세상이 접시를 닦고 감자를 팔고 판결을 내리면서 살아간다고 믿지 않아요. 당신 아버지의 가장 친한 친구인 내 삼촌 조지 앰버슨을 보라고요. 삼촌은 살면서 한 번도 일다운 일을 해본 적이 없어요. 그리고……."

"오, 아니에요. 그분은 일을 하셨죠." 그녀가 끼어들었다. "정치인이셨잖아요."

"뭐, 그만두셔서 기뻐요." 조지가 말했다. "정치는 신사가 하기에는 지저분한 일이니까요. 조지 삼촌이 당신에게 직접 말해줄 거예요. 루시, 이 얘기는 더 하지 맙시다. 집에 가면 어머니에게 우리가 약혼했다고 말할게요. 그래도 되겠죠, 자기?"

그녀는 고개를 저었다.

"안 된다는 이유가……."

한순간 그녀는 자기 손을 붙들고 있던 그의 손을 자신의 뺨에 갖다 대었다. "안 돼요." 그녀는 그렇게 말하고는 별안간 그에게 활기를 되찾은 표정을 슬쩍 보여주었다. "그냥 '거의'로 놔두도록 해요."

"그게 당신 아버지가……."

"아, 더 나은 이유 때문이에요!"

조지의 목소리가 흔들렸다. "당신 아버지 때문이 아니라고요?"

"제가 생각하는 아빠의 이상 때문이에요. 그 점에서는 당신 말이 맞아요."

조지가 그녀의 손을 거칠게 뿌리치고는 분노로 눈을 가늘게 떴다. "무슨 말인지 알겠어요." 그가 말했다. "감히 말하는데, 당신 아버지가 내 이상에 관심이 없듯이 나도 더는 당신 아버지의 이상에 관심이 없어요!"

그가 고삐를 죄자 펜더니스는 금세 열심히 달렸다. 조지는 루시의 집 앞에 도착한 뒤 마차에서 뛰어내려 그녀가 내리는 걸 도와주었다. 그들이 헤어질 때도, 펜더니스가 달리기 시작했을 때도 똑같은 침묵이 흘렀다.

제18장

　그날 저녁, 식사가 끝난 뒤 조지는 어머니, 패니 고모와 함께 베란다로 가서 앉았다. 예전에는 여름 저녁에 집 밖으로 나가 앉을 때면 집 옆쪽에 조성된, 소령의 저택 쪽으로 난 야외 테라스를 습관처럼 사용하곤 했다. 하지만 지금 그 사적인 은신처에서는 바짝 붙어 있는 신축 주택의 너무도 휑하고 답답한 풍경만 계속 눈에 들어왔다. 그래서 그들은 딱히 논의할 것도 없이 테라스를 버리고 정문 쪽의 답답하기 그지없는 장소인 로마네스크 양식 석재 구조물로 이동했다.

　그 답답함은 조지의 심경과도 딱 들어맞는 듯했다. 그는 돌기둥에 등을 댄 채로 돌난간의 갓돌에 앉아 있었다. 그의 태도는 편안하지 않고 뻣뻣했으며, 그의 침묵도 편안하지 않고 무거웠다. 그렇지만 좀 떨어진 곳에서 고리버들 의자에 앉아 있는 조지의 어머니와 고모의 눈에는 그가 입은 저녁 의복 정면에 그려진, 하얀색 방패 모양의 뻣뻣한 문장을 제외하고는 그의 모습이 다른 때와 거의 분간이 되지 않았다.

"저녁에 늘 옷을 잘 차려입는 모습이 정말 좋구나, 조지."
그의 어머니가 아들의 곁모습에 계속 눈길을 두며 말했다.
"조지 오빠도 예전에는 항상 그랬고, 아버지도 오랫동안 그
러셨단다. 하지만 두 분 다 오래전에 그러길 그만두셨지. 특
별한 일이 없으면 우리가 더는 그런 모습을 보지 못하는구나
싶어. 연극 무대와 잡지 같은 데서가 아니면 말이야."

조지는 아무 대꾸도 하지 않았고, 이저벨은 대답을 기대하
는 양 잠시 기다린 끝에 침묵을 지키고픈 아들의 기분을 묵
인해주기로 한 듯했다. 그녀는 고개를 돌려 생각에 잠긴 채
거리를 가만히 바라보았다.

그곳 큰길에서는 중부 지역 도시의 저녁 생활이 이미 시작
된 참이었다. 떠오르는 달이 가로수 꼭대기 위에서 밝게 빛났
지만, 머리 위에서 서로 겹치며 거리에 드리워진 가로수 가지
들이 걸러낸 달빛 부스러기들만이 보도블록으로 포장된 길
에 가닿았다. 이 어둠 속에서 둘씩, 셋씩 짝을 지어 조용히 지
나가는 자전거에서 나오는 반딧불 같은 빛이 번쩍였다. 때로
는 한 번에 여남은 명이 나타나 그리 조용하지는 않게, 조그
만 자전거 벨을 찌르릉거리기도 했다. 자전거를 타고 가는 사
람들이 소리를 지르고 웃음을 터뜨렸다. 그러는 동안 이따금
세상에 드러나지 않은 한 쌍의 전문가들이 자전거 핸들 따위
는 참으로 하찮다는 듯 만돌린과 기타를 연주하는 채로 자전
거를 타며 지나가기도 했다. 그들이 연주하는 곡이 재빨리 귀
에 다가오더니 이내 신속히 멀어져갔다. 착실한 늙은 말들이
터벅터벅 끌고 가는 서리 마차가 가볍게 덜거덕거리며 지나

갔고, 무개 마차와 경기용 이륜마차에서 바큇살이 윙윙 돌자 불꽃이 반짝였으며, 달리는 말에게서는 날카로우면서도 단호하게 발굽을 두드려대는 소리가 났다. 그럴 때 광기에 찬 악마 한 대가 마치 평화로운 막사에 총을 쏘아대는 카우보이처럼 멀리서 굉음을 지르며 돌진해 오더니 미쳐 날뛰는 기관총 같이 요란한 소음을 있는 대로 내뿜어대곤 했다. 이 무서운 소리에 서리 마차와 이륜마차 들은 연석 쪽으로 바짝 달라붙었고, 자전거들도 몸을 숨기기 위해 흩어지면서 욕을 해댔다. 그러는 동안 어린아이들은 거리에 있는 자기 개들을 끌어내려고 인도에서 달려 나왔다. 그 물건이 그렇게 포효하며 지나가고 난 뒤에는 혼란스러운 상태가 길게 이어졌다. 그런 다음 분노에 찼던 거리는 잠시 안정을 되찾았다. 또 다른 악마가 나타나기 전까지는 말이다.

"예전보다 훨씬 많이 늘어났군요." 이것들의 출현이 잠시 소강상태에 접어들었을 때 패니 양이 생기 없는 목소리로 논평했다. "이 부분은 유진이 옳아요. 지난여름보다 적어도 서너 배는 더 많아진 것 같거든요. 누더기를 입은 애들이 '말을 타요!'라고 소리치는 것도 요즘에는 전혀 안 들리잖아요. 하지만 내 생각엔 그 사람은 이후에도 이것들이 계속해서 늘어날 거라고 착각하는 것 같아요. 내년 여름에 이것들을 지금보다 더 많이 보게 될 성싶지는 않은데 말이에요."

"어째서요?" 이저벨이 물었다.

"이게 무엇보다 유행에 불과하다는 조지의 의견에 동의하게 됐거든요. 그리고 나는 지금이 바로 그 유행의 정점이 분명하다고 생각해요. 롤러스케이팅이 어떻게 유행했는지 알잖아요. 온 세상 사람이 링크로 몰려가는 듯했죠. 근데 지금은 어린아이 몇몇만 학교에 갈 때나 롤러스케이트를 타거든요. 게다가 사람들이 자동차가 사용되는 걸 허용하지 않을 거예요. 진짜로, 내 생각엔 사람들이 자동차를 규제하는 법을 만들 거예요. 그것들이 자전거와 마차 타기를 망쳐놓는 거 봤잖아요. 사람들은 그게 아주 싫은 듯하더군요! 절대 못 참을걸요. 세상없어도 말이죠! 당연히 유진에게 그런 일이 일어나는 걸 본다면 안타깝겠지만, 자동차 판매를 금지하는 법이 무기 은닉을 금지하는 법과 마찬가지 방식으로 통과된다고 해도 나는 딱히 놀라지 않을 거예요."

"패니!" 그녀의 올케가 외쳤다. "진심으로 하는 말 아니죠?"

"아뇨, 난 진지해요!"

이저벨의 달콤한 웃음소리가 그녀가 앉아 있는 어스름에서 튀어나왔다. "그럼 오늘 오후에 유진에게 드라이브가 즐거웠다고 말했던 건 진심이 아니었어요?"

"그렇게 열정적으로 말하지는 않았는데, 아닌가요?"

"그랬던 것 같기도 하네요. 하지만 유진은 분명 자기가 패니를 기쁘게 해줬다고 생각했을 거예요."

"내가 그 사람에게 날 기쁘게 했다고 생각할 권리를 주진 않은 것 같군요." 패니가 천천히 말했다.

"아니, 왜요? 안 줄 이유가 어디 있어요, 패니?"

패니는 바로 대답하지 않았다. 그러다가 입을 열었을 때 그녀의 목소리는 거의 들리지 않을 정도였지만, 그 목소리는 애

처로움보다는 비난조에 훨씬 더 가까웠다. "나는 말이죠. 지금
누구건 간에 유진이 나를 기쁘게 했다는 생각을 웬만하면 품
지 않으면 좋겠어요. 아직 그럴 때가 아닌 것 같거든요…….
내게는."

이저벨은 그 말에 대꾸하지 않았고, 잠시 어두운 베란다에
서 들리는 것이라고는 패니가 앉아 있는 고리버들 흔들의자
가 삐걱대는 소리뿐이었다. 의자를 점유한 이가 만들어내는
삐걱대는 소리는 평온과 만족을 의미하는 듯 보였지만, 이 중
대한 순간에는 길게 이어지는 인간의 비명이 감정적 혼란을
조금이나마 더 잘 표현할 수 있었을 터다. 그렇긴 해도 그 삐
걱대는 소리에는 그걸 듣는 사람으로서는 한 가지 큰 장점이
있었다. 무시할 수 있다는 점 말이다.

"담배 끊었니, 조지?" 잠시 뒤 이저벨이 입을 열었다.

"아뇨."

"네가 저녁 식사 뒤로 담배를 안 피워서 혹시 끊은 거였으
면 좋겠다 싶었는데. 피우고 싶다면 우린 상관없어."

"아뇨, 괜찮아요."

다시 침묵이 흘렀다. 흔들의자가 삐걱대는 소리만 들릴 뿐
이었다. 그때 나직하지만 분명한 휘파람 소리가 참으로 음악
적으로 〈프라 디아볼로〉의 한 곡을 부드럽게 부르는 게 들렸
다. 삐걱거림이 멈췄다.

"너니, 조지?" 패니가 퉁명스레 물었다.

"제가 뭘요?"

"〈저기 기울어진 바위 위에〉를 휘파람으로 불었어?"

"내가 그랬어요." 이저벨이 말했다.

"아." 패니가 건조하게 말했다.

"방해됐나요?"

"전혀요. 조지가 무슨 일인지는 몰라도 괴로워하고 있다고 생각했는데 저렇게 활기찬 소리를 낼 수가 있는 걸까 궁금했을 뿐이에요." 패니는 그렇게 말하고는 다시 의자를 삐걱거리기 시작했다.

"고모 말이 맞니, 조지?" 조지의 어머니는 얼른 그렇게 물으면서 앉아 있던 의자에서 몸을 앞으로 기울여 어스름 속에 있는 아들을 더 자세히 보려 했다. "네가 저녁을 별로 든든히 먹지 않긴 했는데 나는 그냥 날씨가 따뜻해서 그런가보다 했거든. 무슨 고민이라도 있니?"

"**없어요!**" 조지가 성을 내며 말했다.

"다행이구나. 난 우리가 참 즐거운 하루를 보냈다고 생각했거든. 그렇지 않니?"

"그런 것 같아요." 조지가 중얼거렸고, 만족한 어머니는 의자에 등을 기댔지만, 〈프라 디아볼로〉가 다시 연주되지는 않았다. 잠시 뒤 이저벨은 의자에서 일어나서 계단으로 가 몇 분 동안 거리를 내다보았다. 그러다 그녀의 웃음소리가 희미하게 들렸다.

"지금 뭘 보면서 웃는 거예요?" 패니가 캐묻듯 물었다.

"뭐라고 했어요?" 이저벨은 그렇게 말하면서도 고개를 돌리지 않은 채 그녀의 흥미를 끈 거리 맞은편의 무언가를 계속 관찰했다.

"뭐라고 했느냐면, 지금 뭘 보면서 웃는 거냐고 물었어요."

"아, 뭐냐 하면요!" 이저벨이 다시 웃었다. "뚱뚱한 존슨 부인이 재미있어서요. 존슨 부인은 오페라글라스를 들고 침실 창가에 앉아 내다보는 버릇이 있거든요."

"정말로요?"

"정말이라니까요. 죽은 호두나무를 베었을 때 생긴 틈새로 그 집 창문이 보여요. 존슨 부인이 거리를 이리저리 보기는 하지만, 대부분은 우리 아버지 집과 여기 이쪽을 봐요. 그러다 가끔 저렇게 자기 침실 불을 끄는 걸 잊어버리면 자기가 염탐하고 있는 모습을 온 세상 사람들에게 보여주는 거죠!"

하지만 패니는 이 굉장한 구경거리를 굳이 보려 애쓰지 않고 계속 의자를 삐걱거릴 뿐이었다. "정말 좋은 여자라고 늘 생각했는데." 그녀가 새침하게 말했다.

"좋은 분이죠." 이저벨이 동의했다. "사람 좋고 다정한 노인이세요. 가끔 붙임성이 지나치게 좋지 않나 싶긴 해도요. 그래도 저 낡고 저렴한 오페라글라스가 저분께 우리 집 새 요리사가 어떤 젊은이와 사귀고 있는지 알 수 있는 조용한 기쁨을 준다면 나는 이 문제로 저분을 시샘할 생각이 전혀 없어요! 이리 와서 저 모습을 보고 싶지 않니, 조지?"

"네? 뭐라고요? 어머니가 무슨 말씀을 하시는지 못 들었어요."

"아무것도 아냐." 그녀가 웃었다. "그냥 재미있는 노부인 얘기였단다. 이제 안으로 들어가셨네. 나도 가야겠다. 들어가서 책이라도 읽어야겠어. 집 안이 더 시원하긴 하지만 이젠 밤이 되어도 어디든 더위가 그렇게 심하지 않네. 여름도 다 죽어가고 있어. 일단 계절이 죽기 시작하면 정말 빨리 가."

이저벨이 집 안으로 들어가자 패니는 흔들던 의자를 멈추고 몸을 앞으로 숙여 검은 천을 끌어당기고는 어깨를 감싼 뒤 부르르 떨었다. "네 어머니 있잖아." 그녀가 음울하게 말했다. "어떻게 그런 단어를 쓸 수 있는지, 이상하지 않니?"

"무슨 단어 말씀이세요?" 조지가 물었다.

"'죽는다'느니 '죽어간다'느니 하는 단어 말이야. 네 가여운 아버지가…… 그렇게 된 지 얼마 지나지도 않았는데 그런 단어를 꺼내 쓸 수 있다는 게 나는 이해가 안 가." 그녀가 다시 몸을 떨었다.

"거의 1년 된 일인걸요." 조지가 멍하니 대답하고는 덧붙였다. "제가 보기엔 정작 고모도 그 말을 쓰고 계시는 것 같은데요."

"내가? 절대 아냐!"

"아니에요, 썼어요."

"언제?"

"바로 지금요."

"아!" 패니가 말했다. "네 어머니가 한 말을 내가 똑같이 따라 했다는 거니? 그걸 같은 경우라고 해서는 안 되지, 조지."

조지는 그 점을 토론하는 데는 큰 관심이 없었다. "제 생각에 고모는 다른 사람들에게 어머니가 무정한 사람이라고 설득하지 못할 거예요." 그가 냉담하게 말했다.

"나는 누구도 설득하려고 하지 않아. 그저 내 의견은……

뭐, 그 의견은 혼자만의 비밀로 간직해두는 게 나로서는 현명한 행동일 것 같기는 하구나."

패니는 형세를 관망하듯 잠시 말을 멈췄지만, 그녀가 내심 품었을지 모를 기대, 즉 조지가 그녀더러 현명함 따위는 집어치우고 그 의견을 한번 밝혀보라고 촉구할지도 모른다는 기대는 실현되지 않았다. 그는 그녀에게 등을 돌린 채였고, 다른 문제에 대한 본인의 의견을 생각하기에 여념이 없었다. 자리를 뜨려고 일어서면서 패니는 조금 실망했을지도 모른다.

하지만 떠나기 직전, 그녀는 칸막이 문 걸쇠에 손을 얹은 채 동작을 멈추었다.

"내가 **딱 하나** 바라는 게 있단다." 패니가 말했다. "최소한 윌버 오빠의 일주기 **당일만큼은** 네 어머니가 종일 온전히 애도를 해줬으면 좋겠어!"

가벼운 문이 패니의 등 뒤에서 쟁그랑거리며 닫혔고, 그 소리가 그녀 조카의 신경을 건드렸다. 조지는 고모가 뭐 하러 애꿎은 나무와 철사를 괴롭혀가며 베란다에서 호들갑스럽게 떠나는지 도통 알 수 없었다. 어머니가 장례식에서 썼던 모자에 대해 고모가 몇 가지 흠을 잡았었다는 막연한 기억이 남아 있기는 했다. 고모와의 두서없는 대화 내내 그는 본인의 괴로운 문제로 심각하게 걱정했고, 지금은 자신과 루시 모건 양 사이에서 이루어지는 (상상 속의) 대화에 온통 마음을 빼앗기고 있었다. 조지의 눈앞에 보이는 환영에서 루시는 그의 발아래 몸을 던진 참이었다. '조지, 날 **용서해주어야** 해요!' 그녀가 울부짖었다. '아빠 생각은 완전히 틀렸어요! 아빠에게도 그렇게 얘기했어요. 당신이 마음속 깊은 곳에서 늘 그랬던 것처럼, 지금도 그런 것처럼 저도 아빠를 많이 싫어하게 됐어요. 사실이에요. 조지, 당신을 이해해요. 어머니의 백성이 나의 백성이 되고 어머니의 하느님이 나의 하느님이 되시리니.● 조지, 날 다시 받아주지 않겠어요?'

"루시, 당신이 날 이해한다고 **확신**해요?" 어둠 속에서 조지의 실제 입술이 자기 상상 속에서 전개되는 대화 장면에서 튀어나오는 말들에 조화롭게 맞춰가며 움직였다. 만약 누군가 기둥 뒤에 몸을 숨겨 엿듣고 있었다면 그가 속삭이는 '확신'이라는 단어를 들을 수 있었을 터다. 그의 환상 속에서 그 단어에 주어진 강세는 참으로 가슴 저미는 것이었다. '당신은 나를 이해한다고 말하지만, 정말 그렇다고 **확신**하나요?'

고개를 거의 가슴에 닿을 정도로 숙인 채 흐느끼던 천사 같은 루시가 그 말에 대답했다. '**오**, 정말로 확신해요! 다시는 아버지의 의견에 귀를 기울이지 않겠어요. 심지어 다시는 아버지를 보지 못하게 된다 해도 상관 없어요!'

'그렇다면 당신을 용서하겠소.' 조지가 다정하게 말했다.

이 부드러운 분위기는 한동안, 그러니까 조지가 자기의 상상이 본질적 근거가 현저히 부족한 과정을 통해 만들어진 것

● 〈룻기〉 1장 16절, "룻이 이르되 내게 어머니를 떠나며 어머니를 따르지 말고 돌아가라 강권하지 마옵소서 어머니께서 가시는 곳에 나도 가고 어머니께서 머무시는 곳에서 나도 머물겠나이다 어머니의 백성이 나의 백성이 되고 어머니의 하나님이 나의 하나님이 되시리니"(대한성서공회 개역개정) 참조.

이라는 사실을 깨달았을 때까지 지속되었다. 돌연 그가 발을 획 흔들며 갓돌에서 베란다 바닥으로 내려왔다. "용서는 개뿔!" 루시는 그의 발아래 몸을 던지며 후회할 만큼 굴종적인 사람이 절대 아니었다. 조지는 이 순간에 실제로 그녀가 보이고 있음직한 모습을 그려보았다. 그 상상 속에서 그녀는 자기 집 현관의 하얀 계단에 달빛을 받으며 앉아 있었고, 빨간 머리 프레드와 멍청한 찰리 존슨, 그 외에 네댓 명의 다른 사람이 같이 있었다. 그들 모두 웃고 있었다. 그럴 게 분명했다. 그리고 어떤 멍청이가 기타까지 연주하고 있었다!

조지가 큰 소리로 말했다. "천한 것!"

짓궂지만 너무도 자연스러운 마음의 경향 때문에 그는 조금 전의 즐거웠던 환영이 아니라 지금의 이 환영 속에서 루시의 모습을 훨씬 더 뚜렷이 볼 수 있었다. 한순간 그녀의 모습이 놀랄 만큼 실감 나게, 윤곽과 색깔 모두가 그의 눈앞에 나타났다. 그는 달빛이 그녀가 입은 스커트의 가장자리 장식에서 가물거리며 빛나는 모습을, 다리를 꼰 채 앉아 있는 그녀의 무릎 위와 신고 있는 슬리퍼 끝에서 환하게 빛나는 모습을 보았다. 하얀 계단에 등을 기댄 그녀의 뒤로 푸르스름한 그림자가 독특하게 구부러져 있는 모습을 보았다. 그녀가 몸을 움직이자 새하얀 어깨를 두른 얇은 천에 달린 금속 장식이 물에 젖은 듯 반짝이는 모습을 보았고, 그녀의 검은 머리칼에 희미한 빛이 대칭으로 떨어지는 모습을 보았다. 그녀가 그 지긋지긋한 키니 놈 쪽으로 고개를 돌린 듯 보일 때, 웃고 있는 50센티미터 높이의 옆모습, 매혹적이면서도 분통을 터뜨리게 만드는 그 모습은 그에게는 내어주지 않았던 것이다…….

 "천한 것!" 조지가 돌바닥을 사납게 걸어 다니기 시작했다. "천한 것!" 이 험악한(사람들을 경멸하던 어린 시절부터 그가 애용해온) 단어로 그가 가리키고자 했던 건 루시가 아니라 그의 환영 속에서 그녀를 둘러싼 젊은 남자들이었다. "천한 것!" 그는 다시 한번 크게 말하고 또 말했다.

 "천한 것!"

 조지가 그러고 있던 그 순간에 루시는 아버지와 체스를 두고 있었다. 비록 후회하지는 않았으나, 그녀의 마음 역시 조지가 바랐을 법한 정도로 무거웠다. 하지만 그녀는 유진에게 자신의 심란함을 내비치지 않았고, 유진은 딸에게 세 판을 이겨서 무척 기분이 좋았다. 평소에는 그녀가 그를 이겼으니 말이다.

제19장

다음 날 오후 조지는 혼자 마차를 몰고 가던 중 모건의 자동차를 타고 가던 루시와 그녀의 아버지를 길에서 우연히 마주쳤다. 조지는 모자를 들어 인사하긴 했어도 그들이 지나갈 때 격식을 차린 딱딱한 표정은 조금도 풀지 않았다. 유진은 따뜻이 손을 흔들어주고는 얼른 도로 운전대를 잡았지만, 루시는 그냥 고개만 차분하게 끄덕이고는 조지와 마찬가지로 전혀 미소 짓지 않았다. 그녀는 그다음 일요일 저녁에 열린 소령의 만찬에도 둘 다 참석하라는 말을 들었지만 유진과 동행하지 않았다. 그러지 않아도 만찬 자리는 조지 앰버슨의 부재로 인해 참가 인원도 쾌활함도 줄어든 상황이었다. 유진은 만찬 주최자에게 루시가 학교 친구를 방문하러 먼 곳으로 떠났다고 설명했다.

샘 영감이 식사 준비가 되었음을 알리고자 나타나기 직전에 서재에 전달된 이 정보는 미내퍼 양을 상당히 들뜨게 했다. "이런, 조지야!" 그녀가 조카에게 몸을 돌리며 말했다. "우리에게 말해주지 그랬니?" 그러고는 마치 모종의 음모에 대해 자신은 결백하다는 것을 표현하기라도 하듯 양손을 펼치며 다른 사람들에게 외쳤다. "루시가 어디 갈 예정이라는 얘기를 조지가 우리에게 한마디도 해주지 않았네요!"

"아마 몰랐던 게지." 소령이 자기 짐작을 말했다. "하지만 몰랐다는 얘기를 하려고 했다가는 쓰러져서 울지도 모르겠구나!" 소령이 손자의 어깨를 툭툭 두드리면서 익살맞게 물었다. "그런 거지, 조지?"

조지는 대꾸하지 않았지만 얼굴은 정말로 벌게져서 소령이 낄낄거리다가 웃음보를 터뜨리는 데까지 이를 만했다. 하지만 패니는 조카를 예리하게 관찰한 결과 얼굴의 그 시뻘건 홍조가 속이 쓰려서라기보다는 불같은 분노에 가깝다는 인상을 받았다. 그녀는 그의 눈에서 혼란보다는 원망의 빛이 번득이는 걸 알아차렸고, 벌름거리는 그의 콧구멍이 들리지 않도록 코웃음을 치는 것이 아니라 지독히 동요하고 있다는 사실을 가리키는 것인지도 모르겠다고 보았다. 패니의 호기심은 지금껏 한 번도 모자랐던 적이 없었고, 그 자질은 오빠가 사망한 뒤로 어느 때보다도 날카로워졌다. 조지가 지난주에는 저녁에 늘 집에 있었다는 사실을 그녀는 놓치지 않았고, 유진의 작업장을 방문한 그날 이후로 조지가 혼자 마차를 몰고 다녔다는 사실 역시 의도를 들키지 않은 채 교묘히 질문을 던짐으로써 똑똑히 확인했다.

패니는 저녁 식사 자리에서도 계속 조지를 슬쩍슬쩍 관찰했고, 식사가 마무리될 때쯤 사람들을 불편하게 만든 일 앞에서도 놀라지 않았다. 식후 커피가 도착하고 난 뒤, 소령은 최근 교외 지역에 세워진 경쟁 업체의 자동차 제조 공장이 벌써 전도유망하다며 유진을 놀려대던 중이었다.

"그자들이 자네를 이 사업에서 내몰지도 모르는 거지." 노신사가 말했다. "아니면 당신과 그자들이 우리 나머지 전부를 이 거리에서 몰아낼 수도 있고."

"우리가 그렇게 한다면, 거리를 지금보다 다섯 배 내지는 열 배 길게 늘여서 균형을 맞출 겁니다."

"어쩔 작정으로 그런 말을 하나?"

"중요한 건 도시 중심으로부터 얼마나 멀리 떨어졌느냐가 아니니까요." 유진이 말했다. "중요한 건 중심까지 가는 데 걸리는 시간이죠. 이 도시는 이미 사방으로 뻗어나가는 중입니다. 지금까지는 자전거와 노면전차가 제 몫을 다해왔지만, 자동차는 분명 도시의 거리를 군 경계선까지 뻗어나가게 할 겁니다."

소령은 그 의견에 회의적이었다. "꿈도 야무지시군, 멋진 친구!" 그가 말했다. "자네가 꿈만 꾸고 있다는 게 우리에게는 다행인 일이야. 만약 사람들이 그렇게 멀리까지 이사를 가버리면 구거주지의 부동산 가치도 쭉 펴지면서 아주 납작해질 테니 말이야."

"그럴지도 모르죠." 유진이 인정했다. "동네를 밝고 깨끗하게 계속 가꾸어서 구거주지를 신거주지보다 매력적인 상태로 유지하지 못한다면 말이죠."

"그게 되겠나! 연탄을 쓰는데, 그리고 시 정부가 이따위인데 '밝고 깨끗한' 상태를 어떻게 계속 유지할 수 있겠어?"

"안 되겠죠." 유진이 얼른 대꾸했다. "그리될 가망은 전혀 없습니다. 내셔널 거리에는 벌써 저렴한 하숙집이 들어서고 있어요. 여기 아래 다음 구역에도 두 채가 있고, 그 아래 1킬로미터 거리에도 십여 채가 있죠. 제 친척인 샤론 집안도 자기네 저택을 팔고 시골에 집을 짓고 있고요. 최소한 본인들 말로는 '시골'이라더군요. 아마 거기도 2~3년 안에 도시가 될 겁니다."

"맙소사!" 소령이 짐짓 실망한 척 외쳤다. "당신들의 조그만 제조 공장이 자네의 옛 친구들 신세를 모두 망쳐놓겠군, 유진!"

"제 옛 친구들이 때맞춰 경고 신호를 받아들이지 않는다면, 혹은 매연을 없애거나 새로운 시 정부를 뽑지 못한다면 그리되겠죠. 경고 신호를 받아들일 때 최고의 기회가 생겨난다고 봐야 할 겁니다."

"하, 그래!" 소령이 웃음을 터뜨렸다. "기적을 참으로 크게 믿는구면, 유진. 노면전차와 자전거와 자동차가 기적이라 쳐도 말이지. 그래, 자네 생각으로는 그 사람들이 이 땅의 얼굴을 바꾸고 있다, 이건가?"

"이미 그러고 있습니다, 소령님. 멈추게 할 수 없어요. 자동차는……."

이때 누군가가 유진의 말에 끼어들었다. 조지였다. 그는 식당에 들어온 뒤로 지금껏 한마디도 하지 않았는데, 지금은 크고 독단적인 목소리로, 한갓진 잡소리를 멈추게 한 뒤 문제를 영원히 해결하는 권위자 같은 어조로 입을 열었다.

"자동차는 쓸모없는 골칫거리일 뿐이에요." 그가 말했다.

한순간 침묵이 내려앉았다.

이저벨이 조지를 믿을 수 없다는 듯 빤히 바라보았다. 그녀의 뺨과 관자놀이가 천천히 상기되었다. 반면 패니는 조지를 초롱초롱하게 반짝이는 눈으로 열띠게 바라보았다. 그러나 정작 유진은 자기를 겨눈 그 무뚝뚝함을 대수롭지 않게 여기는 양 그저 조금 놀라고 재미있어하는 듯 보일 뿐이었다. 소령은 진짜로 불편한 기색이었다.

"방금 뭐라고 말했지, 조지?" 손자가 지나치리만큼 또렷이 말했는데도 소령은 그렇게 물었다.

"자동차는 죄다 골칫거리라고 했어요." 조지가 단어뿐 아니라 그 단어를 내뱉은 어조까지 똑같이 반복하며 대답했다. 그가 덧붙였다. "자동차는 성가신 것에 불과해요. 발명되어서는 안 되는 물건이었다고요."

소령이 이마를 찌푸렸다. "모건 씨가 자동차를 제작하고 있고, 자동차를 발명하는 데 큰 역할을 한 사람이라는 사실은 당연히 잊어버리고 한 말이겠구나. 정말로 생각이 없었기에 망정이지 안 그랬으면 모건 씨가 널 아주 무례하다고 생각했겠어."

"그거 유감이네요." 조지가 싸늘하게 말했다. "제가 살아남지 못하려나요."

다시 침묵이 흘렀고, 소령은 경악하여 손자를 멀거니 바라보았다. 그런데 유진은 쾌활하게 웃음을 터뜨리기 시작했다.

"자동차에 대한 조지 군의 생각이 틀렸는지는 장담을 못 하겠군요." 그가 말했다. "전속력으로 앞으로 달리고는 있지만, 자동차는 문명의 측면에서는 한 걸음 후퇴한 것일 수도 있으니 말입니다. 그러니까 영적인 문명 말이에요. 자동차는 이 세상의 아름다움을 증가시키지도 못하고, 인간의 영적인 삶을 풍성하게 해주지 못할지도 모릅니다. 저는 그 점을 확신할 수 없어요. 하지만 자동차는 이미 등장했고, 우리 대부분이 어렴풋이 예상했던 것보다 삶에서 훨씬 큰 변화를 일으키고 있죠. 자동차는 여기 존재하고, 자동차가 일으킨 변화 때문에 외적인 세상은 달라질 겁니다. 자동차는 전쟁의 양상을 바꿀 것이고, 평화의 양상을 바꿀 겁니다. 인간의 정신도 자동차 때문에 미묘하게 바뀔 겁니다. 어떻게 바뀔지 저로서는 짐작할 수 없긴 하지만요. 하지만 내적인 변화가 일어나지 않고서는 자동차가 일으킬 엄청난 규모의 외적인 변화를 감당할 수 없습니다. 그러니 조지 군의 생각이 옳을지 모른다는 거죠. 영적인 차원의 변화가 우리에게 해로울 수도 있습니다. 어쩌면 지금부터 10년에서 20년 후 인간의 내면에서 벌어진 변화를 우리가 볼 수 있다면, 저는 휘발유 엔진을 옹호할 수 없을지도 모를뿐더러 자동차가 '발명되어서는 안 되는 물건'이었다는 조지 군의 의견에 동의해야 할지도 모르죠." 그는 그렇게 말하며 사람 좋게 웃더니 시계를 보고 나서 여기 더 오래 머무르고 싶은 마음은 굴뚝 같지만 선약 때문에 출발할 수밖에 없어 죄송하다고 사과했다. 그런 다음 소령과 악수하고 이저벨, 조지, 패니에게는(세 사람 모두에게 한꺼번에 다정히) 좋은 밤 보내시라는 활기찬 작별 인사를 하고 식탁을 떠났다.

이저벨이 고개를 돌려 의문이 가득한 채 상처 입은 눈길을 아들에게 보냈다. "조지, 얘야!" 그녀가 말했다. "대체 **무슨 생각으로** 그런 말을 한 거니?"

"말한 그대로죠." 조지는 그렇게 대꾸하고는 소령의 시가 중 하나에 불을 붙였다. 태연자약하기 그지없는 그 태도는 완고함(가끔은 태연자약함이라 해도 될 만한)의 정의란 이것이라고 확언해도 좋을 만한 모습이었다.

식탁보 위에 놓인 이저벨의 창백하고 날씬한 손이 섬세한 은제 촛대 중 하나를 이렇다 할 이유 없이 만져댔다. 그녀의 손가락이 떨리는 듯했다. "오, 그 사람 상처받았어!" 그녀가 중얼거렸다.

"그럴 이유가 뭔지 모르겠군요." 조지가 말했다. "제가 **그 사람에** 대해서 뭐라고 한 게 전혀 아니잖아요. 제가 보기엔 상처받지 않은 것 같던데요. 아주 기분이 좋으면 좋았지. 왜 그 사람이 상처받았다고 생각하시는 거예요?"

"난 그 사람을 알아!" 이저벨은 반쯤 속삭이며 그렇게 대답할 뿐이었다.

소령이 하얀 눈썹 아래서 조지를 엄하게 쳐다보았다. "'**그 사람**'에게 한 말은 아니었다, 그런 얘기냐, 조지? 그 말은 우리가 만약 여기에 성직자를 손님으로 초대했는데, 네가 교회란 골칫거리일 뿐이며 절대 만들어져서는 안 되는 것이었다고 말했는데도, 너는 그 성직자가 기분 나빠 하지 않을 것이며 네 말은 개인적인 공격도 아니고 눈치 없는 발언도 아니니 이해해줄 것이라고 기대한다는 소리 같구나. 놀랄 노 자군. 너 정말 어이없는 녀석이야!"

"어떤 면에서 그렇다는 것인지 여쭈어도 될까요, 할아버지?"

"요즘은 우리에게 새로운 종류의 젊은이들이 생겨난 것 같아!" 노신사는 그렇게 대답하며 고개를 설레설레 저었다. "확실히 그거참, 예쁜 여자에게 구애하는 최신 유행 방식이군. 젊은 남자가 굳이 바득바득 애써가면서 여자의 아버지가 하는 사업을 공격해 아버지를 적으로 돌리려 하다니! 놀랄 노자야! 그게 여자를 얻는 최신 방법이라니!"

조지는 분노로 얼굴이 시뻘게져서 그 말을 받아치려는 듯 보였지만 잠시 숨을 고르고 난 다음 평정을 유지했다. 소령에게 대답한 사람은 이저벨이었다. "오, 아니에요!" 그녀가 말했다. "유진은 누구에게도 적이 될 사람이 아니에요. 그럴 수 있는 사람도 아니고요! 절대 조지의 적도 되지 않을 거예요. 그 사람이 상처받았을까 우려스럽지만, 조지가 별생각 없이 그런 말을 한 거라는, 그러니까 그게 유진과 관련된 얘기라는 걸 깨닫지 못한 채로 말했다는 점을 이해 못했을까봐 걱정되지는 않아요."

조지는 다시 한마디 하려는 듯 보이다가 도로 그 충동을 억눌렀다. 그는 주머니에 손을 찔러 넣은 채 의자에 등을 기대고 시가를 뻐끔거리며 고집스레 천장을 빤히 바라보았다.

"뭐, 그래." 조지의 할아버지가 자리에서 일어섰다. "오늘 이 소박한 저녁 식사가 딱히 성공적이지는 않았구나!"

그렇게 말하고는 딸에게 팔을 내밀자 이저벨은 다정히 그 팔을 잡았고, 두 사람이 식당을 떠날 때 이저벨은 그에게 아버지의 소박한 저녁 식사는 항상 즐거웠으며, 한 번도 예외가 없었다고 확신에 차 말했다.

조지는 움직이지 않았다. 이저벨과 소령의 뒤를 따라가던 패니가 식탁을 돌아 조지가 앉은 의자 가까이 다가오더니 걸음을 멈췄다. 하지만 조지는 계속 고도의 태연자약함을 유지하면서 시가를 이 사이에 물고 눈은 천장에 둔 채 고모에게는 전혀 신경 쓰지 않았다. 패니는 이저벨과 소령의 목소리가 복도에서 더는 들리지 않을 때까지 기다렸다. 그런 다음 낮은 목소리로 재빨리 말했는데, 그 목소리는 정말로 열띠어서 불안정할 정도였다.

"조지, 넌 **딱 맞는** 접대 방법을 채택한 거야. 옳은 일을 하는 거라고!"

패니는 그렇게 말한 뒤 종종걸음으로 서둘러 다른 이들의 뒤를 쫓아 나갔다. 그녀가 입은 검은 스커트에서 희미하게 바스락거리는 소리가 났다. 뒤에 남겨진 조지는 어리둥절하기는 했지만, 그렇다고 딱히 그녀가 한 말에 호기심이 일지는 않았다. 그는 이 문제에서 고모가 대체 왜 자기 행동을 승인해주었는지 이해가 되지도 않았고, 그녀가 그러든 말든 거의 신경을 쓰지 않아서 고모의 승인에 어리둥절해하느라 골치 아플 일조차 없었다.

하지만 그는 그다지 기분이 편안하지도 않았고 겉으로 보이는 것처럼 태연자약하지도 않았다. 사실 그는 약간 희열을 느꼈다. 별 힘도 들이지 않고 그 남자의 코를 납작하게 했으니 말이다. 그 남자가 자기 딸에게 끼친 영향력은 조지 앰버슨 미내퍼에 대한, 그리고 조지 앰버슨 미내퍼의 '삶의 이상'에 대한 경멸스러운 비판과 정확히 등가의 것이었다. 루시가 한마디 말도 없이 떠난 건 자기에게 약간의 처벌을 내리려는 의도였으리라고 조지는 짐작했다. 뭐, 그는 사람들이 벌을 주게 놔둘 남자가 아니었다. 그는 그 점을 그들에게 똑똑히 입증할 수 있었다. 그들이 먼저 시작했으니까!

그녀가 갑작스레, 심지어 전화도 없이 출발한 건 그에게는 거의 불손함이나 다름없는 짓거리였다. 아마 그녀는 조지가 이 일을 어떻게 받아들일지 궁금해할 것이다. 심지어 그가 이 소식을 들었을 때 배신감을 느끼며 유감을 표하리라고 생각했을지도 모를 일이었다.

그는 자기가 티 나게 드러낸 것이 바로 이런 생각이었다는 점을 전혀 몰랐다. 그는 자신이 저녁에 해낸 일이 만족스러웠다. 그런데도 그는 마음 한구석이 편치 않았다. 그렇다 해도 조지는 자신의 내면에서 벌어지는 심리적 동요의 원인을 설명할 수는 없었을 것이다. 패니 고모가 굳이 확인해주지 않아도 자기가 '옳은 일을 했을 뿐'이라는 점을 확신하고 있었으니까.

제20장

그날 밤 이저벨이 조지의 방문 앞으로 찾아왔을 때, 그녀는 잘 자라고 입맞춤을 한 뒤에도 손으로 아들의 어깨를 짚은 채 문간에 서서 생각에 잠긴 듯 두 눈을 아래로 내렸다. 취침 인사 말고 뭔가 더 말을 하고 싶다는 소망이 명백히 드러나는 모습이었다. 말을 꺼내려는 태도에서 묻어나는 그녀의 당혹감도 그 못지않게 뚜렷해서 조지는 어머니의 속마음을 간파하고는 다정하게 방문을 열어주었다.

"뭐, 어머님." 그가 관대하게 말했다. "그렇게 걱정스러운 표정 지으실 거 없어요. 모건에게 또 그렇게 눈치 없는 짓은 하지 않을 거니까요. 이제부터는 그냥 그 사람을 피할게요."

이저벨이 고개를 들고 아들의 얼굴을 살폈다. 그녀의 눈에는 아들의 얼굴을 오래도록 바라볼 때 가끔 드러나는 애틋한 곤혹스러움이 담겨 있었다. 그녀는 패니의 방이 있는 쪽 복도를 흘끗 바라보고는 잠시 망설이다가 얼른 안으로 들어와 문을 닫았다.

"애야." 그녀가 말했다. "나한테 말 좀 해주렴. 왜 유진을 좋아하지 않니?"

"아, 저는 그 사람 충분히 좋아해요." 조지는 피식 웃으며 대답하고는 의자에 앉아 신발 끈을 풀기 시작했다. "아주 충분히 좋아한다니까요. 그 사람 수준을 감안하면 말이죠."

"아니잖니, 애야." 그녀가 서둘러 말했다. "맨 처음에 나는 네가 그 사람을 별로 좋아하지 않는다는 느낌을 받았어. 정말로 좋아하지 않는다고 말이야. 가끔 친해 보이기도 했고, 뭔가를 놓고 즐겁고 다정하게 같이 웃기도 해서 나는 내 느낌이 틀렸나보다, 실은 그 사람을 마음에 들어 하나보다, 그렇게 생각했단다. 하지만 오늘 밤에 보니 확신이 들어. 처음 느낌이 옳았다는 걸. 너는 그 사람 싫어해. 이해가 되질 않아, 애야. 문제가 뭔지 알 수가 없어."

"아무 문제 없어요."

당연히 이런 무성의한 선언은 별 무게를 갖지 못했고, 이저벨은 괴로움 가득한 목소리로 계속 말했다. "정말 이상한 일 같아. 특히나 네가 그 사람 딸에게 그런 감정이 있는데."

이 말에 조지는 돌연 신발 끈을 풀다 말고 자리에서 일어났다. "제가 그 사람 딸에게 어떤 감정이 있는데요?" 그가 따지듯 물었다.

"그게, 내가 보기에는…… 마치, 마치……." 이저벨이 겁먹은 듯 말을 꺼냈다. "그렇게 보이긴 해……. 최소한 네가 다른 여자애들에게 눈길을 돌린 적은 없잖아. 그 사람들이 여기 온 이후로는 말이야……. 네가 걔한테 관심이 아주 많은 건 분명해 보였거든. 너희가 아주 좋은 **친구 사이**로 지내온 건 확실하잖아?"

"뭐, 그래서 그게 어쨌는데요?"

"그냥 나도 네 할아버지 생각이랑 같다는 거야. 이해가 안 되는 거지. 어떤 여자애에게 그렇게 관심이 많은데…… 걔 아버지에게는 별로 좋은 감정을 느낄 수 없다는 게."

"뭐, 그렇다면 말씀드리죠." 조지가 천천히 입을 열었다. 정신을 집중하느라 생긴 찌푸리는 표정이 이마에 떠올랐는데, 이는 자기 분석을 위한 심오한 노력에서 비롯된 것이었다. "정확히 그 점에 대해서 많이 생각해본 적은 없지만, 어머니 말씀에 약간의 의미가 있을지도 모른다는 사실은 인정할게요. 진실은, 제가 두 사람을 묶어서 생각해본 적이 없는 것 같다는 거죠. 정확히 말하면 그래요. 최소한 얼마 전까지는 말이에요. 루시에 대해 생각할 때는 항상 루시만, 모건 씨에 대해 생각할 때는 모건 씨만 생각했어요. 그녀를 누군가의 딸이 아니라 그냥 한 명의 사람으로만 생각했던 거죠. 저는 그게 뭐가 그렇게 별나다는 건지 모르겠네요. 예를 들어서 어머니도 자기 아들에 대해 별로 신경 쓰지 않는 친구가 무척 많을 거고……."

"전혀 그렇지 않아!" 이저벨이 얼른 반박했다. "설사 그런 생각을 하는 사람과 알고 지냈다고 해도 나는 절대……."

"그건 됐고요." 조지가 말을 끊었다. "조금 더 설명해볼게요. 제게 친구가 있다고 해서 그 친구의 친지들을 좋아하는 게 제게 부과된 의무라고 생각하지는 않아요. 만약 제가 그 사람들을 좋아하지 않는데 그런 척한다면 제가 위선자인 거죠. 그 친구가 날 좋아하고, 그래서 나와 친구로 지내고 싶다면, 내가 그 친구의 친지들을 좋아하지 않는다는 점도 감수해야 할 거예요. 그게 싫으면 친구를 그만두면 되고요. 저는 이 문제에 대해 위선적으로 행동하기를 거부하는 바입니다. 그게 전부예요. 자, 이제 제가 삶에서 제 행동을 규제하기 위해 선택한 특정 사상이나 이상이 있다고 가정해보죠. 내 친구 중 어떤 이에게 내 이상에 정면으로 반대되는 이상을 가진 친지가 있고, 그 친구가 내 이상보다 친지의 이상을 더 믿는다고 가정해보자고요. 내가 정말로 경멸하는 이상을 취한 사람을 기쁘게 해주려는 이유만으로 내 이상을 포기해야 한다고 생각해요?"

"당연히 아니지, 얘야. 사람들이 자기 이상을 포기할 수야 없지. 하지만 나는 그게 그 작고 사랑스러운 루시와 무슨 관계가 있는지도 모르겠고……."

"그 사람들하고 관계있는 소리라고는 안 했어요." 조지가 말을 끊었다. "그냥 특정한 예를 하나 들어봤던 거예요. 한 사람이 어떤 가족의 구성원 중 한 명과 친구로 지내는 동시에 나머지 가족 구성원에게는 결코 우호적인 감정을 느끼지 못하는 일이 어떻게 정당할 수 있는지를 보여드리고 싶어서요. 그렇긴 해도 제가 모건 씨에게 비우호적인 감정을 느낀다는 말은 아니에요. 그 사람에게 우호적인 감정을 느낀다는 말도, 그렇다고 비우호적인 감정을 느낀다는 말도 아니라고요. 하지만 어머니가 정말로 제가 오늘 밤 그 사람에게 무례했다고 생각하신다면……."

"그냥 조심성이 부족했던 거지, 얘야. 너도 몰랐잖니. 오늘 밤 네가 했던 말이……."

"뭐, 앞으로 그 사람이 듣는 데서 제가 그런 식의 얘기를 다시 할 일은 없을 거예요. 자, 그럼 된 거 아닌가요?"

참으로 관대하게 던져진 이 질문에는 아무런 대답도 돌아오지 않았다. 이저벨이 여전히 근심이 잔뜩 어린 당혹스러운 시선으로 아들의 얼굴을 살피다보니 질문을 듣지 못한 모양이었다. 그래서 조지는 같은 말을 다시 한 뒤 자리에서 일어나 어머니에게 다가가 그녀의 어깨를 안심시키듯 다정히 두드렸다. "자, 어머님, 제 눈치 없는 행동으로 다시 어머님께 걱정을 끼칠까봐 근심하지 않으셔도 돼요. 좋아하지 않는 사람들을 어떻게든 좋아해보겠다는 약속은 확실히 못 드리겠지만, 앞으로는 사람들에게 그런 모습 안 보이도록 조심할 테니 안심하셔도 된다고요. 그럼 괜찮은 거잖아요. 이제 주무시러 가주시면 좋겠어요. 저도 옷 벗고 싶거든요."

"하지만 조지." 그녀가 진심 어린 말투로 말했다. "너도 그 사람을 좋아하게 **될** 거야. 그냥 스스로를 편하게 놓아두면 말이야. 너도 그 사람이 싫은 건 아니라고 말하잖아. 그 사람을 좋아해보면 어떻겠니? 나는 전혀 이해가 안 된단다. 네가 그러지 않는 이유가 대체 **무엇**……."

"자, 자!" 그가 말했다. "괜찮으니까 이제 그만 가주세요."

"하지만, 조지. 얘야……."

"이제 좀! 저 진짜 자고 싶다고요. 안녕히 주무세요, 어머님."

"너도 잘 자렴, 얘야. 하지만……."

"이 얘기는 더는 하지 말죠." 조지가 말했다. "괜찮다고요. 걱정할 거 하나도 없다니까요. 그러니 안녕히 주무세요, 어머님. 그 사람에게 충분히 예의 바르게 대할 테니까 우리가 어쩌다 한자리에 있게 된다 해도 절대 심려하실 거 없어요. 그러니 안녕히 주무세요!"

"그렇지만 조지, 얘야……."

"잘게요, 어머님. 안녕히 주무세요."

그렇게 대화는 강제로 종료되었다. 이저벨은 다시 한번 아들에게 입을 맞춘 뒤 자기 방으로 천천히 돌아갔다. 그녀의 당혹스러움이 완전히 가시지 않은 건 분명했으나, 이 주제는 다음 날에도, 그 이후에도 두 사람 사이에서 다시 거론되지 않았다. 패니 역시 소령의 '딱히 성공적이지 않았던 소박한 저녁 식사' 이후 조카에게 비밀스레 해주었던 승인에 대해서는 돌려서라도 언급하는 일이 없었지만, 조카가 고모의 시선을 견딜 수 있는 정도보다 더 자주, 더 오랫동안 조지를 바라봄으로써 그를 짜증 나게 했다. 조지는 잠깐이라도 그녀의 시선과 마주칠 때마다 가장자리가 벌건 고모의 두 눈이 자기에게 열정적으로 못 박혀 있는 모습을 발견하게 될 것 같았는데, 고모의 눈길에는 그가 단언컨대 예민한 사람이라면 발작이라도 일으켰을 경고와 희망에 찬 계산적인 속셈이 담겨 있었다. 그리하여 어느 날, 그는 결국 폭발하여 패니에게 항의했다.

"돌겠어요!" 그가 격렬하게 거듭 말했다. "이렇게 가다간 내가 그냥 돌아버리겠다고요! 저한테 뭐 문제 있어요? 제가 넥타이를 **항상** 뒤로 잘못 매기라도 해요? 나 말고 다른 건 눈에 안 들어오는 거예요? 세상에! 쳐다볼 고양이라도 한 마리 사드려야겠네, 패니 고모! 고양이라면 그 시선을 견딜 수 있을지 모르니까. 대체 뭘 **보고** 싶어서 그러시는 거예요?"

하지만 패니는 사람 좋게 웃을 뿐 전혀 기분 상하지 않았다. "꼭 **네가** 뭘 봤으면 하고 내가 무척 기대라도 한 것 같네. 그렇지?" 그녀는 그렇게 차분히 말하고는 계속 웃었다.

"아니, 지금 무슨 말씀을 하시는 거예요?"

"신경 쓰지 마."

"좋아요. 신경 안 써요. 하지만 제발 부탁인데, 보려면 다른 사람을 쳐다보세요. 하녀한테 그러라고요!"

"아이고, 이런." 패니는 너그럽게 말하고는 자신의 의도를 그 어느 때보다도 모호하게 만들기로 했다. 마지막으로 한마디 하고 자리를 뜨면서 그녀는 아주 깊은 동정을 담은 어조로 이렇게 말했던 것이다. "네가 요즘 예민한 게 하나도 안 놀랍구나. 가엾은 아이 같으니라고!"

조지는 울분에 찬 채 패니가 언급한 게 루시의 계속된 부재라는 시련일 거라고 짐작했다. 루시가 없는 이 기간에 조지는 성공적으로 루시 아버지와의 접촉을 피했지만, 유진은 자주 집으로 찾아와 이저벨, 패니와 저녁 시간을 몇 번 보냈고, 가끔 그 두 사람에 소령까지 설득하여 오후에 자동차로 드라이브를 나가기도 했다. 그렇지만 유진은 조지 앰버슨이 돌아오고 나서도 소령의 일요일 저녁 만찬 자리에는 다시 참석하지 않았다. 그의 해명에 따르면 일요일 저녁이 공장 관리인들과 한 주간의 작업을 점검하는 시간이어서였다.

……루시가 집에 돌아왔을 즈음에는 가을이 한창 무르익어서 나뭇잎을 태우는 냄새를 맡을 수 있었고, 신문의 연례 논설에서는 보랏빛 연무, 금빛 나뭇가지, 붉게 잘 익은 과일, 갈색으로 물든 숲에서 오랫동안 산책하는 일이 주는 기쁨을 논했다. 조지는 루시가 도착했다는 소식을 듣지 못했는데, 그녀가 돌아온 다음 날 오후, 혹여나 그녀에 대해 무슨 소식이라도 들을 수 있지 않을까 하는 비밀스러운 희망을 품고 찾아갔던 샤론네 집에서 그녀와 마주쳤다. 제니 샤론이 조지에게 루시가 '완벽하게 멋진 시간'을 보내고 나서 이제 곧 우리 집에 올 예정이라고 들었다는 얘기를(조지는 이 정보를 얻고도 별달리 열광적인 반응을 보이지 않았다) 막 꺼내던 참이었다. 그때 루시가 조용히 안으로 들어왔다. 녹색과 갈색 옷을 입은, 참으로 가을에 어울리는 작고 귀여운 모습이었다.

루시의 뺨은 붉게 물들어 있었고, 검은 눈동자는 무척이나 반짝였다. 조지가 짐작하기에 이는 그녀가 방금 보내고 온 완벽하게 멋진 시간으로 인해 신이 나 있다는 부수적인 증거였다. 하지만 제니와 메리 샤론은 루시가 방에 들어올 때 보인 뺨 색깔과 눈빛이 조지가 집 앞에서 서성이는 모습을 본 결과라고 생각했다. 조지는 덤덤하게 자리에서 일어나 고개를 가볍게 까닥였으나 정작 얼굴은 달아올랐고, 그를 굴복시킨 뜨거운 홍조는 목과 귀까지 포함해가며 영역을 넓혔다. 얼음처럼 싸늘한 무심함을 그저 보여주는 것뿐만 아니라 진심으로 느끼려던 게 목표였던 자신에게 이런 증상이 나타나고 있음을 의식하게 되다니 조지에게 이보다 더 울분이 차오르는 경우는 없었을 것이다.

루시는 사촌들에게 입을 맞춘 뒤 조지에게 손을 내밀며 "안녕하세요"라고 말하고는 제니 옆의 의자에 앉았는데, 그 태연한 모습에 조지의 울분이 더욱 커졌다.

"안녕하세요." 그가 말했다. "저는 당신이 분명…… 믿고 있는데…… 그게…… 진짜로 믿어마지않는 바인데……."

조지가 말을 멈췄다. '믿는다'는 단어가 멍청하게 들렸기 때문이다. 그런 뒤 그는 어색함을 감추고자 기침을 했는데, 불그레하게 달아오른 자기 귀로 듣기에도 그 기침이 가짜인 티가 역력했다. 그는 가짜 기침을 그럴싸하게 보이려고 한 번 더 기침했고, 그러자마자 자기가 싫어졌다. 그가 낸 기침 소리가 정말 말도 안 되게 형편없었던 것이다. 그러는 동안 루시는 조용히 앉아 있었고, 샤론 집안의 여자 두 명이 몸을 앞으로 기울인 채 긴장한 눈으로 입술을 꼭 다물고는 그를 빤히 쳐다보는 모습이, 둘 다 자신들의 자제력을 뒤흔드는 마음의 동요에 굴복했음을 정말 쉽게 알 수 있었다. 조지가 다시 말을 꺼냈다.

"저는 당신이 즐…… 즐거운 시간을 보냈음을 믿…… 보냈길 바랍니다. 저는, 에…… 당신이 잘 지내길 바라요. 저는 당신이 대단히…… 저는 정말로 바라건대…… 아주 정말로……." 조지는 그렇게 발버둥을 치다가 다시 입을 다물었다. '아주 정말로' 다음에 어떻게 말을 계속 이어가야 할지 몰랐던 데다 입에서 계속 엉망진창인 말이 튀어나오는 까닭도 이해할 수 없었던 것이다.

"뭐라고 하셨죠?" 루시가 말했다.

조지는 화가 더는 나지 않았다. 자기가 '스스로를 구경거리로 만들고' 있다는 사실을 감지한 것이다. 세상 그 어떤 젊은 신사도 자기가 우스운 모습으로 비치는 걸 조지 앰버슨 미내퍼만큼 싫어하지 않았다. 그런데 그는 지금 이 자리에 부정할 도리 없이 그런 모습으로 서 있었고, 제니와 메리 샤론은 그 이상 웃음을 억누르지 못하게 된다면 어느 순간에라도 폭소를 터뜨릴 판이었다. 루시는 무심하면서도 공손하게 묻기라도 하듯 눈썹을 곱게 치켜올린 채 자리에 앉아 그를 바라보고 있었다. 그녀의 그 완벽한 태연함이야말로 조지의 속을 가장 뒤집어놓았다.

"전혀 중요한 얘기가 아닙니다!" 그는 간신히 입을 열었다. "이제 막 가려던 참이었습니다. **즐거운** 오후 보내시길!" 그는 성큼성큼 걸어 문에 도달한 뒤 서둘러 복도를 빠져나갔다. 하지만 현관문을 닫기도 전에 조지는 제니와 메리 샤론이 그가 펼친 연기에 감명받은 나머지 억제할 수 없는 감정을 거칠게 터뜨리는 소리를 들었다.

조지는 격앙된 기분으로 마차를 몰고 집으로 돌아가다가 하마터면 건널목에서 대화에 열중하던 두 숙녀를 칠 뻔했다. 그 둘은 패니 고모와 뚱뚱한 존슨 부인으로, 조지가 마지막 순간에 고삐를 홱 잡아당긴 덕에 찰나의 차이로 사고를 모면

했으나, 나누고 있던 대화가 어찌나 재미있던지 두 사람은 자기들에게 들이닥쳤던 위험도 깨닫지 못했고, 무개 마차의 존재도 알아채지 못했으며, 마차가 얼마나 가까이 접근했었는지도 몰랐다. 조지는 스스로에게도 화가 났고 예상치 못하게 불쑥 방으로 들어와 자기를 바보로 만들어버린 여자에게도 화가 나 있던 참이라 실제로 그 정신 빠진 두 숙녀를 치료가 가능한 정도로만 다치도록 들이받기라도 했으면 마음이 조금이나마 진정될지도 모를 일이었다. 최소한 그랬으면 좋겠다고 혼자 중얼거리기는 했다. 잠시 그가 그 생각에 완전히 마음이 빼앗겼을 가능성도 있었다. 사실 우스운 꼴이 된다는 건(그리고 그 사실을 알고 있다는 건) 조지가 견딜 수 없는 몇 가지 중 하나였으니까. 그는 사나워진 상태였다.

조지가 소령의 저택 마구간에 너무 빨리 마차를 몰고 들어가자 영민한 펜더니스는 얼른 방향을 틀어 칸막이와 충돌하는 걸 피했지만, 그 바람에 마차 축이 쪼개져서 하마터면 마차 운전자가 바닥에 내팽개쳐질 뻔했다. 조지는 욕설을 내뱉었고, 뚱뚱보 흑인 톰 영감이 그의 욕설에 낄낄거리자 다시 욕을 내뱉었다.

"야호!" 톰 영감이 말했다. "백인 숙녀께서 조지 도련님께 아주 못되게 군 게 분명하시구만유! 백인 숙녀께서 이래 말하시네. '아뇨, 저는 이제 조지 씨와 같이 마차 타고 안 나갈 거예요!' 조지 도련님이 마차 몰고 오시네. '빌어먹을 놈의 세상! 빌어먹을 놈의 말! 빌어먹을 놈의 검둥이! 빌어먹을 놈의 빌어먹을!' 야호!"

"그쯤 해!" 조지가 험악하게 말했다.

"예이!"

조지는 마구간에서 성큼성큼 걸어 나와 소령의 저택 뒷마당을 가로질러 집으로 향하면서 신축 주택 뒤편을 지나갔다. 건물들은 이제 거의 완성에 이르렀지만, 조지가 보기에는 여전히 소름 끼치게 천박한 상태였다. 하긴 이 문제에 대해서라면, 조지에게 그 구조물들은 오로지 소름 끼치는 것일 뿐이었다. 건물 뒤편에는 흩어진 널빤지, 벽돌, 회반죽과 윗가지 쓰레기, 지붕널, 짚, 빈 통, 배배 꼬인 주석 조각과 부서진 타일이 한때 앰버슨 가문의 두 저택이라는 위풍당당한 섬 주변을 녹색의 호수처럼 둘러싼 우아한 잔디가 있던, 하지만 이제는 말라붙어 구멍이 숭숭 난 잿빛 진창 위 사방에 널브러져 있었다. 조지의 정신 상태는 지금 눈앞에 펼쳐진 이 지역의 불쾌한 모습을 보면서도 좋아지지 않았고, 위로 기울어진 지붕널을 발로 차고 보니 그 지붕널을 위로 기울였던 게 반대편에 놓인 벽돌 조각이었다는 사실을 알아차렸을 때 느낀 감각으로도 나아지지 않았다. 그러고 난 뒤에도 세상이 죄다 악의에 찬 음모인 것 같았다.

조지는 그런 기분으로 자기 집에서 가장 가까운 주택 뒤를 돌아 나왔는데, 문득 거리 쪽을 흘끗 보다가 유진 모건과 같이 집 정문으로 이어지는 시멘트 길 위에 서 있는 어머니를 발견했다. 어머니는 모자를 쓰지 않은 차림이었고, 유진은 한 손에 모자와 지팡이를 들고 있었다. 그가 어머니를 방문했다가 어머니가 그를 배웅하러 같이 나왔고, 길에서 계속 대화를 이어가며 이별을 미루는 상황임이 명백했다.

두 사람은 현관문에서 정문까지 천천히 걷다가 잠시 멈춘 상태에서 계속 나란히 서 있었고, 어깨는 거의 닿을 듯했는데, 이저벨도 유진도 자기들 발이 앞으로 이동하는 걸 중단했다는 사실을 전혀 깨닫지 못한 듯했다. 둘은 서로를 쳐다보고 있지는 않았지만 사려 깊게, 그리고 사이좋게 같이 생각하는 사람들이 그러하듯 뭐라 규정하기 어려운 순간을 마주하고 있었다. 대화 내용이 심각하다는 사실은 분명했다. 유진은 고개를 숙이고 있었고, 이저벨은 왼손을 뺨에 대고 있었다. 하지만 생각에 잠긴 그들의 태도에서는 두 사람이 다정하게 모종의 이해를 공유하고 있다는 의미만 드러날 뿐이었다. 그렇다고 지나가던 행인이 두 사람을 보고 결혼한 사이라 생각하지는 않을 것이었다. 유진에게는 어딘지 모를 낭만적인 진지함이 있었다. 큰 키에 우아한 자태를 지녔으며, 발그레한 혈색이 도는 얼굴과 깊은 생각에 빠진 눈을 한 이저벨은 분명 남편과 함께 문으로 걸어 나오는 부인으로는 보이지 않았다.

조지는 그들을 빤히 쳐다보았다. 유진의 모습에 들끓는 미움이 치밀었고, 어머니를 바라보자 입 안에 낯설고 불쾌한 뒷맛이 감도는 듯 막연한 혐오감이 들었다. 그녀의 태도는 지금 같이 있는 사람에 대해 많은 생각을 하고 있음을, 그에게 참으로 의지하고 있다는 점을 명료하게 드러내고 있었으니까. 두 사람의 그런 모습은 조지에게 실로 생생히 다가왔고, 분노에 찬 조지의 시선은 무슨 이유에서인지는 몰라도 이저벨의 들어 올린 손에, 단아한 검은색 소매와 접한 손목의 하얀 주름 장식에, 그녀의 손가락이 머물러 있는 뺨에 생긴 옴폭 팬 부분에 못 박혔다. 손목에도, 목에도 하얀색은 걸치지 말아야 했다고 조지는 생각했고, 그러자 희한하게도 그가 품은 원망은 어머니의 손가락 끝이 만들어낸 그 작게 팬 부분에 집중되었다. 아무리 잠깐 생겼다 마는 하찮은 변화라 해도 그건 유진 모건 때문에 실제로 일어난 변화였다. 그 순간 조지는 모건이 자기 때문에 달라진 얼굴의 소유권을 요구했을지도 모르겠다는 생각이 들었다. 마치 이저벨을 소유하기라도 한 것처럼 말이다.

두 사람은 다시 정문을 향해 걷기 시작했다. 그들은 정문 앞에서 한 번 더 멈추고는 고개를 돌려 서로를 바라보았는데, 그때 이저벨의 시선이 유진을 지나 조지에게 가닿았다. 그녀는 즉시 미소를 지으며 아들에게 손을 흔들었고, 유진도 고개를 돌려 까닥였다. 하지만 약간 경직되어 정신이 혼미한 채 그들을 뚫어져라 바라보던 조지는 이러한 인사에도 불구하고 그들을 알아봤다는 어떤 신호도 보내주지 않았다. 그러자 이저벨이 그를 크게 부르며 다시 손을 흔들었다.

"조지!" 이저벨이 웃으며 소리쳤다. "정신 차리렴, 애야! 조지, 안녕!"

조지는 그 모습을 보지도 듣지도 못했다는 양 몸을 돌려 그 자리를 떠난 뒤 옆문을 통해 집으로 천천히 걸어 들어갔다.

제21장

조지는 자기 방으로 들어가 코트, 조끼, 셔츠, 넥타이를 벗어 바닥 아무 데나 떨어지도록 내던진 다음 검은색 벨벳 실내복을 거칠게 몸에 둘둘 둘렀다. 누우면서도 분노에 차서 거친 행동을 계속 이어가는 바람에 침대가 항의라도 하듯 씨근거렸다. 하지만 이러한 휴식도 그저 잠시만 휴식처럼 보였을 뿐인데, 앙다문 이 사이에서 "천한 것!"이라는 신음이 흘러나오기까지 그리 오랜 시간이 걸리지 않았기 때문이다. 그는 그렇게 말하고 나서 몸을 일으키더니 바닥에 훌쩍 발을 딛고 일어난 다음 커다란 방 안을 이리저리 돌아다녔다.

그는 조금 전 태어나서 처음으로 자기 어머니에게 의식적으로 무례하게 굴었다. 수많은 서민과 하층민을 짓밟으며 살았건만, 고의적으로건 충동적으로건 어머니를 낮잡아 본 적은 한 번도 없었다. 그가 그녀에게 상처를 준 건 어쩌다 일어난 일이었고, 그런 사고에 대한 아들의 자책감은 이저벨에게는 늘 적절한(실은 그 이상의) 보상이었다. 하지만 지금 그는 어머니에게 진짜로 거칠게 굴었으며, 그에 대해 후회하지 않았다. 오히려 그는 어머니에게 정말로 짜증이 나 있었다.

그로부터 얼마 지나지 않아 조지는 어머니가 가벼운 발걸음으로 흥겹게 콧노래를 부르며 그의 방문 앞을 지나 자기 방으로 가는 소리를 들었고, 어머니가 자기 의도를 완전히 오해했다는 사실을, 혹은 아예 그에게 의도가 있다는 것조차 깨닫지 못했다는 사실을 깨달았다. 그녀는 조지가 완전히 넋이 나가 있어서 자기와 모건에게 말을 안 붙인 거라고, 다른 생각에 하도 깊숙이 빠져 있다보니 그들을 보지도 못했거나 자기가 부르는 걸 못 들은 것이라는 결론을 내린 게 분명했다. 따라서 조지가 설사 많이 언짢은 상태였다고 해도 그녀가 후회할 만한 일은 전혀 없었던 것이며, 유진 본인도 최근에 무언가 불만이 표출되었다는 사실을 전혀 몰랐을 것이다. 조지는 씩씩거렸다. 그들은 조지를 대체 어떤 꿈에 젖어 사는 얼간이라고 생각했던 걸까?

누군가가 그의 방문을 깐깐하면서도 열정적으로 두드려댔다. 손가락 관절이 아니라 손가락 끝으로 두드리는 그 모습, 길고 반들반들한 초승달 모양의 분홍색 가짜 손톱이 달린 패니 고모의 오른쪽 집게손가락이, 조지의 마음의 눈에는 마치 실제로 본 것만큼이나 곧바로 또렷하고 선명하게 떠올랐다. 하지만 조지는 인간적인 소통을 할 기분이 전혀 아니었다. 심지어 모든 게 잘 돌아가고 패니와의 교류에서 약간의 즐거움을 얻었을 때조차도 그랬다. 그러니 그녀가 문을 똑똑 두드리는 소리를 듣고 고모를 들어오게 하는 대신에 문을 잠가 그녀를 막고자 하는 의도로 방을 가로지른 것은 전혀 놀랄 일이 아니었다.

하지만 패니는 지나치게 열정적이었고, 그래서 조지가 문 앞에 다다르기도 전에 문을 열고는 얼른 안으로 들어와 등 뒤로 문을 닫았다. 그녀는 외출복 차림에 검은 모자를 쓰고 검은 장갑을 낀 손에 검은 우산을 들고 있었다. 최소한 패니의 구슬픈 애도만큼은 윌버의 사망 일주기가 지났음에도 하얀색이 조금이라도 비치는 부분이 하나도 없을 만큼 누그러진 구석이 전혀 없었다. 그녀의 창백한 피부 위로 아주 적은 양의 땀이 반짝거렸다. 숨결은 계단을 달려온 것처럼 가빴으며, 크게 뜬 눈에서는 열띤 기색이 날카롭게 번득였다. 표정은 방금 굉장한 걸 보았거나 엄청난 소식을 들은 사람 같았다.

"저기, 대체 왜 **그러시는데요?**" 조카가 쌀쌀맞기 그지없게 물었다.

"조지." 그녀가 서둘러 말했다. "네가 그 사람들에게 말을 걸지 않으려 하면서 한 일을 봤단다. 내가 길 건너 존슨 씨네 집 창가에 존슨 부인이랑 같이 앉아 있었거든. 그래서 전부 다 봤어."

"그게 뭐 어쨌다는 건데요?"

"잘했어!" 패니는 격앙되게 말했지만 정작 말투는 활기가 없다시피 했다. 목소리를 거의 속삭임에 가깝게 억눌러서였다. "정말 제대로 한 거야! 하나부터 열까지 훌륭하게 행동하고 있다고. 네 아버지가 네 행동을 볼 수 있었다면 네게 무척 고마워했을 거야. 난 알 수 있어. 네게 그 말을 해주고 싶구나."

"세상에!" 조지는 그녀에게 버럭 화를 냈다. "사람 환장하게 하시네! 제발 그 이상한 탐정 놀이는 그만해줘요. 최소한 내 주변에서는 관두라고요! 다른 사람한테 가서 좋을 대로 하란 말이에요. 난 그런 말 듣고 싶지 않다고요!"

패니는 몸을 부르르 떨기 시작하면서 그의 얼굴을 뚫어져라 쳐다보았다. "그렇다면 이 말도 듣고 싶지 않니?" 그녀가 목쉰 소리로 말했다. "내가 네 행동에 찬성한다는 말도?"

"당연하죠! 고모가 생각하는 내 '행동'이란 게 뭔지 정말 조금도 모르겠으니 고모가 그것에 찬성하든 말든 제가 알 바 아닌 게 당연하잖아요. 나 참, 저는 지금 혼자 있고 싶은 것뿐이라고요. 그리고 제가 이런 말씀 드려도 괜찮으시다면, 오늘 오후에는 여기서 차 안 마실 거예요."

패니의 시선이 흔들렸다. 그녀가 눈을 깜박이기 시작하더니 별안간 의자에 풀썩 앉아 조용히, 하지만 끔찍이 쓸쓸하게 흐느꼈다.

"아, 진짜 제발!" 조지가 끙끙거렸다. "대체 뭐가 문제예요?"

"넌 늘 나를 괴롭히잖니." 그녀가 떨리는 목소리로 불쌍하게 말했다. 눈에서 졸졸 흐르는 눈물이 목소리에 젖어 들어가 발음이 불분명했다. "너는 늘, 늘 날 괴롭혀! 언제나, 어린애였을 때부터 늘 그래왔어! 자기한테 안 좋은 일이 생길 때마다 나한테 화풀이한다고! 넌 그래! 넌 언제나……."

조지는 머리 위로 절망에 찬 손짓을 했다. 조지에게는 지금 이 꼴이 낙타 등에 얹은 마지막 지푸라기 같았다. 하필 딱 이 시간을 골라 찾아와서는 자기를 학대했다며 방에서 훌쩍이는 짓거리를 해야만 했다니!

"오, 세상에!" 그는 그렇게 속삭인 뒤 엄청난 노력을 기울여가며 그녀에게 이성적인 말투로 이야기했다. "보세요, 패니 고모. 저는 고모가 왜 이렇게 야단법석인지 정말 모르겠어요. 물론 제가 고모를 가끔 놀리기는 했죠. 하지만……."

"날 '**놀렸**'다고?" 그녀가 흐느끼며 말했다. "나를 '**놀렸**'다니! 오, 정말 인생이 가끔은 너무도 힘든 것 같구나. 늙고 하잘것없는 내 인생이 정말로 힘든 것 같아! 견딜 수 있을 것 같지 않아! 솔직히 말해 못 견디겠다고! 난 그저 내가 네게 공감하고 있다는 걸 알려주고 싶어서 여기 온 것뿐인데, 그냥 네게 좋은 소리를 해주려고 했던 건데, 네가 날 대하는 게 마치 내가……. 아니, 아냐, 넌 하인에게도 내게 하듯 이런 식으로는 대하지 않을 거야! 패니 할멈을 빼면 세상 누구에게도 이런 식으로 대하지 않을 거라고! 넌 '패니 할멈'이라고 말하겠지. '패니 할멈 따위는 아무것도 아니니까 내쫓아버릴 거야. 아무도 그 일로 분개하지 않을걸. 내쫓아버릴 거야. 그게 내가 바라는 거야!' 그렇잖아! 이게 나에 대한 네 생각이잖아! 다 안다고! 그래, 네가 옳아. 오빠가 죽고 난 뒤로 내겐 아무것도 없어. 아무도, 아무것도, 하나도!"

"아, **주여!**" 조지가 신음했다.

패니는 눈물에 젖은 조그만 손수건을 펼치고는 허공에 흔들어대며 살짝 말렸고, 이런 조치를 하는 동안에도 계속 서럽고 비참하게 울어댔다. 이 광경은 조지에게 기묘한 충격을 안겼고, 그에게 또 다른 불안이 었었다. 정말로 이상한 광경이었다. "오지 말아야 했어." 그녀가 계속 말했다. "그래봤자 나를 또 괴롭힐 구실이나 주는 꼴이라는 걸 내가 알아야 했겠지. 여기 와서 정말 미안하구나. 정말이야! 너한테 다시 그 얘기를 꺼낼 생각은 없었어. 전혀. 그럴 일도 없을 거였고. 그렇지만 네가 그 사람들을 대하는 모습을 보니까 너무 가슴이 뛰어서 마음의 충동을 따르지 않을 수 없었단다. 하지만 앞으로는 잘 기억해두마. 정말이야! 내가 그렇게 흥분하지만 않았어도, 네가 그렇게 안타까워 보이지만 않았어도 나는 원래 그러려고 했던 것처럼, 앞으로도 그러려고 했던 것처럼 계속 입을 다물었을 거야. 하지만 내가 누구를 안타까워한들 그게 그 사람들에게 뭐가 중요하겠니? 난 그저 패니 할멈일 뿐인데!"

"오, 맙소사! 누가 무슨 일로 날 안타까워하는지도 모르는데 그게 나한테 어떻게 중요한 문제냐고요!"

"넌 자존심이 강해." 그녀가 떨리는 목소리로 말했다. "그리고 정말 모질지! 내 **분명히 말하는데** 네게 이런 얘기를 할 생각은 없었어. 절대, 절대, 세상없어도 네게 **이런 얘길 하지 않았을** 거고, 지나가는 말로조차도 언급하지 않았을 거야. 다른 사람이 네게 그 얘기를 했거나 뭘 어쨌는지 몰라도 네가 그 사실을 직접 알아냈다는 걸 몰랐다고 해도 말이야. 나는……."

조지는 고모의 지성에 절망하는 한편으로 모종의 의심이 피어올라 두 손바닥으로 머리를 감싸 안았다. "누가 나한테 무슨 말을 했는데요? 내가 **뭘** 직접 알아냈다는 거예요?"

"사람들이 네 어머니에 대해 어떻게 말하고 있는지."

목소리가 무심결에 갈라졌다는 점을 제외한다면, 그녀의 말투는 이미 예전에 얘기가 되어 정리가 끝난 주제를 언급하 듯 덤덤했다. 왜냐하면 패니는 조지가 어리둥절한 척하는 거 라고, 자존심 때문에 본인이 알고 있는 걸 알고 있다고 제 입 으로 인정하려 들지 않아서 그런다고 확신했기 때문이다.

"지금 무슨 말씀을 하신 거예요?" 조지가 믿지 못하겠다는 듯 물었다.

"당연히 **나는** 네가 뭘 하고 있는지 이해해." 패니가 손수건 으로 눈물을 닦으며 계속 말했다. "네가 유진에게 무례하게 굴기 시작할 때 다른 사람들은 당황했지. 루시에게 그렇게 관 심이 있는데도 네가 어떻게 평소에 하던 대로 그 사람을 대 할 수 있는지 이해가 안 됐으니까. 하지만 나는 기억이 났단 다. 예전에 이저벨에 대해 이야기를 무척 많이 나눴을 때 네 가 내게 어떻게 나왔는지 말이야. 그때 나는 네가 어머니의 평판에 문제가 생긴다면 당장 루시를 포기할 거라는 사실을 알았어. 왜냐하면 그때 네가 말하길……."

"저기요." 조지가 떨리는 목소리로 끼어들었다. "저기 말이 죠. 저는……." 그가 말을 멈췄다. 마음의 동요가 너무 커서 말을 계속해나갈 수 없었다. 심하게 달린 것처럼 가슴이 벌렁 거렸고, 안색은 처음에는 창백했다가 나중에는 붉으락푸르 락해지면서 뺨과 관자놀이에 불타는 듯한 반점이 나타났다. "그게 무슨 의미예요? 지금 나한테 무슨 말을…… 얘기가 돈 다니요……. 그러니까 그……." 그가 긴장하여 침을 삼키고는 다시 말을 시작했다. "'평판'이라는 단어를 사용하는 의미가

뭐예요? 무슨 말이냐고요. 내…… 내 어머니의 평판에 '문제'
가 생긴다는 게."

패니가 빨갛게 된 코를 누르고 있던 손수건에서 고개를 들
어 그를 처량하게 올려다보았다. "내가 널 얼마나 안타까워하
는지는 하느님만이 아시겠지, 조지." 그녀가 중얼거렸다. "정
말 그렇게 말해주고 싶었단다. 하지만 난 늙어빠진 패니 고모
일 뿐이니까 고모가 무슨 말을 한들(심지어 동정하는 말을 할 때
조차도) 그냥 그걸 가지고 고모를 괴롭히면 돼! 고모를 타박
하면 된다고!" 그녀가 훌쩍였다. "타박해도 된다니까! 그래봤
자 늙고 불쌍하고 외로운 패니 따위에 불과하니까!"

"여기 좀 봐요!" 조지가 매몰차게 말했다. "어밀리아 이모가
내 어머니에 대해 했던 그 추잡한 얘기를 듣고 나서 조지 삼
촌과 얘기했을 때, 삼촌은 만약 무슨 뒷소문이 있다면 그건
고모에 대한 거라고 했어요! 삼촌은 사람들이 고모가 모건을
쫓아다니는 걸 비웃고 있을지도 모른다고 말했지만, 그게 다
였어요."

패니가 두 손을 들어 주먹을 불끈 쥐고는 무릎에 내리쳤다.
"그래, 패니는 늘 그렇지!" 그녀가 흐느꼈다. "우습고 늙어빠
진 패니잖아. 항상, 항상!"

"제 말 좀 들어봐요!" 조지가 말했다. "조지 삼촌과 얘기를
한 다음에 제가 **고모를** 만난 적 있죠. 그때 고모가 저보고 생
각이 짧고 편협하다고 했잖아요. 사람들이 떠드는 내용에 대
해 어밀리아 이모가 얘기한 게 진실일지도 모른다고 생각한
다는 이유로요. 고모는 그 소문을 부정했고요. 그런데 그게

처음이자 마지막이 아니었죠. 고모는 그전에도 절 비난한 적이 있어요. 모건이 여기 너무 자주 오는 것 같다고 제가 슬쩍 얘기를 꺼냈다는 이유로 말이에요. 그때는 어머니가 그 사람이 찾아오도록 놔두는 게 순전히 고모 때문이라고 믿게 해놓고서는 이제 와서 딴소리를……."

"그랬던 거라고 지금도 생각해." 패니가 쓸쓸한 목소리로 조지의 말을 끊었다. "다른 이유 못지않게 나를 보려고 온 거라고 말이야. 한동안은 정말 그렇게 보였으니까. 어쨌거나 그 사람은 나랑 춤추는 걸 좋아했거든. 네 어머니와 춤추는 것만큼이나 나하고도 많이 췄고, 최소한 네 어머니 때문에 오는 것만큼이나 나 때문에 오는 것처럼 행동하기는 했지. 그런 식으로 처신을 아주 **잘** 했어. 만약 윌버 오빠가 죽지만 않았으면……."

"뒷말 같은 건 **전혀 없다고** 했잖아요."

"그때는 뒷말이 많을 거라고 생각하지 않았어." 패니가 항변했다. "말이 얼마나 많이 돌았는지 몰랐다고."

"뭐라고요?"

"너도 알잖니. 사람들은 남에 대한 소문을 굳이 그 사람 가족에게 하진 않아. 사람들이 조지 앰버슨에게 가서 당신 여동생이 사람들 입에 오르내리고 있다는 얘길 하리라고 생각한 건 아니겠지. 안 그래? 아니면 그 사람들이 **내게** 말을 많이 했으리라고 생각하니?"

"고모가 저한테 말했잖아요." 조지가 성이 나서 말했다. "고모의 샤프롱 역할을 할 때 빼고는 어머니가 절대 그 사람 안 만난다고 했잖아요."

"그때는 그 둘이 단둘이 있던 적이 별로 없었어." 패니가 받아쳤다. "그런 일이 거의 없었다고. 윌버 오빠가 죽기 전에는. 하지만 너도 그렇다고 해서 사람들이 입방아 찧는 걸 관뒀으리라고 생각하진 않잖아. 안 그러니? 네 아버지는 아무 데도 나가지 않았고, 사람들은 네 어머니가 가는 곳마다 유진이 같이 있는 걸 봤어. 설사 내가 그들과 같이 있는 걸 봐도." 패니는 이 대목에서 목이 메었다. "난 중요한 존재가 아니라고 생각했다고! 그냥 이렇게 말했겠지. '늙어빠진 패니 미내퍼일 뿐이잖아'라고! 게다가 다들 그 사람이 네 어머니와 약혼했던 사실을 알았고……."

"뭐가 어째요?" 조지가 외쳤다.

"모두가 알아. 네 할아버지가 어느 일요일 만찬 때 그 얘기를 했던 거 기억 안 나?"

"할아버지는 두 사람이 약혼했다는 얘기는 하지 않았……."

"했어! 모두가 그걸 알아. 그리고 네 어머니가 약혼을 깼지. 그 세레나데 때문에. 그때 유진은 자기가 뭘 했는지도 몰랐는데. 그 사람은 젊을 때 술을 많이 마셨고, 네 어머니는 그걸 견디지 못했어. 하지만 이 도시 사람들 모두가 이저벨이 자기 인생에서 다른 남자를 진정으로 좋아했던 적이 없다는 걸 알아! 가엾은 윌버 오빠! 오빠만 그 사실을 모르고 살았어!"

불운한 조지에게 악몽이 들이닥쳤다. 그는 침대 발판에 등을 기댄 채 고모를 사나운 눈길로 빤히 응시했다. "나 미쳐버릴 것 같아요." 그가 말했다. "나한테 뒷말 같은 거 하나도 없다고 했을 때, 그러니까 거짓말을 했다는 거죠?"

"아냐!" 패니가 숨을 헐떡였다.

"했잖아요!"

"분명히 말하는데, 나는 뒷말이 얼마나 많이 돌아다니고 있는지 몰랐었어. 그리고 만약 윌버 오빠가 살아 있었다면 뒷말이 커지지도 않았을 거야." 패니는 결정적인 실토와 함께 이 이야기를 끝맺었다. "네가 참견하는 것도 원치 않았고."

조지는 그 실토를 무시했다. 그의 마음은 지금 자초지종을 따지는 것에 사로잡혀 있지 않았다. "아버지가 살아 계셨다면 뒷말이 그렇게 커지지 않았을 거라는 게 무슨 얘기예요?" 그가 물었다.

"상황이…… 상황이 달라졌을지도 모른다고."

"그러니까 모건이 **고모랑** 결혼했을지도 모른다는 뜻이에요?"

패니가 침을 꿀꺽 삼켰다. "아냐, 왜냐하면 나도 내가 그 사람을 받아들였을지 모르겠거든." 패니는 진작 울음을 그쳤고, 이제는 허리를 펴고 앉아 있었다. "확실한 건 그거야. 난 결혼하고 싶을 만큼 그 사람을 좋아하지는 않았어. 그가 나와 결혼하고 싶다는 의사를 내보이기 전까지는 나도 그런 건 별로 신경 쓰지 않았을 거야. 난 그런 부류의 사람이 아니라고!" 가없은 숙녀는 그렇게 말하며 자기 허영심에 변변찮고 측은한 찬사를 바쳤다. "내가 하고픈 말은, 만약 윌버 오빠가 죽지만 않았어도 사람들은 자기들이 내내 떠들던 이야기가 사실이었다는 걸 바로 눈앞에서 입증받지는 못했겠지!"

"고모 얘기는…… 고모 얘기는 사람들이……." 조지는 몸서리를 쳤고, 그런 다음 토할 것 같은 목소리로 힘겹게 말을 이어갔다. "사람들이 어머니가…… 어머니가 그 남자와 사랑에 빠졌다고 믿는다는 거예요?"

"당연하지!"

"그자가 우리 집에 와서…… 사람들이 그자랑 어머니가 드라이브하는 걸 보고…… 그 외에 다른 것들을 보고…… 자기들 말이 옳았다고 생각한다는 거예요? 어머니가…… 아버지가 돌아가시기 전부터…… 그자와 사랑에 빠졌다던 말이?"

패니는 불그스름한 눈꺼풀 사이가 다 마른 두 눈으로 그를 진지하게 바라보았다. "조지." 그녀가 부드럽게 말했다. "그게 바로 사람들이 하는 말이라는 걸 정말 모르겠니? 이 도시 사람 전부가 두 사람이 곧 결혼하리라고 생각한다는 사실을 너도 **알아야** 해."

조지가 앞뒤가 맞지 않는 소리를 외치듯 내뱉었다. 몸의 여러 부위가 뒤틀리는 듯 보였다. 그는 정말로 욕지기가 나오기 직전이었다.

"너도 알고 있는 일이잖아!" 패니가 소리치며 자리에서 일어섰다. "네가 알고 있다는 확신이 없었는데도 내가 이 얘길 네게 했다고 생각하는 건 아니겠지?" 그녀의 목소리는 이 비참한 대화 내내 그랬듯 정말로 진술했다. 그녀의 진심은 의심의 여지가 없었다. "조지, 네가 몰랐다면 난 네게 이 말 안 했을 거야. 네가 유진을 그런 식으로 대하고, 조금 전에 마당에서 그 사람들과 대화를 거부한 게 달리 무슨 이유에서겠니?

누군가 분명 네게 말을 해준 거지?"

"누가 **고모에게** 말해줬어요?" 그가 말했다.

"뭐라고?"

"뒷말이 있다고 누가 고모에게 말해줬냐고요. 어디서 하는 얘기죠? 어디서 나온 얘기예요? 누가 그래요?"

"거의 다 그러는 것 같아." 그녀가 말했다. "꽤 널리 퍼져 있는 게 틀림없다는 사실은 알지."

"누가 그렇게 말했는데요?"

"뭐라고?"

조지가 그녀에게 가까이 다가갔다. "사람들이 누군가에 대한 뒷소문을 그 사람 가족에게 말하지는 않는다면서요. 그럼 고모는 그 얘기를 어떻게 들었어요? 어떻게 그런 소문을 알게 되었냐고요. 대답해요!"

패니가 신중한 표정을 지었다. "뭐, 당연히 가장 친밀한 친구가 아닌 이상은 아무도 그런 일을 얘기하지 않을 테니, 그렇다면 아주 자상하고, 정말 신중한 방식을 통해 알게 된 거겠지."

"어떤 방식으로 했건, 고모한테 그 얘기를 누가 해줬냐니까요?" 조지가 다그치듯 물었다.

"그건 왜……." 패니가 머뭇거렸다.

"대답해요!"

"이름을 알려주는 게 온당한 일이라는 생각은 안 든단다."

"여기 봐요." 조지가 말했다. "고모의 가장 친한 친구 중에는, 이를테면 찰리 존슨의 어머니도 있죠. 그 여자가 얘기해

췄어요? 모두가 얘기한다면서요. 그 여자도 그래요?"

"아, 넌지시 말을 꺼냈을 수도……."

"지금 제가 묻고 있어요. 그 여자가 고모에게 그 얘기 한 적 있어요?"

"무척 다정하고 사려 깊은 사람이란다, 조지. 하지만 돌려서 얘기했을 수도……."

조지의 머릿속에 건널목에서 대화에 열중하다가 하마터면 빨리 달리던 말에게 치일 뻔했던 숙녀 두 명의 모습이 스치듯 떠오르면서 그에게 돌연 직관이 번득였다. "고모랑 그 여자가 바로 오늘 이 얘기를 하고 있던 거였어!" 조지가 외쳤다. "그 여자와 이 얘기를 하던 거였다고요. 두 시간도 안 된 일이죠. 부정해요?"

"나는……."

"부정하는 거예요?"

"아냐!"

"알았어요." 조지가 말했다. "그거면 충분해!"

패니가 등을 돌리고 떠나려는 조지의 팔을 붙잡았다. "뭐 하려고 그러니, 조지?"

"지금은 말 않겠어요." 그가 심각하게 말했다. "하루 동안 정말 많은 일을 하셨군요, 패니 고모!"

패니는 그의 얼굴에 떠오른 격앙된 감정을 읽고 불안해지기 시작했다. 그녀는 손가락으로 꽉 쥐고 있던 조지의 검은색 벨벳 소매를 계속 붙잡아 묶어두고자 했고, 조지는 그녀가 그렇게 하도록 놔둔 채로 그 자세를 지렛대처럼 이용해 그녀를 문 쪽으로 몰아댔다. "조지, 네가 관심 없다 해도 상관 없다만, 내가 네게 미안해하고 있다는 거 알잖니." 패니가 하소연했다. "네가 그 일에 대해 다 안다고 생각하지 않았다면 나는 절대 이 얘기를 하지 않았을 거란다. 나는 정말로 그러지 않았을……."

하지만 조지는 그녀가 잡지 않은 쪽 손으로 문을 열었다. "신경 쓰지 마세요!" 그가 말했다. 패니가 어쩔 수 없이 방에서 밀려나 복도로 나가자 문이 그녀의 등 뒤에서 곧장 닫혔다.

제22장

　조지는 실내복을 벗고 셔츠와 넥타이를 착용했다. 손가락
이 무척 떨려서 타이가 보통 때처럼 성공적으로 매어지지 않
았다. 그는 코트와 조끼를 집어 들고 방을 나가 정문 계단에
서 문까지 달려 내려가는 와중에 옷을 걸치고 단추를 채웠다.
거리 한복판으로 나가고 나서야 그는 자기가 모자를 깜빡했
다는 사실을 깨달았다. 그는 잠시 멈춰 서서 머뭇거렸고, 그
러는 동안 그의 눈은 별 뜻 없이 이리저리 헤매다가 넵투누
스 분수에 이르렀다. 지나칠 정도로 정교하게 만든 그 주철
모사품은 저쪽 길목에 서 있었다. 오래전 앰버슨 택지가 조성
되었을 때 소령이 그곳에 분수를 세웠다. 거리 골목들은 커다
란 팔각형 저수반에 맞춰 형태를 이루고 있었는데, 이 수반은
말이 끄는 차량에는 크게 불편하지 않았지만 빠르게 달리는
자동차로서는 골칫덩이였다. 심지어 조지가 분수를 보던 지
금 이때도 자동차 한 대가 지나치게 빨리 다가오다가 분수를
돌 때 위험하게 미끄러진 덕에 겨우 사고를 모면했다. 그렇

게 미끄러지는 기술은 조지도 좋아하는 것이었지만, 아마도
그는 차가 뒤집히는 모습을 볼 수 있었다면 더 기뻤을 테다.
그때 그는 온 세상의 자동차에 비탄과 파괴가 닥치길 바라고
있었으니까.

그의 눈이 넵투누스 분수에 일이 초 더 머물렀다. 가을의
황혼이 연무처럼 감싸고 있는데도 분수는 생기 있는 모습이
아니었다. 1년도 넘게 분수에는 물이 흐르지 않았다. 수도관
이 파열되어서였고, 소령은 복구 얘기가 나오면 대답을 피했
다. 심지어 손자가 말라붙은 분수는 말라붙은 생선만큼이나
신나는 일 아니겠느냐고 상기시켜줘도 그랬다. 매연으로 생
긴 검댕 줄과 수없이 난 구멍 때문에 바다의 신 넵투누스는
나병 환자와 간신히 구분되는 수준이었고, 그와 함께하는 인
어들에게도 꾸준히 그 병이 옮아가고 있었다. 삼지창은 하도
심하게 삭아 쇠스랑이 떨어질 판이었다. 매연이 말라붙고 딱
지가 엄청나게 내려앉은 채 금이 가 허물어지는 이 진지하
고 육중한 예술 작품은, 조지 앰버슨 미내퍼의 심란한 눈에
는 전체적으로 음침하기 짝이 없어서 그것이 현재 처해 있는
엉망진창인 상황이 조지의 상태를 약간 더 부추겼을지도 모
른다. 하지만 존슨 씨의 집과 그 양옆에 있는 다른 집들을 바
라보며 서 있을 때 조지의 상태는 뭘 더할 것 하나 없이 충분
히 엉망이었다. 어밀리아 이모가 했던 어머니에 대한 '뒷말'
을 듣고 난 뒤 할아버지의 저택 뒷마당에 서서 그 집들을 바
라보던 그날도, 그는 나란히 늘어선 그 천한 것들의 거주지가
참으로 가증스럽다고 생각했었다.

조지는 지금 자신이 하려는 종류의 방문에는 모자가 필요 없다고 결론을 내린 뒤 서둘러 앞으로 걸어갔다. 현관문으로 나온 아일랜드인 여자애가 존슨 부인이 지금 집에 있다고 그에게 알렸고, 조지는 고상한 우물 같은 방에 남겨져 그녀를 기다렸다. 그 방이 존슨 씨네 집의 '응접실'이었다. 바닥은 뭘 말할 게 없었다. 벽은 파란색 칼시민●으로 칠했고, 천장 높이는 바닥에서 3.6미터였다. 방 내부에는 덧창과 회색 레이스 커튼을 달아놓았다. 금박을 입힌 의자 다섯 개, 무늬를 짠 천으로 씌운 소파가 놓여 있었고, 상감 세공을 한 때 묻은 호두나무 탁자가 설화석고로 만든 길쭉한 꽃병 두 개를 떠받치고 있었다. 방구석에서는 이파리 두 개짜리 야자나무가 죽어가고 있었다.

존슨 부인이 눈에 띄게 숨을 몰아쉬며 응접실로 들어왔다. 단정하지만 검소한 방식으로 소박한 여성답게 꾸민 그녀의 둥그런 머리 모양은 그녀 몸의 어느 부분보다도 두드러지는 알프스산 같은 가슴과 동떨어져 있는 듯했다. 하지만 방에 들어온 그녀의 가쁜 숨은 방문자를 반갑게 맞이하려는 마음으로 서둘러 온 결과로 보였으며, 넵투누스 분수처럼 바싹 마르지 않은 손은 그녀가 오던 중 잠깐 멈춰서 간단히 씻었다는 점을 암시했다. 조지는 이 차갑고 축축한 살덩이를 기계적으로 붙잡아 인사했다.

● 물에 개서 쓰는 흰색 또는 아연 빛깔의 칠. 벽이나 천장 따위의 석고 벽을 칠할 때 쓴다.

"앰버슨 씨…… 아니, 그러니까 미내퍼 씨!" 그녀가 외쳤다. "정말로 기뻐요. 제가 듣기로는 절 찾으셨다고 하던데. 남편은 도시 밖에 있답니다. 하지만 찰리는 시내에 있으니 언제든 찾을 수 있을 거예요. 걔도 무척 기뻐할 거예요. 여기 당신이……."

"찰리를 보러 온 게 아닙니다." 조지가 말했다. "제가 온 건……."

"얼른 앉으세요." 손님을 극진히 대하는 존슨 부인이 그에게 강권하며 본인도 소파에 앉았다. "얼른 앉으세요."

"아뇨, 괜찮습니다. 제가 바라는 건……."

"지금 막 오셨는데 다시 바로 가시지는 않을 거잖아요. 앉으세요, 미내퍼 씨. 미내퍼 씨 댁이 모두 평안하시길 바랄게요. 친애하는 소령님 댁도요. 소령님 얼굴이 요즘……."

"존슨 부인." 조지가 말을 꺼냈다. 팽팽히 긴장된 그의 커다란 목소리가 즉시 그녀의 주의를 사로잡았고, 그녀는 놀라 입을 벌린 채로 하던 말을 멈췄다. 하지만 그녀는 이미 이 전례 없는 방문에 적잖이 놀란 마음을 숨기던 중이었고, 집에 있을 때처럼 흐트러진 상태로 나온 조지의 머리 모양(그는 모자 말고도 간과한 게 많았다) 때문에도 당혹스러움은 가라앉지 않았다. "존슨 부인." 조지가 말했다. "몇 가지 대답해주셨으면 하는 질문이 있어 찾아왔습니다."

그녀가 즉시 진지해졌다. "그럼요, 미내퍼 씨. 제가 대답할 수 있는 일이면 뭐든……."

조지가 엄하게 그녀의 말을 끊었다. 하지만 그 가차 없음에도 불구하고 그의 목소리는 떨리고 있었다. "오늘 오후에 패니 고모와 제 어머니에 관한 얘기를 하고 계셨죠."

이 말에 존슨 부인은 저도 모르게 숨이 턱 막혔지만 곧 평정을 회복했다. "그때 우리가 나누던 대화는 정말 즐거운 내용이었답니다. 그러니 만약 우리가 미내퍼 씨 어머니 얘기를 하고 있었다면 그건……."

조지가 다시 말을 끊었다. "제 고모가 그 대화가 실제로 무슨 내용이었는지 말씀해주셨습니다. 시간 낭비 할 생각 없어요, 존슨 부인. 부인께서는……." 조지의 어깨가 갑자기 건잡을 수 없이 들썩였지만, 그는 분노에 차 계속 말했다. "부인께서는 그때 제 어머니의 평판과 관련된 추잡한 소문에 대해 말씀하고 계셨죠."

"미내퍼 씨!"

"사실이 아닌가요?"

"질문에 대답할 필요가 없을 것 같군요, 미내퍼 씨." 그녀가 눈에 띄게 동요하며 말했다. "저는 당신이 제게 그런 걸 요구할 권리가 없다고 생각……."

"고모 얘기로는 당신이 고모에게 그 추잡한 소문을 거듭 말했다던데요."

"당신 고모님께서 그런 말씀을 하실 수는 없을 것 같은데요." 존슨 부인이 날카롭게 받아쳤다. "저는 당신 고모님께 어떤 종류의 추잡한 소문도 거듭 말한 적이 없으니까요. 그분이 제가 그랬다고 말씀하신 데는 오해가 있는 것 같아요. 우리가, 이 도시를 언급할 때 화제에 올랐던 몇 가지 문제를 얘기했을 수는 있긴 하지만……."

"그래요!" 조지가 외쳤다. "저도 부인이 그랬으리라 생각합니다! 그게 제가 여기 온 이유고요. 그리고 제가 하려던 건……."

"뭘 하려고 하셨는지 **제게는** 말씀 말아주세요, 부탁이니." 존슨 부인이 딱딱하게 조지의 말을 끊었다. "그리고 이 집에서 목소리를 그렇게 크게 내지 말아주셨으면 좋겠군요. 공교롭게도 이 집은 제 소유니까요. 고모님께서 미내퍼 씨에게 말씀하셨을 수도 있겠죠. 비록 저는 그분께서 정말로 그러셨다면 참으로 현명치 못한 처사이고 **제 입장을** 크게 고려치 않은 일이라고 생각하지만 말이에요. 제가 방금 말씀드렸다시피 고모님께서 우리가 그런 화제를 몇 가지 얘기했다고 말씀하실 수도 있고, 그렇다면 그게 사실일 가능성도 있는 거겠죠. 제가 만약 그 화제에 대해 고모님과 얘기를 나눴다면, 그건 제가 정말로 긍휼한 마음에서, 그저 안타까운 상황에 지나지 않을지도 **모르는** 것에 악의적인 해석을 가하려는 다른 이들의 성향에는 전혀 맞장구를 치지 않으면서 그런 얘기를 했다는 점을 미내퍼 씨도 분명히 확신하시리라 보고요. 또……."

"세상에!" 조지가 말했다. "이거 정말 못 참겠군!"

"이 주제로 얘기하는 걸 그만두는 쪽을 선택하실 수 있어요." 존슨 부인이 쏘아붙이듯 제안했다. "아니면 이 집을 떠나는 쪽을 택하셔도 되고."

"안 그래도 곧 떠날 겁니다. 하지만 일단 제가 진짜 알고 싶은 건……."

"알고 싶어 하시는 건 뭐든 기꺼이 말해드릴 용의가 있어요. 차분히 질문하는 법만 기억해내신다면 말이죠. 실례를 무릅쓰고 제가 상기시켜드리고 싶은 건, 제게는 당신 고모님과 그 주제를 토론할 완벽한 권리가 있었다는 사실이에요. 다른 사람들이라면 이 문제를 논함에 있어, 저는 그랬지만, 가족 구성원에게만 이 주제를 이야기해야겠다는 자비로운 관점에서 토론의 범위를 한정할 만큼 사려 깊지 않을 수도 있으니 말이에요. 다른 사람들은……."

"다른 사람들!" 기분이 잔뜩 나빠진 조지가 그 말을 사납게 따라 했다. "내가 알고 싶은 게 바로 그겁니다. 그 다른 사람들!"

"무슨 말씀인지?"

"그 사람들에 관해 묻고 싶다는 겁니다. 그 얘기를 하는 다른 사람들을 알고 있다면서요."

"짐작건대 그런 얘기를 하고 있겠죠."

"몇 명입니까?"

"네?"

"대체 몇 명이나 이 얘기를 하는지 알고 싶단 말입니다."

"어머, 세상에!" 그녀가 항변하듯 말했다. "그걸 제가 어떻게 알아요?"

"사람들이 이 얘기를 부인께 했죠?"

"그랬을 거예요."

"그럼 대체 **몇 명한테** 얘길 들었냐고요."

존슨 부인은 우려스럽다기보다는 점점 짜증이 났고, 그런 속내를 뚜렷이 드러냈다. "사실, 여기가 법정은 아니죠." 그녀가 말했다. "그리고 저는 명예훼손 소송의 피고인이 아니고요!"

결국 이 불행한 젊은이는 남아 있던 평정마저 잃고 말았다. "피고일 수도 있죠!" 그가 소리쳤다. "내가 알고자 하는 바는 그저 누가 감히 그딴 소리를 하고 다니냐는 말입니다. 내가 만약 이 도시의 모든 집에 쳐들어가야 한다면, 그 사람들이 한마디도 남김없이 다 털어놓게 할 겁니다! 내가 진짜로 알고 싶은 건 이 문제를 부인에게 얘기한 중상모략자의 이름 전부와 부인이 직접 그 이야기를 퍼뜨린 수다쟁이 전부의 이름이란 말입니다. 내가 진짜로 알고 싶은 건⋯⋯."

"그런 거라면 아주 빨리 알게 될 거예요!" 그녀가 힘겹게 일어서며 말했다. 목소리는 모욕감으로 탁하게 잠겨 있었다. "길바닥에 나가면 알게 될 테니까. 이제 제 집에서 떠나주세요!"

조지의 몸이 누가 봐도 뚜렷하게 뻣뻣해졌다. 그러더니 허리를 숙여 인사하고는 성큼성큼 문밖으로 걸어 나갔다.

삼 분 뒤, 조지는 헝클어진 머리에 땀을 뻘뻘 흘리며 온몸이 차가워진 채 소령의 저택에 있는 조지 삼촌의 방에 노크도 없이 들이닥쳤다. 앰버슨은 옷을 입던 중이었다.

"맙소사, 조지!" 삼촌이 소리쳤다. "무슨 일이냐!"

"방금 존슨 부인의 집에서 나오는 길이에요. 길 건너 집." 조지가 숨을 헐떡였다.

"너도 나름의 취향이 있구나!" 앰버슨이 한마디 했다. "근데 네 취향도 신기하긴 하다만, 머리는 좀 잘 매만지고 조끼는 오른쪽 단추까지 다 채워야 하지 않겠니? 아무리 존슨 부인 때문이라고 해도 말이다! 거기서 뭘 하고 있었던 거냐?"

"저보고 자기 집에서 나가래요." 조지가 절망에 빠져 말했다. "거기 간 건 온 도시가 어머니와 그 남자, 모건에 대해 떠들고 있다는 얘길 패니 고모에게 들어서였어요. 사람들 말이 어머니가 그자와 결혼할 거고, 아버지가 돌아가시기 전부터 그자를 무척 좋아했다는 사실이 드디어 입증됐다는 거예요. 고모 말로는 존슨 부인이 그런 얘길 하는 사람 중 한 명이고, 그래서 그런 얘길 또 누가 하는지 그 여자에게 물어보러 갔던 거예요."

앰버슨이 경악하여 턱이 빠져라 입을 딱 벌렸다. "정말로 물어봤다는 소리 나한테 하지 마라!" 그가 낮은 목소리로 말했다. 그러다가 그는 조카의 말이 사실이라는 걸 깨달았다. "세상에, 너 저질러버렸구나!"

제23장

"'저질렀다'고요?" 조지가 울부짖었다. "그게 무슨 말씀이세
요. 제가 저질렀다니? 제가 뭘 어쨌다고요?"

앰버슨이 경대 옆 안락의자에 무너지듯 앉았다. 그가 매려
던 하얀색 이브닝 넥타이가 손에서 흔들리다가 의자 팔걸이
에 떨어져 축 늘어졌다. 그가 조카의 말에 대답하기 전에 넥
타이는 바닥으로 떨어졌고, 앰버슨은 넥타이를 잡고 있던 손
을 들어 잿빛으로 세어가는 머리를 생각에 잠긴 얼굴로 쓸어
올렸다. "이럴 수가!" 그가 중얼거렸다. "정말 곤란하게 됐어!"

조지는 억울한 듯 팔짱을 꼈다. "제 질문에 대답 좀 해주시
겠어요? 제가 한 일이 명예롭지도 옳지도 않은 일이에요? 지
금 그 천한 것들이 어머니의 이름을 입에 올리며 돌아다녀도
된다고 생각하시는⋯⋯."

"이제는 그래도 돼." 앰버슨이 말했다. "전에는 그러면 안
됐는지 모르겠지만, 이제는 확실히 그래도 된다고!"

"그게 무슨 소리예요?"

조지의 삼촌이 땅이 꺼질 듯 한숨을 쉬고는 넥타이를 집어 허탈함에 사로잡힌 채 하얀색 론 끈을 착용이 불가능해질 때까지 배배 꼬았다. 그러는 한편으로 그는 조카에게 깨달음을 주고자 노력했다. "뒷소문이란 절대 치명적인 게 아니란다, 조지." 그가 말했다. "부정하는 게 가능할 때까지는 말이다. 뒷소문이란 살아 있는 사람뿐 아니라 죽고 나서도 살아 있는 것만큼이나 크게 기억되는 사람 모두를 대상으로 삼지. 하지만 그런 소문이 해가 되는 경우는 거의 없어. 편들어주겠답시고 누군가가 나서서 논란을 만들기 전까지는 말이야. 뒷소문은 추잡한 것이지만 허약해. 좋은 의도를 가진 사람들이 소문을 완전히 외따로 있게 놔두면 소문은 알아서 사라져. 백 번에 아흔아홉 번은 그래."

"저기 말이죠." 조지가 말했다. "저는 여기에 누구나 다 아는 빤한 철학이나 들으려고 온 게 아니라고요! 제가 물어보려는 건……."

"네가 뭘 어쨌다는 거냐고 물었지. 그래서 내가 얘기해주고 있는 거다." 앰버슨이 조카에게 울적한 미소를 보이고는 말을 계속했다. "내 식대로 하게 그냥 놔두렴. 패니 말로는 네 어머니에 대한 뒷소문이 있다고, 존슨 부인이 그 얘기를 하고 있다는 거 아니냐. 글쎄, 당연히 내게 그런 얘길 들고 올 사람도 없을 테고 내 면전에서 그런 얘길 꺼낼 사람도 없겠지. 하지만 아마 패니의 말은 사실일 거다. 내 짐작엔 그래. 패니가 존슨 부인과 같이 있는 걸 무척 자주 봤으니까. 그 늙은 여자는 악명 높은 수다쟁이고, 그래서 네가 소문을 퍼뜨리고 다니는 게 자기라고 딱 짚어 말하니까 집에서 나가라고 한 거다. 같이 오래 이야기를 나누면서 존슨 부인이 패니에게는 큰 위안이 되지 않았나 싶구나. 하지만 아마도 이젠 부인이 패니에게 이 문제에 대해서는 말하지 않겠지. 패니가 네게 말해버렸으니까. 나는 '도시 전체', 그러니까 수많은 사람 사이에 이 소문이 퍼졌다는 건 사실이라고 본다. 이 도시에서는 앰버슨 가문 사람과 관련된 이야기라면 늘 연못 한가운데 떨어진 돌처럼 여겨지는 게 당연한 일이었고, 거짓말이란 진실만큼이나 멀리까지 파문을 퍼뜨리게 마련이니까. 예전에 증기선에 탄 적이 있는데, 출항 둘째 날이 되자 탑승객 중 가장 예쁜 소녀에게 실은 양쪽 귀가 없다는 소문이 배 전체에 퍼진 적이 있단다. 서른다섯 살 넘은 여성의 머리칼이 점점 더 아름다워질수록 그 머리칼이 가발이라는 믿을 만한 정보를 가진 사람과 만날 가능성도 점점 더 커진다는 건 규칙이나 진배없지. 오랜 세월 동안 이 도시에서 앰버슨 가문에 대한 뒷소문이 다른 어떤 집안의 소문보다도 많았다는 건 너도 확실히 알고 있겠지. 감히 말하건대 이제는 우리 가문의 뒷소문이 예전처럼 많지는 않단다. 이 도시는 이미 오래전에 너무 커졌으니까. 하지만 네가 점점 더 눈에 띄는 사람이 될수록 너에 대한 소문이 점점 더 불어나고 있다는 것은, 그리고 점점 더 많은 사람이 널 무너뜨리고 싶어 한다는 것은 사실이지. 그래도 네가 너에 대한 뒷소문에 뭐가 있는지 알려고 들지 않는 한 그 사람들은 그렇게 할 수 없어. 하지만 네가 그 소문에 주의를 기울이는 순간, 소문이 널 이기는 거지! 나는 가끔 사람들을 법정으로 가게 만드는 특정한 종류의 중상모략에 관해 얘기하는 게 아니다. 내가 말하는 건 존슨 부인 같은 사람들이 퍼뜨려대는 야비한 웅성거림이야. 네가 지금 그토록 두려워하는 듯 보이는 그런 웅성거림, 사람들이 '떠들어대는' 웅성거림, 네 어머니를 몰아세운 바로 그런 종류의 웅성거림 말이다. 중상모략을 되풀이하는 사람들은 그냥 혼자 떠들게 내버려두면 제풀에 부끄러워하거나 자기가 했던 소리를 잊어버리게 된다. 그자들에게 맞서면 그자들은 자신을 방어하느라 자기들이 했던 말을 모두 믿게 되지. 자기를 거짓말쟁이라고 여기느니 너를 죄인이라 믿는 편이 차라리 나으니까. 자연스러운 일이지. 소문을 받아들이고 넘기면 그걸 없앨 수 있다. 맞서 싸우면 소문을 강하게 만들어주는 꼴이지. 사람들은 대부분의 중상모략을 잊게 마련이야. 당사자가 맞서 싸우는 소문만 빼고."

"말씀 다 끝나셨어요?" 조지가 물었다.

"그런 것 같구나." 삼촌이 슬프게 중얼거리듯 대답했다.

"그럼 삼촌이 제 입장이라면 뭘 어쨌을지 여쭤봐도 될까요?"

"글쎄다, 조지. 네 나이만 할 때 나도 너와 많은 면에서 닮았단다. 특히나 별로 냉정하지 못했다는 점은 더욱 닮았지. 그래서 뭐라 말을 못 하겠구나. 젊음이란 그리 미덥지 못한 것이지. 자기를 내세우고, 싸우고, 사랑을 나누는 걸 제외한다면."

"퍽이나 그러시겠죠!" 조지가 코웃음을 쳤다. "그럼 삼촌은 제가 뭘 어째야 했다고 생각하는지 여쭤봐도 될까요?"

"아무것도 안 했어야지."

"'아무것도 안 했어야지?'" 조지가 삼촌의 말을 격하게 따라했다. "삼촌 생각은 지금 제가 어머니의 훌륭한 평판을 그냥 그렇게⋯⋯."

"어머니의 훌륭한 평판이라고!" 앰버슨이 참지 못하고 조카의 말을 잘랐다. "못된 자들의 입에서 좋은 평판을 얻는 사람은 없어. 어리석은 자들의 입에서도 좋은 평판을 얻는 사람은 없지. 네 어머니의 평판은 어리석은 자들의 입에 오르내렸고, 네가 한 거라고는 도시 최악의 늙은 떠버리 여자에게 가서 꼴사납게 싸운 것 말고는 없단 말이다. 그러는 바람에 예전에는 그저 수다쟁이에 불과했던 여자가 이제 네 어머니에게 대항하는 투사가 될 거다. 그 여자가 내일 이 얘깃거리를 가지고 도시 전체를 돌아다닐 것 같지 않니? 내일? 아니, 오늘 밤이라도 당장 잠들지 않고 깨어 있는 친구들에게 죄다 전화를 돌려댈 거다! 그 소문을 들어본 적도 없던 사람들이 이제는 온갖 장식이 붙은 얘기를 듣게 되겠지. 그 여자는 가엾은 이저벨에 대한 소문을 귀띔이라도 받은 적 있는 사람이 모두 네가 전투태세를 갖췄다는 사실을 알도록 만들고 말 거다. 사람들은 방어막을 치고 사악해지겠지. 소문은 점점 퍼지면서 불어날 테고, 그렇게 되면⋯⋯."

조지가 팔짱을 풀고 오른손 주먹으로 왼손바닥을 두드렸다. "그럼 제가 그런 얘기를 참고 넘길 줄 알았어요?" 그가 소리 질렀다. "**제가** 대체 뭘 하리라 생각하는 거예요?"

"도움 될 일은 하나도 하지 않겠지."

"아, 그렇게 생각하신다 이거예요? 진짜로?"

"넌 아무것도 할 수 없어." 앰버슨이 말했다. "쓸모 있는 일은 말이다. 네가 뭘 하면 할수록 더 많은 해만 끼칠 거다."

"두고 보세요! 설사 내셔널 거리와 앰버슨 대로에 있는 모든 집에 쳐들어가야 한다고 해도 내가 이 소문을 막고 말 테니까!"

조지의 삼촌은 다소 심술궂게 웃었지만 딱히 더 말을 얹지는 않았다.

"그럼 **삼촌은** 뭘 할 작정이신가요?" 조지가 따져 물었다. "그냥 거기에 앉아서……."

"그럴 거다."

"그 천한 인간이 내 어머니의 평판에 대해 사람들 사이에서 이리저리 떠들고 다니도록 놔두겠다는 거예요? 그게 **삼촌이** 하겠다는 거냐고요?"

"그게 내가 **할 수 있는** 전부다." 앰버슨이 대꾸했다. "그게 우리가 지금 할 수 있는 전부야. 네가 그 끔찍한 늙은 여자를 자극했지만, 그냥 앉아서 그 소문이 너무 늦지 않게 잦아들기를 바랄 뿐인 거지."

조지는 길게 한숨을 내쉬고는 삼촌 앞으로 가까이 다가가셨다. "어머니가 그 남자랑 결혼할 생각이라고 사람들이 떠든다는 얘길 삼촌에게 했는데, 못 알아들으신 거예요?"

"아니, 잘 알아들었다."

"제가 그 여자 집에 가는 바람에 상황이 더 나빠졌다고 하시는데." 조지가 계속 말했다. "만약 그런…… 그런 말도 안되는 결혼이 이뤄졌으면 어땠을 것 같아요? **그렇게** 되면 사람들이 자기네가 틀린 말을 했던 거라고 깨달을 거라고 보시냐고요. 그자들이 무슨 말 하는지 알잖아요."

"그렇게 생각지 않는다." 앰버슨이 신중하게 말했다. "못된 자들의 입에서는 더 못된 말이 나올 테고 어리석은 자들의 입에서는 더 어리석은 말이 나오겠지. 감히 말하건대 분명 그럴 거다. 하지만 그 때문에 이저벨과 유진이 상처 입지는 않을 거야. 그런 말을 본인들이 듣지 않았다면 말이지. 그리고 설사 그런 말을 정말 들었다고 해도, 그 둘은 뒷소문을 진정시키든지 본인들의 행복을 위해 살든지 둘 중 하나를 선택할 수 있었겠지. 만약 그 둘이 결혼하기로 결심했다면……."

조지는 거의 놀라 자빠질 지경이었다. "세상에!" 그는 숨이 턱 막혔다. "그런 말을 어떻게 태연히 해요!"

앰버슨이 의아하다는 듯 조지를 올려다보았다. "둘이 원하는데 왜 결혼하면 안 된다는 거냐?" 그가 물었다. "본인들 문제인데."

"왜 하면 안 되냐고요?" 조지가 그 말을 되풀이했다. "왜 하면 안 되냐고요?"

"그래, 왜 하면 안 되는 건데? 나는 자유롭고 서로를 아끼는 두 사람이 결혼하는 게 하나도 터무니없어 보이지 않는다만. 둘이 결혼하는 게 뭐가 문제지?"

"터무니없는 일이 **될** 테니까요!" 조지가 소리를 질렀다. "**이** 소름 끼치는 일은, 설사 일어나지조차 않았어도 터무니

없을 지경인데, **지금** 눈앞에 **이런 일**이 벌어졌는데도……. 세상에, 거기 태평하게 앉아서 그런 말을 할 수 있다니! 여동생 일인데! 오, 맙소사, 세상에…….” 그는 자제력을 잃고는 앰버슨에게서 휘적거리며 멀어지더니 문으로 향하는 동안 격렬하게 손을 흔들어댔다.

“제발 부탁이니 그렇게 호들갑 떨지 마라!” 조지의 삼촌은 그렇게 말했다가 조카가 방을 떠나려 한다는 사실을 깨달았다. “이리 돌아와라. 이 얘기를 네 어머니한테 하면 안 돼!”

“그럴 생각 없어요.” 조지는 어물어물 말하고는 조명이 희미하게 켜진 널찍한 복도로 뛰쳐나왔다. 그는 계단으로 가면서 할아버지의 방을 지나갔다. 방 안에 있는 소령의 모습이 보였다. 접이식 뚜껑이 달린 책상 위에 놓인 회계장부로 몸을 숙이고 있는 할아버지의 백발이 램프 빛에 환하게 비쳐 보였다. 소령은 고개를 들지 않았고, 그의 손자는 그 늙은 몸뚱이가 예전처럼 수지를 맞추길 거부하는 장부에 떨리는 손으로 오래도록 덧셈과 뺄셈을 하며 허리를 수그리고 있다는 사실을 제대로 알아차리지 못한 채 성큼성큼 걸어 문을 지나갔다. 조지는 집으로 돌아가 어머니도 패니도 만나지 않고 모자와 코트를 챙겼다. 그런 다음 저녁 먹으러 외출한다는 말을 남기고 서둘러 집을 빠져나왔다.

그는 앰버슨 택지의 어두운 거리를 한 시간 남짓 걷다가 시내로 나가 레스토랑에서 커피 한 잔을 마셨다. 그런 다음 도시에서 조명이 켜져 있는 지역을 밤 10시까지 걸어서 돌아다니다가 북쪽으로 방향을 틀어 택지 인근으로 돌아왔다. 조지는 택지를 가로로 한 번, 세로로 다시 한번 성큼성큼 걸었다. 모자는 이마까지 끌어내렸고 코트 깃은 뒤로 젖혀진 채였다. 발이 아팠지만 발걸음에는 화가 잔뜩 나 있었다. 하지만 그는 조금씩 집 쪽으로 걸음을 옮겼고, 소령의 저택에 다다르자 안으로 들어가 정면의 거대한 석제 베란다 계단에 앉았다. 외롭고 불쾌한 장소에 희뿌연 사람 형체가 그렇게 오래도록 머물러 있었다. 소령의 저택에서 완전히 불이 다 꺼진 다음에도 마침내 12시가 넘어서야, 조지는 어머니 방의 창문이 어두워진 걸 보았다.

그는 그러고도 삼십 분을 더 기다린 뒤 새 주택들의 앞마당을 가로질러 집 현관문으로 소리를 내지 않고 들어갔다. 복도에 조명 하나가 켜져 있었고, 자기 방에 들어가니 그 안에도 조명이 하나 더 켜져 있었다. 조지는 얼른 소리 없이 자물쇠를 잠갔지만, 바깥 복도에서 잰걸음 소리가 날 때까지도 여전히 열쇠에 손가락을 얹은 채 그대로 있었다.

"조지, 애야?"

그는 방의 다른 쪽 끝으로 가고 난 다음에 대답했다.

"네?"

"지금까지 어디 있었는지 궁금했단다, 애야."

"그러셨어요?"

잠시 대화가 끊겼다. 이저벨이 소심하게 말했다. "어디에 있었건 즐거운 저녁을 보냈다면 좋겠구나."

그는 침묵하다 "고마워요"라고 감정 없이 대답했다.

또다시 침묵이 흐른 뒤 그녀가 재차 입을 열었다.

"잘 자라는 입맞춤은 받고 싶지 않겠지, 아마?" 그녀는 난처한 듯 무마하는 웃음을 살짝 흘린 뒤 덧붙였다. "네 나이에는 당연한 일이겠지만!"

"이제 잘게요." 그가 말했다. "안녕히 주무세요."

이번에 흐른 침묵은 이전의 침묵보다 더 휑하게 느껴졌다. 마침내 그녀의 목소리가 들렸다. 침묵과 다름없이 멍한 목소리였다.

"잘 자렴."

……침대에 눕고 난 뒤에도 그의 머릿속은 그 어느 때보다 격하게 소용돌이쳤다. 이 지독한 하루 동안 뒤죽박죽 흩어진 채 접했던 장면들이 이제 그의 앞에 한꺼번에 떠오르고 있었다. 그중 가장 선명하게 다가왔던 건 커다란 의자에 무너지듯 주저앉은 삼촌의 모습과 그의 손에서 흔들리던 하얀 넥타이였다. 그 기억 속 장면이 떠오르고 나자 조지의 마음에 한 가지 사실만큼은 분명하게 다가왔다. 조지 앰버슨 삼촌은 도움 따위를 전혀 기대할 수 없는 틀려먹은 몽상가이고, 정상적인 추진력이 결여된 사람 좋은 천치라는, 따라서 행동하는 인간에게 방어에 나서야 한다는 도의심이 요구되는 투쟁에는 전혀 쓸모가 없는 인간이라는 점 말이다.

그러다 조지의 상념은 존슨 부인의 분노에 찬 둥그런 머리로, 그 머리 앞에 멀리 고산지대의 지평선으로 가라앉는 태양처럼 커다란 가슴으로, 그 여자의 땍땍거리는 천식 환자 같은 목소리로 되돌아갔다……. "그저 안타까운 상황에 지나지 않을지도 **모르는** 것에 악의적인 해석을 가하려는 다른 이들의 성향에는 전혀 맞장구를 치지 않으면서……." "다른 사람들이 라면 이 문제를 논함에 있어, 저는 그랬지만, 자비로운 관점 에서 토론의 범위를 한정할 만큼 사려 깊지 않을 수도 있으 니……." "**그런 거라면** 아주 빨리 알게 될 거예요! 길바닥에 나가면 알게 될 테니까……." 그 목소리가 떠오를 때마다 조 지는 몇 번이고 거듭 자리에서 일어나 맨발로 방바닥을 돌아 다녔다.

그것이 바로 괴로움에 몸부림치는 젊은이가 창가로 햇살이 들어왔을 때 수척해진 모습으로 하고 있던 일이었다. 바닥을 돌아다니고, 손으로 머리를 쥐어뜯으면서 중얼대던 것 말이다.

"사실일 리가 없어. 이런 일이 **내게** 일어날 리가 없다고!"

제24장

언제나처럼 아침 식사가 조지의 방으로 들어왔지만, 그는
그 맛있는 식사를 평소처럼 왕성하게 탐하지 않았다. 음식
은 손도 안 댄 채로 남겼고, 계속 커피만 들이켰는데, 네 잔을
마시고 나니 작고 반짝이는 커피 추출기 안에 우려 마실 만
한 찌꺼기라고는 하나도 남지 않았다. 그렇게 커피를 마시던
중 조지는 어머니가 복도에 놓인 전화를 받는 소리를 들었
다. 전화기가 그의 방문 앞에서 그리 멀지 않은 곳에 있어서
목소리가 잘 들렸다. "여보세요? 오, 당신이군요! 당연히 그
래야죠! 물론이에요……. 그럼 3시쯤 보는 걸로 알고 있을게
요……. 네, 그때까지 안녕." 몇 분 뒤 조지는 어머니가 그의
방 창문 아래에서 누군가에게 뭔가 말하는 걸 들었다. 밖을
내다보니 그녀가 조그만 화단에 심은 식물들을 겨울에 대비
해 소령의 온실로 옮겨놓으라고 지시하고 있었다. 그녀에게
서는 활기찬 분위기가 풍겼다. 몸을 돌려 집으로 들어가던 중
그녀는 소령의 정원사가 한 이야기에 같이 즐겁게 웃음을 터

뜨렸는데, 그 무사태평한 발랄함에 그녀의 아들은 소름이 끼쳤다.

조지는 책상으로 가 서랍을 열어 뒤죽박죽으로 섞여 있는 물건들을 뒤지다가 액자에 넣지 않은 아버지의 커다란 사진을 꺼냈다. 그는 사진을 오래도록 애달프게 응시했고, 그러다 마침내 그의 두 눈에 뜨거운 눈물이 고였다. 아버지와 아들의 이 때늦은 대화가 이뤄지는 동안, 참으로 이상하게도 이목구비가 비뚤배뚤한 윌버의 얼굴이 점점 더 중요성을 띠어가는 듯했다. 신기하게도 그 얼굴에는 아들을 고결하게 꾸짖는 듯한 티가 났는데, 하지만 야단을 맞는다 해도, 지금 같은 상황에서는 당신의 살아생전에는 티끌만큼의 관심도 기울이지 않았던 조지가, 아버지가 죽고 난 지금에 와서야 그를 신성시하기 시작한 것보다 더 자연스러운 일은 있을 수 없을 터였다. "가여운, 가여운 아버지!" 아들이 더듬거리며 속삭였다. "가여운 분, 이 사실을 모르셨다니 정말 다행이에요!"

조지는 아버지의 사진을 신문지에 싼 다음 팔에 끼고 몰래 서둘러 집을 빠져나와 시내의 은세공 가게로 갔고, 거기서 사진을 넣을 휘황찬란하게 장식된 은제 액자에 60달러를 썼다. 점심도 커피로만 때운 다음 2시에 집으로 돌아와 액자에 넣은 아버지의 사진을 들고 서재로 가 한가운데에 놓인 탁자에 놓았다. 서재는 이저벨과 패니, 조지가 가장 많이 사용하는 공간이었다. 사진을 놓은 다음에는 길쭉한 '접견실'의 맨 앞쪽 창가에 앉아 레이스 장식이 달린 커튼 너머로 바깥을 내다보았다.

집 안은 조용했지만, 어머니와 패니가 위층에서 돌아다니는 소리가 한두 번 들렸고, 이저벨의 목소리로 불리는 노랫소리가 잔물결처럼 번졌다. 이저벨이 부르던 노래는 베이트먼 경에 대한 낭만적인 발라드●의 한 대목이었다.

> 베이트먼 경은 고귀한 귀족이었지
> 높은 지위의 고귀한 귀족
> 그는 서쪽으로 항해했고, 동쪽으로 항해했어
> 멀리 있는 나라들을 보기 위해서……

단어들이 흐려졌다. 선율이 멍한 듯 부르는 콧노래로 바뀌었다. 콧노래는 휘파람으로 바뀌었고, 그러다가 멀리 떠내려가듯 귀에서 벗어났으며, 집 안은 다시 고요해졌다.

조지는 시계를 자주 확인했지만, 불침번 노릇은 한 시간도 안 되어 끝났다. 3시 십 분 전, 커튼 너머로 바깥을 엿보던 조지의 눈에 집 앞에 멈춘 차에서 가뿐하게 내리는 유진 모건이 들어왔다. 자동차는 신형으로, 차체가 낮고 길었으며, 널찍한 뒷좌석이 정면을 향하고 있었다. 운전석에는 직업 운전기사가 앉아 있었는데, 가죽옷을 입은 그 기묘한 모습은 인간적인 느낌이 완전히 빠져나가 있어 겉보기에는 마치 기계의 일부 같았다.

● 유럽의 전통 민요인 〈베이트먼 경〉.

한편 시멘트 길을 따라 집으로 다가오는 유진은 빳빳한 모자와 긴 자락이 달린 코트로 조만간 재앙처럼 다가올 새로운 시대의 모습을 하고 있었다. 낡은 연미복을 입고 앰버슨 저택 무도회를 출랑거리며 돌아다니던, 악몽 같은 재봉틀을 타고 눈 쌓인 내셔널 거리를 통통거리며 나아가던 이상하게 생긴 아저씨와는 정반대되는 멋지고 당당한 외양이었다. 그날 오후 유진은 최신 유행의 외출복을 부티 나게 차려입고 있었는데, 부드러운 회색 모피로 만든 반코트를 걸쳤고 모자와 장갑은 회색 스웨이드 가죽 제품이었다. 의상을 고를 때 루시의 손길이 닿은 것 같다는 점이 티가 나기는 했지만 유진은 그런 옷차림을 수월하게 소화해냈고, 심지어 뽐내는 기색까지 보였다. 얼굴도 조금 달라진 듯했는데, 성공한 남자를 못 알아볼 수는 없는 노릇이기 때문이었다. 특히나 그의 성격이 온후하다면 더욱. 유진은 백만장자처럼 보이기 시작하고 있었다.

하지만 지금 길을 따라 올라오는 그에게서 다른 무엇보다도 뚜렷이 드러나는 것은 현재 자신의 사명이 약속하고 있는 행복에 대한 확고한 자신감이었다. 유진을 모르는 사람이 봐도 그의 두 눈에 담긴 기대감을 읽어낼 수 있을 터였다. 이저벨의 집 정문을 바라보는 그의 표정은 말로 다 할 수 없이 매력적이고 형언할 수 없을 만큼 사랑스러운 무언가가 이제 곧 모습을 드러내리라는 확신에 가득 찬 남자의 얼굴이었다.

······초인종이 울리고 조지가 '접견실' 입구에서 기다리고 있자니 하녀 하나가 호출에 응답하려고 나오던 중 복도를 지나갔다.

"신경 쓰지 마, 메리." 조지가 하녀에게 말했다. "내가 가서 누가 뭐 하러 왔는지 볼게. 아마 잡상인일 거야."

"감사합니다, 조지 도련님." 메리는 그렇게 말하고 집 뒤쪽으로 돌아갔다.

조지는 천천히 현관문으로 간 다음 멈춰 서서 장식용 반투명 유리에 떠오른 방문자의 희뿌연 실루엣을 가만히 바라보았다. 잠시 기다리고 있자니 실루엣의 윤곽이 선명해지면서 팔 하나가 눈에 들어왔다. 방문객의 팔은 초인종을 향해 뻗어 있었는데, 마치 문 바깥에 서 있는 신사가 초인종이 울렸는지 아닌지 미심쩍어하면서 다시 초인종을 눌러보기로 마음먹은 듯한 모습이었다. 하지만 그 손동작이 끝나기 전에 조지는 벌컥 문을 열고는 문지방 가운데로 단호하게 발을 내디뎠다.

유진의 낯빛이 약간 흐리게 변했다. 행복한 기대로 가득했던 표정이 격식을 갖춘 예의 바른 얼굴에 자리를 내주었다. "잘 지냈니, 조지." 그가 말했다. "미내퍼 부인이 나와 드라이브를 가고 싶어 하시는 것 같더구나. 내가 왔다고 말을 전해준다면 정말 고맙겠다만."

조지는 미동도 하지 않았다.

"싫어." 조지가 말했다.

자기 앞에 있는 초췌한 청년을 새삼 흘끗 보니 그의 두 눈이 이글거리고 있다는 사실이 분명히 드러났는데도 유진은 그 말을 얼른 못 알아듣겠다는 듯 굴었다. "미안하다만, 내 말은 그러니까……."

"당신 말은 들었어." 조지가 말했다. "내 어머니와 약속이 있다고 했지. 그리고 나는 당신한테 이렇게 대답했어. 싫다고."

유진은 조지를 침착한 표정으로 쳐다보고는 차분히 물었다. "말을 전하기 어려운 이유라도 있나?"

조지는 훌륭하게 태연한 목소리를 유지했지만 분노로 목소리가 미세하게 떨리는 것까지 누그러뜨리지는 못했다. "내…… 어머니는 당신이 오, 오늘 여기 온 걸 전혀 알 생각이 없을걸." 그가 말했다. "다른 날이라 해도 마찬가지고!"

유진은 계속 그를 찬찬히 뜯어보았다. 그 뜯어보는 시선 안에서 깊은 분노가 번득이기 시작했는데, 그 분노는 정말로 차분했기 때문에 더욱 강렬했다. "내가 자네 말을 잘 이해하지 못하는 것 같은데."

"내가 이보다 더 분명히 말할 수 있을지 모르겠는데." 조지가 언성을 조금 높였다. "그래도 해보지. 이 집에서는 당신을 원하지 않아, 모건 씨. 지금이건 다른 어느 때건. 이만하면 이해가 되지 않을까 싶은데!"

그 말을 마지막으로 조지는 유진의 면전에서 문을 닫았다.

조지는 그러고 난 뒤에도 자리를 뜨지 않고 문 안쪽에 서서 유진을 예의 주시했다. 반투명 유리에 비친 뿌연 실루엣이 한동안 그대로 머물러 있는 모습이, 마치 출입을 금지당한 신사가 이제 어떤 방법으로 움직여야 하는지 심사숙고하는 듯했다. '다시 초인종을 눌러보시지!' 조지는 마음을 단단히 먹었다. '아니면 옆문으로 들어오려고 해보든가. 그도 아니면 부엌문으로라도!'

하지만 유진은 들어오려고 더 시도하지 않았다. 실루엣이 사라졌다. 베란다 바닥을 가로지르며 물러나는 발소리가 들렸다. 조지는 '접견실' 창가로 돌아가서 자동차 제조업자가 당황스럽게 퇴각하는 광경을, 구애하러 입고 왔던 모피와 화려한 옷이 그를 조롱해대는 꼬락서니를 구경하는 보상을 얻었다. 유진은 천천히 차에 올라탔고, 조금 전 본인에게 본때를 보여준 집 쪽은 돌아보지도 않아서, 그가 불과 몇 분 전에 차에서 씩씩하게 뛰어내렸던 밝은 얼굴의 구혼자와 전혀 다른 사람이 되었다는 사실을 (심지어 20미터 거리의 창문에서도) 정말 잘 알아볼 수 있었다. 그가 축 처진 채로 힘겹게 뒷좌석에 오르는 모습을 관찰하고 있자니 신이 난 조지는 희희낙락의 먼 친척쯤 될 법한 거북스러운 소리를 목구멍에서 신나게 우르릉거렸다.

자동차는 제 주인보다 더 빨리 꽁무니를 뺐다. 그가 좌석으로 기어들자마자 차는 총알처럼 달려나갔다. 조지는 자동차가 쌩하니 사라지는 모습을 시야가 닿는 데까지 지켜보고 나서야 창문에 더 달라붙지 않았다. 그는 서재로 가서 아버지 사진을 올려놓은 탁자 옆에 앉은 뒤 책을 한 권 꺼내어 독서에 몰입한 척했다.

얼마 안 있어 이저벨이 들뜬 발걸음으로 계단을 내려오는 소리가, 그녀가 나직하고 달콤하게 〈베이트먼 경〉의 선율을 개작하여 부르는 휘파람 소리가 들렸다. 몰입한 채 휘파람을 계속 불며 서재로 들어온 그녀는 입고 나갈 모피 코트와 검은색 작은 모자에 두를 베일 두 장을 팔에 걸고 있었고, 오른손으로는 왼손에 낀 장갑에 단추를 채우고 있었다. 널찍한 서재에 묵직한 가구가 너무 많이 들어차 있고 안에 설치된 덧문이 햇빛 대부분을 차단하고 있어서 이저벨은 조지가 있다는 사실을 바로 깨닫지 못했다. 그녀는 아들의 존재를 알아차리는 대신 서재 끝에 나 있어서 거리를 전망할 수 있는 퇴창으로 가 무언가를 기대하듯 바깥을 흘끗거렸다. 그러더니 고개를 숙여 장갑을 주목하다가 다시 거리를 내다보았고, 휘파람을 멈추고는 서재 안쪽으로 몸을 돌렸다.

"어머나, 조지!"

그녀가 다가와 아들의 옆에 서서 몸을 기울였다. 그녀가 조지의 뺨에 입 맞출 때 고급스러운 사과꽃 향수 냄새가 어렴풋이 풍겼다. "얘야, 점심 같이 먹으려고 거의 한 시간을 기다렸는데 안 왔더구나! 다른 데서 점심 챙겨 먹었니?"

"네." 그는 책에서 고개를 들지 않았다.

"많이 먹었고?"

"네."

"정말? 매기를 시켜서 식당에 지금 먹을 것 좀 차려놓으라고 할까? 아니면 여기 가져오라고 할 수도 있고. 네가 그쪽이 더 편하다면 말이야. 나는 안 될……."

초인종이 딸랑거리는 소리가 들리자 이저벨은 복도로 통하는 문간으로 움직였다. "오늘 드라이브를 나갈 거란다, 얘야. 나는……." 그녀가 아들에게 하던 말을 끊고는 복도를 지나가던 하녀에게 지시했다. "모건 씨일 거야, 메리. 바로 나간다고 전해주렴."

"네, 마님."

메리가 돌아왔다. "잡상인이었어요, 마님."

"또 왔어?" 이저벨이 놀라서 말했다. "조금 전에 초인종이 울렸을 때도 잡상인이었다고 네가 나한테 말했던 것 같은데."

"조지 도련님 말씀이셨어요, 마님. 도련님이 문으로 나가셨거든요." 메리는 이저벨에게 그렇게 알려주고는 사라졌다.

"오늘 유난히 잡상인이 많은 것 같네." 이저벨이 생각에 잠겼다. "네가 본 잡상인이 뭘 팔려고 했니, 조지?"

"말도 못 꺼냈어요."

"바로 쫓아버렸구나!" 그녀는 그렇게 말하며 웃고는 계속 문간에 서 있다가 조지 옆의 탁자에 놓인 커다란 은제 액자를 알아차렸다. "세상에, 조지!" 그녀가 외쳤다. "액자에 **제대로** 돈을 썼구나!" 그녀는 서재를 가로질러 다가가 액자를 가까이서 들여다보았다. "이게 설마…… 루시 사진인가?" 그녀가 반쯤은 소심하게, 반쯤은 짓궂게 물었다. 하지만 다음 순간 그녀는 누구의 초상이 그 애달프고 화려한 액자에 들어가 있는지를 보았고, 간신히 들릴 만큼, 하지만 길게 **"오!"** 하고 내뱉고서는 침묵을 지켰다.

조지는 고개도 들지 않았고 움직이지도 않았다.

"정말 잘했구나, 조지." 그녀가 이내 착 가라앉은 목소리로 말했다. "네게 사진을 줄 때 내가 바로 이렇게 액자에 넣었어야 했는데."

조지는 아무 말도 하지 않았고, 그의 옆에 서 있던 이저벨은 아들의 어깨에 조심스레 손을 올렸다가 거둔 뒤 서재를 빠져나갔다. 하지만 그녀는 위층으로 올라가지 않았다. 조지는 어머니의 드레스가 복도에서 끌리는 희미한 소리를, '접견실'로 향하는 발소리를 들었다. 얼마 후 그녀가 있다는 약간의 기척마저 정적에 가려졌다. 조지는 자리에서 일어나 아무 소리도 내지 않으려고 신경을 쓰며 조심스레 복도로 나갔고, '접견실'의 열려 있는 이중문 사이에 난 비스듬한 틈으로 어머니의 모습을 보았다. 그녀는 조지가 오랫동안 차지하고 있었던 바로 그 의자에 앉아 무언가를 기대하듯, 그러면서도 조금 심란한 듯 창밖을 내다보고 있었다.

조지는 다시 서재로 가 삼십 분쯤 지루하게 대기하다가 어머니의 모습을 보았던 복도의 바로 그 위치로 소리 내지 않고 되돌아갔다. 그녀는 여전히 끈기 있게 창가에 앉아 있었다.

그 남자를 기다리는 걸까? 뭐, 꽤 긴 기다림이 될 테지! 울적해진 조지는 조용조용 계단을 올라 자기 방으로 돌아가 괴로운 마음으로 방바닥을 왔다 갔다 걷기 시작했다.

제25장

하지만 현관문 초인종이 울리는 소리를 듣자 조지는 문을 열어놓은 채로 방을 나왔고, 한 걸음 한 걸음 계단 중간까지 내려와 거기 서서 귀를 기울였다. 모건이 되돌아올지 모른다는 걱정은 별로 하지 않았지만 확실히 해두고 싶었다.

하녀 메리가 그의 아래쪽에서 복도로 나왔지만 집 앞쪽을 흘끗 보고는 되돌아갔다. 이저벨이 문으로 간 게 분명했다. 알아듣지 못할 웅얼거림에 뒤이어 빠른 어조로 말하는 조지 앰버슨의 심각한 목소리가 들렸다. "얘기 좀 해야겠다, 이저벨……." 다시 웅얼거림이 들렸다. 이저벨과 그녀의 오빠가 넓고 어둑한 계단 발치를 지나갔지만 둘 다 고개를 들지 않았고, 그래서 위에서 그들을 지켜보는 사람의 존재를 의식하지 못했다. 이저벨은 그때까지도 팔에 망토를 걸친 채였고, 앰버슨이 그녀의 손을 붙잡고 있다보니 계속 그 상태로 움직였다. 앰버슨이 여동생을 조용히 서재로 이끄는 동안 그녀의 태도는 심상치 않은데, 고개를 살짝 숙인 그녀의 자세는 놀란 듯도 했고 동시에 순종적으로도 보였다. 그들은 그렇게 손을 잡은 채 조지의 시야에서 벗어났다. 앰버슨이 서재의 커다란 이중문을 단번에 닫았다.

한동안 조지가 들을 수 있던 것이라고는 불분명한 삼촌의 음성뿐이었다. 그가 뭐라고 말하는지는 짐작할 길이 없었으나, 그의 어조에 형제가 내보이는 괴로움이 담겨 있다는 점만큼은 확실했다. 그는 무척 오랫동안 무언가를 설명하는 듯했는데, 조지는 그가 말을 멈추는 순간마다 어머니가 뭔가 말을 하고 있으리라 짐작했다. 하지만 어머니가 무척 가라앉은 목소리로 말하고 있음이 분명한 것이, 조지는 그 소리를 전혀 알아들을 수 없었다.

그러다 돌연 조지의 귀에 어머니의 목소리가 또렷이 들렸다. 그녀의 절규가 그 육중한 문을 뚫고 크고 선명하게 터져 나왔다.

"오, **아니에요!**"

그 절규는 마치 오빠가 그녀에게 결코 진실이 아닌 이야기를 했다고, 혹은 설사 진실이라고 해도 그가 진술한 사실은 없었던 일이 되어야 한다고 항변하는 외침 같았다. 그야말로 순수한 고통이 담긴 소리였다.

조지의 근처에서 또 다른 고통에 찬 소리가 그 뒤를 이었다. 그의 머리 바로 위에서 격렬하게 훌쩍이는 소리가 터져 나왔던 것이다. 그가 고개를 들어보니 패니 미내퍼가 층계참에 서서 난간에 몸을 기댄 채 손수건으로 눈과 코를 누르고 있었다.

"**저게** 무슨 얘긴지 난 알 것 같아." 그녀가 쉰 목소리로 속삭였다. "네가 유진에게 한 짓을 얘기한 거야!"

조지가 고개를 돌려 어깨 너머로 그녀를 험악하게 바라보았다. "방으로 돌아가요!" 그는 그렇게 말하고는 계단을 내려가기 시작했다. 하지만 패니는 그의 목적을 알고 있었기 때문에 서둘러 조지를 쫓아 내려가 팔을 붙잡아 더 가지 못하게 막았다.

"너 지금 **저기** 가려는 거잖아?" 그녀가 목쉰 소리로 속삭였다. "그러면 안……."

"놔요!"

하지만 그녀는 그를 무섭게 붙들고 늘어졌다. "안 돼, 못 가, 조지 미내퍼! 저곳에서 떨어져! 떨어지라고!"

"이거 좀 놓으라니까……."

"못 놔! 여기로 돌아와! 위로 올라와서 저 사람들 그냥 놔두라고. 그게 네가 할 일이야!" 패니는 그렇게 강경한 결정을 내리고는 그를 붙들고 잡아당기며 절대 놓아주지 않았다. 조지는 되도록 고모를 다치게 하는 일 없이 그녀를 떼어내려고 애썼지만, 그녀가 숙녀다운 품위를 완전히 잊고서 자신을 공격하는 바람에 비틀거리며 계단참까지 떠밀려갔다.

"이 무슨 어처구니없는 짓……." 조지는 잔뜩 성이 나서 말을 시작했지만 패니는 그의 소매를 붙잡고 있던 두 손에서 한 손을 빼 그의 입을 틀어막았다.

"입 다물어!" 이 기괴한 전투에서 패니는 단 한순간도 목쉰 소리로 속삭이는 것 이상으로 언성을 높이지 않았다. "입 다물라고! 망측하기는. 꼭 수술실 문밖에서 말싸움이라도 하는 것 같잖아! 계단 위로 계속 올라가. 계속 가라고!"

조지가 정말 마지못해 그 말에 복종하자 그녀는 그가 간 길을 따라 올라가 계단 맨 위에 자리를 잡았다. "저기를!" 그녀가 말했다. "지금 저기를 들어가려 하다니! 그런 건 들어본 적도 없어!" 그때 그녀가 정말 놀라울 정도로 보여주었던 신경질적인 생기가 별안간 종적을 감춰버렸고, 패니는 다시 울기 시작했다. "내가 정말 **지독한** 바보였어! 난 진짜로 네가 무슨 일이 벌어지고 있는지 아는 줄 알았어. 그러지 않았으면 나는 절대, 절대 그런 짓을 하지 않았을 거야. 네가 모든 걸 그렇게 끔찍한 비극으로 만들어버릴 줄 내가 **꿈에도 생각했을** 것 같니? 응?"

"고모가 무슨 꿈을 꿨든 내 알 바 아니에요." 조지가 중얼거렸다.

하지만 패니는 계속 말을 이었다. 정말로 비탄에 차 동요하고 있었는데도 그녀는 언성을 너무 높이지 않으려고 줄곧 주의를 기울였다. "네가 존슨 부인 앞에서 그런 바보짓을 할 거라고 내가 생각이나 했을 것 같니? 세상에, 오늘 아침에 존슨 부인을 만났어! 부인은 내게 그런 얘기는 한마디도 하지 않았지만 돌아오는 길에 조지 앰버슨을 만났고, 그 사람이 네가 거기서 무슨 짓을 저질렀는지 다 말해줬어! 네가 오늘 오후에, 이 집에서, 유진에게 그런 짓을 할 거라고 내가 생각이나 했을 것 같니? 그래, 네가 그랬다는 거 알아! 침실 정면 창문에서 내다보고 있었으니까. 그 사람이 차를 타고 나타난 것도, 다시 떠난 것도 봤어. 네가 문간에 있었다는 것도 알았고. 당연히 그 사람은 이 문제로 조지 앰버슨에게 갔고, 그래서 조지 앰버슨이 여기 온 거야. 이저벨에게 일이 어떻게 된 건지 다 말해야 하니까. 넌 저기 들어가서 끼어들고 싶겠지. 뻔할 뻔 자야! 여기 그대로 있어. 오빠가 말하게 내버려두라고. 조지 앰버슨은 이저벨을 조금이나마 배려하고 있으니까!"

"난 배려하지 않은 줄 아시나보죠!" 조지가 그렇게 반박하자 패니가 매몰차게 웃었다.

"네가? 네가 남을 배려한다고?"

"저는 어머니의 평판을 배려하고 있어요!" 그가 격하게 말했다. "누군가를 배려할 때 가장 먼저 고려해야 하는 게 바로 평판일 거예요! 그런데 저기 말이죠. 고모는 어제 오후에 보였던 것과는 무척이나 다른 방침을 택하고 계신 것 같다는 생각이 드는군요!"

패니가 자기 손을 마주 잡아 비틀었다. "내가 끔찍한 짓을 저질렀어!" 그녀가 탄식했다. "다 끝나고 너무 늦어버린 마당에야 그게 **어떤 짓이었는지** 알겠어! 그냥 일이 벌어지는 대로 놔둬야 한다는 자각이 없었던 거야. 내가 끼어들 일이 전혀 아니었고, 끼어들고 싶은 마음도 **정말** 없었어. 난 그냥 말을 하고 싶었을 뿐이야. 답답한 마음을 좀 풀고 싶었을 뿐이라고! 내가 말했던 건 너도 이미 다 아는 얘기인 줄만 알았어. 네가 저지른 짓을 하도록 부추기느니 차라리 내 손을 자르고 말았을 거야! 난 그저 너무 괴로워서 속을 좀 풀고 싶었을 뿐이야. 진짜로 해를 끼칠 생각은 전혀 없었단 말이야. 그런데 지금 무슨 일이 일어났는지 **보고** 있자니…… 아, 난 바보였어! 내가 끼어들어서는 안 되는 일이었는데. 뭐가 어찌 됐든 유진은 절대 날 바라보지 않았을 텐데, 왜 전에는 그걸 몰랐을까! 그 사람은 이저벨 때문이 아니면 평생 여기 올 일이 없을 사람인데. 절대 안 올 사람인데! 그냥 둘만 있도록 내버려두는 게 나았을 거야. 그 사람이 절대 이저벨을 볼 수 없게 된다 해도 나를 볼 일은 없었을 테니까. 둘은 주변에 아무런 해도 끼치지 않았어. 이저벨은 윌버 오빠를 행복하게 했고, 오빠가 살아 있는 동안은 오빠에게 충실한 아내였어. 이저벨이 줄곧 유진을 좋아했던 게 범죄는 아니었는데. 분명히 말하는데, 이저벨은 유진에게 자기 마음을 한 번도 **털어놓지** 않았어. 대신 내게 온갖 기회를 다 줬지! 매번 자기가 할 수 있는 한 나와 그 사람만 같이 있도록 자리를 마련해줬어. 심지어는 윌버 오빠가 죽고 난 다음에도. 하지만 그게 다 무슨 소용이야? 난 여기서 이렇게, 그런 기회를 조금도 활용해보지 못하고." 패니가 다시 손을 비틀어 쥐어짰다. "그저 두 사람을 망치고 앉아 있는데!"

"지금 제가 두 사람을 망치고 있다는 소리로 들리는군요." 조지가 매몰차게 말했다.

"그래, 그 말이야!" 그녀는 훌쩍이더니 기력이 다하여 계단 난간에 축 처져 기댔다.

"그 반대예요. 저는 어머니를 재앙에서 구하려는 거라고요."

패니는 절망에 찌든 채 힘없이 그를 바라보았다. 그러더니 조지의 옆을 지나 천천히 자기 방문으로 가다가 멈춰 선 다음 그에게 오라고 손짓했다.

"왜 그러시는데요?"

"여기로 잠깐만 와봐."

"뭐 하려요?" 그가 짜증스레 물었다.

"말해줄 게 있어서 그래."

"그럼 제발 그냥 말해요! 여기 듣는 사람 아무도 없으니까." 하지만 잠시 뒤 패니는 다시 조지를 손짓으로 불렀고, 그는 정말로 짜증이 가득한 채 그녀에게 갔다. "그래, 뭔데요?"

"조지." 그녀가 나직한 목소리로 말했다. "네게 이 말은 꼭 해줘야 할 것 같다. 내가 너라면 어머니를 혼자 놔둘 거야."

"아, 진짜, 세상에!" 조지가 신음했다. "난 어머니를 위해 이러는 거예요. 어머니에게 해를 끼치려고 이러는 게 아니라!"

패니는 어느새 온화해졌고, 훌쩍임도 그친 뒤였다. 그녀가 차분히 고개를 저었다. "아냐, 내가 너라면 어머니를 혼자 놔둘 거야. 내 생각에 이저벨은 건강이 그리 좋지 않아, 조지."

"어머니가요? 난 살면서 어머니보다 더 건강한 사람은 본 적이 없어요."

"아냐, 남들이 모르게 하고는 있지만, 이저벨은 정기적으로 의사를 찾아간단다."

"여자는 원래 늘 정기적으로 의사한테 가요."

"그게 아냐. 의사가 그렇게 하라고 시켰어."

조지는 별로 놀라지 않았다. "전혀 별일 아니에요. 어머니가 몇 년 전에 그 얘기 한 적 있어요. 무슨 가족력이라고요. 할아버지도 같은 문제가 있다고 그랬단 말이에요. 근데 할아

버지 보세요! 심각한 일 같은 건 전혀 안 일어났잖아요! 고모
는 내가 그 남자를 쫓아낸 게 뭐 잘못이라도 되는 것처럼, 내
가 어머니를 보호하는 게 아니라 학대라도 할 것처럼 구는군
요. 세상에, 정말 죽겠네! **고모가** 이 도시의 온갖 천한 놈들이
어머니 이름을 들먹이며 법석을 떨고 있다고 내게 말했잖아
요. 그래서 내가 어머니를 보호하려고 손을 딱 들었는데 바로
그때 날 공격하기 시작하더니…….."

"쉿!" 패니가 조지의 팔에 손을 올려놓으며 그를 막았다.
"네 삼촌이 가고 있어."

서재 문이 열리는 소리가 들리더니 잠시 뒤 현관문이 닫히
는 소리가 났다.

조지는 계단 앞으로 가 거기 선 채로 귀를 기울였다. 하지
만 집 안은 조용했다.

패니가 입술로 소리를 내어 조지의 주의를 끌었다. 그가 고
모를 흘끗 보자 그녀는 고개를 황급히 내저었다. "혼자 있게
놔둬." 패니가 속삭였다. "지금 저기 혼자 있어. 내려가지 마.
그냥 혼자 두라고."

패니는 조지를 향해 몇 발짝 걷다가 멈춰 섰다. 얼굴에 핏
기가 사라지고 두려움이 깃들어 있었다. 두 사람 모두 그 자
리에 선 채 혹여 아래층의 정적을 깨는 소리라도 날까 귀를
기울였다. 어떤 소리도 들리지 않았다. 사무치는 정적이 오
래, 무척 오래도록 지속되었고, 두 사람은 알 수 없는 주문에
라도 걸린 양 그 자리에 서 있었다. 그 침묵이 역설하는 애처
로운 웅변은 죽은 윌버의 사진이 들어 있는 새 은제 액자가

희끄무레하게 빛을 발하는 크고 어둑한 서재에 홀로 앉아 있는 인물에 대해 말하는 듯했고, 거기에는 조지마저 꼼짝 못하게 막아서는 무언가가 있었다.

조카와 고모가 기묘한 보초 노릇을 하는 동안 두 사람의 머리 위에 있는 삼중 스테인드글라스 창문에서 들어온 빛이 계단 층계참과 그 위쪽 부분을 비추었다. 1880년대의 장인들이 사랑과 순수와 아름다움을 그려내고자 상상한, 파란색과 호박색 의복을 입은 인물들이 창틀 안에서 우아하게 자세를 잡고 있었는데, 절대 바뀔 수 없는 자세로 살아가는 이 인물들조차도 창에서 떨어지는 희미하고 얼룩덜룩한 빛을 머리 위로 받고 있는 두 인간보다 약간 더 부동자세를 취하고 있을 뿐이었다. 스테인드글라스의 색깔이 차츰 흐릿해졌다. 저녁이 다가오고 있었다.

패니 미내퍼가 마음을 진정시키는 듯 숨을 들이켜는 소리를 목구멍으로부터 내면서 긴 정적을 깼다. 그러고는 최고의 동반자인 손수건과 함께 외로운 자기 방으로 가만가만 물러났다. 그녀가 가고 난 뒤 조지는 쓸쓸하게 주위를 둘러보고는 까치발로 복도를 지나 저녁놀에 온통 물든 자기 방으로 들어갔다. 어째서인지는 설명할 재간이 없었지만, 조지는 방 안에서도 계속 발끝으로 걸어가 창문에 면해 있는 의자에 무거운 마음으로 앉았다. 창밖으로 보이는 것이라고는 어두워지는 하늘과 근처 새 주택들의 벽뿐이었다. 그는 전날 밤에 전혀 잠을 자지 못했고 전날 점심 이후로는 아무것도 먹지 못했지만 졸음도 허기도 느끼지 않았다. 그를 가득 채운 굳은 결심

덕에 몸이 유지되기는 했지만 정신은 지나칠 정도로 말짱했으며, 창문 너머 보이는 잿빛을 두 눈 크게 뜨고 응시하는 그의 시선은 쓸쓸하기 그지없었다.

어둠이 완전히 내렸을 때, 방에 있는 그의 등 뒤에서 발소리가 들렸다. 누군가가 조지가 앉아 있는 의자 옆에 무릎을 꿇고 앉아 가없는 동정심을 담아 두 팔로 그를 끌어안았다. 그 누군가가 조지의 어깨 위에 머리를 부드럽게 기댔을 때 희미한 사과꽃 향수 냄새가 어렴풋이 풍겨왔다.

"괴로워하지 않아도 된단다, 얘야." 조지의 어머니가 속삭였다.

제26장

　조지는 숨이 턱 막혔다. 순간 그는 무너져 내릴 뻔했지만 스스로를 다잡고는 어머니가 보인 동정으로 인해 일어난 자기 연민을 용감히 떨쳐냈다. "괴로워하는 것 말고 제가 할 일이 있나요?" 그가 말했다.

　"그렇지 않아. 아니란다." 그녀가 그를 달랬다. "그럴 필요 없단다. 무슨 일이 있건 간에 괴로워할 것 없어."

　"말이야 쉽죠!" 조지는 그렇게 항변하며 자리에서 일어날 것처럼 꿈틀거렸다.

　"잠시만 이렇게 있자꾸나, 얘야. 일이 분만이라도. 할 말이 있어서 그래. 조지 오빠가 다녀갔어. 내게 다 말해줬단다. 네가 얼마나 힘들어했는지, 오페라글라스를 낀 그 늙은 여자에게 얼마나 씩씩하게 다녀왔는지." 이저벨이 슬픈 듯 작은 소리로 웃었다. "끔찍한 여자야! 그렇게 저속한 노파가 될 수 있다니 정말로 끔찍해!"

　"어머니, 저 말이죠……." 조지가 다시 자리에서 일어나려 몸을 움직였다.

"일어나야겠니? 그게 대화하기에는 편할 것 같기도 하구나. 그럼……." 그녀가 양보했다. 조지는 자리에서 일어나 어머니를 부축하여 일으킨 뒤 방의 불을 켰다.

전구에서 갑작스레 쏟아져 나오는 빛줄기로 방이 밝아지며 활기를 띠자 이저벨은 불을 켜지 말라는 몸짓을 하다가 미안하지만 어쩔 수 없다는 듯 희미하게 웃고는 얼른 조지에게서 등을 돌렸다. 그녀가 자기 행동의 의미를 설명했다. "네게 보기 좋은 얼굴을 보여주려고 그래. 아직 보지 마." 잠시 뒤 이저벨이 아들 쪽으로 다시 몸을 돌렸다. 눈이 풀 죽어 있었지만 눈물을 흘렸다는 티는 전혀 나지 않았다. 그녀는 자기 입술에 미소 비슷한 뭔가가 있다는 걸 보여주려고 애쓰는 중이었다. 여전히 모자를 쓴 채였고, 약간 구겨진 하얀 봉투를 손가락으로 불안하게 쥐고 있었다.

"저기, 어머니……."

"기다리렴, 애야." 이저벨이 말했다. 조지는 싸늘한 태도로 서 있었지만 그녀는 팔을 들어 다시 아들을 끌어안고는 자기 뺨을 조지의 뺨에 가볍게 갖다 댔다. "오, 정말 속상해 보이는구나. 가여운 것! 너도 이 하나만은 의심할 수 없을 거야, 사랑하는 아들아. 내가 세상 어느 것도 널 아끼는 것만큼은 아낄 수 없다는 건 너도 알잖니. 나는 절대, 절대 그럴 수 없어!"

"저기요, 어머니……."

이저벨이 아들을 놓아준 뒤 한 걸음 물러섰다. "조금만 더 얘기할게, 애야. 우선 이 편지를 읽어주렴. 이걸 읽으면 우리가 상황을 더 잘 알 수 있어." 그녀는 아들의 손에 자기가 가져온 봉투를 쥐여주고는, 조지가 봉투를 열고 그 안에 동봉된 긴 글을 읽기 시작하자 방 한쪽 끝으로 천천히 물러났다. 그러고는 조지에게 등을 돌린 채 그가 편지를 다 읽을 때까지 고개를 조금 숙이고 서 있었다.

편지지에는 유진의 손 글씨가 빼곡히 적혀 있었다.

친애하는 이저벨, 조지 앰버슨이 이 편지를 전할 겁니다. 지금 제가 편지를 쓰는 동안 기다리고 있지요. 앰버슨과 저는 이 상황에 관해 이야기를 나눴고, 앰버슨이 이 편지를 당신께 건네기 전에 자초지종을 알려줄 겁니다. 물론 저도 약간 당혹스럽다보니 이 문제를 제대로 숙고할 만한 시간은 없었습니다만, 오늘 일어난 일에 대해서는 제가 미리 준비했어야 했다고 생각합니다. 이런 일이 일어날 줄 알았어야 했던 거죠. 젊은 조지가 갈수록 저를 더 싫어한다는 사실은 오랫동안 잘 알고 있었으니까요. 어째서인지 저는 조지와 결코 친교를 맺지 못했습니다. 그는 늘 내심으로 저를 불신했죠. 불신과 비슷한 다른 감정이었을 수도 있고요. 아마도 그게 그 친구 앞에서 가끔 어색하고 겸연쩍게 굴었던 이유일 겁니다. 제 생각에 조지는 제가 당신을 참 많이 아낀다는 걸 처음부터 느꼈을 테고, 당연히 그 점에 분개했을 겁니다. 제가 당신을 정말로 아낀다는 사실을 드러내는 데(적어도 저 나름으로는) 조심스러워했는데도, 당신에게까지도 그랬는데도 조지는 늘 그 점을 느끼고 있지 않았나 싶군요. 조지는 당신이 저를 너무 많이 생각하고 있을까봐 두려웠을지도 모르겠습니다. 심지어 당신이 제 생각을 별로 하지 않고 저를 그저 옛 친구로서만 좋아했을 때조차도 말이죠. 조지 나이대의 사람들이 뒷소문을 듣고 흥분하는 건 제가 보기에는 완벽하게 이해되는 일입니다. 친애하는 이저벨, 당혹스럽기는 해도 저 나름으로 확실히 드리고픈 말은, 그런 말도 안 되는 소문 따위에 우리는 전혀 신경을 쓰지 않는다는 사실입니다. 어제 저는 드디어 당신께 청혼할 때가 왔다고 생각했고, 당신은 정말 사랑스럽게도 제게 "언젠가는 그럴 때가 올지도 모른다"라고 했죠. 당신과 저는, 오직 우리만큼은, 우리가 지금껏 어떤 사람이었고 지금은 어떤 사람인지 알고 있으니 '뒷말' 따위에는 늙은 고양이들이 야옹거릴 때 기울이는 만큼의 관심 정도나 주게 되겠죠! 우리는 그런 소문들이 우리에게 충분히 남아 있는 삶을 방해하도록 놓아두어서는 안 될 겁니다. 그것이 옛 불행과 실수를 우리 스스로에게 만회하는 길이니까요. 하지만 지금 우리는 중상모략도, 중상모략에 대한 우리의 두려움도 아닌(우리는 그런 게 전혀 없으니까요) 중상모략에 대한 다른 사람의 두려움, 즉 당신 아들의 두려움이라는 문제에 직면했습니다. 오, 세상에서 가장 사랑스러운 여인이여, 당신에게 아들이 어떤 존재인지 저는 압니다. 그 사실이 저를 겁먹게 하지요! 무슨 말인지 조금 설명해보겠습니다. 저는 조지가 변할 것 같지 않습니다. 스물한 살, 또는 스물두 살 때는 정말 많은 것이 견고하고 영구적이며 끔찍하게 보이게 마련입니다. 마흔 살의 눈에는 그것들이 모두 덧없이 사라질 나쁜 기운에 불과한데 말이죠. 마흔 살은 스무 살에게 이 점을 설명할 수가 없습니다. 안타까운 일이지만요! 스무 살은 마흔 살이 되어서야 그 사실을 깨달을 수 있을 뿐입니다. 그리고 이제 우리는 그 나이가 되어가지요, 사랑스러운 이여. 당신은 스스로의 방식대로 삶을 사시렵니까, 아니면 조지의 방식대로 사시렵니까? 조금 더 나아가보도록 하죠. 지금 이 상황에서 전적으로 솔직하지 않으면 치명적인 파국을 맞게 될 테니까요. 조지는 자기를 오래도록 숭배하는 대상으로만 당신을 대할 겁니다. 당신의 희생, 조지가 태어난 이후 매일 조금씩 기울여왔던 그 모든 보이지 않는 희생이 조지가 그런 행동을 하도록 만들 겁니다. 사랑스러운 이여, 당신 때문에 가슴이 찢어지지만, 지금 당신이 맞서야 할 것은 당신 자신의 사심 없고 완벽한 모성애가 만들어온 역사입니다. 언젠가 저는 당신이 아들을 숭배하는 것은 아들에게서 천사를 봤기 때문이라는 말을 한 적이 있습니다. 저는 지금도 그것이 모든 어머니에게 해당하는 진실이라고 믿어마지않아요. 하지만 어머니가 아들을 숭배할 때, 그녀는 아들에게 있는 '의지'가 천사와 마찬가지로 추앙을 받으리라는 법은 없다는 사실을 깨닫지 못할 수도 있습니다. 당신이 그 천사에게 준 사랑으로 인해 우리 두 사람에게 맞서는 그 '의지'가 얼마나 강해졌는지를 생각하면, 당신의 그 다정한 '의지'가 얼마나 오랫동안 다른 사람을 섬겼는지 생각하면, 저는 당신에 대한 (당신과 나 모두에 대한) 두려운 걱정에 아파갑니다. 당신은 충분히 강한 사람인가요, 이저벨? 싸울 수 있나요? 만약 당신이 이 문제에 대해 용기를 갖는다면, 이것이 결국 아무것도 아니었다는 사실을 금세 깨닫게 되리라고 저는 자신 있게 말할 수 있습니다. 당신은 행복을 얻게 될 것이고, 얼마 지나지 않아 **오로지** 행복만 얻을 겁니다. 제게 편지를 써서(당신 집으로 갈 수는 없으니까요) 어디서 저와 만날지 얘기만 해주세요. 우리는 한 달 뒤 돌아오는 거고, 그때는 당신 아들 안의 천사가 아들을 당신께 데려올 겁니다. 약속해요. 일단 당신이 그 난폭한 '의지'를 이겨낸다면, 그의 내면에 있는 선함이 훌륭하게 자랄 테니까요. 하지만 그러려면 그 의지는 패배해야 합니다!

당신의 오빠, 그 훌륭한 친구가 인내심을 발휘하며 기다리는 중입니다. 더 길게는 붙잡아둘 수 없겠군요. 조언치고는 너무 말이 많지 않았는지 우려됩니다. 하지만, 오, 내 사랑스러운 사람이여, 강해지지 않으렵니까. 잠시만, 약간만 힘을 들이는 것으로 충분합니다! 내 인생을 거듭 무너뜨리지 말아주오, 사랑스러운 이여. 저는 이번에는 그런 일을 겪지 않을 자격이 있으니까요.

유진

다 읽고 나자 조지는 돌연 편지를 홱 집어 던졌고, 그 바람에 한 장은 침대 위로, 나머지 장들은 바닥으로 떨어졌다. 종이가 떨어지는 희미한 소리를 들은 이저벨이 다가와서는 무릎을 꿇고 편지지를 주워 모으기 시작했다.

"다 읽었니, 얘야?"

조지의 얼굴은 더는 창백하지 않았지만, 분노로 달아올라 있었다. "네, 읽었어요."

"끝까지 다?" 그녀가 몸을 일으키며 자상하게 물었다.

"당연하죠!"

이저벨은 조지에게 말하는 동안 아들을 바라보지 않고 손에 쥔 편지로 눈을 내리깐 채 떨리는 손으로 편지지를 순서에 맞춰 정리했다. 그녀는 미소 짓고 있었지만 그 미소는 그녀의 손만큼이나 떨렸다. 초조함과 억누를 수 없는 두려움이 그녀를 사로잡고 있었다. "하, 하고 싶은 말이 있단다, 조지." 이저벨이 더듬거리며 말했다. "내 생각에는, 만약…… 만약에, 언젠가 그런 일이 일어나면…… 내 말은, 만약 네가 그 일을 달리 생각하게 된다면, 그럼 유진과 나는…… 그러니까 만약 우리가 그렇게 하는 게 가장 현명한 일처럼 보인다면…… 그렇게 되면 네가 그, 루시, 그러니까…… 루시가 네 이복누이가 된다면 네 기분이 좀 이상할 것 같아서 걱정이란다. 물론 당연히 루시는 법적으로도 너와 친척은 아니겠지만, 그래도 만약…… 만약 네가 그 아이를 좋아했다면……."

이저벨이 하고픈 말을 더듬더듬 꺼내며 여기까지 오는 동안, 조지는 점점 더 엄혹하고 분개하는 시선으로 자기 어머니를 응시하다가 루시 이야기가 나오자 말을 뚝 잘랐다. "루시 생각은 이미 관둔 지 오래예요." 그가 말했다. "당연한 얘기지만 저는 그 여자의 아버지를 일부러라도 잘 대해야겠다고 생각하면서 대할 수는 없었을 거예요. 그렇게는 정말 못 했을

거고, 그러니 그 사람 딸이 제게 다시 말을 걸 거라고 기대할
수도 없었겠죠."

이저벨이 안타까움이 가득한 외침을 짧게 내뱉었지만, 조
지는 어머니가 입을 열 기회를 전혀 주지 않았다. "제가 뭐 특
별한 희생을 한다고 생각하실 필요 없어요." 그가 날카롭게
말했다. "그렇지만 이렇게 명예와 관련된 문제에서 필요하다
면 저는 당장에라도 기꺼이 희생할 거예요. 저는 루시에게 관
심이 있었고, 심지어 정말로 좋아했다고까지 말할 수 있을 정
도였어요. 하지만 그 여자는 제게 별로 마음을 쓰지 않는다는
사실을 참으로 만족스럽게 입증해냈죠! 그 여자는 우리 의견
의…… 차이를 이야기하는 중에 그냥 떠나버렸어요. 심지어
자기가 어딜 간다고 제게 알리지도 않았고, 편지 한 장 쓰지
않았을뿐더러 돌아오고 나서는 사람들한테 '완벽하게 멋진
시간'을 보냈다고 떠들어댔고요! 그거면 제겐 충분해요. 나는
내게 그따위 짓을 몇 번이고 저지르도록 판을 깔아줄 사람이
절대 아니니까! 솔직히 말하자면, 우리는 그렇게 마음이 잘
맞는 사이가 아니고 그 여자가 떠나기 전에도 그걸 아주 잘
알았어요. 우린 절대 행복해서는 안 되는 사이였다고요. 그
여자는 늘 '우월'하게 굴었고, 저를 비판적으로 대했어요. 기
분이 좋다고는 못 하죠, 그런 건! 나는 그 여자에게 실망했으
니 이렇게 말해도 괜찮겠죠. 저는 그 여자의 천성이 세상에서
제일 심오하다고는 생각하지 않아요. 또……."

이저벨은 아들의 팔에 조심스레 손을 올렸다. "조지, 애야.
그건 그냥 다툼에 불과한 거란다. 젊은이들은 서로에게 적

응하기 전에 다투게 마련이고, 그걸 그냥 이렇게 놔두어서는……."

"세상에, 제발 좀!" 조지가 단호하게 말하며 그녀에게서 떨어져 뒤로 물러섰다. "이건 그런 종류가 아니에요. 다 끝난 일이고, 저는 이 얘기를 다시 할 생각 전혀 없어요. 완전히 정리되었다고요. 알아들어요?"

"하지만 얘야……."

"아뇨, 저는 그 여자 아버지가 쓴 이 편지 얘길 하고 싶어요."

"그러자, 얘야. 그게 바로 우리가 여기서 이러는 이유……."

"이 편지는 제가 손에 쥐어본 것 중에 가장 불쾌한 글 쪼가리예요!"

이저벨이 놀라 한 걸음 뒤로 물러섰다. "하지만, 얘야, 내 생각에는……."

"대체 이걸 왜 저한테 보여주기까지 했는지 이해가 안 가요!" 그가 소리쳤다. "**어쩌다가** 이런 걸 저한테 들고 온 거예요?"

"네 삼촌이 그러는 게 좋겠다고 했어. 그편이 가장 간단하다고 생각했대. 유진에게도 편지를 보여주는 게 어떻겠냐고 제안하니까 동의했다더라. 그 사람들 생각엔……."

"그래요!" 조지가 가차 없이 말했다. "그 사람들 생각이란 걸 들어봐야겠어요!"

"그 사람들은 이게 가장 솔직한 방법이겠다고 생각했어."

조지가 길게 한숨을 쉬었다. "그래서 어머니 생각은 어떠신데요?"

"나도 이러는 게 가장 간단하고 솔직한 방법일 거라 생각했단다. 오빠와 유진이 옳다고 생각했어."

"아주 좋네요! 이제 우리 모두 이게 간단하고 솔직한 방법이었다는 데는 동의하겠네요. 그럼, 이 편지 내용에 대해서는 어떻게 생각하시는데요?"

이저벨은 망설이다가 시선을 다른 곳으로 돌렸다. "나는…… 물론 나는 그 사람이 너에 대해 말한 방식에는 동의하지 않아. 천사 얘기만 빼고! 그 사람이 넌지시 얘기하는 몇 가지 점에도 동의하지 않고. 너는 늘 욕심 없는 아이였잖니. 어머니보다 그걸 더 잘 아는 사람은 없지. 패니가 빈털터리 신세가 되었을 때 넌 정말 신속하고 관대하게 네 몫으로 돌아갔어야 할 재산을 포기했잖아. 또……."

"그렇지만." 조지가 끼어들었다. "어머니는 이 사람이 나에 대해 은근슬쩍 무슨 말을 하고 있는지 아시잖아요. 이게 그 남자가 어머니 아들에게 전해달라고 부탁하기에는 무척 모욕적인 편지라는 생각이 정말로 안 드세요?"

"오, 그런 게 아니야!" 그녀가 외쳤다. "그 사람이 정말로 공정하게 말하려 한다는 거 너도 알 수 있잖니. 그리고 그이가 이걸 네게 전해달라고 내게 부탁한 게 아냐. 그 얘길 한 사람은 조지 오빠였고……."

"그 얘긴 됐어요! 어머니는 이자가 공정하게 굴려고 애쓴다는데, 어머니 보시기엔 제가 당연히 해야 할 일을 수행 중이라는 생각이 이자에게 떠오르기나 한 것 같으세요? 아버지가 살아 계셨다면 당연히 하셨을 일을 제가 하고 있다는 생각이 이자에게 떠오른 것 같으시냐고요? **아버지**가 저기 무덤에서 말을 할 수 있었다면 제게 부탁하고도 남았을 일을 제가 하고 있다는 생각은요? 그자에게 한순간이라도 제가 제 어머니를 **보호하고** 있다는 생각이 떠오르기나 했을 것 같으세요?" 조지는 언성을 높이며 그 무력한 여인에게 사납게 다가섰고, 그녀는 아들 앞에서 그저 고개를 숙일 수밖에 없었다. "그자가 내 '의지'에 대해 이야기하던데 말이죠. 내 의지가 패배해야 한다고 말이에요. 그래요. 그자는 제 **어머니**에게 자기를 기쁘게 할 일을 약간만 해달라고 부탁하는 거라고요! 왜 그럴까요? 그자는 **어째서** 제가 제 어머니에게 '패배하길' 바라는 걸까요? 제가 어머니의 평판을 보호하려 하니까요! 그자는 어머니의 이름을 이 도시의 거리 곳곳에 오르내리도록 만들어버렸고, 저는 이제 제가 만나는 자들이 저와 제 가족에 대해 무슨 생각을 하는 건지 의심하지 않고서는 바깥에 **발을 내디딜** 수 없을 지경이에요. 그래놓고는 이제 어머니가 자기랑 결혼하길 바라고 있고, 그러면 이 도시의 모든 수다쟁이는 이렇게 말하겠죠. '봐! 내가 뭐라고 했어? **그게** 사실로 밝혀질 줄 알았다니까!' 어머니는 그런 소문에서 벗어날 수 없어요. 그자들은 딱 그렇게 말할 테고, 이 작자는 어머니를 아끼는 척하고 있지만 어머니에게 청혼함으로써 그자들에게 그런 말을 할 **권리**를 주는 거라고요. 그 작자는 자기랑 어머니가 사람들이 하는 말에 신경 쓰지 않는다고 말하지만, 제가 더 잘 알아요! 그자야 신경 안 쓸지 모르죠. 그런 인간일 테니까. 하지만 어머니는 신경을 쓰잖아요. 앰버슨이라는 이름이 그딴 식으로 먼지를 뒤집어쓴 채 질질 끌려가게 놔둘 앰버슨 가문 사람은 한 명도 없었어요. 앰버슨이라는 이름은 이 도시에서 가장 자랑스러운 이름이고 앞으로도 가장 자랑스러운 이름으로 남을 거예요. 어머니께 말씀드리는데, 그거야말로 제 본성의 가장 깊은 곳에 있는 것이에요. 유진 모건이 그걸 이해하리라고는 기대도 안 해요. 제 본성의 정말로 가장 깊은 곳에 있는 건 앰버슨이라는 이름을 보호하려는 마음이고, 바깥의 위험이 그 이름을 위협하면 마지막 숨이 다할 때까지 싸우는 거라고요. 그런데 지금 그 이름이 위협을 받고 있네요. 제 어머니를 통해서 말이죠!" 그는 어머니에게서 등을 돌리고는 방 안을 이리저리 성큼성큼 걸어 다니고 팔을 사방으로 휘둘러대면서 심란한 마음이 드러나는 몸짓을 격정적으로 해댔다. "저는 어머니가 그러리라는 걸 믿을 수 없어요. 어머니가 그런 신성모독적인 짓을 **마음에 두리라는** 것을요! 당연히 신성모독적인 행위가 될 일인데! 어머니가 저를 사심 없이 대한다던 그자의 말은 옳아요. 어머니는 늘 사심 없이 사셨고 완벽한 어머니셨죠. 하지만 그자는 어떤가요? 그저 자기 좋자고 어머니가 어머니의 훌륭한 평판을 팽개치길 원하는 게 과연 사심 없는 짓일까요? 그자가 어머니에게 부탁하는 건 오로지 그것뿐이라고요. 그리고 제 어머니로 사는 걸 그만두라는 거죠! 어머니가 그자를 **정말로** 좋아한다는 걸 제가 믿을 수 있을 것 같으세요? 전 안 믿어요! 어머니는 제 어머니고 앰버슨 가문 사람이잖아요. 저는 어머니가 정말로 자존심이 세다고 생각해요! 어머니는 이딴 편지를 쓰는 남자를 좋아하기에는 너무도 자존심이 세다고요!" 조지는 말을 멈추고는 이저벨을 정면으로 바라본 뒤, 훨씬 자제력을 발휘하여 입을 열었다. "자, 이 편지를 어쩌실 거예요, 어머니?"

조지가 어머니의 자존심이 세다고 본 건 옳았다. 흑인 정원사와 같이 웃을 때조차도, 사람들이 그녀가 눈물을 흘리는 모습을 본 몇 안 되는 때조차도 이저벨은 도도한 모습이었다. 독립적이고 우아하며 강한 모습 말이다. 하지만 지금 그녀에게 그런 자존심은 없었다. 그녀는 경대 옆의 벽에 기대어 서 있었고, 굴욕과 나약함에 휩싸인 듯했다. 머리는 수그린 채였다.

"이런 편지에 뭐라고 답장하실 거죠?" 조지가 판사석에 앉은 재판관처럼 다그쳤다.

"나, 나는 모르겠어, 얘야." 그녀가 웅얼거렸다.

"모르겠다고요?" 그가 외쳤다. "어머니 지금……."

"기다려주렴." 그녀가 애원했다. "나는 정말…… 혼란스럽단다."

"어머니가 이자에게 뭐라고 편지를 쓸지 알아야겠어요. 어머니가 그 사람이 원하는 대로 해주면 제가 이 도시에서 하루라도 더 버티며 살 수 있을 것 같아요, 어머니? 어머니가 그자와 결혼하면 제가 어머니를 다시 참고 볼 수 있을 것 같아요? 저는 그러고 싶죠. 하지만 어머니는 분명 아시겠죠. 제가 그러지 못하리라는 걸!"

이저벨이 헛되고 의미 없는 손짓을 했다. 숨을 쉬기가 힘든 듯했다. "나, 나는…… 잘 모르겠구나." 그녀가 말을 더듬었다. "우리가…… 네 기분이 어떤지 알기 전에 결혼하는 게 현명한 일인지, 그리고…… 결혼이 유진에게 공정한 일인지는 확실히 잘 모르겠어. 나는…… 내게는, 언제 한 번 네게 말했다만, 아버지처럼 가족력이 있는 것 같으니까." 그녀는 변명이라도 하는 듯 짧고 건조한 웃음을 겨우 내뱉었다. "결혼이 대단한 일은 아니지만, 이게 그 사람에게 공정한 일일지는 정말 확신을 못 하겠구나. 어쨌거나 내 나이에 결혼이 그렇게 큰의미가 있지는 않으니까. 사람들이 너에 대해 생각한다는 사실을 알았고, 그런 사람들을 보게 되었으니 결혼은 됐어. 내생각엔 우리 모두…… 참 행복했잖니. 우리가 예전에 하던 대로 계속 지낸다면 그 사람이나 나나 뭘 그렇게 많이 포기하게 된다고는 생각하지 않아. 어차피 나는…… 그 사람을 거의 매일 만나고 있고……."

"어머니!" 조지의 목소리가 크고 엄해졌다. "**이런 일**이 있고 나서도 계속 그 사람을 만날 수 있다고 생각하세요?"

그러잖아도 무력하기 그지없게 말하던 이저벨의 어조가 이제는 조금 더 어눌해졌다. "만…… 만나지도…… 못한다고?"

"어떻게 그래요?" 조지가 외쳤다. "어머니, 그게 저한테 어떻게 보이냐면요. 만약 그자가 이 집에 다시 발을 들이면……. 오, 말도 꺼내기 싫어요! 그자가 이 동네에 들어올 때마다 무슨 말이 나올지 알면서, 그게 제게 무슨 의미일지 알면서 그자를 **만날 수** 있다고요? 난 이 모든 게 **전혀** 이해가 안 가요. 전혀 모르겠다고요! 만약 어머니가 1년 전에 제게 이런 일이 일어났다고 얘기했다면, 저는 어머니가 제정신이 아니라고 생각했을 거예요. 그런데 지금은 **제가** 정신이 나갈 것 같아요!"

조지는 그렇게 말하고는 천장을 허물어뜨리기라도 하겠다는 양 절망에 찬 몸짓을 먼저 선보이더니 얼굴을 아래로 향하고 침대 위에 무겁게 몸을 내던졌다. 그의 고뇌는 과하게 맹렬하기는 했어도 진심이었고, 괴로움에 휩싸인 그의 어머니는 즉시 아들에게 다가와 몸을 굽혀 두 팔로 그를 감싸 안았다. 이저벨은 아무 말도 하지 않았지만, 불현듯 눈물이 아들의 머리 위에 떨어졌다. 그녀는 자기 눈물을 보자 깜짝 놀란 듯했다.

"오, 이래서는 안 되는데!" 그녀가 말했다. "네 아버지가 돌아가셨을 때를 빼고는 네게 눈물을 보인 적이 한 번도 없었는데. 내가 이러면 안 되는데!"

그녀는 방에서 달려 나갔다.

……어머니가 방을 나가고 잠시 뒤, 조지는 침통한 기분으로 자리에서 일어나 저녁 식사를 위해 옷을 갈아입기 시작했다. 이 신실한 절차를 수행하던 중, 그러니까 긴 검은색 벨벳 실내복을 걸치는 단계를 밟던 그때, 체경에 그림 같은 중세풍 인물이 비친 모습이 우연히 시야에 들어왔고, 조지는 옷을 입던 걸 잠시 멈추고 그 인물을 바라보았다. 그러자 그의 천성에 깊이 뿌리박힌 연극적인 성격이 겉으로 드러났다.

그의 입술이 움직였다. 조지는 반쯤은 들리도록 소리를 내며 유명한 구절을 속삭였다.

소자의 어깨에 걸친 이 새까만 망토도,
소자가 입은 의례적인 엄숙한 상복도…….

사실은 거울에 비친 그 이미지, 하얀 이마 위로 부스스 흘러내린 머리칼과 어깨에서부터 비장하게 떨어져 내리는 긴 검은색 벨벳으로 이루어진 그 왕자 같은 이미지가(최소한 조지의 머릿속에서는) 남편을 잃은 어머니의 재혼을 꺼리는 다른 왕위 계승자가 살던 시대와 자신이 사는 시대와의 앞뒤가 맞지 않는 비교를 불러일으킨 것이었다.

> 그러나 제 안에는 겉으로 보이는 것 이상의 진정한 슬픔이
> 있습니다.
> 이러한 것들은 슬픔의 겉치레 의복일 뿐입니다.●

패니와 같이 저녁 식탁에 삭막하게 앉아 내내 한마디 말도 없이 음식을 먹는 동안, 조지는 햄릿과 별다를 바 없는 기분을 느꼈으며, 정말 햄릿과 별 차이가 없어 보였다. 이저벨은 자기를 '기다리지 말라'고 전했고, 두 사람 다 그 지령에 순순히 따랐는데, 왜냐하면 이저벨이 식사 자리에 아예 나타나지 않았기 때문이다. 하지만 그의 신체에 공급된 영양물이 새로이 힘을 불어넣으면서 몹시 긴장하고 있던 조지에게 이완 작용을 불러일으킨 것이 분명했다. 저녁 식사가 채 끝나지 않았는데도 졸음이 아무런 경고 없이 그를 강타했던 것이다. 그의

● "소자의 어깨에 걸친…… 의복일 뿐입니다."《햄릿》1막 2장. 부왕이 죽고 난 뒤 계속 상복을 입고 다니는 햄릿에게, 햄릿의 삼촌 클로디어스와 결혼한 어머니 거트루드가 상복을 그만 벗으라고 권하자 햄릿이 하는 대답.

불타는 두 눈은 감기는 눈꺼풀을 더는 감당할 수 없었다. 머리는 통제를 벗어나 축 늘어졌다. 두 발로 일어나 위층으로 비틀거리며 가는 동안에도 피곤해 죽겠다는 듯 하품했다. 그는 두 눈이 감긴 채 기계적으로 자기 방문을 닫고 난 다음 앞도 보지 못하는 상태로 침대까지 가서 졸음에 흠뻑 젖어 쓰러지고는 얼굴을 완전히 불빛 쪽으로 향한 채 잠이 들었다.

……조지가 눈을 뜬 건 자정이 지난 시각이었다. 방 안은 컴컴했다. 꿈을 꾸지는 않았지만, 일어날 때 그에게 깊은 연민을 품은 누군가, 혹은 무언가가 자신이 잠든 사이에 다녀갔다는 느낌이 들었다. 지극한 보호의 마음으로 가득한 그 누군가 혹은 무언가는 그에게 어떤 해도 끼치지 않고 어떤 슬픔도 안기려 하지 않을 터였다.

그는 자리에서 일어나 불을 켰다. 경대를 덮은 천에 핀으로 고정된 사각봉투가 있었고, 봉투 겉면에는 연필로 "사랑하는 아들에게"라 적혀 있었다. 하지만 봉투 안의 내용은 잉크로 쓰여 있었으며, 여기저기 얼룩이 배어 있었다.

유진에게 쓴 편지를 우편함에 넣고 왔단다. 내일 아침에는 편지를 받게 되겠지. 당장 그 사람에게 알려주지 않으면 공정한 일이 아닐 거야. 내가 기다려본다고 해서 내 결심이 바뀔 수는 없을 테니까. 내 결심은 언제까지나 같을 거거든. 네가 일어날 때까지 기다렸다가 직접 말하는 대신 이렇게 편지를 쓰는 게 조금 더 나을 것 같다는 생각이 든단다. 왜냐하면 나는 바보 같아서 아마 또 울지도 모르니까. 오래전에 맹세

했거든. 네게는 절대 우는 모습을 보이지 않겠다고. 내일 우리가 얘기할 때 내가 울고 싶어질 것 같다는 얘긴 아니란다. 그때쯤이면 나는 (네가 종종 말하듯) '다 괜찮고 좋을' 테니 걱정하지 말렴. 지금 날 정말로 울고 싶게 만드는 건 네 얼굴에 있는 끔찍한 고통과 나, 네 어머니인 내가 그 고통을 불어넣은 장본인이라는 불행한 깨달음일 것 같구나. 그런 일은 다시 일어나서는 안 되겠지! 나는 세상 어떤 것보다, 그 무엇보다 너를 더 사랑한단다. 하느님께서 내게 너를 주셨지. 오, 그 신성한 선물에 나는 살면서 매일매일 얼마나 감사드렸는지. 나와 하느님의 선물인 너 사이에는 어떤 것도 들어설 수 없단다. 나는 널 마음 아프게 할 수 없고, 네가 지금까지 그랬던 것처럼 계속 마음 아프도록 놓아둘 수도 없어. 네가 잠에서 깬 다음에는 한순간도 마음 아프도록 놔둘 수 없단다, 내 사랑하는 아이! 널 마음 아프게 하는 건 내 능력 밖의 일이야. 유진이 옳았어. 네가 이 문제에 대해 마음이 바뀔 일은 없다는 걸 나도 안단다. 네 괴로움은 네 안의 그 감정이 얼마나 깊이 자리를 잡고 있는지 보여주는 것이지. 그래서 나는 방금 그 사람에게, 네가 내게 무엇을 바라고 있는지에 관해 편지를 썼단다. 하지만 그 사람에게 이렇게도 말했어. 나는 언제나 당신을 좋아할 것이고, 당신의 가장 친한 친구가 될 것이며, 당신의 가장 사랑스러운 친구가 되길 바랐다고. 그 사람은 내가 그를 만나지 못하리라는 걸 이해할 거야. 편지에 많은 말을 적지는 않았지만, 그 사람은 이해할 거야. 너는 괴로워하지 않아도 된단다. 그 사람은 이해할 테니까. 잘 자렴,

나의 사랑하는, 정말로 소중한, 정말로 소중한 아이야! 이젠 괴로워할 필요 없어. 대학에 있느라 나와 오랫동안 떨어져 있던 시간을 만회하기 위해 내가 너를 (사람들이 말하듯) '온전히 독차지하는' 한 너는 어떤 것에도 그다지 신경 쓸 필요가 없을 거야. 무엇이 최선일지 내일 아침에 같이 이야기하자꾸나. 알겠지? 그러면 이 모든 고통에도 불구하고 너는 널 사랑하는 헌신적인 어미를 용서하게 될 거야.

이저벨

제27장

　다음 날 오후, 조지 앰버슨 미내퍼는 시내에서 몇 가지 볼 일을 처리한 후 내셔널 거리를 걸어 집으로 가던 중이었다. 그때 저 멀리, 자신과 같은 쪽 인도를 따라 한 젊은 여성이 자기 앞으로 다가오는 모습이 보였다. 중키보다 작은 그 인물, 참으로 아리따운 그 여성은 심지어 200미터 밖이라 해도 절대 다른 사람과 혼동할 수가 없는 이였다. 조지는 이 돌연히 당황스러운 사태 앞에서 심장이 곧바로 가속하기 시작했다는 사실을 어쩔 수 없이 의식해야만 했다. 목둘레가 별안간 뜨뜻해지면서 조지는 자신이 벌겋게 달아올랐다는 사실을 알아차렸는데, 그 온기가 떠나고 나니 이제는 창백해졌다. 조지는 순간 전전긍긍하면서 진짜로 몸을 돌려 달아날까 생각했다. 그는 루시가 자기를 전혀 못 알아보는 척하면서 마주치리라는 점을 거의 의심하지 않았고, 그 의심이 그럴싸하다는 점을 갑자기 견딜 수 없어졌다. 만약 그녀가 말을 걸지 않으면, 모자를 들어 이발한 맨머리를 드러내는 것이 정중한 예의를 차리는 알맞은 방법일까? 혹은 훌륭한 신사라면 더는 교제를 원치 않는 숙녀의 바람을 묵인하여 돌처럼 딱딱한 표정으로 시선을 완강히 앞에 둔 채 그대로 지나쳐야 하는 걸까? 지금 조지는 형편없이 허둥대는 젊은 남자였다.

하지만 조지에게 다가오는 그 여성은 그의 두려움을 전혀 알아채지 못하고 있었다. 아마도 저 나름대로의 생각에 정신이 팔린 듯했다. 그녀가 본 것이라고는 조지의 안색이 창백하다는 것과 눈 주변이 어둡게 퀭하다는 사실뿐이었다. 그렇지만 이 상황에서 정세는 조지에게 유리했으니, 그 축 처진 분위기가 그의 멋진 외모를 정말로 섬세하게 매만졌기 때문이다. 창백한 안색이나 눈 그늘이 그의 외모를 깎아내리기는커녕 외려 거기에 뚜렷한 우울의 정조를 더해주었으니 말이다. 조지는 그때까지도 아버지에 대한 애도를 유지했고, 검은색 장갑과 반질반질한 흑단 지팡이(그가 그냥 '지팡이' 말고 다른 이름을 붙이고 싶어서 힘들었을)라는 마지막 세부 사항에 이르기까지 고인에게 바치는 헌사를 완성해내고 있었기에, 음울한 우아함을 풍기는 이러한 분위기 속에서 그의 곧은 체구와 찡그린 얼굴에는 슬프고도 호소력 넘치는 기품이 없지 않았다.

겉으로 드러나는 모든 점에서 그는 여성의 뺨을 달아오르게 하고, 심장을 빠르게 뛰도록 하며, 여성의 눈에 온기 어린 부드러운 빛을 띠도록 할 충분한 이유가 있는 사람이었다. 지금 루시의 눈에 그러한 빛이 돌게 되건 아니건 간에 말이다. 만약 조지의 정신이 외모로 보여주는 그대로였더라면, 루시는 자신도 모르게 그 따스한 빛이 지금 흘러넘쳐 빛나도록 기꺼이 내버려두었을 것이다. 그의 정신과 그 정신이 어떠해야 하는지 오랫동안 생각하면서 그녀는 꾸준히 다음과 같은 느낌을 받아왔다. '분명 그에게 그런 정신이 있는 게 틀림없어!' 하지만 이제 그녀는 그런 어리석은 느낌을 더는 믿지 않기로 마음먹었다. 그런데도 샤론네 집에서 조지를 만났을 때 루시는 겉으로 보였던 것보다 훨씬 더 동요했었다.

루시에 대해 쉽게 이야기하는 사람들은 그녀를 '조그만 미인'으로 정의하는 경향이 있었는데, 이는 과녁을 벗어난 정의였다. 그녀가 '조그만 미인'이기는 했지만, 또한 그녀는 독립적이고 능수능란한 데다 자립심 강한 조그만 미국인이기도 했으며, 일찍이 집시처럼 떠돌던 아버지와 본인이 가진 억센 성격으로 인해 열다섯 살 이후로는 어엿한 성인 여성으로 살아왔다. 하지만 비록 그녀가 자기 삶의 주인이며 스스로의 양심 말고는 어떠한 광명에건 맹목적으로 따르지 않기는 했으나, 그녀에게도 약점이 있었다. 루시는 조지 앰버슨 미내퍼에게 첫눈에 반했고, 제아무리 스스로를 채찍질해도 결코 거기서 벗어나지 못했다. 어쩌다보니 그렇게 되어버렸다. 그게 다였다. 조지는 그녀가 늘 원했던 바로 그런 외모를 가진 사람이었고, 거기야말로 교묘한 로맨스가 경솔하고 어린 사랑을 유혹에 빠뜨리고자 달빛 아래 감춰놓은 매복 장소 중 가장 위험한 곳이었다. 하지만 루시에게 정말로 치명적이었던 것은 이 어쩌다 일어나버린 일을 그녀가 바꿀 수 없었다는 사실이었다. 조지의 천성에서 무엇을 발견하건 간에 그녀는 그에게 주었던 것을 거둬들일 수 없었다. 설사 그에 대해 다르게 생각할 수는 있다고 해도, 다르게 느낄 수는 없었다. 그녀 또한 매력이라는 것에 지나치게 충실했던 희생자 중 하나였기 때문이다. 어찌어찌 마음의 눈에서 조지의 모습을 치워버릴 때는 충분히 잘 지냈다. 하지만 그의 모습이 눈에 선하도록 내버려둘 때는, 자기가 경멸해마지않는 그 사랑을 선택하는 것 말고는 어쩔 도리가 없었다. 그녀는 고압적인 루시퍼와 사랑에 빠진 조그만 천사였다. 이런 엄청난 경험은 다른 지루한 아무나와 사랑에 빠짐으로써 얼른 대체될 만한 일이 아니었으며, 안타까운 진실은 조지가 그보다 더 나은 남자들마저 따분하게 보이게 하는 남자라는 점이었다. 그러나 루시는 희생자이기는 했어도 영웅적인, 전혀 무력하지 않은 희생자였다.

두 사람의 거리가 가까워질수록 조지는 그나마 남은 평정심의 잔재를 긁어모아 그녀와 마주칠 마음의 준비를 하려 했다. 그는 시선은 정면에 똑바로 두기로, 또한 루시가 그를 곁눈질로 볼 수 있는 마지막 순간에 모자를 향해 손을 뻗기로 했다. 그러면 루시가 나중에 그 순간을 돌이켜 생각할 때 조지가 자기에게 인사를 한 건지 아니면 그저 손으로 이마를 문지른 건지 확신할 수 없을 것이었다. 게다가 그러는 데는 또 다른 이점도 있었는데, 혹여 제삼의 인물이 창가에서 혹은 지나가는 마차에서 우연히 그 광경을 본다면 조지가 루시에게 냉대당한다는 생각은 들지 않을 터였다. 왜냐하면 그들의 눈에는 조지가 모자를 들어 올리려던 의도가 있던 게 아니라 실은 정말로 이마를 문지르는 것인데 마침 손동작의 순간이 적절히 잘 들어맞은 것으로 보일 테니 말이다. 이것이 조지가 그녀와 15미터 남짓 가까워질 때까지 다급히 몰두하던 계획이었다. 계획이건 생각이건 다 그만둘 때까지도 그는 눈길을 돌리며 그녀의 모습을 온전히 바라보지 않고 있었는데, 그러다가 그녀의 모습을 손이 닿을 듯 가까운 거리에서 보게 되자 말문이 막힐 정도의 후회가 그를 사로잡았다. 그는 처음으로 자신이 압도적이리만치 중요한 무언가를 잃어버렸다는 느낌을 받았다.

루시는 오른쪽으로 비키지 않고 미소를 지으며 똑바로 다가와 조지에게 손을 내밀었다.

"어째서…… 당신……." 그는 더듬거리며 그녀의 손을 잡았다. "저기, 당신 그……." 조지가 진짜로 하려던 말은 '당신 그 얘기 들었죠?'였다.

"제가 뭐요?" 그녀가 물었다. 조지는 유진이 딸에게 아직 그 일을 얘기하지 않았다는 사실을 알았다.

"아무것도 아닙니다!" 그가 헐떡거리듯 말했다. "제가…… 제가 돌아서서 잠시 같이 걸어도 괜찮을까요?"

"그럼요. 물론이죠!" 그녀가 기분 좋게 대답했다.

그가 자신이 지금껏 해온 행동을 바꿀 일은 없을 터였다. 그는 모든 것에 만족했다. 자기가 한 일이 옳다는 사실에, 자신의 방향이 옳다는 사실에 만족했다. 하지만 그는 자기가 어머니에게 했던 일부 발언에 상당한 오류가 있다는 점을 깨닫기 시작했다. 자신의 '삶의 이상'을 단념한다고 해도 루시를 가질 수 없을 정도로 문제를 키우고 만 지금 상황에서, 자신이 루시를 절대 손에 넣을 수 없다는 걸 깨달은 지금 상황에서, 유진이 딸에게 전날 있었던 일을 말하면 그녀에게서 친근한 짧은 눈길 혹은 말 한마디도 얻지 못하리라는 걸 깨달은이 상황에서, 진짜로 '루시에 대한 모든 생각을 관둬야' 하게생긴 상황에서, 그는 자기가 '특별히 희생한 건 전혀 없다'는 얘기를 꺼낼 수 있었다는 사실에, 자기가 했던 그 말을 진심으로 믿었다는 사실에 정말로 놀랐다! 그의 인생에서 그녀가 오늘처럼 매혹적으로 예뻐 보인 적은 없었다. 같이 나란히 걸으며, 조지는 루시가 세상에서 가장 아름다운 존재라고 확신했다.

"루시." 그가 쉿소리로 말했다. "말하고 싶은 게 있어요. 중요한 겁니다."

"하고 싶다는 말이 신나는 얘기면 좋겠네요." 그녀가 그렇게 말하고는 웃음을 터뜨렸다. "아빠가 오늘 무척 우울해 있어서 저한테 거의 말을 걸지 않았거든. 당신 삼촌인 조지 앰버슨 씨가 한 시간 전에 아빠를 보러 오셨어요. 두 분이 서재 문을 걸어 잠그고 들어가셨는데 앰버슨 씨도 아빠만큼 우울해 보이더라고요. 제가 웃을 수 있는 얘기를 해주면 정말 기쁘겠어요, 조지."

"뭐, 당신한테는 그럴 수도 있을 얘깁니다." 그가 씁쓸하게 말했다. "우선 말이죠. 멀리 떠났을 때 당신은 제게 알리지 않았어요. 말 한마디도 없었고, 편지 한 줄도……."

그녀의 태도는 일관되게 요령부득했다. "어, 아니죠." 그녀가 말했다. "저는 그냥 몇 군데 들러보려고 얼른 떠났던 거예요."

"그래도 최소한 제게 얘기는 할 수도……."

"어, 그것도 아니죠." 그녀가 활기차게 다시 받아쳤다. "기억 안 나요, 조지? 우리 정말 크게 다퉜잖아요. 그래서 제 집까지 오래오래 드라이브하는 내내 서로 한마디도 안 했어요! 우리가 착한 아이들처럼 같이 놀 수 없었으니 아예 놀지 말아야 하는 게 당연했던 거죠."

"'놀다'니요!" 조지가 소리쳤다.

"그래요. 제 말은 우리가 놀이를 그만둬야 하는 단계에 이르렀다는 거예요. 그러니까, 우리가 놀던 그런 방식 말이에요."

"연인으로 지내는 것 말입니까? 그 말이에요?"

"그 비슷한 거죠." 그녀가 명랑하게 말했다. "우리 둘에게, 연인으로 지내며 놀았다는 건 서로 엇갈리는 목적으로 놀았다는 것과 똑같은 일에 불과했어요. 제게는 확실한 목적이 있었는데, 당신은 그 때문에 완전히 마음이 틀어졌고요. 같이 잘 지낼 수 있는 상황이 전혀 아니었어요. 우스꽝스러운 일이었죠!"

"본인 하고 싶은 대로 하면 되는 거잖아요." 조지가 말했다. "우스꽝스럽다고까지 할 필요는 없는 일이었다고요."

"아니에요, 우스꽝스러울 수밖에 없었어요!" 그녀가 활기차게 그에게 알려주었다. "저는 저대로, 당신은 당신대로, 이건 우스꽝스러운 것 말고는 다른 상황이 될 수 없었죠. 그러니 무슨 소용이 있었겠어요?"

"모르겠군요." 조지가 한숨을 쉬었다. 심연처럼 깊은 한숨이었다. "하지만 제가 얘기하고 싶은 건 이거예요. 당신이 멀리 떠났을 때, 당신은 제게 알리지도 않았고 제가 그 얘길 언제 어떻게 듣는지도 신경 쓰지 않았죠. 하지만 난 당신에게 그러는 사람이 아니에요. 이번에는 **제가** 멀리 떠나요. 그게 제가 말하고 싶은 거였어요. 내일 밤에 떠나요. 기한 없이."

그녀가 밝게 고개를 끄덕였다. "잘됐네요. 정말 즐겁게 시간 보내길 바랄게요, 조지."

"특별히 즐겁게 시간을 보낼 거라는 기대는 하지 않아요."

"그래요?" 그녀가 웃었다. "그렇다면, 제가 당신이라면 안 갈 것 같은데요."

이 어수선한 피조물에게 깊은 인상을 주는 것은, 그녀를 심각하게 만드는 것은 불가능해 보였다. "루시." 조지가 필사적으로 말했다. "이게 우리가 같이 걷는 마지막이라고요."

"확실히 그렇겠네요!" 그녀가 말했다. "내일 밤에 떠난다면 말이죠."

"루시, 지금이 제가 당신을 보는 마지막일지도 모른다고요……. 내 인생에서요."

그 말에 루시는 어깨 너머로 얼른 그를 돌아보았지만 아까와 마찬가지로 미소를 짓고는 계속 다정하지만 요령부득한 태도를 보였다. "아, 그런 생각까지는 하지 못했네요!" 그녀가 말했다. "그렇게 생각하면 저는 당연히 정말로 안타까울 거예요. 혹시 아예 이사를 가버리는 건 아니지요?"

"아니에요."

"설사 그렇다고 해도 당연히 가끔은 친지들을 보러 돌아오겠지요."

"언제 돌아올지 나도 몰라요. 어머니와 저는 내일 밤에 출발해서 전 세계를 여행할 거니까요."

그 말에 그녀가 생각에 잠긴 얼굴이 되었다. "어머니도 같이 가신다고요?"

"세상에!" 조지가 신음했다. "루시, **제가** 떠난다는 게 당신한테는 아무 상관이 없는 일인가요?"

이 말에 그녀의 다정한 미소가 금방 되돌아왔다. "아니에요, 당연히 상관있죠." 그녀가 말했다. "당신이 정말로 보고싶을 거라고 확신해요. 오래 떠나 있을 건가요?"

조지는 루시를 힘없이 바라보았다. "무기한이라고 했잖아요." 그가 말했다. "돌아오는 건 계획하지 않았다고요. 전혀요."

"긴 여행이라는 얘기처럼 들리네요!" 그녀가 감탄하듯 외쳤다. "내내 움직이면서 여행할 계획인가요, 아니면 한 장소에서 상당 기간 머물 생각인가요? 제 생각에 멋진 건……."

"루시!"

조지가 우뚝 멈춰 섰다. 루시도 같이 멈췄다. 그들은 도시 '상업 지구'의 경계면에 자리한 길목에 막 들어선 참이었다. 주변 어디에나 사람이 있었고, 가끔은 그들을 스쳐 지나가기도 했다.

"도저히 못 참겠군." 조지가 낮은 목소리로 말했다. "나는 여기 있는 이 약국에 지금 들어갈 참이고, 가서 점원에게 건다가 죽지 않을 약을 하나 달라고 할 거예요! 저기 말이죠. 정말 충격입니다, 루시!"

"뭐가요?"

"당신이 그동안 날 참으로 신경 써줬다는 걸 확실히 알게 되었으니까! 이 일이 당신에게 아주 하찮기 그지없는 일이라는 걸 제대로 알게 되었으니까! 이거야 원, 내가 당신에게 퍽이나 **중요했던** 사람이었군!"

루시의 다정한 미소가 이제 온화하게 누그러졌다. "조지!" 그녀가 너그럽게 웃었다. "설마 제가 시내 길목에서 비애감에 빠지길 바라는 건 아니겠죠!"

"**당신은** 어디서건 '비애감에 빠질' 사람이 아니지!"

"그거야 뭐…… 비애감이라는 게 대체로는 좀 바보 같다고 생각지 않나요?"

"더는 도저히 못 참겠어." 그가 말했다. "못 참겠다고! 잘 가요, 루시!" 그가 그녀와 악수했다. "안녕이라고. 영원히 안녕이겠지, 루시!"

"잘 가요! 정말 멋진 여행이 되길 진심으로 바랄게요." 그녀는 다정하게 그의 손을 슬쩍 쥐었다가 가볍게 놓았다. "어머니께도 안부 전해주세요. 안녕!"

조지는 침울하게 돌아섰다. 잠시 뒤 어깨 너머로 흘끗 보니 그녀는 가지 않고 그 자리에 서서 예의 그 무심하고 다정한 똑같은 미소를 끝까지 띤 채 그를 지켜보고 있었다. 조지가 뒤를 돌아보자 그녀는 조그만 손을 활기차게 흔들어주면서 친근한 무관심을 뚜렷이 강조했지만, 시내로 나오게 된 용건이 생각났는지 딴 데 정신이 팔린 기미를 슬쩍 풍겼다.

조지는 본인의 상상 속에서는 이미 그녀에게 자기가 진짜로 사무치게 품고 있는 불만을 충분히 설명했다. 아마도 그

'완벽하게 멋진 시간'에 만났을지 모를 금발 애송이들에 대한 불만 말이다! 그는 격분한 채로 성큼성큼 걸어갔고, 다시는 뒤를 돌아보지 않았다.

하지만 루시는 그가 시야에서 사라질 때까지 그 자리에 그대로 머물러 있었다. 그런 다음 조지가 자기를 위한 기력 회복제를 공급해줄 가능성이 있는 곳이라고 생각했던 바로 그 약국으로 천천히 들어갔다.

"방향 암모니아정●을 물에 몇 방울 타서 한 컵 주세요." 그녀가 최대한 평정을 유지하며 말했다.

"알겠습니다, **아가씨!**" 그녀가 길모퉁이에 서 있는 모습을 진열창으로 바라보던 감수성 풍부한 점원이 말했다.

하지만 잠시 뒤, 점원은 벽에 기대어 서 있는 유리병 선반에서 그녀가 요청한 약을 손에 들고 돌아서서는 이렇게 외쳤다. "아이고, 이런, 아가씨!" 점원은 그날 저녁 같이 사는 하숙인에게 자기가 겪은 놀라운 일을 이야기했다. "거의 계산대에 닿을 정도로 축 늘어져 있었다니까요, 그 여자!" 점원이 말했다. "내가 똑똑하고, 재빠르고, 무엇에든 대처할 준비가 되어 있는 젊은 남자가 아니었으면 그 여자가 그렇게 당황해서 얼굴이 자두처럼 확 붉어졌겠냐고요! 제가 그 여자를 창밖으로 보고 있었거든요. 젊은 상류층 남자랑 얘길 하고 있었는데 그때는 괜찮았단 말이죠. 가게 안에 들어왔을 때도 괜찮았고.

● 암모니아, 탄산암모늄, 알코올, 방향유(油)를 포함하는 약품. 냄새가 강하여 각성제로 쓰인다.

아, 그럼요. 우리 가게로 걸어 들어와서 저를 쳐다본 여자 중에 가장 예뻤다니까요. 아무래도 제 얼굴을 두고 당신네 도시익살꾼들이 하는 얘기가 분명 진실이지 싶어요!"

제28장

　바로 그 시간, 감수성 풍부한 점원의 로맨스 속 그 주인공은 파란색과 하얀색으로 꾸민 내실에 설치된 새하얀 벽난로 선반 아래에서 작고 발그레하게 타오르던 석탄불을 환하게 피워 올리느라 여념이 없었다. 단정한 은제 액자에 담겨 있던 사진 네 장이(액자째로 몽땅) 무연탄이 벌이는 맹렬한 파괴 행각에 바쳐졌고, 채색 목재로 제작된 피렌체풍의 매력적인 귀중품 상자에 들어 있던 편지와 쪽지 세 묶음도 같은 신세가 되었다. 상자 역시 액자와 마찬가지로 이 불타오르는 최후를 피하지 못했다. 살아 있는 듯 불타는 석탄에 완전히 내던져진 고급 목재가 별들 사이에서 반짝이는 빛을 내뿜다가 다음 순간 확 타오르면서 하얀색 선반을 그슬렸지만, 루시는 미동도 하지 않은 채 서서 계속 그 모습을 지켜보았다.

　루시에게 이저벨의 집 문 앞에서 벌어진 일을 이야기해준 사람은 유진이 아니었다. 그녀가 집으로 돌아왔을 때 패니 미내퍼가 그녀를 기다리고 있었다. 패니의 비밀스러운 외유는,

짐작건대 다시 한번 '속을 풀고자' 함이었을 테다. 그게 패니가 한 일이었으니까. 그녀는 루시에게(최근의 이 불행한 사태가 이루어지는 과정에서 본인이 이바지한 통탄스러운 부분은 제외하고) 모든 걸 털어놓은 뒤 조지에 대한 헌사로 이야기를 마무리했다. "여기서 최악은 조지가 자기를 대단한 영웅이었다고 생각한다는 거예요. 이저벨도 그렇게 생각하고. 그게 조지를 두 배는 더 끔찍한 사람으로 만들어버리죠. 걔는 평생 똑같았어요. 자기가 하는 건 모두 고귀하고 완벽했다는 거예요. 타고나길 오만한 성격인데, 이저벨은 그걸 그냥 놔두다못해 조장하는 바람에 결국 아들의 성격에 완벽하게 지배당하고 말았던 거라고요. 나는 한 사람의 결함 때문에 다른 이들이 이렇게 명백히 대가를 치르는 경우를 본 적이 없어요! 이저벨은 지금 짐 싸는 걸 감독하면서 조지를 칭찬하고, 걔가 자기에게 하도록 만든 일과 그 애가 직접 저지른 그 지독한 짓들로 인해 정말로 기분이 좋아진 척하면서 돌아다니고 있어요. 존슨 부인을 찾아간 것을 아주 훌륭한 일로, 사내답게 자기를 보호하려 했던 행동으로 포장하고 있다고요. 자기 아들이 아주 영웅적이라는 거죠. 당신을 잃게 되리라는 걸 알면서도 스스로의 '원칙'에 따른 일을 했다면서! 조지가 당신 아버지에게 했던 말 때문에 계속 거의 죽다 살아나다시피 했는데도! 이저벨은, 말하자면 늘 콧대가 무척 높았어요. 앰버슨 가문이 세상 나머지 사람들보다 아주 우월하다는 등 하는 생각을 했지만, 무례함이라든지 무슨 '소란' 같은 것이라든지, 혹은 변변찮은 태도를 보면 항상 역겨워했죠! 그런데 조지의 태도가 어땠는지는 절대 깨닫지 못했던 거예요. 아, 정말 어찌 그렇게 무턱대고 칭찬만 했냐고! 내겐 말이죠. 그 큰 집에서 완전히 혼자 지내는 게 정말 고역일 거라니까요. 당신이 날 보러 와줘야 해요. 내 말은, 당연히 그 사람들이 가고 난 다음에 말이에요. 다른 사람 흔적 없이는 난 미쳐버릴 거예요. 당신이 할 수 있는 한 자주 찾아와줄 거라고 확신해요. 나는 루시 양을 아주 잘 알거든요. 우리 집에 오는 게 꺼림칙하거나 조지 생각이 날까봐 예민해질 거라는 생각은 들지 않네요. 하늘에 감사하게도 당신은 정말 균형 잡힌 사람이니까요." 패니 양이 무척이나 열정적으로 이야기를 마무리했다. "마음이 정말 균형 잡혀 있어서 그…… 그 원숭이 같은 녀석 일로 맥없이 크게 아파할 사람이 아니잖아요!"

사진 네 장과 피렌체풍의 채색 귀중품 상자가 화장당한 것은 패니 양이 그렇게 말하고 나서 시침도 아직 바뀌지 않았을 때였다. 잠시 뒤 루시는 자기 방문 앞을 지나가던 아버지를 불러 벽난로 선반 밑바닥에 있는, 다 타버린 채 재가 되어 석탄 위에 쌓인 새까만 부분을 가리켰다. 금속 재질로 된 일부는 아직 형태가 남아 있었다. 그녀는 지극한 연민을 담아 아버지의 목을 팔로 껴안으면서 무슨 일을 당했는지 다 알고 있다고 말했다. 유진은 즉시 딸을 위로하면서 당혹스러운 듯 헛웃음을 지었다.

"이런, 이런." 그가 말했다. "나는 너무 늙어서 그런 어리석은 일 같은 건 이젠 머릿속에 들어오지도 않는단다."

"아니에요, 아니에요!" 그녀가 흐느꼈다. "저 자신이 얼마나 미웠는지 아빠는 모르실 거예요. 한순간도 그런 생각을 해본 적이 없다니. 패니 양이 그자에게 제대로 이름을 붙였어요. **원숭이** 같은 놈이에요! 진짜 그래요!"

"나도 네 말이 맞는 것 같구나." 유진이 엄하게 말했다. 그의 눈에는 계속해서 분노의 빛이 이어지고 있었다. "그래, **그 말에** 대해서는 나도 네게 동의하는 것 같다!"

"그런 사람에게 해줄 일은 하나뿐이에요." 루시가 열띠게 말했다. "그자를 우리 머릿속에서 영원히 몰아내는 거예요. **영원히!**"

하지만 다음 날, 조지와 그의 어머니가 긴 여행을 떠나는 시간이라고 패니가 말해준 6시 정각에, 벽난로 선반 위 벽에 걸린 작은 시계가 울리자 루시는 선반 위 그을린 부분을 손으로 건드렸다. 그렇게 기묘한 동작을 무의식적으로 하고 나서는 창가로 가 커튼 사이에 서서 쌀쌀한 11월의 박명을 창문 너머로 바라보았다. 그녀의 내부에 있는 온갖 합당한 이유와 합리적 추론 능력에도 불구하고, 고통스러운 외로움이 그녀의 마음을 덮쳤다. 그녀의 방 창문 아래 펼쳐진 어둑한 거리, 건너편의 컴컴한 집들, 흐리멍덩한 공기 그 자체 전부가 공허하고, 춥고, (무엇보다) 시시해 보였다. 11월의 박명보다 더욱 음울한 무언가가 그것들에서 색채를 빼앗고는 황폐한 기운을 불어넣고 있었다.

그녀의 등 뒤에서 타오르는 난로 불빛이 깜박이면서 창가 가까이에 무리 지어 내리던 작은 눈송이들이 불현듯 비쳐 보였다. 순간 그녀는 망가진 썰매 아래에 깔린 채 날려 쌓인 눈밭을 끌려가던 그 느낌이, 그때 그녀를 감싸 안았던 소년의 팔이 떠올랐다. 오만하고, 잘생겼으며, 지나치게 정복욕이 강했던 그 소년. 자기도 다치지 않으려 최선을 다하는 와중에 그녀에게 어떤 해도 입히지 않으려 했던 그 소년.

루시는 그 모습을 분연히 눈에서 떨쳐낸 다음 난로 앞으로 돌아와 앉아 검게 그을린 벽난로 선반을 오래도록 바라보았다. 그녀는 선반을 다시 칠하지 않았는데, 바로 그 때문에 어쩌면 그냥 그의 사진을 보관하는 편이 더 나았을지도 몰랐다. 사람은 어쩌다 손에 상처가 났는지는 잊어버리지만 어쩌다 벽에 흠집이 났는지는 잊지 않으니까.

그녀는 피아노로 〈장송행진곡〉●을 연주하지 않았다. 당시 쇼팽의 그 낭만적인 애가가 전국에 있는 보면대의 10분의 9에 오르고, 최근 들어 미국의 젊은이들이 죽음 자체와 이 불멸의 작품에 담긴 죽도록 우울한 정조 사이에 뚜렷이 존재하는 친화성을 발견하는 상황이었는데도 그랬다. 그녀는 〈로빈 어데어〉●●조차도 연주하지 않았다. 루시가 연주한 곡은 〈베델리아〉●●●를 비롯한 흥겹고 가벼운 신곡들로, 이는 그녀가 아

● 쇼팽의 피아노 소나타 2번 2악장.

●● 캐럴라인 케펠(1734?~1769)이 가사를 붙인 아일랜드 전통 민요로, 18세기에 인기를 끈 곡이다. '로빈 어데어'는 실존 인물로, 케펠보다 사회적 지위가 낮았는데도 그녀와 결혼했으며, 케펠은 잘생기고 성공한 자신의 남편을 사회적 지위 때문에 낮잡아 보는 가족을 꾸짖고자 가사를 썼다.

●●● 윌리엄 제롬(1865~1932)과 진 슈워츠(1878~1956)가 작곡한 쿤 송(아프리카인을 비하하는 인종차별적 노래).

버지의 가사를 돌보는 사람이었기 때문인데, 그녀는 당연하게도 그 직분을 아버지의 마음을 돌보는 직책과 같은 것으로 여겼다. 따라서 집과 마음 모두를 어떻게든 활기찬 상태가 되도록 유지하는 것이 그녀의 일이었다. 그녀는 그 어느 때보다도 많이 아버지를 '밖으로 돌게' 했고, 그해 겨울에 있던 즐거운 자리라면 전부 자신과 동행하도록 했으며, 아버지가 자기를 데려가지 않으면 혼자서 외출하지 않았다. 이제 유진은 춤을 추지도 않았고, 셰익스피어를 인용하면서 그 나이대 남자가 차려야 할 체면에 맞지 않는 방정맞은 발놀림을 합리화하지도 않았지만, 루시는 신년 전야에 열린 '사교 모임'에서 아버지의 굳은 결심을 깨뜨리고는 반은 구슬려서, 반은 강제로 플로어에 끌고 나와 같이 새해맞이 춤을 추도록 했다.

……그해 겨울의 무도회에도 새로운 얼굴들이 나타났다. 그 문제에 관해서라면, 어디서나 새로운 얼굴들이 나타났고 익숙한 얼굴들은 사라져갔다. 불어나는 군중 속에 파묻히거나 영원히 떠나버렸고, 잠깐 사람들의 그리움을 받기는 했지만 오래가지는 않았다. 도시가 마치 예전에는 한 번도 성장하고 변화해본 적 없었던 양 성장하고 변해가는 중이었기 때문이다.

도시는 중심부에서 믿을 수 없을 정도로 솟아올랐고, 믿을 수 없을 만치 사방으로 퍼져나갔다. 솟아오르고 퍼져나갈수록 도시는 더러워졌고 하늘은 거뭇해졌다. 도시의 경계는 계속 움직이느라 형태가 잡히지 않았다. 갓 지어진 신축 주택이 시골 길가에 나타나곤 했다. 그러면 이윽고 그 주택과 도시의 변두리 사이 빈틈에 집 네다섯 채가 더 지어지곤 했다. 시골 도로는 아스팔트를 깐 거리로 변했고, 그 거리 골목에는 정면에 벽돌을 붙인 약국과 액자처럼 네모난 식료품점이 나타났다. 그런 다음에는 방갈로와 방 여섯 개짜리 단층집이 활짝 개방된 녹색 공간 위에 금세 점점이 찍히곤 했다. 농장은 교외 지역이 되는 즉시 한편으로는 시골 쪽으로 다른 교외 지역을 들이밀 장소가 되었고, 다른 한편으로는 도시와 견고히 합류했다. 어느 봄날에 쾌적한 들판과 삼림지대 사이를 드라이브했는데, 같은 해 가을에 똑같은 지역을 지나면 도시를 연결하는 노면전차가 선로에서 비키라고 벨을 울리며 경고했고, 말라붙은 지 얼마 안 된 시멘트 보도 저편에는 신축 주택 소유자들이 분주히 '이사'하는 광경이 보였다. 휘발유와 전기는 유진이 예측했던 기적을 선보이고 있었다.

하지만 정말 큰 변화는 시민 자체에서 생겨났다. 남북전쟁에서 싸웠던, 전쟁 이후에는 정치의 주도권을 쥐었던 애국적인 구세대의 유산은 케케묵은 것이 되어 사람들의 주의를 거의 끌지 못했다. 개척자와 초기 정착민의 후손들은 새로운 군중에 흡수되고 그들의 일부가 되어 그들과 거의 구별되지 않았다. 보스턴과 브로드웨이에서 일어난 일이 중부 지역의 이 도시에서도 어느 정도 같은 수준으로 일어났다. 구세대는 갈수록 점점 덜 흔한 사람들이 되었고, 이 도시를 고향이라 부르는 성인 중 여기서 태어난 사람은 3분의 1도 되지 않았다. 도시에는 독일인 구역도, 유대인 구역도, '벅타운'•이라고 불리는 2.5제곱킬로미터 넓이의 흑인 구역도 있었으며, 아일랜드인 동네도 많았고, 이탈리아인들이 사는 커다란 정착지와 헝가리인, 루마니아인, 세르비아와 그 외 발칸반도 사람들이 사는 정착지도 있었다. 하지만 이민자들은 시내의 거리에서 그렇게까지 우세를 점하는 유형은 아니었다. 우세를 점하는 건 이민자들의 번성하는 자손들이었다. 1870년대와 1880년대, 1890년대 이민자들의 후손들, 이 거대한 규모의 여행자들은 자유와 민주주의를 딱히 직접 추구하기보다는 예전과 같은 수준의 노동을 하면서 더 많은 돈을 버는 쪽을 추구했다. 이 새로운 유형의 중부 지역 사람들(사실 새로운 유형의 미국인들)이 어렴풋이 부상하기 시작했다.

새로운 시민 정신은 이미 뚜렷하게 스스로를 드러냈다. 새로운 시민 정신은 이상주의적이었으며, 그 이상은 시내의 상업 지구에서 일하는 새로운 유형의 젊은이들에게서 표현되었다. 그들은 호전적이다 싶을 정도의 낙관주의자들로, "격려하라! 트집 잡지 말고!"●●를 좌우명으로 삼았다. 그들은 정말 열심히 일하는 사람들이었고, 근면과 정직을 진심으로 믿었는데, 그게 돈이 되었기 때문이다. 그들은 자기가 사는 도시를 사랑했으며, 늘 시끌벅적하게 목소리를 내는 엄청난 활력으로 도시를 위해 일했다. 그들은 모질게 통치되었지만 가끔은 더 나은 정부를 위해 투쟁하는 데까지 나아가기도 했는

● '벅'은 흑인 남성을 경멸적으로 표현하는 단어.

●● 미국의 제29대 대통령인 워런 G. 하딩(1865~1923)이 했던 "누구에게나 장점은 있다. 그러니 그냥 격려하라. 트집 잡지 말라"라는 말에서 나온 말.

데, 부동산 가격과 그 가격의 '상승'이 일반적으로는 좋은 정부에게서 나오는 유용한 결과였기 때문이다. 그렇다고 정치가들이 그들과 그렇게까지 장단을 맞출 수는 없었고, 그들도 그 점은 알고 있었다. 이 이상주의자들은 자신들의 도시가 더, 더, 더 나은 도시가 되어야 한다며 계획을 짜고 노력하고 소리쳤다. 이들이 '더 나은'이라는 표현을 쓸 때 진정으로 의미했던 바는 '더 번영하는'이었고, 이것이야말로 그들 이상주의의 핵심이었다. "사랑스러운 도시가 번영할수록 사랑스러운 나도 번영한다!" 그들에게는 지고의 이론이 하나 있었으니, 인간의 삶과 도시의 완벽한 미와 행복은 더 많은 공장을 통해 이루어지리라는 것이었다. 그들은 공장에 극단적으로 열광했다. 그들은 다른 도시의 공장을 꼬드겨 자기네 도시로 유치하기 위해서라면 못 할 일이 없었다. 그들은 다른 도시가 자기네 도시의 공장을 꼬드겨 유치했을 때보다 더 애처롭게 원통해한 적이 없었다.

그들이 뜻하는 '번영'은 은행에서의 신용거래였다. 하지만 이 신용거래에서 그들이 얻은 것이라고는 더러움, 즉 분별 있는 정신이 보기에는 아무 가치가 없는 것이었다. 청소가 채 반도 끝나기 전에 청소된 부분이 죄다 다시 더러워졌기 때문이다. 도시는 성장함에 따라 믿을 수 없을 만큼 완벽하게 더러워져갔다. 이상주의자들은 장대한 사업용 건물을 세우고 그에 대해 자랑스레 떠벌렸지만 건물들은 완공도 되기 전에 검댕으로 더러워졌다. 이상주의자들은 자기들의 서재를, 기념비와 조각을 자랑해놓고는 거기다가 검댕을 끼얹었다. 그들은 자기들의 학교를 자랑했지만 학교는 그 안에서 공부하는 아이들과 마찬가지로 지저분했다. 이는 아이들의 잘못도, 아이들 어머니의 잘못도 아니었다. 잘못은 "더러워질수록 번영한다"라고 말하는 이상주의자들에게 있었다. 그들은 가루가되어 날아다니는 거리의 오물 속에서 애국적이고 긍정적으로숨 쉬었고, 불결하고 짙은 매연을 폐 속 깊숙이 열정적으로 들이마셨다. 그들은 "격려하라! 트집 잡지 말고!"라고 말했다. 그들은 대략 1년마다 한 번씩 모두가 뒷마당에 있는 양철 깡통을 치우는 대대적인 '청소 주간'을 갖자며 떠들고 부추겼다.

그들이 가장 행복해하는 때는 철거와 건축이 폭동처럼 격렬하게 일어나고, 새로운 공장 지대가 벼락처럼 생겨날 때였다. 사실 도시는 커다랗고 더러운 남자, 바쁘게 일하는 모습을 보여주고 있지만 걸친 거라고는 조야한 장신구 정도라 피부가 까진 남자의 몸뚱이와 비슷한 꼴이 되었다. 그런 모양으로 새겨진 형상이 어떤 곳은 채색되고 어떤 곳은 탈색된 채시장에 서 있었다면 그 신인류가 모시는 신으로서 충분히 제몫을 다했을 것이다. 그러한 신은 실로 본인들의 모습을 본뜬것이었다. 무릇 모든 민족은 자기네가 진심으로 섬기는 신을만들게 마련이니 말이다. 물론 그렇기는 해도 어떤 이상주의자들은 매주 교회에 나갔고, 거기서 사업적 측면에서는 비실용적으로 여겨지는 '다른' 신에게 무릎을 꿇었다. 하지만 '성장'이 계속되는 동안, 이 시장이라는 신은 그들의 진정한 신이자 친숙하고도 정신을 통제하는 존재였다. 그들은 자기들이 그 신에게 무력하게 순종하는 노예라는 사실을 몰랐고, 물질이 인간의 영혼을 섬겨야 한다는 낯설고도 이해하기 어려운 발견을 이뤄내기 전까지는(자유로운 인간이 되기 위해 내딛는 첫걸음으로서) 자신들이 농노 신세라는 사실을 깨닫기 어렵다는 사실 역시 몰랐다.

'번영'이란 은행에서의 수월한 신용거래, 새까만 폐, 가정주부가 겪는 연옥 같은 생활을 뜻했다. 여성들은 힘닿는 데까지 먼지와 싸웠다. 하지만 바깥공기를 집 안으로 들이면 먼지도 같이 들여보내는 셈이었다. 먼지는 그들의 수명을 줄였고, 새하얀 것을 보는 기쁨을 차단했다. 도시가 커지자 루시에게도 힘든 싸움 끝에 푸른색과 하얀색 커튼, 하얀 벽을 포기해야 할 시간이 찾아오고 말았다. 그녀는 작은 집 내부의 물건을 전부 침침한 회색과 갈색으로 바꿨고, 집 외부는 검은색에 가까운 암녹색으로 칠했다. 루시는 그렇게 하고 난 뒤에도 모든 게 여전히 지저분하다는 사실을 당연히 알았지만, 더는 예전처럼 심하게 지저분하지는 않았기 때문에 마음고생은 조금 덜하게 되었다.

앰버슨 택지에는 어려운 시기였다. 이미 낡은 지 오래된 이 구역은 도시 중심부에서 1킬로미터도 떨어지지 않았으나 사업체들은 다른 구역으로 이사 가버렸다. '번영'에서 앰버슨 택지가 나눠 가진 것이라고는 매연과 먼지였고, 은행의 신용도 바닥이 났다. 저택의 원래 소유주들은 집을 팔거나 하숙집 관리인에게 임대했으며, 여러 소형 주택에서 살던 세입자들은 '더 멀리 나가'거나, 즉 매연이 옅은 곳으로 이사를 가버리거나 현재 수십 채씩 지어진 아파트에 입주했다. 더 싸게 내는 세입자들이 빈자리를 대체했고, 임대료는 점점 낮아졌으며, 집들은 점점 초라해졌다. 이 싸구려 주택들이 유연탄을 태우면서 자기들의 가치를 파괴하는 데 일조하고자 최선을 다했기 때문이다. 집들은 택지 구역을 참으로 우중충하게 만들고 숨 쉬는 공기를 크게 오염시키는 데도 일조해서, 잠깐이나마 회색빛이 아닌 하늘을 볼 수 있고 그나마 깨끗한 바람을 맞으며 숨 쉴 수 있는 동네로 '더 멀리 나갈' 만큼의 돈이 있다면 아무도 그곳에서 살려고 하지 않았다. 새로운 속도의 이동 수단이 도래하면서, 이제 '더 멀리 나가기'는 앰버슨 택지가 번영하던 시절에 그러했던 것처럼 사업에 가까워졌다. 도심과의 거리는 중요한 문제가 아니게 되었다.

앰버슨 저택의 멋진 잔디가 깔려 있던 장소와 무척 가까운 곳에 지어진 다섯 채의 신축 주택은 새것처럼 보이지 않았다. 지어지고 1년이 지나자 그 집들은 마치 쭉 그랬던 양 낡아 보였다. 주택 중 두 채는 아예 텅 비어서 한 번도 임대가 된 적이 없었다. 아파트에 대한 소령의 판단 착오가 참담한 결과를 낳은 것이었다. "잘못 생각하셨던 거죠." 조지 앰버슨이 말했다. "하필 잘못된 때에 잘못된 판단을 내리신 겁니다! 주택 살림이 아파트 살림보다 훨씬 힘들거든요. 매연과 먼지가 택지에 쌓인 것만큼이나 집 안에도 두껍게 쌓이는데 여자들이 견딜 수가 없죠. 사람들이 아파트에 열광했다는 사실을 안타깝게도 제때 못 알아보신 겁니다. 가엾은 분! 거의 매일 밤 낡은 가스 현수등 옆에 앉아 장부를 계속 파고 계세요. 아시다시피 전기 배선을 연결하기 위해 집 안을 뜯어내길 거부하고 계시잖아요. 하지만 이번 봄에는 고통스러운 만족감을 얻으셨어요. 세금이 깎였거든요!"

앰버슨이 유감스럽다는 듯 웃었고, 패니 미내퍼는 소령이 어떻게 그런 경제 상황을 버텨낼 수 있는지 물어보았다. 그들은 두 사람의 조카와 그 조카의 어머니가 집을 비운 뒤 세 번째로 맞이하는 여름의 어느 날 저녁에 이저벨의 집 베란다에 앉아 있었다. 화제는 앰버슨 가문의 재정 상태로 옮아간 참이었다.

"제가 '**고통스러운** 만족감'이라고 했죠, 패니." 앰버슨이 설명했다. "자산 가치가 줄었어요. 정부에서 15년 전보다도 자산 가치를 낮게 잡은 겁니다."

"하지만 땅값이 그렇게 많이 올랐는데……."

"오, 그래요. '더 멀리 나갔'죠! 가격은 엄청나게 '더 멀리 나갔'는데, 가치는 엄청나게 안쪽으로 들어온 겁니다! 우리는 어쩌다보니 공교롭게도 잘못된 자리에 있게 된 겁니다. 그게 다예요. 아버지께서 제 도움을 허락하신다면 한번 써볼 만한 방법이 없지는 않다고 생각하지만, 아버지는 그러시지 않을 겁니다. 아니, 그러실 수 없다고 말해야 할 것 같군요. 아버지 말마따나 '늘 본인이 직접 계산을' 해왔으니까요. 본인 업무를 직접 챙기는 게 평생의 습관이시죠. 심지어 장부도 혼자 보시고, 우리에겐 그냥 돈만 내주시잖아요. 당신께서 참으로 충분히 일하셨다는 건 하늘만이 아시겠죠!"

그가 한숨을 쉬었다. 두 사람 모두 침묵을 지킨 채 앉아 끊임없이 베란다 앞을 지나가는, 어둠을 배경으로 거대한 기하학적 시위를 벌이며 이동 중인 자동차들의 헤드라이트가 만들어내는 긴 불꽃을 바라보았다. 가끔은 자전거가 이 불길한 징조 사이를 초조하게 굽이굽이 지나가기도 했고, 서리 마차나 이륜마차가 띄엄띄엄 나타나 쓸쓸히 터벅터벅 지나가기도 했다.

"요즘은 돈을 버는 방법이 참 다양해 보여요." 패니가 생각에 잠겨 말했다. "매일 누군가가 이렇게 저렇게 해서 한몫 크게 잡았다는 얘기를 듣는답니다. 대부분 이름도 모르실 사람들이에요. 그냥 자동차만 만드는 게 전부가 아닌 것 같더라고요. 자동차에 사용하는 제품들을 만드는 사업도 크게 번창한대요. 특히 새로운 발명품 같은 거요. 저번에 우리 프랭크 브론슨 영감님을 만났는데요. 그분이 제게 하는 말이……."

"아, 그래요. 심지어 친애하는 프랭크 영감님마저도 달아오르셨죠." 앰버슨이 웃었다. "다른 사람들 못지않게 열심이시라니까요. 저한테도 자기가 투자한 발명품 얘기를 하시더군요. '이게 몇백만짜리라니까!'라고 하셨죠. 다른 제품보다 훨씬 좋은 전기 헤드라이트라면서 '미국의 모든 차가 이 헤드라이트를 설치하지 않고는 **못 배길걸**' 운운하시더군요. 본인 재산의 절반을 거기에 집어넣으셨는데, 실은 저보고도 거기 투자할 만큼 아버지께 '재정 지원'을 받아 오라시면서 저를 거의 설득할 뻔하셨어요. 가엾은 아버지! 당신께선 예전에 제게 재정 지원을 해주신 적 있는데 말이죠! 아마 제가 아버지께 부탁할 염치가 있었다면 아버지께선 또다시 지원해주셨을 겁니다. 그 발명품은 좋은 물건 같기는 해요. 프랭크 영감님이 **약간** 지나치게 낙관적이신 것 같기는 해도. 어쨌거나 그 얘기를 계속 생각은 하고 있어요."

"저도 그래요." 패니도 속마음을 털어놓았다. "프랭크 영감님은 그 투자로 첫해에 25퍼센트의 수익을 낼 거라고 확신하시더라고요. 그 뒤로는 엄청나게 더 많이 날 거고요. 제 변변찮은 원금으로는 4퍼센트밖에 수익이 안 나는데. 자동차와 관련된 것이라면 뭐든 간에 사람들이 그걸로 죄다 엄청난 수익을 올리고 있어요. 그게 마치……." 그녀가 말을 멈췄다. "뭐, 저도 영감님께 진지하게 생각해보겠노라고 했네요."

"그러면 우리는 어쩌면 동업자이자 백만장자가 될 수도 있겠군요." 앰버슨이 웃었다. "유진에게 조언을 구해볼까도 생각했어요."

"그래보시면 좋겠네요." 패니가 말했다. "그분은 그 발명품으로 정확히 얼마나 수익이 날지 아실 것 같아요."

유진의 충고는 '신중히 가자'였다. 그의 생각에 자동차용 전구는 "**언젠가** 대세가 되긴 하겠지만 몇 가지 난관을 극복해낸 데까지는 이르지 못한 것 같"았다. 요컨대 그는 둘을 말리고 있었지만 이때쯤 유진의 두 친구는 프랭크 브론슨 영감만큼이나 크게 '달아올라' 있었다. 브론슨과 같이 제작 공장에 가서 전구가 멋지게 작동하는 모습을 봤던 것이다. 둘은 이미 전기 조명에 푹 빠졌고, 유진의 의견을 구해놓고는 그와 논쟁하면서 유진이 언급했던 난관이 극복된 것을 자기네 두 눈으로 똑똑히 보고 왔노라고 했다. "완벽했어요!" 패니가 외쳤다. "공장에서 작동했다면 다른 곳에서도 당연히 작동하겠죠. 안 그래요?"

유진은 전구가 '당연히' 작동한다는 데는 동의하지 않았지만, 압력에 못 이겨 **'그럴 수도 있을'** 것이라는 점까지는 인정했고, 세 사람의 웅변대회로 번져가는 상황에서 발을 빼면서 '너무 많이 투자하지는' 말라는 경고를 재차 되풀이했다.

조지 앰버슨 역시 나중에 다시 한번 소령에게서 '재정 지원'을 받아 투자에 '들어가'기는 했지만 유진의 그 주의 사항을 크게 염두에 두었다. "'안전 한도'는 남겨놓도록 주의해야 해요, 패니." 그가 말했다. "저는 이 투자가 상당히 보수적인 유형이며 우리에게 완벽한 승산이 있다고 자신하지만, 일이 잘못될 **만일의** 경우에 의지할 수 있는 돈은 신경 써서 꼭 남겨놓으셔야 합니다."

패니는 그를 기만했다. 그녀는 '뭔가 잘못될'지 모른다는 불가능한 일이 벌어진다 해도 자기가 '먹고살 만큼' 충분한 돈은 남아 있을 것이라 호언장담하고는 신이 나서 웃었는데, 윌버가 죽고 난 이래 최고의 시간을 보내고 있었기 때문이다. 과정을 전혀 이해하지 못한 채 돈을 그저 계속 받기만 해온 수많은 여성과 마찬가지로, 패니 역시 철저히 무책임하게 투기에 뛰어들 준비가 되어 있었다.

앰버슨은 피곤해하면서도 그녀가 느끼는 흥분을 같이 공유해주었고, 그해 겨울에 개발 회사가 설립되자 회사 주식 지분에 패니를 상당한 비중으로 참여시키면서 그들이 처음 신제품 전구에 관해 이야기했을 때 전망했던 가능성을 재차 언급했다.

"이제 우리 동업자가 된 것 같군요. 좋네요." 그가 웃었다. "이제 쭉 앞으로 달려서 이저벨과 내 조카 조지가 돌아오기 전에 백만장자가 되도록 합시다."

"두 사람이 돌아왔을 때 말이죠!" 패니가 그 말을 서글프게 따라 했다. 그 말은 이저벨이 보내는 편지들에서 얼버무리듯 되풀이되는 구절이기도 했다. 편지에서 이저벨은 자기와 아들이 집에 돌아온 다음에 자신과 패니와 소령과 조지와 '조지 오빠'가 같이 하게 될 즐거운 일들을 계획 중이라고 썼다. "두 사람이 집에 돌아오고 나면." 패니가 말했다. "상황이 크게 바뀌었다는 걸 깨닫게 되겠군요!"

이듬해 여름 앰버슨은 도시를 떠나 파리에서 지내고 있는 여동생과 조카와 합류했다. "이저벨은 정말로 집에 오고 싶어 해요." 10월에 귀국한 앰버슨이 돌아온 그날 패니에게 수심이 가득한 채 말했다. "오랫동안 그러길 바랐더군요. 아직 장거리 여행을 감당할 수 있을 때 돌아와야 해요……." 앰버슨은 이 얘기를 자세히 해준 다음, 놀라고 심각해진 패니를 두고 그를 데리러 자동차를 타고 온 루시와 함께 유진이 막 완성한 새집에서 저녁을 먹기 위해 떠났다.

새집은 하얀색과 파란색으로 꾸민 조그만 단층 주택이 아니라 벽돌로 지어진 조지 왕조풍의 멋들어진 그림 같은 저택으로, 앰버슨 택지에서 북쪽으로 8킬로미터 떨어진 곳에 서 있었으며, 저택에 딸린 1만 6000제곱미터에 달하는 토지가 저택과 이웃 사이를 울타리처럼 구분하고 있었다. 자동차가 돌과 벽돌로 만든 정문 기둥 사이로 들어가 쇄석을 깔아놓은 차도를 지날 때 앰버슨이 지나간 시절을 그리워하듯 웃었다. "루시야, 나는 역사가 영원히 반복되고 있는 게 아닌지 궁금하단다." 그가 말했다. "이 도시가 계속해서 무언가를 만들어내고는 그 위를 굴러가고 있는 게 아닌지 궁금해. 우리 가엾은 아버지가 예전에 이 도시가 당신의 허약한 심장 위를 굴러가고 있다고 말씀하신 것처럼 말이지. 그런 것 같기도 하구나. 여기 앰버슨 저택이 다시 나타났잖니. 별 특징도 없는 로마네스크 양식 대신에 조지 왕조풍이긴 하다만. 하지만 이 저택은 우리 아버지가 네가 태어나기 훨씬 전에 지었던 바로 그 앰버슨 저택과 동일하단다. 단 한 가지 차이가 있다면 지금 이 저택을 지은 사람이 네 아버지라는 사실뿐이지. 결국에 가서는 다 똑같은 거란다."

루시는 그 말을 제대로 이해하지는 못했지만, 친구가 응당 그래야 하듯 웃어준 다음에 그의 팔을 잡고 상아색 벽판을 세운 벽과 어둠 속에서 희미하게 비치는 깔끔한 창문 걸이들, 깔개를 깔지 않은 바닥, 루시가 넉넉한 지갑을 들고 '수집'해 왔음을 알 수 있는 가구가 뜨문뜨문 흩어져 있는 커다란 방들을 구경시켜주었다. "놀랄 노 자군!" 앰버슨이 말했다. "정말 열심히도 **살아왔구나!** 패니 말로는 네가 '집들이' 춤을 그렇게 잘 췄고, 계속해서 무도회의 여왕이라는 지위를 유지하면서 이제는 예전처럼 마음이 여리지도 않다더니 정말이었어. 프레드 키니의 아버지 얘기로는 네가 프레드를 하도 자꾸 거부해서, 프레드가 누군가는 머리 색깔에도 불구하고 자기를 받아줄 거라는 점을 입증하고 싶은 마음에 제니 샤론과 약혼을 해버렸다더구나. 뭐, 물질세계는 이동하게 마련이고, 너는 현대로 이동한 새집을 얻은 셈이지. 가격도 새로 매겨지기는 했다만! 우리가 옛 앰버슨 저택에서 그리도 자랑스러워했던 크고 널찍하고 예스러운 판유리조차도 집 안을 가득 채우던 묵직한 금색과 적색 물건들과 더불어 이제는 모두 사라져버렸단다. 참 신기해! **우리 집** 창문에는 여전히 판유리가 달려 있지만, 그리로 보이는 건 매연과 예전에 존슨 집안이 살던 집뿐이지. 이제 거기는 점원들이 사는 하숙집이 되었단다. 하지만 여기 전망은 작은 창문을 통해 잘게 쪼개져 보여. 그래도 여기는 매연에서 벗어나 아주 상쾌하구나."

"네, 잠깐은 그렇죠." 루시가 웃었다. "그러다 매연이 들이닥치면 더 멀리 이사를 해야 할 테고요."

"아냐, 여기서 계속 살게 될 거다." 그가 루시를 안심시켰다. "멀리 이사 가는 쪽은 다른 사람이 될 거야."

앰버슨은 유진이 도착하고 나서도 계속 집 이야기만 했고, 저녁 식탁에서 유진의 어둑어둑한 잿빛 서재로 이동하여 커피를 대접받을 때까지도 자기가 다녀온 여행에 대해서는 아무 말도 하지 않았다. 그러다가 여송연을 준비하고 나서, 그는 마치 담배에 정신이 팔린 것 같은 모습으로 여동생과 그녀의 아들에 대해 무심한 어조로 말했다.

"이저벨은 평소처럼 잘 지내고 있었어." 그가 말했다. "다만 '평소와 같다'는 게 특별히 잘 지낸다는 얘기는 아닌 것 같다는 거지. 시드니와 어밀리아가 봄에 파리에 다녀갔는데 이저벨은 두 사람을 만나지도 못했어. 누가 이저벨에게 그 사람들이 거기 있다고 말은 해줬던 것 같은데. 그 사람들은 피렌체를 떠나 지금은 로마에 살고 있더군. 어밀리아는 천주교인이 되었는데, 듣기로는 자선단체에 상당히 크게 기부해서 그 덕에 그쪽 유지들과 잘 어울리며 다니나봐. 하지만 시드니는 병이 나는 바람에 거의 내내 휠체어에 앉아 살고 있고. 이저벨도 시드니와 똑같이 해야 하지 않나 하는 생각이 들더군."

앰버슨은 잠시 말을 멈추고는 여송연에 둘린 작은 띠를 벗기려고 세심한 주의를 기울였다. 그게 마치 이야기를 다 끝낸 모습 같아서, 유진이 두꺼운 갓을 씌운 램프 너머에 생긴 그늘 속에서 입을 열었다. "그게 무슨 말인가?" 그가 차분히 물었다.

"아, 이저벨은 무척 활기차게 지내." 앰버슨이 젊은 안주인과 그녀의 아버지를 보지 않은 채로 말했다. "최소한." 그가 덧붙였다. "어찌어찌 그렇게 보이고는 있지. 걔가 여러 해 동안 정말로 몸이 좋지 않던 게 아닐까 걱정이야. 자네도 알다시피 이저벨이 튼튼하지는 않고(그래도 겉모습은 크게 변하지 않았지만) 가냘픈 사람치고는 호흡이 좀 걱정스러울 만큼 가빠 보이기는 해. 당연히 아버지가 오래 그러시긴 했지. 하지만 지금 이저벨의 상태만큼 심한 건 아니시거든. 물론 이저벨은 자기 상태를 대수롭지 않게 여기지만, 둘이 사는 2층짜리 아파트에 있는 짧은 계단을 오르다가 두 번이나 멈춰서 쉬어야 하는 걸 봤으니 그 점이 내게는 좀 심각해 보이는 거지. 그래서 이저벨에게 조지가 너보고 집에 가도 좋다며 보내주도록 해야 할 것 같다고 말했어."

"'보내주도록?'" 유진이 낮은 목소리로 그 말을 따라 했다. "이저벨은 오고 싶어 하고?"

"그 문제에 대해 강하게 말을 안 해. 조지는 거기서 저 나름으로 거창하고, 우울하고, 별나게 살아서 좋은 듯해. 당연히 이저벨은 아들에 대한 자부심을 바꾸려 들지 않을 테고 말이지. 내 조카는 거기서도 아주 잘나가는 명사거든. 하지만 무슨 말을 했건 이유가 뭐라건 간에 나는 이저벨이 진짜로 집에 오고 싶어 한다는 걸 알아. 당연히 아버지와 같이 있고 싶을 거고. 나는 걔가…… 음, 하루는 이저벨이 자기가 다시는 아버지를 못 만나는 일이 생길 수도 있을 것 같아 두렵다는 얘길 돌려서 한 적이 있어. 그때는 이저벨이 아버지가 나이들고 허약해서 그런 말을 하나 싶었거든. 그런데 돌아오는 배에서 그 일을 다시 떠올려보니 그 말을 하던 이저벨의 표정이 약간 애석한 듯하면서도 체념하는 얼굴이었던 거지. 그러자 불현듯 내가 착각했다는 사실을 깨달았어. 이저벨이 그 말을 할 때 진짜로 생각하고 있던 건 자기 건강 상태였던 거야."

"알겠네." 유진이 말했다. 목소리가 그 어느 때보다 가라앉아 있었다. "자네 말대로라면 그 친구가 자기 어머니를 '보내주지' 않을 거라는 얘긴가?"

앰버슨은 웃었지만 여전히 여송연에 계속 관심을 기울이고 있었다. "아, 조지가 강압적으로 군다고는 생각하지 않아! 어머니에게는 무척 자상하거든. 나는 그 화제가 둘 사이에 오르고 있기는 한지 미심쩍기는 해. 하지만, 하지만 말이지. 자네도 우리 재미있는 조카를 잘 아는 처지에서 '보내준다'는 말 말고는 따로 표현할 방법이 없다는 생각이 들지 않나?"

"나만큼 그 친구를 알고 있다면…… 그렇지." 유진이 천천히 말했다. "그래, 그렇게밖에는 표현할 방법이 없는 것 같군."

유진 너머에 있는 그늘진 곳에서 중얼거리는 소리가 들렸다. 곱고 여성스러웠지만 대화에 또렷이 집중하고 있음을 드러내는 그 희미한 소리는 루시 역시 의견을 같이하고 있음을 암시하는 듯했다.

제29장

　'보내준다'는 정확한 표현이었지만, 결국 때가 오고야 말았다. 이듬해 봄에 이르자 조지가 어머니를 집으로 보내줘야 하는지는 더 논의할 필요가 없는 문제가 되었다. 조지는 어머니를 집으로 데려가야 했고, 그것도 이저벨이 아버지를 다시 볼 수 있으려면 서둘러야 했다. 앰버슨이 옳았다. 이저벨이 소령을 다시 보지 못할지도 모른다는 위험은 소령의 허약한 심장이 아니라 그녀의 심장에 달린 문제였다. 그런 상황에서 조지는 삼촌에게 전보를 보내 기차역에 바퀴 달린 의자를 대기시켜달라고 했다. 집까지 가는 여정은 정말로 끔찍했고, 역에 도착했을 때 조지는 어머니를 팔로 안아 승강장 가까이에 놓인 그 혼종 탈것으로 데려갔다. 이저벨은 말을 할 수가 없었지만 오빠와 패니의 손을 토닥이며 '정말 사랑스러운' 표정을 지어 보였고, 패니는 그녀에게 말을 붙이려고 필사적으로 용기를 쥐어쌌다. 사람들이 이저벨을 의자에서 마차로 들어 올려 앉혔고, 그녀는 마차를 타고 집으로 가는 동안 약간 힘을 내는 듯했다. 가는 도중 한번은 그녀가 조지의 손에서 자기 손을 빼더니 마차 창문 쪽으로 힘없이 내저었다.

"변했네." 그녀가 속삭였다. "정말 변했어."

"도시가 변했다는 말이구나." 앰버슨이 말했다. "도시가 예 전 같지 않다는 뜻이지?"

그녀가 미소를 짓고는 입술을 달싹였다. "네."

"더 즐거운 곳으로 바뀔 거다, 얘야." 그가 말했다. "이제 여 기로 돌아왔으니 몸도 다시 좋아질 거야."

하지만 이저벨은 오빠를 아련하게 바라볼 뿐이었다. 그녀 의 두 눈에 두려움이 조금 깃들어 있었다.

마차가 멈추자 조지가 이저벨을 집 안으로 데려갔고, 같이 계단을 올라 그녀의 방에 도착했다. 방에는 간호사가 대기 중 이었다. 잠시 후 의사가 들어오자 조지는 방을 나갔다. 복도 끝에 괴로움에 시달리는 사람들이 모여 있었다. 앰버슨, 패 니, 소령이었다. 조지는 죽을 듯이 창백한 얼굴로 말 한마디 없이 할아버지의 손을 잡았지만, 노신사는 손자의 행동을 알 아차리지 못한 듯했다.

"그 사람들이 언제 내 딸을 보게 해주는 거냐?" 소령이 성 이 잔뜩 나서 말했다. "나보고 딸이 동요할 수 있으니까 걔를 자기 방에 들일 때 길을 막지 말라고 했단 말이다. 안으로 들 어가서 딸이랑 말 좀 하게 해줬으면 좋겠다. 나를 보고 싶어 할 텐데."

소령의 생각은 옳았다. 이윽고 의사가 방에서 나와 그를 불 렀다. 소령이 떨리는 지팡이에 몸을 의지한 채 발을 끌며 앞으로 나아갔다. 군인처럼 당당하고 늠름했던 그 모든 세월이 지난 지금, 그의 체구는 마침내 수그러질 대로 수그러졌으며, 다듬지 않은 백발은 옷깃 뒤쪽에서 아무렇게나 형클어져 있었다. 딸의 방으로 기어가다시피 걸어가는 그의 모습은 늙어 보였다. 늙어서 세상을 빼앗긴 듯했다. 이저벨의 목소리에 조금 힘이 돌아왔는데, 그래서 밖에서 기다리던 사람들은 노인이 들어갈 때 그녀가 다정하게 낮은 탄성을 내며 아버지를 반기는 소리를 들었다. 그러고는 문이 닫혔다.

패니가 조카의 팔을 건드렸다. "조지, 뭘 좀 먹어야 해. 이저벨이 분명 그러길 원할 거야. 식사를 차려놨어. 내가 그렇게 해놓길 바랐을 거거든. 내려가서 식당에 가는 게 좋겠다. 식탁에 널 기다리는 음식이 많아. 이저벨도 네가 뭘 먹길 바랄 거야."

조지가 꿩한 얼굴을 패니에게 돌렸다. 극심한 공포에 휩싸여 고통받는 얼굴이었다. "아무것도 **먹고** 싶지 않아요!" 그가 사납게 대답했다. 그러고는 이저벨의 방 가까이 가지 않도록 조심하면서 서성거리기 시작했는데, 복도에 깔린 두껍고 긴 양탄자 때문에 발소리가 지워졌다. 잠시 뒤 그는 앰버슨이 있는 곳으로 갔다. 앰버슨은 팔짱을 끼고 머리를 숙인 채 정면 창문 가까이에 자리를 잡고 있었다. "조지 삼촌." 조카가 목쉰 소리로 말했다. "저는 생각도 못……."

"응?"

"아, 세상에, 저는 어머니의 건강 문제가 이렇게까지 심각할 줄은 생각 못 했어요! 저는……." 그가 힘겹게 말했다. "배에서 내가 만난, 의사를 우리가 만났는데……." 그는 말을 더 잇지 못했다.

앰버슨은 그저 고개를 끄덕일 뿐 자세를 달리 바꾸지 않았다.

……이저벨은 그날 밤을 넘겼다. 11시에 패니가 조심스럽게 조지의 방으로 찾아왔다. "유진이 와 있어." 그녀가 속삭였다. "아래층에 있어. 그 사람……." 패니가 침을 꿀떡 삼켰다. "자기가 이저벨을 볼 수 없는 건지 알고 싶대. 뭐라고 말해야 할지 모르겠더라. 알아보겠다고 했어. 난 모르겠구나……. 의사 말로는……."

"우리가 '환자를 평온하게 해줘야 한다'고 했죠." 조지가 날을 세우며 말했다. "그 남자가 찾아오는 게 정말 위안이 되는 일이라고 생각하세요? 세상에! 그자가 아니었으면 이런 일이 일어나지도 않았을 거예요. 우리는 여기서 조용히 계속 살아갈 수도 있었다고요. 그런데…… 아무튼 그건 어머니 방에 생판 모르는 사람을 데려가는 거랑 별 차이가 없어요. 우리가 외국에 있는 내내 어머니는 그자에 대해 두 번 이상은 얘기도 꺼내지 않았다고요. 그 사람, 어머니가 얼마나 **아픈지** 모르는 거 아니에요? 가서 전해주세요. 의사가 어머니는 조용하고 평온히 안정을 취해야 하는 상태라고 말했다고요. 진짜로 그렇게 말했잖아요. 아니에요?"

패니는 눈물이 그렁그렁한 채 조지의 말을 따랐다. "가서 그렇게 얘기할게. 의사가 이저벨이 무척 안정을 취해야 하는 상태라고 말했다고. 나는…… 나는 몰랐어……." 그녀는 그렇게 말하고는 미적거리며 방에서 나갔다.

한 시간쯤 뒤 간호사가 조지의 방 문간에 나타났다. 간호사는 소리 없이 왔고, 조지는 그녀에게 등을 돌린 채였다. 하지만 조지는 마치 총이라도 맞은 듯 펄쩍 뛰더니 턱이 빠질 듯 입을 떡 벌렸고, 간호사가 뭐라고 말할까 겁에 질렸다.

"어머니가 보고 싶어 하세요."

공포에 질려 벌어졌던 입이 딱 닫혔다. 조지는 고개를 끄덕이고 간호사를 따라갔다. 하지만 간호사는 조지가 어머니의 방으로 들어갈 때 방 밖에 남았다.

이저벨의 눈은 감겨 있었다. 그녀는 눈을 뜨지도 않았고 머리를 움직이지도 않았지만, 조지가 침대 옆에 놓인 팔걸이 없는 의자에 앉자 미소를 지으며 조지 쪽으로 팔을 조금씩 뻗었다. 조지는 어머니의 가냘프고 차가운 손을 잡아 자기 뺨에 갖다 대었다.

"애야, 식사는…… 뭐 좀 먹었니?" 그녀는 간신히 느릿느릿 속삭이는 게 다였다. 이저벨 본인은 멀리 떨어져 있고, 말하고 싶은 것만 겨우 신호를 보내는 것 같았다.

"네, 어머니."

"전부 다…… 필요한 만큼 충분히 먹었어?"

"네, 어머니."

그녀는 잠시 입을 열지 않다가 다시 말했다. "집에 오는 동안에…… 감기 안…… 안 걸린 거 확실하니?"

"저는 괜찮아요, 어머니."

"다행이다. 참 좋아……. 참 좋아……."

"뭐가요, 우리 어머니?"

"느껴지거든……. 내 손이 네 뺨에 있는 거. 내가…… 내가 **느낄 수** 있어."

하지만 이 말이 조지는 죽을 만큼 무서웠다. 자신이 느낄 수 있다는 사실을 무척이나 기뻐하는 듯한 그 모습이, 마치 굉장해 보이는 일을 이뤄냈다며 뿌듯해하는 어린아이 같아서였다. 그 모습에 정말로 겁이 나서 조지는 아무 말도 할 수 없었고, 자기가 엄청나게 떨고 있다는 걸 어머니가 알까 두려웠다. 하지만 이저벨은 눈치채지 못했고, 다시 한동안 침묵을 지켰다. 그러다 마침내 입을 열었다.

"궁금한 게 있는데…… 우리가 집에 돌아온 걸 유진과 루시도 아는지 궁금하구나."

"당연히 알죠."

"그 사람…… 나에 대해 물어봤니?"

"네, 집에 왔었어요."

"지금은…… 갔고?"

"네, 어머니."

그녀가 희미하게 한숨을 쉬었다. "나 있잖아……."

"뭔데요, 어머니?"

"나 그 사람…… 보고 싶었어." 그 회한에 찬 나지막한 중얼거림은 간신히 귀에 들릴 정도였다. 뒤이은 말이 나오기까지는 시간이 약간 걸렸다. "단…… 단 한 번만이라도." 이저벨이 속삭였고, 그런 뒤 고요가 찾아왔다.

이저벨은 잠이 든 것 같았다. 조지는 방에서 나가려고 몸을 움직이다가 그의 손가락을 누르는 미약한 힘에 붙들려 어머니의 손을 뺨에 댄 채 그대로 앉았다. 잠시 뒤 어머니가 완전히 잠든 것을 확인한 후 그는 간호사를 안으로 들이고자 다시 몸을 움직였다. 이번에는 손가락이 그를 붙들지 않았다. 사실 이저벨은 잠이 들지 않았지만, 지금 아들이 나가야 좀 휴식을 취할 수 있을 테고, 그래야 자신이 이제 곧 닥치리라 예감하는 그 일에 더 잘 대비할 수 있으리라는 생각에, 아들을 간절히 원하는 자신의 손가락에 명령을 내렸다. 놓아주라고.

복도에는 의사와 간호사가 같이 서 있었다. 조지는 그들에게 어머니가 지금 자는 중이라고 말하고는 자기 방으로 돌아갔다가 자기 침대에 누워 있는 할아버지와 벽에 기대서 있는 삼촌을 보고 놀랐다. 두 사람 모두 두 시간 전에 집에 갔던지라 다시 돌아올 줄 몰랐던 것이다.

"의사 생각에는 우리가 와 있는 게 좋을 것 같다더구나." 앰버슨은 그렇게 말하고는 입을 다물었고, 조지는 몸을 격렬하게 떨며 침대 가에 걸터앉았다. 떨림은 계속되었고, 조지는 이따금 이마에서 배어 나오는 굵은 땀방울을 닦았다.

시간이 흘러갔다. 침대에 누운 노인은 때때로 코를 조금 골다가 뚝 멈추고는 몸을 일으킬 것처럼 꿈틀거렸지만 그때마다 조지 앰버슨이 노인의 어깨에 손을 얹고는 달래듯 한두 마디 중얼거렸다. 때때로 삼촌이나 조카 중 하나가 발끝으로 걸어 복도로 나가 이저벨의 방을 바라본 뒤 다시 까치발로 돌아와 초췌한 얼굴로 상대편을 바라보았다.

한번은 조지가 반항적으로 씩씩거리며 말했다. "그 뉴욕에 산다는 의사가, 어머니가 괜찮아질 **수도 있다고** 했어요! 그 의사가 그랬다는 거 모르시죠? 어머니가 좋아질지도 모른다고 그랬는데. 그거 모르시죠?"

앰버슨은 아무 대답도 하지 않았다.

매연으로 뿌연 창문을 통해 어둑하게 들어오던 새벽 기운이 반 시간쯤 지나자 더욱 강해졌다. 두 남자가 복도에서 들리는 소리에 퍼뜩 놀랐다. 소령이 침대에서 몸을 일으켰지만 이번에는 제지받지 않았다. 그들이 들은 건 패니 미내퍼에게 무어라 이야기하는 간호사의 목소리였다. 다음 순간, 패니가 문간에 나타났다. 그녀는 얼굴을 일그러뜨린 채 말을 꺼내려 애썼다.

앰버슨이 힘없이 말했다. "그 애가…… 우리더러 들어오랍니까?"

하지만 패니는 목소리를 되찾자 크고 길게 울음을 내뱉었다. 그녀는 조지를 팔로 끌어안고는 상실과 동정심에 괴로워하며 흐느꼈다.

"걔는 널 사랑했어!" 패니가 울부짖었다. "널 사랑했어! 널 사랑했다고! 오, 너를 정말로, 진심으로 사랑했어!"

이저벨이 방금 그들 곁을 떠난 것이었다.

제30장

앰버슨 소령은 그 이후 이어진 시간 내내 전혀 눈물을 흘리
지 않았다. 그는 딸과의 이번 이별이 짧으리라는 걸, 길었던
건 그전의 이별이었다는 사실을 잘 알았다. 소령은 이제 낡은
가스 현수등 아래에서 장부와 씨름하지 않았다. 저녁 내내 침
실에 앉아 난롯불을 바라보았고, 누가 묻기 전에는 입을 열지
않았다. 그는 주변에서 일어나는 일을 거의 의식하지 못하는
듯했는데, 소령과 같이 사는 사람들은 그가 이저벨의 죽음 때
문에 망연자실했다고, 추억과 몽롱한 꿈에 빠져버렸다고 짐
작했다. "아마 아버지의 머릿속은 젊은 시절의 모습이나 남북
전쟁, 아버지와 어머니가 젊은 부부였고 당신의 자녀들이 작
고 귀여운 아이였던 시절로 가득하겠죠. 이 도시가 작은 도시
였던, 포장된 거리가 하나뿐이고 나머지는 그냥 먼지투성이
의 널찍한 인도였던 그 시절 말입니다." 조지 앰버슨은 그렇
게 추측했고, 나머지 사람들도 동의했다. 하지만 그들은 잘못
알고 있었다. 소령은 자신의 인생에 대한 심원한 생각에 빠

져 있었다. 지금껏 그가 몰입했던 그 어떠한 사업 계획도 지금 몰입하고 있는 계획과 비교할 만큼 중요하지는 않았다. 왜냐하면 그는 이제 미지의 나라로 입국할 계획을 짜야 하는데, 그곳에서는 누가 그를 앰버슨 가문 사람이라고 알아봐줄지조차 자신할 수 없었던 것이다. 그 나라에서는 어떤 것도 확신할 수 없을 것이며, 오로지 이저벨이, 가능할 경우 그를 도와주리라는 점만 분명했다. 이 계획으로의 몰입이 외면적으로는 몽상에 빠진 양 비치는 결과를 낳았지만, 당연히 그건 아니었다. 소령은 게티즈버그 전투 이후 상이군인이 되어 고향으로 돌아와 사업에 뛰어든 이래 그의 주의를 진정 처음으로 잡아끈 중요한 문제에 몰두해 있었다. 그는 그 시절에서 지금에 이르는 생애 동안 그를 근심케 하거나 기쁘게 했던 것, 그가 구매하고, 짓고, 교환하고, 저축했던 그 모든 것이, 지금 자신과 관련된 것을 제외하면 하나같이 하찮고 헛된 것이었다는 사실을 깨달았다.

소령은 거의 방 밖으로 나오지 않았고, 사람들이 가져다준 식사를 종종 입도 안 대고 남겼다. 스스로를 방치하는 이런 모습에 사람들은 슬피 고개를 저었고, 심원한 정신의 집중을 망연자실로 재차 오해했다. 그러는 한편으로, 여전히 소령을 중심으로 모인 채 상실감에 빠져 있던 이 조그만 집단은 인생이란 게 그렇듯 다시 일어나 망연한 시기에서 벗어나기 시작했다. 정말로 망연자실해 있는 사람은 이저벨의 아버지가 아니라 그녀의 아들이었다.

이저벨이 죽고 한 달쯤 뒤인 어느 날 밤, 조지가 패니의 방으로 예고도 없이 들이닥쳤다. 패니는 책상에 앉아 있었는데, 빼곡하게 숫자로 뒤덮인 여러 장의 서류에다 열심히 다른 숫자 열을 덧붙이고 있었다. 이 수학 계산은 이제 막 일반 판매 시장에 출시된 전기 헤드라이트로 인해 생겨날 미래의 수입과 관련된 것이었다. 하지만 패니는 애도 외에 다른 일을 하고 있다는 사실을 들키는 게 부끄러웠기 때문에 퀭하니 공허한 눈으로 찾아온 방문자를 어깨 너머로 돌아보며 반가이 맞이하면서도 서류를 황급히 옆으로 치웠다.

"조지! 놀랐잖니."

"노크 안 해서 죄송해요." 그가 목쉰 소리로 말했다. "생각을 못 했어요."

패니가 의자를 돌려 걱정하는 얼굴로 조카를 보았다. "앉으렴, 조지."

"아니에요, 저는 그냥……."

"방에서 계속 왔다 갔다 하는 소리가 들리더구나." 패니가 말했다. "저녁 식사 시간 이후로 계속 그러고 있던데, 내 듣기에는 거의 매일 저녁 그러는 것 같네. 그게 네게 좋은 건 아니라고 보는데. 네 어머니가 살아 있었다면 정말로 걱정했을 거야. 내가 알지……."

"저기요." 조지가 가쁘게 숨을 쉬며 말했다. "제가 했던 일이 옳았다는 얘기를 한 번만 더 하고 싶어요. 제가 그렇게 하는 것 말고 달리 뭘 할 수 있었겠어요?"

"뭐에 대해서 말이니, 조지?"

"전부 다요!" 조지가 그렇게 외치고는 격렬히 분노를 터뜨렸다. "제가 확실히 말씀드리는데, 저는 옳은 일을 했어요! 하늘에 맹세컨대, 저 같은 상황에 놓인 사람이 달리 뭘 해야 했는지 저도 알고 싶다고요! 그 문제가 그냥 진행되도록 놔둔 채로 개입하지 않았다면 제게는 끔찍하기 그지없는 일이 되었을 거라고요! 도대체 **제가** 할 수 있는 일이 또 뭐가 있었겠어요? 제가 입을 **다물었어야** 했나요? 네? 아들이 그 정도도 못 해요? 제가 아무 희생도 치르지 않고 그런 일을 했나요? 루시와 제가 다투기는 했지만, 결국에는 원상태로 돌아올 수 있었을 거예요. 그런데 제가 우리 집 문 앞에서 그 여자 아버지를 돌려보냈을 때, 그 다툼은 우리가 영원히 끝났다는 뜻이 되어버렸단 말이에요. 저도 그걸 알았다고요. 하지만 저는 그냥 앞으로 밀어붙였어요. 뒷말을 멈추려면 그래야만 한다는 걸 알았으니까. 어머니를 데리고 나간 것도 같은 이유였어요. 그게 소문을 멈추는 데 도움이 되리라는 걸 알았으니까. 어머니는 외국에서도 행복했어요. 정말로 행복해했다고요. 확실히 말씀드리는데, 저는 어머니가 행복한 삶을 사셨다고 생각하고, 그게 제 유일한 위안거리예요. 어머니는 늙은 모습으로 돌아가시지 않았어요. 어머니는 여전히 아름답고 젊은 모습으로 남아 있고, 저는 어머니가 늙은 모습이 되기 전에 돌아가신 게 차라리 나았다고 생각해요. 좋은 남편이 있었고, 특별한 사람만 누릴 수 있을 안락과 사치를 누리셨잖아요. 그걸 행복한 삶 말고 뭐라 부를 수 있어요? 어머니는 언제나 활기가 넘치셨고, 저는 어머니를 떠올릴 때마다 어머니가 웃는 모습이 보여요. 그 어여쁜 웃음소리가 늘 들린다고요. 집까지 오던 그 여행의 기억을 잊을 수 있게, 그 마지막 밤을 머릿속에서 떨쳐낼 수 있게, 저는 **항상** 어머니의 즐거운 모습과 웃음소리를 떠올려요. 그러니 어머니가 도대체 행복한 삶 말고 어떤 삶을 살 수 있었겠어요? 행복하지 않은 사람들이 늘 활기차게 보일 수는 없는 거잖아요. 아니에요? 불행한 사람은 불행하게 보여요. 그게 그 사람들 모습이라고요! 여기 좀 봐주세요." 조지가 대들듯 패니를 정면으로 보았다. "**고모는** 제가 옳은 일을 했다는 걸 부정하시나요?"

"내가 판사는 아니잖니." 패니가 어르듯 말했다. 조지의 목소리와 몸짓 모두 거친 기운을 풍겼던 것이다. "네가 옳은 일을 했다고 생각한다는 건 안단다, 조지."

"옳은 일을 했다고 생각한다니요!" 조지가 격하게 그녀의 말을 따라 했다. "세상에!" 그는 그렇게 말하고는 왔다 갔다 걷기 시작했다. "다른 방법이 있었어요? 제가, 무슨 선택을 했어야 할까요? 뒷말을 막을 다른 방법이 있었어요?" 조지가 흥분한 채 손짓하며 패니의 앞에 바짝 붙어 섰다. 목소리는 크고 거칠었다. "제 말 듣고 계세요? 묻고 있잖아요. 뒷소문에서 어머니를 보호할 다른 방법이 도대체 있긴 했냐고요?"

패니는 시선을 딴 쪽으로 돌렸다. "그 소문은 한참 전에 가라앉은 것 같던데." 그녀가 껄끄러운 듯 말했다.

"**그게 바로** 제가 옳았다는 뜻이잖아요, 네?" 조지가 외쳤다. "제가 그렇게 행동하지 않았다면 사람 헐뜯기 좋아하는 그 존슨 할망구가 계속 비방을 해댔을 테고, **지금도 여전히** 계속⋯⋯."

"아냐." 패니가 말을 끊었다. "그 여자 죽었어. 네가 떠나고 육 주인가 뒤에 뇌졸중으로 사망했지. 편지에 그 얘길 쓰지 않은 건 내가 그러고 싶지 않아서였어……. 내 생각엔……."

"뭐, 그럼 **다른** 사람들이 계속 떠들어댔겠지요. **그 인간들은…….**"

"모르겠구나." 패니가 말했다. 고뇌에 찬 시선은 여전히 다른 쪽으로 돌린 채였다. "여기 상황이 정말 많이 변했단다, 조지. 네가 말하는 그 다른 사람들 말인데, 그 사람들이 어떻게 됐는지 아는 사람이 거의 없어. 당연히 뒷소문을 떠들고 다니는 사람들이 그리 많지도 않고, 그나마 그 사람들은……. 뭐, 몇 명은 죽었고, 또 몇 명은 그렇게 될 것 같고(너도 그 사람들을 더는 못 볼 거야), 그러고도 남은 사람들은 그게 누구건 간에 새롭게 등장한 사람 무리에 섞여버렸을 거야. **우리**에 대해서는 아마 들어본 적도 없을 사람 무리에. 당연히 우리도 **그 사람들** 얘기는 들은 바가 전혀 없지. 사람들은 정말 금세 잊어버리는 것 같아. 뭐든 간에 다 잊어버리는 듯해. 여기가 얼마나 변했는지 넌 상상도 못 할 거다!"

조지는 고통스럽게 분을 꾹 눌러 담고 나서야 말을 꺼낼 수 있었다. "고모는…… 거기 앉아서 말씀하고 계신 게 그 얘기잖아요. 제가 만약 상황을 그냥 내버려뒀다면……. 오!" 그는 몸을 돌리더니 다시 서성거리기 시작했다. "장담컨대 저는 옳은 일만 했다고요! 만약 고모가 그렇게 생각하시지 않는다면, 대체 어째서 제가 **달리 뭘** 했어야 했던 건지 말씀을 못 하시죠? 비판이야 쉽죠. 하지만 누군가를 비판하려면 최소한 달리 뭘 어쨌어야 했는지는 얘기해줘야죠! 고모는 제가 틀렸다고 생각하시는 거잖아요!"

"그런 말은 아니란다." 패니가 말했다.

"그때는 그렇게 말씀하셨죠!" 조지가 소리쳤다. "그때는 말씀을 충분히 하셨던 것 같은데요! 그럼, 만약 제가 틀렸다고 확신하신다면, 지금은 제게 해주셔야 할 말씀이 없나요?"

"없단다, 조지."

"할 말이 없을까봐 두려워서일 뿐이겠죠!" 조지는 그렇게 말하더니 돌연 통렬한 직관에 사로잡혀 말을 이어갔다. "고모는 자기가 그 일에 전부 관련되어 있다는 사실 때문에 스스로를 책망하고 있잖아요. 그래서 어머니라면 내가 이러길 원했을 거라는 식으로 말하고 행동하면서 자기 잘못을 만회해보려는 거 아니냐고요. 다르게 행동할 수도 있었다고 생각하게 되면 제가 견디지 못할 거라고 보시는 거잖아요. 난 다 알아요! 내가 잘못했다고 **진심으로** 생각하시잖아요! 그게 바로 고모 머릿속에 있는 생각이잖아요! 조지 삼촌도 그렇게 생각하시죠. 며칠 전에 그 문제로 삼촌에게 따지니 고모와 똑같이 대답하시더라고요. 얼버무리면서, 자상하게 대하려 애쓰면서요. 조심스럽게 대하셔봤자 하나도 고맙지 않아요! 분명히 말하는데 저는 옳았고, 제가 틀렸다고 생각하는 사람들이 절 응석받이처럼 대하는 거 하나도 필요 없어요! 고모는 모건이 여기 왔던 마지막 밤에, 어머니가…… 어머니가 죽어가던 그 밤에 제가 그 사람과 어머니를 못 만나도록 한 게 잘못이라 생각하고 계시겠죠. 만약 그러시다면, 대체 왜 **저한테** 와서

물어보신 거예요? **고모가** 그 사람을 안으로 들일 수도 있었
잖아요! 어머니는 그자를 **정말로** 보고 싶어 했다고요. 어머
니는······."

패니는 깜짝 놀란 듯했다. "그긴 네 생각······."

"어머니가 그렇게 말했어요!" 고뇌하는 젊은이는 그렇게
말하며 목이 메었다. "어머니가 말씀하셨어요. '한 번만이라
도'라고요. '나 그 사람 보고 싶었어. 단 한 번만이라도'라고
말씀하셨다고요. 어머니는······ 그 사람에게 작별 인사를 하
고 싶어 하셨어요. **그게** 어머니 뜻이었다고요! 고모는 이것
도 제 탓이라고 하겠죠. 이 일에 대한 책임을 제게 뒤집어씌
우겠죠! 하지만 확실히 말씀드리는데, 조지 삼촌에게도 말했
지만, 그 책임이 **전적으로** 제게 있는 건 아니에요! 만약 제가
내내 틀렸다고 확신하셨다면, 제가 어머니를 데리고 나갔을
때, 모건을 내쫓았을 때 제가 틀렸다고 확신하셨다면 왜 제가
그러도록 내버려뒀어요? 고모와 조지 삼촌은 성인이잖아요.
둘 다 어른 아니에요? 고모는 저보다 나이도 많고, 본인이 저
보다 **현명하다고** 확신했다면, 왜 그냥 손 놓고 서서 제가 계
속 그러도록 놔두셨죠? 그게 잘못된 일이었다면 고모가 막을
수도 있었잖아요. 아니에요?"

패니가 고개를 저었다. "아니야, 조지." 그녀가 천천히 말했
다. "아무도 너를 막을 수 없었을 거야. 네가 너무 완강하기도
했고, 또······."

"또 뭐요?" 조지가 큰 소리로 다그쳤다.

"이저벨이 널 사랑했으니까. 지나치게 많이."

조지가 그녀를 뚫어져라 바라보았다. 그의 아랫입술이 발작하듯 떨리기 시작했는데, 조지는 이로 입술을 눌러보았지만 미친 듯 떨리는 경련을 억제할 수 없었다.

조지는 방을 뛰쳐나갔다.

패니는 가만히 앉아 귀를 기울였다. 조지는 어머니 방으로 뛰어 들어가 문을 세게 닫았지만, 그 후에는 패니의 귀에 아무 소리도 들리지 않았다. 잠시 뒤 그녀는 자리에서 일어나 복도로 나와보았지만, 역시 아무것도 듣지 못했다. 묵직한 검은색 호두나무로 된 이저벨의 방문이 고뇌에 차 시선을 고정한 패니의 눈에는 더 어둡고 흐리멍덩해 보였다. 복도 끝 저 멀리 천장의 조명을 받아 희미하게 반사된 반질반질한 목재가 신비스러운 기운을 풍겼고, 패니의 심란한 마음에 청동 문손잡이에서 번득이는 한 점의 빛은 밤의 고요 속에서 계속하여 날카롭게 울어대는 외침 같았다. 저 문 안쪽의 고독한 어둠 속에서, 이저벨의 전용 의자, 그녀만이 읽던 책, 드레스와 목도리로 가득한 대형 호두나무 옷장이 있는 그 어둠 속에서 사람의 눈과 귀를 피해 어떤 대화가 오가고 묻혔던 것일까? 참으로 비통한 주장이 그 유순한 고인을 논박하고자 헛되이 분투하고 있지나 않을까? "세상에, 제가 뭘 달리 어떻게 해야 했을까요?" 어머니의 변함없을 침묵은 이저벨이 살아 있을 때 절대로 답하지 않았던 바로 그만큼 아들에게 분명히 대답하고 있었고, 조지는 죽은 자가 얼마나 달변일 수 있는지 깨닫기 시작했다. 누군가를 그가 살아 있을 때 얼마나 사랑했건 간에 죽고 난 뒤 그들의 달변을 막을 방법은 없다. 선택의 여지가 없는 것이다. 그러니 조지가 제아무리 번민에 시달리며 "제가 뭘 달리 어떻게 해야 했을까요?"라고 외치건 간에, 그의 삶이 끝날 때까지 얼마나 자주 격정적으로 호소하건 간에 이저벨은 아들에게 회한에 차 희미하게 중얼거리며 이렇게 대답할 수밖에 없는 운명이었다.

"나 그 사람…… 보고 싶었어. 단…… 단 한 번만이라도."

쾌활한 흑인 하나가 저택 옆을 지나가면서 음정도 맞지 않는 휘파람으로 여자, 튀긴 음식, 진에 대한 조각난 상념을 시끄럽게 불러젖혔다. 뒤이어 중요한 입학식을 치르고 돌아가는 한 무리의 고등학생 소년이 거리에서 야단법석을 떨고, 울타리에 막대기를 덜걱덜걱 갖다 대고, 귀에 거슬리게 꽥꽥거리더니 급기야 사춘기가 끝나지 않은 상태에서 새로이 얻은 충격적인 목소리로 노래를 불러대려고까지 하는 소리가 들렸다. 그 소년들은 아무 이유도 없이 저택 앞에 멈춰 서서는 꼭 원인 모를 흥분에 휩싸인 양계장 닭들이라도 되는 양 반 시간 동안 전력으로 날뛰면서 엄청난 양의 소음을 만들어냈다.

복도 위층 계단에 서 있는 여성에게 이는 거의 견딜 수 없는 일이었다. 패니는 내려가서 소년들에게 그만두라고 말해야 하는 건가 생각했다. 하지만 그녀는 무척이나 소심했고, 잠시 뒤 자기 방으로 돌아가 다시 책상에 앉았다. 그녀는 문을 열어둔 채 복도 쪽을 자주 힐끔거렸지만, 그러다 차츰 자동차용 전구에 걸어놓은 커다란 도박에서 거둘 예상 수입을 나타내는 숫자들에 다시 몰입했다.

……미신을 믿는 사람이었다면 패니가 뛰어든 이 투기 사

업의 동업자가(큰 손해를 봤던 윌버의 압연 공장 때와 마찬가지로)
매력적이지만 지나치게 무계획적인 닳고 닳은 남자, 조지 앰
버슨이라는 사실이 불운한 일이라 생각했을 것이다. 조지 앰
버슨은 많은 기업에 돈을 집어넣으면 그중 한 곳에서는 확
실히 한몫을 잡을 테니 행운의 기업을 찾아내기 위해 충분히
많은 회사에 투자하면 된다고 믿는, 그런 낙관주의자 중 하나
였다. 참으로 씩씩한 정신에 재난 상황에서도 멋진 투지를 발
휘하는 그는 상당히 많은 회사에 투자했고, 오직 그 회사들이
하나같이 맞이한(그의 말을 빌리자면) '불운'으로 인해 유명한
사람이라는 명망을 얻었다. 사업에서 그는 일관되게 불운을
겪었고, 오로지 그 때문에 저명인사였다. 그가 어느 정도 허
심탄회하게 확언한 바에 따르면, 일이 이렇게 된 까닭은 그가
태어나기 전에 그의 가문이 상당한 행운을 얻었고, 이런 식
으로 균형을 맞춰야만 했다는 것 외에는 다른 식으로 설명할
길이 없었다.

"제 전적을 생각해보고 빠져나갔어야 했어요." 헤드라이트
회사의 상황이 비관적으로 보이기 시작하던 이듬해 봄 어느
날, 그는 패니에게 그렇게 말했다. "이 침몰은 제겐 오래되고
친숙한 느낌이에요. 나 자신을 사업의 귀재라고 증명하고자
예전에 기울였던 그 모든 노력에 따라붙었던 느낌이니까 말
이죠. 제 생각에 이 느낌은 열기구가 터졌을 때 조종사가 느
끼는 감정과 분명 같을 거예요. 아래를 내려다보면 옛날에 살
던 고향 집 농장이 보이는 거죠. 제 말은, 그게 바로 그 조종사
가 예전과 달라진 게 없는 진흙투성이 뒷마당에 떨어져 납작

해지기 직전에 느끼는 감정이라는 겁니다. 상황이 무척 암울해 보이기는 한데, 그래도 당신이 제가 한 것만큼 이 혼란스러운 일에 뛰어들지는 않았다는 점이 그나마 기쁘군요."

패니의 얼굴이 홍조를 띠었다. "하지만 전구가 제대로 **작동해야** 하는 거잖아요!" 그녀가 항변했다. "그게 공장에서 완벽하게 작동하는 모습을 우리 두 눈으로 똑똑히 봤잖아요. 전구가 정말 환해서 아무도 그걸 정면으로 보질 못했고요. 작동하지 않을 이유라는 게 **있을 수 없다**고요. 그건 그냥……."

"오, 그건 그래요." 앰버슨이 말했다. "분명 완벽한 제품인 게 확실했죠. 공장에서는요! 우리가 몰랐던 유일한 사실은 전구가 계속 켜진 채 있으려면 자동차가 얼마나 빨라야 하는가에 대한 문제였습니다. 그게 아주 중요한 문제였던 것처럼 보여요."

"뭐, 차가 얼마나 빨라야 **하는지는**……."

"전구가 완전히 꺼지는 상황을 막아야 할 정도로 빨라야죠." 앰버슨이 지극히 신중하게 패니에게 정보를 전달해주었다. "우리 제품을 구매한 다음 반품하고 환불받아 간 충성 고객들이 계산해봤어요. 그 사람들 계산에 따르면 자동차가 시속 40킬로미터의 속도를 유지해야 한다는군요. 그러지 않으면 전구에 전혀 불이 들어오지 않는대요. 맞은편에서 접근하는 자동차가 알아차릴 정도로 빛이 충분히 밝아지려면 시속 50킬로미터 이상이어야 하고요. 시속 60킬로미터가 되면 전구가 비치는 길에 놓인 물체를 알아볼 수 있고, 65킬로미터가 되면 뚜렷이 드러난다는군요. 80킬로미터 이상이 되어야 진짜 헤드라이트가 되는 거고요. 안타깝게도 많은 사람이 해가 지고 난 다음에 차를 그렇게 빨리 몰고 싶어 하지 않지요. 특히나 교통이 정체된 상황이나 경찰이 과속을 싫어할 만한 장소에서는 말입니다."

"하지만 도로에서 했던 시험 주행을 생각해봐요. 그때 우리가……."

"그 시험 주행은 멋졌죠." 조지가 시인했다. "그 발명가는 명연설로 우리를 기쁘게 했고, 당신과 프랭크 브론슨과 저는 그날 밤 짜릿한 속도로 신나게 빙글빙글 돌아다녔고요. 넋이 나가는 감각이었어요. 우리는 빛, 빛과 음악에 넋이 나갔죠. 우리는 우리 뺨에 입을 맞추던 차가운 바람과 몇 킬로미터 밖까지 환하게 밝혀져 있던 도로를 결코 잊어서는 안 됩니다. 절대 잊어서는 안 되고 그럴 수도 없겠죠. 그 드라이브의 대가로……."

"하지만 뭔가 하긴 해봐야죠."

"그래야죠. 당연히! **제가** 해볼 일은 시계를 제 단골 전당포에 잡히는 것이겠지만요. 그래도 다행히 당신은……."

패니의 뺨에 떠오른 홍조가 더 짙어졌다. "하지만 그 발명가가 제품을 고쳐보려고 뭐든 **하지** 않을까요? 그 사람이 노력도 안 해볼……."

"해보겠죠." 앰버슨이 말했다. "실제로 **노력하는 중**입니다. 며칠 동안 공장에 앉아 그가 노력하는 모습을 지켜봤어요. 아름다운 오후였습니다. 창밖에 있는 '자연'은 용수철과 매연 냄새로 향긋했지만요. 그 노력을 하는 동안 발명가께서는 래 그 타임을 콧노래로 부르시고, 저는 그분의 마음이 이 제품보다 덜 지루한 쪽으로, 그러니까 더 많은 관심이 생긴 새로운 발명 쪽으로 흘러가나보다 생각하고 말이죠."

"하지만 그 사람 보내주면 안 돼요." 패니가 소리쳤다. "계속 노력하게 **만들어주셔야** 한다고요!"

"오, 그럼요. 그분께서도 제가 거기 앉아 있는 이유를 잘 압니다. 저는 계속 앉아 있을 거고요!"

하지만 공장에 앉아서 시간을 보내는 동안 짜증스러운 기색을 내비치는 발명가를 걱정하는 와중에 앰버슨에게는 고민해야 할 또 다른 문제가 생겼다. 바로 이저벨의 부동산에 대한 재산권 처분 문제였다.

"집문서 일은 이상하구나." 앰버슨이 조카에게 말했다. "이저벨의 서류 중에 그게 없었던 거 정말 확실하고?"

"어머니는 아무 서류도 남기지 않았어요." 조지가 말했다. "한 장도요. 어머니가 사업과 관련해서 하신 일이라고는 할아버지가 주신 수표를 예치한 다음에 당신 수표에 서명하는 일밖에 없었거든요."

"집문서가 등록되질 않았어." 앰버슨이 생각에 잠긴 채 말했다. "알아보려고 법정에도 다녀왔다. 증서를 이저벨에게 줬는지 아버지께도 여쭤봤는데, 처음에는 내 말을 이해하지 못하시는 것 같더구나. 그러더니 오래전에 집문서를 준 게 분명한 듯하다고 하셨지. 하지만 확신은 못 하셨고 말이야. 내 생각에는 아무래도 안 주신 것 같아. 내 생각에는 아버지께 지금 너한테 유리한 쪽으로 일을 처리해주시도록 부탁하는 게 좋겠다. 말씀드려봐야겠어."

조지가 한숨을 쉬었다. "그런 일로 할아버지를 번거롭게 하고 싶지는 않아요. 이 집은 제 거고, 저나 삼촌이나 그 사실을 잘 알잖아요. 저는 그거면 충분하고, 가엾은 할아버지의 부동산을 처분할 일이 생길 때 삼촌과 저 사이에 크게 문제가 생길 것 같지도 않아요. 방금 할아버지와 같이 있다 왔는데, 제가 보기에는 이 얘기를 다시 꺼내는 게 할아버지를 혼란스럽게만 할 것 같아요. 다른 사람이 할아버지 관심을 끌려고 하면 힘들어하시는 것 같더라고요. 지금 할아버지의 정신은 어디 멀리 떨어진 곳에 있고, 그 상태를 유지하는 걸 좋아하세요. 제 생각에는…… 제 생각에는 어머니도 그 문제로 우리가 할아버지를 번거롭게 하길 원치 않으실 거예요. 우리에게 할아버지를 내버려두라고 말씀하셨을 게 분명해요. 정말 핏기가 하나도 없고 이상하게 보이시더라고요."

앰버슨이 고개를 저었다. "너보다 더 창백하고 이상하게 보이지는 않는단다, 녀석아! 바깥공기도 좀 쐬면서 운동도 시작하고, 온종일 집 안만 돌아다니는 것도 그만하는 게 좋겠어. 내가 도울 수 있는 한은 아버지를 귀찮게 하지 않을 거다. 하지만 집문서에 아버지 서명을 받아놓도록 준비는 해야겠어."

"저는 할아버지를 귀찮게 하지 않을 거예요. 제가 보기엔 그게 아니고……."

"그렇게 보는 게 좋을 거다." 조지의 삼촌이 걱정스레 말했다. "내가 아는 한 이저벨의 부동산은 부동산 한 채에서 그럴 수 있을 정도로는 얽히고설켜 있어. 아버지가 내게 그 지옥

같은 헤드라이트 사업을 할 수 있도록 해주셨는데 나는 전혀 도움을 드리지 못했어. 결국 그 사업은 지지부진하다가 완전히 진창에 빠져버리고 말았고, 나는 바닥까지 떨어졌고, 가엾은 프랭크 브론슨 영감님은 딱 반이 떨어졌고, 패니는…… 뭐, 정말 다행이지! 내가 너무 깊이 들어가지 않도록 했기 때문에 **패니가** 바닥까지 떨어지지는 않았을 거다. 그렇긴 하지만 지금 상황도 많이 힘들 거다. 너도 집문서는 확보해야 해."

"아니에요, 할아버지 번거롭게 하지 마세요."

"되도록 아버지를 힘들게 하지 않을 거다. 기력을 약간이라도 회복하신 듯 보일 때까지 당분간 기다릴 거야."

하지만 앰버슨은 너무 오래 기다렸다. 소령이 중요한 문제에 대한 대답을 생각해낸 건 딸이 죽고 나서 11개월이나 지난 뒤였다. 그동안 그는 할 수 있는 한 그 문제와 함께 시간을 보냈고, 세상에는 미련이 없었다. 어느 날 저녁 손자와 같이 앉아 있는데(그는 사람들이 추측할 수 있는 한에서는 손자 조지와 같이 있는 걸 가장 선호하는 듯 보였다) 소령이 기묘한 몸짓을 했다. 뭔가 갑작스레 깨달은 양, 아니면 그간 잊고 있던 일이 기억난 양 무릎을 탁 쳤던 것이다.

조지는 무슨 일이냐고 묻는 듯 할아버지를 보았지만 아무 말도 하지 않았다. 그 역시 어느새 할아버지만큼이나 거의 말이 없는 사람이 되었다. 하지만 소령은 묻지도 않았는데 입을 열었다.

"태양 안에 있는 게 틀림없어." 소령이 말했다. "처음에 여기에는 태양 말고는 아무것도 없었지. 그러다 지구가 태양에서 나오고, 우리가 지구에서 나왔어. 그러니 우리가 지금 어떤 모습이건 간에 우리는 태양 안에 있었던 게 분명해. 우리는 우리가 태어난 지구로 되돌아가고, 지구는 지구가 태어난 태양으로 돌아가게 될 거야. 시간은 전혀, 어떤 의미도 없어. 그러니 얼마 안 있어 우리는 태양으로 다 같이 돌아가게 될 거야. 내가 바라는 건……"

소령이 무언가를 향해 손을 뻗듯 모호하게 움직이자 조지가 얼른 자리에서 일어났다. "뭐 필요하신 게 있나요, 할아버지?"

"뭐라고?"

"물 한잔 드릴까요?"

"아니, 아니야. 아냐, 필요한 거 없어." 뻗었던 손이 의자 팔걸이로 다시 떨어졌다. 소령은 도로 침묵에 빠졌다. 그러나 몇 분 뒤, 그는 자기가 꺼냈던 말을 마무리했다.

"누가…… 내게 말 좀 해준다면 좋으련만!"

다음 날 소령은 가벼운 감기에 걸렸지만, 아들이 의사를 부르는 게 어떻겠냐고 하자 불편한 심기를 내비쳤다. 사실 앰버슨은 지금껏 소령이 본인 마음대로 하도록 내버려두었기 때문에 다음 날 아침 일어나 옷을 차려입은 뒤 자신이 끝내 떠올리지 못한 것, 즉 '누가' 자신에게 말 좀 해줬으면 싶은 그 모든 것을 발견하고자 멀리 떠났을 때, 소령은 완전히 혼자였다.

아침 식사 쟁반을 들고 발을 질질 끌면서 들어간 샘 영감이 난롯가 옆 전용 안락의자에 앉아 있는 소령을 발견했다. 하지만 그 늙은 흑인조차도 소령이 그곳에 없다는 사실을 즉각 알아차릴 수 있었다.

제31장

앰버슨 가문의 거대한 부동산이 유산 정리를 위해 법원으로 넘어갔을 때, 조지 앰버슨의 말에 따르면 "하나도 남은 게 없었다". 말인즉슨 재산을 처분한 결과 남은 부동산이 하나도 없었던 것이다. "그럴 것 같았어." 앰버슨이 계속 말했다. "내 경력은 성공 전문가로는 평판이 엉망이지만 재난 예언가로는 축하연을 받을 자격이 넘치거든." 그는 아버지가 이저벨에게 집문서를 넘기지 않았다는 걸 얼마 전에야 알게 되었다는 데 대해 씁쓸히 자책했다. "그리고 그 돼지들, 시드니와 어밀리아!" 그가 덧붙였다. 이 역시 그가 씁쓸해하는 일이었다. "그 인간들은 아무것도 안 하려 들어. 내가 그자들에게 고상을 떨며 거절할 기회를 줬다는 사실이 참으로 유감이구나. 어밀리아의 편지 절반은 이탈리아어였어. 영어로 '싫다'고 말하는 방법을 제대로 기억 못 하나봐. 세상에 그런 인간들이 있다는 사실을 알게 되다니 오래 살고 볼 일이야! 우리 가문의 부동산은 심하게 망가진 상태였어. 그들이 '3분의 1'을 떼어 가기도 전부터 말이야. 그런데 그자들이 떼어 간 그 '3분의 1'이 썩은 사과 중에서 유일하게 괜찮은 부분이었던 거지. 나 좋으라고 재산 반환을 요구한 건 아니었어. 그렇게 해야 최소한 너만이 라도 곤경에서 벗어날 수 있을 테니 그랬던 거란다, 조지야. 그자들에게 편지 쓰느라 시간 낭비하지 마라. **너까지** 그 인간 들에게 의지해서는 안 돼."

"안 써요." 조지가 차분히 말했다. "저는 아무것도 의지 안 해요."

"그렇다고 우리가 상황이 아주 절망적이라고 느낄 일은 없을 거다." 앰버슨은 그렇게 말하며 웃었지만 그 웃음에 큰 활기는 없었다. "우린 살아남을 거야, 조지. 특히 너는 말이다. 나는 좀 많이 늙기도 했고, 인생과 크게 싸움을 시작하기 위한 밑천을 다른 사람에게 의지해서 마련하는 데 너무 익숙해져 있어. 나는 그냥 숨만 붙어 있어도 만족할 거고, 영사직을 수행하면서 1년에 1800달러로 살아갈 수도 있어. 전직 국회 의원이라면 언제든 그런 식의 일자리를 확실히 얻을 수 있고, 워싱턴에서 그 문제가 해결되었다는 얘기도 들었단다. 나는 야자수 아래 얼음물이 든 주전자를 갖다놓고 즐겁게 살 거다. 흑인들이 시중도 들어주겠지. 그 부분은 집에서 누렸던 것과 비슷하겠구나. 자리를 잡고 나면 네게 50달러 정도는 가끔 보내줄 수 있을 게다. 내게는 참 과분한 생활인 셈이지! 하지만 너는…… 물론 네가 자립하여 살아가는 연습은 거의 되어 있지 않다만, 그래도 어쨌거나 아직은 미숙한 젊은이일 뿐이고, 예전에 쓰던 물건들도 모두 네 소유니까. 그걸 내놓아서라도 뭔가 할 수 있을 거다. 집문서 문제에 있어서는 나 자신이 용서가 안 되는구나. 그것만 있었어도 뭔가 시작할 만한 튼튼한 기반이 되었을 텐데. 하지만 지금 넌 가진 돈도 무척 적고, 급료도 적게 받겠지. 물론 패니 고모도 여기 있어. 고모에게 돈이 좀 있다. 네가 정말 궁지에 몰리게 되면 내가 가끔 네게 소액이나마 보내주기 시작할 때까지는 거기에 의지할 수 있을 거다."

조지가 갖고 있던 '적은 돈'은 어머니가 쓰던 가구를 팔아 얻은 600달러였고, 받게 될 '적은 급료'는 점원 겸 법률 연구생으로 봉사하는 대가로 프랭크 브론슨 영감이 지급하기로 한 주급 8달러였다. 프랭크 영감이라면 소령의 손자에게 돈을 더 줄 수도 있었지만, 최고의 고객이었던 소령이 사망한 데다 자동차 헤드라이트와 관련된 본인의 경험도 있다보니 그는 조지에게 돈을 더 주는 동시에 본인 하숙비를 같이 감당할 수 있을지 자신할 수 없었다. 조지는 프랭크 영감의 제안을 도도하게 받아들였고, 그로써 삼촌의 마음의 짐을 덜어주었다.

하지만 정작 앰버슨은 영사관 자리가 잡혔는데도 '적은 돈' 조차 없었고, 근무지까지 가려면 조카의 600달러 중 200달러를 꾸어야 했다. "참 넌더리가 나는구나, 조지." 앰버슨이 말했다. "하지만 부임지에 가서 급료를 받는 편이 훨씬 낫겠지. 물론 유진이라면 무엇이든 해줬을 거고, 실제로 그러고 싶어 했단다. 하지만 그게…… 어…… 이런 상황에서는 그럴 기분이……."

"절대 그러지 마세요!" 조지가 얼굴이 벌게져 소리쳤다. "우리 가문 사람이 그러는 건 상상도 할 수……." 그가 말을 멈췄다. '가문'이 문밖으로 한 남자를 내쫓아놓고서는 그 남자의 호의를 받아들일 수는 없는 노릇이라는 설명을 굳이 할 필요가 없다는 사실을 깨달아서였다. "돈 더 가져가시면 좋겠는데요."

앰버슨은 그 제안을 정중히 사양했다. "내가 말해줄 수 있는 한 가지는 말이다. 조지, 네 몸에는 인색함이라는 뼈가 없다는 점이란다. 그거야말로 네 안에 있는 앰버슨 가문의 혈통이지. 난 그게 마음에 들어!"

워싱턴으로 떠나던 날, 앰버슨은 전에 조카에게 했던 칭찬에다 몇 마디를 더했다. 그는 돌아오지 않고 수도에서 부임지로 곧장 긴 여정에 오를 것이었다. 조지는 삼촌과 함께 역까지 갔는데, 기차가 몇 분 연착되는 바람에 작별이 길어졌다.

"이제 널 다시 못 볼지도 모르겠구나, 조지." 앰버슨이 말했다. 목소리는 약간 쉬어 있었고, 한 손은 젊은 조카의 어깨 위에 다정하게 올려놓았다. "이 시간 이후로 우리는 편지로만 서로의 소식을 알게 될 가능성이 클 거다. 그러다가 언젠가 내 친척인 네게 낡은 여행 가방 하나가 전해질 예정이라는 통보를 받게 될 거야. 어쩌면 영사관 벽난로 선반에 놓여 있던 먼지 낀 잡동사니도 같이 도착하겠지. 뭐, 우리에게는 참 이상한 방식의 작별 인사이긴 하구나. 몇 년 전만 해도 이렇게 되리라는 생각은 해본 적이 없는데. 하지만 여기 이렇게 우리, 우아한 외모에 파산 상태인 두 신사가 서 있어. 우리는 앞으로 무슨 일이 일어날지 전혀 예측을 못 하고 있지. 그렇지 않니? 지금 우리가 서 있는 이 자리에서 예전에 어여쁜 소녀에게 작별 인사를 한 적이 있다. 이 역사가 지어지기 전에 이곳은 그냥 낡은 기차역일 뿐이었고, 우리는 이곳을 프랑스어로 '창고'라 불렀지. 그 여성은 네 어머니를 방문하러 왔다가 떠나는 거였어. 이저벨이 결혼하기 전의 일이지. 난 그녀에게 푹 빠져 있었고, 그녀는 그 사실이 거북하지 않다고 내게 털어놓았단다. 사실 우리는 서로가 없이는 살아갈 수 없다고 마음의 결정을 내린 상황이었고, 결혼할 작정이었다. 하지만 그녀는 우선 아버지와 같이 외국으로 떠나야 했고, 그래서 작별 인사를 할 때 앞으로 거의 1년은 서로를 못 보게 되리라는 걸 알았지. 나는 그걸 견딜 수 없을 듯했고, 그녀는 이 자리에 서서 울고 있었어. 뭐, 이제는 그녀가 어디 사는지, 살아 **있기는 한지도** 몰라. 여기서 기차를 기다릴 때 가끔 그녀 생각이 날 뿐이야. 만약 그녀가 내 생각을 한 적이 있다면 아마 내가 여전히 앰버슨 저택의 무도회장에서 춤추는 모습을 떠올릴 거다. 그리고 저택이 여전히 아름다울 거라고, 여전히 이 도시에서 가장 멋진 저택일 거라고 생각할지도 모르지. 인생과 돈 모두 금이 간 보금자리에 담긴 흐물흐물한 수은처럼 움직인단다. 그것들이 사라지고 나면 우리는 도대체 우리가 그걸로 어디서, 어떻게 뭘 했는지 말을 못 하지! 우리에게 시간이 얼마 안 남아 있다보니 이런 얘기를 하는 게 쑥스럽다만, 지금 말해야 할 것 같구나. 나는 늘 너를 아꼈다, 조지. 하지만 늘 너를 좋아했다고 말할 수는 없을 것 같다. 네가 알면 알수록 좋아지는 사람은 확실히 **아니라는** 생각이 가끔 들기도 했어. 최근까지도 널 좋아하는 사람은 그냥 **당연히 그런 것처럼** 널 아껴야 했지(물론 이런 말이 그렇게 '요령 있는' 얘기는 아니긴 하다만). 왜냐하면 널 그냥 아끼지 못하는 사람이라면 일부러는 아낄 수가 없거든! 우리 모두 네가 어린 소년일 때부터 널 끔찍하게 망쳐놓았어. 네가 '왕자님'으로 자라도록 그냥 내버려뒀지. 네가 전력을 다해 왕자님 노릇을 했다는 얘기도 꼭 해야겠구나! 하지만 너는 참으로 힘들고 갑작스러운 좌절을 맛보았고, 정작 나도 네 나이 때는 자신만만한 젊음이 자기가 끔찍한 실수를 저지를 **수 있다는** 사실을 깨달았을 때 내면에서 겪어야 하는 일에 대해서는 거의 이해하지 못하는 사람으로 살았지. 가엾은 녀석! 정신적으로도 물질적으로도 한꺼번에 세상이 뒤집히다니. 그래도 너는 참 그걸 의연하게 받아들였어. 저기 기차가 들어오고 있구나. 내가 널 교수형에 처해야 한다고 생각했던 때가 있었다는 얘길 해도 용서해주겠지. 하지만 난 너를 늘 아꼈다. 그리고 지금은 네가 **좋구나!** 한마디만 더 하마. 이 도시 어딘가에 늘 너를 그렇게 생각했던 사람이 있을지 모른단다. 내 말은, 네가 제아무리 목매달려 마땅한 사람처럼 보인다 해도 널 아끼는 그런 사람 말이다. 한번 찾아보렴. 이런, 뛰어가야겠군. 급료를 받는 대로 빨리 돈을 갚으마. 잘 있으렴. 하느님의 은총이 함께하길, 조지!"

앰버슨은 탑승구를 통과한 뒤 철제 차단막 저편에서 활기차게 모자를 흔들고는 바삐 움직이는 군중 속으로 모습을 감췄다. 앰버슨이 시야에서 사라지자 예상치 못한 통절한 고독이 정말로 묵직하게, 그리고 참으로 갑자기 그의 조카에게 찾아와서 충격에서 회복될 기력조차 없을 정도였다. 익숙했던 세계의 마지막 조각이 그를 영원히, 그리고 온전히 홀로 내버려둔 채 사라져버린 것 같았다.

조지는 낯설어 보이는 도시의 낯설어 보이는 거리를 지나 천천히 집으로 걸었다. 사실 이 도시는 그에게 낯설었다. 대학에 다니던 시절과 뒤이은 장기간의 부재, 비극적인 귀향이 이루어지는 동안 조지는 도시의 모습을 거의 본 적이 없었다. 패니가 그에게 건장을 해칠 거라며 경고하면서 잔소리했듯 그는 '바깥에 나간 적이 거의 없었'고, 그나마도 유개 마차를 타고 시내를 다녀온 게 전부였기 때문이다. 그는 커다란 변화가 일어났다는 사실을 전혀 알아차리지 못했다.

거리는 천둥이 치듯 요란스러웠다. 온갖 곳을 덮은 우중충함 아래에서 거대한 힘이 들썩거렸다. 조지는 바쁘게 움직이는 검댕투성이의 낯선 군중 사이를 걸어 지나갔다. 만나본 적 있는 얼굴은 하나도 없었다. 심지어 개중 수많은 얼굴이 전에 한 번이라도 본 적이 있다는 기억조차 없는 종류의 얼굴이었다. 일부는 그가 어릴 때 봤던 옛 시절의 얼굴 같았고, 일부는 외국에서 봤던 얼굴 같았다. 조지는 눈가에 미국인 같은 주름이 진 독일 사람의 눈을 보았고, 아일랜드 사람의 눈과 나폴리 사람의 눈을 보았으며, 로마 사람의 눈, 토스카나 사람의 눈, 롬바르디아 사람의 눈, 사부아 사람의 눈, 헝가리 사람의 눈, 발칸반도 사람의 눈, 스칸디나비아반도 사람의 눈을 보았다. 그들의 눈 모두에 미국인의 눈빛이 기묘하게 깃들어 있었다. 그는 독일 유대인이었던 유대인을, 러시아 유대인이었던 유대인을, 폴란드 유대인이었던 유대인을 보았지만 그들은 이제 독일이나 러시아나 폴란드 유대인이 아니었다. 그 사람들 모두, 새로 솟아난 고층 건물에 바짝 붙어 드리워져 있는 흐린 하늘 아래에서 매연이 자욱한 안개를 뚫고 서둘러 지나가느라 더러워져 있었다. 사람들 대부분이 앞으로 닥칠 일을 근심하고 있는 듯 보였지만, 여기저기 눈에 띄는 돈 많은 여성들은 백화점에서 겪은 모험이나 거리에서 마구 달리는 차량들을 피한 일을 이야기하며 동행에게 웃음을 터뜨리곤 했다. 젊은 여자들이, 혹은 여유 넘치는 젊은 부인들이 조지에게 딱하다는 눈길을 보내는 일도 심심찮게 있었다.

조지는 그런 눈길을 전혀 알아차리지 못했다. 그는 사람으로 붐비는 인도를 빠져나와 북쪽으로 방향을 돌려 내셔널 거리로 향했고, 이윽고 훨씬 조용하지만 만만찮게 검댕이 묻어 있는 작은 가게들과 구식 주택들이 있는 지역에 이르렀다. 그 구식 주택들은 조지의 어린 시절 놀이 상대들이 살던 집이었다. 할아버지의 옛 친구들이 여기 살았다. 이 골목에서 조지는 두 명의 남자애와 동시에 싸웠고, 그 애들에게 채찍질했었다. 이 앞마당에서 주일학교에 다니는 꼬마 여자애들에게 제대로 놀림을 받아 잠시 광분 상태에 빠졌었다. 바닥이 축 가라앉은 저 현관에서 어떤 여자가 웃으며 조지와 다른 남자애들에게 도넛과 생강빵을 주었었다. 저쪽에는 조지가 하얀 조랑말을 타고 과감히 뛰어넘었던 철제 울타리가 헐거워진 채 유물처럼 서 있었고, 울타리 뒤편에는 석재로 정면을 장식한 초라해진 집이 있었는데, 조지는 그 집에서 아이들끼리 열었던 파티에 간 적이 있었다. 조금 컸을 때 조지는 그 집에서 종 종 춤을 추었고, 메리 샤론과 사랑에 빠졌으며, 복도 계단 아래에서 누가 봐도 강제적으로 그녀에게 키스했다. 한때는 참으로 반들반들하게 광택이 났던, 별 의미 없는 무늬가 새겨진 호두나무 이중 정문은 매연 같은 잿빛으로 칠해져 있었는데, 심지어 그 잿빛 위에도 매연 더께가 혐오스럽게 뚜렷이 앉아 있었다. 문 위에 걸린 매연에 찌든 간판은 이곳이 이제 '스태그 호텔'이 되었다는 사실을 알려주었다.

다른 집들은 지나치게 점잖을 떠는 간판을 단 하숙집이 되었지만, 또 많은 집은 훨씬 솔직해서 몇몇 하숙집에는 '일간, 주간 또는 식사만 제공'한다는 간판이 붙어 있었고, 또 몇몇 집은 더욱 간명하게 '방 있음'이라는 딱지만 붙이는 것으로 만족했다. 상품을 진열하려고 석재로 장식한 퇴창의 일부를 뜯어낸 어떤 집은 페티코트 두 벌과 굴색 플란넬 바지 한 벌을 걸어놓아 '프랑스식 세탁과 염색소'라는 검정과 금색 간판이 표방하는 내용을 뚜렷이 입증해 보였다. 세탁소 옆집 역시 개축한 정면을 자랑스레 내보이며 삶에서 자신들의 사명이 아득하게 죽음을 돌보는 것임을 의심의 여지 없이 드러냈다. 'J. M. 롤스너. 관. 장례식장'. 장례식장 뒤편에 있는, 회색 페인트를 칠한 정사각형 모양의 소박하고 낡은 벽돌집의 구식 베란다 난간에는 큼지막한 금박 두루마리가 화려하게 장식되어 있었다. 두루마리에는 이렇게 적혀 있었다. '왕당파와 순결의 귀부인 상호부조 조합'.• 그 집은 미내퍼 집안의 옛 거처였다.

조지는 눈에 띄게 움찔하는 일 없이 그 집을 지나쳤다. 사실 그는 고개를 꼿꼿이 쳐들고 있었고, 그의 심각한 표정과 지나칠 정도로 집 안에만 머무른 탓에 얻게 된 죄수처럼 파리한 안색을 제외한다면, 그가 예전의 그 조지 앰버슨 미내퍼와 같은 사람이 아니라는 사실을 알려주는 건 거의 없었다. 조지는 여전히 참으로 멋졌기 때문에 지나가던 자동차에서 그에 대해 한마디 하는 소리가 바람을 타고 본인의 귀에 들릴 정도였다. 그 차는 놋쇠로 번쩍이는 무시무시하게 새빨간 자동차로, 안에는 여섯 명의 젊은이가 타고 있었는데, 그들의 자동차 사랑은 입고 있는 옷에서 아주 뚜렷이 드러났다. 이 일행에 속한 여성들은 인도 위의 그 보행자를 보고 호의적인 감정을 느꼈고, 차가 천천히 움직이며 연석에 가까워질 때 그를 자세히 뜯어볼 수 있는 시간을 가진 결과 자신들의 주의를 끈 그 대상이 듣기에는 그렇게 기쁘지 않은 솔직함을 발휘했다. "요즘은 누군지 모르는 잘생긴 사람이 정말 많네." 일행 중 가장 어린 여성이 말했다. "우리가 사는 이 구닥다리 도시가 진짜 커지고 있어. 누가 저 남자가 누군지 좀 알려주면 좋겠는데."

"**나는** 모르거든." 그녀 옆에 있던 젊은 남자가 말했다. 목소리가 꽤 먼 거리에서 들릴 정도로 컸다. "난 저 사람이 누군지 모르지만, 겉모습을 봐서는 자기를 뭐라고 생각하는지는

● 가상의 공제조합.

알겠어. 본인이 커스버트 대공작●인 줄 아는 거지!" 킥킥거리는 웃음소리가 터져 나오는 동안 차는 속도를 내며 굴러갔고, 그 어린 여성이 계속 뒤를 돌아보자 그게 괘씸했던 동행들이 그녀의 얼굴 위로 두건을 씌우며 강제로 몸을 돌리게 했다. 그녀는 조지에게 깊은 인상을 남겼는데, 사실 그 인상이 하도 깊었던 나머지 그는 저도 모르게 자신의 감정을 담은 말을 중얼거리고 말았다.

"천한 것!"

지금 조지가 따라가고 있는 행로, 내셔널 거리에서 앰버슨 택지를 거쳐 앰버슨 대로 초입에 있는 두 채의 오래된 저택에 이르는 길을 따르는 이 행로가 '집까지 걸어가는' 마지막이 될 것이었다. 오늘 밤이 그와 패니가 소령이 이저벨에게 집문서를 깜박하고 주지 않은 그 집에서 보내는 마지막 밤이 될 것이었다. 내일 그들은 '퇴거'를 해야 했고, 조지는 브론슨의 사무실에서 일을 시작해야 했다. 그가 격렬한 몸부림도 한 번 치지 않은 채로 이런 몰락에 이른 것은 아니었다. 하지만 그 몸부림은 내면적인 것이었고, 정신없이 굴러가는 세상은 그런 고투에 동요하지 않은 채 조용히 계속 굴렀다. 세상이 굴러가면서 인정머리 없이 납작하게 눌러 무가치한 것으로 만들어버리는 그 모든 '삶의 이상' 중에서 윤곽을 유지하기가 가장 어려울 성싶은 것은 재산의 상속 여부에 달린 이상이

● 제1차 세계대전에 전투기 조종사로 참전했으며, 영국 연합군 조종사들의 초상화를 그린 것으로 유명한 영국의 귀족 커스버트 줄리언 오드(1888~1968).

다. 기록적인 사업 실패에도 불구하고, 조지 앰버슨이 돈이란 인생과 마찬가지로 '금이 간 보금자리에 담긴 수은 같은 것'이라는 사실을 마침내 깨달았을 때 그는 이 문제를 날카롭게 지적한 셈이었다. 그리고 그의 조카는 앰버슨 가문의 거대한 부동산이 보금자리에 난 금 사이로 눈 깜박할 사이에 사라지는 모습을 지켜보는, 정신이 번쩍 드는 경험을 했다. 실로 완전히 사라져버린 것 같았다.

앰버슨은 대학 동창들에게 편지를 써보면 어떻겠냐고 제안하기도 했다. 어쩌면 그 친구들이 브론슨의 사무실에서 일하는 것보다 더 전망이 좋은 일자리를 마련해줄 수도 있으니까. 하지만 조지는 얼굴을 붉히고는 딱히 이유를 설명하지 않은 채 고개를 내저을 뿐이었다. 그가 속해 있던 은밀한 소수 정예 '패거리'에서 그는 '행동하는' 이상보다 '존재하는' 이상을 지나치게 힘주어 지지했다. 인제 와서 그 패거리 사람에게 일자리를 얻게 도와달라고 부탁할 수는 없었다. 게다가 그 친구들이 세상에서 가장 마음이 따뜻한 사람들도 아니었고, 조지 또한 그들과 겉치레로나마 행하던 서신 교환마저 팽개친 지 오래였다. 그는 이 도시에서 어릴 적 어울렸던 친구들과의 친밀한 관계를 유지하는 데도 냉담했으며, 사실 그들 대부분과 연이 끊긴 상태였다. '일류의 친구들', 위험에 빠지거나 가난해질 때 서로를 돕겠다는 서약으로 묶여 있던 그 모임은 오래전에 뿔뿔이 흩어졌다. 개중 한두 명은 죽었고, 또 한두 명은 타지로 떠나서 살았다. 그 나머지는 이 빽빽한 도시의 매연 가득한 거대함 속으로 사라져버렸다. 모임 구성원 중 지금까지도 조지의 인식 속에서 오랜 적으로만 남아 있는 빨간 머리 키니는 이제 제니 샤론과 결혼했고, 조지가 그 어머니의 기억력에 존중을 표한 바 있던 찰리 존슨은 어느 날 조지가 앰버슨 저택의 정문 계단에 서 있을 때 그곳을 지나가면서 조지를 분노에 찬 시선으로 바라보다가 그 맹렬한 분노를 거두지 않은 채 고개를 돌렸다. 그것이 그가 조지를 알아보기라도 하는 척했던 유일한 행동이었다.

……집으로 향하는 마지막 걸음을 옮기던 중 조지가 앰버슨 택지 입구에 다다랐을 때(그러니까 예전에 입구였던 위치에 도착했을 때) 그는 약간 놀라서 움찔하더니 그 자리에 잠시 멈춰 서서 멍하니 시선을 두었다. 입구를 표시하던 돌기둥이 제거되었음을 그때 처음으로 알아차렸던 것이다. 그제야 조지는 자신이 이 길목에서 뭐가 달라졌는지 오랫동안 전혀 알아차리지 못한 채 길목이 이상하다고만 생각했다는 사실을 깨달았다. 내셔널 거리와 앰버슨 대로가 이 지점에서 둔각을 이루며 만났는데, 기둥이 제거되자 대로는 압도적인 중요성을 지닌 교차로로는 전혀 보이지 않았다. 다시 말해 확실히 '대로'처럼은 보이지 않았다!

다음 길목에 있는 넵투누스 분수는 여전히 남아 있었고, 이 분수는 설계자의 의도가 어떠했는지를 아직도 정확히 드러냈다. 분수는 그저 최후의 친절을 쓰라리게 필요로 하며 서 있었다. 만약 그 조형물에 친구가 있었다면, 그들은 어둠이 찾아온 뒤 애처로이 삽질을 하여 분수를 들어내주었을 것이다.

조지는 그 유물에 시선을 오래 두지 않았다. 앰버슨 저택을 빤히 쳐다보는 일도 없었다. 그 낡은 대저택은 그렇게 거대했는데도 참으로 황량해 보였다. 저택의 창문들은 더는 그 안에서 살 수 없는 빈집의 창문들이 모두 그렇듯 해골 같은 공허함을 품은 채 바깥을 응시하고 있었다. 당연하게도 동네의 난폭한 소년들이 집에다 신나게 작업을 해놓았다. 그 초췌한 창문 상당수는 박살 나 있었다. 슬쩍 열린 정문은 강제로 개방된 것이었다. 하얀 분필로 써놓은 멍청하고 음란한 글귀가 베란다의 기둥과 석조 부분 곳곳을 더럽혔다.

조지는 앰버슨 저택을 서둘러 지나쳐 간 다음 어머니의 집에 마지막으로 발을 들였다.

텅 비어 있기는 어머니의 집도 마찬가지였다. 문을 닫자 그소리가 휑한 방들을 통해 다시 울렸다. 부엌에 놓인 식탁 말고는 집 아래층에 가구가 하나도 없었기 때문이다. 식탁은 패니의 말에 따르면 '저녁 식사를 위해' 남겨둔 것이었는데, 비록 요리하고 식사를 차리는 사람이 패니 본인이기는 했지만 조지는 식탁 문제에 대해 패니가 댄 이유가 미심쩍었다. 그녀는 위층에 자기 소유의 가구를 여전히 유지했고, 조지는 어머니의 방에서 살면서 자기 가구를 모두 경매에 넘겼다. 이저벨의 방은 아직 예전 그대로였지만 아침이 되면 방의 가구는 패니의 가구와 함께 새로 살 동네로 옮겨질 터였다. 패니는 본인뿐 아니라 조카를 위한 계획도 짜두었다. 그녀는 옛 친구들, 한때는 '저명한' 시민이었던 나이 든 과부와 은퇴한 상류층 사람 여럿이 자리를 잡은 아파트에 '간이 부엌'이 딸린 방세 개짜리 셋집을 물색해두었다. 여기 사람들은 아침과 점심은 자기네 '간이 부엌'에서 먹었지만 저녁은 1층 공동 식당에서 준비된 정식을 먹었다. 식사 후에는 저녁 내내 브리지 게임이 이뤄졌는데, 패니는 여기에 크게 끌렸다. 그녀는 본인의 말에 따르면 '이사 준비를 도맡아 했'고, 이런 문제에서 자기가 '제법 노련한' 모습을 보인 적이 있지 않았냐며 조카의 허락을 애타게 구했다. 조지는 그녀가 무슨 얘기를 하는지도 생각해보지 않고 자기가 뭘 약속하는지도 깨닫지 못한 채 멍하니 승낙했다.

짐을 들어낸 집을 이리저리 돌아다니면서 그는 이제야 자신이 뭘 승낙했는지 깨닫기 시작했다. 그는 자기가 패니와 함께 '방 세 개짜리 아파트'에 기꺼이 들어가 살 수 있을지 전혀 확신할 수 없었다. 거기서 그녀와 같이 ('간이 부엌'에서 그녀가 준비한) 아침과 점심을 먹고, 저녁에는 (패니의 설명에 따르면) '참으로 예쁜 식민지 시대풍의 식당'에 놓인, 망한 집안의 잔해 같은 인간들이 차지하고 앉아 있을 십수 개의 작은 원형 식탁 한복판에 놓인 작은 원형 식탁에서 정식을 먹으며 살아갈 수 있을지 정말로 확신할 수 없었다. 변화가 코앞에 닥친 지금 조지는 처음으로 자기가 어떤 상황에 놓였는지를 마음의 눈으로 그려보기 시작했고, 그 그림 앞에서 소름이 끼쳤다. 그는 그런 인생은 정말로 견딜 수 없는 것이나 다름없다고, 뭐가 어찌 됐든 자기가 절대 참을 수 없는 것이 아직도 몇 가지는 남아 있다는 결론을 내렸다. 그는 고모에게 가서 아파트에서의 '저녁 식사'에 대해 말하기로, 자기는 브론슨에게 사무실 뒤편 컴컴한 방에다 침대 겸용 소파, 짐을 넣을 큰 가

방, 가리개 뒤에 설치할 수 있는 접이식 고무 욕조를 넣어달라고 부탁하는 게 낫겠다고 얘기하겠노라 결심했다. 조지의 생각에는 그렇게 하는 편이 확실히 더 견딜 만했다. 식사는 레스토랑에서 하면 됐다. 특히나 요즘 그는 커피 말고는 먹고픈 게 없었으니까.

하지만 '저녁 식사' 자리에 앉자 그는 패니에게 자기 계획을 말하는 걸 나중으로 미루기로 했다. 그녀는 무척 초조해했으며, 송아지 췌장과 마카로니에 기울인 노력이 실패로 돌아가는 바람에 괴로워하고 있었다. 그러면서 '내일 밤 이때쯤'에는 둘 다 얼마나 편안할지 열심히 이야기했다. 그녀는 이것이 조지에게 얼마나 '근사한' 일일지, 그러니까 그가 저녁에 일터에서 돌아온 다음 '서로 누가 **누구인지** 알고 있는 멋진 사람들' 사이에서 지내고 '우리 가문의 진짜 옛 친구들'과 함께 브리지라는 즐거운 게임을 하는 시간을 보낸다는 것이 얼마나 근사한 일일지 이야기하며 점점 더 들떴고, 그러면서 그녀의 초조감도 커져갔다.

두 사람이 그녀가 내놓은 탄 음식 조각들을 음미하길 멈춘 다음에도 조지는 그대로 아래층에 남아 자기 계획을 소개할 적절한 기회를 노려보았지만, 주방에서 들려오는 당황스러운 소리를 듣고는 그냥 포기하고 말았다. 뭔가 떨어져 깨지는 소리가 나더니 연이어 와장창 무너지는 소리가 뒤따랐다. 산산조각 나는 도기 그릇 위로 양철이 시끌벅적하게 떨어졌고, 그 소리들 위로 할인 판매대에서 건져 온 보물이었는데 '간이 부엌'에 영원히 가져갈 수 없게 되었다는 패니의 구슬픈 한탄이 솟아올랐다. 패니는 너무도 불안하고 초조했고, 정말로 초조했던 나머지 자기 손을 믿을 수 없던 것이다. 한순간 조지는 그녀가 다쳤을지 모른다고 생각했지만, 주방 앞까지 갔을 때 그녀가 깨진 그릇 조각들 앞에서 훌쩍이는 소리를 듣고는 발걸음을 돌렸다. 그는 패니에게 말을 거는 건 아침까지 미루기로 했다.

매끈한 호두나무 목재 난간을 손으로 천천히 쓸면서 위층으로 올라가는 동안, 브론슨의 사무실에 침대 겸용 소파를 놓아야겠다는 막연한 계획보다 더 끈덕진 생각이 조지의 마음을 사로잡았다. 계단을 반쯤 올랐을 때 그는 걸음을 멈추고는 몸을 돌려 서서 한때 서재였던 컴컴한 공허를 가리고 있는 묵직한 문을 내려다보았다. 인생 최악의 날이었음을 이제는 알게 된 그날, 그는 이 자리에 서 있었다. 그의 어머니가 오빠의 손을 잡고 저 문을 지나간 뒤 자기 아들이 저지른 짓을 알게 되었을 때도 그는 이 자리에 서 있었다.

그는 더 무거운 발걸음으로 더 천천히 계단을 올랐다. 그런 다음 여전히 무겁고 느린 발걸음으로 이저벨의 방에 들어가 문을 닫았다. 그는 다시 밖으로 나오지 않았고, 나중에 패니가 방 밖에 멈춰 섰을 때도 문을 닫아둔 채 인사했다.

"불 다 껐다, 조지." 패니가 말했다. "다 괜찮아."

"좋네요." 그가 말했다. "안녕히 주무세요."

패니는 가지 않았다. "우리가 작은 새집에서 즐겁게 지낼 거라고 확신한단다, 조지." 그녀가 소심하게 말했다. "나도 널 잘 챙기려고 열심히 노력할 거야. 거기 사람들도 정말 좋단다. 만사가 다 우울하다고 생각할 필요 없어, 조지. 결국엔 다 괜찮아질 거야. 내가 알아. 넌 젊고, 튼튼하고, 성격도 좋으니까. 그리고……." 그녀가 머뭇거렸다. "나는 네 어머니가 널 지켜보고 있을 거라고 확신한다, 조지. 잘 자렴."

"안녕히 주무세요, 패니 고모."

조지는 저도 모르게 목멘 소리로 대답했지만 패니는 그걸 알아차리지 못한 듯했다. 그녀가 자기 방으로 간 다음 도둑을 막기 위해 빗장과 열쇠로 문을 잠그는 소리가 들렸다. 패니는 하필 그때 해서는 안 될 말을 해버렸다. "나는 네 어머니가 널 지켜보고 있을 거라고 확신한다, 조지." 그녀는 조카를 다정하게 대해주고 싶었을 뿐이지만, 그 말은 조지가 그날 밤 잠들 수 있었던 마지막 기회를 파괴하고 말았다. 그 말만 아니었다면 조금이나마 잠을 잤겠지만, 그녀가 그 말을 해버리는 바람에 잠을 이룰 수 없었다. 조지도 그게 사실이라는 걸 (그게 사실일 **수 있다면**) 알았기 때문이다. 만약 그의 어머니가 여전히 영혼으로 살아 있다면 저 침묵의 벽 저편에서 흐느끼고 있으리라는 걸, 여기로 찾아와 '그를 지켜볼' 수 있도록 자신을 통과시켜줄 문을 찾아 헤매며 흐느끼리라는 걸 알았기 때문이다.

조지는 설사 그런 문이 있다 쳐도 그 문은 분명 가로막혀 있으리라 생각했다. 그 문은 아래층의 저 끔찍한 서재 문과 같아서 그가 어머니에게 떠넘겨버린 괴로움을 가하고자 그녀를 문 안에 가둬버릴 터였다.

이 방은 여전히 이저벨의 것이었다. 하나도 바뀐 게 없었다. 심지어 조지와 소령, '조지 오빠'의 사진마저 여전히 경대 위에 놓여 있고, 책상 서랍에는 유진과 루시가 같이 찍힌 예전 사진도 들어 있었다. 조지는 서랍에서 그 사진을 발견했지만 손도 대지 않은 채 천천히 서랍을 닫아 시야에서 차단했다. 내일이면 모든 게 사라져버릴 것이다. 그는 이 집이 철거되기까지 그리 오래 걸리지 않을 거라는 이야기를 들었다. 오늘 밤에도 여전히 이저벨의 방인 이 공간은 새로운 벽과 새로운 바닥과 천장으로 쪼개져 새로운 형태로 바뀔 것이다. 하지만 이 방은 언제까지나 살아 있을 것이다. 조지의 기억 속에서는 절대 스러지지 않을 테니까. 이 방은 조지가 살아 있는 한 살아 있을 것이며, 언제까지나 비통하고도 아련하게 속살거릴 것이다.

만약 기억에 유령이 들러붙듯 공간 자체에 유령이 들러붙을 수 있다면, 그래서 언젠가 이저벨의 방이었던 공간이 마치 진작 그렇게 설계될 운명이었던 양 작은 침실과 '간이 부엌'으로 만들어져버리고 나면, 그 공간에 유령이 들러붙을지도 모르며, 거기에 새로 입주한 사람들은 겉으로 봐서는 원인을 찾을 수 없는 우울함이, 조지 미내퍼가 마지막 밤을 보내며 방 전체에 채워놓은 격정적인 울분이라는 생령이 배회하고 있음을 느낄 수도 있으리라.

그의 내면에 예전의 고압적인 오만함의 잔재 중 무엇이 여전히 남아 있건 간에 조지는 그날 밤 자신이 저지른 깊은 죄를 진심으로 참회했다. 어쩌면 지금도 '간이 부엌'에서 고달프게 일한 감수성 예민한 여성이라면 부엌의 불을 끄고 난 뒤 한 젊은이가 어둠 속에서 무릎을 꿇고 있는 모습을 보게 될지도 모를 일이다. 그 젊은이는 경련하듯 몸을 떨고 있을 것이며, 쭉 뻗은 팔은 벽을 뚫고 나가 그림자처럼 희끄무레한 침대를 덮은 이불을 움켜쥐고 있을 것이다. 어쩌면 그녀의 귀에 다음과 같은 희미한 절규가 거듭 들리는 것 같을지도 모른다.

"어머니, 용서해주세요! **하느님**, 저를 용서해주세요!"

제32장

적어도 조지로서는 그가 태어난 집에서 보낸 마지막 밤이 자신의 막막한 미래가 아니라 그의 자존심과 젊음이 다른 이들에게 강요했던 희생에 대한 슬픔으로 채워졌다고 말할 수 있었다. 그는 아침 일찍 아래층으로 내려가 패니가 주방 화덕에서 커피를 만드는 걸 도와주려 했다.

"어젯밤에 드리고 싶은 말씀이 있었어요, 패니 고모." 패니가 커피보다는 차에 가까운 호박색의 걸쭉한 액체가 인간의 체내로 흡수될 준비를 대충 마쳤다는 사실을 마침내 알아차렸을 즈음 그가 말했다. "그 말씀 지금 드리는 게 좋을 것 같네요."

패니는 커피포트를 약간 금이 간 화덕 위에 도로 올려놓고는 불안해 죽겠다는 표정으로 그를 바라보며 자기가 뭘 하는지도 전혀 의식하지 못한 채 앙증맞은 앞치마를 손가락 사이에 넣고 비틀기 시작했다.

"그…… 무슨……." 그녀가 더듬거렸다. 하지만 패니는 조지가 무슨 말을 할지 알았고, 그게 바로 그녀가 점점 더 초조해한 까닭이었다. "이사가 안 끝났으니까…… 우선은…… 우리 작은 새집으로 짐부터 옮기는 게 좋…… 좋을 것 같구나, 조지. 일단 그렇게 하고……."

조지는 '작은 새집'이라는 말을 듣자 크게 한번 소리를 지른 다음 뛰쳐나가고 싶은 뾰족한 충동을 느꼈지만 차분히 고모의 말을 끊었다. "제가 말씀드리고 싶은 게 바로 그 새로 이사 갈 집 얘기였어요. 생각을 많이 해봤는데, 결론을 내렸거든요. 고모가 어머니 방에 있는 물건들을 모두 가지고 가신 다음에 그걸 사용하면서 저를 위해 보관해주시면 좋겠어요. 그러면 그 작은 아파트가 고모가 원하는 바로 그런 장소가 될 거라고 확신해요. 남는 침실에는 여성 친구분을 모셔서 같이 살아도 좋을 것 같고요. 그럼 비용도 나눌 수 있겠죠. 하지만 저는 저 나름으로 준비를 따로 하기로 마음먹었고, 그래서 고모와 같이 이사하지는 않을래요. 고모가 크게 언짢아하실 문제는 아니라고 생각하고, **그러실** 이유도 딱히 없을 것 같아요. 말하자면 말이죠. 제가 요즘도 그렇고, 다른 때도 그렇고, 막 활기차게 어울려 지내는 사람은 아니잖아요. 고모건 다른 사람이건 누가 저한테 살갑게 굴어주는 모습이 잘 상상도 안 되고, 그래서……."

조지는 거기까지 얘기하다가 놀라서 말을 멈췄다. 주방에는 의자가 하나도 없었는데, 패니가 절망적인 눈길로 주위를 둘러보며 의자를 찾다가 그냥 바닥에 풀썩 주저앉아버리고 말았던 것이다.

"나를 저버리겠다는 거구나!" 그녀가 힘겹게 말했다.

"세상에, 이게 무슨……." 조지가 그녀에게 뛰어갔다. "일어나세요, 패니 고모!"

"못 일어나. 난 약해빠졌거든. 그냥 내버려둬, 조지!" 그가 고모를 돕기 위해 잡았던 손목을 놓자 패니는 지난 며칠간 품었던 자신의 희망과 일치하지 않는 음산한 예언을 되풀이했다. "너는 나를…… 저버릴 거야!"

"그런 게 아니에요, 패니 고모!" 조지가 항변했다. "우선은, 저는 그동안 고모한테 짐이었어요. 저는 한 주에 8달러를 벌거예요. 한 달에 32달러쯤 되죠. 아파트 월세는 36달러고 저녁 정식은 한 사람당 22달러가 넘어가는데, 제 월급에서 월세 절반인 18달러를 내고 나면 제 몫의 아침과 점심을 먹는 데 쓸 식료품을 살 돈도 남지 않아요. 고모가 그냥 집안일과 요리를 할 뿐만 아니라 저보다 돈도 더 많이 내시게 될 거예요."

패니는 조지가 지금껏 한 번도 본 적 없던 쓸쓸하고 공허한 눈길로 그를 바라보았다. "내가 돈을 낸다고……." 그녀가 처량하게 말했다. "내가 돈을 낸다고……."

"당연히 그렇게 되실 거예요. 돈을 더 쓰시게 될 거라니까요……."

"내 돈!" 패니의 턱이 홀쭉한 가슴까지 떨어질 정도로 벌어졌다. 그녀가 비참하게 웃음을 터뜨렸다. "내가 가진 돈은 28달러야. 그게 다라고."

"이자가 다시 나올 때까지 말씀이세요?"

"그냥 그 돈이 전부라고." 패니가 말했다. "가진 돈이 그게 다라니까. 이자가 나올 일은 이제 없어. 원금이 한 푼도 없으니까."

"저기, 제게 말씀하시기로는……."

그녀가 고개를 저었다. "아니, 난 너한테 아무 얘기도 한 적이 없어."

"그럼 조지 삼촌이었겠네요. **삼촌이** 제게 말씀하시길 고모한테 우리가 의지할 만한 돈이 충분히 있다고 하셨어요. 분명 그렇게 말했다고요. '의지할' 돈이 있다고. 삼촌 말로는 고모가 헤드라이트 회사에서 원래 봐야 할 것보다 손해를 더 보기는 했지만 자기가 고모한테 앞으로 살아갈 수 있을 만큼의 돈은 쥐고 있어야 한다고 강력하게 권했고, 고모가 자기 충고를 현명하게 따랐다고 했단 말이에요."

"알아." 패니가 힘없이 말했다. "내가 그렇게 말은 했지. 그 사람은 윌버 오빠의 보험금이 얼마인지 몰랐거나 잊어버렸을 거야. 나는…… 오, 그게 정말로 적은 액수를 가지고 진짜로 크게 벌 수 있는 확실한 방법인 것 같았어. **네게** 뭘 해줄 수 있을 거라는 생각도 했고, 조지. 네게 돈이 필요해진다면 말이야……. 전망이 정말로 밝아 보여서 가진 걸 모두 넣어야겠다는 생각만 했어. 그리고 그렇게 했지. 마지막으로 받은 이자만 빼고 한 푼도 남김없이 다. 그 돈은 전부 날아가버렸고."

"세상에!" 조지가 아무것도 안 남은 바닥에 깔린 닳아빠진 판자 위를 초조하게 서성거렸다. "도대체 어쩌자고 지금에 와서야 이런 일을 얘기하는 거예요?"

"꼭 말해야 할 상황이 되기 전까지는 입이 **안 떨어졌으니**

까." 패니가 애처롭게 말했다. "조지 앰버슨이 떠나기 전까지는 말할 수가 없었다고. 어쨌든 그 사람이 뭘 도와줄 형편은 아니었잖아. 난 그냥 그 사람이 나한테 그 얘길 하지 말아줬으면 했어. 날 무척 자주 찾아와서 잃어도 감당할 수 있는 것 이상으로는 투자하지 말라고 줄곧 그랬고, 나한테 그 이상으로는 투자하지 **않고 있다는** 맹세를 받아낸 걸로 알겠다고 말했거든. 그래서 이런 생각이 들었어. 말해봤자 무슨 소용이지? 이 일을 같이 전부 복기한 다음에 그 사람이 날 비난한다고 해서, 그리고 어쩌면 본인이 자책한다고 해서 그게 무슨 소용이야? 좋을 게 없잖아. 좋을 게 진짜 하나도 없잖아." 그녀는 레이스 달린 손수건을 꺼내 울기 시작했다. "이 낡은 세상에서는 좋은 게 하나도 없는 것 같아. 오, 내가 이 낡은 세상에 얼마나 지쳤는지 몰라! 난 뭘 해야 할지 하나도 몰랐어. 그냥 앞으로 나아가면서 할 수 있는 한 현실적으로 살려고 애썼을 뿐이고, 우리가 먹고살 방법을 **약간이나마** 마련해보려고 했던 것뿐이야. 오, 네가 날 원하지 않는다는 건 알고 있었어, 조지! 너는 어린아이였을 적부터 기회가 생길 때마다 날 놀리고 타박을 줬잖니. 정말로 **그랬어!** 나중에야 나한테 친절하게 굴려고 애썼지만 지금도 날 곁에 두고 싶어 하지는 않잖아. 오, **그게** 눈에 빤히 보인다고! 나라고 좋아서 네게 의탁한다고 생각하는 건 아니겠지, 응? 나를 원치 않는다는 걸 빤히 아는 사람에게 억지로 들러붙는 일이 그렇게 즐거울 리 없잖아. 하지만 네가 이 세상에 혼자 남아서는 안 된다는 건 알고 있었어. 그건 좋은 일이 아니지. 내가 널 지켜보고 널 위해 집 **같은** 환경을 꾸미길 네 어머니가 원하리라는 것도 알았거든. 내가 해보려 애쓴 바로 그 일을 해주길 원했으리라는 걸 알고 있다고!" 패니의 눈물은 이제 쓰디쓰기 그지없었고, 그녀의 거칠고 축축한 목소리는 애처로울 만큼 진지했다. "난 노력했어······. 현실적으로 살아보려 노력했다고······. 네게 뭐가 좋을지 살펴보려 애썼어······. 할 수 있는 한 네게 잘 해주려 애썼고, 우리가 살 곳을 찾으려고 신발이 닳도록 내 발로 직접 걸어 다녔다고. 이 도시를 다 걸어서 돌아봤단 말이야. 단 한 동네도 전차를 타고 가지 않았어. 제아무리 피곤해도 단돈 5센트도 안 쓰려 했는데······. 오!" 그녀가 주체할 수 없이 흐느꼈다. "오! 그런데 이제 와서 너는······ 안 살겠다고······ 나랑 안 살겠다고····· 날 저버리겠다고! 너는······."

조지가 걸음을 멈췄다. "제발요, 패니 고모." 그가 말했다. "그 손수건을 펼쳐서 말린 다음에 다시 눈물로 흠뻑 적시는 행동 좀 그만두세요! 그만 우시라는 말이에요! 뚝! 그리고 제발 좀 일어나세요. 보일러에 등을 대고 앉아 있지도 마시고······."

"안 뜨거워." 패니가 코를 훌쩍였다. "차갑다고. 배관공들이 관을 끊었어. 관을 안 끊었어도 상관 안 했을 거야. 보일러가 날 태워버렸어도 난 상관없었을 거라고, 조지."

"오, **하느님** 맙소사!" 조지는 그녀에게 다가가 그녀를 일으켰다. "부탁이니까 좀 일어서요! 자, 다른 방으로 커피 들고 가요. 가서 어떻게 해야 할지 생각해보자고요."

조지는 고모를 부축했다. 그녀는 조카에게 기대었고, 그것만으로도 벌써 어느 정도 안정을 찾았다. 조지는 그녀에게 팔을 두른 채 그녀를 식당으로 데려가 보조 탁자에 놓여 있던 두 개의 주방 의자 중 하나에 앉혔다. "자!" 그가 말했다. "힘 내요!" 그런 다음 그는 커피포트와 양철 깡통에 들어 있던 각 설탕을 꺼내 들고 왔다. 찾아보니 커피 컵이 죄다 깨져 있어서 탁자에 물컵을 갖다놓고 거기다 묽은 커피를 부었다. 그때쯤 패니의 기분도 상당히 회복되었다. 그녀가 애처롭고도 간절한 얼굴로 고개를 들었다. "가을 옷을 전부 **사뒀어**, 조지." 그녀가 말했다. "갚아야 할 청구서도 다 해결했고. 옷값으로는 단 1센트도 빚지지 않았단다, 조지."

"잘됐네요." 조지가 힘없이 말했다. 그는 잠깐 현기증을 느꼈고, 얼른 자리에 앉기로 했다. 짧은 순간이었지만 조지는 자기가 패니의 조카가 아니라 그녀와 결혼한 사람 같다는 기분이 들었다. 그가 창백해진 손을 더 창백해진 이마에 짚었다. "자, 현재 우리 처지를 살펴봐야겠어요." 그가 기운 없이 말했다. "우리가 고모가 고른 집에 들어갈 수 있는 형편이 되는지 알아보자고요."

패니는 점점 얼굴이 밝아졌다. "지금 이게 우리가 짜낼 수 있는 가장 현실적인 계획이었을 거라고 확신한단다, 조지. 좋은 사람들 사이에 있는 건 **정말** 위안이 되는 일이잖아. 우리 둘 다 거기서 즐겁게 지낼 거야. 사실 우리가 우리끼리만 너무 오래 갇혀서 살았잖니. 사람이 그러면 안 좋아."

"저는 지금 돈 문제를 생각하고 있었어요, 패니 고모. 아시다시피……."

"그건 우리가 어떻게든 해낼 거라고 확신한단다." 그녀가 얼른 끼어들었다. "사실 이 도시에는 우리가 더 싸게 들어가 살 수 있는 곳이 없어. 또……." 이 대목에서 패니 본인이 말을 끊었다. "오! 내가 깜박하고 너한테 말 안 했는데, 거기 가면 **아주 크게** 돈을 아낄 수 있는 점이 있어. 특히 너한테 해당되는 점이야. 네가 그쪽으로 늘 지나치게 통이 크니까. 그 식당에서는 팁이 허용되지 않는단다. 팁 금지라고 아예 표지판을 붙여놓았어."

"잘됐네요." 그가 떨떠름하게 말했다. "하지만 월세가 36달러예요. 저녁 식사는 각자 22달러 50센트고요. 다른 음식을 살 예비비도 있어야 해요. 1년 동안은 옷을 사면 안 될 거고, 어쩌면……."

"오, 그건 좀 길구나!" 그녀가 외쳤다. "그럼 네가 보기에는……."

"45 더하기 36이 81이라는 건 알아요." 그가 말했다. "아무리 적게 잡아도 한 달에 100달러가 필요해요. 저는 32달러를 벌게 될 거고요."

"나도 그 생각은 했단다, 조지." 그녀가 자신만만하게 말했다. "분명 다 잘될 거야. 너는 조만간 그보다 훨씬 더 많이 벌게 될 테니까."

"전혀 그럴 전망이 안 보이는데요. 제가 변호사 자격을 얻기 전까지는요. 그건 아무리 빨라야 2년은 걸릴 거고요."

패니의 자신감은 흔들리지 않았다. "나는 **네가** 그보다 더 빨리 자격을 얻을 거라는 걸 알고 있고……."

"'더 빨리'요?" 조지가 근심스럽게 그 말을 따라 했다. "우리가 생활을 시작하려면 지금보다는 돈이 더 있어야 해요."

"뭐, 물건을 팔아서 마련한 돈이 600달러 있잖니. 600하고
도 12달러였는데."

"지금은 612달러가 아니에요." 조지가 말했다. "160달러 정
도 돼요."

패니가 순간 당황한 기색을 보였다. "아니, 어떻게……."

"조지 삼촌한테 200달러를 빌려줬어요. 샘 영감하고, 할아
버지를 위해 오래 일한 흑인 영감 두 사람한테 한 명당 50달
러씩 줬고, 나머지 하인들에게도 각각 10달러씩 줬고요."

"내게도 36달러를 줬고." 그녀가 생각에 잠겨 말했다. "첫
달 월세를 나한테 미리 줬지, 네가."

"제가 그랬어요? 그건 잊고 있었는데. 뭐, 은행에는 160달
러가 있고 한 달 비용이 100달러니까 아무래도 새로 이사 갈
집에서 사는 게 가능할 성싶지가……."

"하지만." 그녀가 끼어들었다. "우리 **벌써** 첫 달 월세를 선
불로 냈잖아. 그러니 거기 가는 게 가장 현실적인……."

조지가 자리에서 일어났다. "저기요, 패니 고모." 그가 결연
히 말했다. "여기 계시면서 이사를 살펴봐주세요. 프랭크 영
감님이 제가 첫날 오후에 출근할 거라고 예상하지는 않겠
지만, 지금 가서 만나볼까 해요."

……이른 시간이었고, 상판이 평평한 대형 책상에 이제 막
자리를 잡은 프랭크 영감은 장래의 조수이자 학생이 사무실로
들어오자 깜짝 놀랐다. 하지만 놀란 만큼이나 기쁘기도 해서
자리에서 일어나 따뜻이 손을 내밀었다. "진정한 열정이군!"

그가 말했다. "법률에 바치는 진정한 열정이야. 아주 좋았어! 오후까지 기다릴 수도 없다 이거지! 정말 기쁘군. 네가……."

"드리고 싶은 말씀이……." 조지가 입을 열었지만 그의 후원자가 말을 끊었다.

"잠깐 기다려라, 애야. 내가 환영 인사를 약간 준비했는데, 네가 비록 다섯 시간이나 일찍 나오기는 했다만, 그 인사를 좀 해야겠다. 우선 네 할아버지는 내 오랜 전우이자 최고의 고객이었단다. 오랜 세월 나는 고인의 사업과 관계를 맺어 그를 통해 번영을 누렸지. 그리고 이제 그 친구의 손자가 내 사무실에서 환대받고 있구나. 나는 그 친구를 대신해 네게 최선을 다할 거란다. 하지만 고백건대, 조지, 네가 아주 어릴 적에 나는 네게 정말 사소한 감정이 조금 있었던 것 같단다. 뭐, 편견이라고나 할까, 전적으로 네게 호의적인 감정은 아니었지. 하지만 그 사소한 감정이 뭐였던 간에, 그 감정은 오래전 그날 오후에, 그러니까 네가 소령의 서재에서 그랬던 것처럼 네이모인 어밀리아 앰버슨과 당당히 마주 서서 남자라면, 그리고 신사라면 응당 그래야 하듯이 그 여자에게 말했던 그때를 기점으로 사라지기 시작했단다. 그때 나는 네 안에 있는 훌륭한 자질을 발견했지. 늘 이 말을 하고 싶었단다. 설사 내 편견이 그 뒤로도 완전히 없어지지 않았다 해도 지난 한 해 네게 닥쳤던 그 괴로운 시간 동안 그 편견의 마지막 자취마저 완전히 사라졌단다. 그때 나는 네가 보여준 깊은 감정과 네 할아버지를 비롯하여 네 주변의 모든 사람을 사려 깊이 대하는 모습을 똑똑히 보았지. 이제 네가 다른 경박한 직업에서는 결코 얻을 수 없을 근면과 검약 속에서 진솔한 즐거움을 찾으리라고 생각한다는 말도 꼭 덧붙이고 싶구나. 법이란 질투심 많고 엄격한 여주인이란다. 하지만……."

조지는 점점 더 크게 당혹스러워하며 그의 앞에 서 있었다. 그는 변호사의 연설이 결론에 이르기까지 진행되도록 놓아둘 수 없었던 것이다.

"그렇게는 못 합니다!" 그가 버럭 소리쳤다. "법을 제 여주인으로 맞이할 수 없어요."

"뭐라고?"

"그 말씀을 드리려고 온 거예요. 저는 더 빨리 돈을 벌 수 있는 일을 찾아야 해요. 저는 이 일은 못 합니다……."

프랭크 영감의 얼굴이 조금 붉어졌다. "일단 앉아라." 그가 말했다. "무슨 일이냐?"

조지가 사정을 말했다.

그의 말을 듣는 동안 노신사는 큰 공감을 보이며 이따금 "이런, 이런!"이라고 중얼거리고 잠자코 고개를 끄덕일 뿐이었다.

"제 이야기를 들으셨으니 아시겠지만 고모는 그 아파트로 마음을 굳혔어요." 조지가 설명했다. "거기 가면 옛 친구들도 있고, 또 제 짐작인데 아마 브리지 게임을 하면서 그런 곳에서 오가는 대수롭잖은 뒷소문 같은 걸 나눌 만한 장소를 찾은 것 같아요. 사실 그게 바로 고모가 다른 무엇보다 더 좋아하는 생활이죠. 분명 우리 집에서 누리던 생활보다 훨씬 더 좋아할 거예요. 이제 막 그런 생활이 손에 잡힐 참이고, 그러니 결국 그보다 못한 건 받아들이지 못할 것 같다는 생각이 들어요."

"네 말이 참 무겁게 다가오는구나." 프랭크 영감이 말했다. "내가 패니를 헤드라이트 회사에 투자하도록 했으니까. 투자 자금에 대해서는 네 삼촌 조지와 마찬가지로 나 역시 속았단 다. 기억하고 있을까 모르겠다만, 나는 네 아버지 쪽으로는 조언을 해주지 못했다. 그 보험이 패니에게 넘어갔을 때도 다른 변호사가 일을 처리했지. 아마 네 아버지 쪽 변호사가 아니었나 싶다. 하지만 나도 무척 마음이 무거워. 책임감을 느낀단다."

"전혀 그러실 거 없어요. 책임은 제가 지고 있으니까요." 조지가 한쪽 입꼬리를 올리며 미소를 지었다. "아시겠지만, **변호사님** 고모는 아니니까요."

"아무리 패니가 네 고모라고 해도, 나는 한 청년이 자기 고모에게 브리지 휘스트를 할 좋은 기회를 제공하겠다는 이유로 법률가로서의 경력을 사실상 포기하라고 요구받는 상황을 차마 볼 수가 없구나!"

"그렇긴 해요." 조지가 동의했다. "하지만 저는 아직 '법률가로서의 경력'을 시작하지도 않았으니 제가 무슨 커다란 희생을 하고 있다고도 말할 수 없죠. 어쩌다 일이 이렇게 된 건지 말씀드릴게요." 조지의 얼굴이 붉어졌다. 그는 자기가 앉은 자리 옆에 있는, 매연이 뿌옇게 끼어 거무스름한 줄이 그어진 창문 밖을 내다보며 힘겹게 입을 열었다. "그런 느낌이 들어요…… 어쩌면 제 인생에서 만회해야 할 중요한 일이 한

두 가지 있는 게 아닐까 하는 느낌이요. 뭐, 못 하겠죠. 제가 만회하고 보상해야 할 사람에게는 못 해요. 다른 사람들에게 조금이라도 점잖았을 수 있지 않았나 하는 생각도 들어요. 할 수 있었다면 말이에요! 못 했으니 그런 생각이 든 거겠죠. 특히 늙고 가엾은 패니 고모에게는 좋게 군 적이 한 번도 없어요."

"글쎄, 모르겠구나. 그렇게 말할 수는 없을 것 같은데. 그냥 젊은이가 약간 놀려먹은 것에 불과하지 않을까. 패니가 그 문제에 그렇게 신경을 썼는지도 모르겠고 말이지. 물론 네 아버지의 죽음에 크게 동요하기는 했어도 지금까지는 꽤 안락한 인생을 살았어. 본인이 자기 인생을 그렇게 받아들이는 경향이 있건 없건 간에 말이다."

"하지만 '지금까지는'이라는 게 중요한 점이죠." 조지가 말했다. "바로 지금이 문제니까요. 변호사 자격을 받고 실제로 일을 시작하는 데 2년이 걸리는데 저는 그때까지 기다릴 수 없어요. 처음부터 돈을 벌 수 있는 다른 직업에서 시작해야 해요. 그게 제가 찾아온 이유예요. 제게 생각이 있어요."

"그거참 기쁜 일이구나!" 프랭크 영감이 미소를 지으며 말했다. "나는 시작부터 돈을 벌 수 있는 직업이 뭔지 지금 당장 하나도 떠오르지 않는데."

"제가 딱 하나 아는 게 있어요."

"그게 뭔데?"

조지의 얼굴이 다시 붉어졌지만, 이번에는 창피함을 웃음으로 얼버무렸다. "제가 사업에 대해서는 세상 누구보다도 무지하긴 해요." 그가 말했다. "하지만 듣기로는 위험한 직업에

종사하는 사람에게는 임금을 높게 쳐준다면서요. 그런 사람들이 임금을 높게 받는다는 얘기를 들었고, 저는 그게 확실히 사실이라고 봐요. 그러니까 타기 쉬운 화학물질이나 고성능 폭약을 다루는 사람들이요. 다이너마이트 공장에서 일하는 사람들, 아니면 그런 물건을 마차에 싣고 전국을 돌아다니면서 유정을 터뜨리는 사람들 얘기예요. 변호사님이 제게 그런 직업에 대해 더 말씀해주시거나 말해줄 수 있는 사람을 소개해주실 수는 없을까 싶었어요. 그러다가 그런 종류의 일을 되도록 빨리 얻을 수 있을지 알아봐야겠다는 생각이 들었고요. 저는 담력도 있고, 근육도 튼튼하고, 손도 안 떨어요. 제가 보기에는 그쪽 일이 세상에서 저한테 딱 맞는 유일한 직업군 같아요. 할 수 있다면 오늘부터라도 시작하고 싶어요."

프랭크 영감은 한참 동안 조지를 빤히 바라보았다. 처음에는 이 지긋한 관찰에 미심쩍음이 가득하다가 그다음에는 진지해졌고, 급기야 언제라도 커다랗게 터져 나올 듯한 웃음기를 머금었다. 번개처럼 갈라진 핏줄 하나가 이마에 더 뚜렷이 드러났고, 두 눈은 금방이라도 툭 튀어나올 것 같았다.

하지만 그는 자신의 충동을 잘 다스렸다. 그는 자리에서 일어나 모자와 오버코트를 집어 들었다. "알겠다." 그가 말했다. "폭발로 날아가지 않겠다고 약속하면 같이 나가서 일자리를 찾을 수 있을지 알아보마." 그렇게 말한 뒤 프랭크 영감은 진심으로, 하지만 그게 진심이라는 사실에 적이 놀라며 다음과 같이 덧붙였다. "너는 분명 내가 지금껏 만난 젊은이 중에 가장 현실적인 사람이야!"

제33장

그들은 일자리를 찾았다. 수습 기간은 딱 육 주였고, 그 기간에 조지는 주급 15달러를 받기로 했다. 수습 기간 이후에는 주급으로 28달러를 받을 것이었다. 이로써 아파트 문제는 해결되었고, 패니는 그녀가 오랜 세월 느껴왔던 것보다 훨씬 더 큰 만족감을 느끼며 아파트에 금세 자리를 잡았다. 패니는 매일 아침 일찍 자기가 커피라 부르는(그리고 커피라 철석같이 믿고 있는) 액체를 조지에게 만들어주었고, 조지는 무척이나 정중했으므로 그녀에게 진실을 깨우쳐주지 않았다. 그녀는 '간이 부엌'에서 혼자 점심을 먹었는데, 조지의 직장이 도시간 노면전차를 타고 도시 밖으로 16킬로미터를 나가야 하는 곳에 있었고, 그래서 7시 전에 집에 돌아오는 일이 좀체 없었기 때문이다. 패니는 거의 매일 오후 2시까지 브리지 게임을할 상대를 찾아다녔고, 6시까지 게임을 했다. 그러고 나서 조지의 '저녁 식사용 복장'(그는 이 습관만큼은 유지했다)을 꺼내고 자기도 드레스를 갈아입었다. 집에 돌아온 조지는 대개 피곤하지 않다고 말했지만 가끔은 피곤해 보였는데, 특히 첫 몇 달 동안이 그랬다. 그는 패니에게(그녀의 집요한 질문이 따분하다는 표정을 지으면서도) 자기 일이 '꽤 쉽고, 상성도 무척 잘 맞는'다고 자주 설명했다. 패니는 조지가 무슨 일을 하는지 아주 막연하게만 알고 있었지만, 그 작업이 조카의 손을 거칠고 지저분하게 만든다는 점은 알아차렸다. 그녀는 조지가 무슨 일을 하는지 무심히 묻는 사람들에게 '무슨 새로 하는 화학 작업'이라고 대답했다. 그녀의 머릿속에서 그보다 더 정확한 설명은 나오지 않았다.

하지만 패니의 내면에서는 조지를 향한 존경심이 의심할 바 없이 무럭무럭 자라났고, 그녀는 조지에게 '기계 천재나 뭐 그런 사람이 될지 모른다'는 느낌이 항상 들었다고 말했다. 조지는 고개를 끄덕이며 그 말에 동의했는데, 그게 그가 취할 수 있는 가장 쉬운 방법이었기 때문이다. 그는 저녁 식사 후 브리지에는 참여하지 않았다. 패니의 행복을 위해 떼어둔 여력이 거기까지는 미치지 못해서였다. 정식을 먹는 자리에서 그는 다소 의기소침한 하숙인이었다. 이 요양원에 활기를 불어넣는 한두 명의 젊은 남자와 서너 명의 젊은 여자에게 조지는 '잘난 체'하고 어처구니없이 '뻐기는' 자로 여겨졌다. 어쩌면 지금껏 살아가면서 방문했던 그 어떤 곳에서보다 인기 없는 사람인지도 몰랐다. 이제는 잘해봤자 남과 어울리지 않는 차갑고 예의 바른 젊은이일 뿐인데도 말이다. 저녁 식사 후 그는 예를 갖춰 고모를 식사 자리에서 모시고 나와(그럴 때면 그 자리에 있던 경망스러운 사람 한둘 정도가 추파를 던지듯 윙크하는 일이 심심찮게 수반되었다) 공용 응접실과 카드놀이실 문 앞에 놔둔 뒤, 허리를 굽혀 격식 있게 인사하며 패니가 노상 해대는 떠들썩한 항의(그녀는 매번 그에게 이번 딱 한 번만이라도 들어가서 브리지를 해야 한다고 소리 높여 강권했다. **매일** 저녁 이렇게 사람들을 피해 방으로 숨어들면 안 된다는 것이었다)에 기분 좋게 응수하고는 그 자리를 떠나곤 했다. 최소한 몇몇 주민은 이 대조적인 모습에 즐거워했는데, 가끔은 조지가 여전히 문간에서 탄원하는(그러면서도 한쪽 눈은 자리가 다 차지 않았다는 것을 확인하려고 이미 탁자를 보고 있는) 패니를 남겨둔 채 승강기를 향해 뻣뻣한 자세로 떠날 때, 의심의 여지 없이 들으라는 듯이 킥킥거리는 웃음소리가 그의 뒤를 따라오기도 했다. 조지는 그들이 웃건 말건 신경 쓰지 않았다.

한번은 조지가 아파트에 사는 한두 명의 젊은 남자 곁을 지나간 적이 있었다. 그들은 로비의 긴 의자에 앉아서 서너 명의 젊은 여자를 즐겁게 해주고 있다가 조지가 지나가자 서로 팔꿈치를 찌르고 몸을 꿈찔거렸다. 그들이 주고받는 재빠른 대화가 조지의 귀에 들렸다.

"사람을 피곤하게 하는 게 뭔지 알아?"

"일?"

"아냐."

"그럼 정답이 뭔데?"

그러자 의도가 명백한 웃음소리가 터져 나오면서 두 사람이 함께 큰 목소리로 속삭이며 정답을 내뱉었다.

"거만한 하숙인이지!"

조지는 신경 쓰지 않았다.

일요일 아침이면 패니는 교회에 나갔고, 조지는 오래오래 산책했다. 그는 새로워진 도시를 탐색하며 이 도시가 흉측하다는 사실을, 특히 녹음수의 잎이 돋아나기 직전인 초봄에 그렇다는 사실을 발견했다. 초봄의 도시는 긴 겨울로 인해 피로가 쌓여 있었고, 세상이 만들어낸 바로 그 연무가 땅에 바짝 붙어 생겨난 짙은 매연으로 까매져 있었다. 모든 것에 검댕이 붙어 축축하게 줄이 그어져 있었다. 집 안의 내벽과 외벽에도, 창문의 회색 커튼에도, 창문 자체에도, 발밑의 더러운 시멘트와 청소 안 된 아스팔트에도, 머리 위 하늘에도. 이 탁한 계절 내내 조지는 도시 탐색을 계속했고, 아는 얼굴을 하나도 만나지 못했다. 그를 기억하는, 혹은 그를 기억할지 모르는 사람들은 일요일에는 도시의 경계 안에 있지 않았기 때문이다. 그들은 조지의 소년 시절부터 유행을 탔던 야외 활동의 새로운 형태에 약속이나 한 듯 다 같이 전념하고 있었다. 조지와 패니는 도시의 거대함 속에 정말 철저히 파묻혀 사라져버린 존재나 다름없었다.

그해 봄의 일요일 산책 중에 그는 쓰라린 순례 여행을 한 번 떠났다. 때늦게 내린 눈이 녹아 진창으로 변한 어느 안개 낀 아침, 그의 비참함에 완벽하게 딱 들어맞는 날이었다. 조지는 눈이 녹아 물이 똑똑 떨어지고 있는 대형 백화점 앞에 서 있었다. 지금 백화점이 차지한 그 넓은 용지에는 한때 '앰버슨 호텔'과 '앰버슨 오페라 극장'이 서 있었다. 조지는 거기서 출발하여 옛 '앰버슨관'으로 정처 없이 걸어갔으나, 그 건물은 뒤처진 장소로 전락한 뒤였다. 이곳의 사업은 침체되어 있었다. 낡은 건물이 교체되지는 않았지만 트럭이 드나들던 동굴 모양의 정면 입구는 훼손되었고, 돌림띠 위쪽, '앰버슨관' 이라는 금속 글자가 하나하나 붙어 있던 곳에는 '두건 위탁 보관소'라고 적힌 길쭉한 광고판이 달려 있었다.

조지는 몸을 사리지 않고 내셔널 거리로 향했고, 거기서 앰버슨 저택과 어머니의 집, 소령에게 불운을 안겨준 다섯 채의 '신축' 주택이 서 있던 자리에 쌓인 잔해가 질척한 눈으로 뒤덮인 광경을 보았다. 이 건물들이 철거된 까닭은 줄지어 기초 공사가 이뤄지는 와중에 벌써 형태가 잡힌 대형 공동주택을 조성할 공간을 확보하기 위해서였다. 그 덕에 넵투누스 동상도 결국 없어졌고, 조지는 그 사실이 정말 기뻤다.

조지는 폐허가 된 그 장소에서 발길을 돌리며 이제 이 도시에 아직도 남아 있는 앰버슨 가문의 유일한 표식은 대로, 즉 '앰버슨 대로'뿐이라고 씁쓸히 생각했다. 하지만 그는 시 의회에 새로운 체제가 들어섰다는 사실을 고려하지 않았고, 불운한 우연의 일치로 인해 하필이면 그 생각이 여전히 머릿속에 들어 있을 때 그의 눈길이 모퉁이 가로등 기둥 위에 걸린 금속 직사각형 표지판에 닿았다. 서로 둔각을 이룬 가로등 기둥 위의 작은 표지판 두 개 중 하나는 행인들에게 거리의 이름이 '내셔널 거리'임을, 다른 하나는 '앰버슨 대로'임을 알려주고 있었다. 그런데 '앰버슨 대로'라고 스텐실 인쇄가 되어 있어야 했던 표지판에 '10번가'라는 글자가 떡하니 적혀 있었다.

조지는 표지판을 아주 빤히 바라보았다. 그런 다음 대로를 따라 재빨리 걸어 다음 길목으로 간 뒤 거기 있는 작은 표지판을 살펴보았다. '10번가'.

비가 내리기 시작했지만, 조지는 비에는 신경도 쓰지 않은 채 표지판을 빤히 바라보았다. "망할 놈들!" 그는 마침내 이렇게 내뱉고는 코트 깃을 세운 뒤 질척거리는 거리를 터덜터덜 되돌아가 '집'으로 향했다.

시 당국의 실용주의적 후안무치로 인해 그의 머릿속에 어떤 생각이 하나 떠올랐다. 일주일쯤 전에 조지가 아파트의 대형 공용 응접실에 우연찮게 어슬렁거리며 들어간 적이 있었다. 응접실은 비어 있었는데, 그는 가운데 탁자에 놓인 커다란 책 한 권을 발견했다. 책은 새로 발간된 것으로, 빨간색 장정에 모서리는 금박으로 장식되었으며, '도시의 역사'라는 제목 아래 다음과 같은 부제가 적혀 있었다. '도시의 역사에서 가장 저명한 시민과 가문 500인의 전기'. 그는 별생각 없이 책을 흘끗 보고는 제목과 부제만 대충 확인한 뒤 다른 문제를 생각하며 밖으로 나갔다. 책 내용에는 아무 호기심도 느끼지 못했다. 하지만 조지는 그 뒤로 여러 번 그 책을 생각하며 모호하고 막연하게 불편한 기분이 들었다. 그리고 지금 그는 로비로 들어서자 그 책을 본 응접실로 곧장 걸음을 옮겼다. 일요일마다 늘 그랬듯 실내는 비어 있었고, 그 화려한 장정의 책은 여전히 탁자 위에 놓여 있었다. 그 책은 일종의 비품, 다시 말해 일종의 지역판 고타 연감• 내지는 세입자와 하숙인의 계몽을 위한 버크••의 저서 같은 서적임이 분명했다.

조지가 책을 펼치자 강판에 공들여 조각한, 턱수염을 기른 평온한 표정의 얼굴 판화가 몇 점 나타났다. 그중 어떤 얼굴은 조지도 희미하게 기억이 났다. 하지만 짧게 친 머리에 짧게 친 수염을 기른 깔끔하고 호전적인 인상의 남자들 사진이 훨씬 더 많았고, 그 얼굴들은 조지에게 무척 낯설었다. 사실상 대부분이 모르는 사람이었다. 조지는 그런 얼굴들을 보는 데 시간을 오래 끌지 않았다. 그는 도시의 역사에서 가장 저명한 인물과 가문 500인의 이름이 알파벳 순서로 정리된 목차로 책장을 넘긴 뒤 'A' 항목을 손가락으로 짚어 내려갔다.

애빗	앰브로즈
애벗	앰불
에이브럼스	앤더슨
애덤	앤드루스
애덤스	아펜배시
애들러	아처
에이커스	아스먼
앨버츠마이어	애시크래프트
알렉산더	오스틴
앨런	애비

● 유럽 왕가와 귀족의 족보 등을 기재한 연감.

●● 영국의 보수주의 정치인이자 사상가인 에드먼드 버크(1729~1797).

조지의 시선이 '앨런'과 '앰브로즈' 사이의 가느다란 틈에 이따금 붙박였다. 그러다가 그는 얼른 책을 덮고 자기 방으로 올라갔다. 올라가는 도중 승강기 운전원 소년이 바깥에 점점 더 강하고 험악한 비바람이 몰아치는 중이라고 했고, 조지도 그 말에 동의했다.

승강기 운전원 소년은 조지에게서 평소와 다른 점을 전혀 알아차리지 못했고, 한 시간쯤 뒤 망가진 모자를 쓴 채 교회에서 돌아온 패니에게서도 마찬가지로 별다른 점을 알아채지 못했다. 하지만 무언가 일이 벌어졌다. 오래전, 도시의 수많은 선량한 시민이 열렬히 희망해마지않았던 바로 그 일이. 그들은 그 일에 대해 생각했고, 그 일이 일어나길 기원했고, 그 일이 벌어지는 날을 두 눈으로 볼 수 있을 때까지 살아 있기를 절실히 바랐다. 그리고 마침내 그 일이 일어나고야 말았다. 조지 미내퍼가 천벌을 받은 것이다.

그는 세 번을 꽉 채워 응분의 대가를 치르고 거기에 치였다. 이 도시는 소령의 심장을 깔아뭉개고 지나가 밑에 묻어버렸듯이 조지의 심장을 깔고 지나가 밑에 묻어버렸다. 이 도시는 앰버슨 가문을 깔아뭉개고 지나가 마지막 자취까지 밑에 묻어버렸다. 조지는 가장 저명한 500인의 인물 대부분이 '강판 조각 등의 비용을 대기 위해' 상당한 액수의 돈을 냈으리라고 어렵지 않게 짐작했지만 그 점은 별로 중요하지 않았다. 그 500명은 망각의 더미 위에 마지막으로 검댕 한 삽을 떠서 쌓았고, 그로써 앰버슨 가문은 시야와 역사에서 영원히 사라지고 말았다. '금이 간 보금자리에 담긴 수은!'

조지 미내퍼는 천벌을 받았다. 그러나 그것을 그토록 갈망해마지않았던 이들은 그 광경을 보러 나타나지 않았고, 그 일이 일어났음을 알지도 못했다. 여전히 살아 있던 이들은 그 일을 까맣게 잊어버렸고, 조지에 대해서도 까맣게 잊어버린 지 오래였다.

제34장

　일요일 아침의 도시 답사에서 조지가 절대 탐색하지 않는 경계 구역이 있었다. 그곳은 멀리 북쪽에 자리 잡은 백만장자들의 새로운 극락정토였는데, 그렇긴 해도 그는 그쪽으로 걸어가 루시가 오래전 무척이나 감탄했던 하얀 집, 그녀의 '아름다운 집'이 있는 곳까지는 가본 적이 있었다. 조지는 그 집을 잠깐 바라보다가 몸 안쪽에서 음침하게 우러나와 울리는 웃음소리를 내며 몸을 돌렸다. 집은 이제 하얗지 않았다. 도시에 새하얀 존재는 있을 수가 없었고, 이제 도시의 범위는 그 아름다운 하얀 집 너머 멀리까지 뻗어 있었다. 집주인들은 두 손 두 발 다 들고 자기네 집을 절망적인 초콜릿색으로 칠했는데, 그 색이야말로 그 집이 견디기를 요구받는 화물 조차장 같은 생활에 딱 들어맞았다.

　백만장자들의 보금자리는 그 하얀 집에서 최소 3킬로미터는 더 떨어진 곳에서 시작되었지만, 조지는 그쪽으로 가는 위험조차 다시 무릅쓰지 않았다. 루시와 그녀의 아버지에 관한 생각은 생각이라기보다는 감각에 가까웠는데, 어쩌면 자기가 약탈한 은행에 대한 회상에 사로잡혀 괴로워하는, 유죄판결을 받은 출납원의 그것과 비교할 수 있을지도 몰랐다. 떠올리면 마음이 닫히는 생각들이 있게 마련이다. 조지는 재앙을 초래했던 둘의 조우 이후로 유진을 시내에서 딱 한 번 본 적이 있었다. 그때 그들은 각자 맞은편 인도를 지나갔는데, 둘 다 서로를 알아보았고, 서로를 알아보았다는 사실을 의식했지만, 둘 다 시선을 정면에 똑바로 두었고, 알아볼 수 있을 정도로 안색이 바뀌는 일 역시 전혀 없었다. 조지는 겉으로는 태연자약한 어머니의 옛 친구에게서 뜨거운 바람 같은 증오가 뿜어져 나오는 듯한 느낌을 받았다.

조지는 어머니의 장례식과 소령의 장례식에서 유진이 그 자리에 참석했다는 사실을 의식했다. 나중에 돌이켜봐도 그를 봤다는 기억은 전혀 없었고, 그가 분명 그 자리에 있었다는 사실과는 별개로 자기가 그걸 어떻게 알았는지는 불분명했지만 말이다. 패니가 얘기한 건 아니었다. 그녀는 조지의 심정을 충분히 이해했기 때문에 유진이나 루시 이야기를 꺼내지 않았다. 요즘 패니는 둘 중 어느 쪽도 사실상 만나지 않았고, 그들 생각도 거의 하지 않았다. 시간이 삶과 더불어 흘러가는 방식이란 그렇게 간교하다. 그녀는 중년을 지나는 중이었고, 예전에 품었던 열렬함과 간절함은 그녀의 몸과 마찬가지로 점점 얇아지고 납작해졌다. 그녀는 아파트에서 생겨난 친밀한 관계에 만족하며 정착하는 중이었다. 그녀는 정식을 먹는 생활에, 그러니까 그 생활과 함께 누리는 브리지 게임에, 변화무쌍한

동맹과 급변하는 반목에, 복도 구석에서 나이 든 여성들끼리 오래오래 중얼거리는 쑥덕거림에 딱 들어맞는 사람이었다. 그 쑥덕거림은 하나같이 치찰음으로 이루어진 열렬하나 억제된 대화들로, 승강기 운전원 소년은 자기가 **'그 여자가 얘기했는 데'**라는 말은 100만 번, **'그 여자가 말이지'**는 500만 번 들었다고 단언해마지않았다. 아파트는 패니의 마음을 맞춰주었고 급기야 그녀를 집어삼키고 말았다.

이제 도시는 정말로 거대해졌고, 사람들은 도시 속으로 사라져 눈에 띄지 않게 되었으며, 패니와 그녀의 조카 역시 이 소실에서 예외가 아니었다. 사람들이 자기 이웃을 당연하게 알고 지내는 일이 더는 없었다. 몇 년을 살아도 옆집과는 모르는 사이였으며(옛 시절 이후 일어난 모든 변화 중 이것이 가장 급격했다) 친구 얼굴을 1년 정도 못 본 채 살아도 그 사실을 모르곤 했다.

5월의 어느 날 조지는 루시를 얼핏 본 것 같다는 생각이 들었다. 그는 봤다고 확신하지는 못했지만 그럼에도 몹시 심란해졌다. 조지는 직장에서 승진했고, 그래서 일주일 혹은 그 이상 도시 밖으로 나가 지내는 일이 잦아졌는데, 그 기묘한 경험을 겪은 것은 그렇게 집을 비웠다가 돌아오던 때였다. 기차역에서 집으로 걸어가다가 골목을 돌아 아파트 입구가 보이는 지점까지 갔을 때, 집까지는 두 구획 이상 떨어진 거리였음에도 그의 눈에 어떤 작고 매력적인 인물이 아파트 밖으로 나와 반짝반짝 빛나는 랜도형 자동차를 타고 떠나는 모습이 들어왔다. 그렇게 떨어진 거리에서 보아도 그 작은 인물이 매력적이라는 사실은 누구도 부정할 수 없을 터였다. 그 키, 재빠르고 확고한 움직임, 심지어 운전사에게 하얀 장갑을 낀 손을 뻗는 날렵한 손동작까지 모든 것이 루시의 특징이었다. 조지는 순간 뭐라 정의할 수 없는 성격의, 하지만 충격이라는 점만큼은 확실한 충격을 받았다. 그는 자기가 어떤 감정을 느꼈는지는 몰랐지만 감정을 느꼈다는 사실은 알았다. 열기가 그를 휘감았다. 옛 앰버슨 가문의 부귀영화를 모두 회복하는 보상을 받지 않는 이상 그가 그녀와 대면하게 될 일은 없었을 터였는데 말이다. 그는 천천히, 무릎을 후들거리며 걸음을 옮겼다.

하지만 패니는 집에 없었다. 그녀는 오후 내내 외출 중이었다. 집에 방문자가 찾아왔다는 기록도 없었다. 조지는 어찌 된 영문인지 생각하기 시작하다가 멀리서 본 그 작은 여성이 루시가 맞기는 한지 미심쩍어졌다. 루시라면 차라리 낫겠다고 그는 혼잣말했다. 그녀를 닮은 사람이라면 누구든 그에게 '그런 충격'을 안길 수 있었으니까.

루시는 명함을 두고 가지 않았다. 그녀는 패니를 방문할 때 명함을 놓고 간 적이 한 번도 없었지만, 그 이유를 마음속에서 아주 명확한 형태로 제시하지는 못했다. 방문도 거의 하지 않았다. 이번 방문도 그해 들어 고작 세 번째였고, 찾아갔을 때도 조지 얘기는 손님 쪽에서건 주인 쪽에서건 나오지 않았다. 용케도 그런 기묘한 상황이 두 여성 사이에서 벌어졌는데, 그러면서도 둘 다 그 사실이 얼마나 기묘한지 깨닫지 못했다. 왜냐하면 당연하게도 패니와 루시가 같이 있는 동안 패니는 조지를 생각했고, 루시는 조지의 고모를 눈앞에 두고 조지 생각을 피할 길이 별로 없었기 때문이다. 그러다보니 두 사람 모두 대화를 나누면서 정신이 딴 데 팔린 듯한 데다가 서로 종종 엇나간 대답을 했는데도 그 사실을 끝까지 눈치채지 못했다.

루시가 평소에 늘 조지를 생각하며 사는 것은 결코 아니었다. 그를 전혀 염두에 두지 않은 채로 몇 주씩 시간이 흐를 때도 있었다. 루시의 생활은 무척이나 분주했다. 그녀에게는 '가꾸고 유지해야 할' 저택이 있었고, 가꾸고 유지해야 할 크고 아름다운 정원도 있었다. 그녀는 아버지를 대신하여 여섯 곳의 공공 자선단체에서 단체장을 맡았고, 사적으로 따로 챙기는 자선사업도 있었으며, 거기서 여러 대가족의 대리 어머니 같은 역할을 했다. 게다가 본인의 말을 빌리자면 "춤도 열심히 췄다". 그녀는 8~9년 동안 대학에서 갓 돌아온 졸업생 무리와 춤을 췄지만 그중 누구와도 결혼하지 않았고, 그래도 계속 춤을 추었으며, 그런데도 여전히 결혼은 하지 않았다.

이런 상황을 지켜보던 그녀의 아버지는 어느 날 딸과 같이 정원에 서 있을 때 즐겁게, 하지만 슬쩍 위선을 떨며 이렇게 말했다. "내가 그자를 총으로 쏴버리고 싶을지도 모르겠구나." 그가 짐짓 가볍게 말했다. "하지만 나까지 돼지 같은 인간이 되어서는 안 되겠지. 내가 근처에 멋진 집을 하나 지어주마. 바로 저쪽에다."

"아뇨, 괜찮아요! 그렇게 하면 꼭……." 루시는 충동적으로 말을 시작했다가 스스로를 다잡았다. 조지 앰버슨이 앰버슨 저택과 모건 부녀가 사는 조지 왕조풍 저택을 비교했던 일이 그녀의 머릿속에 떠올랐고, 그래서 자기에게 새집을 근처에 지어주는 것이 마치 소령이 이저벨에게 집을 지어줬던 일과 같겠다는 생각이 들었던 것이다.

"꼭?"

"아무것도 아니에요." 루시는 진지한 표정을 지었다. 그러다 유진이 자기도 '언젠가는' 구혼자에게 마지못해 그녀를 넘겨주게 되지 않겠냐고 생각한다는 얘기를 다시 꺼내자 그녀는 이야기를 하나 꾸며냈다. "우리 집 맞은편에 있는 조그만 너도밤나무 숲의 인디언식 이름이 뭔지 들어보셨어요?" 그녀가 질문했다.

"아니, 못 들어봤다. 너도 들어본 적 없으면서!" 그가 웃었다.

"그렇게 장담하지 마세요! 저는 예전보다 책을 훨씬 많이 읽어요. 책에 나오는 것처럼 살게 될 날을 준비하고 있거든요. 그때가 오면 저는 저녁마다 실속 있는 일을 해야 할 거예요. 춤 신청을 더는 받지 않을 거고요. '늙은 여자들' 중 가장 늙은 여자와 춤추는 걸 무슨 운동경기처럼 생각하는 새파란 어린애들이 신청한다고 해도 말이에요. 저 숲의 이름은 '로마-나샤'고요, 뜻은 '그들도 어쩔 수 없었다'예요."

"그런 뜻으로 안 들리는데."

"인디언 이름이 원래 그래요. 백인 정착지가 생겨나기 전에 저 숲에는 못된 인디언 추장이 살았대요. 정말 사상 최악의 인디언이었는데, 이름이…… '벤도나'였어요. '무엇이든 짓밟는다'는 뜻이었죠."

"뭐라고?"

"추장 이름이 '벤도나'인데, '무엇이든 짓밟는다'와 같은 뜻이라고요."

"알겠다." 유진이 생각에 잠긴 얼굴로 대답했다. 그는 딸을 흘끗 보고는 정원 산책로 끝자락에 시선을 고정했다. "계속해보렴."

"벤도나는 입에 담기도 싫은 사람이었어요." 루시가 계속 말했다. "자만심이 정말 강해서 강철로 된 신발을 신고 그걸로 사람들의 얼굴을 밟으며 걸어갔죠. 사람도 항상 그런 식으로 죽이는 바람에 결국 부족 사람들은 벤도나가 젊고 미숙하다는 사실이 그자에 대한 변명이 되기에는 충분치 않다는 판단을 내렸어요. 그는 떠나야 했죠. 사람들은 그를 강으로 데려가 카누에 태우고 물가에서 밀어냈어요. 그런 다음 강둑을 따라 걸으며 그가 배에서 내리지 못하게 했죠. 그러는 동안 조류가 카누를 강 한가운데로 실어 나르고, 그런 다음 바다까지 내려보냈죠. 그는 다시는 돌아오지 않았어요. 당연히 부족 사람들은 그가 돌아오길 원치 않았죠. 그가 어찌어찌해서 돌아오기라도 했다면 사람들은 그를 또 다른 카누에 태워 다시 강으로 밀어버렸을 거예요. 그런데도 벤도나의 부족 사람들은 새 추장을 선출하지 않았어요. 다른 부족들은 그 사실이 이상했고 그 이유를 무척이나 궁금해했지만, 결국 너도밤나무 숲 사람들이 새 추장도 나쁜 인디언이라는 사실이 밝혀질까봐, 벤도나처럼 강철 신발을 신고 다니는 사람이라는 게 드러날까봐 두려워서 그런다는 결론에 이르렀어요. 하지만 그 사람들은 틀렸어요. 진짜 이유는 그 부족이 벤도나의 다스림 아래에서 정말 신나는 생활을 했기 때문에 얌전하고 지루한 삶에 머무를 수 없었던 거죠. 벤도나는 끔찍한 사람이었지만, 늘 사건을 일으키며 다니는 사람이었거든요. 물론 끔찍한 일을 말이죠. 부족 사람들은 그를 미워했지만, 그를 대신하여 추장으로 옹립하고 싶은 다른 전사를 찾을 수 없었어요. 그건 너무 강한 와인을 조금 마신 뒤에 맹물로 입을 헹구어서 그 와인 맛을 지우려고 애쓰는 것과 같을지도 모르겠어요. 어쩔 수 없이 그렇게 느낄 수밖에 없었던 거죠."

"알겠다." 유진이 말했다. "그래서 사람들이 저 숲의 이름을 '그들도 어쩔 수 없었다'라고 붙인 거구나!"

"그랬던 게 분명해요."

"그래서 너는 여기 정원에 계속 머무르겠다는 거구나." 유진이 생각에 잠겨 말했다. "화단 사이에 나 있는 이 양지바른 자갈길을 계속 걷는 편이, 그래서 빅토리아 시대 판화에 나오는 시름에 잠긴 정원의 여인처럼 보이게 되는 쪽이 더 낫다고 생각한다는 거지."

"저는 여기 사는 그 부족과 비슷한 것 같아요, 아빠. 불쾌하게 신나는 일을 너무 많이 겪었죠. 불쾌한 일이었지만, 신나는 일이었던 거예요. 더는 그런 걸 원치 않아요. 사실 저는 아빠만 있으면 돼요."

"정말 그러니?" 그가 딸을 날카롭게 바라보자 루시는 웃음을 터뜨리며 고개를 저었다. 하지만 유진은 심경이 복잡한 듯, 아니 그보다는 미심쩍어 보였다. "저 숲 이름이 뭐였다고?" 그가 물었다. "인디언식 이름 말이다."

"'몰라-하하'예요."

"아냐, 그게 아니었어. 네가 말한 건 그 이름이 아니었단다."

"잊어버렸어요."

"그럴 줄 알았다." 유진이 말했다. 표정에 여전히 심란함이 남아 있었다. "그 추장 이름은 기억하고 있지 않을까 싶다만."

그녀는 다시 고개를 저었다. "생각 안 나요!"

이 말에 유진은 웃음을 터뜨렸지만 그다지 진심에서 우러나오는 웃음은 아니었다. 그는 장미 관목으로 허리를 굽힌, 빅토리아 시대의 판화 속에서 시름에 잠겨 있는 그 어떤 정원의 여인보다도 더 깊은 시름에 잠긴 기색을 얼굴에 드리우고 있는 딸을 남겨둔 채 집으로 천천히 걸어갔다……. 다음 날 우연히도 그 '벤도나' 혹은 '무엇이든 짓밟는다'와 동일인에 관한 이야기가 유진과 그의 오랜 친구 키니, 즉 불같은 빨간 머리 프레드의 아버지 사이에 화제로 올랐다. 두 신사는 점심 식사 후 클럽의 넓은 창문 옆자리에 놓인 가죽 의자에 나란히 앉아 담배를 피우던 중이었다.

키니는 독립기념일까지는 가족이 바닷가에 자리 잡기를 바라고 있다는 얘기를 꺼냈는데, 그러다가 생각이 다른 곳으로 흐르면서 말을 잠시 멈췄다가 낄낄거렸다. "독립기념일 하니까 생각이 나는데." 그가 말했다. "그 조지 미내퍼가 요즘 뭐 하는지 들었나?"

"아니, 못 들었어." 유진이 그렇게 말했고, 그의 친구는 그 말에 담긴 사무적인 어조를 전혀 눈치채지 못했다.

"그게 말이야, 사장님." 키니가 다시 낄낄거렸다. "귀신이 놀라 자빠질 노릇이지 뭔가! 내 아들놈 프레드가 어제 얘기해 줬어. 걔가 헨리 에이커스의 친구거든. 헨리 에이커스는 에이커스 화학 회사의 F. P. 에이커스의 아들이고 말이지. 헨리 에이커스가 프레드한테 혹시 미내퍼라는 이름을 아는지 물어봤다는 거야. 프레드가 줄곧 이 도시에 살았다는 걸 아니까. 예전에 여기에 미내퍼라는 성씨가 있었다는 소리를 들은 적이 있어서 문득 그게 궁금해졌다더군. 뭐, 자네도 그 조지가 제 할아버지가 죽은 다음 뭐랄까, 종적을 감췄다는 건 기억하겠지. 아무도 그 친구가 어떻게 되었는지 잘 몰랐던 것 같고. 그래도 나는 그 친구가 아직도 여기서 얼쩡댄다는 소리는 한두 번 들었지만. 뭐, 아무튼 조지는 지금 에이커스 화학 회사에서 일하고 있어. 저기 토머스빌 거리에 있는 공장에서 말이야."

키니는 그렇게 말하고는 이제 질문이 나와야 대답하기로 마음먹었다는 듯 말을 멈췄다. 유진은 그가 바라던 질문을 해 주었지만, 최근 들어 맞출 필요성을 느끼게 된 코안경 너머로 싸늘한 시선을 한번 던지고 나서야 그렇게 했다. "무슨 일을 하고 있는데?"

키니가 웃음을 터뜨리며 의자 팔걸이를 때렸다. "그 친구 니트로글리세린 전문가야!"

그는 유진이 깜짝 놀라자, 아니 그 정도는 아니더라도 조금 놀란 듯 동요하자 몹시 즐거워했다.

"무슨 전문가라고?"

"니트로글리세린 전문가라니까. 귀신이 놀라 자빠질 노릇 아니냐 이 말이야! 진짜라니까, 사장님! 에이커스 사장네 아들이 프레드에게 말해줬는데, 조지 미내퍼는 일을 시작한 뒤부터 계속 사냥개처럼 일하고 있다는 거야. 거기가 니트로글리세린 전용 공장인데, 당연히 주 공장에서 떨어져 있지. 숲어디 있다던가 그러던데. 조지 미내퍼가 거기서 일해왔는데, 얼마 전에 회사에서 그 친구를 공장 책임자로 임명했대. 유정을 터뜨리는 일도 감독하고, 가끔은 본인이 직접 유정을 터뜨리기도 하나봐. 자네도 알겠지만 니트로글리세린은 기차로 옮기지 못하잖나. 반드시 수레 같은 걸로 날라야 하지. 에이커스 말에 따르면 조지가 300리터는 되는 니트로글리세린을 깔고 앉은 채 울퉁불퉁한 길을 돌아다니고 있대. 세상에! 참으로 낭만적인 몰락 아닌가! 만약 그 친구가 폭발로 하늘 높이 날아갔다 떨어진다고 해도 이미 추락한 것보다 더 크게 추락하지는 못할걸! 귀신이 놀라 자빠질 노릇 아니냐 이거야! 에이커스에 따르면 조지는 세상에서 가장 배짱이 든든한 사람이래. 뭐, 걔야 **그거** 하나만큼은 늘 넉넉했지. 하얀 조랑말을 타고 여기저기 돌아다니면서 캔타운에 사는 아일랜드 애들 전부와 싸움질을 하곤 할 때부터 그랬으니까. 잡아당기기 참 좋은 긴 곱슬머리를 하고 말이야. 에이커스에 따르면 월급도 넉넉히 받는다는데, 내 생각엔 그럴 만해! 내가 듣기로는 그런 직업의 평균 수명이 한 4년쯤 되는 것 같던데, 그래서 보험설계사도 니트로글리세린 전문가에게는 보험을 들어주지 않는다는군. 거의 그런대!"

"맞아." 유진이 말했다. "아마 그럴 거야."

키니가 가려고 자리에서 일어섰다. "뭐, 아무튼 진짜 웃기는 일 아닌가. 내 말은, 정말 이상하다는 거야. 만약 그 친구가 폭발로 날아가버리면 나는 그 늙은 패니 미내퍼를 위해 모금을 다니지 않을까 싶어. 프레드 말이 두 사람이 무슨 아파트에 사는데, 조지가 그 여자를 먹여 살리고 있대. 원래는 법률을 공부할 예정이었는데, 그쪽 길로 가면 패니를 돌볼 수 있을 만큼 돈을 충분히 벌 수 없어서 포기했다는군. 프레드 마누라가 걔한테 다 얘기해줬대. 패니는 요즘 아무것도 하지 않고 브리지 게임만 하고 있다는군. 한동안 판돈을 너무 높게 걸어서 조지에게 달라고 말할 수 있는 것보다 더 잃는 바람에 프랭크 브론슨 영감에게 돈도 좀 빌렸대. 뭐 다시 갚기는 했지만. 프레드 마누라는 어떻게 그걸 다 들었나 몰라. 여자들은 정말 별 희한한 것들을 다 듣고 다닌다니까!"

"여자들이 그렇지." 유진이 동의했다.

"난 자네도 이 얘기 들은 줄 알았는데. 프레드 마누라가 자네 딸에게 분명 뭐라도 얘기를 했지 싶었거든. 특히나 둘이 사촌 간 아닌가."

"얘기 안 한 것 같은데."

"뭐, 난 가게에 가봐야겠어." 키니는 말은 그렇게 활기차게 했지만 여전히 뭉그적거렸다. "만약 조지가 폭발로 날아가면 우리 모두가 돈을 모아서 패니가 구빈원에 가는 일만은 막아야 할 거야. 내가 들은 바로는 폭발로 날아가는 건 보통 시간 문제래. 사람들 말이 패니는 의지할 데가 아무 데도 없다는군."

"내 생각에도 그럴 것 같군."

"그…… 궁금한 게 있는데……." 키니가 머뭇거렸다. "나는 자네가 그 친구를 위해 자네 사업 쪽 일을 알아봐줄 생각을 안 한 이유가 궁금하긴 해. 사람들 말이 그 친구는 정말 대단한 일꾼이고, 그 친구의 별의별 어리석은 짓거리에도 불구하고 그 아래 쓸 만한 자질이 확실히 숨겨져 있는 것 같다더군. 자네가 그쪽 집안과 상당히 친한 친구 아니었나. 그래서 내 생각에는 어쩌면 자네가…… 물론 그 친구가 무척 별나다는 건 나도 알지……. 내가 봐도 그 친구는……."

"그래, 나도 그 친구가 그렇다고 생각해." 유진이 말했다. "그 친구에게 일자리를 제안한 적은 없어."

"안 했을 줄 알았어." 키니는 신중하게 대답하고는 자리를 떴다. "하긴 나라도 그랬을지는 잘 모르겠군. 뭐, 만약 그 친구가 계속 그 일을 하게 된다면 우리는 언젠가 신문에서 그 친구 이름을 보게 되겠지!"

……하지만 그 둘이 화제에 올린 니트로글리세린 전문가는, 비록 그의 일상이 분명 위험에 지속해서 노출되어 있기는 했지만, 폭발로 신문에 이름이 나지는 않았다. 무릇 운명이란 부조화에 지속적인 열정을 가지고 있는바, 무섭고 위험스러운 대량의 폭발물을 안전히 다뤄낸 것은 조지의 팔자였고, 어찌나 평범하고 엉뚱한지 희극이나 다름없는 사고로 인해 바닥에 쓰러진 것 또한 그의 팔자였다. 숙명은 조지가 한때 거기에 대고 "말을 타!"라고 외쳤던 그 물밀듯 밀려들던 거대한 존재 중 하나의 바퀴에 짓밟힌다는 최후의 모욕을 그를 위해 마련해두었다. 그렇기는 하지만 숙명이 조지의 파멸을 위해

선택한 것은 아이러니하게도 유진의 공장에서 만든 것 같은 크고 날쌔고 중요한 차가 아니라 지금껏 만들어진 차 중 가장 값싸고, 평범하고, 내구력이 좋은 소형차, 온 나라에 우글거리며 활기차게 돌아다니는 소형 자동차 기종이었다.

그 사고는 어느 일요일 아침에 시내 교차로에서 일어났다. 거리는 거의 텅 비다시피 했고, 그런 일이 일어날 이유는 정말 하나도 없었는데도 일어난 사고였다. 조지는 예의 그 일요일 산책에 나선 참이었는데, 소형 자동차가 그를 들이받던 그 순간 그는 자동차에 대해 생각하던 중이었다. 그는 반짝반짝하는 랜도형 자동차와 거기에 올라타던 매력적인 인물에 대해, 하얀 장갑을 낀 손을 운전기사에게 뻗어 출발하라는 지시를 내리던 그 재빠른 손짓에 대해 생각하던 중이었다. 조지는 외침 소리를 들었지만 고개를 들지 않았는데, 누가 자기에게 소리치고 있으리라고는 생각을 못 했기 때문이고, 또한 '그 사람이 루시였을까?'라는 질문에 너무도 깊이 몰입해 있었기 때문이다. 그는 판단을 내릴 수가 없었는데, 이 문제에 대한 판단력의 결여가 또 다른 문제, 생사가 달린 더 화급한 문제에 대한 판단력의 결여를 유발하고 만 것이었다. 두 번째이자 더 큰 외침 소리에 조지는 고개를 들었다. 자동차가 거의 그의 코앞까지 다가온 상황이었지만, 그는 자기가 본 그 작고 매력적인 인물이 루시였는지 결론을 내릴 수 없었고, 동시에 자기가 뒤로 발을 빼야 하는지 앞으로 나가야 하는지도 결정할 수 없었다. 이 질문들이 그의 머릿속에서 동시에 뒤엉켜버리고 말았으니까. 여전히 둘 중 어느 쪽으로 움직여야 하는지 결정할 수 없는 상황에서 조지는 두 방향 모두로 움직이려 했고, 소형차가 그를 들이받았다. 차는 그렇게 빨리 움직이고 있지 않았지만, 조지를 완전히 타고 넘어갔다.

그는 엄청난 폭력이 벌어졌음을 의식했다. 굉음, 덜그럭거림, 타격으로 인한 충격을 의식했다. 자욱한 먼지구름을 의식했다. 머리에 번개를 맞은 것 같았다. 우두둑하는 소리가 작은 권총에서 나는 총성만큼이나 크게 들렸고, 다리에 찔린 듯 엄청난 고통이 느껴졌다. 그러고 나서 조지는 자동차가 들려 옮겨지고 있다는 사실을 알아차렸다. 사람들이 주변에 둥글게 몰려들어 정신없이 떠들었다.

조지의 이마에 고통의 땀방울이 흠뻑 맺혔다. 그는 그 축축한 땀을 닦으려 했지만 실패했다. 이마까지 팔을 들어 올릴 수가 없었다.

"그러지 마쇼." 경찰관이 말했다. 조지의 눈 위로 먼지와 햇빛에 뒤덮인 파란색 코트 끝자락이 보였다. "구급차가 금방 올 거요. 조금이라도 움직이려 하지 마쇼. 특별히 알고 있는 의사한테 보내드려요?"

"아뇨." 조지의 입술이 간신히 말을 만들어냈다.

"아니면 개인 병원으로 보내줘요?"

"구급대원들에게." 조지가 힘없이 말했다. "시립 병원으로 보내달라고 해주세요."

"알겠수다."

더스터 외투 차림의 약간 작아 보이는 젊은 남자가 군중 사이에서 안절부절못하며 해명과 항의를 하느라 여념이 없었다. 그의 동행인 여자는 귀에 거슬리는 목소리로 남자의 주장을 거들면서 그가 하는 한마디 한마디가 모두 절대적으로 진리임을 어느 법정에서라도 기꺼이 증언하겠노라고 모두에게 선언하고 있었다.

"저게 당신을 차로 친 친구요." 경찰관이 조지를 내려다보며 말했다. "내 보기엔 저 친구 말이 맞아요. 당신 뭔가 딴생각에 단단히 빠져 있었던 게 분명해. 작은 자동차가 굉장한 피해를 일으킬 수 있긴 해도(선생이야 그 점을 생각 못 해봤겠지만) 이 차를 몰던 친구한테는 크게 해당하지 않는 경우 같거든."

"확실히 말하는데 이건 나한테 뭐라 할 문제가 절대 아니에요!" 더스터 외투를 입은 청년이 아주 쌀쌀하게 그 말에 동의했다. 청년은 조지의 발치에 다가와 서더니 잔뜩 흥분하여 말을 쏟아냈다. "**당신에게는** 무척 유감스럽게 됐어요. 유감이 없다는 얘기는 않겠다고요. 당신한테 나쁜 감정이 있는 건 아니지만, 이건 내 잘못이 아니라 주 의회의 잘못이라고요! 나도 당신 쪽으로 차를 몰고 가긴 했지만 당신도 내 쪽으로 뛰어들었단 말이에요. 당신이 회복돼도 나한테서는 한 푼도 받지 못할 거라고! 여기 있는 이 숙녀분이 나랑 같이 앉아 있었는데, 우리 둘 다 당신한테 소리를 질러댔다고요. 시속 12킬로미터 이상으로는 **한 발짝도** 더 속도를 안 냈다고! 유감이라는 얘기는 정말 기꺼이 내가 할 거고, 그건 나와 같이 있는 이 숙녀분도 마찬가지예요. 우리 둘 다 유감이라는 말은 얼마든지 할 의향이 있지만, 그게 다예요. 그건 알아들으시라고!"

조지의 찡그린 눈썹이 씰룩거렸다. 그의 흐릿해진 눈길이 항변하는 두 명의 차량 탑승자에게 덧없이 가닿았고, 그의 내면에 있던 오래된 오만한 정신이 하나의 단어 속에서 깜박였다. 거리 한복판에서 점점 더 불어나는 대중에게 불유쾌한 호기심의 대상이 된 채 바닥에 등을 대고 누워 있는 와중에, 그는 그 단어를 먼지로 들어찬 입에서, 피로 얼룩진 입술에서 또렷이 내뱉었다.

......경찰관의 흥미를 끈 것은 바로 그 단어였다. 구급차가 덜컹거리며 떠나자 그는 자기와 합류한 동료 순찰 경관에게로 몸을 돌렸다. "자기를 다치게 한 그 쪼그마한 자식한테 그 친구가 하는 말이 정말 웃기더라고. 그 자식을 딱 **그렇게만** 불렀거든. 다른 말은 전혀 안 하고 말이야. 그 자식이 그 친구의 두 다리를 다 분질러버렸거든. 본인과 하느님만 아실 이유로 말이지!"

"나 그때 여기 없었잖아. 뭐라 그랬는데?"

"'천한 것!'이라던데."

제35장

조지에 대한 유진의 감정은 클럽 창가에서 키니와 대화를 나눈 다음에도 바뀌지 않았지만, 그렇긴 해도 그는 조금 심란해졌다. 패니 미내퍼의 조카가 현재 니트로글리세린을 다루고 있다보니 그녀가 나중에 친구들에게 신세를 지게 될지도 모르겠다는 키니의 암시 때문은 아니었다. 하지만 유진은 키니가 의도적으로 재치 있게 '선수를 쳐서' 모건 회사의 공장에 조지의 자리를 마련할 수도 있지 않겠느냐고 제안했다는 사실에는 놀랐다. 유진은 키니에게 조지 미내퍼와 관련된 어떤 제안도 해주고 싶지 않았으니 말이다. 키니가 그려 보인 조지는(최소한 몇 가지 점에서만큼은) 새로 거듭난 조지, 자기 안에 번듯한 자질이 숨겨져 있었음을 입증하는 조지였다. 사실 그 거듭난 조지는 늙고 가난하고 어리석은 고모 패니 미내퍼를 위해 위험한 직업에 뛰어들었다는 훌륭한 일을 하고 있었다! 유진은 조지가 어떤 위험을 짊어졌는지도, 내면에 얼마나 번듯한 자질을 품고 있는지도 관심이 없었다. 조지가 현세에서든 내세에서든 무슨 짓을 하건 간에 그 행동이 조지를 향한 유진 모건의 감정을 바꿀 수는 없었다.

설사 유진이 조지에게 자동차 회사의 자리를 제안할 마음이 들었다손 치더라도 유진은 그 교만한 작자가 그 제안을 받지 않았으리라는 걸 알고도 남았다. 그렇다고 조지가 그토록 오만방자했던 이유를 유진의 탓으로 돌릴 수도 없었다. 조지는 유진에게서 물질적인 지원을 받아들이는 한편으로 자기가 회복하기 시작한 자존감을 유지할 수 있는 경지에는 결코 이르지 못할 것이었다.

하지만 유진이 원하기만 했다면 그는 화학약품 공장의 니트로글리세린 담당 부서에서 조지를 쉽게 빼낼 수 있었을 것이다. 유진은 누가 봐도 불가능해 보이는 발명에 항상 관심을 보였기 때문에 휘발유와 고무를 대체할 수 있는 물질의 발견을 암중모색하는 등의 수많은 실험을 적극적으로 지원해왔다. 조지 얘기로 기분이 안 좋았던 탓에 키니에게 정보를 숨기기는 했지만, 그런 목적으로 최근에 에이커스 화학 회사가 실험적인 연구를 수행하는 연구실을 설립해야 한다는 조건을 달고 헨리 에이커스의 아버지에게서 상당량의 회사 주식을 샀었다. 유진은 주식을 더 사들일 의향이 있었고, 에이커스는 그의 비위를 맞추느라 전전긍긍했으므로 유진의 말 한마디면 조지는 그 화학약품 공장의 어느 부서에든 배치될 수 있었다. 조지는 그 사실을 알 필요조차 없을 터였는데, 유진의 주식 구매는 늘 조용히 이루어졌기 때문이다. 그 거래는 지금껏 유진과 에이커스 사이의 일로만 남아 있었고, 둘 사이의 비밀도 잘 유지되었다.

그 가능성이 유진의 마음을 비집고 끼어들었다. 다시 말해 그 가능성이 인식의 한 부분으로 자리 잡아 실제로 가능한 일이겠다 싶은 생각이 들 정도로 오랫동안 그 가능성을 버리지 않고 붙잡아두었다. 자기 서재에서, 심지어 그날 밤의 마지막 시가를 즐기는 와중에 그런 문제를 빈둥거리며 숙고하고 있다는 사실에 유진은 반쯤 역겨운 기분이 들었다. "안 돼!" 그는 시가를 불 꺼진 난로에 던져 넣고 잠을 자러 갔다.

스스로에 대한 씁쓸한 기분은 스러졌을지 모르나, 이저벨에 대한 비통함은 그렇지 못했다. 그는 그 비통한 마음을 안은 채 침대로 들어갔고, 조지가 무엇을 할 수 있든 그것이 유진이 품은 비통함을 결코 바꾸지 못하리라는 건 사실이었다. 오로지 조지의 어머니만이 그 마음을 바꿀 수 있을 터였다.

그날 밤 유진이 조지에 대해 그런 씁쓸한 생각을 하며 잠들었을 때, 조지는 병원에서 유진을 생각하고 있었다. 그는 별다른 메스꺼움을 느끼지 않고 '에테르 마취제'에서 깨어나 몽상에 빠져들었지만, 가끔 하얀 요트 한 대가 그가 누워 있는 작은 병실로 비틀비틀 바보스럽게 들어왔다. 잠시 뒤 그는 그 일이 자기가 눈을 떠서 주변을 둘러보려고 할 때마다 벌어진다는 사실을 깨닫고는 두 눈을 쭉 감았고, 그러자 머릿속이 훨씬 명료해졌다.

조지는 유진 모건을, 그리고 소령을 생각했다. 잠깐 두 사람이 동일인처럼 보였지만, 그는 얽혀 있던 두 사람을 머릿속에서 풀어내어 분리했고 더 나아가 왜 두 사람을 헷갈렸는지까지 깨달았다. 오래전 그의 할아버지는 이 도시에서 가장 인상적인 성공을 거둔 인물이었다. 사람들은 "앰버슨 소령처럼 부자야!"라는 말을 하곤 했다. 이제 그 성공한 인물은 유진이었다. 그는 화학 공장의 직원들이 백일몽에 빠져 "내가 유진 모건만큼만 돈이 있었다면"이라고 말하는 걸, 혹은 "유진 모건이 이 공장을 소유했다면 모든 게 콧노래를 부르고 있었을걸!"이라고 말하는 걸 듣곤 했다. 아파트 구내식당의 하숙인들은 '모건 저택'을 18세기 프랑스의 베르사유궁과 견주어 말했다. 조지의 삼촌이 그랬던 것처럼 조지도 '모건 저택'을 새로운 '앰버슨 저택'으로 이해했다. 조지의 몽상은 앰버슨 저택에서의 궁궐 같은 나날로 되돌아갔다. 그 어린 시절, 조지가 조랑말을 타고 차도를 질주하고 흑인 마구간지기들에게 이래라저래라 명령하면 마구간지기들이 와와 하며 굽실대곤 하던 그 시절, 할아버지는 창문으로 그 모습을 지켜보다가 크게 웃으며 손자에게 외치곤 했다. "잘한다, 조지. 그 게을러빠진 놈팡이들을 뛰어다니게 하렴!" 조지는 활기찼던 젊은 시절의 삼촌을 떠올렸고, 도시 전체가 자기 가문 사람들 일이라면 뭐든, 특히나 자기에 대해서 얼마나 열띤 관심을 기울였는지 떠올렸다. 그때는 얼마나 깨끗하고 예쁜 소도시였던가! 몽상 속에서 조지는 마치 눈앞에서 펼쳐지는 가장행렬처럼 앰버슨 가문의 부귀영화를 보았다. 그 부귀영화가 사라지는 것도, 앰버슨 가문 사람들이 사라지는 것도. 앰버슨 가문 사람들은 소멸을 어떻게 막아야 할지도 모른 채, 자신들에게 무슨 일이 일어나고 있는지도 거의 모른 채 천천히 삼

켜졌다. 이제는 공동묘지 밖 오래되고 초라한 가족묘 구역에 그들 대부분이 묻혀 있었고, 새로운 도시에서 가문의 이름은 완전히 쓸려가버렸다. 하지만 새로이 자리를 잡은 위대한 사람들(모건 집안, 에이커스 집안, 셰리든 집안) 역시 사라져버리리라. 조지는 그 사실을 알았다. 그들도 앰버슨 가문이 사라졌듯 사라질 것이고, 비록 그중 몇몇은 소령보다 훨씬 잘해낼지 모르고 병원이나 거리에 자기 이름이라도 남길지 모르나, 그건 그저 단어일 뿐 영원히 거기 남지는 않을 것이다. 성장이 이뤄지는 곳에서는 어떤 것도 유지되거나 고정되거나 지켜지지 않는다는 사실을 조지는 막연하게, 하지만 확실히 깨달았다. 위대한 카이사르도 죽어서 흙으로 돌아가면 바람구멍을 막는 데나 쓰이고 만다.● 죽은 카이사르는 책에 인쇄되어 실리는 좀 성가신 존재, 학생들이 잠깐 공부한 다음 잊어버리는 존재일 뿐이다. 앰버슨 가문은 사라져버렸고, 새로운 사람들도 사라질 것이고, 그다음에 오는 새로운 사람들도, 그 새로운 사람들 다음에 오는 새로운 사람들도, 그다음 사람들도…… 그다음 사람들도…….

조지가 중얼거리기 시작하자 병실 야간 당직을 서는 남자 간호사가 그에게 허리를 굽혀 물었다.

"뭐 필요한 거 있어요?"

"이 가업에는 아무것도 없어요." 조지가 비밀이라도 털어놓

● 《햄릿》 5막 1장의 대사 "황제 같던 카이사르도, 죽어서 흙으로 돌아가면, 바람이 들어올 구멍을 막는 데나 쓰일지 모르지"를 바꾼 표현.

듯 은밀히 말했다. "조지 워싱턴이라 해도 책에나 실리고 끝이라고요."

……유진은 다음 날 조간신문에서 그 사고에 대해 읽었다. 그는 사업차 뉴욕행 기차에 막 올라탄 참이었고, 시간이 부족했더라면 한구석에 어렴풋이 실린 그 단신을 그냥 지나쳤을지도 몰랐다.

다리가 부러지다

에이커스 화학 회사 직원 G. A. 미내퍼 씨가 어제 테네시와 메인 거리 길모퉁이에서 자동차에 치이는 사고를 당해 두 다리가 부러졌다. 사고를 목격한 순찰 경관 F. A. 캑스에 따르면 사고의 책임은 미내퍼 씨에게 있었다. 사고를 일으킨 차량은 소형으로, 노블 거리 9173번지에 거주하는 운전자 허버트 코틀먼은 자신이 시속 6킬로미터 이하로 주행 중이었다고 진술했다. 미내퍼 씨는 예전에 도시의 유력 가문의 일원이라고 한다. 그는 시립 병원으로 후송되었고, 의사들은 그가 다리 골절 외에도 내상을 입어 고통스러워하고 있지만 회복될 것이라고 설명했다.

유진은 그 기사를 두 번 읽고 난 다음 그가 앉아 있는 객실의 맞은편 좌석에 신문을 던지고 나서 창밖을 바라보았다. 조지에 대한 감정이 그자가 겪는 고통과 부상으로 인해 생긴 인간적인 연민 때문에 바뀔 일은 전혀 없었다. 유진은 조지의 키 크고 우아한 체구를 떠올리며 몸을 부르르 떨었지만, 그가 품은 매몰찬 마음은 전혀 흔들리지 않았다. 그는 이저벨과 함께 누릴 수 있었던 몇 년간의 행복을 희생시킨 그 약점에 대해 이저벨을 탓한 적이 한 번도 없었다. 그는 모든 책임을 아들에게 돌렸고, 그 상태가 계속 유지되고 있었다.

그는 통절한 심정으로 이저벨을 생각하기 시작했다. 사고에 관한 기사를 읽고 나서 객실 창밖을 바라보았을 때 유진은 그 어느 때보다도 훨씬 선명하게 그녀의 모습을 '볼' 수 있었다. 어쩌면 그녀가 창유리 너머에 막 도착해서 창 안쪽에 있는 그를 바라보는 건 아닐까 싶은 정도였다. 그 창백한 형체의 여인, 보이지만 보이지 않는 그 여인의 모습이 허공을 하늘하늘 날아 기차 뒤로 넘어가 봄을 맞은 녹색 들판을 넘어 이제 막 작은 이파리를 틔우는 숲으로 사라지는 동안 유진은 그녀를 생각했다. 그는 두 눈을 감고 그녀의 아주 오래전 모습을 보았다. 갈색 눈동자를, 갈색 머리칼을, 도도하고, 다정하고, 잘 웃는 소녀를 보았다. 이제 막 주립 대학을 졸업하고 도시로 온 소년일 때 알았던 그 소녀를 보았다. 그는 그녀의 오빠 조지가 어느 날의 소풍에서 그녀를 소개했을 때 그녀가 보여준 표정을(이전에 이미 천 번은 더 떠올렸듯) 떠올렸다. 그는 나중에 그녀에게 쓴 시에서 그 표정이 '담갈색 별빛 같았다'고 했다. 그는 처음으로 앰버슨 저택을 방문했던 기억을, 그 휘황찬란한 집에서 그녀가 정말로 저명하기 그지없는 명사처럼 보였던 기억을, 그런데도 그토록 쾌활하고 다정했다는 기억을 떠올렸다. 그는 그녀와 처음으로 춤추었던 기억을 떠올렸다. 옛 왈츠의 선율이 자신의 귀와 심장을 때리던 기억을 떠올렸다. 그들은 같이 웃었고, 왈츠에 맞춰 춤추며 같이 그 노래를 따라 불렀다.

  오, 한 해를, 한 주를, 매일을 사랑하라,
  하지만 아아, 슬프구나, 언제까지나 이어지는 사랑이여……

유진은 무엇보다도 그녀가 춤추는 모습을 선명히 볼 수 있었고, 한마디 한마디 또렷이 비탄에 차 속삭였다. "참으로 우아하구나……. 오, 정말 참으로 우아해……."
뉴욕까지 가는 내내 그는 이저벨이 자기 곁에 있는 듯했다. 다음 날 밤 그는 호텔에서 루시에게 편지를 썼다.

조지 미내퍼가 사고를 당했다는 기사를 읽었단다. 안타깝긴 하지만 신문 기사에 따르면 본인 잘못이 분명한 모양이더구나. 그 기사에 나의 관심이 가닿는 바람에 여기까지 오는 동안 그 친구의 어머니에 대해 생각을 많이 하게 된 것 같다. 그녀의 모습을 지금보다 더 또렷이 본 적이, 또는 그렇게 계속 생각난 적이 없었던 것 같구나. 하지만 너도 알다시피 그 친구의 어머니를 생각한다고 해서 그게 내가 **그자**에게 큰 호감을 품게 된다는 뜻은 아니지! 그렇긴 해도 당연히 나는 그의 쾌유를 기원한단다.

편지를 부치고 난 아침, 그는 루시가 보낸 편지를 우편으로 받았다. 편지는 그가 집에서 출발하고 몇 시간 뒤에 쓴 것으로, 유진이 기차에서 읽었던 기사가 동봉되어 있었다.

이 기사를 못 보셨을 것 같아서요.
패니 양을 만났는데 그녀가 그 사람을 혼자 쓰는 병실에 들여놓았더군요. 오, **불쌍한** '무엇이든 짓밟는다' 씨! 그 사람의 어머니가 계속 생각났고, 그분의 모습을 지금보다 더 또렷이 본 적이 없는 것 같았어요. 얼마나 사랑스러운 분이셨는지 몰라요. 그분이 그 사람을 얼마나 사랑하셨는지!

루시가 이 편지를 보내지만 않았더라도 유진이 그날 그 기묘한 짓을 저지르는 일은 없었을지 모른다. 조지의 사고 기사를 읽고 나서 유진과 루시가 둘 다 이저벨을 강렬하게 떠올린 것보다 더 자연스러운 일은 없었을 터였지만, 루시의 편지와 유진의 편지가 서로 엇갈렸다는 사실로 인해 유진은 이것을 그저 단순한 우연의 일치가 아니라 텔레파시 현상으로 볼 수 있지 않나 하는 의문을 품기 시작했다. 두 편지에서 거의 똑같이 이저벨을 언급했으니 말이다. 그와 루시는 동시에 이저벨을 생각하고 있던 것 같았고(둘 다 '내내' 그녀를 생각한다고 말했으니까) 둘 다 '그녀의 모습을 지금보다 더 또렷이 본' 적이 없었다. 그는 자기 편지에도 정확히 똑같은 구절이 있었다는 걸 기억했다.

이 상황에 대한 성찰이 유진의 뇌에 있는 유별난 부위를 자극했다. 그의 머릿속에는 그런 유별난 부위가 있었다. 그는 모험가였고, 만약 16세기에 살았다면 미지의 새로운 바다를 항해했겠지만 지리학이 꽤 잘 정리되어 마무리된 19세기 후반에 태어난지라 기계를 탐험하는 사람이 된 것이었다. 하지만 그가 모험가일 뿐만 아니라 '냉정한 사업가'이기도 하다는 사실이 그의 뇌 속 유별난 부위가 작용하는 것을 막지는 못했는데, 냉정한 사업가란 모험가만큼이나 그러한 부위에 민감히 반응하기 때문이다. 그 사업가 중 어떤 이들은 행운의 어깨 위에 새로 떠오른 달을 보지 못할 때 남몰래 괴로워한다. 또 어떤 이들은 이상하고 비밀스러운 불신을 품고 산다. 예를 들면 그런 사람들은 지질학을 믿지 않는다. 또 다른 어떤 이들은 자기들이 불가사의한 경험을 한 적이 있다고 생각한다. 그러면서 "물론 근거는 하나도 없지. 하지만 기묘한 일이었어!"라고 말한다.

이저벨이 죽고 이 주 뒤, 유진은 사업상의 볼일로 급히 뉴욕에 왔다가 증기선 도착이 연기되는 바람에 하루 일정이 모두 비게 된 적이 있었다. 그는 객실을 견딜 수가 없어졌다. 바깥도 견딜 수 없었다. 모든 게 견딜 수 없었다. 이저벨을 한번 더 봐야 할 것 같았고, 그녀의 목소리를 한 번 더 들어야 할 것 같았다. 그녀에게 가닿는 방법을 찾아야 할 것 같았다. 그러지 않으면 정신이 나가버릴 것 같았다. 그런 압박 속에서 유진은 지극히 회의적인 마음을 품고 '용하다는 여성'을 찾아갔다. 사업상 알고 지내는 지인의 부인이 야단법석을 떨며 얘기해준 사람이었다. 그는 이렇게 일탈이라도 한번 해보는 게 최소한 '**뭐라도** 해보려는' 노력은 되지 않겠느냐고 자포자기하듯 생각했다. 유진은 여성의 이름을 기억해내고는 전화번호부에서 그 이름을 찾아 예약했다.

그때의 경험은 기괴했고, 그는 돌아가신 아버지가 보내는 격려의 전언을 듣고 자리에서 나왔다. 선친은 본인 여부를 만족스럽게 확인시켜주지는 못하긴 했어도 유진의 현재 상태에서는 모든 것이 '아주 높은 수준에' 있으며, 인생 전체가 '지속적이고 발전적'이라고 단언했다. 호너 부인은 자기를 '영매'라고 소개하긴 했지만, 그 얘기만 아니었더라면 묘할 정도로 가식 없고 사무적으로 보이는 여성이었다. 유진은 그녀의 신실함에 대해서는 아무 의심이 없었다. 그는 그녀가 의도적인 사기꾼은 아니라고 확신했고, 그래서 스스로에게 짜증이 난 상태로 그 자리를 떠나기는 했지만 설사 호너 부인이 고지식해 뵈는 자기 모습을 이용해먹는다고 쳐도 어쨌거나 그건 본인이 가진 고지식함일 것이라는 결론에 도달한 바 있었다.

그런데도 유진의 그 유별난 부위가 편지라는 우연의 일치에 자극받아 활성화되자 그는 중역 회의를 마치고 난 뒤 호너 부인을 찾아갔다. 그는 중역실에 있는 전화 부스를 이용하여 예약을 잡고 나서 헛웃음을 쳤고, 이 마호가니 목재로 만든 회의실에 모인 일단의 남자들이 그가 무슨 짓을 하고 있는지 안다면 어떻게 생각할지 궁금했다. 호너 부인은 주소를 바꿨지만 그는 그 새 주소를 찾아냈고, 부인의 조카딸이라는 여자가 유진과 대화를 나눈 뒤 5시 정각에 '방문'하는 것으로 예약을 잡았다.

그가 제시간에 도착하자 옆구리에 잡지를 낀 뚱한 얼굴의 뚱뚱한 소녀인 호너 부인의 조카딸이 그를 장뇌 냄새가 나는 부인의 아파트 안으로 들어오도록 한 다음 방으로 안내했다. 벽은 회색으로 칠해졌고, 바닥에는 양탄자가 깔리지 않았으며, (아무것도 놓이지 않은) 탁자와 의자 두 개가 가구의 전부였다. 의자 하나는 가죽 안락의자였고, 다른 하나는 앉는 부분이 나무로 되어 있는 작고 딱딱하고 불편한 의자였다. 하나 있는 창문에는 빛 가리개가 창턱까지 내려져 있었는데, 바깥이 원체 밝아서 조명 역할을 충분히 했다.

호너 부인이 문간에 모습을 나타냈다. 갈색 옷을 입은 병약하고 의욕 없어 보이는 여성으로, 가는 머리칼은 인위적으로 고수머리를 만들어놓았으며(하지만 최근에 한 머리는 아니었다) 푸르스름한 이마 한가운데에 가르마를 갈라놓았다. 두 눈은 작고 기운 없어 보였지만 그녀는 방문객을 알아보았다.

"오, 여기 오신 적이 있는 분이군요." 그녀가 말했다. 가느다랗지만, 그렇다고 불쾌하게 들리지는 않는 목소리였다. "기억이 나요. 꽤 오래전이었죠. 그렇죠?"

"네, 꽤 오래전이었죠."

"기억이 나는 게, 그때 당신이 실망했거든요. 어쨌거나 조금 시무룩하셨어요." 그녀가 힘없이 웃었다.

"그래 보였다면 미안합니다." 유진이 말했다. "혹시 제 이름을 찾아보시기라도 했나요?"

그녀는 놀란 표정을 짓더니 조금 책망하듯 말했다. "설마요, 아니에요. 저는 사람 이름을 찾아보려 하지 않아요. 제가 왜 그러겠어요? 저는 '그 능력'에 아무것도 요구하지 않아요. 그저 제가 그런 힘을 갖고 있다는 사실만 알 뿐이고, 어떤 면에서 보자면 그게 늘 축복이라고도 할 수 없죠. 그건 확실히 말씀드릴 수 있어요!"

유진은 그녀의 말뜻을 더 캐물으며 밀어붙이지 않고 그냥 모호하게 대꾸했다. "그러시지는 않은 것 같군요. 그럼 이제……."

"좋아요." 그녀는 유진의 요구에 응하여 가죽 의자에 털썩 앉았다. 등은 가리개를 내린 창문 방향으로 두었다. "선생님도 앉아주시면 좋겠어요. 이번에는 좋은 결과를 얻어서 기분이 나빠지지 않으셨으면 좋겠지만, 그건 모를 일이죠. 저는 그들이 뭘 할지 말씀드릴 수 없으니까요. 자, 그럼……."

호너 부인이 한숨을 쉬더니 눈을 감고 침묵에 빠졌다. 유진은 탁자 맞은편에서 딱딱한 의자에 앉아 그녀의 옆얼굴을 바라보며 스스로를 얼간이라고 생각했고, 속으로 스스로에게 '얼간이'를 비롯한 각종 욕을 퍼부었다. 침묵이 이어지고, 안락의자에 앉은 무표정한 여인이 계속해서 무표정을 유지하는 동안, 유진은 자기가 어쩌다 이런 명청이가 된 건지 궁금해지기 시작했다. 자신과 루시의 편지에서 드러난 유사성을 텔레파시와 엮어서 해명할 필요는 전혀 없었고, 심지어 그게 특별한 우연의 일치조차도 아니었다는 사실이 그에게 분명해졌다. 그렇다면 이 엉터리 같은 곳에 다시 온 이유는 무엇이며, 이 엉터리 같은 여자가 의자에서 낮잠을 자는 모습을 구경하고 앉아 있는 이유는 또 무엇인가? 간단히 말해 이 짓이 그에게 대관절 무슨 의미가 있었던 걸까? 그는 호너 부인의 낮잠에는 털끝만큼도 관심이 없었다. 그녀의 호흡이 깊어지는 동안 부지불식중에 벌어진 입술 틈으로 슬쩍 드러난 이에도 전혀 관심이 없었다. 만약 그의 마음에서 일어난 엉뚱한 변덕이 그를 이처럼 기괴한 상황으로 몰아넣었다면, 다른 이들의 변덕스러운 마음은 그들을 무엇으로 몰아넣었을까? 유진은 자신이 대개의 사람보다 대체로 분별력이 있다고 자신했으므로, 자기도 이런 짓을 할 수 있으니 다른 사람들은 훨씬 더 멍청한 짓을 남들 모르게 저지를 것이라는 점을 깨달았다. 그의 눈앞에 멀쩡해 보이는 은행가와 공장주와 법률가의 모습이, 잘 차려입고 교회에 꾸준히 나가는 건전한 시민들의 모습이 스쳐 지나갔다. 대관절 그 인간들의 내면은 또 얼마나 기묘할 것인가!

얼마나 오래 여기 앉아서 이 모르는 여자의 수면을 주재하고 있어야 하는 걸까? 이 그림을 완성하려면 손바닥 부채로 여자에게서 파리라도 쫓아내줘야 할 것 같다는 생각이 유진에게 떠올랐다.

벌어져 있던 호너 부인의 입술이 돌연 다시 닫히더니 그녀가 입을 굳게 다물었다. 어깨가 슬쩍 움직이다가 연이어 꿈틀거렸다. 작은 가슴이 부풀어 올랐다. 그녀가 숨을 헐떡였고, 굳게 닫혔던 입술이 슬쩍 뒤틀리면서 움직이기 시작하더니 정확히 알아들을 수 없는 웅얼거림이 속삭이듯 새어 나왔다.

그러다 돌연 그녀가 크고 거친 소리로 입을 열었다.

"로파가 이 자리에 왔노라!"

"알겠습니다." 유진이 건조하게 말했다. "지난번에도 정확히 그렇게 말씀하셨죠. 그때도 '로파'였던 게 기억나요. 그때 말씀하시기로는 그녀가 부인의 '지배령(支配靈)'이라던데요."

"**내가** 로파다." 거친 목소리가 말했다. "내가 바로 로파야."

"그 말씀은 제가 지금 당신을 호너 부인이 아니라고 생각해야 한다는 건가요?"

"호너 부인은 존재하지 않아!" 그렇게 단언하는 목소리가 흘러나오는 곳은 의심할 바 없이 호너 부인의 입술이었다. 하지만 이 모든 상황에도 불구하고 유진은 제삼자, 설사 명백히 몽유병 상태에 빠진 호너 부인의 다른 판본일지도 모르지만 또 하나의 독립적인 개인인 존재 앞에 자기가 있다는 느낌을 받기 시작했다는 확신이 들었다. "호너 부인도 다른 사람도 없어. 오직 인도자인 로파뿐이다."

"그러니까 당신이 호너 부인의 인도자라는 뜻인가요?" 유진이 물었다.

"지금은 **너의** 인도자지." 목소리가 힘주어 말하고는 상황에 맞지 않는 상스러운 웃음을 터뜨렸다. "넌 예전에도 여기 온 적 있어. 로파는 기억한다."

"맞습니다. 호너 부인도 그렇게 말씀하셨죠."

로파는 유진의 대답에 담긴 암시를 무시하고는 얼른 말을 이었다. "너는 재산을 쌓아 올리는구나. 오래갈 재산을 쌓고 있어. 너는 예전에 여기 왔고 이쪽에 노신사가 있었지. 그분이 네게 말을 했어. 똑같은 노신사가 지금 여기 있다. 그가 로파에게 말하는구나. 자기가 네 할아버지라고…… 아니, '아버지'라고 말하는구나. 저 사람은 네 아버지다."

"그분의 외모는 어떻습니까?"

"무엇이라고?"

"그분은 어떻게 생겼죠?"

"아주 멋져! 하얀 턱수염을 길렀지만 길지는 않아. 그분 말씀이 너와 이야기하고 싶은 사람이 있다고 하는군. 어디 보자. 숙녀야. 그분 부인은 아니고. 아냐, 아주 멋진 숙녀야! 멋진 숙녀, 멋진 숙녀야!"

"제 누이인가요?" 유진이 물었다.

"누이? 아냐, 고개를 젓고 있어. 머리칼이 예쁜 갈색이군. 너를 무척 좋아해. 널 아주 잘 아는 사람이지만 네 누이는 아냐. 네게 말하고 싶어서 안절부절못하고 있군. 아주 안절부절 못하고 있어. 널 정말로 좋아하는군. 하고 싶은 말이 있어서 애달아 있어. 네가 여기 와서 무척 기뻐하고 있지. 오, **정말로**, 기뻐하고 있어!"

"그 숙녀분 이름이 뭐죠?"

"이름." 목소리가 유진의 말을 따라 했다. 생각에 잠긴 듯했다. "이름은 얻기 어려워. 로파에겐 늘 어려운 일이지. 이름이라. 저 숙녀가 자기 이름을 네게 말해주고 싶어 하는군. 이름이란 게 만들어내기가 어려운 것이라는 점을 네가 알아주길 바라고 있어. 네가 소리 나는 무언가를 떠올려야 한다고 말하는군." 이 대목에서 목소리는 보이지 않는 존재에게 질문한 뒤 대답을 받아내는 듯했다. "작은 소리, 아니면 큰 소리? 작은 소리일 수도 있고 큰 소리일 수도 있다고 말하네. 울린다고 말하고 있어……. 오, 로파는 알겠다! 그녀가 얘기하려는 건 '종(bell)'이야! 그거야, 종."

유진이 심각한 표정을 지었다. "자기 이름이 '벨(Belle)'이라는 겁니까?"

"확실치는 않아. 저 숙녀 이름은 더 길어."

"어쩌면 말이죠." 그가 제안했다. "그 숙녀분 말씀은 자기가 '미인(belle)'이었다는 말일지도 모르겠습니다만."

"아냐, 그녀는 네가 자기 말뜻을 알 거라고 말하는군. 색깔을 생각해야 한대. 무슨 색깔인데?" 로파가 미지의 존재에게 다시 말을 걸었지만, 이번에는 대답을 기다리는 듯했다.

"어쩌면 자기 눈동자 색 얘기를 하는 건지도 몰라요." 유진이 말했다.

"아냐, 자기 색깔은 밝다고 말하고 있어. 밝은색이고, 네가 그 안을 들여다볼 수 있다고 말하네."

"호박(amber)?" 유진은 그렇게 말하고는 놀랐다. 호너 부인이 여전히 눈을 감은 채 손뼉을 치더니 그 목소리가 기쁜 듯 크게 외쳤기 때문이다.

"그래! 자기가 호박에서 나왔다는 걸 네가 알고 있다는구나. 호박! 호박! 그거야! '종'과 '호박'을 통해 자기 이름이 무엇인지 네가 알 거라고 말하는군. 웃으면서 내게 레이스 달린 손수건을 흔들고 있어. 무척 기뻐서 그렇대. 자기가 누구인지 네가 알도록 해준 사람이 바로 나라고 말하네."

이는 유진의 인생에서 가장 이상한 순간이었다. 그 시간이 지속되던 동안, 그는 죽은 이저벨 앰버슨(Isabel Amberson)이 자기에게 말을 걸 방법을 찾아낸 거라고 믿었다. 비록 십 분도 지나지 않아 다시 의심에 빠졌지만, 그때만큼은 그걸 믿었다.

유진은 팔꿈치를 탁자 위에 올려놓고 손으로 머리를 감싼 채 몸을 앞으로 기울여 안락의자에 앉아 있는, 어디서나 볼 수 있는 인물을 빤히 바라보았다. "그 숙녀분이 제게 무슨 말을 하고 싶어 하나요?"

"그녀는 네가 자기를 알아보아서 기뻐해. 아냐…… 괴로워하는군. 오…… 아주 큰 고민이 있구나! 네게 뭔가 말하고 싶어 해. 네게 **정말 절실히** 말하고 싶어 해. 로파가 네게 말해주길 원하고 있어. 이건 아주 큰 고민거리군. 그녀가 말하길…… 오, 그래, 그녀는 네가…… 네가 '자상하게 대해주길' 원해! 그게 그녀가 하는 말이야. 그게 다야. 자상하게 대해주라."

"그 숙녀분이……."

"그녀는 네가 '자상하게 대해주길' 바라고 있어." 목소리가 말했다. "내가 네게 이 말을 하니 고개를 끄덕이는군. 그래, 분명 그 얘기야. 아주 멋진 숙녀야. 정말 예뻐. 네가 자기 말을 이해하길 간절히 원해. 네가 그래주길 바라고 또 바라고 있어. 다른 사람이 또 너와 이야기하고 싶어 하는군. 이번에는 남자야. 그가 말하길……."

"다른 사람하고는 말하고 싶지 않아요." 유진이 재빨리 말했다. "내가 원하는……."

"지금 나타난 이 남자는 자기가 네 친구라고 말하네. 그가 말하길……."

유진이 주먹으로 탁자를 내리쳤다. "다른 사람하고는 얘기하고 싶지 않다고 내가 말하고 있잖아요!" 그가 격하게 외쳤다. "그녀가 거기 있다면 나는……." 그는 급히 숨을 고르고는 자세를 바로잡은 뒤 놀란 마음으로 자리에 앉았다. 그의 마음이 이토록 엄청난 것을 사실로 받아들일 수 있었단 말인가? 분명 그럴 수 있었다!

호너 부인이 자기 목소리로 께느른하게 말했다. "만족스러운 결과를 얻으셨나요?" 그녀가 물었다. "이번에는 당신이 지난번처럼 그들에게 얻은 게 없어서 기분이 상하지 않았길 진심으로 바랄게요."

"아뇨, 아닙니다." 유진이 황급히 말했다. "이번에는 달랐어요. 무척 흥미로웠습니다."

그는 그녀에게 돈을 지급하고 호텔로 돌아온 다음 거기서 집으로 가는 기차를 탔다. 그는 꿈 덩어리 세계를 헤치고 나온 사람처럼 보이지는 않았다. 그는 자기가 다른 사람에 비해 뭔가를 쉽게 믿는 사람은 아니라는 사실을 알고 있었다. 그런 그가 자신이 믿었던 것을, 비록 일이 분 이상은 믿지 않긴 했어도 그 시간이나마 믿을 수 있었다면, 자신이건 다른 사람이건 현실을 살면서 붙들었던 건 대체 무엇이었단 말인가?

그가 품었던 믿음은 '호박'이라는 단어를 꺼낸 사람이 그 '로파'라는 자가 아니라 자기였다는 사실이 떠오르면서 사라졌다(혹은 그렇다고 생각했다). 자신이 겪은 경험에서 감정을 억제하고 덤덤하게 사실관계를 검토해보자 그는 호너 부인, 혹은 '로파'라는 호너 부인의 분신이 그에게 '종'과 '색깔'을 떠올려보라고 말했다는 점을 깨달았고, 그가 그러한 과학적

자료를 제공받고 나서 자신이 이저벨 앰버슨과 이야기를 나누었다는 결론으로 도약했음을 알아차렸다!

한순간이나마 그는 이저벨이 **거기에** 있다고 믿었고, 그녀가 자기와 가까이 있다고 믿었으며, 그에게 간청했다고 믿었다. '자상하게 대해주길' 간청했다고 말이다. 하지만 이렇게 기억을 되새겨보니 기묘한 마음의 동요가 일어났다. 어쨌거나 그녀가 그에게 말을 **걸었던** 건 아니었을까? 만약 그가 갖고 있는 미지의 의식이 '영매'가 가진 미지의 의식에게 예쁜 갈색 머리에 갈색 눈을 가진 여성의 모습을 만드는 법을 알려주었다면, 그 모습은 진짜가 아니었을까? 그리고 그 진짜 이저벨이(오, 다름 아닌 바로 그녀의 영혼이!) 그녀에 대한 그의 진짜 기억을 통해 그를 불러낸 것은 아니었을까?

기차가 굉음을 내며 어두워진 저녁을 뚫고 가는 동안 그는 창밖을 바라보았고, 며칠 전의 여정에서 보았던 그녀의 모습을, 기차 옆을 하늘하늘 날아다니는 그 천사 같은 형상을 보았다. 하지만 그에게는 지금 그녀가 가엾이 아쉬운 표정으로 유리창을 향해 계속해서 얼굴을 고정하고 있는 듯했다.

……"자상하게 대해주길!" 만약 그 존재가 이저벨이었다면 그녀가 했던 말은 무슨 뜻이었을까? 만약 그녀가 어디에든 있다가 보이지 않는 벽을 통과하여 유진에게 다가올 수 있었다면 그에게 맨 처음 했을 말은 무엇이었을까?

아, 참으로 충분하게도, 아마 쓸쓸하리만치 충분하게도, 그는 그 질문에 대한 답을 알고 있었다. "자상하게 대해주길……." 조지에게!

······유진이 도착하자 기차역에 있던 빨간 모자의 짐꾼이 침대차 짐꾼이 건넨 다른 짐을 팽개치고 그의 짐을 향해 껑충 뛰어올랐다. "예이, 모건 씨, 예이. 역 앞에서 차가 대기하고 있습다, 모건 씨!"

그가 지나가자 개찰구 주변에 모여 있던 군중이 몸을 돌려 돌아보며 속삭였다. **"저 사람이 모건이야."**

역 바깥에 깔끔하게 차려입은 운전기사가 잔뜩 긴장한 군인처럼 투어링 자동차 앞에 서 있었다.

"지금 집으로 바로 가지는 않겠네, 해리." 유진이 차에 올라타며 말했다. "시립 병원으로 가도록 하지."

"알겠습니다." 기사가 대답했다. "루시 양도 거기 계십니다. 사장님께서 댁으로 가시기 전에 그곳에 들르실 거라고 하시더군요."

"그 애가 그랬다고?"

"그렇습니다."

유진이 기사를 빤히 바라보았다. "미내퍼 군의 상태가 많이 안 좋은 게 분명한가보군." 그가 말했다.

"그렇습니다, 사장님. 그래도 제가 알기로는 호전될 것 같다고 합니다." 기사가 레버를 움직여 속도를 높였고, 차는 마치 길을 훤히 알고 있으며 자기 주인의 급한 마음도 잘 아는 빠르고 충직한 야수처럼 교통 체증을 뚫고 달렸다.

패니가 병원 위층 복도에서 그를 만나 열려 있는 병실 문으로 데려갔다.

유진은 놀라서 문간에서 발을 멈추었다. 베개를 베고 있는 그 왁스처럼 창백한 얼굴에서 마치 이저벨의 두 눈이 자신을 바라보는 듯했던 것이다. 어머니와 아들의 유사성이 이토록 강해 보였던 적은 지금껏 한 번도 없었다. 유진은 자신이 지금 이 유사성을 알아차리고 놀라버린 이상, 조지에게 '자상하게 대해주기' 위해 자신의 매몰찬 마음을 굳이 떨쳐낼 필요는 없다는 사실을 알았다.

조지도 놀라기는 마찬가지였다. 그는 새하얀 손을 들어 올리며 기묘한 손짓을 했는데, 반쯤은 오지 말라는 것 같았고 반쯤은 간청하는 것 같았다. 그러더니 병상 이불 위로 다시 팔을 툭 떨어뜨렸다. "제 어머니가 당신이 여기 오길 바랐을 거라고 생각하셨군요." 그가 말했다. "제가 당신께…… 용서를 빌 수 있게 말이에요."

하지만 조지의 옆에 앉아 그를 바라보던 루시가 말로 다 할 수 없이 아름다운 눈을 들어 그녀의 아버지를 바라보며 고개를 저었다. "아니에요, 그저 이 사람 손을 잡아주길 원하셨던 거예요. 다정하게요!"

루시에게서는 광채가 흘러나오고 있었다.

하지만 유진에게는 다른 광채가 방 안을 가득 채우고 있었다. 그는 자기가 드디어 자신의 진실한 사랑에 충실해졌음을, 그녀가 자신을 통해 그녀의 아들을 다시 안식처로 데려왔다는 사실을 알았다. 그녀의 두 눈에 더는 아쉬움이 없을 것이었다.

집에 초대할 수 있는 사람들

부스 타킹턴은 성공한 작가였다. 1899년 첫 장편 《인디애나의 신사》를 발표하기 전까지는 다년간의 습작 시기와 출판사들의 거절이라는 장애물이 있었지만, 일단 그것을 넘고 나서부터는 그야말로 쉼 없이 왕성한 활동을 펼쳤다. 내놓는 소설은 잇달아 베스트셀러가 되었고, 다수의 인기 희곡을 썼으며, 마크 트웨인의 《톰 소여의 모험》에 영향을 받은 청소년 소설 《펜로드》 시리즈는 크게 히트를 쳤다. 그가 쓴 여러 작품이 뮤지컬로 각색되거나 영화화되었다. 문학계 바깥에서도 타킹턴은 저명인사였다. 1922년 《타임》지는 '당대의 뛰어난 미국인' 열두 명 중 작가로는 유일하게 타킹턴을 지목했다. 심지어 그는 인디애나주 의회 의원에 당선되어 정치인으로 활동하기까지 했고, 이때의 경험은 1905년에 발표한 단편집 《무대에서》에 반영되어 있다.

타킹턴의 1918년작 《위대한 앰버슨가》는 그에게 첫 번째 퓰리처상을 안겨준 대표작이며(타킹턴은 3년 뒤 《앨리스 애덤스)로 다시 한번 퓰리처상을 수상했는데, 현재 퓰리처상 2회 이상 수상이라는 이와 동일한 기록을 가진 소설가는 윌리엄 포크너, 존 업다이크, 콜슨 화이트헤드다), 모던 라이브러리에서 선정한 '20세기 최고의 영어 소설 100선' 목록에도 올라 있다. 할리우드 고전 영화의 팬이라면 오슨 웰스가 각색하고 감독한 1942년작 동명의 영화 역시 기억할 것이다. 문학상 수상, 영화화, 전문가 집단의 선택이 작품의 훌륭함을 무조건 보증하지는 않겠지만 적어도 이 작품이 누린 영광에 대한 근거로는 충분해 보인다.

타킹턴 소설의 시대적, 사회적 배경은 20세기 초 미국이다. 이 시기는 산업화와 도시화가 급격히 전개되던 때로, 강철 제조와 무선전신, 내연기관 등의 혁신적인 기술이 개발되었으며, 전기와 자동차 등의 새로운 산업이 대두했고, 풍부한 이민 노동력이 유입되었다. 이에 힘입어 미국은 세계 최대의 공업국으로 발돋움했으며, 1918년 제1차 세계대전이 끝난 이후 '광란의 20년대'라 불리는 풍요의 시대를 맞는다.

타킹턴이 이른바 '발전' 3부작, 즉《혼란》(1915)에서 시작해《위대한 앰버슨가》를 거쳐《중부 지역 사람》(1924)에 이르는 세 편의 소설을 집필하는 동안 집중적으로 그려낸 것이 바로 이 시대를 통과하는 미국 중서부 지역 도시 중산층의 삶이다. 새로운 것이 정신없이 밀려들어 몸집을 키우며 옛것은 속절없이 밀려나던 변화의 와중에, 누군가는 시대를 타고 앞으로 나아가지만 어떤 사람은 뒤처지다 흔적도 없이 사라진다. 그때 사라지는 것은 그저 사람만이 아니다. 그 사람을 둘러싼 삶의 양식과 가치관 또한 그와 더불어 붕괴하며 잊히고 말거나, 혹은 운이 좋아 일부 남더라도 철 지난 유행어처럼 비웃음을 산다. 타킹턴의 시선은 명백히 후자, 사라지고 붕괴하고 망각되는 쪽에 머물렀고, 《위대한 앰버슨가》는 변화에 적응하지 못하고 몰락한 가문의 모습을 집안의 '외부'보다는 '내부'에 강조점을 두고 그려낸다. 소설의 관점으로 바꿔 말한다면 '사건'보다는 '인물'로써 그려낸다는 의미일 것이다. 그 인물의 중심에는 가히 '망나니 도련님' 캐릭터의 정수라 할 만한 조지 앰버슨 미내퍼가 있다.

《위대한 앰버슨가》를 '조지 미내퍼의 (긴) 파멸과 (짧은) 갱생의 이야기'라 요약해도 크게 틀리지 않다. 어머니 이저벨을 제외하고는 만나는 사람 모두에게 미움을 살 줄 아는 드문 재능의 소유자인 이 "세기말의 금칠한 젊은이"는 이기적이고 제멋대로이며 무지한 인물인데, 묘사가 워낙 생생하여 읽다(번역하다)보면 문득문득 비슷한 사람들이 저절로 떠오른다. 일상에서건, 뉴스에서건, SNS에서건 이런 인물은 발에 챌 정도로 많다고는 할 수 없겠지만, 그렇다고 드물지도 않다. 조지는 자신에게 주어진 특권을 공기처럼 당연히 여기고, 근면성실한 삶과 노동을 깔보며, 집안의 그 많던 재산이 "금이 간 보금자리에 담긴 수은"처럼 새어나가고 있다는 사실은 까맣게 모른 채 나름의 과업에 몰두한다. 그 과업이란 루시와의 연애와 결혼이 아니다. 어머니의 재혼을 막음으로써 가문의 명예를 지켜내는 것이다.

소설이 멜로드라마의 외피 아래서 복잡한 양상을 띠는 지

점이 여기다. 등장인물을 파국으로 몰아넣는 중심 갈등은 조지, 어머니 이저벨, 그리고 이저벨의 옛 약혼자이자 고향에 돌아와 성공한 사업가로 거듭나는 유진 사이의 삼각관계다. 그런데 이는 어머니와 아들의 오이디푸스적인 관계에 다른 남자가 끼어들며 벌어지는 갈등이 아니다. 이저벨과 유진이 결혼할 경우 루시와 이복 남매가 될 것이 두려워 생기는 갈등이라 보기도 어렵다. 이 삼각관계에서 일어나는 것은 (조지의 판단에는) 어머니와 불륜을 저지름으로써 가문의 명예를 훼손하려는 남자와 이를 막으려는 또 다른 남자 사이의 갈등이다.

타킹턴은 이 갈등이 소설의 핵심임을 주요 인물들이 모두 모이는 무도회 장면(제4장~제6장)에서 강조한다. 이 대목에서 작가가 특히 공들여 묘사하는 것은 유진과 재회한 이저벨의 반응, 그로 인해 자신도 정체를 알 수 없는 원망을 품는 조지의 심리다. 조지의 생각은 "딸보다는 아버지에게 더 오래" 머무는데, 그 이유를 본인도 잘 모른다. 비록 조지는 루시를 만나는 순간 인생이 달라졌다고 생각할지 몰라도, 혹은 그렇게 믿고 싶을지 몰라도 사실 조지의 인생이 진짜로 뒤집힌 때는 유진과 인사한 순간이다. 또는 발전이라는 '새로운 시대의 가치'가 가문의 명예라는 '옛 시대의 가치'와 조우한 순간이다.

소설은 이 두 개의 가치 사이에서 생겨나는 알력을 원동력으로 진행된다. 조지는 루시를 사랑하지만 그 이상으로 자신이 추구하는 가치, 작품 속 표현으로는 '삶의 이상'에 매달린다. 루시와의 연애에서 두 사람 사이가 결정적으로 틀어지는 때는 루시가 아버지 유진의 '삶의 이상'을 조지에게 권했을 때다. 그러니 한 여성을 사랑하면서도 그 여성의 아버지를 증오하는 기묘한 상황은 주변인들에게는 '사랑' 때문으로 보이겠지만 조지에게는 '명분'의 문제다. 사실 조지의 이런 '숭고한' 의도는 가문 사람들에게조차도 제대로 이해받지 못한다. 그럼에도 조지는 과업을 이루고자 할 수 있는 온갖 수단을 동원하며, 결국 어머니를 죽음으로 내몬 다음에야 잘못을 깨닫지만, 이미 그때는 가문의 명예는 고사하고 가문 자체마저 모두 헛된 것이 되어버리고 만 뒤다.

하지만 모든 책임을 조지에게만 돌릴 수 있을까? 조지를 앰버슨 가문의 망나니로 키워낸 것은 다름 아닌 앰버슨 가문, 특히 어머니 이저벨이다. 자신들의 부와 행복이 영원하리라 믿었던 사람들이 키워낸 오만의 결정체가 조지 미내퍼다. 조지가 가문을 망친 것은 역설적으로 가문의 가치를 한 점 의심 없이 받아들였기 때문이다. 새로운 시대의 가치(유진)와 옛 시대의 가치(앰버슨)가 충돌하는 경계에 조지 미내퍼가 서 있는데, 그를 그곳에 묶어놓은 것은 앰버슨 가문이다. 가문이 완전히 몰락하자마자 조지가 딴사람이 된 듯 현실적인 인간으로 탈바꿈하는 전개는 어느 평자의 지적처럼 '너무 깔끔하게 벌어지는' 일일 수도 있겠지만 조지가 풀려난 '가문의 가치'라는 것이 일종의 '주문'에 가까웠다는 의미일 수도 있다.

물론 뛰어난 작품이 보통 그러하듯 《위대한 앰버슨가》는 이러한 해석을 순순히 허용할 만큼 단순하지 않다. '발전' 과 그로 인한 몰락을 바라보는 타킹턴의 시선은 복합적이다.

《위대한 앰버슨가》에서 발전이란 '어쩔 수 없이 받아들이기는 해도 다른 한편으로는 무척이나 거북한' 현상으로 그려진다는 인상을 준다. 사라진 옛 풍속, 호화로운 무도회의 모습을 그릴 때는 물론이거니와 과거의 영광이 스러진 뒤 싸구려 하숙집으로 개조되거나 철거될 운명에 놓인 옛 건물과 저택을 묘사할 때도 타킹턴은 다시 돌아올 수 없는 시절에 대한 아쉬움과 그리움을 숨기지 않고 드러낸다. 소설의 첫 번째 장 전체를 할애한 '좋았던 그 시절'에 대한 설명에서는 향수뿐 아니라 새로움(이를테면 당시의 최신 예술 사조였던 유미주의)에 대한 반감 또한 읽힌다. 자동차를 "발명되어서는 안 되는 물건"이라고 매도하는 조지 앞에서 유진은 자동차(와 발전)의 가치를 적극적으로 설파하지 못하고 방어적인 변론에 그칠 뿐이다. 발전의 어두운 일면을 논하는 대목(제28장)에서는 작가의 어조가 유난히 가차 없다는 느낌마저 든다.

그렇다보니 타킹턴의 관점이 다소 보수적으로 보이기도 하지만, 그는 회고적으로 아련히 돌아보는 그 옛 시절을 그릴 때도 날카로움을 잃지 않는다. 작품의 시작부터 분명히 알 수 있는 사실은 앰버슨 가문이 벼락부자이며 속물이라는 점이다. 다시 말해 그들에게는 애초에 지켜야 할 가치 자체가 부재한다. 조지는 할아버지가 "신사들이 갖고 있던 장원" 같은 것을 유지해야 한다고 주장하지만 실상 그들은 '(영국 귀족) 신사' 같은 존재가 아니다. 조지가 기를 쓰며 지켜내고자 하는 가문의 명예, 자신이 갖고 있다고 굳게 믿었던 '삶의 이상'은 애초에 조지와 앰버슨 가문에게는 없던 것이며, 그마저도 곧 역사의 뒤안길로 사라질 시대의 가치와 이상에 불과하다. 그 헛된 명예를 완강히 지켜내려고 발버둥 치다가 그것이 신기루였다는 것을 깨닫고 나서 새로운 삶의 길을 발견할 때, 그때 가서야 조지는 역설적으로 '영웅적인' 면모를 드러낸다.

마지막 장에서 타킹턴은 그동안 견지하던 리얼리즘적 서술에서 방향을 슬쩍 틀어 이저벨의 '영혼'을 개입시킴으로써 작품을 해피엔드로 맺는다. 멜로드라마의 이면에서 가치의 갈등을 내세우던 서사가 순정한 멜로드라마로 정리되는 것이다. 소설가이자 비평가인 토머스 맬런에 따르면 타킹턴은 한때 불행한 결말을 감정에 호소해 유명세를 얻는 '싸구려' 방법이라 여겼다고 한다. 타킹턴의 멘토이자 미국에 유럽 리얼리즘을 소개한 소설가 겸 평론가 윌리엄 딘 하우얼스는 미국인들이 '행복한 결말이 있는 비극'을 원한다며 조롱하듯 말한 바 있는데, 맬런은 타킹턴이 책을 낼 때마다 이 '행복한 결말의 비극'을 나름의 처방전으로 제시하는 경향을 보였다고 지적한다. 그렇게 볼 때, 타킹턴의 스타일은 분명 리얼리즘에 속해 있지만 이 리얼리즘은 철두철미한 냉정함을 추구하는 자연주의적 리얼리즘이라기보다는 때로 숨구멍을 열어놓는 낭만적 리얼리즘에 더 가깝다. 덜 단호한 대신 더 따뜻하다. 삶의 괴로움을 정면으로 응시하면서도 일말의 위안을 남겨놓는다.

소설의 한 대목에서 조지는 루시에게 편지를 보내며 "작가란 자기 집에 초대할 수 있는 사람들에 대해 써야 한다"고 주장한다. 이는 《위대한 앰버슨가》에 대한 요약이기도 하다. 타킹턴은 '집에 초대할 수 있는 사람들'이 등장하는 소설을 썼고, 그 사람들의 이면을 과장되지 않은 유려한 산문으로 들여다보았다. 타킹턴의 글은 사람들을 예리하게 꿰뚫어 보며, 그들의 우스꽝스러운 모습, 허망한 모습, 애달픈 모습을 생생하게 그려낸다. 그렇다면 《위대한 앰버슨가》를 읽고 나서 한 편의 이야기를 즐겁게 읽었을 뿐 아니라 하나의 삶 또한 깊이 겪었다고 말한다 해도 과장은 아닐 것이다. 그러한 감상이야말로 잘 쓰인 고전적 리얼리즘 소설이 줄 수 있는 선물일 테니까.

최민우

휴머니스트 세계문학 020

위대한 앰버슨가

1판 1쇄 발행일 2023년 3월 6일

지은이 부스 타킹턴
옮긴이 최민우

발행인 김학원
발행처 (주)휴머니스트출판그룹
출판등록 제313-2007-000007호(2007년 1월 5일)
주소 (03991) 서울시 마포구 동교로23길 76(연남동)
전화 02-335-4422 **팩스** 02-334-3427
저자·독자 서비스 humanist@humanistbooks.com
홈페이지 www.humanistbooks.com
유튜브 youtube.com/user/humanistma **포스트** post.naver.com/hmcv
페이스북 facebook.com/hmcv2001 **인스타그램** @boooook.h

편집주간 황서현 **편집** 이성근 이은서 김대일 김선경 **디자인** 김태형
조판 이희수com. **용지** 화인페이퍼 **인쇄** 청아디앤피 **제본** 민성사

ISBN 979-11-6080-977-0 04840
    979-11-6080-785-1 (세트)

휴머니스트 세계문학